D1983678

BASTEI
LÜBBE

DAVE WOLVERTON

DIE GOLDENE KÖNIGIN

Science Fiction Roman

Ins Deutsche übertragen
von Axel Merz

BASTEI
LÜBBE

BASTEI-LÜBBE-TASCHENBUCH
Band 23 172

Erste Auflage:
Januar 1996

© Copyright 1994
by Dave Wolverton
All rights reserved
Deutsche Lizenzausgabe 1996
Bastei-Verlag
Gustav H. Lübbe GmbH & Co.,
Bergisch Gladbach
Originaltitel: The Golden Queen
Lektorat:
Wolfgang Neuhaus/Stefan Bauer
Titelbild: Jaroslaw Dylis
Umschlaggestaltung:
Quadro Grafik, Bensberg
Satz: Digital-Offset-Druck
W. Steckstor, Bensberg
Druck und Verarbeitung:
Brodard & Taupin,
La Flèche, Frankreich
Printed in France

ISBN 3-404-23172-4

Der Preis dieses Bandes
versteht sich einschließlich der
gesetzlichen Mehrwertsteuer.

1

Veriasse konnte die Nähe von Bezwingern in der klaren, kalten Bergluft riechen. Unter dem schweißigen Geruch der Pferde, viel schwächer als der Duft der Nadelbäume und der erdige Geruch welkender Blätter, war der beißende Gestank der Magensäure drononischer Bezwinger kaum wahrzunehmen. Es war bereits das dritte Mal in drei Tagen, daß er diese Witterung aufnahm, aber diesmal war sie viel näher als zuvor.

Auf dem Bergkamm angelangt, zügelte Veriasse sein Tier und bedeutete seiner Begleiterin mit erhobener Hand, anzuhalten. Die große Stute wieherte. Sie stampfte unruhig mit den Hufen und drängte voran. Offensichtlich witterte das Pferd die fremden Ausdünstungen ebenso wie sein Reiter.

Auf der schlammigen Straße hinter Veriasse zügelte Lady Everynne ihren Hengst, und Veriasse verhielt für einen Augenblick, schaute zu ihr zurück. Sie hatte die Kapuze ihres blauen Umhangs tief ins Gesicht gezogen und war müde im Sattel zusammengesunken. Sie war zu erschöpft, um noch auf ihre Umgebung zu achten.

Der Wind kam in heftigen Böen von hinten und fegte mit dem Geräusch des wogenden Meeres durch die Kronen der Bäume. Er drehte von einem Augenblick zum nächsten von Ost nach Süd und wieder zurück. Bei diesem Wetter konnte man kaum feststellen, aus welcher Richtung eine Witterung kam.

Ein großes Waldgebiet dehnte sich unter ihnen aus, und Veriasse konnte nur hin und wieder einen Blick auf die Straße werfen, auf der sie entlanggezogen waren. Meist sah er nur die Schneise, die sich zwischen den Bäumen hindurchwand. Hoch oben zogen Gewitterwolken über den abendlichen Himmel. Binnen weniger Minuten würde es vollkommen dunkel sein, und der Sturm würde losbrechen.

Veriasse hob die Hände. Die Geruchsnerven an seinen Handgelenken konnten auch die schwächsten Duftspuren auffangen; sie waren so empfindlich, daß er die Nervosität eines anderen quer durch ein Zimmer und den Geruch eines Feindes über ein ganzes Tal hinweg wittern konnte. Jetzt spürte er die Furcht eines Mannes hinter sich. Sie war mit dem ätzenden Gestank eines Bezwingers vermischt.

»Calt?« Veriasse rief leise den Namen. Der großgewachsene Krieger sollte ihnen als Rückendeckung folgen. Mit seinen scharfen Ohren hätte Calt den Ruf sogar noch in einer halben Meile Entfernung vernehmen müssen, doch es erfolgte keine Antwort. Veriasse zählte in Gedanken bis vier.

Bergab, weit hinter ihnen, pfiff Calt wie eine Drossel. Drei kurze Rufe – es war ein geheimes Zeichen: ›Der Feind greift an! Ich werde kämpfen.‹

Everynne stieß ihrem Hengst die Sporen in die Flanken. Das Tier sprang vorwärts. Binnen einer Sekunde war sie neben Veriasse und blickte verunsichert den Berghang hinunter, als wollte sie auf Calt warten.

»Flieh!« zischte Veriasse und schlug dem Pferd auf die Hinterhand.

»Calt!« Everynne schrie, als sie versuchte, das durchgehende Tier zu bändigen und herumzureißen. Nur ihre Unerfahrenheit im Umgang mit dem Pferd hinderte sie daran, kehrtzumachen und den Berghang hinabzujagen.

»Wir können nichts für ihn tun! Er hat sich seinem Schicksal gestellt«, knurrte Veriasse und gab seinem Pferd ebenfalls die Sporen. Während die beiden Tiere voranpreschten, griff er nach Everynnes Zügeln und bemühte sich, mit ihrem Hengst Schritt zu halten.

Everynne blickte ihn von der Seite an, und ihr bleiches Gesicht unter der tiefen Kapuze wurde rot. Veriasse bemerkte, daß Tränen in ihren dunkelblauen Augen schimmerten, und er sah, wie sie mit ihrer Verwirrung und ihrem Kummer kämpfte. Zusammengesunken klammerte sie sich am Sattel fest, während Veriasse ihr Pferd über die Anhöhe zog.

Bald preschten die Tiere in einem flüssigen Galopp hangabwärts, jagten nebeneinander her über schlammige Wege, auf denen ein ein-ziger Fehltritt genügte, einen Reiter kopfüber in den Tod zu stürzen.

Veriasse zog die Waffe aus dem Holster und umklammerte

sie mit kalten Händen. Das Echo eines klagenden Lautes drang über den Berg an sein Ohr und fuhr Veriasse bis ins Mark. Ein qualvoller Todesschrei, der nicht aus dem Mund eines Menschen stammte. Also hatte Calt die Bezwinger gestellt. Veriasse hielt den Atem an. Er hoffte, Calt würde mehr als nur eines dieser Ungeheuer niederstrecken. Doch außer den Geräuschen des Windes blieb alles still.

Everynne schnappte nach Luft. Ein nervöses Schluchzen entrang sich ihrer Kehle, als die Pferde durch die zunehmende Dunkelheit zwischen den mächtigen schwarzen Stämmen der Nadelbäume hindurchjagten.

Fünf Tage. Sie hatten Calt erst seit fünf Tagen gekannt, und nun hatte er sein Leben in Everynnes Dienst geopfert. Von allen Orten, an denen die Bezwinger sie angreifen konnten, war dies derjenige, an dem Veriasse es am wenigsten erwartet hatte. Ein stiller Bergpfad weit im Hinterland der abgelegenen Welt Tihrglas. Es hätte ein vergnüglicher Ritt durch die Wälder werden sollen; statt dessen fand Veriasse sich tief über sein Pferd gebeugt in wildem Galopp über eine schlammige Straße wieder, taub vor Kälte und voller Sorgen.

Er war todmüde, wagte es aber nicht, die Augen zu schließen. Eine Stunde lang ritten sie durch die Dunkelheit und den prasselnden Regen, bis es für die Pferde zu gefährlich wurde, weiter in diesem Tempo zu galoppieren. Dennoch trieb Veriasse die Tiere voran, so schnell er es wagen konnte. Er spürte, daß die Bezwinger sie bald eingeholt hatten, als der Wald sich vor ihnen lichtete und sie über eine langgestreckte, stabile Holzbrücke ritten.

Der Fluß unter ihnen war stark angeschwollen. Schreiend und gnadenlos trieb Veriasse die Pferde voran, bis sie das andere Ufer erreicht hatten. Dort zügelten sie die Tiere.

Veriasse schwang sich vom Pferd und betrachtete die Brücke. Sie war aus kräftigen Baumstämmen errichtet, über die man Planken gelegt hatte. Er sah keine Möglichkeit, die Brücke rasch zum Einsturz zu bringen; deshalb nahm er seine Waffe und richtete sie auf die Planken. Heiße Flammen schossen fünfzig Meter weit aus dem Lauf und trafen die Brücke. Die Stute neben ihm schnaubte ängstlich und stieg auf die Hinterhand. Sie hatte noch nie das sonnenheiße chemische Feuer eines Flammrohrs gesehen.

Der kalte Regen war durch seine Kleidung gedrungen, und Veriasse spürte das Verlangen, einen Augenblick bei der auflodernden Brücke zu stehen und sich am Feuer zu wärmen. Doch er nahm die Zügel von Everynnes Hengst und zog das Tier vorwärts.

»Laß uns hier Rast machen«, sagte Everynne. »Ich bin so müde.«

»Wahrscheinlich kommen wir bald zu einer Siedlung an der Straße. Wir können jetzt nicht rasten, mein Kind. Wir sind ganz nahe am Tor!«

Er trieb die Pferde an. Everynne saß steif im Sattel und gab keine Antwort. Zehn Minuten später erklommen sie erneut eine flache Anhöhe. Veriasse blickte zurück, um das Ergebnis seiner Arbeit zu betrachten. Auf der ganzen Länge der Brücke erstreckte sich ein feuriges Inferno. Es tauchte den Fluß in ein mattes Rot, und eine dunkle, vom Feuer beleuchtete Rauchwolke breitete sich über der Brücke aus.

Am gegenüberliegenden Flußufer erblickte Veriasse die grünhäutige Gestalt eines Bezwingers in seinem Kampfanzug. Sie schälte sich aus dem Dunkel und starrte bestürzt auf die lodernde Brücke und den angeschwollenen Fluß.

Als Gallen O'Day fünf Jahre alt war, nahm sein Vater ihn mit zur alten Witwe Ryan. Er hatte ihm ein junges Kätzchen versprochen. An diesem Tag sagte die Witwe einige Worte, die Gallens Leben später mehr als ein dutzendmal gerettet hatten.

Es war ein kalter Morgen in Clere. Eine staubdünne Schicht Schnee hatte sich während der Nacht auf die herbstliche Landschaft gelegt. Gallens Vater trug einen stark abgetragenen Wintermantel und fingerlose Handschuhe. Gallen klammerte sich fest an seine Hand, als sie schließlich vor der Tür der Witwe standen. Die Witwe Ryan war steinalt. Die Kinder in der Stadt erzählten Geschichten über sie. Sie nannten sie eine Hexe und sagten, der Priester habe alle ihre Kinder ertränkt, weil sie Kobolde gewesen seien.

Die Witwe wohnte in einem alten, knorrigen Nadelbaum. Sein Stamm hatte fast zehn Meter Durchmesser und war mehr als zwei Stockwerke hoch. Knorrige schwarze Äste ragten wie verkrüppelte Hände hervor. Viele Behausungen in der Stadt waren aus den Samen seiner Tannenzapfen gezogen worden, aber keine andere war auch nur annähernd so geräumig wie diese. Oft kamen die Krähen aus der nahen Felsenbucht heraufgeflogen und krächzten in den Ästen des Baumes heiser um die Wette.

Der Mann der Witwe war Kesselflicker gewesen. Jedesmal, wenn ein Feuerkessel nicht mehr zu reparieren gewesen war, hatte er ihn mit nach Hause gebracht und ihn als Pflanzkübel benutzt, so daß an den Ästen des Baumes unzählige dieser rußgeschwärzten, eisernen Kessel hingen. Gallen fand, daß sie genau die richtige Größe hatten, um kleine Kinder darin zu garen.

Sein Vater klopfte an die schwere Tür. Moos wuchs an den faltigen Rinden des Baumes. Zu Gallens Füßen zog eine große, braune Schnecke auf ihrer Schleimspur zum Baum. Die Witwe öffnete die Tür. Sie hatte sich ein dickes blaues Tuch um die Schultern gelegt und führte sie in die Wärme ihres Hauses. Ein Feuer brannte in dem steinernen Kamin. Sie brachte die Besucher zu einer Wurfkiste neben einem verblaßten Sofa. Die Katze der Witwe hatte sieben Junge geworfen. Sie sahen alle verschieden aus. Eins war orange und weiß gestreift, zwei waren grau wie Baumwolle, und vier waren schwarz mit weißen Gesichtern und Pfoten. Gallen konnte sich nicht entscheiden, welche er sich aussuchen sollte. Die Witwe erlaubte ihm, sich neben die Kiste auf den Boden zu setzen und die Kätzchen zu beobachten, während sie sich mit seinem Vater unterhielt. Gallen betrachtete die Jungen und lauschte mit einem Ohr, als die Witwe Geschichten aus ihrer Jugend erzählte.

Ihr Vater war ein Kaufmann gewesen. Eines Tages hatte er in Irland sieben Ölpressen gekauft. Er wollte sich dort niederlassen. Er hatte seine ganze Familie mitgenommen, doch ein

Sturm trieb sie auf der Seereise vom Kurs ab. Sie strandeten in einer abgelegenen Gegend, wo die wilden Schmecker ihr Unwesen trieben – haarige Menschen, die sich vom Christentum losgesagt hatten. Bis auf schwere Messingringe, die durch ihre Brustwarzen gebohrt waren, liefen sie völlig unbekleidet herum.

Die Schmecker fraßen die ganze Familie. Nur die Witwe wurde auf einer Felseninsel gefangengehalten. Bei Vollmond brachten die Schmecker ihre Toten zusammen mit geschlachteten Menschenopfern hierher. Einmal im Monat konnte die Witwe tagelang schlemmen, bis das Essen zu verrotten begann. Dann wieder hungerte sie wochenlang. Der Boden der Insel war weiß von den gebleichten Knochen toter Schmecker.

Die Witwe überlebte einen ganzen Sommer in einer Felsenhöhlung. Sie übte sich im Schwimmen, bis sie schließlich sicher genug war, über das Meer zu gelangen und zu entkommen.

Nach ihrer Flucht reiste sie durch die Welt. Sie hatte sogar die Statue vom Angesicht Gottes besucht, die der heilige Kelly nach seiner Vision bei Gort Art aus dem Felsen gehauen hatte. Während sie die wunderschöne Statue beschrieb, die weder weiblich noch männlich war, weder alt noch jung, traten ihr Tränen der Freude in die Augen.

Sie erzählte, wie sie tagelang durch den Palast des Eroberers in der Nähe von Droichead Bo gewandert war, ohne zweimal den gleichen Raum zu betreten. Dort hatte sie einen kleinen Schatz aus Edelsteinen gefunden, den die Plünderer mehr als zweihundert Jahre lang übersehen hatten.

Gallen richtete seine Aufmerksamkeit wieder auf die schlafenden Katzenjungen. Er pustete sie an und stubste sie leicht, und bald wurden sie wach. Er beobachtete, wie sie sich streckten und nach den Zitzen ihrer Mutter suchten. Gallen begann, mit den Kätzchen zu spielen. Da er sich nicht entscheiden konnte, hoffte er, eins der Tiere würde von selbst zu ihm kommen, um zu spielen. Aber die Kätzchen waren nicht an kleine Jungs gewöhnt, und so tollten sie ausgelassen im Haus umher und spielten nur miteinander.

Doch eins der Tierchen zog Gallens Aufmerksamkeit auf sich.

Das Orange- und Weißfarbene starrte in eine schattige Ecke am Kamin und fauchte, als hätte es ein Gespenst gesehen. Dann sprang es mit einem Satz aufs Sofa, als wäre ein Wolf hinter ihm her. Es stolzierte mit gesträubten Haaren und gekrümmtem Buckel über die Rückenlehne des Sofas. Als Gallen die Finger vor dem Tier bewegte, wurden dessen Augen riesengroß. Es krümmte sich zusammen, um sich für den Angriff vorzubereiten.

Trotz der Verspieltheit der kleinen Katze war Gallen nicht sicher, ob er sie nehmen sollte. Die Witwe hatte den Tieren einen Fisch zu fressen gegeben, und das Junge stank aus dem Maul. Eine Baumwollfarbene mit blauen Augen lenkte Gallens Aufmerksamkeit auf sich.

Als offensichtlich wurde, daß Gallen sich nicht würde entscheiden können, beugte die Witwe ihr runzliges Haupt zu ihm herab. Dann sprach sie die Worte, die Gallens Leben später so oft retten sollten: »Nimm das Orange- und Weißfarbene, das so verspielt ist. Es wird am längsten leben.«

»Woher wollt Ihr das wissen?« Gallens Stimme hatte einen ängstlichen Klang. Er fragte sich, ob die Witwe wirklich eine Hexe war und irgendwie in die Zukunft blicken konnte.

»Clere ist eine große Stadt«, war ihre Antwort. »Kräftige alte Kater leben am Kai. An jeder Ecke gibt es Jagdhunde, und die vielen Pferde, die durch die Stadt reiten, können eine Katze leicht zertrampeln. Aber dieser kleine orange-weiße Kater kann in der gefährlichen Stadt überleben. Schau dir nur an, wie er die Fertigkeiten übt, die er im Leben benötigt. Er wird sich behaupten.«

Gallen ergriff das orange-weiße Kätzchen mit seinen kurzen Fingern. Das Tier kuschelte sich in seine wollene Jacke, und die Witwe Ryan fuhr fort: »Du kannst eine Menge von diesem Kätzchen lernen, mein Kind. Es gibt viele verschiedene Menschen auf dieser Welt. Einige leben nur in der Gegenwart – sie bewegen sich durch die Zeit, ohne je einen Gedanken an das Morgen oder das Gestern zu verschwenden. Sie leben nur ein Leben. Für diese Art Menschen ist das Leben ein Traum. Andere leben zwar in der Gegenwart, aber sie haben ein gutes Gedächtnis und verrotten langsam unter dem Gewicht ihrer Erinnerungen. Manche sonnen sich in Erfolgen, die so lange her sind, daß niemand ihnen mehr zuhören mag. Für diese Menschen ist der Lebensweg ein Traum, der mit ihrer Vergangenheit gewürzt ist. Sie können ihm nicht entkommen. Und es gibt eine dritte Sorte. Sie sind wie deine Katze. Diese Leute leben drei Leben gleichzeitig. Sie streifen nicht nur in ihrer Vergangenheit umher oder leben allein in der Gegenwart. Sie träumen vom Morgen und bereiten sich immer auf das Schlimmste vor. Sie geben ihr Bestes, um die Welt zum Guten zu verändern. Diese kleine Katze wird wahrscheinlich nie von einem Pferdekarren überfahren oder von einem Hund gefressen. Sie bereitet sich hier drinnen auf alle Gefahren vor.« Die Witwe deutete mit einem knotigen Finger auf ihre Stirn.

Gallen nahm das Orange-Weiße. Und tatsächlich – die anderen Katzen des Wurfes wurden in weniger als sechs Monaten auf tragische Weise Opfer von streunenden Hunden oder stampfenden Pferdehufen. Oder sie wurden von boshaften Kindern im Meer ersäuft. Nicht so Gallens orangener Kater. Viele Jahre später starb er an Altersschwäche, doch bis zu diesem Zeitpunkt hatte Gallen bereits alles gelernt, was der Kater ihn lehren konnte.

Als Junge lebte Gallen alle drei Leben. Doch seine Phantasie war bei weitem stärker ausgeprägt als bei anderen Kindern. Wie die Katze konnte er sich in Gedanken mögliche Gefahren ausmalen und sich vorstellen, wie er ihnen rechtzeitig begegnen oder ausweichen würde. Und wie seine Katze war er ein großgewachsener, beweglicher Bursche.

Eines Nachts – Gallen war siebzehn – wurden er und ein Nachbarjunge namens Mack O'Mally auf einer dunklen Straße von zwei Wegelagerern überfallen. Die beiden Räuber trugen weite schwarze Mehlsäcke über dem Kopf, um ihre Gesichter zu verbergen. Sie griffen von hinten an. Gerade als einer der beiden sein Messer in Macks Rücken stoßen wollte, schrie eine Schleiereule hoch oben in den Bäumen. Das Geräusch lenkte den Gauner ab, so daß er den Kopf wandte. Gallen sah die kleinen Löcher, die der Räuber in den Mehlsack gebrannt hatte, und er wußte sofort, daß die Sicht des Mannes durch die Maske hindurch ziemlich eingeschränkt war. Rasch griff er nach den beiden Mehlsäcken und drehte sie nach hinten, so daß die Wegelagerer nichts mehr sehen konnten. Dann entwand er Mack ihrem Griff, und Sekunden später lagen die Eingeweide der Räuber auf dem Boden verstreut.

Als Gallen und Mack die Taschen der Räuber leerten, fanden sie fünf Pfund und drei Schilling. Zurück in Clere, marschierten sie schnurstracks ins Wirtshaus und spendierten eine Runde. Den Rest des Geldes gaben sie einem Totengräber, der die Wegelagerer beerdigen sollte.

In gewisser Hinsicht war dies die Geburtsstunde der Legende vom ›Phantastischen Gallen O'Day‹, doch bis dahin vergeht es in dieser Geschichte noch eine ganze Weile.

Nein, ich glaube, wenn man die Geschichte richtig erzählen möchte – und es ist eine Geschichte, die im Ganzen erzählt werden *will* –, muß man etwa zwei Jahre nach diesem Ereignis fortfahren. Gallen war für ein Jahr im Süden gewesen und hatte dort eine gewisse Bekanntheit erlangt. Er hatte sich mit einem schwarzen Bären angefreundet, der auf den Namen Orick hörte. Gemeinsam verdingten sich die beiden als Leibwächter für wohlhabende Reisende. In jenen Tagen waren die Familienclans sehr mächtig. Es war für Kaufleute so gut wie unmöglich, ihren Lebensunterhalt zu verdienen, wenn die O'Briens die Hennesseys und die Hennesseys die Greens haßten und bekriegten.

Ein unbewaffneter Reisender konnte kaum ein Dutzend Meilen weit reiten, ohne daß jemand versuchte, ihm die Nase blutig zu schlagen. Und es passierten noch viel schlimmere Dinge im Land.

Gerüchte besagten, daß Gallen in jener Zeit das Land von mehr als zwei Dutzend verschiedenen Räubern, Wegelagerern und Halsabschneidern befreit hatte. Tatsächlich hatte jeder Bandit in sechs Bezirken die Erfahrung gemacht, daß er dem blonden Burschen mit dem langen Haar und den verträumten Augen besser nicht in die Quere kam. Gallen erlangte mehr als nur Bekanntheit.

Doch in jenem Herbst erreichte ihn die Nachricht, daß sein Vater gestorben war. Er kehrte nach Clere zurück, um für seine alternde Mutter zu sorgen. Bis zu dieser einen Nacht ...

Der Herbststurm ließ den Regen so laut an die Fenster prasseln, daß es sich wie das Klopfen eines ungeduldigen Nachbarn anhörte. Gallen saß mit seinem Freund Orick dem Bären in Mahoneys Wirtshaus und lauschte den Tropfen, die an die Scheiben trommelten. Plötzlich hatte er das dumpfe Gefühl, daß *etwas* versuchte, ins Haus zu kommen, *etwas*, das so groß und dunkel war wie der Sturm selbst.

Gallen war an diesem Abend ins Wirtshaus gekommen, um seine Dienste als Leibwächter anzubieten. Doch wenngleich die Kneipe voller Reisender war und Gerüchte besagten, daß die Straßen rund um Clere vor Räubern nur so wimmelten, hatte niemand ihn angesprochen. Nicht bis zu dem Zeitpunkt, als Gallen den Blick eines Bekannten an einem Nachbartisch auffing, eines reichen Schafzüchters namens Seamus O'Connor, den er aus An Cochan kannte.

Seamus hob in der anderen Ecke des Raumes seine buschige Augenbraue, als wolle er Gallen mit diesem Zeichen um Erlaubnis bitten, an seinen Tisch zu kommen. Als Gallen leicht nickte, erhob Seamus sich beiläufig von seinem Tisch, stopfte ein bißchen Tabak in seine Rosenholzpfeife und schlenderte zum Kamin. Dort nahm er ein glühendes Holzscheit aus dem Feuer und entzündete seine Pfeife. Vater Heany, der Dorfpriester, kam hinzu und bat um das Scheit.

Seamus nahm Gallen gegenüber Platz. Er lehnte sich in dem alten Hickorystuhl zurück, legte seine schwarzen Lederstiefel auf den Tisch und nuckelte genüßlich an der Pfeife. Sein voller Bauch wölbte sich über dem Gürtel. Er grinste. In diesem Augenblick erinnerte er Gallen an einen fetten, lächelnden Sack mit Extremitäten und einem Kopf. Vater Heany kam in seinem würdevollen schwarzen Aufzug zu ihnen herüber. Er wirkte irgendwie verhärmt und sah halb verhungert aus. Er nahm neben Seamus Platz und sog an seiner Pfeife, bemüht, dem feuchten Tabak ein wenig Rauch zu entlocken. Vater Heany war ein so ordentlicher und reinlicher Mann, daß die Leute in der Stadt häufig über ihn lästerten. »Der Kerl ist unglaublich sauber. Du kannst ihn als Seife benutzen, wenn du mit ihm zusammen badest.«

Die beiden alten Männer verbreiteten angenehm duftende Wolken von Tabaksqualm. Bald sahen sie aus wie zwei alte Drachen, die sich hinter ihrem eigenen Rauch verbargen.

»Tja, Gallen«, begann Seamus das Gespräch. »Man sagt, daß du von nun an in Clere bleiben willst ...« Er beendete den Satz nicht: *Jetzt, da dein Vater tot und deine gebrechliche Mutter Witwe ist.*

»Aye«, gab Gallen zur Antwort. »Heutzutage mache ich keine Streifzüge mehr, die mich weit fort von Zuhause führen.«

»Wovon willst du denn in Zukunft leben?« fragte Seamus. »Hast du darüber mal nachgedacht?«

Gallen zuckte die Achseln. »Ich habe mir so meine Gedanken gemacht. Ich besitze Ersparnisse, die für eine Weile reichen sollten. Ich habe daran gedacht, Fischer zu werden, aber ich kann mir nicht vorstellen, daß eine Frau sich an den Geruch eines Fischers gewöhnen kann.«

»Das ist wohl wahr. Aber der Hufschmied sucht einen Lehrling«, sagte Vater Heany hilfsbereit.

»Ich war heute bei ihm«, gab Gallen zurück, während er schaudernd daran dachte, wie der Schmied den Hinterhuf eines Tieres gehalten und sich dabei an den schweißigen Pferdeleib gelehnt hatte. »Um die Wahrheit zu sagen, ich wäre lieber ein Pferdearsch, als daß ich mit meinem Kopf so dicht an einem Pferdehintern arbeiten müßte.« Seamus und Orick der Bär lachten, und Vater Heany nickte weise.

»Natürlich«, sagte Heany, »kann ein kluger Mann überall eine Arbeit finden, bei der er sich nicht schmutzig macht.« Er runzelte die Stirn, als würde er angestrengt nachdenken. »Was hältst du vom Priesteramt?«

»Ein schöner Beruf«, meldete Orick sich mit seiner tiefen Stimme zu Wort. Der Bär saß auf dem Boden, die Tatzen auf dem Tisch, und leckte eine Schale aus. An seiner Schnauze waren Reste von Milch zu erkennen. »Ich selbst habe bereits daran gedacht, Priester zu werden, aber unser Gallen macht sich nichts aus Gott und seinen Dienern.«

»Ich habe Achtung vor Gott«, erwiderte Gallen gereizt. »Aber ich habe keine Achtung vor einigen Leuten, die sich Gottes Diener nennen. Ich habe viel darüber nachgedacht. Eure Bibel sagt, daß Gott den Menschen nach seinem Ebenbild geschaffen hat. Und sie sagt, daß Gott vollkommen ist. Aber dann hat er die Menschen nicht wie ›Gott‹, sondern nur ›gut‹ gemacht, im Sinne von ›gut genug‹. So, als wäre er bei seiner Arbeit ein bißchen faul gewesen. Mir scheint, Gott hätte sich mit uns schon ein wenig mehr Mühe geben können, wenn man bedenkt, daß wir die Krone seiner Schöpfung sind. Nehmt zum Beispiel eine Geißkitz, die nur einen Tag alt ist. Sie kann schon über einen vier Fuß hohen Zaun springen! Wieso kann ein menschlicher Säugling das nicht?«

»Aha! Nur damit ich dich richtig verstehe, Gallen O'Day . . .«, in Vater Heanys Augen war ein feuriges Aufblitzen zu sehen, ». . . wenn Gott dich am Tag der Schöpfung über seine Schulter hätte blicken lassen, und du hättest ihm Ratschläge erteilen können, wären wir alle besser geworden!«

Orick schleckte aus der Milchschale auf dem Tisch. In den dunklen Augen des Bären lag ein nachdenklicher Ausdruck. »Weißt du, Gallen, Gott gab den Menschen Schwächen, damit sie bescheiden bleiben sollten.« Oricks Stimme war nüchtern und sachlich. »In der Bibel steht: ›Der Mensch ist nur wenig geringer als die Engel.‹ Gewiß bist auch du dieser Meinung. Vielleicht lebst du nicht so lange wie eine Schildkröte, aber du wirst bestimmt älter als ich. Dein Verstand ist weit schneller als der eines jeden Bären. Und mit euren Häusern, euren Schiffen und euren Träumen seid ihr Menschen reicher, als wir Bären es jemals sein werden.«

Worte eines wahren Priesters, dachte Gallen bei sich. Es gab nur sehr wenige Bären, die Priester wurden. Gallen fragte sich, ob Orick vielleicht dafür geboren war.

»Ich eigne mich nicht für die Priesterschaft«, versicherte Gallen, an Vater Heany gewandt. »Ich liebe die Straße zu sehr, die

Freiheit, meine Arbeit als Leibwächter. Gewiß, ich möchte ein Haus kaufen. Aber nur, um es zu vermieten. Es gibt hierzulande jede Menge kurzer Strecken. Ich kann also arbeiten und nebenbei nach meiner Mutter sehen.« Doch Gallen wußte, daß die kurzen Strecken nichts für ihn waren. Eines Tages würde er nach Süden gehen, nach Gort Art, und er würde die Statue des heiligen Kelly vom Angesicht Gottes besuchen. Oder er würde sich nach Osten wenden, zum Palast des Eroberers bei Droichead Bo, und dort nach verborgenen Schätzen suchen. Aber vorerst würde er hier in der Gegend bleiben, im Bezirk Morgan, nie weiter als ein paar Tagesreisen von zu Hause entfernt.

»Himmel, Junge!« rief Heany zornig. »Deine Bekanntheit reicht heute schon weiter, als du jemals reisen kannst! Jeder Räuber hier in der Gegend wird binnen einer Woche verschwinden, und dann braucht niemand mehr Begleitung! Du selbst bist dein schlimmster Feind!«

Seamus gab dem Priester einen Stoß mit dem Ellbogen und räusperte sich. »Setzt dem Jungen keine Flöhe in den Kopf. *So* gut ist er bei weitem nicht!« Er wandte sich an Gallen. »Aber um die Wahrheit zu sagen, Gallen, ich möchte deine Dienste in Anspruch nehmen. Mein Sohn ist vorausgeeilt, um Biddy Bescheid zu geben, daß ich später komme. Ich bin noch nicht halb so betrunken, wie ich es in einer Stunde zu sein gedenke, und ich zahle dir zwei Schillinge, wenn du mich anschließend lebendig zu Hause ablieferst.«

»Zwei Schillinge?« fragte Gallen. Es war ein verdammt niedriger Lohn für einen Leibwächter, aber es war schon spät in der Nacht. Zu spät – und zu verregnet –, als daß noch Räuber unterwegs wären. Gallen würde Seamus nur über die Hügel von Clere nach An Cochan begleiten müssen. Das war eine Strecke von vier Meilen, und er mußte lediglich Sorge dafür tragen, daß Seamus unterwegs nicht vom Pferd fiel. »Gib mir vier, und wir sind im Geschäft.«

Seamus schnitt eine Grimasse, als ob er gerade einen Nierenstein auspinkeln würde. »Was? Mann, du hast vielleicht eine aufgeblasene Meinung von deinem Wert. Ich habe nichts gegen dich, Bursche, aber auf der Welt ist kein Platz für Phantasten.

Du bist so wild darauf, ein Hausbesitzer und Vermieter zu werden, daß du in deinen Gedanken schon säumige Mieter auf die Straße wirfst!«

»Fünf Schillinge«, sagte Gallen ungerührt. »Vier für den Begleitschutz und einen für die Beleidigung.«

»Drei!« entgegnete Seamus bestimmt.

Gallen blickte ihm einen Moment in die Augen und nickte zustimmend. Es war still geworden. Die einzigen Geräusche stammten vom Wind, der draußen heulte, und von den Paddeln im Butterfaß. Die Küchenmagd, ein sechzehnjähriges Mädchen namens Maggie Flynn, machte normalerweise erst bei Morgendämmerung frische Butter. Aber bei dem schlechten Wetter legten viele Reisende hier Rast ein, und Maggie wollte einen Vorrat anlegen.

Sie besaß dunkelrotes Haar und braune Augen. Schweißperlen standen auf ihrer Stirn. Sie bemerkte, daß Gallen sie beobachtete, und schenkte ihm ein rasches Lächeln.

Seamus zwinkerte Vater Heany zu und sagte: »Ach, Vater, es könnte uns kaum besser gehen, nicht wahr? Nach einem guten Abendessen faul herumzulungern ...«

Vater Heany nickte zustimmend. »Stimmt. Viel besser kann's uns nicht gehen.«

»Nein, überhaupt nicht besser, es sei denn ...«, Seamus blies eine Tabakwolke aus, »... es sei denn, man ist in seinem eigenen Haus, bei seiner eigenen süßen Frau, die einem auf dem Schoß sitzt, während man seine Pfeife raucht, und die lieben kleinen Kinder liegen schon im Bett.« Seamus zwinkerte dem Priester zu und erwartete heftigen Widerspruch – schließlich gab es ein priesterliches Zölibat –, doch Vater Heany nuckelte nur gedankenverloren an seiner Pfeife. Er schien das Stichwort von Seamus aufzunehmen.

»Ach ja, eine Frau ...« Vater Heany seufzte. »Ich bin sicher, das ist eine feine Sache.«

»Wenn ich ein junger Mann wie Gallen wäre«, fuhr Seamus trocken fort, »gerade zurück in der Stadt, und mich hier niederlassen wollte – ich würde mich schnellstens nach einer Frau umsehen. Ich glaube, ich würde es sogar als eine Art Pflicht betrachten, mir irgendein nettes Mädchen aus dem Bezirk Morgan zu suchen und zu heiraten.«

Gallen überlegte, was Seamus damit andeuten könnte. Seamus hatte ein paar junge Töchter draußen auf der Farm, aber die älteste war gerade erst vierzehn. Und obwohl es nicht ganz unüblich war, daß ein Mädchen so jung heiratete, konnte Gallen sich nicht vorstellen, weshalb Seamus dabei von einer ›Pflicht‹ sprach – es sei denn, irgendein Bursche hatte seine Tochter geschwängert und sich dann aus dem Staub gemacht. In diesem Fall würde Seamus verzweifelt nach einem Ehemann für das Mädchen suchen.

Vater Heany mußte sich seine eigenen Gedanken über Seamus' Worte gemacht haben, denn er sagte: »Wo wir gerade davon sprechen, drunten in Gort Obhiann wohnt diese Mary Gill. Ihr Mann wurde letzten Sommer von einem Pferd zu Tode getrampelt, und jetzt ist sie allein mit drei strammen kleinen Jungs, die einen Vater brauchen. Würde ich nach einer Frau Ausschau halten, würde ich Mary ganz sicher einen Besuch abstatten. Sie ist eine schöne Frau! Wunderschön! Und sie kann Kinder kriegen! Sie hat's ja schon bewiesen!«

»Ja, sie ist wirklich recht hübsch«, pflichtete Seamus ihm bei. »Aber dumm wie ein Tannenzapfen, wie ich gehört habe. Wahrscheinlich wird sie eines Tages in den Brunnen fallen oder sich eine Lungenentzündung einfangen, weil sie zu lange im Regen gestanden hat, und dann wird sie ihren Ehemann als Witwer mit den Kindern zurücklassen.«

»Hmmm?« Vater Heany hob fragend den Blick.

»Nun, da gibt es auch noch Gwen O'Rourke. Schlau wie eine Stechbiene, und außerdem recht fleißig.«

»Nein. Neeeiiin!« Vater Heany hob die Arme, als wolle er einen Schlag abwehren. »Sie können doch nicht Ihre häßliche Nichte auf den Jungen loslassen!« stieß der Priester hervor. »Das wäre eine Sünde. Sie ist ja ziemlich hübsch, zugegeben, aber diese vorstehenden Pferdezähne . . .«

»Wie könnt Ihr so etwas sagen?« Seamus machte ein gespielt finsteres Gesicht. »Wie könnt Ihr es wagen, in diesem Ton über meine Nichte zu sprechen!«

»In diesem Punkt«, gab der Priester gelassen zurück, »ist Gott meiner Meinung. Das Mädchen hat Hauer, die so gefährlich sind wie die eines wilden Ebers. Wenn Gallen nach einer hübschen jungen Frau sucht, dann bin ich sicher, daß andere in Frage kommen.«

Maggie richtete sich von ihrem Butterfaß auf. Sie konnte die Kurbel nicht mehr drehen, denn die Sahne war zu Butter geworden. Ihr Gesicht und die Arme waren schweißbedeckt. Gallen schätzte, daß es Mitternacht war, denn Maggie hatte bei Sonnenuntergang mit der Arbeit begonnen. Sie stand müde auf, legte ein dickes Holzscheit auf das Kaminfeuer und setzte sich an einen freien Tisch. Sie seufzte, als ob sie sagen wollte: »Ach, zur Hölle damit!«

Mit einer Armbewegung auf das Mädchen sagte Seamus: »Tja, da wäre zum Beispiel unsere Maggie.« Mit einem Schlag wurde Gallen klar, daß Seamus das alles geplant hatte. Und jetzt, da Gallen und Maggie so dicht beieinander saßen, war die ideale Gelegenheit gekommen, beide ein bißchen zu piesacken. Niemand in der Stadt konnte die Blicke übersehen, die sie tauschten. Gallen hatte sich bereits entschieden, daß Maggie die Richtige für ihn war. »Nun, Maggie hat alles, was man braucht. Sie ist klug, sie ist bezaubernd, und sie schuftet für drei.«

»Genau. Das stimmt!« rief Vater Heany.

»Und wie sie aussieht!« Seamus war nicht zu bremsen. »Es kommen mehr hierher, um Maggie anzuschauen, als um zu trinken! Würde sie einen der jungen Burschen heiraten, wäre das ein schwerer Schlag für John Mahoneys Laden! Ich bin sicher, daß es im ganzen Bezirk Morgan keinen besseren Fang gibt als Maggie Flynn!«

»Aber ...«, Vater Heany seufzte, »... sie ist zu jung. Das arme Kind ist erst sechzehn.«

Er sprach mit größter Bestimmtheit, und Gallen wußte, daß es nicht nur ein Gedanke des Geist-lichen sondern ein Verbot war. Vater Heany wiederholte nur laut, was andere in der Stadt insgeheim dachten.

»Zu jung?« fuhr Seamus auf. »Das Mädchen hat in weniger als zwei Monaten Geburtstag!«

Der Priester hob die Hände. »Sechzehn oder fast siebzehn – das ist doch unwesentlich. So ein junges Ding zu heiraten, grenzt an Sünde. Ich würde die Hochzeit niemals abhalten! Wenn Ihr mich fragt – und ich bin sicher, daß die Heilige Schrift mir zustimmt – ist achtzehn ein viel besseres Heiratsalter. Auf der anderen Seite glaube ich, daß man sich ebenfalls versündigt, wenn man wartet, bis eine Frau zwanzig ist. Man sollte bestraft werden, weil man die Dame so lange warten ließ.«

Seamus hob eine Augenbraue, blickte Gallen an und meinte: »Mit einem Priester streitet man nicht.« Er leerte sein Glas. Maggie stand auf, um nachzuschenken, doch Seamus winkte ab. »So denkt Ihr also darüber, Vater Heany«, sagte er, während er seine Hosen hochzog und zum Tresen schlenderte. »Wie dem auch sei, in dieser Ecke des Lokals ist es mächtig kühl geworden. Ich werde mich ein wenig ans Feuer setzen und die jungen Leute allein lassen.«

Seamus füllte seinen Krug an der Theke und setzte sich dann an einen Tisch, der näher am Feuer stand. Vater Heany und Orick folgten ihm und ließen Gallen zurück. Der Priester nahm eine Fiedel und begann, eine traurige Melodie zu spielen. Sie paßte zu der kalten Nacht. Maggie setzte sich neben Gallen. Er legte ihr den Arm um die Schultern, kaum daß Seamus ihm den Rücken zugedreht hatte. Maggie blickte rasch durch den Raum, um sicherzugehen, daß niemand sie beobachtete, und zwickte Gallens Ohr.

»Gallen O'Day, warum kommst du nicht zu mir nach oben auf mein Zimmer? Du darfst mit meinem Federkissen spielen und mich mit den Zähnen ausziehen.«

»Was?« Er wagte kaum zu flüstern und spürte, wie seine Ohren rot anliefen. »Du machst Witze! Du könntest ein Kind kriegen, wenn wir ... Du willst dich doch bestimmt nicht so früh durch Kinder binden lassen!«

»Ich bin alt genug, um von Sonnenaufgang bis Sonnenuntergang für eine Bande schmutziger Bettler zu kochen und zu putzen, die überhaupt keine Rücksicht nehmen und nicht einmal wissen, daß man seine verdreckten Schuhe auszieht, bevor man sich auf ein Bett legt. Sich um einen Mann und ein paar süße kleine Kinder zu sorgen, wäre nach der Plackerei hier wie Urlaub für mich.«

»Ach, Maggie«, sagte Gallen, »du hast doch Vater Heany gehört. Du bist zu jung. Warte noch ein, zwei Jahre.«

Maggie entgegnete: »Gallen O'Day, ich sage dir, die meisten Männer in dieser Gegend sind der Meinung, ich bin alt genug zum Heiraten. Du solltest meinen Hintern sehen. Er ist so oft gekniffen worden, daß er aussieht, als hätte ich in einer Schüssel voller schwarzer Johannisbeeren gesessen!«

Gallen erkannte die unausgesprochene Drohung. Maggie sagte: *Entweder schenkst du mir mehr Beachtung, oder ich suche mir einen anderen.* Und sie würde nicht lange suchen müssen. Gallen nahm einen dicken Eichenstock aus seiner Tasche und begann, ihn zu biegen und zu verdrehen. Mit dieser Übung pflegte er seine Handgelenke zu kräftigen. »Hmmm ...«, sagte er. »Vielleicht sollte ich mir dein Hinterteil mal ansehen?« Er spürte ihren warmen Atem in seinem Nacken.

»Du bist kein religiöser Mensch, nicht wahr?« fragte sie. »Aber ich will nicht, daß du von mir denkst, ich will nur mit dir herumhuren. Wenn du vorher einen Priester und ein paar Gebete haben willst ...«

»Nein, das ist es nicht«, versicherte Gallen ihr. Obwohl die Heirat genau das Problem war. Magie war so jung, daß kein ehrenhafter Mann ihr einen Antrag machen würde. Aber sie konnte den Gedanken, zwei weitere Jahre hier zu arbeiten, nicht ertragen. Wenn sie also geschwängert wurde, dann würde die ganze Stadt mit dem Auge zwinkern und die Heirat vorantreiben. Eine ziemlich schräge Sicht der Dinge, dachte Gallen, wenn die Bevölkerung eine verschämte Zwangshochzeit für ehrenhafter hält als einen würdevollen Heiratsantrag.

»Wenn ich dir jetzt sofort einen Heiratsantrag machen würde, könnte uns das auf lange Sicht schaden.«

»Inwiefern?«

»Ich möchte eine politische Karriere machen«, sagte Gallen. »Vater Heany hat recht. Ich würde unseren Lebensunterhalt nie verdienen können, wenn ich meinen Begleitschutz nur hier in der Gegend anbiete. Ich habe viel zu viele Räuber erledigt.

Nächstes Jahr will ich mich zum Bezirkssheriff wählen lassen. Aber das kann ich nicht, wenn ich mich mit dir im Bett vergnüge. Es würde Schande über uns beide bringen. Ich bitte dich, warte noch eine Weile, bis du älter bist.«

»Soll das ein Versprechen sein?« fragte Maggie. Ihre Schultern wurden steif in seinem Arm. »Oder versuchst du nur, mich wie ein Gentleman abzuwimmeln?«

Gallen blickte in ihre dunklen Augen, die so tief und braun waren, daß sie beinahe schwarz wirkten. Sie roch nach Schweiß und duftete nach Fliederparfum. Draußen tobte und heulte der Wind. Schneeregen spritzte mit so erstaunlicher Wucht gegen die klappernden, rasselnden Fenster, daß Gallen und Maggie die Köpfe drehten. Für einen Augenblick glaubte Gallen, es hätte jemand dagegen geklopft. Er wandte sich wieder Maggie zu. »Du bist ein zauberhaftes Mädchen, Maggie Flynn. Ich flehe dich an, hab ein wenig Geduld.«

Maggie rückte von ihm ab. Sie war enttäuscht, vielleicht verletzt. Er hatte ihr immer noch kein Eheversprechen gegeben, und sie wollte eine Verpflichtung, selbst wenn sie nur inoffiziell war.

Die Wirtshaustür schwang auf, und ein Schwall Regen ergoß sich in die Schankstube. Zuerst glaubte Gallen, der Wind hätte die Tür aufgedrückt, doch im nächsten Augenblick betrat ein Fremder in Reisekleidung den Raum.

Er war ein großer Mann. Er trug Reithosen und einen braunen Wollmantel mit Kapuze. In einem Gurt über dem Umhang steckten seine beiden Schwerter: ein seltsam gerade Säbel mit einer merkwürdigen Parierstange am Griff, und eine weitere, gleich lange, aber gekrümmte Klinge. Dadurch, daß er seine Schwerter bei diesem Wetter über dem Umhang trug, riskierte der Fremde, daß die Waffen rosteten. Allerdings waren sie ständig griffbereit.

Nur ein Mann, der sein Geld mit der Waffe verdiente, trug die Schwerter auf diese Weise.

Alle Blicke richteten sich auf ihn. Der Fremde mußte mindestens fünf Stunden in der Dunkelheit unterwegs gewesen sein – ein Zeichen, daß er es sehr eilig hatte. Er stand in der Tür, ohne die Kapuze abzunehmen, und musterte schweigend jeden Anwesenden. Gallen fragte sich, ob der Fremde ein Verbrecher war, der vermeiden wollte, daß die Städter sein Gesicht erkannten. Doch seine umherschweifenden Blicke taxierten die Gäste, als wäre er ein Jäger, und nicht ein Gejagter.

Schließlich machte er einen Schritt von der Tür weg in die Gaststube, und eine schlanke, verloren wirkende Frau betrat den Raum. Sie verharrte einen Moment majestätisch aufgerichtet im Eingang. Auch bei ihr verdeckte eine Kapuze das Gesicht.

An der gespannten Körperhaltung des Mannes erkannte Gallen, daß er Diener und Beschützer der Frau war. Die Frau trug hellblaue Reisekleidung, die mit goldenen Fuchs- und Kaninchenfellen besetzt war. Unter dem Arm hielt sie einen kleinen Lautenkasten aus Rosenholz. Sie zögerte einen Augenblick, dann setzte sie sich in Bewegung. Die Kapuze fiel auf ihre Schultern zurück.

Sie war die schönste Frau, die Gallen jemals gesehen hatte. Nicht üppig oder verführerisch, aber vollkommen. Sie besaß eine majestätische Ausstrahlung und war um die Zwanzig. Ihr Haar war so schwarz wie die sternenlose Nacht, und ihre Wangen waren stark und fest. Ihre Haut besaß einen dunklen Teint. Sie sah abgekämpft und müde aus, doch ihre dunkelblauen Augen funkelten und waren voller Leben. Gallen erinnerte sich an ein altes Lied: ›Ihre Augen leuchten in einem Licht, das jeden einsamen Mann erwärmt.‹

Maggie boxte Gallen verspielt ans Kinn. »Gallen O'Day, wenn deine Zunge noch ein kleines Stück weiter heraushängt, brauchst du nur noch damit zu wedeln, um den Dreck von deinen Stiefeln zu putzen.«

Sie stand auf und begrüßte die Ankömmlinge. »Kommt herein, und laßt das Wetter draußen! Setzt Euch ans Feuer. Trocknet Eure durchweichten Mäntel. Möchten die Herrschaften etwas zu essen oder ein Zimmer?«

Der großgewachsene Mann hatte einem seltsamen Sprachfehler. Er war laut genug, daß jeder im Raum ihn hören konnte: »Man sagt, daß es in der Nähe einen Ort gibt, einen alten Bogen, in den fremde Symbole eingehauen sind. Geata na Chruinne.

Was wißt Ihr darüber?« Bis zu diesem Augenblick hatte jeder im Raum gelauscht, aber so getan, als würde er nichts hören. Jetzt spitzten alle die Ohren so sehr, daß es nicht zu übersehen war.

Gallen fragte sich, ob diese Fremden Abenteurer waren, die die Welt sehen wollten. Geata na Chruinne wurde manchmal von solchen Leuten besucht.

»Ich kenne diesen Ort«, sagte Maggie mißtrauisch und studierte das Gesicht des Fremden. »Jeder hier kennt ihn.«

»Ist es leicht, dorthin zu kommen?« Die Stimme des Fremden war belegt. »Könnten wir es heute Nacht noch schaffen? Nach einer kurzen Rast und einem Abendessen?«

»Niemand geht zum Bogen, wenn es dunkel geworden ist«, erwiderte Maggie unbehaglich. »Man sagt, es sei ein verwunschener Ort. Man kann an einem heißen Tag neben dem Bogen stehen und fühlen, wie eiskalte Luft aus ihm strömt. Außerdem ist er tief im Wald, in Coille Sidhe. Nachts kann man nicht dorthin.«

»Ich kann einen Führer bezahlen«, bot der Fremde an.

»Gut. Es gibt einige Burschen in der Stadt, die den Weg kennen. Wenn Ihr bis Morgen früh warten wollt . . .«

»Nein. Keine jungen Burschen.« Der Fremde überragte Maggie um Haupteslänge. »Ich will einen Mann, einen erfahrenen Söldner. Jemand, der auf sich selbst aufpassen kann.«

Maggie blickte zu Gallen. Auf ihrem Gesicht zeichnete sich Besorgnis ab. Bisher waren nur wenige Einwohner der Stadt in den Ruinen von Geata na Chruinne, dem ›Tor der Welt‹, gewesen. Und nur einer von ihnen hatte die Kampfkünste beherrscht.

Gallen war nicht sicher, ob er diesem schwer bewaffneten, geheimnisvollen Fremden trauen konnte. Andererseits wollte er die Gelegenheit, etwas Geld zu verdienen, nicht verpassen. Er nickte Maggie zu.

»Gallen O'Day kann Euch am Morgen hinführen«, sagte sie zu den Fremden und deutete mit dem Kinn in Gallens Richtung.

Das Gesicht unter der Kapuze starrte Gallen an; dann fragte

der Mann: »Seid Ihr ein Söldner?« Er kam auf Gallen zu. Die Kapuze verhüllte immer noch das Gesicht.

»Er ist ein Leibwächter«, prahlte Maggie stolz, »und er hat mehr als zwanzig Räuber zur Strecke gebracht. Er ist der beste Kämpfer, den es je gab!«

Als der Fremde näher kam, konnte Gallen erkennen, daß seine Augen strahlendblau waren. Seine hellbraunen Haare waren von grauen Strähnen durchzogen. Er musterte Gallen mit einem reservierten Ausdruck.

Ohne daß seinen Augen eine Andeutung zu entnehmen war, zog der Fremde sein Schwert und hieb nach Gallens Kopf. Gallen sprang von seinem Stuhl auf und packte das Handgelenk des anderen. Sein Griff klemmte die Nerven zwischen Elle und Speiche ein und verdrehte das Gelenk. Gallen wußte, daß es ein schmerzvoller Griff war, der die Finger des Opfers krampfhaft öffnete. Der Hieb des Fremden ging weit daneben; dann fiel sein Schwert klirrend auf den Tisch. Gallen verdrehte das Handgelenk des Fremden weiter, bis der Mann eine Armeslänge vor Gallen auf den Zehenspitzen stand.

Der Fremde nickte und sagte: »Sehr gut. Ihr habt die Reflexe einer Katze. Und Ihr müßt Euch in der Anatomie auskennen, um diesen Griff gelernt zu haben.«

Gallen ließ den Mann los. Es überraschte ihn, daß der Kerl ihn hatte testen wollen. Gallens Ruf war so weit gedrungen, daß nur noch wenige Auftraggeber seine Fähigkeiten prüfen wollten.

Die junge Frau in Blau betrachtete Gallen und schüttelte den Kopf. »Nicht ihn. Er ist zu klein.«

»Größe ist nichts als Einbildung«, entgegnete Gallen und blickte ihr in die Augen. »Ein Mann ist, was er zu sein glaubt.«

»Und *ich* glaube, wenn ein Gegner, der hundert Pfund schwerer ist als Ihr, sein Schwert gegen Euch schwingt, habt Ihr niemals die Kraft, seine Schläge zu parieren.«

Gallen verstand ihre Worte nur mit Schwierigkeiten. Sie hatte den gleichen Sprachfehler wie der Mann. So, als ob sie den Mund voller Sirup hätte. Doch ihr Akzent war nicht so breit. Gallen sagte: »Seit ich sechs Jahre alt bin, habe ich meine Hände und Arme trainiert. Ich wußte, daß ich eines Tages Schläge von stärkeren Männern parieren müßte. Aber ein Mann kann alles erreichen, was er sich in den Kopf gesetzt hat. Und ich behaupte, daß ich nur durch die Kraft meiner Gedanken viel größer bin, als ich nach außen erscheine.«

»Er wird gehen«, sagte der Mann. Er hob sein Schwert auf und versuchte, den Schmerz aus seiner Hand zu schütteln. »Er hat einen unglaublich harten Griff. Härter als ich.«

Die Frau in dem blauen Umhang öffnete den Mund in gelindem Erstaunen. Dann lächelte sie.

»Ich habe für heute Nacht bereits einen Auftrag angenommen«, sagte Gallen. »Aber ich kann Euch in der Dämmerung abholen. Der Weg bis zum Tor ist nicht weit. Es sind nur fünf Meilen.«

Der Fremde sprach kurz mit Maggie. Nachdem er Zimmer für die Nacht und Abendessen bestellt hatte, stiegen die Fremden die Treppe hinauf. Dann hielten sie noch einmal inne. Der Mann sagte: »Wir kommen aus dem Süden, aus Baille Sean. Dort gibt es eine große Brücke über den Fluß. Wir waren gerade hinübergeritten, da schlug der Blitz ein. Vermutlich wollt Ihr die Stadtverwaltung informieren.«

Einige Anwesende gaben bestürzte Aufschreie von sich. Laut Gesetz mußten sich die beiden Städte die schwierige Aufgabe des Wiederaufbaus teilen.

Gallen war überzeugt, daß er seine neue Arbeitgeberin, die junge Frau, nicht gehen lassen konnte, ohne mit ihr gesprochen zu haben.

Für den Bruchteil einer Sekunde dachte er: *Wenn ich der größte Liebhaber auf der Welt wäre, was würde ich jetzt zu dieser Frau sagen?* Sie und ihr Begleiter waren schon halb die Treppe hinauf, und er hatte keine Zeit, nachzudenken. Er wußte nur, daß der größte Liebhaber der Welt nicht zögern würde.

Er erhob sich und sagte mit lauter Stimme: »Meine Dame?« Die beiden blieben erneut stehen, und die Frau blickte über die Schulter auf ihn herab. Gallen fuhr fort: »Als Ihr vorhin den Raum betreten habt, und Eure Kapuze zurückfiel, um Euer Gesicht freizugeben, da war es so, als wäre die Morgensonne nach einer trostlosen, verregneten Nacht über den Bergen aufgegangen. Die Menschen in dieser Gegend sind ein neugieriger Schlag. Ich glaube, daß ich für viele spreche, wenn ich Euch frage, ob ich Euren Namen erfahren darf?« Die kleine Ansprache kam so süß aus Gallens Mund, daß er beinahe den Honig schmecken konnte, der von seiner Zunge tropfte. Er stand mit klopfendem Herzen da und wartete auf die Antwort der Frau.

Sie lächelte auf ihn herab und schien für einen Augenblick nachzudenken. Ihr Leibwächter wartete aufmerksam einige Stufen höher auf der Treppe, schaute sich aber nicht um. Nach einigen Sekunden sagte sie: »Nein.«

Die Fremden setzten sich wieder in Bewegung, schritten um die Biegung zu den Zimmern und waren verschwunden. Gallen O'Day ließ sich in seinen Stuhl zurückfallen und starrte ihnen nach. Es kam ihm so vor, als hätte sein Herz gerade einen Sprung bekommen, oder als müßte er jeden Augenblick ohnmächtig werden. Die wenigen verbliebenen Gäste im Lokal sahen ihn an und kicherten. Gallen war rot vor Verlegenheit.

Maggie bereitete rasch zwei warme Mahlzeiten und kam mit den Tabletts an seinen Tisch, wo sie sie für einen Moment absetzte. Sie sagte zu ihm: »Oh, du armer, mißbrauchter Junge! Nicht zu glauben, daß sie dich so schlecht behandelt hat!« Sie beugte sich über ihn und küßte ihn auf den Mund.

Gallen vermutete, daß Maggie wütend und verletzt zugleich war. Er erinnerte sich auch, daß er ihr klugerweise keine Versprechungen gemacht hatte. Er hielt sie sanft, als sie ihn küßte. Dann gab sie ihm eine schallende Ohrfeige, nahm die Tabletts und tänzelte lächelnd davon.

Gallen stützte das Kinn in die Hände und kam sich ziemlich dämlich vor. Er blieb in dieser Stimmung, bis Seamus O'Connor zu singen anfing. Draußen ließ der Regen endlich nach. Gallen wußte, daß es jetzt an der Zeit war, Seamus nach Hause zu bringen. Er half ihm auf die Füße, und Seamus schnappte sich noch rasch mit der linken Hand die Whiskyflasche. Dann waren sie zur Tür hinaus.

Erstaunlicherweise jagten die Sturmwolken schnell vorbei, anstatt sich wie üblich langsam aufzulösen. Die dünnen Scheiben der beiden Monde blickten wie ein Augenpaar vom Himmel auf sie herab. Gallen konnte in der Dunkelheit ziemlich gut sehen. Seamus' alte Stute war im Mietstall angebunden. Ein hoher Haufen süßes Gras lag vor dem Tier auf dem Boden. Gallen sattelte das Pferd und half Seamus hinauf. Dann führte er das Tier nordwärts in Richtung An Cochan. Die Hufe der Stute klapperten laut auf der gepflasterten Straße. Auf der Rückseite des Wirtshauses sah Gallen im schwachen Licht der Monde zwei Bären, die sich aus der Tonne mit den Essensresten bedienten. »Orick, bist du das?«

Einer der Bären grunzte mit tiefer Stimme: »Hallo, Gallen.«

»Was suchst du in dem Dreck?« fragte Gallen erstaunt. Er hatte nicht gesehen, wie Orick den Gastraum durch die Hintertür verlassen hatte. »Ich habe genug Geld. Ich kann Maggie Bescheid geben, daß sie euch etwas zu essen macht.« Gallen war nervös wegen seines Angebots. Bären fraßen riesige Mengen und waren deshalb berüchtigt dafür, ständig pleite zu sein.

»Mach dir keine Gedanken«, entgegnete Orick. »Maggie hat mir eine schöne Platte mit Resten gemacht. Wenn ich hier fertig bin, geh' ich in die Hügel und fang' mir ein paar Schnecken. Ich sag' dir, das wird ein Festessen!«

»Na ja, jedem das seine.« Gallen war entsetzt wie immer, wenn es um die Eßgewohnheiten seines Freundes ging. »Ich bin bei Sonnenaufgang wieder da.«

Der Bär fragte: »Möchtest du, daß ich mitkomme?«

»Nein, nicht nötig. Iß dich mal richtig satt.«

Seamus krümmte sich im Sattel zusammen und begann zu singen.

»Gott sei mit dir, mein Freund, denn ich bin es nicht«, sagte der Bär. Gallen erschauerte beim Klang von Oricks düsteren Abschiedsworten. Er nahm die Zügel der Stute und setzte sich in Bewegung.

In dieser Nacht schritt Lady Everynne in Mahoneys Wirtshaus vor ihrem Bett auf und ab. Der Geruch der dicken Daunendecke und das weiche Muster des Federbettes riefen nach ihr. Doch obwohl sie völlig erschöpft war, konnte sie keinen Schlaf finden. Eine schwache Kerze erleuchtete spärlich das Zimmer. Aus Gründen der Etikette hatten sie zwei Zimmer genommen. Dennoch saß Veriasse, Everynnes Beschützer, am Fußende des Bettes. Er hielt den Kopf in einer Geste der Verzweiflung gesenkt.

Veriasse sagte: »Versuch ein wenig zu schlafen, meine Tochter.« Er selbst hatte in den letzten beiden Tagen praktisch keine Zeit gehabt, sich auszuruhen, doch Everynne wußte, daß er auch weiterhin am Fuße ihres Bettes wachen würde. Er würde die Augen offen halten, bis sie in Sicherheit waren. Seine braune Kapuze war zurückgeschlagen und ließ sein wettergegerbtes Gesicht sehen.

»Ich kann nicht, Vater«, sagte sie ehrlich. »Wer könnte jetzt schlafen? Kannst du ihre Witterung immer noch aufnehmen?«

Der alternde Mann erhob sich und schüttelte seine silbergoldene Mähne. Die Haare legten sich über seine Schultern. Er schritt zu einem Waschbecken in der Ecke des Zimmers und goß sich kaltes Wasser aus einem Krug über Hände und Handgelenke. Dann trocknete er sich sorgfältig mit einem Handtuch ab, ging zu dem kleinen offenen Fenster, hob die Hände und hielt sie hinaus. Seine langen Finger waren gekrümmt wie Klauen. Er verharrte einige Zeit in dieser Haltung, und seine stechenden blauen Augen waren geschlossen, als würde er meditieren. Der alte Mann konnte mit seinen Händen jede Witterung aufnehmen, doch Everynne sah keine Anzeichen dafür.

»Ja«, sagte er schließlich. »Ich kann immer noch den Geruch von Bezwingern in der Nähe wittern. Sie sind weit entfernt, vielleicht zwanzig Kilometer und mehr, aber ich spüre, daß sie da sind. Uns bleibt nur die Hoffnung, daß die Bezwinger auf der anderen Seite des Flusses festsitzen – jetzt, wo wir die Brücke zerstört haben.«

»Vielleicht kommen die Bezwinger gar nicht wegen uns auf diese Welt?« Everynne sprach in einem Tonfall, der halb Frage, halb Ausdruck der Hoffnung war. »Nur weil du einen Bezwinger riechen kannst, bedeutet das noch nicht, daß er hinter uns her ist.«

»Mach dir keine falschen Hoffnungen«, gab Veriasse zurück.

»Tlitkani hat ihre Krieger ausgesandt, uns zu vernichten. Diese Welt hat nur ein Tor, das beobachtet werden muß. Sie ist der ideale Platz für einen Hinterhalt.« Er sprach, als wäre er seiner Sache sicher. Die Goldene Königin Tlitkani hatte Veriasse vier lange Jahre als Sklaven gehalten und ihn gezwungen, als Ratgeber in ihren Diensten zu arbeiten. Veriasse besaß die Gabe, andere Persönlichkeiten lesen zu können. Er konnte die Stimmungen und Beweggründe anderer entziffern. Er konnte die Handlungen eines Gegners so genau vorhersagen, daß viele ihn für einen Hellseher hielten. Niemand verstand Tlitkani besser als er.

»Der junge Mann unten in der Gaststube hat gesagt, daß das Tor nur fünf Meilen von hier entfernt ist. Kann es sein, daß die Bezwinger es bereits gefunden haben?«

»Das ist schwer zu sagen«, gab Veriasse zurück. »Ich fühle mit Bestimmtheit, daß uns Bezwinger folgen. Aber sie könnten auch schon vor uns sein. In einer so stürmischen Nacht kann ich nicht einmal mit Sicherheit sagen, wie weit die Bezwinger entfernt sind, die uns folgen. Es können zwanzig Kilometer sein – oder nur zwei.«

»Vielleicht suchen die Bezwinger nur das Tor, genau wie wir?« meinte Everynne.

»Oder Tlitkani will uns glauben machen, ihre Diener suchten nur das Tor. In der Hoffnung, daß wir dumm genug sind und in eine weitere Falle laufen. Ich halte es für das Beste, hier die Nacht abzuwarten.«

Veriasse gähnte und rollte seine Schultern, um die Muskulatur zu entspannen. Er fühlte sich sichtlich unbehaglich. »Wir sollten uns dem Tor mit größter Vorsicht nähern. Kann sein, daß wir uns den Weg hindurch freikämpfen müssen.«

Everynne mußte daran denken, daß es ohne Calt sehr schwer werden würde. Sie verspürte einen plötzlichen Stich in der Brust und hoffte, daß Calt ohne Schmerzen gestorben war.

Eine Zeitlang herrschte Schweigen. Dann meinte Veriasse: »Und was ist mit unserem neuen Führer, diesem Gallen O'Day? Sollen wir ihn einweihen? Er hat schnelle Reflexe, und er ist unglaublich stark.«

»Einweihen? Niemals!« Everynnes Stimme war vielleicht ein wenig zu streng. Sie kannte das Für und Wider. Sie brauchte Beschützer, eine ganze Armee von Männern wie Gallen O'Day. Aber was wußte er von ihrer Welt, von den Waffen, die ihr Volk benutzte? Man konnte von einem Mann schwerlich erwarten, daß er die Bezwinger in ihren Kampfanzügen lediglich mit dem Messer in der Hand angriff. Und Veriasse hatte keine Ersatzwaffen, die sie entbehren konnten. Wenn sie sich dazu entschloß, den jungen Mann von ihrer Sache zu überzeugen, und wenn er dann mitkäme, konnte sie ihn gleich töten.

Veriasse hatte sich wieder mit gekreuzten Beinen auf den Boden gesetzt. Er schaute Everynne mit schweren Lidern an. Ein Blick genügte, und er wußte Bescheid, als hätte er ihre Gedanken gelesen, während sie das Für und Wider abwog. »Dann hast du also eine Entscheidung getroffen?« Veriasse lächelte geheimnisvoll.

»Wie?« fragte Everynne. »Was weißt du?«

»Ich weiß nichts«, entgegnete Veriasse. »Ich kann abwägen, was ich über mein Gegenüber weiß und nur raten, welche Entscheidungen er treffen wird.«

»Und was denkst du, wie ich mich entschieden habe?«

Veriasse zögerte. »Ich kenne Männer wie Gallen. Er wird dir folgen wollen. Du mußt es erlauben, trotz deiner guten Absichten. Du mußt erlauben, daß er an deiner Seite kämpft . . . und zu deinen Füßen stirbt, falls es nötig ist. So viele Leben hängen von dir ab! Ich gebe dir den guten Rat, benutze diesen Mann als dein Werkzeug! Er ist zwar nur einer, doch sein Opfer kann viele Leben retten.«

Doch Everynne konnte den Gedanken nicht ertragen, daß ein weiterer Beschützer sterben sollte. Ganz besonders jemand, der so unwissend, so unschuldig war wie Gallen O'Day.

Sie sagte: »Laß uns ein wenig schlafen.« Sie ging durchs Zimmer und löschte die Kerze. Dann schloß sie das Fenster und verharrte einen Augenblick. Sie blickte auf die dunklen Straßen von Clere. Die Stadt wurde vom Sternenlicht beschienen. Aus dieser Höhe konnte sie verschiedene Wohnbäume und Gebäude erkennen. Unten am Kai lagen kleine Fischerboote im

Dunkel der felsigen Küste; sie sahen wie gestrandete Pilotwale aus. Auf Pfählen im Sand waren verdrehte Fischernetze zum Trocknen aufgehängt. Everynne konnte beinahe den Seetang und das Salz auf den Netzen riechen. Nur eine Stunde zuvor waren sie auf dem Weg in die Stadt dort vorbeigekommen, und die Erinnerung an den Geruch war noch frisch.

Die Möwen hatten sich hoch oben auf dem Strand in ihr aufgeplustertes Gefieder gekauert. Mit ihren dunklen Augen sahen sie geheimnisvoll aus. Fast schien es Everynne, als würden die Tiere sie durch das Fenster beobachten.

Everynne erschauerte. Schnell trat sie vom Fenster zurück und streckte sich auf dem Bett aus. Sie vernahm Veriasses heftige, unregelmäßige Atemzüge und lauschte ihnen, während sie vor sich hindämmerte. Veriasse kam ihr mit seiner bedingungslosen Hingabe und seiner eisernen Entschlossenheit manchmal übermenschlich vor. Nach den Maßstäben dieser Welt hätte man ihn ohnehin nicht als Menschen eingestuft. Er war ihr Lehrer und ihr Freund. Er hatte ihrer Mutter für sechstausend Jahre gedient. Und im Laufe von Everynnes kurzem Leben war er stets eine verläßliche Stützte gewesen, stets an ihrer Seite. Manchmal versuchte sie, Abstand von ihm zu gewinnen, ihn nur als einen Krieger zu betrachten – den einzigen Mann aus ihrer Leibwache, der diese Reise überlebt hatte. Aber sie konnte erkennen, daß er völlig erschöpft war, fertig bis auf die Knochen. Sie konnte nicht von ihm verlangen, daß er weiter allein für sie kämpfte.

Der alte Mann saß im Dunkel am Fuß ihres Bettes, eingehüllt in seinen dunklen Umhang, immer voller Selbstvertrauen, immer zuversichtlich, selbst wenn der Feind in der größten Übermacht war.

Mit einem Stich im Herzen erkannte Everynne, was zu tun war. Sie brauchten einen weiteren Beschützer, jemand, der an Veriasses Seite kämpfte. Sie wußte, daß Männer wie Gallen ihr nicht widerstehen konnten. Es war unausweichlich, eine biologische Konsequenz. Als sie vorhin das Wirtshaus betreten hatte, konnte sie sofort an Gallens Augen erkennen, daß er von ihr gefesselt war. Eine Stunde in ihrer Nähe, und er wäre in sie verliebt. Und nach einigen Tagen wäre er blind vor Liebe. Ein weiterer Sklave.

Doch Everynne konnte nichts tun, um die fruchtlose Verehrung von Männern wie Veriasse oder Gallen abzuwenden. Aus diesem Grund saß Veriasse zu ihren Füßen und wartete darauf, getötet zu werden. Everynne haßte das Schicksal, welches das Leben ihr aufgebürdet hatte, doch sie konnte ihm nicht entrinnen. Denn sie war als Königin der Tharrin geboren.

2

Gallen und Seamus gingen ahnungslos in die Falle. Die Straße nach An Cochan war um diese nachtschlafende Zeit üblicherweise wie leergefegt. Der schwere Regen hatte die schmutzige Straße aufgeweicht. Es gab viele Pfützen, in denen sich das Sternenlicht spiegelte. Die Straße war wie ein silbernes Band, das sich zwischen dunklen Kiefern und Eichen dahinschlängelte.

Sie waren fast an der Grenze von Coille Sidhe angekommen; deshalb bewegte Gallen sich vorsichtig. Einmal erspähte er tief im Wald ein flackerndes blaues Licht. Sidhe, dachte er und beeilte sich, von den Bewachern dieses Ortes wegzukommen. Die Sidhe griffen Reisende, die auf dem Weg blieben, niemals an. Wer aber quer durch den Wald wanderte, der konnte sich nicht mehr auf dieses Glück verlassen.

Kurz hinter dem Berg ging das Land in langgestreckte Hügel über, auf denen die Schafzüchter und Hirten von An Cochan ihre Herden weideten. Gallen hatte es eilig, in die relative Sicherheit der menschlichen Siedlung zu kommen.

Er marschierte über die schmutzige, silbern schimmernde Straße und zog Seamus' alte Mähre hinter sich her. Seamus hing im Sattel und sang vor sich hin wie ein Mann, der zu tief ins Glas geschaut hatte. Sie wanderten gerade durch eine Schlucht, als es plötzlich aus einem Dutzend Kehlen gleichzeitig ertönte: »Halt! Stehenbleiben!«

Vor ihnen sprang ein Mann aus dem Dunkel des Grabens auf die Straße und schwenkte eine weiße Damenunterhose an einem Stock vor Gallens Gesicht. Das Pferd wieherte erschreckt, riß Gallen die Zügel aus der Hand und stieg hoch. Seamus purzelte rückwärts aus dem Sattel. Er landete mit einem dumpfen Aufprall auf der Straße und rief erschreckt: »Strolche! Lumpenpack!«

Der Gaul sprang von der Straße seitwärts ins Gebüsch. Seine Hufe wirbelten Dreck auf, als er die Böschung hinaufgaloppierte und durch die Sträucher brach.

Gallen trug seinen Winterumhang. Er hatte die große Kapuze übergezogen, um die Kälte der Nacht abzuhalten. Der Umhang besaß seitliche Schlitze, durch die er rasch an seinen Messergurt gelangen konnte. Er ergriff zwei Dolche und verbarg sie in seiner Hand, so daß die Räuber seine Waffen erst im letzten Moment erkennen konnten, wenn sie bereits zu nahe waren. Dann drehte er sich, um eine bessere Sicht zu haben. Die Wegelagerer kamen aus dem Gebüsch und umringten ihre Opfer. Gallen zählte neun Mann: drei auf der Straße in Richtung An Cochan, vier hinten auf der Straße aus Richtung Clere, und zu beiden Seiten der Schlucht ein weiterer im Straßengraben.

Seamus wetterte vor sich hin und versuchte, aufzustehen. Der alte Mann war beinahe volltrunken, und mit seinem tiefen irischen Akzent lallte er: »Weg mit euch Gesindel! Weg, ihr Diebe!«

Die Räuber wandten sich ihm zu und forderten: »Halt, Alter. Bleib stehen und ergib dich!«

Im schwachen Sternenlicht konnte Gallen kaum die rußgeschwärzten Gesichter der Wegelagerer ausmachen. Einer von ihnen besaß rotgelocktes Haar. Die meisten waren großgewachsene Männer, Bauern, die das Glück verlassen hatte, und die zu Banditen geworden waren – jene Sorte von Gaunern, die man in den letzten zwei Jahren häufig ziellos in der Nähe von Wirtshäusern herumstreifen sah.

Trockenheit in dem einen und zuviel Nässe im nächsten Jahr hatten manchen Bauern die Existenz gekostet. Gallen sah das Schimmern eines Langschwertes.

Ein anderer junger Bursche trug einen Schild und eine furchteinflößende Kriegskeule.

Der alte Seamus begann zu fluchen und fummelte an seinem Gürtel. Er versuchte, sein Messer zu ziehen, doch Gallen legte ihm die Hand auf die Schulter und hielt ihn fest. Er sagte warnend: »Sei kein Dummkopf. Es sind zu viele. Gib ihnen dein Geld und ...«

»Nichts werden sie von mir kriegen!« schrie Seamus und zog seinen Dolch. Gallens Mut sank. Seamus hatte sieben Kinder. Entweder gab er den Wegelagerern sein Geld und mußte dann zusehen, wie seine Familie hungerte, oder er konnte kämpfen und wahrscheinlich sterben. Er wählte den Tod: »Los, deck mir den Rücken! Wird's bald?« Gallen folgte seiner Aufforderung und trat pflichtgemäß Rücken an Rücken zu Seamus, als die Gauner sich näherten. Schließlich hatte Seamus für Schutz bezahlt. Drei Schilling, dachte Gallen. Ich werde für lausige drei Schilling umgebracht.

Der große Mann schwang sein Schwert. »Ich wäre euch dankbar, wenn ihr uns euer Geld geben würdet, Leute.« An seinem Akzent und seinen roten Locken erkannte Gallen, daß er ein Flaherty aus dem Bezirk Obhiann war.

»Ich bitte Euch, meine Herren, laßt uns gehen«, sagte Gallen. »Ich besitze kein Geld, und mein Freund hier muß eine Frau und sieben hungrige Kinder ernähren.«

Einer der Räuber lachte. »Wissen wir doch alles! Seamus O'Connor hat vierzig Pfund verdient, als er die Wolle seiner Schafe auf dem Markt verkauft hat. Jetzt heraus mit der Beute!« rief er ärgerlich und schwenkte seinen Dolch. »Und wenn ihr sie freiwillig hergebt, richten wir euch nicht ganz so schlimm zu.«

Gallen sah, wie die Männer sich immer weiter näherten. Einer von ihnen mußte Seamus auf dem Markt gesehen haben, wie er die Wolle verkaufte. Dann hatten sie abgewartet, bis Seamus betrunken war, und sich hier auf die Lauer gelegt.

Die Räuber hatten sie jetzt umringt, blieben aber einen Schritt auf Abstand. Gallen dachte an Flucht. Es war nur eine Meile über den Hügel bis nach An Cochan. Ein Bach aus Schweiß rann seinen Nacken hinab, und sein Herz schlug wild. Er starrte die Männer in ihren dunklen Umhängen an, die ihn und Seamus umkreisten. Seamus brummte wie ein in die Enge getriebener Dachs. Gallen konnte durch seinen Umhang die Muskeln des alten Mannes spüren. Sie waren gespannt wie Drahtseile. Gallen wollte ihn aufhalten. Er hoffte, daß Seamus trotz seines vom Whiskey vernebelten Verstandes einsehen würde, daß es keinen Sinn machte, seine Familie als Witwe und Waisen zurückzulassen. Eine Eule segelte rufend über die Schlucht.

Seamus begann zu schimpfen und rief: »Warum habt ihr Hunde eure Gesichter geschwärzt? Ich bin kein Kind, das man mit einem schwarzen Gesicht erschrecken kann! Weg mit euch! Verschwindet!«

Gallen schloß die Augen halb und dachte nach. *Was, wenn ich der beste Messerkämpfer der Welt wäre? Was würde ich jetzt tun?*

Binnen einer Sekunde war es so, als würde er in ein vertrautes Gewand schlüpfen. Gallens Muskeln verhärteten sich, und sein Blick wurde schärfer. Er spürte, wie das Blut heiß durch seine Adern strömte, und seine Nüstern öffneten sich weit, um den Geruch der Nacht aufzunehmen. Er begann, die Ganoven zu mustern, die vor ihm standen. Obwohl es dunkel war, verriet ihm das schwache Schimmern des Sternenlichts eine Einzelheit nach der anderen. Sie atmeten heftig, wie es Männer tun, die Angst haben.

Neun Mann. Gallen hatte noch nie gegen neun Mann gleichzeitig gekämpft, aber das war im Augenblick ohne Bedeutung. Schließlich war er jetzt der beste Messerkämpfer der Welt. Gallen warf den Kopf zurück, so daß die Kapuze nach hinten fiel und sein goldenes Haar im Sternenlicht schimmerte. Er kicherte leise und sagte: »Ich muß euch eine faire Warnung geben. Wenn ihr nicht Vernunft annehmt und uns den Weg freigebt, werde ich euch alle töten.«

Einer der Räuber stammelte: »Seht nur, es ist Gallen O'Day! Paßt auf, Jungs!« Die Männer bewegten sich schneller um Seamus und Gallen. Sie waren vorsichtig, und keiner wagte es, zu nahe zu kommen. Dann rief der größte von ihnen: »Packt ihn, Jungs!«

Gallen machte sich wegen der Banditen in seinem Rücken keine Gedanken. Seamus hatte sein Messer gezogen, und obwohl er betrunken war, würde es kein normaler Mann wagen, mit ihm anzubändeln. Gallen schätzte die fünf Mann vor sich und zu beiden Seiten ab. Zwei von ihnen war einen halben Schritt weiter entfernt als die anderen. Feiglinge, die sich nicht näher heranwagten. Ein anderer Ganove war dichter bei ihm; der Mann warf sein Messer zwischen der rechten und der linken Hand hin und her. Vielleicht hoffte er, daß Gallen bei diesem Anblick bange wurde. Ein vierter Mann bewegte sich steif. Unter seinem Umhang war eine kaum sichtbare Auswölbung, und Gallen erkannte, daß er einen Brustharnisch trug. Der Mann atmete schwer. Er stand leicht gebeugt da, und seine Beine waren gespannt, bereit, vorzuspringen. Der letzte der fünf Ganoven mußte der Anführer sein. Ein großgewachsener Kerl mit einem Langschwert. Wahrscheinlich würde er mit seiner Waffe ein Handgemenge meiden, aus Angst, einem seiner eigenen Leute den Kopf abzuschlagen.

Gallen vernahm die schleifenden Schritte eines Kerls, der hinter ihm einen Angriff auf Seamus unternahm. Der Mann packte Seamus' Arm und versuchte, ihn zu Boden zu werfen, doch Seamus entwand sich im letzten Moment und stieß zu. Der Bandit heulte vor Schmerz auf. Heißes Blut spritzte in Gallens Nacken.

»Nimm das für deine Bemühungen!« höhnte Seamus, als hätte er dem Banditen ein Geschenk gemacht. Dann drängten die anderen gleichzeitig von hinten heran, und ein heftiger Schlag mit einer Keule streckte Seamus zu Boden.

Gallen hatte weiterhin den Mann beobachtet, der ständig sein Messer von der einen in die andere Hand wechselte. In dem Augenblick, als das Messer sich wieder einmal in der Luft befand, trat Gallen blitzschnell zu und kickte es weg. Der Mann war entwaffnet. Gallen wirbelte herum und schleuderte mit einem Tritt einen Angreifer zur Seite, der auf Seamus hockte. Im gleichen Atemzug schlitzte er einem weiteren Mann die Kehle auf. Der Bursche mit der Keule hob seinen Schild, um sein Gesicht vor Gallens Angriff zu schützen. Gallen hätte unter der Deckung des Mannes hindurchtauchen und einen Ausfall machen können. Er hätte fliehen können, um sein Leben zu retten. Aber er mußte die Wegelagerer daran hindern, Seamus zu töten. Gallen sprang zur Seite, stand plötzlich hinter dem jungen Räuber, griff dem Burschen in die Haare und setzte ihm das Messer an den Hals. »Bleibt, wo ihr seid!« rief er. »Oder ich schneide diesem Kerl hier die Kehle durch!« Der Junge wand sich, doch Gallen war auf jede Bewegung vorbereitet und zwang den Gegner schließlich, stillzuhalten. »Und jetzt fort mit euch! Gebt den Weg frei!«

Die übrigen Banditen schlichen um ihn herum, hielten sich aber in sicherem Abstand. An ihren entschlossenen Gesichtern konnte Gallen erkennen, daß sie das Leben des Jungen nicht so hoch wie die vierzig Pfund einschätzten, die Seamus bei sich trug.

Der Junge kreischte: »Um Gottes willen, Paddy! Ruf sie zurück!« Er keuchte schwer, dann begann er zu weinen. Der Schweiß in seinem Nacken machte es schwierig für Gallen, ihn weiter festzuhalten.

Gallen blickte auf den großen Kerl mit dem rostigen Schwert, Paddy. Es schien, daß der Junge in seinen Augen eine wertlose Geisel war. Doch das eigene Leben schätzte Paddy gewiß höher ein. Als der Kerl mit dem Brustpanzer sich mit stoßbereitem Dolch vorbeugte, stieß Gallen den Jungen zu Boden. Er war bereits von unten durch die Deckung eines Gegners gestoßen, und die anderen hielten ihre Waffen jetzt gesenkt, um diese Taktik zu vereiteln. Einer der Männer griff von hinten an, doch Gallen wich zur Seite aus. Mit einem Hieb fügte er dem Angreifer eine tiefe Wunde am Messerarm zu. Dann sprang er den Mann mit dem Brustharnisch an. Er zielte mit der eisenverstärkten Spitze seines Stiefels nach der Kehle des anderen, zog den Fuß jedoch nach unten und traf den Harnisch. Er machte zwei schnelle Schritte und nutzte seinen Schwung, um sich über den Kopf des Räubers hinwegzuschleudern.

Als er auf dem Boden aufkam, wirbelte er herum und setzte sein Messer an Paddys Kehle. Alles geschah so blitzschnell, daß die Banditen keine Zeit zu einer Gegenreaktion hatten. Paddy fluchte und ließ das Schwert sinken.

Der Junge mit der Keule saß noch am Boden und schluchzte. Einer der Angreifer war tot, ein zweiter bewußtlos, und zwei waren schwer verletzt. Der Junge hatte aufgegeben, und Paddy war entwaffnet. Die drei letzten Banditen zögerten. Sie wußten nicht, was sie jetzt tun sollten. Paddy sagte zu seinen Leuten: »In Ordnung, Männer, gehorcht ihm. Legt die Waffen nieder und gebt den Weg frei! Sofort!«

Die drei Ganoven legten ihre Waffen ab und wichen zurück.

»Paddy, du lausiger Bastard!« schrie der Junge auf. Er saß immer noch auf dem Boden. »Du hättest es zugelassen, daß er mir die Kehle durchschneidet! Aber jetzt willst du deine eigene Haut retten? Du glaubst wohl, daß du die vierzig Pfund wert bist, und ich nur einen Dreck?«

Er kam auf die Beine und senkte den Schild wie ein erfahrener Kämpfer. Dann hob er seine furchteinflößende Keule. Die Metallnägel schimmerten im Licht der Sterne. Langsam kam er heran. Sie waren gierige Diebe, und sie starrten begehrlich auf Gallen. Wie ein Mann beugten sich die drei anderen nieder, um ihre Waffen wieder aufzunehmen.

Seamus stöhnte und fing zu husten an. Gallen sah ein, daß er mit diesen letzten vier Mann kämpfen mußte. Rasch hatten sie ihn eingekreist. Er horchte auf das verräterische Scharren eines Fußes hinter sich und versuchte, alle Richtungen gleichzeitig im Auge zu behalten. Seine Sinne waren auf das Äußerste gespannt. Er konnte den Geruch von Wolle und Schweiß wahrnehmen. Er roch den Duft von feuchtem Humus, und er roch die Asche in den Gesichtern Paddys und der anderen. Er roch das Blut an seinem Messer, und ein kalter Wind fuhr durch die Bäume. Es klang wie das Rauschen des Meeres. Irgendwo hinter dem Hügel blökte ein Schaf. Gallen wünschte sich, er wäre dort, hinter der Anhöhe, in Sicherheit. Heraus aus dem dunklen Forst von Sidhe, im Dorf An Cochan.

Gallen schnitt Paddy die Kehle durch und wich zur Seite, um sich den vier Banditen zu stellen. Er hoffte, daß sein herausfordernder Stolz ihr Selbstvertrauen ins Wanken brachte.

Er wußte, daß er mit großer Wahrscheinlichkeit unterliegen und sterben würde, wenn es den vieren gelang, ihn zu umzingeln. Deshalb sprang er vorwärts und rammte einen der Räuber mit dem Kopf, während er ihm den Dolch in die Brust stieß. Er versuchte, den Mann als Schild hinter sich herzuziehen, doch der Sterbende packte ihn an seinem Umhang und schleuderte ihn zurück in den Kreis der anderen.

Binnen eines Augenblicks erkannte Gallen, daß er jetzt in Schwierigkeiten war. Dann hörte er das schwirrende Geräusch der Keule. Sein Instinkt warnte ihn, und er duckte sich. Er schaffte es gerade noch, seinen Kopf zur Seite zu werfen, bevor die Keule ihn traf.

Tausende heller Sterne tanzten vor seinen Augen. Seine Ohren dröhnten, und der Boden schien ihm entgegen zu springen. Dann waren die Wegelagerer über ihm. Sie traten auf ihn ein, und einer rief: »Das wird dich lehren! Du wirst nie wieder Gelegenheit haben, einen Mann zu erledigen, nur weil er dir einen freundlichen Schlag auf den Kopf versetzen und sich deine Börse ausleihen will!«

Gallen blickte auf und sah, daß ein Kerl im Begriff war, sich mit dem Messer auf ihn zu werfen. Er versuchte, sich zur Seite zu rollen, doch seine Muskeln gehorchten ihm nicht mehr. Er wußte, daß er jetzt sterben würde.

»Halt!« Eine befehlende Stimme erklang aus der Nähe. Gallens Angreifer erstarrten. Wie ein Mann drehten sie zum Hügel, um die neu aufgetauchte Gefahr abzuschätzen. Der Wind raschelte in den Bäumen. Die schmutzige Straße fühlte sich in Gallens Rücken kalt an. Er versuchte, sich herumzuwälzen und seinen Retter zu sehen. Gerade sagte der Neuankömmling mit warnender Stimme: »Wer in Coille Sidhe einen Mord begeht, kommt niemals lebend davon.«

Einer von Gallens Angreifer begann vor Furcht zu zittern. Die anderen standen vorsichtig auf und zogen sich zurück. Gallen hörte einen der Männer leise murmeln: »Sidhe!«

Um Gallen drehte sich alles.

Er schaffte es nicht, sich herumzudrehen. Sein ganzes Leben hatte er nahe der Grenze zu Coille Sidhe verbracht, aber nie hatte er ein Gerücht vernommen, daß etwas an der Geschichte von den Unterweltlern stimmen könnte, die den Wald bewohnten. Man erzählte sich, die Sidhe wären niedere Dämonen und Diener des Teufels. Der Satan sandte sie häufig aus, um seine Ankunft zu verkünden.

»Er ist allein«, sagte einer der Ganoven, um seinen Kameraden Mut zu machen. Gallen rollte auf den Bauch und richtete sich auf die Ellbogen. Auf dem Rücken des Hügels stand eine Gestalt in der Dunkelheit. In ihrem Rücken erstrahlte der Himmel voller Sterne. Der Fremde trug tiefschwarze Kleidung, schwärzer als die Nacht. Sein Gesicht war von einer Kapuze verdeckt. Selbst seine Hände steckten in schwarzen Handschuhen. Das Sternenlicht spiegelte sich matt auf der Klinge eines Langschwerts, das die Gestalt in der einen Hand hielt. In der anderen konnte man einen geschwungenen Dolch erkennen. Für einen Moment sah die Gestalt in Gallens Augen wie ein normaler Mensch in der Dunkelheit aus; dann aber sah er das Gesicht der Kreatur. Es leuchtete schwach lavendelblau und reflektierte das Licht der Sterne wie ein Spiegel. Gallens Herz begann vor Schreck wie wild zu schlagen. Der Sidhe beugte sich zurück und lachte grimmig über die Wegelagerer. In diesem fürchterlichen Augenblick hätte Gallen sich nicht gewundert, wenn sich die Erde gespalten und der Teufel mit seinen Legionen hervorgebrochen wäre.

Die Räuber flohen in Panik. Gallen zwang seine bleiernen Arme, sich zu bewegen, und ruderte wild in der Luft, als er versuchte, auf die Beine zu kommen. Doch in seinem Kopf drehte sich alles, und er schlug wieder zu Boden. Finsternis umgab ihn.

Einige Zeit später erwachte er. Trotz seiner Benommenheit merkte er, wie der Sidhe ihn in den Sattel von Seamus O'Connors Stute hob. Gallen schreckte vor der Berührung des Sidhe zurück, als wäre dieser eine giftige Schlange. Im Rücken spürte er einen schweren Gegenstand: Seamus lag hinter ihm, quer über dem Pferd. Der verwundete Mann atmete rasselnd. Sein Kopf steckte in einem Verband, und der Sidhe flüsterte ihm zu: »Beeil dich, Gallen O'Day! Rette deinen Freund, wenn du kannst!« Doch in Gallens Kopf drehte sich noch immer alles, wie die Blätter in einem Wirbelwind. Er konnte sich kaum an der Pferdemähne festhalten und hatte Mühe, nicht aus dem Sattel zu fallen. Der Sidhe hob Gallens Kinn, und Gallen blickte direkt in die Augen des fremden Wesens. Es wirkte in fast jeder Hinsicht wie ein Mensch; Gallen konnte sogar die feuriggelben Augen erkennen. Es war ein sehr menschliches Gesicht, sah man davon ab, daß es wie geschmolzenes Metall glühte. »Denk stets daran, Gallen«, sagte das Wesen mit feierlichem Ernst. »Ich werde dich für jeden Eid zur Rechenschaft ziehen, den du an diesem Tag ablegst.«

Gallen konnte nur einen Augenblick über diese bedeutungsvolle Drohung nachdenken. Dann pfiff der Sidhe und schlug dem Pferd aufs Hinterteil. Es drängte vorwärts und setzte sich in Richtung An Cochan in Bewegung. Gallen gab ihm die Sporen und ließ die Zügel frei.

In jener Nacht, als Gallen gegen die neun Banditen kämpfte, dachte Orick der Bär darüber nach, Gallen für immer zu verlassen. Ein Dutzend widerstreitender Gefühle trieben Orick auf Wege, die er nicht beschreiten wollte. Seine Liebe zu den Menschen und sein Wunsch, Gott zu dienen, indem er anderen half, führten Orick in die Arme der Priesterschaft. Doch Orick wußte, daß er und Gallen in dieser Angelegenheit unterschiedlicher Ansicht waren. Während Orick das Große Buch und die dazugehörige Bibel verehrte und nach der Weisheit des alten Christus und seiner Apostel strebte, war Gallens Verhalten in dieser Hinsicht enttäuschend. Der junge Mann schwankte zwischen mürrischer Bewunderung für einige der biblischen Lehren und offener Ablehnung gegen das Große Buch. Offensichtlich hatte Gallen kein Vertrauen in die Heiligen Schriften. Obwohl Orick Gallen aufrichtig mochte, waren ihre vollkommen unterschiedlichen Ansichten, was die Religion betraf, ein schier unüberwindliches Hindernis. Orick spürte, daß er Gallen bald verlassen mußte, wollte er seinen Seelenfrieden behalten.

Es gab jedoch noch andere Zwänge, die Orick vorantrieben. Er hatte sich in letzter Zeit zu häufig in der Nähe von Menschen herumgetrieben.

Das konnte nicht mehr lange so weitergehen. Er sehnte sich nach der Gesellschaft einer Bärin.

Orick hatte seine eigenen Worte noch im Ohr, die er Gallen in der Nacht im Hof des Wirtshauses mit auf den Weg gegeben hatten, als dieser mit Seamus aufgebrochen war: »Dann sei Gott mit dir, denn ich werde es nicht sein.«

Die junge Bärin neben Orick – ihr Name war Dara – stöberte sittsam mit den Pfoten im Abfall. »Hast du dich entschieden? Kommst du nächste Woche zum Lachsfest?«

Orick dachte an die Hunderte von Bären, die sich zum Lachsfest versammeln würden. Tagsüber würden sie fischen, und nachts würde man am felsigen Strand des kalten Flusses um Lagerfeuer sitzen und singen. Er stellte sich den Geruch von feuchtem Pelz vor. Die vielen Bäume. Und der viele Lachs, den man auf Spießen über die Feuerstellen hielt und briet. Obwohl er sich nicht sonderlich an der Vorstellung erfreuen konnte, den ganzen Tag im eiskalten Wasser von Obhiann Fiain zu stehen und mit dem Maul Fische zu fangen, war er immerhin fast vier Jahre alt. Gewisse Triebe meldeten sich in seinem Innern heftig zu Wort. Orick war der Ansicht, daß eine Vaterschaft ihm auf gewisse Weise eine Art Unsterblichkeit verlieh: Er würde in seinen Nachkommen weiterleben, und er sehnte sich nach diesem besonderen Glück.

Andererseits ... wenn er der Priesterschaft beitreten wollte, mußte er ein Keuschheitsgelübde ablegen. Also beschloß er, in diesem Jahr das Lachsfest zu besuchen. Auf dem Fest würde sich manche Bärin finden, die nach mehr Ausschau hielt als nur einem schleimigen Bissen Lachs. Gerade heraus, wie Bären nun einmal waren, gab es bei ihnen ein Sprichwort: »Eine heiße Bärin ist das Beste, was einem Bären passieren kann.«

Sicher gab es auf dem Fest auch Wettkämpfe. Ringkämpfe, bei denen sich männliche Bären mit Zähnen und Klauen traktierten, Wettbewerbe im Baumklettern, Baumstamm-Rollen und Schweine-Weitwurf. Orick mußte das Recht, sich zu vermehren, bei den Wettbewerben erlangen. Aber er war mittlerweile ziemlich groß und kräftig, und er hatte sich einige Tricks bei Gallen abgeschaut.

Wer weiß, grübelte er, *vielleicht löse ich sogar den alten Mangan als den Ersten Bären ab.* Er stellte sich vor, wie neidisch die anderen sein würden, wenn er sich die schönsten und klügsten Bärinnen aussuchen dürfte, um sich zu paaren. Seufzend verschlang er einige Bissen kalten Kohl und tiefgefrorene Muscheln, die er aus dem Abfall gefischt hatte.

»Ich weiß noch nicht, ob ich komme«, brummte er als Antwort auf Daras Frage. »Ich werde darüber nachdenken.« Möglicherweise fand er eine Gespielin, ohne daß er auf dem Lachsfest erscheinen mußte. Ein Sprichwort aus seinen Kindertagen kam ihm in den Sinn: »Während der gewöhnliche Bär in seinem feuchten Fell vor Kälte zittert, entzündet der überlegene Bär ein Feuer.« Orick gelangte zu dem Schluß, daß er wohl oder übel die Reise zum Fest antreten mußte, falls er Wert auf eine wirklich kluge und schöne Gefährtin legte. Und dies bedeutete, daß er Gallen O'Day verlassen mußte.

»Ich habe oben in Coveys Apfelgarten ein paar Hirsche gesehen«, sagte Dara gespielt schüchtern. »Ich liebe Hirschsteaks. Was hältst du davon, wenn wir hinaufgehen und sehen, ob wir uns nicht einen Hirsch fangen können?«

Orick brummte schlechtgelaunt und blickte sie von der Seite an. Er verabscheute die Hirschjagd. Die Böcke hatten spitze Geweihe, und selbst die Weibchen konnten mit ihren scharfen, kleinen Hufen gehörig austreten. Orick haßte es, sich unnötigen Gefahren auszusetzen. Außerdem war er hungrig, und wenn er hungrig war, hatte er schlechte Laune.

»Neee. Ich hatte noch nie was für Hirschsteaks übrig«, log er. »Ich weiß, wo ein paar Eichhörnchen ihre Verstecke angelegt haben. Magst du Eicheln?«

»Wie du willst«, sagte Dara. »Dann fange ich mir meinen Hirsch eben allein.« Sie ließ Orick mit dem Abfall zurück und wandte sich in Richtung der Straße nach Norden. Orick blickte ihr sehnsüchtig hinterher. Er wußte, daß sie nur darauf wartete, daß er ihr folgte. Die Möglichkeit, daß sie sich unbemerkt an einen Hirsch anpirschen konnte, war ziemlich gering. Aber das Rotwild hatte die Angewohnheit, bergauf zu fliehen, wenn man es aufschreckte. Wenn Orick also mitging und oben wartete, bis

Dara ihm die Tiere zutrieb, hatte er recht gute Aussichten, eins zu erwischen.

Orick stellte sich vor, wie ein großer Sechsender mit angriffsbereit gesenktem Geweih und stampfenden Hufen den Berg hinaufgestürmt kam. Er gelangte zu der Ansicht, daß ihm das Risiko zu groß war.

Er kroch in den Schatten der Kieferäste, die aus dem Wirtshaus wuchsen, und legte sich hin. Die Wolken wurden schnell vom Wind davongetragen, und funkelnde Sterne kamen zum Vorschein, als die Monde untergingen. Sie erinnerten Orick an die Augen Gottes, die auf die Erde herabsahen. Eine Weile hielt er Ausschau nach Sternschnuppen und dachte über Dara nach. Sie war schon ein kokettes junges Ding. Orick vermutete, daß sie keine Ahnung hatte, wie sehr ihr Charme ihn bezauberte. Während er so dalag, dämmerte ihm, daß er im Begriff stand, eine schwerwiegende Entscheidung zu treffen. *Soll ich ihr zum Lachsfest folgen und versuchen, das Recht zu erringen, mich mit ihr zu paaren, oder soll ich ein weiteres Jahr mit Gallen verbringen?*

Über seinem Kopf löschte jemand im Wirtshaus die Kerze in einem der Fenster. Orick bemerkte plötzlich, wie dunkel es war. Fast alle Lichter in der Stadt waren erloschen; nur noch das blasse Feuer des Himmels erleuchtete die Straßen. Und nur das geheimnisvolle Flüstern der Wellen, die sich eine Viertelmeile entfernt am Strand brachen, drang an das Ohr des Bären und lullte ihn ein.

Orick schloß die Augen und legte die Schnauze auf den Boden. Für einige Zeit versank er in leichten Schlaf; dann weckte ihn das Heulen eines Hundes aus seinen Träumen. Es war ein seltsames Bellen – jene Art von Laut, die ein erschreckter Hund von sich gab. Aber das Geräusch brach abrupt ab, als hätte jemand dem Tier einen Tritt in die Rippen versetzt. Orick wäre sofort wieder in den Schlaf gesunken, hätte er nicht einen ganz bestimmten, schwachen Geruch wahrgenommen, der sich kaum vom salzigen Tang der See abhob. *Blut.* Er blinzelte und blickte die Straße hinunter, die nach Süden aus der Stadt führte. Im ersten Augenblick glaubte er zu träumen.

Irgend etwas kam die Straße herauf. Es hatte entfernte Ähnlichkeit mit einem Menschen, der sich auf allen vieren bewegte. Aber die dünnen Arme und Beine des Wesens mußten mindestens acht Fuß lang sein. Der Körper hingegen war unverhältnismäßig kurz, höchstens zwei Fuß lang. Das Ding bewegte sich ruckartig, vorsichtig wie eine Gottesanbeterin. Sein winziger runder Kopf drehte sich wie auf einem Zapfen, während es versuchte, in alle Richtungen gleichzeitig zu blicken.

Es trug irgend etwas in der einen Hand – den verstümmelten Körper eines kleinen Windhunds. Das Wesen erreichte eine Kreuzung und verharrte zögernd im Schatten. Es ließ den Kadaver des toten Hundes fallen und winkelte die Ellbogen an, bis seine Stirn fast den Boden berührte. Orick konnte hören, wie die Kreatur schnüffelte. Sie setzte sich kriechend in Bewegung, in Richtung von Mahoneys Mietstall; dann schien sie plötzlich eine neue Witterung aufzunehmen. Sie schwenkte herum und bewegte sich auf das Gasthaus zu.

Das Ungeheuer schlich zu den dunklen Fenstern des Wirtshauses, keine zwölf Fuß von Orick entfernt. Es hielt an und schnüffelte in Oricks Richtung; dann musterte es den Bären für einige Sekunden. Das Wesen hatte große Augen, die im Licht der Sterne orangefarben aussahen. Orick sah, daß seine bemerkenswert langen Hände sehr kräftig wirkten. Er wagte nicht, sich zu bewegen. Die Kreatur schien zu dem Schluß gekommen zu sein, daß Orick schlief und daher unwichtig war. *Schlafende Bären soll man nicht wecken.*

Das fremdartige Wesen begann in der Nähe der kleinen runden Fenstern des Gasthauses prüfend zu schnüffeln. Sein Kopf hatte tatsächlich menschliche Umrisse, aber das Untier bewegte sich in keiner Weise wie ein Mensch. Seine seltsam ruckartigen Gesten erinnerten Orick mehr und mehr an ein Insekt. Das Ding streckte einen Arm aus, sechzehn Fuß in die Höhe zu einem kleinen Fenster, und ergriff ein schmales Sims. Dann zog es sich nach oben, als hätte die Schwerkraft überhaupt keinen Einfluß auf seine Bewegungen, und schnüffelte an einem Riß unter dem Fenster. *Wie eine Stechmücke, die an ihrem Opfer hängt,* dachte Orick.

Mit seinem langen Arm griff das Wesen acht Fuß zur Seite,

wo sich das nächste Fenster befand. Es schwang sich hinüber und schnüffelte erneut.

Mahoneys Wirtshaus war wie die meisten Gebäude in der Stadt aus einem Hauskiefersamen gewachsen. Wie bei fast allen Häusern konnten die Besitzer Fenster und Türen nur dort einsetzen, wo natürliche Öffnungen es erlaubten. Alle paar Jahre mußten neue Türen und Fenster eingepaßt werden, weil die Öffnungen sich mit der Zeit veränderten. Deshalb kam es hin und wieder vor, daß ein Fenster nicht richtig saß.

Die Kreatur mußte das wissen, denn zu Oricks Überraschung steckte sie ihre dünnen Finger in den Fenstersturz und zog mit schweren Klauen, um das Fenster herauszureißen. Orick hörte, wie das Holz unter der Gewalt des Ansturms splitterte. Obwohl Orick noch nie zuvor ein derartiges Monster zu Gesicht bekommen hatte wußte er, daß es darauf aus war, jemandem Schaden zuzufügen.

Die Kreatur riß das Fenster aus der Fassung und warf es in weitem Bogen davon. Ihre Hand stieß in die dunkle Kammer des Zimmers.

Orick brüllte eine Warnung und jagte aus seinem Versteck hervor. Seine Kiefer schnappten zu. Die Kreatur besaß unglaublich lange Gliedmaßen und sah nicht besonders kräftig aus. Orick biß sie ins Bein und schüttelte den Kopf. Er zog die Kreatur herunter und zerriß dabei ihre Sehnen.

Das Wesen setzte sich zur Wehr, indem es mit seinen langen Krallen nach Orick schlug. Es fügte dem Bären tiefe Wunden im Gesicht zu, doch in der Hitze des Kampfes spürte Orick es kaum. Er bekam mit seinen Zähnen einen Arm zu fassen und bemerkte, daß das Wesen viel kräftiger war, als er angenommen hatte. Früher einmal war er einem rennenden Pferd nachgesetzt und hatte es an den Beinen zu packen bekommen. Das Bein des Pferdes war nicht annähernd so kräftig und widerstandsfähig gewesen wie der Arm dieses Monsters.

Orick brummte laut vor Wut und mahlte mit seinen Kiefern, bis er endlich auf einen Knochen traf.

Das Monster kam schwankend in die Höhe, auf drei Gliedmaßen, und versuchte zu fliehen. Aus dem Innern des Gasthauses vernahm Orick Schreie und bestürzte Rufe. Er hatte Angst, daß das Monster zurückkehren würde, wütend und blutrünstig, wenn er es jetzt entkommen ließ.

Orick verbiß sich in einen Fuß und riß die Kreatur wieder zu Boden. Dann zog er sie rückwärtsgehend wie einen Sack Zwiebeln hinter sich her. Oricks Zähne drangen tief in das Fleisch des Monsters ein und rissen tiefe Wunden.

Plötzlich hob die Kreatur den Kopf. Im Schimmern der Sterne erblickte Orick furchterregende Fänge. Das Wesen blinzelte mit seinen orangenen Augen und schrie – ein seltsames Heulen, wie das Blasen eines Kriegshorns, das man in der ganzen Stadt und den Bergen in der Umgebung vernehmen konnte.

Aus dem Schrei waren Worte herauszuhören. Als Orick es bemerkte, hätte er sich vor Erstaunen beinahe hingesetzt: »Ich habe sie gefunden! Kommt, Kameraden, Bezwinger!« Orick schnappte nach der Kehle der Kreatur und versuchte, den Hilfeschrei zum Verstummen zu bringen. Mit einer brutalen Drehung zerriß er der Bestie die Luftröhre und brachte sie zum Schweigen.

Ein uralter Instinkt erwachte. Orick geriet in einen Blutrausch. Er brüllte und riß an der sterbenden Kreatur. Immer und immer wieder schlug er seine Klauen in den Körper, schnappte mit seinen mächtigen Kiefern zu. Voller Mordlust tanzte er mit dem zerfetzten Monster im Kreis, bis er merkte, daß ihm ein Dutzend Leute zuschauten, die aus dem Gasthaus gestürzt waren.

John Mahoney kam mit einer Laterne herbei und beleuchtete die Kreatur. Auf seinem Gesicht lag ein Ausdruck blanken Entsetzens. Zum erstenmal erkannte Orick, daß die Kreatur grünhäutig wie eine Kröte war. »Schnell, holt den Priester! Holt den Priester!« begann John Mahoney zu rufen. »Um Gottes willen! Das ist ja ein Ungeheuer!«

Die Leute aus der Stadt liefen umher. Rufe der Bestürzung und des Unglaubens waren zu vernehmen. Unter denen, die aus dem Wirtshaus kamen, befanden sich auch eine wunderschöne junge Frau und ein Mann mit einer tief in die Stirn gezogenen Kapuze. Er hielt ein Schwert in der Hand.

Die Fremden verhielten einen Augenblick und musterten den toten Bezwinger. In ihren Augen stand Furcht, doch es war nicht jener Ausdruck von Fassungslosigkeit und Unverständnis, den Orick in den Augen der Stadtbewohner gesehen hatte. Instinktiv wußte Orick, daß die beiden schon früher gegen Ungeheuer dieser Art gekämpft hatten.

Tatsächlich. Der Mann beugte sich dicht zu der Frau herab, und Orick konnte seine Worte aufschnappen: »Er hat nach seinen Kameraden gerufen. Wir müssen uns beeilen und in den Wäldern untertauchen. Wir können nicht bleiben.«

»Was geschieht mit unseren Pferden?« fragte die Frau.

»Sie können uns in der Dunkelheit und im dichten Wald nicht nutzen. Es ist besser, wir lassen sie zurück.«

Die Frau nickte. Ihr Begleiter stürmte ins Gasthaus zurück und kam mit zwei Packsäcken wieder. Einen reichte er der Frau, und sie setzte sich sofort in Richtung Norden in Bewegung, um die Stadt zu verlassen.

Der Kämpfer verhielt noch einen Augenblick. Er zog sein blankes, im Sternenlicht glänzendes Schwert und blickte zu Orick, als ob er ihm danken wollte. Dann hob er das Schwert in einem stummen Gruß, machte kehrt und stürzte ins Dunkel davon.

Eine Menschenmenge begann sich um Orick zu scharen. Männer entzündeten Fackeln, und Orick warnte die Leute, daß es noch mehr von diesen Ungeheuern geben könnte. Bald versammelte sich die Bürgerwehr. Ein Junge rannte zum Pfarrhaus und weckte Vater Heany. Der warf einen kurzen Blick auf die Kreatur und verkündete, daß sie ein reueloser Sünder gewesen sei, der von Gott zur Strafe für seine Missetaten auf wundersame Weise verwandelt worden sei.

Die Stadtbewohner beglückwünschten Orick. Der aber fragte sich, was er eigentlich getan hatte. Wem hatte er geholfen? Welche finsteren Pläne hatte das Ungeheuer verfolgt? Orick wußte sehr wenig über das Wesen – nur, daß das Fleisch der Bestie das widerstandsfähigste und zäheste war, in das er jemals gebissen hatte. Als die Stadtmenschen mit ihren Laternen zu dem Monster gingen, um es aus der Nähe zu betrachten, konnte Orick das zerrissene Fleisch riechen. Es besaß einen öligen Charakter, nicht wie das eines Landbewohners, eher wie ein Fisch, aber ohne den typischen fauligen Fischgeruch.

Als Orick die aufgerollten Stränge der zerrissenen Muskeln betrachtete, bemerkte er, daß jede einzelne Faser wie ein winziger weißer Draht aussah. Er studierte das Gesicht der Kreatur. Wenn er von den mächtigen Kiefern und den scharfen Zähnen absah, war es menschlich, vielleicht das Gesicht eines Jungen.

Orick wußte nicht, was für eine Kreatur das gewesen war; aber andere mußten es wissen. Er blickte nach Norden, die Straße hinauf, die in den tiefen Wald von Coille Sidhe führte. Es war die Richtung, in die die Fremden verschwunden waren. Die Bezwinger würden sie jagen. Orick wußte, daß sie Hilfe benötigen würden, und er beschloß, ihnen nachzueilen, sobald Gallen zurück war.

Er blickte zum mondbeschienenen Himmel empor und fragte sich, was Gallen so lange aufgehalten hatte.

3

Eine Stunde vor Anbruch der Morgendämmerung hatte Gallen die Stute unter dem Vordach von Seamus O'Connors Haus angebunden. Die Behausung war aus einer großen Eiche gewachsen. Zu dieser Jahreszeit bewegten sich ihre kahlen Äste knarrend unter dem Licht der Sterne im Wind. Andere Eichenhäuser, vor Generationen gepflanzt, wuchsen auf einem Fleck in der Nähe. Der Besitz der O'Connors war ein kleiner Wald, in dem mehrere O'Connor-Familien wohnten. Hier draußen in der Wildnis gaben solche Schonungen den Menschen ein Gefühl von Sicherheit, obwohl es in Wirklichkeit nicht viel mehr als eine Feuerfalle war. Im Ernstfall mußte die Familie ziemlich schnell ins Freie, oder sie würden alle verbrennen.

Als Gallen sich dem Haus näherte, streifte eine Wacheule über seinen Kopf. »Wer seid Ihr?« Gallen nannte einen Namen, denn er hatte die Befürchtung, der Raubvogel könnte ihn mit seinen Krallen angreifen. Eine brennende Kerze im Fenster der O'Connors zeigte Gallen, daß Seamus' Frau Biddy aufgeblieben war und auf seine Heimkehr gewartet hatte.

Seamus befand sich in sehr schlechter Verfassung. Er redete im Fieber und war nicht imstande, Fragen zu beantworten. Gallen glitt aus dem Sattel und rief um Hilfe; dann trug er Seamus zum Haus. Biddy entriegelte die Vordertür, und bald darauf hatte Gallen Seamus auf den stabilen Küchentisch gelegt. Alle sieben Kinder von Seamus waren wach geworden. Brüder, Tanten und Kusinen strömten aus den Nachbarhäusern der Schonung herbei. Bald war das Haus voller weinender Kinder. Sie scharten sich um Seamus und hielten seine Hände. Und wischten ihre Rotznasen an seinen Ärmeln ab.

Biddy schickte ihre älteste Tochter nach dem Priester, während ihr Sohn Patrick den Arzt holen sollte. Gallen beobachtete, wie Patrick sich zum Aufbruch bereit machte. Der Junge zeigte keine Eile. Er schlich herum und ging träge nach draußen. Patrick hatte eine gewisse Ähnlichkeit mit seinem Vater, war aber noch ein großes Kind mit langen, dürren Armen und schlaksiger Gestalt. Im Bezirk erzählte man sich, daß er ein Rowdy und Trunkenbold sei, dessen Mutter es nicht leid täte, wenn er von zu Hause fortging.

Seamus wurde wach und rief nach Biddy. Als sie ihm antwortete, erkannte er sie nicht. Der Arzt traf ein und untersuchte Seamus' Wunden. Ein tiefer Schnitt in die Rippen und ein Schädelbruch. Der Kopf war geschwollen, und Seamus hatte Fieber.

Der Priester – ein Vetter zweiten Grades mütterlicherseits von Gallen, ein gewisser Vater Brian – gab Seamus die letzte Ölung, während der Arzt kaltes Wasser aus dem Brunnen holte, um Seamus' Kopf zu waschen.

Gallen erzählte die Geschichte vom Überfall der Wegelagerer. Er erwähnte, daß ein Fremder ihm zu Hilfe geeilt war und die Räuber vertrieben hatte, aber er fürchtete sich zuzugeben, daß der Fremde ein Sidhe gewesen war. Wie sollte er erklären, daß ein Diener Satans ihm geholfen hatte?

Später saß Gallen auf einem Stuhl und stützte den Kopf in die

Hände. Er hatte Angst, daß Seamus sterben könnte. In Gedanken spielte er den Kampf wieder und wieder durch und fragte sich, was er hätte besser machen können. Er stellte sich den Augenblick vor, als der erste Angreifer am Straßenrand aufgesprungen war und mit dem weißen Schlüpfer vor ihm und dem Pferd herumgefuchtelt hatte. Wie er, Gallen, daran gedacht hatte, seine Messer zu benutzen. Doch er hatte still dagesessen, hatte seine Feinde zuerst abschätzen und seine Siegeschancen ausrechnen wollen.

Wenn er doch sofort angegriffen hätte, bevor die Banditen Zeit hatten, ihre Kräfte zu konzentrieren! Gallen hätte eine bessere Chance gehabt. Er lebte den Zwischenfall immer wieder aufs Neue durch, und nach einer Stunde war er sicher, daß er hätte siegen können. Er hätte die neun Banditen erledigen und Seamus sicher nach Hause bringen können.

Gallen dachte auch über den Sidhe nach. Dort oben in den Bergen, mit seinem benommenen Kopf, war Gallen sicher gewesen, tatsächlich einen Sidhe gesehen zu haben. Aber jetzt saß er in einer warmen Hütte, und viele Menschen wieselten geschäftig um ihn herum. Die verworrenen Erinnerungen an das glühende, blasse Gesicht kamen ihm nun seltsam, ja, unglaublich vor. Es war völlig unmöglich, daß er ein solches Wesen gesehen hatte.

Kurz bevor der Morgen dämmerte, fiel Seamus in einen tiefen, unruhigen Schlaf – jene Art von Schlaf, aus der Menschen nur selten wieder aufwachen. Gallens Augen wurden allmählich trocken und seine Lider schwer. Er verlor seinen Tastsinn und die Empfindung für Wärme und Kälte.

Biddy goß einen Rosenblütentee auf und süßte ihn mit Honig. Der Arzt flößte Seamus das Gebräu ein. Aus seiner Ecke beobachtete Gallen die Szene und gähnte.

Vater Brian drehte sich mit wehender schwarzer Robe um, erblickte Gallens Gesicht und erschrak. Er kam durchs Zimmer auf Gallen zu und sagte mit besorgter Stimme: »Du siehst aus, als kämest du direkt aus der Hölle, mein Sohn. Was ist geschehen? Hat man dir das Herz aus dem Leib geprügelt?« Gallen gab keine Antwort. »Warum kommst du nicht mit mir nach draußen, und wir machen einen kurzen Spaziergang? Es wird dir gut tun, deine Muskeln zu strecken.«

Gallen schüttelte den Kopf. »Nein.« Er war es Seamus schuldig, in seiner Nähe zu bleiben. Er mußte bei dem Freund sein, falls er starb.

»Du kannst hier niemandem nützen, mein Sohn«, sagte Vater Brian. »Du kannst nichts mehr für Seamus tun, ob er nun lebt oder stirbt oder als Schwachsinniger aufwacht.«

Vater Brian nahm Gallen bei der Hand und führte ihn hinaus in die Dämmerung. Die Sonne ging rot über den grünen Wiesen und Hügeln auf. Frühnebel kroch aus den Tälern an den Hängen empor. An manchen Stellen sah er aus wie blasse Spinnen aus Rauch. Das rauhe Muhen der Kühe hallte über die Felder. Vater Brian führte Gallen hinter die Scheune der O'Connors zu einem schilfbewachsenen Teich.

Als sie sich dem Gewässer näherten, flatterten einige Schnepfen auf und strichen laut kreischend dicht über Gallens Kopf hinweg. Ein Stockentenpaar erhob sich aus dem glasklaren Wasser. Vater Brian setzte sich mit Gallen auf einen von der Sonne gebleichten Baumstamm.

»Also dann. Heraus damit! Leg deine Beichte ab!« Vater Brian faltete die Hände.

Gallen fand es seltsam, bei seinem Vetter zu beichten. Vater Brian war erst fünfundzwanzig, und er hatte noch keinen Bart. Aber er war dennoch ein Priester.

»Vergib mir, Vater, denn ich habe gesündigt«, begann Gallen.

»Wieviel Zeit ist seit deiner letzten Beichte verstrichen, mein Sohn?« fragte Vater Brian und faltete seine Hände wie einen Kirchturm vor der Brust.

»Ein Jahr.«

Vater Brian hob die Augenbrauen und blickte Gallen befremdet von der Seite an. »So lange? Wie viele Menschen hast du in dieser Zeit getötet?«

Gallen überlegte einen Augenblick und rechnete die Männer aus der vergangenen Nacht hinzu. »Dreizehn.«

»Das Geschäft läuft nicht besonders gut, was?« sinnierte Vater Brian. »Menschen zu töten ist eine unrechte Sache. Unter gewissen Umständen ist es sogar eine Todsünde. Ich nehme an, sie alle waren Wegelagerer und Halsabschneider?«

»Ja.«

Erneut faltete Vater Brian die Hände. »Hmmm. Und wieviel Beute hast du in ihren Taschen gefunden?«

Diesmal mußte Gallen länger nachdenken. Er hatte keine fortlaufenden Aufzeichnungen angefertigt. »Wenn man die Stiefel und Kleider und Waffen mitrechnet, die ich verkauft habe, etwa einhundert Pfund.«

Vater Brian pfiff überrascht. »Soviel? Eine fette Beute.« Nach kurzem Nachdenken fuhr er fort: »Ein Vaterunser für jeden Mann, den du getötet hast. Das sollte reichen. Selbstverständlich wäre ich dankbar, wenn du der Kirche einen Zehnt vermachen würdest.«

»Zehn Pfund?« fragte Gallen. Sein Herz schlug heftig. Er hatte das Geld längst schon ausgegeben. Sicher, er verdiente als Leibwächter nicht schlecht, aber er mußte sein Essen und seine Unterkunft in den Gasthäusern selbst zahlen. Seine Ausgaben waren fast ebenso hoch wie seine Einnahmen.

»Du wirst doch nicht riskieren wollen, mit befleckter Seele zu sterben, oder?« sagte Vater Brian. »Gott hat diese Bösewichte in deine Hände gegeben. Da ist es nur gerecht, wenn du von deiner Beute einen Teil opferst, um deine Dankbarkeit zu beweisen.«

»Aber zehn Pfund ...«

»Äh ... denk nicht über das Geld nach«, unterbrach ihn Vater Brian. »Du wirst bei deinen nächsten paar Aufträgen viel mehr hereinholen.«

Gallen nickte widerstrebend und überlegte, wieviel Paddy und seine Spießgesellen in den Taschen gehabt haben mochten. Vater Brian betrachtete ihn mit strengem Blick. »Was hast du außerdem zu beichten?«

»Über die letzte Nacht. Ich denke immer wieder darüber nach. Ich bin mir ziemlich sicher, daß ich Seamus vor dem Schlag auf den Kopf hätte bewahren können.«

»Oh«, sagte Vater Brian gedankenvoll. »Deshalb siehst du so unglücklich aus! Ich weiß, daß du vorher noch nie einen Kunden verloren hast. Meinst du wirklich, du hättest ihn retten können? Wie viele waren es? Neun Räuber, hast du gesagt! Bist du dir sicher, daß du es mit so vielen hättest aufnehmen können?«

»Ich hab' schnell reagiert, als sie auftauchten«, erwiderte Gallen. »Aber ich gab Seamus den Rat, den Kerlen das Geld zu geben. Und . . .«

»Und warum hast du so gehandelt?« unterbrach Vater Brian ihn. »Du bist kein Feigling. Ich habe dich noch nie so reden hören. Denk nach, und sag mir die Wahrheit!«

Gallen dachte lange nach, bevor er antwortete. Er erinnerte sich an die Männer, die ihn umkreist hatten. Große, bärtige Gestalten, die verweichlicht und schlaksig aussahen, weil sie keiner Arbeit nachgingen. Männer, die mit Küchenmessern bewaffnet waren und einem Fossil von einem Schwert, an dem selbst in der Dunkelheit der Rost zu sehen gewesen war. »Ich wollte nicht gegen sie kämpfen«, sagte Gallen schließlich. »Sie sahen aus wie einfache Bauern, die am Ende waren. Nicht wie Mörder. Einige von ihnen waren noch halbe Kinder.«

Gallens Gedanken bewegten sich zurück. Er erinnerte sich an die beiden Fremden, die ihn letzte Nacht in Mahoneys Wirtshaus angeheuert hatten. Der Mann, der die beiden Schwerter über dem Umhang getragen hatte – das war ein geübter Kämpfer gewesen. Gallen hatte es an seinen Bewegungen erkannt, an der sicheren Art, wie der Mann sich durch die Gaststube bewegt hatte, ohne daß seine Waffen irgendwo gegen die Stühle angeschlagen waren. Sein stilles, vorsichtiges Auftreten zeugte von einem Krieger, der mit dem Kampf lebte. Gallen hatte schon gegen gut geübte Schwertkämpfer gefochten, unten in Darnot, wo es nach dem Krieg wie in einem Schlachthaus zuging. Gallen hatte zwar keine Angst, gegen diese Männer anzutreten, aber sie konnten gefährlicher sein als ein verwundeter Eber.

»Also hast du ein wenig Mitgefühl mit ein paar Räubern gehabt«, sagte Brian. »Genau das verlangt Christus von uns. Wir sollen unsere Nächsten lieben und Mitleid zeigen – aber nur, wenn sie reuige Sünder sind. Die Männer, die euch letzte Nacht überfallen haben, zeigten keine Gnade. Sie gaben dir nichts, und du schuldest ihnen nichts. Wenn die Überlebenden bereuen und sich Christus zuwenden, und wenn sie um Vergebung für ihre Sünden bitten, dann ist es angemessen, wenn auch du ihnen verzeihst und sie als Brüder des Herrn begrüßt. Unter solchen Umständen würden dir deine Gefühle Ehre erweisen.«

»Ich weiß«, sagte Gallen. Vater Brian redete, als wollte er versuchen, Gallen von seinen quälenden Selbstzweifeln zu befreien, indem er die Dinge in ein besseres Licht rückte. Gallen war zu müde, um zu widersprechen. Das einzige, was er sich jetzt wünschte, war Schlaf.

»Nun, vielleicht hat Seamus wegen deines Zögerns Schaden erlitten, vielleicht auch nicht. Das kann man nicht mit Gewißheit sagen«, fuhr Vater Brian fort. »Deshalb werde ich dir jetzt einen Rat geben. Ich wünsche, daß du einen heiligen Eid vor mir schwörst. Ich wünsche, daß du Gott versprichst, nie wieder zu zögern, wenn dir dein Herz befiehlt, einem anderen Menschen zur Hilfe zu kommen.«

Gallen starrte Vater Brian an. Die Worte des Sidhe fielen ihm ein: ». . . ich werde dich für jeden Eid zur Rechenschaft ziehen, den du an diesem Tag ablegst.«

Die Morgensonne verblaßte unter dem Nebel. Es wurde kalt. Gallen erhob sich und schaute hinüber auf die grasbewachsenen Hügel, an denen die Spinnen aus Nebel hinaufkletterten. Schafe blökten in der Ferne, aber sonst war die Welt still und einsam. Gallen hatte das Gefühl, als stünde der Sidhe in der Nähe und hätte seine Hände an die Ohren gelegt, um ihm bei seinem Eid zu lauschen. Irgendwie mußte der Sidhe gewußt haben, daß er diesen Eid heute ablegen sollte, dacht er. Der Sidhe hatte ihn gewarnt, daß dies ein feierliches Gelöbnis sei. Aber legte Gallen seinen Eid vor Gott oder vor dem Sidhe ab? Es war eine Sünde, einen Eid vor einem magischen Geschöpf abzulegen. Die Bibel sagte: »Du sollst dein Leben nicht einer Hexe weihen.« Um wie vieles schlechter war ein Sidhe, ein Wesen aus reiner Magie? Gallen konnte keinen Eid vor einem Sidhe ablegen.

»Nun?« Vater Brian wurde ungeduldig; er wußte ja nichts

von Gallens widerstreitenden Gedanken. »Wirst du jetzt den Eid ablegen?«

»Ja, Vater«, entgegnete Gallen. »Ich schwöre vor Gott: Wenn ich jemals wieder das Bedürfnis verspüre, einem anderen zu Hilfe zu eilen, werde ich nicht zögern.« Gallen sprach die Worte, und draußen über dem Feld erhob sich eine Krähe. Sie krächzte laut und flog ins Hügelland, als wollte sie die Nachricht von seinem Schwur verbreiten. Gallen fragte sich, ob der Sidhe sich in ein Tier verwandeln konnte.

»Also gut«, sagte Vater Brian. »Bevor die Sonne höher steigt, sollten du und ich uns auf den Weg machen und diese Räuber durchsuchen. Vielleicht finden wir einen Teil des Zehnten, den du der Kirche schuldest.«

Gallen gab widerstrebend sein Einverständnis. Er rechnete mit keiner großen Beute von den getöteten Männern, und es kam ihm ziemlich makaber vor, die Leichen in Gegenwart eines Geistlichen zu fleddern. Aber wenn sie sich nicht beeilten, würde ihnen vielleicht ein anderer Wanderer zuvorkommen.

Sie machten sich auf den Weg in Richtung der Schlucht. Als sie am Ort des Überfalls ankamen, war Seamus' Sohn Patrick bereits da. Er hatte die Leichen wie erlegte Rebhühner nebeneinander gereiht, beugte sich über sie und beeilte sich, ihre Geldbörsen und alles an Wertgegenständen an sich zu raffen. Als er Gallen und Vater Brian erblickte, machte er noch schneller, als wollte er die Beute nehmen und fortlaufen.

Gallen blieb ein wenig zurück und beobachtete das Geschehen. Er wußte, daß er in der letzten Nacht drei Banditen getötet hatte, aber da lagen vier Leichen. Einer der Verwundeten war an Ort und Stelle verblutet. Alle vier sahen klein und harmlos aus, wie sie da auf dem Boden lagen. Ihre Kleidung bestand aus grob genähten Wollsachen und war abgetragen.

Patrick und Vater Brian durchsuchten die Toten nach ihren Geldbörsen und anderen Wertsachen, während Gallen den Ort des Überfalls in Augenschein nahm. Er schaute sich die Fußabdrücke im aufgeweichten Boden an. Acht der Angreifer stammten aus dem Bezirk Obhiann. Gallen erkannte es an den runden Stiefelspitzen, wie man sie im Norden trug. Aber der neunte war vermutlich hier aus der Gegend, denn er trug spitze Schuhe mit weichen Sohlen. Die Abdrücke der Sohlen zeigten deutliche Spuren von Löchern. Gallen fand die Stelle, wo der Mann aus dem Gebüsch gekommen war. Er versuchte, sich an ein Gesicht zu erinnern, aber die Spuren zeigten, daß der Mann nie in Erscheinung getreten war. Er hatte sich im Hintergrund gehalten.

Gallen entdeckte auch die Fußabdrücke des Sidhe. Er hatte Stiefel mit schweren Absätzen getragen, die im weichen Boden halbmondförmige Umrisse hinterließen.

Gallen gesellte sich zu Vater Brian und Patrick. Sie waren gerade fertig mit der Fledderei und überzeugten sich noch einmal, daß die Diebe nichts in ihren Stiefeln versteckt hatten. Gallen sah, wie der Priester grunzte und sich mühte, Paddy dessen abgetragene Stiefel auszuziehen.

Patrick war das Eigentum anderer offensichtlich egal, denn er zog sein Messer hervor und versuchte, den anderen Stiefel aufzuschlitzen. Vater Brian schimpfte den Jungen aus. Die Stiefel waren noch in recht gutem Zustand und konnten an die Armen verschenkt werden.

Wie er da stand und das Geschehen beobachtete, bemerkte Gallen, daß Patricks Stiefel spitz waren. Die Sohlen waren weich und an den Außenkanten durchgescheuert. Auf einer Spitze befand sich ein Tropfen Blut. Jetzt, im hellen Tageslicht, konnte Gallen unter Patricks spärlichem rotem Bart am rechten Ohr die Spuren von Ruß erkennen.

Als Vater Brian dem toten Paddy endlich die Stiefel ausgezogen hatte, fielen zwei Silbermünzen zu Boden.

»Na, ihr Geier?« Gallen lächelte. »Wieviel habt ihr den armen Toten weggenommen? Hatten sie überhaupt noch Fleisch auf den Knochen?«

»Drei Pfund und zwei Schillinge«, gab Vater Brian zur Antwort. »Eine magere Beute.«

»Oh, das würde ich nicht sagen«, meinte Gallen. »Das klingt doch nicht schlecht. Drei Pfund? Für so viel Geld würde ich die ganze Nacht in eisiger Kälte mit einer Räuberbande auf meinen eigenen Vater lauern, bis er die Straße herunterkommt. Für drei

Pfund würde ich meine ganze Sippe verraten! Ist es nicht so, Patrick?«

Der schlaksige Bursche blickte unsicher auf. Der bedrohliche Beiklang in Gallens Stimme hatte ihn erschreckt. Er gab keine Antwort.

Gallen fuhr ungerührt fort: »An deinem Stiefel klebt das Blut deines Vaters, und hinter deinem rechten Ohr ist noch Ruß, wie Räuber ihn benutzen, um ihre Gesichter zu schwärzen.«

Vater Brian starrte den Jungen finster an und erblickte die verräterischen Zeichen. Der Priester biß sich auf die Lippen. Patrick blickte die Straße nach Clere hinunter und spannte die Muskeln, als wollte er losrennen. Gallen schätzte, daß er den Burschen nach spätestens fünfzig Schritten eingeholt hätte.

»Burschen deines Schlages sind nur eine Last für eine verwitwete Mutter«, brummte Vater Brian, »selbst wenn ihr nichts anstellt.«

»Ich wollte nicht, daß jemand zu Schaden kommt«, flüsterte Patrick. Er war rot geworden, und jetzt schossen heiße Tränen über seine Wangen.

»Du hast geglaubt, du könntest deine Brüder und Schwestern bestehlen, und niemand würde Schaden erleiden?« Vater Brian war schockiert. »Was hast du dir dabei gedacht? Sind die Zeiten nicht hart genug, wenn Wilderer eure Schafe stehlen und Wölfe in die Herden einbrechen? Du wolltest deinem Vater eine weitere Last aufbürden, für ein paar Pfund, die du im Wirtshaus für Whiskey ausgegeben hättest?« Es war bekannt, daß Vater Brian gelegentlich gern Whiskey trank. Deshalb fügte er hinzu: »Oder, schlimmer noch, Bier?«

Patrick schwieg.

»Mach, daß du wegkommst. Sofort!« Voller Empörung schrie Vater Brian dem Jungen die Worte ins Gesicht. »Und laß dich nie wieder im Morgen-Bezirk blicken. Von jetzt an bist du vogelfrei. Ich gebe dir Zeit bis Sonnenuntergang, dann werde ich es allen erzählen. Solltest du jemals wieder in diesem Bezirk auftauchen, ist dein Leben verwirkt. Verschwinde und sieh zu, daß du deinen Lebensunterhalt anderswo verdienst, wenn du kannst. Wir wollen dich nicht mehr unter uns haben!«

»Laßt mich noch ein paar Tage bleiben!« In Patricks Stimme war ein Flehen. Er griff nach dem Saum von Vater Brians Robe. »Mein Vater ist schwer verwundet, und mein Herz ist voller Scham. Laßt mich noch eine Woche bleiben, damit ich sehen kann, ob er sich erholt!«

»Was?!« Vater Brian war außer sich. »Du bittest darum, in Reichweite der Geldbörse eines kranken Mannes bleiben zu dürfen? Zur Hölle mit dir! Eher würde ich einem Marder einen Hühnerstall anvertrauen! Verschwinde, bevor ich Gallen O'Day befehle, dir den Hals durchzuschneiden!«

Vater Brian nahm einen großen Stein auf und warf ihn nach Patrick. Es war das Zeichen, daß er ausgestoßen war. Der Stein traf den Jungen an der Schulter. Patrick schrie schmerzerfüllt auf, schaute Vater Brian jedoch immer noch flehend an. Seine Augen baten darum, bleiben zu dürfen.

Gallen nahm ebenfalls einen Stein und warf ihn nach Patrick. Er traf den Jungen am Oberschenkel. »Mach, daß du wegkommst, du Ganove!« rief Gallen.

Vater Brian griff nach einem weiteren Stein. Wenn der Kerl nicht gehen würde, hatten Vater Brian und Gallen nach altem Brauch keine andere Wahl, als ihn zu Tode zu steinigen. Patrick sprang auf die Straße und hinkte los, in Richtung Clere. Er warf den beiden finstere Blicke zu. Der Junge schien über schlimme Verwünschungen nachzudenken; dann verfluchte er Gallen. »Du täuschst mich nicht, Gallen O'Day! Du bist mit dem Sidhe und mit Wesen aus der Unterwelt im Bunde! Du bist nicht besser als ein Dämon! Ich habe ihn gesehen, Vater Brian! Ich hab' Gallen O'Day zusammen mit einem Sidhe gesehen! Heute Nacht! Er hat den Satan um Hilfe angefleht, und der Sidhe kam herbei!«

»Ich wäre erfreut, würdest du deine Anschuldigungen gegen meinen Vetter für dich behalten«, rief Vater Brian zurück. »Verschwinde jetzt endlich, du Mißgeburt von einem Vatermörder!« Er warf einen weiteren Stein. Patrick wich aus und beeilte sich, weiterzukommen.

Sie beobachteten, wie der Junge den gewundenen Bergpfad zwischen den Blautannen und der Düsternis des Waldes entlangmarschierte. Vater Brian blickte noch immer auf Patrick, als er mit zusammengepreßten Zähnen zu sprechen begann: »Was ist dran an dieser Geschichte? Stimmt das mit dem Sidhe?«

Gallen erschauerte. Er konnte einen Priester nicht belügen, auch wenn es nur sein Vetter war. »Ich habe noch nie den Satan beschworen«, sagte Gallen. »Aber in der letzten Nacht, als die Flahertys mich am Kopf erwischt und zu Boden geschlagen hatten und mir gerade bei lebendigem Leib die Haut abziehen wollten, da kam dieses seltsame Wesen aus dem Wald. Es sah aus wie ein Mensch. Es war ganz in Schwarz gekleidet und trug zwei Schwerter, und sein Gesicht glühte wie flüssiges Glas. Es warnte die anderen, daß niemand, der in Coille Sidhe einen Mord begeht, lebend aus dem Wald entkommt.«

Vater Brian hielt den Atem an und betrachtete Gallen von der Seite. »Bist du sicher, daß es nicht nur ein Irrlicht oder ein Waldgeist war?«

»Es war aus Fleisch und Blut, wie Ihr und ich«, erwiderte Gallen. »Das Wesen legte Seamus über das Pferd, und ich konnte sein Gesicht sehen. Ich ... ich hab' noch nie zuvor etwas ähnliches gesehen oder davon gehört.«

»Aber dieses Wesen hat die Männer vor einem Mord gewarnt.« Vater Brian flüsterte in einem Tonfall, der irgendwo zwischen Verwirrung und Ehrfurcht lag. »Also konnte es nicht mit dem Teufel im Bunde stehen. Es muß von Gott gesandt worden sein. Das Wesen, das du letzte Nacht erblickt hast«, raunte er zweifelnd, »kann es ein Engel gewesen sein?«

»Ich glaube nicht. Es war ganz in Schwarz gekleidet.«

»Dann war es ein Engel«, sagte Vater Brian mit Bestimmtheit. »Es war der Todesengel, der Gallen O'Days rechte Hand geführt und über ihn gewacht hat. Das werden wir den Leuten erzählen.«

»Ich bin mir da nicht so sicher ...«, murmelte Gallen, doch Vater Brian schwang herum und packte ihn am Kragen. »Ich dulde nicht, daß du mir widersprichst. Ich werde nicht zulassen, daß man erzählt, mein Vetter stehe mit Dämonen im Bunde. Nur du und die Räuber haben gesehen, was letzte Nacht geschah. Niemand kann deine Aussage widerlegen! Gott hat den Engel des Todes geschickt, damit er dir beisteht! Hast du mich verstanden? Ich werde jeden aus der Kirche ausschließen, der es wagt, etwas anderes zu behaupten!«

»Jawohl«, sagte Gallen. Er war verwirrt und verängstigt. Vater Brians Argumente ergaben einen Sinn. In seinem Herzen wußte Gallen, daß er nicht so einfach damit fertig werden würde. Fünf weitere Männer hatten den Sidhe erblickt, und sie würden erzählen, was sie gesehen hatten. Gallen wußte, daß dieser Spuk irgendwie an ihm haften bleiben würde.

4

Als der Morgen dämmerte, schleppten die Stadtbewohner das tote Monster vom Wirtshaus zur Bucht und warfen den Kadaver ins Meer. Vater Heany hatte erklärt, daß dieser ›reuelose Sünder‹, der von Gott so schlimm verwünscht worden war, nicht auf dem geheiligten Boden des Kirchhofes begraben werden dürfe. Das Meer schien der einzige Ort, der ein solches Scheusal aufnehmen konnte.

Die Stadtmiliz bewachte die Straßen, doch es waren keine weiteren Ungeheuer aufgetaucht.

Maggie aber wußte, daß sie früher oder später kommen würden. Überall in der Stadt schnüffelten die Hunde unruhig in die Luft und bellten ihre Warnungen heraus. Maggie war tief beunruhigt. Kurz nach Sonnenaufgang fragte sie Orick den Bären: »Kannst du sie riechen?«

Orick brummte: »Ja. Ein öliger Gestank liegt in der Luft. Nichts Menschliches.«

Die Stadtbewohner waren voller hektischer Betriebsamkeit, und wilde Gerüchte verbreiteten sich. Maggie Flynn aber stand ruhig da und beobachtete sehnsüchtig die Straße Richtung Norden, nach An Cochan. Gallen war noch immer nicht zurück, und er war schon seit Stunden überfällig.

»Ich werde nach An Cochan gehen«, sagte Maggie schließlich

zu Orick. Ihre Stimme bebte. »Gallen muß erfahren, was hier geschehen ist. Jemand muß ihn warnen.«

Sie blickte erneut die Straße entlang und verspürte die innere Gewißheit, daß Gallen bereits in Schwierigkeiten steckte. Er würde niemals absichtlich einen Kunden warten lassen. Maggie befürchtete, daß Gallen irgendwo auf der Straße nach An Cochan lag, tot oder schwer verwundet.

»Die Wahrscheinlichkeit, einem dieser Monster über den Weg zu laufen, ist für dich genauso hoch wie für ihn«, sagte Orick. »Aber Gallen kann sich um einiges besser verteidigen als du. Bleib hier und hab Geduld.«

Orick wanderte im Kreis umher. Dann erhob er sich auf die Hinterbeine und witterte erneut in die Luft.

Bestürzte Schreie ertönten aus dem südlichen Teil der Stadt. Menschentrauben begannen zu rennen. Maggie und Orick eilten zur Kreuzung und blickten die Allee hinunter. Zwischen den schattigen Kiefern und den Vorgärten kam eine unheilverkündende Anzahl von Riesen in Dreierreihen die gepflasterte Straße herauf. Einige der grünhäutigen Ungeheuer sahen wie gewaltige Männer aus, acht Fuß hoch. An ihrer Spitze marschierte ein Wesen, das genauso aussah wie dasjenige, das Orick letzte Nacht getötet hatte. Sein menschenähnlicher Kopf war tief gesenkt, und die Kreatur schnüffelte auf dem Boden. Es starrte die Stadtbewohner mit seinen orange glühenden Augen an.

Es waren dreißig oder mehr Ungeheuer. In ihrer Mitte, nach allen Seiten beschützt, befand sich eine Kreatur, die aus den Tiefen der Hölle zu stammen schien. Sie war sieben Fuß groß und trug einen Rückenpanzer aus einem schwarzglänzenden Material. Sie bewegte sich auf vier außergewöhnlich langen Beinen und besaß zwei riesige, kräftige Arme. Der eine sah wie eine schwere Keule aus und mündete in einer spitzen, gefährlichen Klaue. Am Ende des anderen Arms saß eine kleine, spinnenähnliche Hand, die einen schwarzen Stab hielt.

Der Kopf des Untiers war riesig und besaß drei unterschiedlich große Facettenaugen, zwei vorn und eines hinten. An den Seiten seiner Kiefer waren lange, peitschenartige Fühler, und seine Zähne waren so groß wie die eines Pferdeschädels. Sein Leib war nur einen Fuß breit, aber drei Fuß dick. Den Schultern entwuchsen zwei Paar gewaltige durchsichtige Flügel in der Farbe von Urin. Sein aufgedunsener Hinterleib, der sich zwischen dem vorderen und dem hinteren Beinpaar befand, berührte fast den Boden.

Die Menschen schrien und flüchteten in ihre Häuser. Hunde bellten und sprangen wie verrückt an ihren Ketten in die Höhe. Einige Frauen und ein alter Mann wurden ohnmächtig und sanken zu Boden.

Vater Heany stürzte in seinem Priestergewand auf die Straße und stellte sich dem schwarzen Ungeheuer entgegen. Er schwang ein Kruzifix über dem Kopf und rief: »Beelzebub! Ich befehle dir, im Namen aller Heiligen, kehre um! Kehre um, oder spüre den Zorn Gottes!«

Neben dem Maul des schwarzen Teufels trommelten Dutzende winziger Finger auf ein Stück gespannter Haut.

Die Riesenwachen machten einen Schritt zur Seite, und im nächsten Augenblick stand der Teufel Vater Heany gegenüber. Er zeigte mit dem kurzen, schwarzen Stab auf den Priester. Flammen, heller als ein Blitz, schossen hervor und trafen Vater Heany in die Brust. Der Geistliche stand da und brannte wie eine Fackel. Dann fiel das Fleisch von seinen Knochen, und sein Skelett schepperte zwischen dem brennenden Fleisch auf die Straße.

Maggie hatte das Gefühl, als würde ihr das Blut in den Adern gefrieren.

Die Riesen stampften über den Leichnam Vater Heanys hinweg und rückten weiter in Richtung Wirtshaus vor.

Maggie wich zurück. Sie floh zwischen zwei Hausbäumen hindurch zum Stadtrand. Orick tapste schweigend neben ihr her.

Die Menagerie von Ungeheuern erreichte Mahoneys Gaststube und hielt an. Der hundeähnliche Führer kauerte sich nieder und begann, den blutbesudelten Boden abzuschnüffeln. Dann wandte er sich nach Beelzebub um und rief: »Meister, hier ist ein Bezwinger gestorben!« Die Riesen erstarrten. Beelzebub schritt vor und tastete mit den peitschenartigen Ranken neben seinem Maul den Boden ab, wobei er sich von einer Seite auf die andere drehte.

Orick huschte um einen Baum herum und ging in Deckung. Maggie hatte genug gesehen. Ihr Herz schlug wie rasend, und sie konnte kaum atmen. Ihr Selbsterhaltungstrieb sagte ihr, daß sie weglaufen mußte.

»Laß uns von hier verschwinden«, sagte sie zu Orick.

»Warte!« flüsterte Orick zurück. »Ich will sehen, was sie hier suchen.«

Einer der Riesen trat die Tür des Gasthauses ein und verschwand in seinem Innern. Augenblicke später kam er wieder hervor und schleifte John Mahoney hinter sich her. Der Gastwirt winselte und flehte um Gnade.

Beelzebub gab klickende Geräusche von sich. Einer der Riesen übersetzte und brüllte Mahoney an: »Wohin sind sie gegangen? Wann hast du sie das letzte Mal gesehen?«

Mahoney fiel auf die Knie. »Ich weiß nicht, wovon Ihr sprecht! Wen sucht Ihr?«

»Du bist der Besitzer dieses Gasthofes?« rief eines der Ungeheuer. »Gestern Nacht kamen zwei Fremde hier an. Ein Mann und eine Frau.«

»Ich habe niemanden gesehen«, erwiderte Mahoney flehend.

Maggie wußte, daß der Wirt die Wahrheit sagte. Er war schon zu Bett gegangen, als die Fremden eintrafen.

Aber die Ungeheuer hielten es offenbar für eine Lüge. Eins von ihnen knurrte, und Beelzebub entfaltete plötzlich seine Flügel und erhob sich unter lautem Brummen in die Luft. Mit den Zähnen voran stürzte er sich auf John Mahoney. Maggie sah helles Blut aus Mahoneys Kopf hervorsprudeln, wie die Gischt der Brandung, die sich an einem Felsen brach. Dann wandte sie sich um und rannte um ihr Leben. Orick trampelte neben ihr her.

Sie erreichten den Wald, stürmten zwischen den Bäumen hindurch und sprangen über Stock und Stein. Maggie rannte, bis ihr Lungen wie Feuer brannten. Sie wußte nicht, wohin sie sich wenden sollte. Und egal, wie schnell sie rannte – sie hatte das

Gefühl, nicht schnell und nicht weit genug weg zu sein. Immer wieder blickte sie sich um.

Wahrscheinlich wäre sie für den Rest ihres Lebens wie ein verwundetes Tier weitergelaufen, doch Orick knurrte und packte Maggies Umhang. Sie wand sich, schrie und trat nach ihm, doch der Bär brummte nur: »Warte! Die Fremden sind hier entlang gekommen! Ich kann ihren Spuren folgen. Wir müssen sie warnen!«

Die beiden Fremden waren durch den Wald geflüchtet, und Orick setzte sich am frühen Morgen schnüffelnd auf ihre Spur. Seine Vordertatzen gruben sich in den weichen Humus, während seine Hinterpfoten ihn in rollendem Galopp vorantrugen. Maggie hatte Schwierigkeiten, mit dem Bären Schritt zu halten. Zwischen den turmhohen schwarzen Bäumen hing Dunst – Morgennebel, die vom Meer heraufgezogen waren. Manchmal, während er vorwärts stürmte, entdeckte Orick eine saftige Schnecke. Dann wich er vom Weg ab und griff sie mit seinem Maul vom feuchten Boden auf, bevor er wieder auf die Fährte zurückkehrte. Doch die meiste Zeit, die er auf der Spur verbrachte, träumte er. Es waren nicht nur seine eigenen Träume, sondern uralte Instinkte seiner Rasse, Visionen aus der Urzeit der Bären, bruchstückhafte Erinnerungen an Wälder, die schon vor Ewigkeiten bestanden hatten. Während er durch den stillen Wald rannte, erinnerte Orick sich an die Zeit, als er noch ein Bärenjunges gewesen war. Er dachte daran, wie er in einem morschen Baumstamm nach Larven und wohlschmeckenden Termiten gewühlt hatte, während geflügelte Insekten in einem Sonnenstrahl über ihm surrten und glitzerten wie kleine Stücke von Bernstein oder Honigtropfen. Die Sonne schien auf die grünen Zweige eines Lachsbeerbusches. In seiner Erinnerung verspürte er eine vage Sehnsucht nach seiner Mutter, ein Gefühl von Verlust, und er hörte, wie vor ihm irgend etwas Großes durch den Wald brach. Ein Trompeten erklang, und ein gewaltiges, zotteliges Tier ragte plötzlich vor ihm auf. Es hatte unglaublich lange, geschwungene Stoßzähne. Das Wesen schüttelte den Kopf. Die Stoßzähne wirbelten durch die Luft und vertrieben lässig die schwirrenden Termiten. Das Bärenjunge drehte sich um und flüchtete.

Orick durchlebte Geschichten, die seine Mutter ihm erzählt hatte und die ihm so vertraut waren, daß er sie nicht von seiner eigenen Erinnerung unterscheiden konnte. Wie sie den Geschmack von Eichhörnchenfleisch geliebt hatte, bis sie die Verstecke der kleinen Tiere gefunden und entdeckt hatte, daß es klüger war, sich über die gesammelten Eicheln herzumachen als über die Sammler. Er hörte, wie seine Mutter ihm von den verschiedenen Techniken des Lachsfanges erzählte. Wie ein großer, alter Bär den Fisch einfach mit der Pfote aus dem Wasser schlagen konnte, derweil ein junges Tier versuchen mußte, den Lachs mit dem Maul zu erwischen, indem es den Kopf unter Wasser tauchte und mit offenen Augen in den Strom schaute. In seinen Wachträumen sah Orick helle, silbrige Fische, die durch den eisigen Schaum glitten. Er schmeckte die kleinen Schuppen in seinem Maul und den saftigen Lachs, der sich wand und zappelte, um seinem Biß zu entkommen.

So kam es, daß Orick das wundervolle Gefühl hatte, er würde durch die Zeit zurück eilen, während er durch den Wald rannte und die Fremden verfolgte. Sicher, an diesem Morgen waren bereits einige Wunder geschehen. Orick hatte in einem Kampf Mann gegen Mann ein Ungeheuer besiegt. Jetzt war er auf der Flucht vor den Gefährten der Bestie. Er grunzte wegen des Gewichts seines Winterspecks, während er in den Urwald seiner Träume und ins Ungewisse trampelte.

Als er durch ein schattiges Tal kam, erblickte er einen Geist. Es war ein flackerndes, grünes Seelenfeuer von jemandem, der schon vor langer Zeit gestorben war. Eine Frau mit langem Haar und gerunzelter Stirn blickte Orick an; dann schaute sie in die Höhe. Offenbar hatte sie erst jetzt bemerkt, daß es Tag geworden war, denn sie verschwand in einem hohlen Stamm.

Orick folgte der Fährte der Fremden. Nach zwei Stunden waren sie in einen salzigen Sumpf geraten und gezwungen gewesen, über einen Hügel auszuweichen und die nördliche Straße nach An Cochan zu überqueren. Orick und Maggie kletterten zur Straße hinauf. Oricks Füße waren schwer, als er nach dem sauren Geruch der fremden Fährte suchte.

Er hielt an.

Die Morgensonne hatte den Frühnebel in den Hügeln beinahe vertrieben und beschien die Straße. Man konnte sich schwer vorstellen, daß die Sonne so warm und einladend einen Tag beschien, der so voller Furcht begonnen hatte. Orick lauschte. Küß-Mich-Schnell-Vögel hüpften durch die Büsche und bettelten zwitschernd um Küßchen.

Atemlos vom langen Laufen, schnappte Maggie nach Luft. Orick schaute die Straße entlang und forderte Maggie auf, die Böschung hinaufzuklettern.

Sie schüttelte heftig den Kopf. »Ich glaube, ich habe etwas gehört!«

Orick witterte den Geruch der beiden Fremden und blickte den Hügel hinauf. Sie waren erst vor kurzem über die Straße gekommen, die unter den alten Kiefern hindurch auf einen mit brusthohen Farnen bewachsenen Hügel führte.

Orick betrachtete den jungen Stamm eines Wohnbaums, der zwischen den Farnen auf dem Hügel wuchs. Wahrscheinlich war er aus einem wilden Samen entsprungen. Obwohl das Haus statt Fenstern und Türen nur die leere Öffnungen besaß, bot es einen guten provisorischen Unterschlupf für Reisende. Orick konnte die Fremden nicht sehen, aber die Witterung war sehr stark. Er vermutete, daß sie sich in dem Baum versteckt hatten und Rast machten, weil sie von dort die Straße überblicken konnten.

Nach beiden Seiten hin machte die Straße enge Biegungen durch den Wald. Die Bäume boten gute Deckung. Orick begann, die Böschung hinaufzuklettern, als er plötzlich das Schlurfen schwerer Füße auf der aufgeweichten Straße im Süden vernahm. Er und Maggie wichen zurück und krochen in den Schatten einer knorrigen Kiefer. Aus der sicheren Deckung heraus beobachtete Orick die Straße über sich. Seine Schnauze zitterte furchtsam, als die schlurfenden Schritte hundert Meter vor ihnen verstummten. Maggie und der Bär wagten nicht zu atmen. Orick überlegte, ob das Ungeheuer stehengeblieben war, um auf Reisende zu warten, oder ob es sich in den Wald geschlagen hatte. Vielleicht hatte es auch kehrt gemacht und bewegte sich zurück in Richtung Clere. Orick und Maggie verharrten zehn Minuten schweigend. Gerade dachte Orick, daß die Gefahr vorüber sei, als Gallen O'Day die Straße entlangschlenderte.

Er pfiff ein altes Tavernenlied vor sich hin. Orick bewegte sich ein wenig, damit er Gallen besser erkennen konnte. Gallen sah mitgenommen aus. Sein Kopf steckte in einem Verband. Orick wollte ihn anrufen, ihn vor den Fremdlingen in der Stadt warnen, doch genau in diesem Augenblick erscholl laut eine tiefe Stimme: »Halt, Bürger!«

Gallen blieb stehen und starrte mit offenem Mund die Straße hinauf. Ein Riese kam auf ihn zu. Ganz kurz waren die Brust und die unteren Extremitäten zu sehen; dann konnte Orick das Wesen aus nächster Nähe betrachten. Seine langen Arme waren mit borstigen Haaren und seltsamen, klumpigen Auswüchsen bedeckt. Sie reichten fast bis auf den Boden. In einer Hand hielt es einen großen, schwarzen Stock, der wie der Stab eines Hirten aussah. Seine Finger waren mindestens einen Fuß lang und endeten in scharfen Klauen. Der Riese trug einen waldgrünen Rock und mächtige braune Stiefel. Orick konnte sehen, wie die Bestie die Fäuste abwechselnd öffnete und schloß. Die Klauen bogen sich bedrohlich. Für einen Augenblick glaubte Orick, der Riese würde Gallen bei der Kehle packen.

»Bürger«, sagte er mit einer schweren Stimme, die Orick nur durch angestrengtes Zuhören verstand. »Ich suche nach einer Frau und einem Mann. Sie sind fremd in deinem Land. Diebe. Hast du sie gesehen?«

»Diebe?« Gallen zögerte. »Nun, Herr, der große Markt in Baille Sean ist gerade zu Ende gegangen. Zur Zeit ist die Straße voll von Fremden. Erst vor einer Stunde sind einige an mir vorübergezogen. Doch ich muß gestehen, daß ich in meinem ganzen Leben noch nie etwas Fremdartigeres als Euch gesehen habe. Darf ich mir eine Frage erlauben? Sind diese Fremden ein ebenso eigenartiger Anblick wie Ihr selbst?«

»Nein«, antwortete der Riese ungerührt, während er seinen

gewaltigen Körper näher an Gallen schob. »Die beiden, die ich suche, sind mehr von deiner Gestalt, Bürger. Der Mann ist ein Krieger, der mit allen Waffen geschult ist, und er ein Gelehrter noch dazu. Doch wenn du den beiden begegnet bist, hast du bestimmt nur Augen für die Frau gehabt. Sie ist von unvergleichlicher Eleganz und Schönheit. Wenn du sie erblickst, wirst du alles um dich herum vergessen. Und je länger du sie ansiehst, desto mehr wird sie dich hypnotisieren. Jeder Schritt von ihr ist wie ein Tanz, jedes sanfte Wort ein Lied, und schnell wirst du ihr verfallen. Wenn du dich eine Stunde in ihrer Nähe aufhältst, wirst du glauben, sie zu lieben. Wenn du einen Tag in ihrer Nähe bist, ist es um dich geschehen, und du wirst sie dein Leben lang anbeten. So groß ist ihre Macht.«

Gallen starrte den Riesen verdutzt an. Orick beugte sich tiefer, um in die Augen des Ungeheuers zu blicken, aber die Bäume versperrten ihm die Sicht. Er war in Versuchung, aus seinem Versteck hervorzukommen, um das seltsame Wesen zu betrachten. Doch seine Furcht hinderte ihn daran.

Schließlich fragte Gallen leise: »Wie ist der Name dieser Frau?«

»Everynne«, antwortete der Riese.

»Ich habe sie letzte Nacht im Wirtshaus von Clere gesehen«, sagte Gallen. »Sie hatte dunkles Haar und ein so vollkommenes und schönes Gesicht, daß mir schien, sie würde mir das Herz rauben.«

Orick konnte es nicht fassen. Er war bestürzt, daß Gallen die Fremden verraten könnte, doch Gallen fuhr fort: »Und heute morgen, vor nicht einmal einer Stunde, habe ich die Frau und ihren Begleiter wieder gesehen. Sie hielten in An Cochan, um sich frische Pferde zu kaufen, und dann verschwanden sie nach Norden.«

Gallen zeigte die Straße entlang in Richtung An Cochan, und Orick spürte, wie seine Muskeln sich erleichtert lösten. Er wußte sofort, wenn Gallen log. Und soeben hatte Gallen den Riesen auf eine falsche Fährte gelockt.

Der Riese spannte sich und erhob sich auf die Zehenspitzen. Ungeduldig blickte er die Straße hinunter. Gallen sagte: »Herr, darf ich erfahren, was die beiden gestohlen haben? Habt Ihr eine Belohnung ausgesetzt, wenn ich die Ware zurückbringe?«

Der Riese zögerte. »Sie haben einen kristallenen Schlüssel entwendet. Dieser Schlüssel öffnet Tore zu anderen Welten. Wenn du den Schlüssel zurückbringst, wird mein Herr dich großzügig belohnen.«

»Wie hoch ist die Belohnung?« hauchte Gallen.

»Ewiges Leben«, sagte der Riese. Dann straffte er den Rücken und rief: »Bezwinger, alle nach Norden!« Seine Stimme ertönte mit einer so erstaunlichen Kraft, daß Orick spürte, wie der Boden unter ihm erzitterte. In der Ferne wiederholten Dutzende von Bezwingern die Botschaft: »Alles nach Norden!«

Orick hielt es nicht mehr aus. Er wußte, daß dies seine letzte Gelegenheit war, einen ausgiebigen Blick auf den Bezwinger zu werfen. Er duckte sich noch tiefer in seinem Versteck. Dann begann sein Herz wild zu hämmern. Er wünschte sich, das Wesen nie gesehen zu haben. Der Kopf des Monsters war riesig. Sein scheußliches Gesicht war voller tiefer Falten. Es hatte ein massiges Kinn, das wie die Lehne eines Sofas hervorstand. Seine Lippen waren rotbraun, die Farbe polierten Holzes. Seine großen Zähne waren so gelb wie reife Birnen, und die Augen, groß wie die Gonaden eines Hengstes, waren von hellem Orange. Der Riese sah schrecklicher aus als alles, was Orick je in seinen schlimmsten Alpträumen gesehen hatte.

Dem Ungeheuer schien plötzlich einzufallen, daß es dringende Aufgaben zu erledigen hatte. Es setzte sich mit gebeugtem Rücken in Richtung An Cochan in Bewegung. Sein Kopf hing tief nach unten, als wäre der gewaltige Schädel eine schwere Last.

Gallen stand einige Zeit da und beobachtete den davontrottenden Riesen mit erstauntem Gesichtsausdruck. Verwundert schüttelte er den Kopf und leckte sich über die Lippen. Dann murmelte er vor sich hin: »Ewiges Leben, was? Und wenn ich einen Bonus will? Zum Beispiel ewiges Leben und ein paar Legehennen? Oder ewiges Leben und einen Sack Kartoffeln? Wird dein geiziger Herr so viel locker machen?«

Gallen starrte die Straße hinab. Die Sonne schien noch immer, und Vögel zwitscherten im Gebüsch. Eine leichte morgendliche Brise wehte durch die Bäume. Erneut schüttelte Gallen den Kopf. Er stand mit offenem Mund da, als könne er nicht fassen, was er gerade mit eigenen Augen gesehen hatte.

Maggie machte einen Schritt aus ihrem Versteck und flüsterte: »Gallen?« Orick trat neben sie.

Gallen erblickte sie und schaute zurück in die Richtung, in welche der Riese verschwunden war. Dann sprang er auf und ab und zeigte aufgeregt hinter dem Ungeheuer her. »Oh, Jesus Christus! Ihr habt es verpaßt!« rief er. »Ich habe gerade einen unglaublichen Riesen gesehen! Kommt her! Schnell! Ich zeige Euch seine Fußspuren! Ich schwöre bei Gott, er hatte grüne Haut und Zähne so groß wie Ziegelsteine!«

Maggie entgegnete: »Ich weiß. Wir haben ihn auch gesehen. Gallen, im Wald ist eine ganze Bande von diesen Ungeheuern. Sie sind durch die Stadt gezogen und haben Vater Heany ermordet. Es war schrecklich!«

Maggie war jetzt auf der Straße angelangt. Sie schüttelte den Kopf und griff nach Gallens Arm, als wollte sie sich davon überzeugen, daß er noch lebte. Hier oben auf der Straße konnte Orick die Fremden – diese Everynne und ihren Begleiter – noch stärker riechen. Aber er traute sich nicht, es Maggie und Gallen gegenüber zu erwähnen. Vielleicht konnte einer der Riesen ihn hören.

»Vater Heany ist tot?« Gallen wich erschrocken einen Schritt zurück. »Aber ...« Ihm versagte die Stimme.

»Vater Heany hat versucht, die Ungeheuer aus der Stadt zu vertreiben. Sie haben ihn verbrannt! Dann wandten sie sich zum Wirtshaus. Sie wußten, daß John Mahoney die beiden Fremden im Gasthaus beherbergt hatte, und deshalb haben sie ihn getötet!«

»Um Himmels willen! Er ist ein Gastwirt!« Gallens Stimme war laut und zornig. Er schaute die Straße hinab. »Er hat davon gelebt! Ah, zur Hölle! Wo stecken Everynne und ihr Beschützer jetzt?«

»Sie sind noch vor dem Morgengrauen in die Wälder geflüchtet«, sagte Orick. »Ich habe versucht, ihre Fährte zu verfolgen.«

»Du würdest sie nicht verraten, oder?« fragte Maggie. »Das Ungeheuer hat zwar eine große Belohnung versprochen, aber diese Kreaturen sind Teufel! Beelzebub höchstpersönlich marschiert an ihrer Spitze!«

»Selbst wenn ich nicht wüßte, daß sie den Priester getötet haben, würde ich niemanden diesen Wesen ausliefern. Ich habe schließlich auch mein Ehrgefühl.« Gallen war sehr ernst. »Ich habe Everynne mein Wort gegeben, daß ich sie zum Geata Na Chruinne führe, und das werde ich tun, selbst wenn der ganze Wald voller Sidhe steckt. Orick, kannst du ihre Spur noch finden?«

Orick erschauderte. Er hatte nicht daran gedacht, aber sie befanden sich schon die ganze Zeit in Coille Sidhe. Und die Menschen erzählten schreckliche Geschichten über die Sidhe. Es waren fremde und grausame Wesen aus der Unterwelt. Orick hatte die Geschichten immer nur für Kindermärchen gehalten, doch plötzlich wanderten die Anderweltler am hellichten Tag herum und suchten nach einer schönen Hexe mit einem Kristallschlüssel. »Ich kann sie aufspüren.«

»Warte!« meldete Maggie sich. »Gallen, wir haben keinen Grund, uns in die Angelegenheiten der Sidhe einzumischen. Laß die Teufel doch untereinander streiten! Wenn diese Frau etwas gestohlen hat, dann verdient sie es vielleicht, bestraft zu werden!«

Halb in Gedanken, schloß Gallen die Lider. Sein langes goldenes Haar, das vom Verband wie von einem blutigen Stirnband gehalten wurde, glänzte in der Sonne. Orick fragte sich, warum Gallens Kopf verbunden war. Gallen schaute auf Maggie und Orick herab, und die Sonne schien in seine wasserblauen Augen. »Ich glaube nicht, daß diese Everynne eine Diebin ist. Ihr Beschützer war ihr treu ergeben. Diebe sind nicht so loyal untereinander, denn die Gier läßt sie jede Freundschaft vergessen.«

»Vielleicht war er verzaubert«, sagte Orick, »wie es der Riese berichtet hat.«

»Vielleicht«, stimmte Gallen zu. »Aber es ist erst eine Stunde her, daß ich Vater Brian geschworen habe, immer zu Hilfe zu eilen, wenn mein Herz es mir befiehlt. Heute morgen sagt mein Herz mir, Everynne zu helfen.«

»Wohl gesprochen«, sagte eine rauhe Stimme auf der Anhöhe über ihnen. Gallen, Maggie und Orick drehten sich gleichzeitig um. Der Hügel war auf der Höhe mit Kiefern bewachsen, aber die Stimme war ganz aus der Nähe gekommen, aus den Farnen, keine zwanzig Meter von ihnen entfernt. Plötzlich bemerkten sie eine Bewegung, und Orick erblickte einen Mann, der zwischen den Farnen stand. Er trug einen grün-braunen Umhang mit einer tiefen Kapuze. Auf dem Umhang waren so täuschend echte Bilder von Farnen, daß sie eine wunderbare Tarnung abgaben. Orick hätte den Mann nie entdeckt, wenn er sich nicht bewegt hätte. Als der Mann auf sie zukam, schimmerte der Umhang und änderte seine Farbe in ein helles Braun. Der Fremde trug zwei Schwerter an der Hüfte. Everynnes Beschützer blieb vor Gallen stehen, und sein Geruch verschwand. Selbst aus zehn Metern Entfernung konnte Orick ihn nicht mehr wittern. Es war für den Bären von all den wunderlichen Dingen, die heute geschehen waren, die größte Überraschung. Der Mann roch überhaupt nicht.

Der Fremde schlug seine Kapuze zurück. Er schien Ende Vierzig zu sein, war aber sehr durchtrainiert. Seine Haut besaß einen rötlichen Teint. Sein Haar mußte früher golden gewesen sein, doch nun begann es, grau zu werden. »Ich bin Veriasse Dussogge« sagte er. »Ich bin Lady Everynnes Ratgeber und Beschützer. Werdet Ihr uns jetzt zum Tor führen? Wir sind in großer Not. Die Bezwinger werden nicht lange brauchen, um Eure List zu durchschauen, und dann werden sie in großer Zahl zurückkehren!«

»Ich kann Euch führen«, sagte Gallen. »Aber wir sind uns noch nicht über einen Preis einig geworden.«

Der Fremde leckte sich die Lippen. »Vor einem Augenblick sagtet Ihr noch, daß Euer Herz Euch befiehlt, Lady Everynne zu helfen!«

»Das ist wahr«, stimmte Gallen zu. »Aber ich habe nicht gesagt, daß mein Herz mir befohlen hat, ihr kostenlos zu helfen.«

Orick blickte von Gallen zu Veriasse. Veriasse schien seine Möglichkeiten zu überdenken. Es war offensichtlich, daß er nicht Stunden damit verbringen konnte, entweder selbst nach dem Tor zu suchen oder in Clere einen neuen Führer anzuheuern.

»Ihr seid im Vorteil«, antwortete er schließlich. »Wie hoch ist Euer Preis?«

»Nun, es kommt darauf an«, gab Gallen zur Antwort. »Es ist ziemlich einfach, das Tor zu finden. Aber ich bin nicht begierig darauf, mich mit einem von diesen Riesen anzulegen. Ich nehme an, Ihr wißt, daß Ihr von ihnen verfolgt werdet? Deshalb sucht Ihr einen erfahrenen Kämpfer, nicht wahr?«

Veriasse nickte. »Die Bezwinger sind sehr gefährlich. Ich muß Euch warnen. Sie tragen Waffen, die stärker sind als alles, was Ihr aus Eurer Welt kennt. Die Bezwinger können Euch mühelos aus Hunderten von Metern Entfernung töten.«

»Hmmm ... dann muß ich mein Risiko mit in den Preis einbeziehen. Wie wäre es mit – ewigem Leben?« Gallen hob eine Augenbraue.

»Es steht zur Zeit nicht in Lady Everynnes Macht, Euch eine solche Garantie zu geben«, sagte Veriasse. »Aber wenn wir unser Ziel erreichen ...«

Gallen fragte: »Dann *kann* sie mir ewiges Leben gewähren, wenn wir Geata Na Chruinne erreichen?«

»Sie muß noch durch weitere Tore hindurch«, antwortete Veriasse. »Sie muß noch vielen Gefahren trotzen. Aber wenn sie es schafft – ja, sie würde zurückkehren und Euren Preis zahlen.«

Hügelaufwärts erklang der Ruf eines Vogels. »Schnell!« zischte Veriasse und drängte sie von der Straße. »Bezwinger! Sie nähern sich!«

Er griff nach Gallens Arm und sprang den Abhang hinunter ins Gebüsch. Orick tappte hinter ihnen her, und Veriasse führte sie einige hundert Fuß von der Straße weg in den Schatten eines Baumes.

»Nicht bewegen!« warnte Veriasse. Orick wartete regungslos. Drei Riesen marschierten schweigend die Straße entlang. Ihre Köpfe schwenkten hin und her, als suchten sie den Wald ab.

Maggie atmete so heftig, daß Orick dachte, die Ungeheuer könnten sie hören. Doch sie schritten schnell vorbei.

Nach weiteren zwei Minuten trällerte Veriasse wie eine Drossel. Lady Everynne erschien oben auf der Straße und kam zu ihnen herunter. Sie trug ihren blauen Umhang und einen Kopfschmuck aus dreieckigen silbernen Reifen, die in einem metallenen Netz befestigt waren. Unter dem Arm trug sie den Rosenholzkasten, und auf dem Rücken war ein Beutel festgeschnallt.

Veriasse stand auf. Orick bemerkte, wie der Umhang die Farbe des Waldes annahm – satte Grau- und Grüntöne mit Sprenkeln von gelbem Sonnenlicht. Veriasse zog seine Kapuze tief in die Stirn. »Everynne«, sagte er, »dieser junge Mann hier verlangt ewiges Leben als Gegenleistung dafür, daß er dich zum Tor führt. Willst du seinen Preis zahlen?«

Everynne schaute Gallen an. »Er weiß nicht, was er verlangt. Wie könnte er auch? Er weiß nicht, wer ich bin, noch kennt er die Grenzen unserer Macht.« Sie blickte Gallen in die Augen. »Ihr fragt nach ›Ewigem Leben‹. Es ist nicht das, was Ihr glaubt. Ich kann Euch verändern, so daß Ihr niemals altert, nie krank werdet und all Eure Verletzungen heilen. Vielleicht kann ich dadurch Euer Leben um tausend oder zehntausend Jahre verlängern. Ich kann Euch neue Körper geben, Euch so verändern, daß Ihr immer wieder geboren werdet, wenn Ihr sterbt. Aber Ihr seid trotzdem nicht unverletzlich. Ihr könntet trotzdem getötet werden. Euer Leben wird eines Tages enden.«

Gallen fragte ungläubig: »Das könnt Ihr tun?«

Maggie blickte mit großem Erstaunen auf Everynne. Das junge Mädchen wich zurück, als hätte es Angst.

»Vielleicht«, sagte Everynne. »Im Augenblick bin ich genauso hilflos wie Ihr. Doch ich verspreche Euch, wenn Ihr mich zum Tor bringt und ich die nächsten paar Wochen überlebe, dann steht es in meiner Macht, Euren Wunsch zu erfüllen und Euren Preis zu zahlen.«

Gallen bot ihr seine Hand, doch Maggie fuhr dazwischen: »Gallen, nein!«

»Warum nicht?« fragte er.

»Es ist ein Trick ...«, mischte Orick sich ein. »Sie hat dir nicht alles gesagt. Wenn du ihr hilfst, wirst du vielleicht niemals an Altersschwäche sterben. Aber diese Monster, die Bezwinger, könnten zurückkommen und dir den Schädel einschlagen! Hör auf Maggie! Du hast keinen Grund, dich in ihre Angelegenheiten einzumischen!« Oricks Herz schlug heftig, und er blickte seinem Freund fest in die Augen. Orick war ein Bär, der immer praktisch dachte. Gallens Handel machte für ihn keinen Sinn. Offensichtlich waren die Fremden Magier, und wenn Gallen seinen Handel mit ihnen abschloß, würde er ewiges Leben gewinnen. Aber was wäre mit seiner Seele, wenn er schließlich doch starb? Gallen hob eine Augenbraue. Er schaute Everynne fragend an, doch er sagte kein Wort.

»Wenn ich überlebe, werden die Bezwinger meine Diener«, erklärte sie. »Sie werden nie wieder auf diese Welt zurückkehren und Euch oder Eurer Familie Schaden zufügen. Gallen, ich kann Euch nicht versprechen, daß alle Gefahren aus Eurem Leben verschwinden werden. Es gibt Dinge, die weit schlimmer sind als die Bezwinger. Ich bin davon überzeugt, daß Ihr und die Menschen auf Eurer Welt nach meinem Tod bald sehr viel mehr über die Welten hinter dem Tor herausfinden werdet. Mehr, als Ihr je wissen wolltet.«

»Was wollt Ihr damit sagen?« fragte Maggie.

»Wir befinden uns in einem Krieg«, warf Veriasse ein.

Orick blickte Gallen streng an. Man konnte sehen, wie es hinter der Stirn des jungen Mannes arbeitete. Dann sagte Gallen: »Unter diesen Umständen weiß ich, welchen Preis ich verlangen muß.«

Everynne fragte: »Und das wäre?«

Oricks Nase wurde trocken vor Furcht, und er leckte seine Schnauze. Er erwartete, daß Gallen erneut ewiges Leben fordern würde, doch Gallen sagte: »Ich möchte mit Euch durch das Tor ins Reich der Sidhe gehen. Ich will dafür sorgen, daß Ihr Euer Ziel erreicht.«

»Nein!« erwiderte Everynne bestimmt. »Ihr könnt Euch die Gefahren, die auf uns warten, nicht einmal in Eurer kühnsten Phantasie vorstellen. Ich kann Euch nicht mitnehmen. Ihr wärt keine Hilfe – nur ein Hemmschuh.«

»Ihr seid eine Reisende und benötigt Leibwachen«, erwiderte Gallen. »Das ist genau meine Arbeit.«

Orick glaubte, sein Freund hätte den Verstand verloren. Gallen hatte nur noch Augen für Everynne. Es war ganz offensichtlich ein Fall von reiner sinnlicher Begierde. Und wenn Gallen erst einmal diesen Ausdruck in den Augen hatte, dann konnte man leichter einen Dachs aus seinem Bau ziehen, als Gallen von seinem Ziel abbringen.

»In der letzten Nacht«, begann Gallen, »wolltet Ihr mir Euren Namen nicht verraten. Ihr wußtet, daß die Bezwinger Euch auf den Fersen waren.«

Everynne antwortete: »Das stimmt. Ich wollte Euch nicht verletzen.«

»Und jetzt sind die Bezwinger da. Vielleicht seid Ihr ja nur versehentlich auf unsere Welt gekommen – aber jetzt will ich auf die Eure.«

Everynne sagte: »Das ist nicht so einfach, wie Ihr glaubt. Ich könnte Euch durch das Tor mitnehmen. Aber es führt nicht nur in *eine* andere Welt, sondern in ein ganzes Labyrinth von Welten. Ihr seid nicht darauf vorbereitet, dieses Labyrinth zu betreten. Und selbst wenn Ihr es wärt, würdet Ihr wahrscheinlich rasch wieder zurück wollen. In den letzten paar Tagen habe ich diese Welt ihrer Einfachheit und der Leichtigkeit des Lebens wegen zu schätzen gelernt.«

»Ich weiß nichts über andere Welten«, sagte Gallen. »Aber diese hier finde ich ganz schön langweilig.«

»Eine langweilige Welt ist eine seltene Kostbarkeit«, sagte Everynne. »Ich wünschte, alle Welten wären so unschuldig.«

Gallen überlegte einen Augenblick und zuckte die Achseln. »Unter diesen Umständen biete ich Euch meine Dienste kostenlos an. Nur ein Schuft würde einer Frau in Not Geld abnehmen.«

Orick schüttelte den Kopf. Gallens plötzlicher Gesinnungswandel war ihm völlig rätselhaft. Er fragte sich, ob er die Menschen je verstehen würde. Everynne lächelte herzlich und hob die Brauen, als wäre ihre Meinung über Gallen in diesem Moment beträchtlich gestiegen.

In der Ferne erklang ein schwacher Laut, den Orick kaum vernehmen konnte. Die anderen hörten überhaupt nichts, doch Orick erkannte Stimmen, die riefen: »Bezwinger, nach Süden!«

Orick sagte: »Sie kommen zurück. Wir müssen uns beeilen.«

Gallen preschte in den Wald voran, und die anderen folgten ihm.

5

Everynne lief hinter Gallen und Veriasse durch den Wald; Maggie und Orick bildeten die Nachhut. Es bereitete Everynne Schwierigkeiten, sich den Weg durch das dichte Gestrüpp des Coille Sidhe zu bahnen. Überall wuchsen die Bäume kreuz und quer. Die dunklen Kiefern vermehrten sich in den faltigen Hügeln und Tälern ungehemmt. Efeu und Eisenholz klommen, eng miteinander verflochten, in die Höhe, um das vereinzelte Sonnenlicht einzufangen. Ihre Zweige waren gewunden wie die Leiber großer Schlangen. Dichtes Unterholz bedeckte den Waldboden, und überall lagen uralte, umgestürzte Bäume und moderten vor sich hin. Everynne wünschte, sie könnte die Rufe der Bezwinger in den Wäldern hören, doch die dicke Schicht aus Tannennadeln und Blättern anderer Bäume, die den Boden bedeckte, dämpfte jedes Geräusch. Wenn die Bezwinger über sie herfielen, würde es keine Warnung geben.

Veriasse und Gallen rannten Seite an Seite. Veriasse hielt seine Waffe mit beiden Händen gepackt. Gallen schielte immer wieder danach, hielt sich aber zurück und fragte vorerst nicht, was für eine seltsame Waffe das war.

Veriasse ließ die Schultern hängen, während er lief. Everynne fühlte sich bis auf den Grund ihrer Seele erschöpft. Sie wußte, daß sie jede Hilfe dringend nötig hatte. Sie brauchte einen Mann wie Gallen, und sie überlegte, ob sie seine Dienste annehmen sollte. Sie beobachtete ihn sorgfältig, während sie lief.

Dreißig Minuten später erreichten sie einen Hügel, auf dessen Kuppe sie sich im Schatten einer Dreiergruppe großer Steine verbergen konnten. Innerhalb dieser natürlichen Festung ließ Gallen eine Verschnaufpause einlegen. Er stand keuchend da und fragte Veriasse: » Diese Bezwinger ... müssen sie unseren Spuren folgen, oder gibt es genug von ihnen, daß sie eine Treibjagd veranstalten und uns aus der Deckung zwingen können?«

Veriasse schnappte nach Luft und antwortete: »Sie jagen uns auf unserer Spur und nehmen unsere Witterung auf. Gallen, wir müssen sehr vorsichtig sein. Wenn die Bezwinger das Tor vor uns gefunden haben, werden sie es bewachen. Wir werden uns dorthin schleichen müssen. Andererseits können wir uns nicht erlauben, lange zu trödeln, da die Bezwinger uns auf den Fersen sind.«

Gallen überlegte. »Ihr habt gesagt, daß die Bezwinger aus der Ferne töten können. Sie hatten Stäbe wie den Euren bei sich. Ist das die Waffe, die sie benutzen?«

»Man nennt es Flammrohr. Wenn man hier abdrückt, schleudert es Chemikalien aus, die mit großer Hitze verbrennen.«

»So etwas wie ein Brandpfeil?«

»Ja, nur viel heißer. Wo wir herkommen, gibt es Wesen, die nur mit einer solchen Waffe besiegt werden können. Deshalb ist sie zu unserer Standardwaffe geworden.«

»Wie arbeitet sie?« fragte Gallen. Everynne war überrascht, wie ungezwungen Gallen seine Fragen stellte. Sie hatte erwartet, daß der junge Mann, ein Hinterweltler von einem technologisch zurückgebliebenen Planeten, von dieser Waffe überwältigt sein würde. Doch Gallen fragte auf eine völlig nüchterne, geschäftsmäßige Art und ließ sich keine Gefühlsregung anmerken.

Veriasse hielt die Waffe hoch, damit Gallen sie genauer in Augenschein nehmen konnte. »Hier, unter der Sicherung, ist der Abzug. Wenn ich abdrücke, wird die Waffe aktiviert, und ein roter Lichtstrahl kommt aus dieser Linse über dem Lauf.« Er zielte mit dem Gewehr auf einen Stein. Ein roter Laserpunkt erschien auf dem Felsen. »Man spürt eine leichte Vibration, wenn die Waffe bereit ist. Was immer auch unter dem roten

Punkt liegt, das trifft man, wenn der Abzug zum zweitenmal betätigt wird.«

Veriasse drehte die Waffe zur Seite und deutete auf eine kleine Anzeige. »Diese Lichter zeigen, wie oft man noch mit der Waffe schießen kann.« Der Indikator hatte zehn erleuchtete Pünktchen.

Gallen fragte: »Wie groß ist die Reichweite?«

»Genau zielen kann man auf hundertfünfzig Meter«, gab Veriasse zur Antwort. »Aber die Reichweite ist viel größer, besonders, wenn man hoch zielt. Man darf nie auf einen Gegner feuern, der zu nahe ist, sonst verbrennt man zusammen mit ihm. Wenn die Waffe für drei Minuten nicht abgefeuert wird, schaltet sie sich automatisch ab.«

Gallen berührte den Schaft. »Dieses Ding kann eins von den Ungeheuern töten?«

»Ja. Aber Ihr müßt wissen, daß es drei Haupttypen von Bezwingern gibt«, antwortete Veriasse. »Orick hat letzte Nacht einen Fährtensucher erledigt. Das ist ein Wesen mit langen Armen und Beinen. Es bewegt sich auf allen vieren fort. Der Riese, dem Ihr begegnet seid, gehört zu ihrer Infanterie. Das sind hervorragende Kämpfer. Ich würde Euch nicht raten, sich auf ein Handgemenge mit ihnen einzulassen. Sie sind unglaublich stark. Ihre lebenswichtigen Organe befinden sich übrigens an den gleichen Stellen wie bei uns. In vergangenen Zeiten hat mein Volk die Riesen als Wächter gezüchtet. Ihre Aufgabe war die Wahrung des Friedens auf den Welten. Aber die Dinge haben sich geändert. Die drononischen Krieger haben unser Volk besiegt und unsere Wächter versklavt. Die Drononen bilden die dritte Kaste der Bezwinger. Sie sind die gefährlichsten.«

Maggie fragte keuchend: »Drononen?« Ihr Gesicht war bleich und ängstlich.

»Ihr habt bereits einen in der Stadt gesehen«, sagte Veriasse. »Die Leute nannten ihn Beelzebub, Herr der Fliegen. Er ist ein echter Dronone, ein Lord-Bezwinger aus einer anderen Welt. Vor sechzig Jahren haben wir sein Volk entdeckt. Sie waren ungebildet, beinahe primitiv, aber sie verstanden sehr viel von Kriegführung. Zuerst versuchten wir, ihnen zu helfen. Aber sie neideten uns unsere Technologie und begannen, sie zu stehlen. Dann eroberten sie viele unserer Welten. Heute sind die Wächter, die nicht erschlagen wurden, ihre Sklaven und treuen Diener. Auf einigen Welten dienen sogar Menschen der Goldenen Königin der Drononen und ihrem Imperium.«

Gallen erhob sich. Es schien, als habe er einen Entschluß gefaßt. »Wir müssen uns unter den Bäumen halten, damit sie nicht auf uns schießen können. Ich werde sie auf eine Fährte lenken, die schwer zu verfolgen ist. Wenn wir sie von unserer Spur abbringen können, müssen wir uns dem Tor nicht überstürzt nähern.«

Gallen lief los und verschwand.

Er legte eine Spur, die es den Bezwingern schwer machen würde, ihnen zu folgen – eine Zickzackfährte zwischen Gruppen von Jakobstannen hindurch, wo die Bäume so dicht beieinander standen, daß sie eine fast undurchdringliche Mauer bildeten. Zweimal lief er einen großen Kreis, der seine Witterung deutlich hinterlassen würde; dann führte er die anderen über trockene Baumstämme, wo keine Fußspuren zurückbleiben würden und selbst ihre Witterung rasch verschwand. Als Gallen alles getan hatte, um ihre Spuren zu verwischen, führte er die anderen zu einer Höhle am Fuß eines Berges, doch am klaffenden schwarzen Eingang zögerte er, einzutreten.

»Stimmt etwas nicht?« fragte Everynne.

»Diese Höhle hat fünf Eingänge und sehr enge Wege. Wenn wir die Bezwinger abschütteln wollen, können wir hier hineingehen. Aber die Höhle wird von Irrlichtern bewohnt. Wir brauchen Fackeln und müssen ein Licht entzünden, um sie auf Distanz zu halten.«

Maggie sagte: »Wir sollten nicht da reingehen. Es ist zu gefährlich.«

»Irrlichter?« fragte Veriasse. »Was sind Irrlichter?«

»Körperlose Wesen. Gespenster. Wenn jemand zu wissensdurstig oder neugierig ist und die Gesetze des Heiligen Buches verletzt, geben die Priester die Person zu den Irrlichtern.«

»Glaubt Ihr an Geister?« fragte Veriasse erstaunt. »So etwas gibt es nicht. Habt Ihr jemals einen Geist gesehen?«

»Es sind keine Geister«, sagte Gallen. »Es sind Lebewesen. Ich habe die Irrlichter schon mehr als einmal gesehen. In der Stadt lebte früher eine alte Frau, Cally O'Brian. Sie machte Versuche mit Kräutern. Eines Nachts kamen die Irrlichter und verschleppten die schreiende Frau. Sie verschwanden mit ihr auf der Straße nach An Cochan. Niemand hat sie je wieder gesehen.«

Weder Veriasse noch Everynne machten den Eindruck, als wollten sie Gallens Geschichte Glauben schenken.

Maggie warf ein: »Er sagt die Wahrheit! Irrlichter gibt es wirklich! In der Nacht kann man ihre Seelenfeuer sehen. Sie leuchten grün und blau im Wald.«

Everynne und Veriasse sahen sich an und sagten wie auf ein Kommando: »Artefs!«

Veriasse fragte ungläubig: »Was sollte ein Artef hier verloren haben?«

»Diese Welt bewachen«, sagte Everynne. »Die Bewohner in erzwungener Unwissenheit halten. Das war es, was ihre Vorfahren wollten. Eine Welt, auf der ihre Kinder vor den Problemen eines Universums in Sicherheit sind, das zu groß geworden war, um es unter Kontrolle zu halten. Ich wette, daß die ursprünglichen Siedler ihre Intelligenzen in Artefs eingespeist haben.«

»Also kennt Ihr die Gespenster unter einem anderen Namen, nicht wahr?« fragte Orick. »Es gibt sie auch im Reich der Sidhe?«

Everynne antwortete: »Ja. Wir *erschaffen* sie im Reich der Sidhe. Es sind nur Maschinen, die das menschliche Bewußtsein speichern. Wir können sicher durch Eure Höhle wandern.«

»Ich muß Euch warnen«, sagte Gallen. »Das Sonnenlicht scheint nicht in die Höhlen. Da drin ist es dunkler als in der finstersten Nacht.«

»Die Sonne schwächt Artefs«, erwiderte Veriasse. »Die Strahlung Eurer Sonne verwirrt sie, und sie können nicht mehr logisch denken. Doch Artefs können einem Treffer aus einem Flammrohr nicht standhalten; Ihr braucht Euch also nicht zu fürchten.«

Gallen schluckte, offensichtlich noch immer nicht überzeugt. Er betrat die Höhle durch eine schmale Kluft, nahm Everynnes schlanke Hand und führte sie durch das Dunkel. Sie konnte spüren, wie er zitterte. Sie wußte nicht, ob er immer noch Furcht vor diesem Ort hatte, oder ob es an ihrer Berührung lag. Männer reagierten häufig auf diese Weise. Es war ein Fehler, daß sie es zugelassen hatte.

Gallen tastete sich auf dem Weg voran, bis er mit dem Kopf an einen vorspringenden Felsen stieß. Dann nahm er einen Gang, der zur Seite abbog. Nach einigen hundert Fuß erreichten sie einen engen Durchlaß. An einer weiteren Verzweigung bogen sie links ab und begannen schließlich, einen steilen Abhang hinaufzuklettern, der mit Geröll übersät war. Wassertropfen erzeugten ein lautes Platschen, als sie in unsichtbare Pfützen fielen. Everynne hatte Schwierigkeiten, auf den feuchten Felsen nicht auszurutschen. Die Luft roch schwach nach Metall. Everynne beeilte sich, voranzukommen. Sie glaubte, in einiger Entfernung einen Sonnenstrahl zu erkennen, der durch ein Loch in der Decke fiel; statt dessen bewegte sich eine gespenstisch grün leuchtende Erscheinung durch eine große Kammer hindurch auf sie zu.

Es war ein alter Mann mit dicken Koteletten und einem buschigen Schnurrbart. Er trug Leinensachen, ohne einen Wintermantel darüber, und kurze Stiefel. Das Irrlicht verharrte schweigend und betrachtete sie in der Dunkelheit. Seine phosphoreszierende Haut erlaubte Everynne, die unmittelbare Umgebung in der Höhle zu studieren. Sie war erstaunt, wie viele Felsbrocken herumlagen. Überall standen Stalagmiten, und Stalaktiten hingen von der Decke herab.

Das Irrlicht sagte herzlich: »Was sucht ihr in meiner Höhle? Wißt ihr nicht, daß es in diesem Wald spukt?«

»Fort mit dir!« sagte Gallen. »Ich dulde nicht, daß du uns den Weg versperrst!«

»Oh, wen haben wir denn da? Wenn das nicht der berühmte Gallen O'Day ist!« sagte das Irrlicht munter. »Es ist schon eine ganze Weile her, daß ich dich in dieser Gegend gesehen habe.« Dann betrachtete das Irrlicht Everynne und studierte ihren silbernen Kopfschmuck. Es gab ein fragendes Geräusch von sich und schüttelte den Kopf. »Du bewegst dich auf rutschigem Parkett, Gallen. Du gibst dich mit Fremden aus einer anderen Welt ab. Hat deine Mutter dir nie gesagt, daß das gefährlich ist? Hat sie dir nie erzählt, was mit Kindern passiert, die zu neugierig sind?«

»Gib den Weg frei!« zischte Gallen. »Wir wollen nur hier durch.«

Das Irrlicht erblickte Veriasses Flammrohr. »Oh, ich glaube, ich werde jetzt gehen, Gallen O'Day. Doch ich versichere dir, daß du mich nicht so leicht loswirst.« Das Irrlicht wich in einen Seitengang zurück und verschwand hinter einer Biegung.

Die Gefährten eilten durch die Höhle. Sie kletterten über rutschige Vorsprünge und zwängten sich durch enge Risse. Das Irrlicht folgte ihnen in einigem Abstand, wobei es einfach durch die Wände ging. Ein zweites Irrlicht schloß sich an, dann ein drittes.

Bald konnte Everynne mehr als ein Dutzend Artefs zählen, die ihnen durch die Höhle folgten. Eine ganze Weile war ihr schwaches Glühen das einzige Licht.

Die Gruppe erreichte den Höhlenausgang. Gallen warf sich auf den Waldboden und schnappte nach Luft. Sein Gesicht war aschfahl, und Everynne erkannte, daß es ihn große Überwindung gekostet haben mußte, die Höhle zu betreten. Er war ein Hinterwäldler, der die Irrlichter für unbezwingbar hielt. Hinter ihnen kamen Orick und Maggie aus der Höhle. Maggies Augen waren groß. Gallen blickte sie an und begann, laut zu lachen.

»Was ist so komisch?« fragte Maggie.

»Nichts ist komisch. Ich fühle mich nur großartig!«

Gallen stand wieder auf und führte sie eine halbe Meile in südlicher Richtung zu einem steilen Abhang, der in ein Tal hinunterführte. Ein Feuer hatte kürzlich hier gewütet. Große geschwärzte Geröllbrocken lagen überall zu Dutzenden herum. Der Boden rings um die Steine war durch die ständige Erosion so ausgewaschen, daß die geringste Berührung eine Lawine auslösen konnte. Everynne bemerkte, daß Gallen vorausdachte. Ein Bezwinger mit seinen großen Füßen würde versucht sein, über die Steinbrocken zu laufen. Everynne stellte sich vor, wie die anschließende Rutschpartie ins Tal aussehen würde.

Auf dem Grund der Schlucht angelangt, schlug Gallen einen Weg in westliche Richtung ein. Die Gefährten marschierten eine felsige Klamm hinab, durch die ein Wildbach floß. Stechmücken schwirrten um sie herum. Häufig scheuchten sie Stockenten auf, die erschreckt vom Wasser abhoben. An einer Stelle, an der sich die Schlucht stark verengte und das Wasser tiefer wurde, nahm Gallen einen kräftigen Ast, spitzte ihn an und steckte ihn mit der Spitze nach oben so in den Boden, daß er nicht zu sehen war. Sie waren in den letzten acht Stunden etwas mehr als fünf Meilen vorangekommen, und Everynne hoffte, daß Gallens Tricks ihren Vorsprung ein wenig vergrößern würden.

Auf dem Grund des Tales erreichten sie erneut den Schutz des Waldes und machten eine kurze Rast. Maggie war außer Atem; Schweiß lief ihr über die Stirn. Sie alle waren völlig verdreckt und am Ende ihrer Kraft.

Vom Berg herab, fast eine halbe Meile hinter ihnen, erscholl eine tiefe Stimme: »Bezwinger, zu mir!«

Die Bestien hatten bereits den Ausgang der Höhle gefunden! Gallen fluchte schwer atmend und blickte hilflos zu Veriasse hinüber.

Veriasse betrachtete Gallens Gesicht. »Ihr habt Euer Bestes gegeben«, sagte er dann. Gallen legte die Stirn in Falten, als hätte er Schwierigkeiten, Veriasses breiten Akzent zu verstehen. »Ihr habt eine Fährte gelegt, die es den Bezwingern so schwer wie nur irgend möglich gemacht hat, uns zu verfolgen. Aber jetzt müssen wir rennen. Wir können uns keine weiteren Verzögerungen mehr leisten.«

Oben auf dem Geröllhang ertönten ein lautes Rumpeln und ein Schrei. Ein Bezwinger mußte soeben erfahren, wie schwer Gallen ihnen die Verfolgung gemacht hatte.

Gallen schritt auf eine Lichtung, die ein umgestürzter Baum geschlagen hatte. Everynne folgte ihm und blickte zum Abhang zurück. Die Infanteristen der Bezwinger halfen einem Fährtensucher auf die Füße.

»Veriasse, darf ich einmal Eure Waffe ausprobieren?« fragte Gallen.

Veriasse reichte Gallen das Flammrohr. Gallen legte an. Der Lauf schwankte ein wenig, bis er seinen Atem unter Kontrolle gebracht und seine Muskeln entspannt hatte. Er betätigte den Abzug und runzelte einen Augenblick verwirrt die Stirn. Offensichtlich hatte er erwartet, daß die Waffe feuerte. Dann legte er erneut an. Everynne konnte den roten Punkt des Laserstrahls nicht sehen, doch die Ungeheuer auf dem Hang mußten ihn bemerkt haben. Plötzlich ließen sie den Fährtensucher los und sprangen zur Seite. Gallen zog den Abzug durch. Ein heißer Strahl weißen Feuers raste durch die Luft und erfaßte den Fährtensucher. Die Kreatur schrie kurz auf, und ihr Fleisch verschwand in den Flammen. Ein geschwärzter Knochenhaufen prasselte zu Boden.

Gallen gab Veriasse die Waffe zurück. »Das wird sie vielleicht ein bißchen aufhalten.«

Gallen marschierte nach Nordwesten. Er führte die anderen über einen schmalen, gut erkennbaren Weg durch den tiefen Wald. Everynne wußte, daß die Bezwinger hier ebenso leicht vorankamen wie sie. Mit ihren langen Beinen wären sie sogar noch schneller.

Schließlich erreichten sie eine ausgedehnte Ansammlung von Wohnbäumen. Wahrscheinlich hatte hier vor vielen hundert Jahren eine Siedlung gestanden, doch die Stadt im Flußtal war verlassen. Die Samen der Kiefernhäuser waren zu Boden gefallen, und eine beachtliche Stadt aus Hohlbäumen war entstanden. Die Bäume wuchsen so dicht beieinander, daß ihre Stämme verschmolzen waren.

Kein Mensch konnte sich einen Weg durch diesen Wald bahnen. Er war undurchdringlich.

»Wir gehen hier entlang«, sagte Gallen.

»Wir werden nie durch dieses Dickicht kommen«, warf Veriasse ein.

»Als ich noch ein Kind war, habe ich oft hier gespielt«, antwortete Gallen. »Es gibt Wege durch die Bäume, wenn man ein wenig klettert. Dieser Wald ist acht Meilen lang und an den meisten Stellen zwei oder drei Meilen breit. Hier aber ist er nur eine Viertelmeile breit. Wir werden hier hindurchgehen.«

Wie alle Häuser, die aus Kiefernsamen gezogen waren, bildeten die hohlen Bäume natürliche Öffnungen für die Türen. Stets ließen die Samen mindestens eine Tür vorn und einen Hinterausgang offen. An den Seiten waren an vielen Stellen kleine Öffnungen für die Fenster zu sehen.

Everynne wußte, daß die Bezwinger ihnen unmöglich hierher folgen konnten. Gallen wanderte am Rand des Wohnbaumwaldes entlang, bis er einen tiefen Einschnitt erreichte. Dann verschwand er durch eine Türöffnung in der undurchdringlichen Wand.

Die Gefährten bewegten sich so schnell sie konnten durch den Wald aus Wohnbäumen. Sie mühten und kämpften sich von Fenster zu Fenster. Oft mußten sie zuerst in die Höhe und dann wieder herunterklettern.

Vielleicht hatte Gallen hier tatsächlich als Kind gespielt und war mit Leichtigkeit durch die Fenster geschlüpft. Aber seither waren die Bäume gewachsen. Die meisten Öffnungen waren zu klein geworden, als daß ein Erwachsener hindurchging, geschweige denn, ein Bär wie Orick, der seinen Winterspeck mit sich herumschleppte. Everynne schwitzte stark. Als sie halb durch den Wald hindurch waren, blieb Gallen plötzlich stehen und starrte auf ein kleines Fensterloch. Offensichtlich war es zu eng, um sich hindurchzuzwängen. Gallen runzelte nachdenklich die Stirn und verfiel in Schweigen.

»Stimmt etwas nicht?« fragt Veriasse.

»Wir stecken fest«, gab Gallen zurück. »Als ich klein war, paßte ich bequem durch dieses Loch. Dahinter ist ein schmaler Pfad, dem wir folgen könnten. Aber wir kommen hier nicht durch. Es geht von hier aus nicht weiter.«

»Was sollen wir tun?« fragte Maggie.

»Ich werde jetzt hinausgehen und uns einen anderen Weg suchen.«

»Braucht Ihr Hilfe?« fragte Veriasse. Der alte Mann war offensichtlich am Ende seiner Kräfte.

»Ich werde einen Weg finden«, sagte Gallen. Er verschwand

durch die Tür. Everynne hörte, wie er draußen herumkletterte und sich entfernte. Das Kiefernhaus war voller Staub.

Eine dicke Schicht aus trockenen Nadeln und Tannenzapfen bedeckte den Boden – die Hinterlassenschaften zahlreicher Eichhörnchen. Ein sanfter Mittagswind strich durch das kleine Tal und wiegte die Baumkronen, aber hier unten war es heiß und stickig.

In den ersten paar Minuten war Everynne glücklich, ausruhen zu können. Veriasse hatte eine kleine Flasche aus seinem Packsack genommen und reichte ihr das Getränk. Sie war schrecklich hungrig. Den ganzen Tag hatte sie noch nichts gegessen, und sie hatten keine Verpflegung mehr bei sich.

Als Gallen bereits seit fast einer Stunde unterwegs war, sagte Maggie: »Es ist besser, ich sehe mal nach Gallen. Vielleicht hat er sich verirrt.«

Sie kletterte durch ein Fenster nach draußen und hangelte sich durch den Baum. Die Sonnenstrahlen, die durch die Tür des Wohnbaumes fielen, wurden länger und schwächer. Bald würde die Nacht anbrechen. Everynne konnte das Gurren wilder Tauben in ihren Nestern hören. Aber sonst war es bis auf das leise rauschen des Windes vollkommen still, und Everynne wurde allmählich unruhig. Sie bewegten sich jetzt schon eine ganze Weile nicht mehr von der Stelle, und die Bezwinger konnten nicht mehr weit sein. Sie machte sich Sorgen, ob der junge Mann vielleicht schon von einem der Bezwinger getötet worden war, aber sie wagte nicht, diesen Gedanken laut auszusprechen. Der Bär hob die Nase und begann zu wittern; dann blickte er unruhig aus einem Fenster.

»Glaubst du, daß Gallen sich verlaufen hat?« fragte Everynne, zu Veriasse gewandt.

Veriasse schüttelte den Kopf. »Nein. Wie er bereits gesagt hat – er hat hier als Kind gespielt. Ich vermute, er weiß ganz genau, wo wir sind. Ich bin überhaupt sehr beeindruckt von seinen Fähigkeiten. Für einen Hinterweltler hat er unsere Probleme sehr gut begriffen, und er hat die Bezwinger äußerst klug in die Irre geführt. Ich bin sicher, er wird bald wieder hier sein.«

Veriasse sprach mit solcher Bestimmtheit, daß Everynne sich

entspannte. Doch auch der alte Mann schien die Stille unbehaglich zu finden. Er sagte: »Als Kämpfer finde ich ihn ... faszinierend.«

»In welcher Hinsicht?« fragte Everynne.

Veriasse lächelte nachdenklich.

»Er bewegt sich mit einer tödlichen Eleganz. Wenn ich ihn auf einem anderen Planeten gesehen hätte, wäre er mir sofort aufgefallen. Er ist ein Killer. Stets bewegt er sich vorsichtig, mit zuversichtlicher Aufmerksamkeit. Man lernt schnell, so etwas zu erkennen. Dennoch unterscheidet er sich völlig von den Kriegern auf den meisten anderen Welten. Unsere Vorfahren haben sich stets auf ihre Panzerung verlassen, bis die Flammrohre sie nutzlos machten. Heute verlassen wir uns auf Strategien, die unsere Computer uns vorgeben. Wir kämpfen auf große Entfernung und blicken unseren Gegnern nur noch selten ins Auge. Und noch seltener setzen wir uns bewußt einer Gefahr aus. Wir sind zu Schachspielern geworden, die viele klassische Züge auswendig gelernt haben. Aber dieser junge Mann verläßt sich nur auf seinen Instinkt, um zu überleben. Und die Waffe seiner Wahl ist das Messer. Eine seltsame Entscheidung.«

In der Ecke des Raumes bewegte der Bär sich im Schatten unter dem Fenster. »Oh, Gallen würde liebend gern ein Schwert tragen«, sagte er. »Aber Schwerter sind schrecklich teuer. Und jedesmal, wenn man in einen neuen Bezirk kommt, muß man für die verdammten Dinger Steuern bezahlen.«

Veriasse lächelte den Bären an. Seine Augen glänzten. »Also gibt es sogar auf dieser Hinterwelt eine Art Waffenkontrolle!«

Der Bär zuckte mit den Achseln.

Veriasse seufzte. »Ich glaube, wir haben großes Glück. Seit vielen tausend Jahren habe ich keinen Mann mehr getroffen, der so wie Gallen war.« Er blickte Everynne an, als wollte er sagen: »Wir brauchen ihn. Du kannst ihn dazu bringen, uns zu folgen.«

Ein Frösteln durchlief Everynne. Sie mußte daran denken, wie Gallen bei der Berührung ihrer Hand in der Höhle gebebt hatte, und auf welche Art und Weise er seine Furcht vor den Irrlichtern hinausgelacht hatte. Sie erkannte, daß auch sie von ihm fasziniert war.

»Er braucht schrecklich lang«, sagte Everynne.

Der Bär betrachtete sie nachdenklich und räusperte sich. »Könnt Ihr denn nichts unternehmen, um uns aus dem Wald zu bringen? Kennt Ihr keinen Zauber?«

Everynne lachte. »Wir sind keine Magier, Orick. Nicht mehr als Ihr selbst.«

»Oh«, sagte der Bär enttäuscht.

Ein Bezwinger brüllte wütend auf. Es klang ziemlich nahe. Die Kreatur war offenbar ein Stück in den Wald vorgedrungen und steckte jetzt fest. Veriasse erhob sich und machte sein Flammrohr bereit. Er lauschte.

Zehn Sekunden später erklang ein raschelndes Geräusch, als sich eine Gestalt über einige Äste aus der Baumkrone herabhangelte. Gallens Schatten verdunkelte den Eingang. »Auf geht's! Ich habe einen neuen Weg gefunden.«

»Was ist mit Maggie?« fragte Everynne.

»Sie wartet bereits auf uns, ein Stück weiter vorn.«

Gallen kletterte in den Baum und führte die anderen mit der Beweglichkeit eines Marders über die Äste. Der Weg war sehr schwierig. Bald bat Veriasse um eine Pause und verharrte im Schatten eines breiten Astes. Die Sonne ging unter. Er rieb seine Handrücken am Hemd ab. »Einen Augenblick, bitte«, sagte er und hob die Hände. »Ich wittere Feuer. Die Bezwinger haben den Wald in Brand gesteckt. Wie weit ist es noch?«

»Nicht mehr weit«, brachte Gallen schweratmend hervor. »Fünfzig Meter.«

Everynne war beinahe ohnmächtig vor Erschöpfung, und sie griff blind nach den Zweigen, als sie weiterkletterten. Rauch kroch wie dünner Nebel durch den Wald. Gerade, als sie am Waldrand angekommen waren, zog Gallen seinen schmutzigen, verschwitzten Winterumhang aus und warf ihn in eine Astgabel. Veriasse beobachtete ihn und folgte dann seinem Beispiel. Everynne erkannte den Zweck ihres Tuns: Sie wollten etwas zurücklassen, das stark roch. Sie zog ihren eigenen, blauen Umhang aus und warf ihn hinter sich. Dann schaute sie nach unten. Gallen starrte sie auf ihrer Sitzstange an. Als er sah, daß Everynne es bemerkte, wirkte er in keiner Weise schuldbewußt – so, wie sie es von vielen Männern in Gallens Situation kannte. Er schien sie zu bewundern, und sie fragte sich, was er sah. Eine Frau in einem blauen Gewand, die auf einer Astgabel saß und silberne Ringe im Haar trug. Dann bemerkte sie, daß die letzten Strahlen der Abendsonne auf sie fielen. Vielleicht sah sie in dieser Beleuchtung besonders reizvoll aus. Andererseits war sie gezüchtet worden, um auf gewöhnliche Menschen eine derartige Ausstrahlung zu haben.

Sie sprang zu Boden und lief in den Wald, unter die Schatten der großen Bäume.

Allmählich wurde es Nacht. Auch Gallen schien jetzt sehr erschöpft. Er kannte keine neuen Finten mehr; es war nur noch ein Wettlauf zum Tor. Gallen führte die anderen auf dem kürzesten Weg.

Bei Sonnenuntergang erreichten sie eine Stelle, an der die Schlucht sich gabelte. Hinter einem Gewirr alter Bäume stand das Tor. Everynne vernahm in der Ferne ein glückliches Heulen, als die Bezwinger ihre Spur wiedergefunden hatten. In wenigen Augenblicken würden sie hier sein.

Everynne stürzte zum Tor und öffnete das Rosenholzkästchen. Gallen und Maggie standen atemlos dabei, und der Bär und Veriasse schlossen zu ihnen auf. Everynne nahm den Kristallschlüssel aus dem Kästchen und warf es achtlos zu Boden. Der Schlüssel hatte die Form eines Hufeisens. Sie hob ihn in die Höhe und legte einen Schalter um. Ein elektronisches Signal wurde ausgestrahlt und das Tor aktiviert. Der Kristall begann, von innen her zu leuchten, als das Tor das Signal akzeptierte.

Das Tor auf dieser Welt war das älteste, das Everynne je gesehen hatte. Und es war klein, nur wenig größer als ein Mann, und zwei Meter breit. Es sah wie ein schlichter Bogen aus polierten grauen Steinen aus. Die Pfosten des Bogens waren mit Reliefs verziert – Blumen und Ranken –, und mit Bildern, deren Sinn Everynne nicht verstand.

Während Everynne den Kristallschlüssel in die Höhe hielt, begann die Luft unter dem Bogen in blassem Blau zu leuchten.

»Everynne«, sagte Gallen. »Werdet Ihr in der nächsten Welt in Sicherheit sein?« Everynne schaute ihn an.

Gallen wollte ihr offensichtlich folgen, und sie mußte sich jetzt entscheiden, ob sie ihn mitnahm, doch die Bezwinger näherten sich, und Gallen mußte Maggie und Orick beschützen. Wenn sie ihm mitnähme, würden die beiden vielleicht sterben.

»Ich bin hier vorerst in Sicherheit«, beantwortete Everynne Gallens Frage. »Ich besitze den einzigen Schlüssel für das Tor. Die Bezwinger müssen mich in ihren Sternenschiffen verfolgen, und ich habe jetzt einen guten Vorsprung vor ihnen. Ihr und Eure Freunde sollten schnellstmöglich von hier verschwinden. Die Bezwinger suchen nur mich.«

Everynne warf einen letzten langen Blick auf die Welt. Sie roch den Wald und die Frische der Luft. Auf dem ersten Teil ihrer Reise über den Planeten hatte sie klare Bäche voller Forellen gesehen und unter dem freien, sternenübersäten Himmel geschlafen. Niemand auf dieser Welt zerbrach sich wegen der Drononen den Kopf. Everynne bezweifelte, daß Gallen und Maggie auch nur ahnten, was sie an dieser Welt hatten. Sie hoffte, daß die Bezwinger ebenfalls wieder von Tihrglas verschwinden würden, wenn ihre Flucht erst geglückt war. Die Bewohner dieser Welt würden in spätestens zehn Jahren vergessen haben, daß es so etwas wie Bezwinger überhaupt gab, daß sie einst durch eine Stadt marschiert waren. Und in hundert Jahren würde der Bericht über Everynnes Flucht von dieser Welt nur noch ein Märchen sein, eine Geschichte aus jener Zeit, als die Sidhe noch leibhaftig über die Welt gewandelt waren.

Everynne blickte über die Schulter zurück auf Gallen. Der junge Mann wirkte angespannt, und als Everynne ihm in die Augen sah, konnte sie seine Absicht erkennen. Er hatte vor, mit ihnen zusammen durch das Tor zu springen. Hastig sagte sie: »Ewiges Leben, wenn ich an mein Ziel gelange. Wie ich es versprochen habe. Gallen, würdet Ihr mir bitte den Rosenholzkasten geben?«

Gallen beugte sich herab, um den Kasten aufzuheben. Bevor er reagieren konnte, ergriff sie Veriasses Arm und zog ihn durch das Tor.

Gallen war vollkommen überrascht. Er hatte warten wollen, bis Everynne zur Abreise bereit war, um dann mit ihr durch das Tor zu gehen, aber er wollte Maggie und Orick vorher noch Lebewohl sagen.

Statt dessen hatte Everynne Veriasses Arm genommen und war durch das Tor gesprungen. Es gab einen hellen Blitz, und dann verlosch das Licht unter dem Bogen wie eine ausgebrannte Kerze. Ein frostiger Windstoß fuhr unter dem Bogen hervor. Der Bogen selbst überzog sich mit Rauhreif. Gallen trat unter die Wölbung und blieb einen Augenblick stehen, um sich die uralten Runen der Blumen und Tiere anzusehen, die den Stein verzierten. Als Kind war er mit Hammer und Meißel hierher gekommen, hatte es aber nicht geschafft, auch nur einen einzigen Splitter von diesen Steinen abzuschlagen. Statt dessen wurde der Meißel stumpf und verbog sich. Am Ende zerbrach sogar der Griff des Hammers. Es war einzigartiges Gestein, das es sonst nirgendwo auf der Welt gab.

Gallen blickte Maggie stumm an und nahm ihre Hand. Er hatte das Gefühl, als wäre ihm das Herz herausgerissen worden. Regungslos stand er da und starrte auf das Tor. Ein Ruf ertönte aus dem Wald hinter ihnen. Maggie zog Gallen am Arm und drängte: »Komm, wir müssen schnell weg von hier! Nimm die Beine in die Hand!«

Gallen schüttelte sich und duckte sich unter den Bogen. Er verspürte einen kalten Lufthauch, sonst nichts. Für ihn führte das Tor nirgendwo hin. Es hatte sich geschlossen.

»Los, kommt jetzt endlich!« knurrte Orick. Der Bär hatte sich auf die Hinterpfoten erhoben und schnüffelte unruhig in der Luft.

Sie rannten eine kleine Erhebung hinauf. Gallen hielt in der Nähe des Kammes und ging hinter einem umgestürzten Baumstamm in Deckung. Maggie und Orick legten sich neben ihn. Am Tor wurden Rufe laut. Gallen spähte über den Stamm ins Tal hinunter. Der beißende Geruch der modernden Borke stieg ihm in die Nase.

Bezwinger stürzten unter den dunklen Bäumen hervor. Zwei Riesen. Sie sahen mitgenommen und schmutzig aus. Einer von ihnen fluchte und trat gegen den Torbogen. »Sie sind hindurch«, grollte er.

Er legte den Kopf in den Nacken und blickte zum Himmel, während der andere sich nach Atem ringend zu Boden warf. Dann sprach er in die Luft: »Lord Hitkani, wir haben das Tor gefunden. Everynne und ihre Begleiter sind entkommen.« Er lauschte einen Augenblick; dann fuhr er fort: »Jawohl. Wir werden warten.«

Gallen saß still und beobachtete sie für einige Zeit. Ein brummendes Geräusch näherte sich über den Baumwipfeln, und dann senkte sich ein schwarzes Wesen mit gewaltigen Flügeln herab und landete neben dem Tor. Es umkreiste den Bogen und betastete ihn mit langen Fühlern, die an den Seiten aus seinem Kopf ragten. Gallen beobachtete den Drononen. Es gab nur einen einzigen passenden Ausdruck für dieses Wesen: Beelzebub.

Der Dronone griff nach einer Tasche, die an seiner Seite hing, und zog einen Kristall hervor, der die Form eines Hufeisens besaß. Er hielt den Kristall in die Luft. Seine Farbe veränderte sich zu einem blassen Blau. Mit seltsam gutturaler Stimme sagte das Wesen: »Sie sind nach Fale gegangen. Wenn die anderen angekommen sind, werden wir die Jagd wieder aufnehmen. Du da«, sagte er zu einem der Riesen. »Sieh zu, daß du diesen Schlüssel in Gang bringst.«

Der Dronone schlug sanft mit den Flügeln und setzte sich dann auf ein dickes Kissen aus Tannennadel, während einer der Riesen mit dem Schlüssel herumfummelte. Die Schatten unter den Bäumen wurden immer dunkler. Gallen wünschte sich nichts sehnlicher als ein Bad und eine reichliche Mahlzeit. Heute war der längste Tag in seinem Leben gewesen. Er hatte seit mehr als sechsunddreißig Stunden nicht geschlafen. Er wagte nicht, sich zu bewegen, aus Angst, ein Geräusch zu machen, das die Bezwinger alarmieren könnte. Und er wagte nicht, einzuschlafen.

Neben ihm beobachteten Maggie und Orick die Bezwinger, während die Nacht dunkler wurde. Der Abendwind wehte vom Meer zu ihnen und flüsterte in den Bäumen. Äste knarrten.

Orick stupste Gallen mit der Schnauze in die Rippen und deutete dann hinter sich nach Norden. Gallens Augen folgten dem Blick des Bären. Im Wald war ein fahles, flackerndes Licht zu sehen, das sich unter den Bäumen bewegte.

Man sagte, die beste Verteidigung gegen ein Irrlicht wäre, sich ganz flach hinzulegen und zu verstecken. Aber Gallen wußte, daß sie ihn in dieser Nacht suchen würden.

Sein Mund wurde plötzlich trocken. Er sah weitere Lichter, die im Wald flackerten. Fahles Blau und Grün wogte unter den Bäumen hin und her wie ein Hirsch, der über einen Zaun springen will. Wenn er hierbliebe, ging Gallen das Risiko ein, daß die Irrlichter ihn fangen würden. Und wenn er versuchte, aus Coille Sidhe zu verschwinden, würden die Bezwinger ihn erwischen.

»Ich hab's«, murmelte der Riese mit einem erschöpften Anflug von Triumph in der Stimme.

Gallen drehte sich wieder um und sah, daß der Bogen heller glomm. Der Riese steckte den Kristall in die am Boden liegende Tasche und setzte sich zu den anderen.

Der Wind war stärker geworden und rauschte jetzt in den Bäumen. Über ihnen begann ein Specht zu klopfen. Gallen spielte mit dem Gedanken, die Bezwinger zu überraschen, den Schlüssel zu packen und durch das Tor in eine andere Welt zu entkommen. Everynne hatte sich in der Annahme, den einzigen Schlüssel zu besitzen, in Sicherheit gewiegt. Sie würde nicht damit rechnen, daß die Bezwinger ihr so schnell folgen konnten. Gallen vermutete, daß seine kleinen Messer die Bezwinger nicht sehr beeindrucken würden, wenn er sie offen angriff.

Er legte Maggie den Arm um die Schulter und flüsterte: »Leg dich flach hin und geh am Morgen nach Hause.« Dann klopfte er Orick aufs Maul, stand auf und lief über den weichen Humus leise nach unten. Orick setzte über den Stamm und rannte neben Gallen her, wobei er ihn ängstlich von der Seite beäugte. Gallen rannte auf die Bezwinger zu, so schnell er konnte.

In diesem Augenblick hob Beelzebub den Kopf und nieste mit einem spuckenden Geräusch. Gallen näherte sich der Kreatur von hinten; aber jetzt sah er zu seinem Entsetzen, daß sie auf ihrem Hinterkopf ebenfalls ein Facettenauge trug. Der Dronone griff nach seinem Flammrohr, doch Gallen war bereits zu nahe bei ihm. Er riß seine Messer hervor und schrie: »Keine Bewegung, oder du stirbst!« Die Riesen waren von seinem Angriff so überrascht, daß sie einen Schritt zurückwichen. Gallen war schon fast bei dem Tor und griff in einer geschmeidigen Bewegung nach der Tasche mit dem Kristallschlüssel.

Mit der Geschwindigkeit einer zustoßenden Schlange packte einer der Riesen Gallens Hand und wirbelte ihn herum. Gallen versuchte, die Tasche nicht zu verlieren, als er mit dem Messer nach dem muskulösen Arm des Riesen stach. Breite Ströme von Blut schossen aus der Wunde hervor, doch der Riese ließ nicht los. Gallen stieß erneut zu, kam frei und fiel zu Boden. Er hatte die Tasche immer noch.

Er blickte auf. Die drei Bezwinger hatten sich von ihrer Überraschung erholt und griffen gemeinsam an.

Ein durchdringender Schrei ertönte hinter ihnen. Sie erstarrten erneut für eine halbe Sekunde, und Maggie stürzte zwischen den Beinen eines Riesen hindurch. Gallen spürte, wie Oricks Zähne ihn am Kragen packten, als der Bär versuchte, ihn unter den Torbogen zu schleppen. Gallen stolperte auf die Füße und bewegte sich rückwärtsgehend auf das Tor zu, dessen blasses Leuchten er aus den Augenwinkeln undeutlich erkennen konnte. Orick brummte furchterfüllt, und Gallen machte einen weiteren Schritt rückwärts. Dann war Maggie bei ihnen und stieß Gallen weiter. Er sah noch, wie sich die Gesichter der Riesen voll rasender Wut verzerrten, dann wurde er von dem kalten, funkelnden Licht erfaßt und davongespült.

6

Nachdem Gallen sich mit Orick den Hügel hinab in Bewegung gesetzt hatte, wurde Maggie von panischer Furcht erfaßt. Sie spürte, daß die beiden sie verlassen wollten. Sie vergrub ihr

Gesicht im Schmutz und machte sich so flach und klein, wie sie nur konnte. Dann hörte sie Gallens Ruf: »Keine Bewegung, oder du stirbst!«

Hinter sich erblickte Maggie das grüne und blaue Leuchten der Irrlichter, die sich hügelaufwärts bewegten und sich langsam ihrem Versteck näherten.

Plötzlich verwandelte sich Maggies Furcht in Wut. Sie erhob sich und sah Gallen und Orick mit einem Bezwinger um die Tasche kämpfen. Sie stürzte blind den Hügel hinunter und schrie, so laut sie konnte. Sie rannte voll in Gallen und Orick hinein und stieß sie durch das Tor.

Ein kaltes, weißes Licht erfaßte Maggie. Sie hatte das Gefühl, dahinzugleiten wie ein Blatt, das der Wind davontrug. Dann kippte sie nach hinten und versuchte, sich abzurollen, als sie auf den Boden prallte. Sie stolperte gegen Oricks warmes Fell, und Gallen landete unsanft auf Maggie. Sie schrie: »Gallen O'Day, du ...«

Dann setzte sie sich auf und erstarrte mit offenem Mund.

Sie saßen auf einer Wiese, die von einem üppigen Wald umgeben war. Das Unterholz war dicht, und es war warm wie im Sommer. Ein lauer Wind erfaßte sie, fuhr von hinten in ihr Haar. Dünne Wolken verschleierten einen winzigen ovalen Mond am Abendhimmel.

Es gab keine Spur eines Tores auf dieser Seite.

Maggie schaute sich gründlich um, nur um sicher zu sein. Ringsumher flüsterten Bäume mit breiten Blättern im wogenden Wind. Grillen zirpten im Dunkel. Der Himmel hing voller Sterne, mehr, als Maggie sich jemals hatte vorstellen können.

Gallen erhob sich, streckte die Arme und fragte abwesend: »Was?« Orick schnüffelte in der Luft.

»Gallen, hast du nur Stroh im Kopf?« fuhr Maggie ihn an. »Du hast uns ganz schön in die Irre geführt. Es gefällt mir nicht, wie es hier aussieht!«

»Fale«, flüsterte Gallen atemlos. »Die Bezwinger nannten es Fale.«

Plötzlich trug der Wind ein kreischendes Geräusch von oben herab. Eine Schar weißer Vögel schwärmte im Zwielicht über ihren Köpfen. Sie kreischten wie rostige Scharniere, und einige tauchten in die Bäume, als wollten sie Insekten aus der Luft fangen. Der Schwarm entfernte sich wieder.

Gallen legte die Hände an den Mund und rief laut: »Everynne? Veriasse?« Er lauschte, doch es kam keine Antwort.

»Ich kann sie nicht riechen«, brummte Orick. Er stand auf seinen Hinterpfoten und schnüffelte in den Wind. »Nicht die kleinste Spur von einer Witterung. Hier können sie nicht herausgekommen sein.«

»Was?« fragte Maggie. »Sie *müssen* hier angekommen sein! Es ist noch keine fünf Minuten her!«

»Vielleicht«, überlegte Gallen laut, »vielleicht ist es nicht wie ein Tor, sondern eher wie ein Korridor. Vielleicht verzweigt es sich. Führt zu verschiedenen Orten. Everynne nannte es ein Labyrinth von Welten. Vielleicht sind wir irgendwo falsch abgebogen.«

Maggie blickte zum sternenübersäten Himmel und dem seltsamen Mond empor. Die Bäume rochen fremdartig. Der Abendwind war angenehm warm. Es war hier nicht wie auf Tihrglas. Maggie hatte keine Vorstellung, wo sie waren.

»Du meinst, wir sind irgendwie auf der falschen Welt gelandet?« fragte sie. »Gallen, du stinkender Fischsack, ich sollte dir den Schädel einschlagen! Warum mußtest du das tun? Was hast du dir dabei gedacht, als du versucht hast, den Schlüssel an dich zu reißen? Du hättest uns alle umbringen können! Ich weiß genau, hinter was du her bist. Es ist diese Frau, Everynne. Du bist scharf auf sie, seit du sie gesehen hast! Wenn dir jemand den Kopf abschlagen würde, wäre es kein großer Verlust. Denn deine Eier würden für dich weiterdenken!«

Gallen zuckte die Achseln. »Die Bezwinger hatten einen zweiten Schlüssel. Ich mußte Veriasse warnen. Außerdem habe ich euch nicht gebeten, mit mir zu kommen.«

Maggie starrte ihn an: »Du hast mich allein gelassen! Du und dein dummer Bär, ihr habt mich einfach zurückgelassen! Als diese Riesen gerufen haben, setzte sich jedes Irrlicht aus diesem ganzen verdammten Bezirk hügelaufwärts in Bewegung! Ich mußte euch hinterher! Wäre ich euch nicht zu Hilfe gekommen, dann wären wir jetzt alle tot! Wären wir doch nur zu Hause geblieben! In den Wäldern wären wir in Sicherheit, aber so . . .!«

Gallen sagte: »Es tut mir leid. Ich wollte nicht, daß dir etwas geschieht. Ich hätte dich nicht mit in die Sache hineinziehen dürfen.«

Auf seinem Gesicht lag ein Ausdruck von Zerknirschung, und sprach mit so großem Ernst, daß Maggie beinahe ihre Wut vergaß. Sie zeigte mit dem Finger auf ihn und schüttelte die Faust: »Ich will, daß du es zugibst. Sei ehrlich, wenn ich dich frage! Wage es nicht, mir noch einmal zu erzählen, daß du hergekommen bist, um mit Veriasse zu sprechen! Du warst nur hinter Everynne her! Den ganzen Tag hast du sie angestarrt. Wage es nicht, das abzustreiten, Gallen O'Day, oder ich werde dich mit einem Knüppel verprügeln!«

Gallen zuckte die Achseln. »Ich konnte nicht zulassen, daß ihr etwas geschieht.«

Maggie erkannte, daß sie kein größeres Zugeständnis aus ihm herausbekommen würde. Sie stand auf und starrte wütend auf den Kristallschlüssel. Sie war auf ihm gelandet, als sie durch das Tor gerollt war. Seine Lichter wurden langsam dunkel, und Maggie hob ihn auf. Sie konnte kleine silberne Würmer in seinem Innern erkennen. Es gab Drähte und ein paar goldene Scheibchen – seltsame Dinger, die wie die Hostien in der Kirche aussahen.

Orick grunzte: »Ich hab' Hunger. Ist sonst niemand hungrig? Was meint ihr, wo wir was zu essen kriegen?«

»Ja«, erwiderte Gallen. »Ich bin auch hungrig. Und durstig. Und müde. Und ich habe keine Idee, in welche Richtung wir gehen sollen. Du?«

Orick grunzte und zuckte die Achseln.

»Wenn wir immer geradeaus gehen«, sagte Gallen, »erreichen wir vielleicht einen Fluß oder eine Straße.«

Maggie betrachtete den niedrigstehenden Mond am Horizont. Diese Richtung war so gut wie jede andere. Wenn sie auf Gallen und Orick warten würde, kämen sie nie von hier weg. Sie begann, durch den Wald zu wandern. Die anderen waren gezwungen, ihr zu folgen.

Der Boden war uneben. Es gab zwar keine Hügel und Täler, aber auch nur wenige flache Stellen. Sie bahnten sich den Weg durch breitgefiederte Pflanzen, deren Blätter mit dem Geräusch von Papier zerrissen. Überall waren Mäuse oder Ratten zu hören, die bei ihrer Annäherung durch das trockene Unterholz raschelnd davonhuschten.

Alle paar Minuten rief Gallen Everynnes Namen. Nach fast zwei Stunden wurde Maggie wütend. »Hör endlich mit dieser Schreierei auf! Sie ist nicht in der Nähe, also steck dir endlich einen Korken in den Mund!«

Gallen verstummte. Obwohl sie schon eine ganze Weile unterwegs waren, hing der Mond immer noch am Himmel und hatte sich kaum bewegt. Ein kleiner Teich spiegelte das Licht der Sterne und die Schatten der Nacht. Die Gefährten knieten nieder, um zu trinken. Das Wasser schmeckte ein wenig salzig, doch es löschte den Durst. In der Nähe flogen mehrere weiße Vögel auf und zogen kreischend ihre Kreise in der Nacht.

Orick schnüffelte im Gras und rief: »He, ihr zwei, kommt mal her!« Er hatte einige Nester entdeckt. Maggie öffnete ein Ei und fand ein Vogelembryo darin. Den Rest überließ sie Orick. Maggie war völlig erschöpft. Außer ein paar Spuren, die vielleicht von Wildschweinen stammten, hatten sie nichts von Bedeutung gefunden. Es gab keine Anzeichen, die auf eine Straße oder ein Haus hindeuteten.

Da sie nicht wußten, was sie nun unternehmen sollten, suchten die Gefährten nach einem Unterschlupf für die Nacht. Doch von den ausladenden Bäumen abgesehen, war nichts zu finden. Maggie ging auf einen großen weißen Felsen zu und wollte sich dahinter niederlegen. Er war mit seltsamen Symbolen verziert und sah aus, als wäre er Teil eines Gebäudes. Maggie blickte sich um. Alle weißen Steine waren von Menschenhand bearbeitet.

Sie wanderten schon die ganze Zeit durch die Ruinen einer ausgedehnten Stadt!

Gallen sammelte einen Arm voll Gras und Blätter als Polster und legte sich zu Maggie in den Windschatten des Felsens. Der Boden hatte eine leichte Vertiefung, wie ein flaches Grab. Orick legte sich zu den beiden. Sein dickes Fell bot ihnen Wärme und Schutz.

Gallen rief ein letztes Mal nach Everynne, doch nur das Quaken der Frösche antwortete ihm. Ein kühler Windstoß strich über Maggies Haut, und sie fröstelte. Es war wie die Berührung einer kalten Silbermünze im Winter.

Maggie überlegte, ob vielleicht jemand Wache halten sollte. Aber sie hatten den ganzen Abend nichts gesehen, das größer war als eine Maus.

Gallen murmelte leise vor sich hin: »Vater Heany ist also tot? Er war ein netter Mann. Der Tod ist eine gemeine und scheußliche Angelegenheit. Ich kann nicht fassen, was mit Vater Heany passiert ist.« Er verstummte. Bald darauf fiel er in Schlaf, und sein Atem ging tief und fest.

Orick begann leise, ein Bärenlied für Maggie zu singen, als ob sie ein Junges wäre:

Im kalten Winter schlafen wir,
Weine nicht, weine nicht
Ein gutes Versteck,
die Hüften voll Speck,
Und der hohe Schnee macht uns nichts aus.
So schließ auch du die müden Augen,
Ich bleibe bei dir.
Und wenn du erwachst, bin ich hier.

Als er geendet hatte, legte er eine Tatze auf Maggies Schulter und leckte ihr das Gesicht. »Ich habe so viel Winterspeck auf dem Leib. Wenn wir das nächste Mal etwas Eßbares finden, kriegst du es.«

Orick schloß die Augen.

Maggie starrte in den unergründlichen nächtlichen Himmel. Hunderttausende von Sternen leuchteten. Direkt über ihr befand sich ein großes Feuerrad aus funkelnden Lichtern. Sie hatte nicht daran gedacht, daß alle Sternbilder, die sie als Kind gekannt hatte, beim Betreten dieser neuen Welt verschwunden sein würden. Doch angesichts der Schönheit dieses Sternhimmels konnte man sich an den Gedanken gewöhnen. Drei der Sterne bewegten sich in einer Formation rasch von West nach Ost über den Himmel und versanken dann hinter den Baumwipfeln. Maggie blickte ihnen nachdenklich hinterher. Waren das wirklich Sterne, oder waren es hoch fliegende Vögel, die in der Nacht leuchteten?

Sie ergab sich in ihre Müdigkeit, und bevor sie einschlief, war ihr letzter Gedanke: *Was ist das für eine Welt, in die wir gekommen sind? So viele Bäume, und nichts zu essen. Was wird mit uns geschehen?*

Als Maggie erwachte, war der Mond untergegangen. Orick war fort, und Gallen schlief geräuschvoll auf der Seite. Maggie erhob sich und ließ den Blick über die sternenbeschienene Landschaft schweifen. Unter den Bäumen war es besonders dunkel. Am Horizont war ein ferner Lichtschein zu sehen.

Orick blieb verschwunden, doch nach einigen Minuten erspähte Maggie ihn. Er kam unter den Bäumen hervor und rannte auf sie zu, richtete sich auf die Hinterbeine auf und rief: »Hallooo, Maggie! Komm hierher! Ich hab' was gefunden! Essen!«

Maggie wurde sich schmerzlich ihres leeren Magens bewußt. Als sie noch im Wirtshaus gearbeitet und Reisende mit täglich drei warmen Mahlzeiten versorgt hatte, war sie an regelmäßiges Essen gewöhnt gewesen. Jetzt fastete sie schon seit mehr als dreißig Stunden. Mit dem Schuh stieß sie Gallen in die Rippen. »Aufstehen. Es gibt was zu essen!«

Gallen richtete sich auf und rieb sich verschlafen die Augen. »Ich brauche mehr Schlaf, sonst nichts.«

»Hoch mit dir, du Schmutzfink! Mit ein bißchen Nahrung im Bauch schläft es sich besser!«

Zu spät bemerkte Maggie, daß ihr Ton so zänkisch wie der ihrer eigenen Mutter war. Damals, in Tihrglas, hatte John Mahoney sie oft ihres Mundwerks wegen gescholten: »Eure Mutter war so sehr daran gewöhnt, an euch Kindern herumzunörgeln, daß sie auch jedem anderen das Leben zur Hölle machte. Ich sage es dir nur einmal, Maggie Flynn: Ich werde nicht dulden, daß du wie eine Hyäne mit meinen Gästen streitest, wie früher deine Mutter!«

Maggie biß sich auf die Unterlippe. Sie war entschlossen, ihr Mundwerk unter Kontrolle zu halten.

Als Gallen und Maggie den Bären erreichten, hüpfte er wie ein Kaninchen durch den Wald voraus, auf das ferne Licht zu. »Ich habe im Schlaf die Witterung in meine Nase gekriegt«, sagte Orick. Sie gelangten an eine Klippe und hatten eine weite Aussicht über ein weites, üppig bewachsenes Tal. Ein breiter Fluß floß hindurch, auf dem sich Lichter spiegelten.

Es dauerte einen Augenblick, bis Maggie begriff, was sie sah. Der Fluß war riesig und wurde von großen Schiffen befahren. Auf jedem Schiff strahlten Hunderte von Lichtern. Am anderen Ufer des Flusses stand irgend etwas, das wie ein riesiges Gebäude aussah. Es war flach und erstreckte sich über Dutzende von Meilen in jede Richtung. Stechend blaues Licht erstrahlte aus Tausenden von Fenstern. An manchen Stellen war der Boden nicht überbaut; dort waren Wiesen und Parks zu sehen. An anderen Stellen spannte sich das Bauwerk wie eine Kolonie von Schimmelpilzen über den Fluß, die sich in einem vergessenen Bierkrug ausgebreitet hatten. Während Maggie beobachtete, fielen große leuchtende Kugeln aus dem Himmel herab und nahmen Kurs auf die Stadt. Sie landeten auf den Dächern. Vielleicht eine Meile von ihnen entfernt, stieg eine Frau in grünen Gewändern aus einer soeben gelandeten Kugel und verschwand durch eine Tür in dem riesigen Gebäude.

»Wie gesagt, ich habe die Witterung aufgefangen, während wir geschlafen haben«, erklärte Orick. »Da unten gibt es gutes Ackerland. Ich rieche reifes Getreide und Birnen!« Tatsächlich erspähte Maggie ein paar Quadratmeilen bebauter Felder und Obstgärten. Es war nicht weit entfernt.

»Sollen wir runtergehen und an die Tür klopfen? Nach Essen fragen?« wollte Orick wissen.

»Das ist besser, als in der Nacht zu verhungern«, sagte Gallen.

Maggie spürte plötzlich eine tiefe innere Unruhe. »Seid ihr

sicher?« fragte sie. »Woher wollt ihr wissen, was sie mit uns anstellen? Was ist, wenn Bezwinger bei ihnen sind?«

»Du hast doch eben diese Frau gesehen, die aus ihrer Himmelskutsche ausgestiegen ist«, sagte Gallen. »Sie sah eigentlich normal aus, oder? Außerdem, was soll schon mit den Bezwingern sein? Ich glaube nicht, daß sie ihre Zeit damit verschwenden, uns zu suchen!«

Gallen entdeckte einen schmalen Pfad, der die Böschung hinabführte. Maggie zögerte zuerst, doch sie wollte nicht allein in der Dunkelheit zurückbleiben. Die Gefährten kletterten nach unten. Das Sternenlicht reichte nicht aus, um den Weg zu beleuchten, und Maggie tastete sich ängstlich durch die tiefen Schatten voran.

Am Grund des Tales entdeckten sie einen weitläufigen Obstgarten. Auf dem Boden lagen einige stark riechende Früchte. Orick leckte daran. »Schmeckt süß. Sehr lecker«, sagte er und begann zu essen.

Maggie gab dem Bären eine Minute; sie wollte wissen, ob die Früchte giftig waren. Doch Orick machte keine Anstalten, zu würgen oder gar zu sterben.

»Hast du nicht gesagt, daß du auch Getreide gerochen hast?« fragte Gallen.

»Ja, dort drüben.« Orick zeigte mit der Schnauze in Richtung der Stadt. »Aber warum Federn fressen, wenn du ein Hühnchen haben kannst?« Er zitierte ein altes Bärensprichwort. Ganz offensichtlich schmeckten ihm diese seltsamen Früchte.

Maggie folge Gallen vorsichtig in Richtung Fluß. Auf halbem Weg durchquerte er ein Gebüsch und wäre beinahe über einen jungen Rehbock gestolpert.

Das Tier sprang auf und jagte im Zickzack durch die Büsche davon.

Maggies Herz begann zu klopfen.

Der Bock rannte hügelaufwärts, genau auf Orick zu. Der Bär brüllte vor Schreck und kam hastig den Hang herunter. Unruhig hielt er sich dicht an Gallens Seite. Sie stießen auf eine gepflasterte Straße, die am Fluß entlang führte, und folgten ihr. Häufig konnte Maggie durch die Bäume hindurch Schiffe sehen, die den Fluß befuhren. Himmelskutschen erhoben sich über die Stadt.

Endlich entdeckten sie ein Feld mit reifem Getreide. Die Ähren leuchteten silbern im Sternenlicht. Die Stiele der Pflanzen waren zwölf Fuß hoch, höher als alles, was zu Hause im Morgan-Bezirk wuchs. Die großen Ähren waren saftig und einladend.

Maggie pflückte eine Ähre und schälte sie; dann kniete sie sich nieder, um zu essen. Gallen folgte ihrem Beispiel

Maggie war bereits bei der zweiten Frucht angelangt. Die süßen Körner rollten ihr übers Kinn und fielen zu Boden. Plötzlich brüllte Orick: »Spinnen! Weg hier!«

Der Bär flitzte davon.

Maggie blickte auf. Hoch über ihr aufgerichtet stand eine riesige Kreatur auf sechs langen dünnen Beinen. Ihr Leib berührte kaum die Getreideähren und maß vielleicht einen Meter im Durchmesser. Maggie konnte grün leuchtende Augen erkennen. Eines der riesigen Beine holte mit unglaublicher Geschwindigkeit aus und fegte ihr den Kolben aus der Hand, ein anderes schlug nach ihr.

Gallen schrie auf und attackierte sofort. Er packte eines der Spinnenbeine und verdrehte es, bis es sich knirschend vom Körper löste. Die Spinne quiekte auf und versuchte, zu entkommen, doch Gallen ergriff ein zweites Bein und drehte es heraus.

Das Bein streifte Maggie und fiel mit einem metallischen Scheppern zu Boden. Maggie schrie auf und wich zurück. Plötzlich war Orick an ihrer Seite. Er stand brüllend auf den Hinterbeinen, und seine Tatzen zischten durch die Luft.

Der Spinnenkörper verlor das Gleichgewicht und neigte ich gefährlich weit vor. Im Bruchteil einer Sekunde schlug Gallen der Riesenspinne mit dem ausgerissenen Bein zwischen die Augen. Sie krachte mit lautem Kreischen zu Boden. Gallen sprang vor und prügelte auf sie ein. Orick stürzte nun ebenfalls vor und hielt die Spinne nieder. Die zwei grünen Lichter ihrer Augen brannten noch. Gallen mußte ein paarmal zuschlagen, bis sie brachen und schließlich erloschen. Erst dann hielt Gallen inne.

Er stand über dem Leib des getöteten Untiers und schnappte nach Luft. In der Ferne erklang ein eigenartiges Geräusch – ein Horn, das abwechselnd lauter und leiser wurde, lauter und wieder leiser.

Maggie drehte sich einmal im Kreis, um nach weiteren Riesenspinnen Ausschau zu halten. Sie waren jetzt im magischen Reich der Sidhe. Wer konnte schon wissen, welche Überraschungen es hier noch gab?

Das an- und abschwellende Geräusch blieb. Orick knurrte und beschnüffelte die Spinne. Plötzlich spitzte er die Ohren und sagte: »Da kommt etwas.«

Maggie vernahm das Geräusch von leisen Bewegungen zwischen den Getreidehalmen. Gallen nahm sie bei der Hand; dann rannten sie davon. Sie überquerten die Straße, versteckten sich auf der anderen Seite im Gebüsch und beobachteten, wie zehn der riesigen Spinnen die Begrenzung des Feldes inspizierten.

Die Spinnen entdeckten ihren toten Artgenossen. Eine trug den Körper davon, während die anderen wie rasend über das Feld rannten und nach dem Täter suchten.

Gallen überlegte. Das Getreide hätte ebensogut hundert Meilen weit weg sein können. Sie konnten es nicht wagen, noch irgend etwas auf diesem Feld zu ernten. »Komm«, flüsterte er Maggie zu. »Laß uns von hier verschwinden.«

Orick nutzte seine gute Nachtsicht und seinen Geruchssinn und kroch voran. Das spinnenverseuchte Feld blieb zurück. Der Morgen begann zu dämmern, und der Himmel überzog sich mit stumpfem Silber. Ein Ausläufer der Stadt spannte sich wenige Meter vor ihnen über den Fluß. Die drei mußten sich entscheiden. Entweder stießen sie in die Stadt vor, oder sie zogen sich in die Wildnis zurück und versteckten sich dort.

Orick blickte zurück auf Gallen und Maggie. Es wurde rasch heller. Man konnte jetzt bereits die Farben der Stadtmauern erkennen. Es war ein Gemisch aus Grün und Purpur, wie ein blühendes Alfalfa-Feld. Die Mauern besaßen runde Konturen, und in einigen Aussparungen wuchsen große Bäume, die sich über die Stadt erhoben. Der Wald verdeckte die Straße vor ihnen.

»Ich werde mich über die Straße schleichen«, sagte Gallen. »Ich will einen Blick auf die Stadt werfen.«

Maggie nickte zustimmend, und Gallen kletterte die Böschung zur Straße hinauf. In dem Augenblick, da er aus Maggies Blickfeld verschwand, wurde ihr klar, daß sie mit ihm gehen mußte. Sie beeilte sich, ihm zu folgen. Hinter ihr brummte Orick: »Verdammt sollst du sein! Mich hier allein zurückzulassen!« Er stürmte hinter ihr her. Während Maggie den Abhang zur Straße hochkletterte, geschah ein Wunder. Zwei strahlend blaue Sonnen erschienen gleichzeitig über den Bergen am Horizont und warfen ein bizarres Netzwerk aus Licht und Schatten über die Stadt. Als die Strahlen der beiden Sonnen die Straße trafen, erglühte sie in einem tiefen, glänzenden Rot, als wäre sie mit funkelnden Rubinen gepflastert. Die Bäume an der Straße raschelten im Wind; ihre langen Blattwedel schwankten hin und her. Der Wind trug das Geräusch von Musik an Maggies Ohren.

Vor ihnen führte ein schattiges Tor in die Stadt. Männer und Frauen liefen in der Nähe des Tores durcheinander und ließen sich an Tischen nieder. Der Duft von gebratenem Fleisch und frischem Brot wehte herüber.

Maggie sagte: »Das ist ein Gasthaus! Ich erkenne ein Gasthaus, wenn ich eins sehe.« Sie blieb stehen und wollte ihren Augen nicht trauen.

Weder Gallen noch Orick wagten es, sich dem Gasthof zu nähern. Nicht alle Besucher in diesem Lokal waren menschlich. Ein gelbes Wesen mit riesigen dürren Gliedmaßen lehnte sich mit dem Rücken gegen eine Mauer in der Nähe des Stadttores. Bis auf einen burgunderroten Lendenschurz war es kahl und unbekleidet. Andere Lebewesen wimmelten in dem schattigen Gasthof hin und her, Gestalten, die nicht größer waren als Kinder, mit elfenbeinfarbener Haut und riesigen Augen und Ohren.

Doch es waren auch viele ganz normale Menschen da. Einige trugen leuchtend grüne oder blaue oder tiefschwarze Gewänder, andere Hosen und Westen aus Gold und silbernen Kopfschmuck, und wieder andere waren ganz in silberne Rüstungen gehüllt.

Der Wind drehte sich, und die Musik wurde lauter. Man konnte jetzt deutlich die klaren Klänge von Flöten und rumpelnde Trommeln vernehmen. Dazwischen waren andere, weiche Instrumente, deren Klang Maggie noch nie zuvor gehört hatte. Die Mischung aus Musik und Gerüchen und das quirlige Durcheinander der glitzernden Gestalten übten eine unwiderstehliche Anziehungskraft auf Maggie aus. Sie mußte dort hingehen, egal, was geschah.

Gemeinsam marschierten die Gefährten zu der Öffnung im Tor, und der gelbe, spinnenartige Mann erhob sich, um sie zu begrüßen: »Willkommen, Reisende, willkommen!« Er hatte einen seltsamen Akzent. »Speise für alle Reisenden, Speise am Wegesrand! Häuft einen Teller nach Eurem Belieben. Tretet ein, um Euch zu stärken!«

»Wieviel nehmt Ihr für ein Frühstück?« fragte Gallen.

Der große Mann öffnete überrascht den Mund. »Ihr müßt ja wirklich von weit her kommen! Essen ist nur eine unbedeutende Kleinigkeit. Hier bei den Fale sind alle Speisen frei! Bitte, kommt herein!«

Sie betraten den Gasthof. Der Schatten war kühl auf Maggies Gesicht. Die Musik war laut. Maggie ließ ihren Blick umherschweifen und suchte die Musikanten, doch die Klänge ertönten aus allen Richtungen, sogar von oben herab, als hätten die lebendigen Mauern des Bauwerks zu singen angefangen. Über ihrem Kopf befanden sich kleine, leuchtende Edelsteine. Sie erhellten die dunklen Nischen des Raumes wie Lampen, aber sie brannten nicht. In einer Ecke des Gasthofs nahmen Leute Tabletts von einem Stapel, stellten Teller und Tassen und legten Bestecke darauf. Gallen stellte sich am Ende der Reihe an, und die Schlange bewegte sich durch einen schmalen Gang, neben dem eine Reihe von Büschen den Blick in die Küche versperrte. Die Gäste vor ihnen stellten sich nacheinander vor einer kleinen Öffnung auf und bestellten ihr Essen, wobei sie ihr Tablett in die Öffnung schoben. Als sie es einen Augenblick später wieder hervorzogen, war es voller Speisen.

Auch Gallen schob sein Tablett in die Öffnung und bestellte Brötchen, Bratkartoffeln, Sauce, frische Himbeeren und Milch.

Er zog sein Tablett wieder hervor. Alles, was er verlangt hatte, war darauf.

Maggie blickte neugierig durch die Öffnung. In einem hell erleuchteten Raum auf der anderen Seite arbeiteten Männer aus Gold und Porzellan. Jeder von ihnen hatte sechs Arme. Sie bewegten sich so schnell, daß Maggie mit den Augen kaum folgen konnte.

Sie fand die Fremdartigkeit der Männer faszinierend. Sie hätte noch stundenlang dastehen und zuschauen können, wären hinter ihr nicht andere Leute in der Schlange gewesen. Aber schließlich schob auch sie ihr Tablett in die Öffnung und bestellte ihr Frühstück. Es war seltsam, Essen zu bestellen, obwohl man den Metallmännern dabei nicht in die Augen sehen konnte. Sie mußten ein unglaublich scharfes Gehör haben.

Maggie bekam ihr Essen, und nun schob Orick sein Tablett in die Öffnung. Er bestellte sich von allem vierfache Portionen. Einen Augenblick später zog er sein Tablett wieder hervor und trug es mit den Zähnen davon. Maggie sah einen Stapel von Gebäck; darunter lagen ein Dutzend Eier. Soße tropfte vom Rand seines Tabletts, und das Ganze schwamm in Honig.

Sie fanden einen leeren Tisch und begannen mit dem Frühstück. Maggie konnte nicht anders: Sie beobachtete die Fremden ringsum. An einem Tisch in der Nähe saßen einige Leute in silbernen Umhängen, auf denen wirbelnde Muster aus Grün und rot und Blau tanzten. Sie unterhielten sich lautstark und lachten viel. Die zwei Tische dahinter waren von jungen Männern und Frauen belegt, die goldene Hosen und Westen trugen. Silberne Kronen schmückten ihre Köpfe. Sie alle hatten eine schön gebräunte Haut, und sie aßen schweigend. Zwischendurch schauten sie sich vielsagend an, und hin und wieder lachten alle gleichzeitig, als hätte jemand einen Scherz gemacht.

Die Leute in den silbernen Gewändern und die in Gold schienen zu verschiedenen Kasten zu gehören. Die kleinen, elfenbeinhäutigen Männer und Frauen, die im Schatten kauerten, bildeten eine dritte Gruppe. Sie waren völlig nackt, und die Frauen hatten so winzige Brüste, daß man ihr Geschlecht nicht von dem der Männer unterscheiden konnte, während sie an den Tischen saßen.

Und dann gab es noch die Maschinen. Maggie vermutete, daß sie eine vierte Kaste bildeten. Von draußen hatten sie wie Krieger in ihren Rüstungen ausgesehen; jetzt aber erkannte Maggie, daß die Silbermenschen Maschinen waren, wie die Männer in der Küche. Sie bewegten sich geschmeidig im Raum umher, füllten Getränke nach oder putzten die Tische.

Weder Gallen noch Orick hatten ein Wort gesprochen, seit sie das Lokal betreten hatten. Auch Maggie wußte nicht, was sie sagen sollte. Sollten sie über die Fremden reden? Über die Wunder diskutieren, die sie erblickten? Irgend etwas in ihrem Innern sagte Maggie, daß weder das eine noch das andere klug gewesen wäre. Vor allem wollte sie nicht, daß die Aufmerksamkeit der anderen auf sie gelenkt wurde.

Maggie kam sich dumm und unwissend vor. Die Menschen hier lebten mit so vielen Wundern! Mauern, die singen konnten; Maschinen, die kochen und sogar fliegen konnten! Verglichen mit solchen Menschen war sie eine Wilde. Maggie war immer ziemlich klug gewesen, und zum erstenmal im Leben fühlte sie sich vollkommen ungebildet.

Während sie ihr Frühstück aßen, bemerkte Maggie, wie andere Gäste sie mit verstohlenen Blicken musterten. Sie flüsterte Orick und Gallen zu: »Wir werden beobachtet.«

»Vielleicht sind wir nicht nach ihrem Geschmack gekleidet«, flüsterte Gallen zurück.

»Oder ich bin der erste Bär, den sie in ihrem Leben zu sehen bekommen«, brummte Orick. »Ich kann keine Bären in der Umgebung riechen.« Maggie war an den Anblick von Bären in Tihrglas gewöhnt. Sie schnorrten oft in der Stadt herum. Ihr war noch gar nicht aufgefallen, daß sie hier bis jetzt noch keinen Bären gesehen hatte.

Gallen blickte sich um und fragte leise: »Orick, kannst du hier irgendwo die Witterung von Everynne spüren? Den kleinsten Hauch?«

»Glaub mir«, gab der Bär zur Antwort, »wenn ich auch nur die allerkleinste Spur von diesem lieblichen Geschöpf aufnehmen könnte, würde ich mich auf sie stürzen wie ein Hund auf einen Hasen. Sie ist nicht hier.«

Die Leute am Nachbartisch brachen auf und erlaubten Gallen, Maggie und Orick dadurch ein paar Minuten der Ungestörtheit.

»Was jetzt?« flüsterte Gallen. »Liefern wir uns der Gnade der Stadtbewohner aus? Wollen wir uns Arbeit suchen und sehen, ob wir uns unseren Lebensunterhalt verdienen können? Oder sollen wir weiter nach Everynne suchen?«

»Wir können nicht an die Öffentlichkeit treten«, warnte Maggie. »Wir haben zwar die Bezwinger hinter uns gelassen, aber soweit wir wissen, könnten sie bereits in diesem Augenblick wieder auf unserer Fährte sein. Wenn wir herumlaufen und jedermann erzählen, daß wir Fremde sind, ziehen wir nur unnötige Aufmerksamkeit auf uns. Vielleicht würden die Leute uns sogar an die Bezwinger ausliefern!«

Orick brummte: »So, wie die Leute mich anstarren, *müssen* sie einfach merken, daß wir Fremde sind. Aber sie sind sehr gastfreundlich. Freies Essen für Jedermann! Wenn das Everynnes Feinde sind, haben wir uns wahrscheinlich mit Halunken eingelassen!«

»Hmmm«, meinte Gallen. »Du und Maggie, ihr habt beide recht. Die Leute hier machen einen netten Eindruck, aber die Bezwinger jagen uns vielleicht schon. Wir sollten jetzt noch nicht die Wahrheit sagen. Es gibt in dieser Stadt noch mehr Plätze, wo wir uns umsehen können. Veriasse und Everynne könnten hier sein, und ich will nach ihnen suchen.«

»Und uns hier zurücklassen?« fragte Maggie.

»Auf diese Weise würde ich nicht so sehr auffallen. Es wäre ja nur für kurze Zeit«, erwiderte Gallen – und machte plötzlich ein völlig verblüfftes Gesicht. Maggie folgte seinem Blick.

Ein Mann stand im Gang zum Speisesaal. Er war ganz in Schwarz gekleidet und trug hohe, schwarze Stiefel und Handschuhe. Sein Gesicht leuchtete wie das goldene Licht der Sterne. Gallen erhob sich schwerfällig.

»Was ist los?« fragte Maggie und nahm seine Hand.

»Ach, nichts«, gab Gallen zurück. »Ich dachte für einen Moment, ich hätte jemanden erkannt.« Maggie betrachtete den Mann mit dem goldenen Gesicht. »Ihn? Wo willst du diesen Mann vorher schon einmal gesehen haben?«

»Nicht diesen Mann«, sagte Gallen. »Der, den ich gesehen habe, war genauso gekleidet, aber seine Haut leuchtete blau. Außerdem war er jünger und schlanker.«

Orick fragte neugierig: »Wo hast du ihn denn getroffen?«

»In Coille Sidhe. Damals hat ein Mann, der genauso seltsam gekleidet war, mir das Leben gerettet.« Gallen streckte sich. »Ich bin in ein paar Stunden zurück. Früher, wenn ich Everynne finde.«

Er verließ den Speisesaal, ging an dem Fremden vorbei und gelangte in die hell erleuchtete Halle. Maggie blickte ihm nach. *Recht so, Gallen O'Day. Geh und suche deine geheimnisvolle Frau. Ich wünsche euch beiden viel Glück.*

Maggie und Orick setzten sich an einen Tisch, der ihnen Aussicht auf den breiten, schmutzigen Fluß gewährte. Riesige grüne Schwalben streiften tief darüber hinweg und tauchten hin und wieder die Schnäbel ins Wasser.

Im Gasthof wurde es immer voller. Alle paar Minuten wurde Maggie von jemandem angestoßen, der an ihr vorbei wollte. Doch es störte sie nicht weiter. Sie kaute auf ihrem Essen und bestaunte die Umgebung. Dieser Ort war für sie wie das Paradies. Das Wetter war wundervoll, das Essen köstlich, und das Leben kam ihr herrlich einfach vor.

Als Gallen bereits seit fast einer Stunde unterwegs war, kam die Wahrheit ans Licht. Auf der rubinroten Straße außerhalb der Stadt erschienen sechs schwarze Drononen. Sie trugen seltsame Schuhe, auf denen sie so mühelos über die Straße glitten wie Wasserläufer über einen Teich. Einer von ihnen kam zum Gasthaus. Maggie und Orick drückten sich an die Wand. Sie fürchteten, daß die Kreatur nach ihnen suchte.

Im Lokal wurde es totenstill. Der Dronone war so breit, daß er nur mit Schwierigkeiten zwischen den Tischen hindurchgehen konnte. Doch die glänzende schwarze Gestalt legte ihre Flügel zusammen und zwängte sich langsam durch das Tor. Ihr Kopf drehte sich von einer Seite zur anderen, während sie voranschritt. In einer Chitinhand hielt der Dronone ein langes, schwarzes Flammrohr.

Bei Maggie und Orick blieb er stehen. An seinem Kopf entrollte sich ein langer, schwarzer Fühler. Er wickelte sich um Maggies Hand. Sie sprang jäh auf und wollte losrennen, doch sie war zwischen zwei Tischen und der Wand in ihrem Rücken gefangen.

Der Fühler war wie ein dickes Seil. Er hatte Maggie gepackt und verhinderte, daß sie die Flucht ergriff. Neben dem Maul der Kreatur befand sich ein Organ, das wie ein Dutzend kleiner, stumpfer Finger aussah. Sie waren um eine straffe Membran herum angeordnet. Die Finger begannen, rhythmisch auf die Membran zu trommeln, und erzeugten dabei ein dumpfes Geräusch, das dem Zirpen einer Grille ähnelte. Doch das Trommeln variierte sehr stark in seiner Intensität und Geschwindigkeit.

Verblüfft erkannte Maggie, daß in dieser eigenartigen Musik einzelne Worte enthalten waren. Der Dronone sprach zu ihr.

»Du bist nicht von dieser Welt. Woher kommst du?« wollte er wissen.

Maggie erstarrte. Sie wußte nicht, was sie antworten sollte, und drückte sich fester an die Mauer. Der Griff des Drononen verstärkte sich, und er hob einen Arm. Maggie schrie auf. Der Arm war sehr stark, wie die Zangen eines Krebses, und besaß eine gezackte Schneide. Die winzige Segmenthand des Drononen war eingezogen. Eine einzige, große Klaue, wie ein Haken gekrümmt, ragte hervor. Wenn der Dronone damit zuschlug, würde er Maggie wie mit einer Axt spalten. Er zischte und drohte, sie zu töten, falls sie nicht antwortete.

»Du bist nicht von dieser Welt. Woher kommst du?«

An einem der nächsten Tische erhob sich der Mann in Schwarz mit dem goldenen Gesicht. Es leuchtete wie das Sternenlicht, als er an Maggies statt antwortete: »Ehrwürdiger Lord, sie ist eine Stumme von Pellarius!« Er machte einen Schritt auf Maggie zu. »Sie kann nicht sprechen. Die Sänger dort befanden, daß es ihrer Stimme an Schönheit mangelte. Sie haben ihr die Stimmbänder herausgeschnitten und diese Frau sterilisiert, damit sie sich nicht fortpflanzen kann. Ich habe sie dennoch als Arbeiterin erstanden. Sie dient jetzt dem Drononischen Imperium.«

»Welche Funktion übt sie aus?« fragte der Dronone.

»Sie ist eine Aberlaine. Sie ist Spezialistin für genetische Verbesserungen an Ungeborenen.«

»Wo ist ihr Tutor, wenn sie eine Aberlaine ist?« Der Fühler des Drononen durchwühlte Maggies Haar.

»Sie war eine Aberlaine zweiter Klasse«, sagte der Fremde. »Sie ist bereit, in die erste Klasse aufgenommen zu werden. Ich lasse zur Zeit einen neuen Tutor für sie anfertigen.«

»Und wo befindet sich ihr derzeitiger Tutor?«

»Hier, in meiner Tasche.« Der Fremde zog ein breites, silbernes Band hervor. Es sah aus wie eine Krone. Kleine helle Lichter leuchteten darin. Der Mann hielt es hoch, damit der Dronone es betrachten konnte. Plötzlich senkte der drononische Krieger seinen Kampfarm.

»Möge eure Arbeit dem Imperium dienen«, sagte der Dronone zu Maggie und dem Fremden gleichzeitig. Er warf einen prüfenden Blick auf Orick und straffte sich. Dann drehte er sich um und wuchtete seinen massigen Körper weiter durch die Gaststube. Er zwängte sich zwischen zahlreichen Tischen hindurch auf den Korridor und verschwand schließlich in den tieferen Winkeln des Gebäudes.

Maggie spürte, wie sie erschauerte. In ihrem Kopf drehte sich alles. Sie war nicht fähig, sich zu bewegen. Eine panische Angst nagelte sie auf der Stelle fest. Der Fühler des Drononen hatte ein graues Pulver auf ihrem Arm zurückgelassen, das nun ein leichtes Brennen verursachte.

Die Menschen in der Gaststube nahmen ihre Unterhaltungen wieder auf. Maggie sackte in ihrem Stuhl zusammen. Der Fremde mit dem Goldgesicht beobachtete sie unverschämt. Schon in der letzten halben Stunde war ihr aufgefallen, daß der Mann sie und Orick sehr viel aufmerksamer gemustert hatte als die anderen Anwesenden. Sie wußte nicht, was sie von ihm halten oder wie sie ihm danken sollte.

Schließlich erhob sich der Fremde und kam an ihren Tisch. Er packte Maggies Arm und groß Trinkwasser aus einem Krug über ihre Haut, wo der Dronone sie berührt hatte, und wischte sie mit einer Stoffserviette trocken. »Ich weiß nicht, woher Ihr kommt«, flüsterte er. »Aber es ist offensichtlich, daß Ihr nichts von den Drononen wißt. Ich bin richtig neidisch!« Er wischte ihr Gesicht und Haar trocken. »Als erstes müßt Ihr Euch merken, daß das drononische Exoskelett eine schwache Säure produziert. Die Drononen stammen von einer trockenen Welt, wo diese Säure einen wirksamen Bestandteil ihres Immunsystems darstellt. Wenn sie Euch berühren, müßt Ihr die Säure hinterher abwaschen, um Verätzungen zu vermeiden.«

Er legte die Serviette zur Seite und blickte Maggie in die Augen. Orick war Luft für ihn. Der Fremde besaß ein energisches Kinn und stechende braune Augen. Unter seiner Kapuze konnte man einen silbernen Kopfschmuck erkennen, der dem von Lady Everynne sehr ähnlich war. Lange silberne Kettchen, die aus Hunderten von kleinen Dreiecken bestanden, hingen an den Seiten herab. Es sah aus wie eine Art metallene Perücke. Maggie fragte sich, warum der Mann seinen wunderschönen Kopfschmuck unter einer Kapuze versteckte.

»Nun«, begann der Fremde, »mein Name ist Karthenor. Ich bin der Lord der Aberlainen.«

»Ich ... ich habe bemerkt, daß Ihr mich bereits seit einiger Zeit beobachtet«, erwiderte Maggie.

»Verzeiht bitte meine Neugier«, sagte Karthenor. »Ich wollte nicht beleidigend erscheinen. Aber ich habe in meinem ganzen Leben noch nie jemanden gesehen, der so gekleidet ist wie Ihr. Oder jemanden wie Euren Freund hier.« Karthenor blickte auf Orick und meinte in einem geringschätzigem Tonfall, als würde er über ein Kind reden: »Ich kenne diese Spezies. Das ist ein Bär.«

Orick brummte: »Ein Schwarzbär!«

»Oh, Verzeihung!« sagte Karthenor, runzelte die Stirn und schaute Orick mit neuerwachten Respekt an. »Ihr seid ein genetisch gelifteter Schwarzbär, nicht wahr? Ich bin erfreut, Eure Bekanntschaft zu machen.«

Karthenor zog einen Stuhl heran. Maggie glaubte, in einen

Augen eine gewisse Neugierde und Erwartung zu erkennen. Er erinnerte sie an einen Verkäufer, der ein Geschäft machen wollte. »Ihr und Euer Freund haben uns ebenfalls gemustert. Ich vermute, wir erscheinen Euch ebenso fremdartig wie Ihr uns. Habe ich recht?«

Maggie betrachtete sein goldenes Gesicht. Ihr fiel keine passende Lüge ein. Sie war sich noch nicht einmal sicher, ob sie ihn belügen wollte. Sie brauchten dringend einen Verbündeten, und Karthenor bot seine Hilfe an. Gallens kurze Bemerkung, daß ihm ein Fremder, der so wie dieser hier gekleidet war, das Leben gerettet hatte, flößte Maggie ein Vertrauen ein, das vielleicht gefährlich werden konnte. Einem Impuls folgend, sagte sie: »Wir kamen durch das Weltentor nach hier.«

Erstaunt lehnte Karthenor sich in seinem Stuhl zurück. Seine Stimme klang so gleichgültig, daß Maggie nicht erraten konnte, was er dachte. »Ihr kamt durch ein Weltentor? Wie ist Euer Name? Woher kommt Ihr?«

»Mein Name ist Maggie Flynn. Ich komme aus der Stadt Clere.«

Karthenor betrachtete Maggie ausdruckslos. Dann verbeugte er sich tief: »Ich bin geehrt, Eure Bekanntschaft zu machen, Maggie Flynn aus der Stadt Clere. Ich ... hoffe, daß ich Euch nicht zu neugierig erscheine, aber darf ich erfahren, von welcher *Welt* Ihr kommt?«

»Erde«, antwortete Maggie.

Der Fremde schien verwirrt. Er starrte Maggie und Orick mit einem Ausdruck von Belustigung an. Dann stellte er seine Ellenbogen auf den Tisch und legte einen behandschuhten Finger an die Lippen. »Von welcher Erde sprecht Ihr? Ihr redet offensichtlich Englisch. Ihr wurdet also genetisch verändert, um Euch an unsere gemeinsame Sprache zu erinnern. Doch Ihr sprecht mit einem eigenartigen Akzent, den ich noch nie gehört habe.«

»Ich wohne auf der Erde«, sagte Maggie.

Der Fremde legte den Kopf schräg und dachte nach. »Von welchem Kontinent auf Eurer Erde kommt Ihr?«

»Tihrglas«, sagte Maggie.

»Aha, diese Erde!« Der Fremde lächelte. Er verschränkte die Hände und betrachtete Maggie und Orick abschätzend. »Gewiß hat der Torschlüssel nicht einfach in Tihrglas herumgelegen, oder? Wie seid Ihr an den Schlüssel herangekommen?«

Maggie fühlte sich unerklärlicherweise verängstigt. Es hatte nichts mit Karthenor Benehmen zu tun. Er wirkte nett und gastfreundlich, doch Maggie wurde mißtrauisch. Sie wollte nicht, daß der Fremde weiter herumstocherte.

»Oh, verzeiht mir! Ich habe Euch erschreckt!« flüsterte Karthenor. Sein goldenes Gesicht verzog sich zu einem milden Lächeln. »Offensichtlich kennt Ihr unsere Sitten nicht, weil Ihr in unserem Land fremd seid. Hier auf Fale sind wir sehr offen miteinander. Möglicherweise findet Ihr das ... irritierend. Bitte stellt mir Eure Fragen zuerst. Vielleicht ist es so einfacher.«

»Seid Ihr ein Mensch?« fragte Orick.

Karthenor lächelte und fuhr sich mit der Hand über die Wange. »Ihr meint wegen der Maske? Ja, sicher. Ich bin ein ganz normaler Mensch.«

»Warum tragt Ihr dann diese Maske?« fragte Maggie.

»Zur Offenbarung«, sagte Karthenor und nahm freundschaftlich Maggies Hand. »Das ist hier so üblich. Die Masken offenbaren unser Innerstes. Wer keine Maske trägt, kann seine Gefühle vor den anderen verbergen. Aber wer die Maske von Fale trägt, kann sich nicht hinter seinem Fleisch verstecken. Er ist stets gezwungen, seine wahren Gefühle offenzulegen. Diejenigen von uns, die eine solche Maske tragen, können nicht betrügen. Daher weiß man auf allen Welten, daß Personen, die die Maske von Fale tragen, vertrauenswürdig sind.« Er lächelte Maggie an, und in diesem Augenblick schämte sie sich, daß sie ihm mißtraut hatte.

Karthenor hielt ihre Hand, als wäre sie ein Kind. Als er über den Fluß zu den Riesenschwalben blickte, die hin und wieder ins Wasser tauchten, lächelte er. Mittlerweile waren Kinder aus der Stadt gekommen und spielten auf dem Wasser mit riesigen Gänsen.

»Wenn Ihr es wünscht, kann ich Euch unsere Stadt zeigen«, erbot sich Karthenor. »Da Ihr aus Tihrglas kommt, werdet Ihr sie wunderbar finden. Ich wage zu behaupten, daß es hier ganz anders ist als bei Euch.«

»Ihr kennt Tihrglas?« fragte Orick.

»Um Himmels willen, nein«, antwortete Karthenor. »Ich reise nicht. Aber es gibt Berichte und Aufzeichnungen. Was wißt Ihr von Fale?«

»Überhaupt nichts.«

»Nun, das läßt sich ändern. Vor langer Zeit lebten unsere Vorfahren gemeinsam auf einer Welt. Ein Planet namens Erde, aber nicht die Erde, auf der Ihr heute lebt.«

Maggie schaute Karthenor mißtrauisch an, schwieg aber. Er fuhr fort: »Auf diesem Planeten hatten sich unsere Vorfahren aus den Tieren entwickelt. Und so benahmen sie sich auch. Andauernd Kriege und ewige Jagd nach Reichtümern. Schließlich entwickelten sie die Raumfahrt und reisten zu fernen Sternen.

Es gab eine Explosion des Wissens und der Technik, wie sie nie zuvor stattgefunden hatte. Maschinen lernten zu denken. Menschen lernten, den Tod zu beherrschen, und vergrößerten ihre Lebensspanne auf Jahrtausende. Wir trafen andere Intelligenzen, Freunde, die wie wir zwischen den Sternen reisten.

Es gab immer noch Kriege. Es gab immer noch Armut und Unglück, und deshalb sagten sich einige unserer Vorfahren von der Technik los. Sie beschlossen, auf abgelegenen Welten in einfachen Siedlungen zu leben, und sie wurden als Hinterweltler bekannt. Vor achtzehntausend Jahren ließen sich einige von ihnen auf Eurer Welt nieder. Sie nahmen nur die einfachsten Werkzeuge und einige Genlifts mit, die dafür sorgten, daß sie resistent gegen Krankheiten waren. Eine letzte genetische Veränderung sorgte dafür, daß die englische Sprache erhalten blieb. Sie brachten auch die Samen für die Wohnbäume und andere Pflanzen mit. Deshalb sind unsere Ahnen unterschiedlich: Meine Vorfahren waren die Technos. Sie glaubten an den Fortschritt und reisten zu den Sternen.« Karthenors Hand fuhr mit einer Geste durch die Luft, die den ganzen Himmel umspannte.

»Woher wißt Ihr von unseren Vorfahren?« fragte Maggie. »Ich

habe diese Geschichte noch nie gehört.« Karthenor berührte seinen silbernen Kopfschmuck mit den winzigen Dreiecken.

»Mein Mantel hat es mir gesagt«, sagte er. »Der Mantel ist eine Art Lernmaschine, die mehr weiß als jeder Mensch.« Maggie betrachtete die kleinen Ringe und Dreiecke. »Möchtet Ihr mehr über diese Dinge erfahren? Ich habe noch eine Lernmaschine bei mir.« Sein goldenes Gesicht glühte auf eine seltsame Weise. Er griff in die Tasche und zog eine silberne Krone hervor. Er reichte sie Maggie, und sie nahm das Stück und betrachtete es von allen Seiten. Die Oberseite des breiten silbernen Bandes zeigte nur eine kleine Öffnung, wie ein winziges Fenster. Innen waren bunte Lichter. Zwei kleine Spitzen ragten heraus, die leicht in den Nacken des Trägers drückten.

»Das ist ein Tutor«, sagte Karthenor. »Hier auf Fale wird er als sehr wertvoll betrachtet. Ich möchte ihn Euch zum Geschenk machen. Ihr seid eine wunderschöne Frau, und wenn Ihr hier leben wollt, werdet Ihr ihn brauchen.«

Maggie fragte: »Wozu ist er gut?«

»Er ist eine Lernmaschine, die Euch klug und weise machen wird«, erwiderte Karthenor. »Er ist mehr als nur ein schöner Kopfschmuck. Er ist sehr wertvoll. Wenn Ihr ihn tragt, werdet Ihr alle Geheimnisse erfahren, die ein Aberlaine wissen muß. Ihr werdet in der Lage sein, Leben zu erschaffen und menschliche Gene zu formen. Zukünftige Generationen werden durch Eure Hilfe klüger und stärker, und sie werden der Gesellschaft besser dienen, als es heutzutage der Fall ist. Wenn Ihr einen solchen Tutor tragt, könnt Ihr unglaublich reich werden. Bald werdet Ihr so reich und mächtig wie ein Lord sein. Wartet, ich zeige Euch, wie man ihn anlegt!«

Hundert Fragen fielen Maggie ein: *Wenn das Ding dermaßen wertvoll ist, warum gibt dieser Karthenor es mir einfach so?* Sie erkannte jetzt, daß sehr viele Leute in der Gaststube ähnliche Tutoren trugen. Es waren diejenigen, die nicht sprachen. Sie schienen es nicht nötig zu haben, sich mit Worten zu unterhalten. Maggie fragte sich, wie lange Karthenor sie das Ding tragen lassen würde.

Karthenor hob die silberne Krone hoch. Sie war bogenförmig

und paßte nicht ganz über Maggies Kopf, doch Karthenor zog sie ihr von hinten über, und die Enden des Bogens berührten Maggies Nacken. Im Moment der Berührung durchfuhr Maggie eine andere Frage: *Wenn Karthenors Maske verhindert, daß er lügt, wie kann er dann den Drononen belügen?*

Das kühle Metall des Tutors legte sich um Maggies Stirn. Sie spürte ein schwaches Pieksen in ihrer Haut, wo die beiden Spitzen sie berührten.

»So, fertig«, sagte Karthenor. »Dies wird jetzt dein Tutor sein. Er wird dich alles lehren, was du wissen mußt. Er wird dich trösten und immer bei dir sein. Durch ihn wirst du viele große Dinge erfahren.«

Sein Tonfall überraschte Maggie, und sie blickte auf. Karthenors schwarzes Gewand spiegelte sich in seinem goldenen Gesicht, und sie erkannte sein satanisches Grinsen. Sie wollte den Tutor packen und abreißen, doch ein rasendes Feuer durchfuhr sie. Tränen schossen ihr in die Augen; brannten wie geschmolzenes Blei auf ihren Wangen. Maggie schrie auf und fiel zu Boden. Ihre Hände waren um den Tutor gekrallt.

»Nehmt ihr sofort das Ding vom Kopf!« brüllte Orick wütend auf. Karthenor blickte den Bären an und machte eine Handbewegung. Ein Gespinst aus feinem grauen Draht, so fein, daß es kaum zu sehen war, schoß aus einem Gerät an Karthenors Handgelenk. Das Gespinst traf Orick und die Wand. Es war zäh und klebrig, und Orick konnte sich nicht mehr von der Stelle rühren. Der Bär brüllte voller Panik auf und versuchte, das Netz mit seinen Tatzen zu zerreißen, aber das Gespinst hielt.

»Zu Hilfe!« schrie Maggie und wälzte sich auf dem Boden, aber niemand beachtete sie und den Lord.

Karthenors Bild wurde undeutlich, und Maggie sah ihn durch einen Nebel von Schmerz und Angst. Er beugte sich zu ihr hinunter und zischte: »Niemand kann dir helfen. Ich bin ein Lord. Versuche nicht, den Tutor zu entfernen. Das schaffst du nicht, und er würde dich für deine Anstrengungen bestrafen! Und jetzt erzähl mir, wie du durch das Tor von Tihrglas gekommen bist! Woher hast du den Schlüssel?«

Maggies Muskeln erschlafften. Sie versuchte, sich zu bewegen, doch sie hatte keine Kontrolle über ihren Körper. Kein einziger Muskel gehorchte ihr. Wie Karthenor es vorhergesagt hatte, begann der Tutor, sie zu lehren.

In einem einzigen überwältigenden Augenblick ergoß sich Wissen in sie. Fakten strömten wie ein reißender Fluß in ihr Bewußtsein. Es war mehr, als sie jemals lernen zu können geglaubt hatte. Die ganze Flut des menschlichen Wissens schlug über ihr zusammen und drohte, sie hinwegzuschwemmen. Sie wußte, daß sie verloren war und gab die Hoffnung auf. Binnen eines einzigen, verrückten Augenblicks verstand Maggie die Arbeit eines Aberlainen. Sie würde den Rest ihres Lebens damit verbringen, mit Hilfe des Tutors die Erbanlagen ungeborener Kinder zu verändern und sie zu untertänigen Dienern des drononischen Imperiums machen. Als Gegenleistung würde jedes Kind und alle seine Nachkommen zu ihren und Lord Karthenors Schuldnern werden. Sie würden Tausende von Generationen lang schuften, und einen Großteil ihrer Einkünfte würde man zur Bezahlung von Maggie und Karthenor abzweigen. Die Arbeit von Aberlainen hatte bis vor sechs Jahren als illegal gegolten. Man hatte sie als unmoralisch abgelehnt.

Nun aber regierten die Drononen. Alles war anders. In der drononischen Gesellschaft wurde jedes Lebewesen in eine Kaste geboren, der es niemals entfliehen konnte. Maggie sah vor ihrem geistigen Auge Bilder ihrer drononischen Herrscher. Die Goldene Königin Tlitkani, die erst vor kurzer Zeit die Kontrolle über sechstausend Welten übernommen hatte. Die schwarzen Bezwinger-Lords, ihre Soldaten. Die kleinen, sandfarbenen Handwerker und Techniker der drononischen Gesellschaft. Und die unüberschaubaren Massen von weißhäutigen, sterilen Arbeiterinnen. Ein jeder wurde an seinen Platz geboren. Die Drononen versuchten jetzt, die Menschheit nach ihrem Ebenbild neu zu formen.

Karthenor, der Lord der Aberlainen, war einer der größten Feinde der Menschen auf diesem Planeten. Er versuchte, mit seinen genetischen Manipulationen eine Rasse von Sklaven heranzuzüchten und damit unermeßlichen Reichtum zu scheffeln.

Durch den Tutor würde Maggie zu seiner Sklavin werden.

Der Tutor speicherte seine Informationen auf molekularer Ebene. In dem silbernen Band befanden sich Milliarden von Daten, zusammen mit Sendern und Empfängern. Die nanotechnischen Bestandteile des Tutors waren schon dabei, neue, künstliche Neuronen durch ihr Großhirn und das Stammhirn zu ziehen, die Maggie an das Gerät binden würden. Binnen weniger Stunden würden sie und der Tutor eins sein.

Maggie starrte mit unverhohlenem Haß zu Karthenor hoch: »Ich habe dich durchschaut!« stieß sie hervor. Die Anstrengung verursachte ihr große Schmerzen.

Karthenor lachte. »Sieh mal einer an! Deine Augen öffnen sich bereits! Auf deine eigene beschränkte Art wirst du wie ein Gott. – Ich will, daß du jetzt einen Augenblick über die Götter nachdenkst und mir dann sagst, woher du den Schlüssel hast.«

Karthenor bewegte die Hand. Zwei silberne Androidendiener kamen an den Tisch, hoben Maggie an den Armen hoch und schleppten sie in die hinteren Teile des Gebäudes. Orick brüllte und schrie vor Wut, doch er konnte ihr nicht helfen.

Als Karthenor das Wort ›Götter‹ gesagt hatte, wurde die Welt um Maggie herum grau. Informationen überfluteten ihren Verstand. Genau so, wie der kleine Tutor mit Maggies Hirn verbunden war, waren andere, viel größere Geräte über die gesamte Galaxis mit Menschen verbunden. Karthenors silberner Mantel enthielt weit mehr Wissen als Maggies Tutor. Einige Unsterbliche waren Symbiosen mit Intelligenzen eingegangen, die so groß wie ganze Planeten waren. Sie waren Götter.

Vor Maggies geistigem Auge erstand Semaritte, die weise Richterin, die diesen Teil der Galaxis zehntausend Jahre lang regiert hatte. Sie war eine schöne, stolze Frau mit dunklem Haar gewesen. Semaritte hatte Ähnlichkeit mit Everynne, war aber viel älter. Zu Beginn ihrer Regentschaft hatte Semaritte die Weltentore errichtet, um schnell zwischen den Welten reisen zu können. Doch um sich selbst zu schützen, hatte sie geheimgehalten, wie die Schlüssel zu den Toren gefertigt wurden.

Binnen eines Augenblicks durchfuhr Maggie die bittere Erkenntnis, daß Everynne die Tochter von Semaritte war.

Everynne hatte den Schlüssel gestohlen, um in einem verzweifelten Unternehmen die Welten ihrer Mutter zurückzugewinnen.

Karthenor und seine Diener zogen Maggie durch eine langgestreckte Halle. Bei jedem quietschenden Schritt hatte sie das Gefühl, als würden die Androiden ihr die Arme aus den Gelenken reißen. Sie kamen an Läden und überdachten Kreuzungen vorbei. Schließlich gelangten sie zu einem polierten Stück Mauer, das sich bei Karthenors Berührung in Nebel auflöste.

Sie betraten eine Art Wohnzimmer mit bequemen Sofas und luxuriösen weißen Teppichen. Die Androiden legten Maggie auf den Boden.

Ihre Lippen bewegten sich ohne ihr Zutun. Sie lag hilflos da und hörte sich reden. Sie erzählte Karthenor von Lady Everynne, von dem Dron onen, der in Tihrglas auf ihrer Fährte gewesen war, und von Gallens naiven Bemühungen, Everynne zu helfen. Mit jedem Wort beging Maggie Verrat an sich, an Gallen, an Everynne, an jedem Menschen auf jeder Welt.

Manchmal wurde sie von Karthenor unterbrochen. Er stellte ihr Fragen wie: »Und wo ist dein Freund Gallen jetzt?« Egal, wie sehr Maggie sich bemühte, zu lügen – die Wahrheit kam hervor. Sie konnte ihren Mund nicht zum Schweigen bringen.

Als sie geendet hatte, liefen ihr Tränen über die Wangen. Karthenor sagte: »Geh in dein Quartier.«

Maggie wußte sofort, wo sich ihr Quartier befand. Es lag eine Etage höher, unter dem Dach. Sie wollte wegrennen, doch die Beine gehorchten ihr nicht. Wie eine Maschine ging sie mit steifen Schritten zu ihrem Zimmer.

Der Tutor flüsterte in ihrem Gehirn: »Dies ist von nun an dein Zuhause. Du wirst Karthenor dienen. Ich werde dir beibringen, was zu tun ist.« Hartnäckig bewegte der Tutor Maggies Arme und Beine. Er führte sie einen sterilen weißen Korridor entlang und eine steile Treppe hinauf. Maggie konnte sich nicht wehren. Sie wußte, daß sie kein Mensch mehr war. Sie stieg ins Bett, zog sich die Decke über und dachte. Der Tutor dachte immer.

Maggie hatte nur noch eine Hoffnung: Gallen O'Day.

7

Gallen schlenderte über die blaßgrünen Wege der Stadt. Die Luft war warm und feucht wie in einem Wohnbaum. Die ganze Stadt war lebendig. Sie wuchs.

Fenster im Dach ließen Tageslicht herein. Glühende Edelsteine, die über seinem Kopf hingen, erleuchteten die dunkleren Bereiche. Während Gallen immer tiefer in die lebenden Katakomben eindrang, stieß er zweimal auf Basare, die im Freien errichtet waren. Kaufleute in farbenprächtigen, flimmernden Gewändern versuchten, ihm ihre wunderbaren Waren zu verkaufen. Es gab lebendige Lungen, die er auf seinem Rücken festschnallen konnte und die ihm erlaubten, unter Wasser zu atmen. Blumensamen, der an einem Tag gepflanzt wurde und über Nacht sechs Fuß in die Höhe wuchs, um am nächsten Tag wundervoll zu erblühen. Kapuzen, mit deren Hilfe man zu den Toten sprechen konnte. Ein winziger Stecker, der einen dauernd Musik hören ließ, nachdem man ihn ins Ohr geschoben hatte. Eine Creme, die nicht nur Falten und Narben entfernte, sondern den Benutzer auch für die nächsten Jahre bräunte.

Gallen erkannte, daß es unter dem Angebot auch viel Schund gab, Dinge für Menschen, die bereits alles besaßen. Doch die Verkäufer fuhren fort, ihm ihre Waren anzupreisen. Sie versuchten mit den seltsamsten Methoden, seine Aufmerksamkeit zu erregen. Bei einem Laden entstand aus der Luft eine wunderschöne Frau vor ihm. Sie war gebräunt und gut gebaut, und sie trug nur das Allernotwendigste an Bekleidung. Sie lächelte Gallen an und sagte: »Warum kommt Ihr nicht herein und probiert mich aus?« Dann spazierte sie vor ihm her in den Laden. Gallen folge ihr, als sie zu einem Stapel Unterwäsche ging. Sie zog die Wäsche an, wackelte mit den Hüften und löste sich in Luft auf.

Als Gallen sich von einer Überraschung erholt hatte, bemerkte er, daß er auf einen Bildschirm starrte, auf dem Unterwäsche abgebildet war. Er sah sich nach der Frau um, doch sie war nirgends zu sehen, und Gallen erkannte, daß sie einzig zu dem Zweck geschaffen worden war, ihn in den Laden zu locken. Er ging wieder nach draußen und fand ähnliche Vorrichtungen bei jedem zweiten Geschäft, an dem er vorbeikam. Stimmen ertönten aus dem Nichts und forderten ihn auf, etwas Bestimmtes zu kaufen, und zwar sofort, um Geld zu sparen. Geisterfrauen erschienen und baten ihn, etwas in ihrem Laden zu kaufen. Sie alle sahen so gut aus, daß Gallen schwindlig wurde. Eine verrückte Freude überkam ihn. Er schlenderte wie hypnotisiert durch lange Gänge und Hallen und sammelte Süßigkeiten ein, die wie Ambrosia schmeckten. Doch immer, wenn er etwas kaufen sollte, weigerte er sich und ging weiter.

In einem Viertel traf er auf ein Wesen, das wie eine große graue Kröte aussah. Es saß auf einem Stuhl und war von hellen Behältern umgeben, die mit vielfarbigen Pulvern gefüllt waren. Der Krötenmensch trug eine gewaltige silberne Perücke, an der Kettchen aus kleinen Ringen und Dreiecken bis auf seine Schultern herabhingen. Auf dem Rücken trug er eine Anzahl dicker Schläuche, die über seinen Kopf nach vorn ragten. Aus jedem der Schläuche schauten Dutzende winziger Fortsätze hervor. An einigen hingen Haare; andere sahen wie Klammern oder Messer aus. Sämtliche Schläuche verliefen über dem Kopf des Wesens nach vorn und führten zu einem kleinen Tisch, der vor dem Krötenmenschen stand. Kinder hatten sich um ihn geschart. Gallen blieb neugierig stehen, um ihm bei seiner Arbeit zuzuschauen.

Die Glieder des Krötenmannes hantierten an einem winzigen Gegenstand, der in der Mitte des Tisches lag. Gallen schaute ihm atemlos zu. Eine purpurne Libelle saß dort bewegungslos auf einem dünnen Rohr. Dutzende winziger Nadeln – oder waren es Haare? – trafen sich in der Mitte des Geräts. Gallen bemerkte, daß sie an einem der Libellenflügel befestigt waren. Ein Teil des Flügels fehlte. Die Geräte des Krötenmannes strichen darüber und schufen nach und nach einen neuen Flügel.

Gallens Mund stand offen. Er trat einen Schritt vor und blickte dem Krötenmann über die Schulter. Der alte graue Bursche schaute auf etwas, das vor ihm in die Luft geschrieben war. Rot leuchtende Buchstaben erschienen und verschwanden so schnell, daß Gallen mit dem Lesen nicht hinterherkam. Ein vielfach vergrößertes Bild der Libelle befand sich in der Luft über dem Kopf des Krötenmannes. Das Wesen blickte alle paar Sekunden auf das Bild – immer dann, wenn er eine neue Schicht des Flügels geschaffen hatte. Er starrte einen Augenblick auf das Bild, bis die Adern und eine vergrößerte Abbildung des Flügels erschienen; dann blickte er wieder hinunter auf die Libelle. Seine Geräte konstruierten den Rest der Libelle.

Nach weniger als fünf Minuten war der Krötenmann mit seiner Arbeit fertig. »Nun, Kinder? Wer von euch möchte die Libelle haben, die ich gebaut habe?« fragte er, und die Kinder klatschten und bettelten.

Der Krötenmann streckte einen warzenbedeckten grauen Finger aus und berührte die Libelle. Sie kletterte auf seinen langen Fingernagel. Er hielt die Libelle für einen Augenblick in die Höhe und drehte sich zu Gallen um.

»Ich glaube, ich werde diese hier dem Kind geben, das wie ein Mann aussieht.« Er reichte Gallen die Libelle.

Gallen berührte den Finger des Krötenmannes, und die Libelle kletterte auf seinen Daumen. Dort blieb sie mit pulsierenden Flügeln sitzen. Sie hatte eine tief purpurne Farbe. Rote Flecken waren auf den Flügeln und dem Leib zu erkennen. Die Kinder schlenderten enttäuscht davon.

»Danke sehr«, sagte Gallen.

»Nichts zu danken. In wenigen Augenblicken sind ihre Flügel getrocknet. Dann wird sie davonfliegen«, sagte der Krötenmann.

Gallen betrachtete den Krötenmann. Er besaß gelbe Augen und eine warzige graue Haut. Sein Maul war groß genug, um eine Katze in einem Stück zu verschlucken. Seine Arme und Beine waren dürr, die Haut hing schlaff herab.

»Hast du noch nie einen Motak gesehen?« fragte der Krötenmann gereizt.

»Bist du ein Motak?« fragte Gallen.

»Ja«, antwortete der Krötenmann. »Würdest du uns kennen, dann wüßtest du, daß man von dir erwartet, deine Augen abzuwenden und nicht so zu starren. Auf unserem Planeten starren wir nur auf diejenigen, die schlecht und böse sind.«

»Tut mir leid«, sagte Gallen. »Ich wollte nicht zum Ausdruck bringen, daß ich dich für schlecht halte.«

»Ich weiß.«

»Ich war nur neugierig.«

»Auch das weiß ich«, sagte der Krötenmann. »Es ist Ewigkeiten her, daß ein Erwachsener sich so sehr für das Tun eines Kreateurs interessiert hat.«

»Was tust du denn eigentlich?« fragte Gallen. »Erschaffst du Leben?«

»Kein richtiges Leben. Nur Viviforme. Künstliche Wesen. Aber sie sehen ziemlich echt aus, nicht wahr? Und sie wissen nicht, daß sie nicht wirklich lebendig sind.«

»Kannst du auch Menschen erschaffen?« fragte Gallen.

»Nur gegen Bezahlung. Ich kann eine Viviform herstellen, die wie du aussieht und sich genauso benimmt. In meiner Freizeit mache ich Haustiere für Kinder.« Die Libelle begann mit den Flügeln zu schlagen.

»Vielen Dank. Ich bin dir wirklich sehr dankbar«, sagte Gallen und schloß die Libelle in seine Faust. Er wollte sie unbedingt Maggie zeigen.

»Ich danke dir ebenfalls«, sagte der Krötenmann. »Es tut gut, in den Augen eines Erwachsenen wieder einmal so ein Funkeln zu sehen, insbesondere in diesen harten Zeiten. Möge die Freude in dir stets hell bleiben.«

Gallen kehrte zum Gasthof zurück. Bedienstete waren dabei, Orick aus einem Netz zu befreien, das an der Wand klebte. Maggie war nirgends zu sehen.

Orick knurrte die Geschöpfe an, die ihn befreiten. »Warum habt ihr ihn nicht aufgehalten, Leute? Warum nicht?« Niemand antwortete ihm.

»Wen aufgehalten?« fragte Gallen und ließ die Libelle frei. Er zog ein Messer und begann, das Gespinst zu zerschneiden. Jeder der winzigen Drähte war so stark wie ein Seil und schien fest an der Wand zu kleben.

»Ein Mann namens Karthenor hat Maggie entführt!« brüllte Orick.

Als Gallen die letzten dünnen Drähte des Netzes zerschnitten hatte, drängte Orick: »Hier entlang, Gallen!« Er stürzte durch einen Gang in Richtung Stadtzentrum.

Orick trampelte den Weg entlang und orientierte sich mit Hilfe seiner Nase. Manchmal gelangte er an eine Kreuzung, hielt an und witterte in alle Richtungen. Ein anderes Mal stürzte er sich in einen Korridor und richtete sich kurz auf, um den Geruch einer Seitengasse aufzunehmen. Nach einigen Minuten waren sie in einer Sackgasse angelangt.

»Sie waren hier«, sagte der Bär. »Sie sind zumindest bis hierher gekommen.« Orick beschnüffelte die cremefarbene Mauer, erhob sich auf die Hinterpfoten und roch an der Decke.

Gallen packte ihn bei den Schultern. »Jetzt erzähl erst mal, was geschehen ist.«

Orick berichtete Gallen vom Besuch der Bezwinger, und wie ein Mann namens Karthenor, Lord der Aberlainen, Maggie ein silbernes Band um die Stirn gelegt und sie gefangengenommen hatte.

Gallen überlegte. Wie in jedem bevorstehenden Kampf zog er Bilanz und erwog seine Stärken und Schwächen. Er hatte seine Reaktionsschnelligkeit und seine Fähigkeiten als Kämpfer. Und er hatte seine beiden Messer. Doch er wußte nichts über seine Feinde und deren Stärken oder Schwächen. Ein alter Sheriff im Bezirk Obhiann hatte ihn oft gewarnt: »Bevor du einem Gegner gegenübertrittst, mußt du dich am Kampfplatz auskennen. Sieh nach, welche Deckung er dir bietet und achte darauf, daß du dich nicht ausgerechnet unter dem gleichen Gebüsch versteckst, wo dein Gegner seine Kumpane oder einen Bogenschützen auf die Lauer gelegt hat.«

Offensichtlich war Gallen, was die Ortskenntnis betraf, in einem gravierenden Nachteil. »Also gut«, sagte er. »Laß uns ein Versteck für dich suchen. Wenn wir gemeinsam nach Karthenor suchen, wird dein Aussehen ihn schon auf eine Meile Entfernung warnen. Mich hat er noch nie gesehen. Ich werde hierher zurückkommen und mich umschauen.«

Sie machten sich auf den Weg zurück zur Straße, die allmählich belebter wurde. Passanten schlenderten über die Gehsteige, und Kutschen glitten über die rubinrote Fahrbahn. Einige Leute trugen Schuhe, mit denen sie auf die gleiche Weise gleiten konnten. Sie bewegten sich schneller voran, als jedes Pferd es vermocht hätte.

Gallen und Orick marschierten über den Fluß und eine Meile weit nach Norden, bis sie einige bewaldete Hügel erreichten. Dort schlüpften sie in das Gebüsch und schlugen ein Lager auf. Gallen machte sich ernste Sorgen um Maggie. Alle paar Augenblicke wollte er neue Einzelheiten wissen. »Dieser Karthenor sagte, daß Maggie für ihn arbeiten würde? Hat er gesagt, wo?«

»Nein«, gab Orick zur Antwort. Dennoch wurde Gallen ein wenig ruhiger. Wenn Karthenor Arbeitskräfte benötigte, konnte es Maggie so schlecht nicht gehen. Karthenor würde seinen Arbeitern nichts antun.

»Ich muß herausfinden, wo Maggie steckt«, sagte er. »Deshalb muß ich wieder in die Stadt. Du kannst nicht mit mir kommen.«

»Und was soll ich die ganze Zeit tun?« fragte Orick. »Ich habe keine Lust, hier herumzusitzen und auf dich zu warten.«

»Das mußt du auch nicht. Ich brauche deine Hilfe. Wir wissen, daß Everynne vor uns durch das Tor kam, aber wir haben keine Ahnung, wo sie herausgekommen ist. Ich möchte, daß du ihre Fährte suchst. Vielleicht kannst du sie finden. Ich möchte, daß du eine weitläufige Suche durchführst und in zwei oder drei Tagen hierher zurückkehrst.«

Orick stimmte widerstrebend zu und wandte sich nach Süden. Er drehte sich noch einmal um: »Du wirst sie gesund da rausholen, oder?«

»Ich werde mein Bestes tun«, war alles, was Gallen versprechen konnte.

Als Maggie am Morgen erwachte, brannte ihr Kopf wie Feuer. Sie wunderte sich über ihre Kopfschmerzen. Eine Stimme flüsterte in ihrem Verstand: »Ich bin's, dein Tutor. Ich habe neue Neuronenbahnen in dein Gehirn und Rückenmark gelegt. Deshalb fühlst du dich nicht wohl. Bei Anbruch der Dunkelheit ist der Prozeß abgeschlossen, und wir werden eins.«

Maggie versuchte aufzustehen, doch sie konnte sich nicht bewegen. Statt dessen ließ der Tutor sie noch eine Zeitlang im Bett liegen und begann, ihr mit unglaublicher Geschwindigkeit Informationen einzuflößen. »Wenn du zwischendurch Fragen hast, dann unterbrich mich«, sagte der Tutor.

Er begann seine Arbeit, indem er Maggie die Struktur der menschlichen DNA in aller Ausführlichkeit erklärte. In kurzen Visionen offenbarte er ihr die Aufgaben jedes Gensatzes des menschlichen Genoms, und wie diese Gene durch Veränderungen manipuliert werden konnten. Er zeigte ihr Apparaturen und erklärte ihr die Geräte, mit denen die Aberlainen arbeiteten: Chromosomenleser, Genspalter, Gewebeproben und DNA-Färbemittel. Sie lernte, wie man Frauen Eizellen und Männern Spermien entnahm und sie in verschiedenen Chargen mit den erwünschten Charakteristiken aufspaltete, die sich bei der Vereinigung übertragen würden.

Dann lernte sie, wie man die verschiedenen Proben mit bestimmten, maßgeschneiderten Genen kombinierte und auf diese Weise sicherstellte, daß alle Nachkommen nach gewissen Standards verbessert wurden, die von den drononischen Oberlords festgelegt worden waren. Wenn eine Charge von Eiern und Spermien fertiggestellt war, konnten sie schließlich vermischt und für sechzig Stunden gemeinsam inkubiert werden. Die entstandenen Zygoten wurden dann in die Gebärmütter von Frauen eingesetzt.

Der Unterricht dauerte fast eine Stunde. Anschließend zwang der Tutor Maggie aus dem Bett und unter die Dusche. Danach wurde sie zum Frühstücksraum geführt. Maggie saß mit anderen Aberlainen am Tisch, Männern und Frauen, die alle Tutoren wie sie selbst trugen. Obwohl keiner von ihnen ein Wort sprach, konnte Maggie ihre Stimmen in ihrem Gehirn hören. Sie diskutierten die Aufgaben, die sie während ihres Arbeitstages zu erledigen hatten. Maggie schlang ihr Frühstück gierig in sich hinein, doch ihr Tutor zwang sie aufzuhören, kurz bevor sie satt und zufrieden war.

Maggie verbrachte den Morgen mit Arbeit in einer Klinik, in die Paare kamen, die sich um eine Genehmigung für ein Kind beworben hatten. Maggie entnahm Eiproben von den Frauen und Spermaproben von den Männer. Schwerfällig etikettierte und beschriftete sie die Proben. Da die Dronenen nur wenigen Menschen mit bestimmten körperlichen Merkmalen die Fortpflanzung gestatteten, mußte sie zum Schluß die meisten Proben verwerfen.

Den Frauen wurden statt dessen die vorgefertigten und gentechnisch veränderten Zygoten von Menschen eingepflanzt, die die drononischen Standards erfüllten. Mehrmals am Tag stellten besorgte Frauen die Frage, ob sie auch ihr eigenes Kind austragen würden. »Ihr würdet mir doch keine falsche Zygoten einpflanzen, oder?«

Jedesmal antwortete Maggies Tutor für sie, indem er die werdende Mutter beruhigte: »Selbstverständlich werdet Ihr Euer eigenes Kind austragen. Wir gehen mit den gesammelten Proben äußerst vorsichtig um. Sie werden alle sofort etikettiert und beschriftet. Es ist völlig ausgeschlossen, daß Proben vertauscht werden. Die Zellen werden mit einigen standardisieren Aufwertungen versehen, und anschließend bekommt Ihr Euer eigenes Embryo zurück.«

Jedesmal, wenn Maggie diese Lüge erzählte, versuchte sie, gegen ihren Tutor zu kämpfen. Sie versuchte, eine Warnung herauszuschreien, doch der Tutor reagierte blitzschnell: Plötzlich verspürte Maggie ein Jucken im Kopf, und eine sanfte Euphorie befiel sie. Es war ein Gefühl allergrößter Zufriedenheit, wie sie es nie zuvor erlebt hatte.

Einmal, als sie sich in einem Lagerraum der Klinik aufhielt und keine Patienten in der Nähe waren, fragte sie ihren Tutor: »Wie können wir die Leute nur so belügen? Warum belügen wir sie überhaupt?«

»Wir tun ihnen nur einen Gefallen. Warum sollten wir ihnen wegen eines Vorgangs Kopfzerbrechen bereiten oder Angst machen, den sie ja doch nicht ändern können? Unser System maximiert den Erfolg und sorgt dafür, daß die genetisch verbesserten Nachkommen gleichmäßig verteilt werden.«

»Aber ihre Kinder werden allesamt Brüder und Schwestern sein, obwohl sie von verschiedenen Eltern stammen!« Maggies

Stimme war nur ein Flüstern. »Sie werden nicht in der Lage sein, zu heiraten.«

»Innerhalb eines jeden Stocks unserer drononischen Herren gibt es auch nur Brüder und Schwestern. Jede Königin legt Hunderttausende von Eiern. Die Bezwinger werden als Brüder von Architekten geboren, und Arbeiterinnen sind die Schwestern von Königinnen. Die neue Familie genießt ihre Einheit. Das verbindet den Stock. Wenn unsere menschlichen Nachkommen entdecken, daß sie alle Brüder und Schwestern sind, wird das ihre Einigkeit festigen.«

Der Tutor kitzelte Maggie erneut. Eine weitere, stärkere Woge des Vergnügens durchströmte ihren Körper. Es war ein geheimnisvolles, zauberhaftes Gefühl, in eine so gewaltige Arbeit einbezogen zu sein. Es war eine Arbeit, deren Durchführung und Fortschritt der Goldenen Königin und ihren Oberlords sehr am Herzen lag.

Spät am Abend führte Maggie eine junge Frau in ein Labor. Sie mußte sich auf einen Operationstisch legen. Maggie zog einen Probensammler hervor, mit dem sie die Eizellen der Patientin extrahieren wollte. Es war ein länglicher Apparat, ein dünnes Stück Metall, an dessen Ende sich eine Art kleiner Löffel befand. Mit diesem Löffel wurde ein Stück des Eierstocks gepackt und die Eier hervorgezogen. Maggie entfernte soeben die sterile Verpackung, als die junge Frau aufsah und fragte: »Wie frei seid Ihr?«

Maggie drehte sich zu der Frau um. Sie glaubte, nicht richtig verstanden zu haben, doch die Frau blickte ihr fest in die Augen und wiederholte ihre Frage: »Wie frei seid Ihr? Wollt Ihr Euch von Eurem Tutor befreien? Wenn ja, blinzelte zweimal mit den Augen.«

Maggie versuchte es. Sie strengte sich an, bis ihr Tränen in den Augen standen, aber sie schaffte es nicht. Der Tutor flüsterte: »Laß dich von dieser Frau nicht verführen. Die Wachen sind schon unterwegs.«

Maggie starrte die junge Frau schweigend an. Sie war klein und zierlich, mit mattem braunem Haar, das ganz kurz geschoren war. Sie war sichtlich nervös und schwitzte. Dann flüsterte sie: »Ich bin in Gefahr, oder? Ich glaube, ich verschwinde besser.«

Sie sprang vom Operationstisch und stürmte zum Ausgang. Als sie die Tür aufriß, stand ein grünhäutiger Bezwinger mit großen, orangefarbenen Augen vor ihr.

Die kleine Frau versuchte, die Tür wieder zuzuwerfen. Der Bezwinger stieß sie auf und packte die Frau an der Kehle und an einem Arm. Sie trat um sich und schrie, doch sein Griff blieb eisern. Er zog sie mit sich fort.

Maggie erhob sich und schloß die Tür. Vor Schreck war sie kreidebleich. Ihr Herz raste. Der Tutor überflutete sie mit angenehmen Gefühlen. Flüsternd beruhigte er ihre gemarterte Seele.

Während sich Maggie am Abend zum Schlafengehen fertigmachte, erstattete der Tutor Lord Karthenor Bericht. In allen Einzelheiten schilderte er den Ablauf des Tages. Er erzählte, daß Maggie ›kulturell unterentwickelt‹ sei. Daß er sie im Gebrauch auch der einfachsten Geräte unterrichten mußte.

Karthenor wirkte nicht beunruhigt. Das war zu erwarten gewesen, wenn man Maggies Herkunft berücksichtigte. Doch der Tutor berichtete auch, daß er gezwungen gewesen war, Maggies Hypothalamus im Laufe des Tages mehr als fünfzigmal zu stimulieren und sie in einer Art ständiger Euphorie hatte halten müssen. Eine so massive Überstimulierung war gefährlich. Sie würde binnen einer Woche zu ernsthaften Depressionen führen, die monatelang anhalten konnten. Der Tutor konnte sie unter solchen Umständen zwar weiterhin benutzen, aber sie würde ein niedergeschlagenes, unzuverlässiges Werkzeug sein. Wenn der Tutor in dieser Zeit vorübergehend die Kontrolle über sie verlor, konnte sie möglicherweise sogar Selbstmord begehen.

Karthenor ging den Bericht sorgfältig durch. Dann rief er einen seiner Techniker zu sich. Es war ein Mensch, der auf den Namen Avik hörte und bereits vor zwei Generationen in die drononische Gesellschaft eingegliedert worden war. Avik war ein junger Mann mit einem schlanken, wohlproportionierten

Körper. Sein Haar war leuchtend blond, seine Haut gebräunt. Er meldete sich rasch bei Lord Karthenor.

»Mein Lord?« fragte Avik, als er ins Zimmer trat.

»Die neue Dienerin Maggie Flynn braucht Hilfe. Die Anpassung fällt ihr sehr schwer«, sagte Karthenor. »Ich möchte, daß du Bekanntschaft mit ihr schließt und dich mit ihr anfreundest. Ich werde ihren Tutor anweisen, die Kontrolle über sie auszusetzen, während du bei ihr bist.«

Avik nickte. Seine blauen Augen brannten feurig. »Wünscht Ihr, daß ich sie verführe?«

Karthenor überlegte. Diese drononischen Techniker waren wie die Tiere. Vielleicht kam es daher, daß sie unter der Kontrolle ihrer Tutoren arbeiteten. Sie verkümmerten seelisch und verwechselten sexuelle Betätigung mit den Freuden einer aufrichtigen gegenseitigen Beziehung. »Ja«, sagte er nach einem Augenblick. »Ich denke, ein wenig physischer Kontakt wird angemessen sein. Es wird ihr guttun. Aber ich will, daß du behutsam vorgehst. Laß ihr Zeit. Auf keinen Fall wirst du sie bedrängen.«

»Sehr wohl, mein Lord«, antwortete Avik. Mit einer tiefen Verbeugung verließ er das Zimmer.

8

Eine Stunde, nachdem er Orick verlassen hatte, begann Gallen in der Stadt Bekanntschaften zu schließen. Er hielt an zahlreichen Verkaufsständen und Geschäften und ließ sich ausführlich über die verschiedensten Waren informieren, während er die Ladeninhaber aushorchte. Systematisch schritt er alle Wege und Gassen ab und lernte die Stadt in- und auswendig kennen.

Die Einheimischen nannten ihre Stadt Toohkansay. Gallen prägte sich ein, wo die zahlreichen Wohngebiete, die Industrieviertel und die Einkaufszonen lagen. Einige dieser Bereiche waren für die Öffentlichkeit gesperrt, was in Gallens geistigem

Stadtplan klaffende Lücken hinterließ. Durch einige Fragen fand er heraus, wo die zweihundert Aberlainen von Lord Karthenor arbeiteten. Es sollte ein geheimnisvoller Ort sein, an dem die Aberlainen Tag und Nacht an der ›Verbesserung der Menschheit‹ forschten, wie ein Geschäftsinhaber sich ausdrückte. Doch als Gallen den Ort aufsuchte, fand er lediglich eine kleine Klinik vor, wo ein paar Männer und Frauen darauf warteten, daß man ihnen irgendwelche Hilfe leistete.

Gallen erforschte die Gegend rings um die Klinik. Er merkte sich, wo die Ausgänge von Toohkansay lagen. Er fand jedes Fenster, jedes Dachlicht. Er suchte Plätze, die er als Versteck nutzen konnte.

Die meisten Bewohner der Stadt paßten in bestimmte Kategorien. Diejenigen, die silberne Bänder trugen, konnten oder wollten nicht mit Gallen reden. Die Kaufleute waren in großzügige Gewänder gekleidet, so daß Gallen sie schon aus der Ferne erkennen konnte. In der Nähe eines Industrieviertels betrat Gallen ein dunkles Café. An einem Tisch sah er einige der kleinen, weißhäutigen Männer und Frauen mit den übergroßen Augen und Ohren sitzen, und gesellte sich zu ihnen. Seine Fragen ließen sie in schallendes Gelächter ausbrechen, doch sie gaben ihm gutmütig Antwort. Sie nannten sich Woodari. Ihre Vorfahren waren genetisch verändert worden, um auf Planeten zu arbeiten, die die Sonne in großer Entfernung umkreisten und wo das Licht nur schwach war. Hier auf Fale arbeiteten sie in den Bergwerken. Außerdem bauten sie Frachtschiffe, mit denen Waren zwischen den Welten transportiert wurden. Die Woodari-Raumfahrer behaupteten, ihre Gilde wäre so mächtig, daß sie die Dronenen nicht fürchteten.

Gallen setzte einem der Woodaris, einem kleinen Mann namens Fargeth, mit seinen neugierigen Fragen derart zu, daß dieser schließlich sagte: »Deine Unwissenheit ist ja ganz lustig, aber ich habe noch zu arbeiten. Wenn du so viele Fragen hast, warum gehst du dann nicht in eine Universalbibliothek?«

»Was ist das?« fragte Gallen.

»Ein Ort, wo alle Fragen, die dir in deinem ganzen Leben einfallen, binnen Sekunden beantwortet werden.«

»Wo finde ich diese Bibliothek?« fragte Gallen. »Und wie teuer ist dieser Dienst?«

Fargeth lachte. »Wissen hat seinen eigenen Preis. Greif danach, und du wirst schon sehen . . .«

Gallen spazierte durch die Gänge und Hallen, bis er den Kreateur fand. Er produzierte soeben ein Kind. Während der letzten beiden Tage in der Stadt hatte er mit Ausnahme des alten Alien niemanden getroffen, den er wirklich mochte. Gallen erinnerte sich an den traurigen Klang in der Stimme des alten Wesens, als es von ›Schwierigkeiten‹ in der Stadt gesprochen hatte. Plötzlich wußte er, daß der Alte ein Feind der Drononen war.

Gallen sagte: »Eine Freundin von mir wurde von Lord Karthenor von den Aberlainen entführt. Ich muß einen Weg finden, um sie zu befreien. Könnt Ihr mir sagen, wo ich die Universalbibliothek finde?«

Der alte Krötenmann nickte. »Ich hatte schon befürchtet, daß so etwas geschehen könnte. Ich werde dich hinführen.«

Der Krötenmann hakte die vielen mechanischen Apparate von seinem Rücken los und führte Gallen durch einen mittlerweile vertrauten Korridor. Sie kamen zu einem Geschäft, in dem Eltern mit ihren Kindern in kleine Nischen gingen, sie in plüschbezogene Stühle setzten und ihnen eine Art silbernes Band über den Kopf streiften. Die Kinder saßen vollkommen still und ließen das Band stundenlang übergestreift. Es schien eine beruhigende Wirkung auf sie auszuüben. Gallen dachte zuerst, das sei der einzige Sinn dieser Bänder.

Der Krötenmann forderte Gallen auf, sich in einen Stuhl zu setzen. Er zeigte ihm, wie man das Band über seine Schläfen sog und flüsterte: »Viel Glück, mein Freund. Die meisten Menschen lernen in ihrem ganzen Leben nicht mehr, als sie hier geboten bekommen. Die Sitzungen in der Universalbibliothek sind für sie das Ende allen Wissens. Wärest du aus Marek, würdest du erkennen, daß die einfachen Dinge, die du hier lernst, nur der Anfang sind. Richtiges Handeln führt zu immer größerer Weisheit.«

Mit diesen geheimnisvollen Worten verschwand der Krötenmann. Gallen hielt das Silberband einen Moment in den Händen. Dann zog er es wie eine Krone über seinen Kopf, und ein grauer Nebel begann sich vor seinen Augen zu bilden. Der Raum wurde schwarz, und in der Ferne erkannte er einen hellen Lichtpunkt. Aus diesem Lichtpunkt heraus sprach eine Stimme zu ihm: »Ich bin dein Lehrer. Öffne dich dem Wissen. Was wünschst du zu erfahren?«

Gallen hatte keine Ahnung, wo er anfangen sollte. »Ich weiß nichts über die Menschen und Sitten. Ich weiß nicht, wozu die Maschinen gut sind, oder wie sie arbeiten ...«

»Ich kann dich über Menschen und Sitten unterrichten, mit Ausnahme der Dinge, welche die einzelnen Gemeinschaften als zu heilig betrachten, um sie Dritten mitzuteilen. Ich kann dir die Grundlagen aller Technologie beibringen. Aber jeder Hersteller hat seine eigenen Fabrikationsgeheimnisse. Sie sind privates Eigentum.«

»Laß uns anfangen«, sagte Gallen.

So grob und schmerzhaft Maggies Ausbildung verlief, so süß und erbauend war Gallens. Sie begann mit einem Überblick über die Mathematik. Er begriff rasch, lernte die Grundlagen der Zahlentheorie und arbeitete sich anschließend durch die fortgeschrittene räumliche Geometrie. Dort verzweigte der Kurs in die Gebiete der Physik. Gallen erfuhr von subatomaren Partikeln und Relativität. Er lernte die Gleichungen der Vereinigten Feldtheorie und ihre vielfältigen Schlußfolgerungen.

Anschließend mündete die Einführung in die Physik in angewandte Technologien. Gallen lernte die Funktionsweise von Raumschiffen, Gravcars, Flammrohren und tausend anderen Dingen.

Er lernte, wie die ersten denkenden Maschinen konstruiert waren. Wie sie schließlich ein Stadium erreichten, an dem sie begannen, sich selbst weiterzuentwickeln. Heute konnten sie mehr Informationen verarbeiten als jeder Mensch. Die Tutoren waren eine Form von Lernmaschinen, besaßen jedoch eine invasive Technologie, mit deren Hilfe sie ihre Träger kontrollierten. Der silberne Kopfschmuck zum Beispiel, den Everynne getragen hatte, hieß ›Mantel‹.

Es war eine sehr fortgeschrittene Art von persönlichem Ratgeber, der seinen Träger nicht beherrschte. Hinter ihm verbarg sich eine unglaublich hochentwickelte Intelligenz mit Möglichkeiten, die weit über denen eines Menschen lagen.

Gallen studierte die Nanotechnologie und erfuhr, wie man Maschinen konstruierte. Er erfuhr alles über die Entwicklung der Viviformen und Artefs. Er erfuhr von genetischen Veränderungen – Verbesserungen – an Menschen und Tieren. Er hörte von Lebewesen, die scheinbar biologischer Herkunft waren, aber irgendwo zwischen Mensch und Maschine standen.

Er erfuhr, wie die Weltentore arbeiteten. Sie führten in das Zentrum einer Singularität, in ein schwarzes Loch. Raum und Zeit wurden dort so gekrümmt und verändert, daß ihre Existenz negiert war. Dinge oder Wesen, die ein Weltentor betraten, wurden in einen Strom von Energie zerlegt und an ihrem Ankunftsort wieder zurückverwandelt.

Am Ende der ersten Stunde drehte sich in Gallens Kopf alles. Der Lehrer unterbrach die Sitzung. »Du versuchst, in zu kurzer Zeit zu viel zu lernen«, sagte er. »Dein Gehirn kann nur eine gewisse Anzahl neuer neuronaler Verknüpfungen in einer bestimmten Zeit durchführen. Du mußt jetzt eine Pause einlegen.«

»Wann kann ich wiederkommen?« fragte Gallen.

»Du mußt essen und dich ausruhen. Komm morgen wieder«, antwortete der Lehrer.

Gallen erhob sich von seinem Stuhl. Die Welt um ihn herum schien sich zu drehen. Er fiel zu Boden und griff nach dem Stuhl, um sich daran hochzuziehen. Er wartete, bis er sich kräftig genug fühlte, zur Gaststube zurückzukehren. Dort aß er reichlich und war für eine Stunde in Hochstimmung. Dann wurde ihm ein wenig übel, und er fühlte sich geistesabwesend.

Nach drei Stunden wurde sein Kopf allmählich wieder klar. Gallen schlenderte über einen Basar und fühlte sich wie neugeboren. Er betrachtete die Verkäufer nun mit anderen Augen. Er erkannte die Kunstfertigkeit ihrer Waren und verstand den Zweck von Gegenständen, die ihm noch einige Stunden zuvor rätselhaft erschienen waren. Vorher war er kopfschüttelnd über den Basar geschlendert und hatte fest geglaubt, daß die meisten Dinge mit irgendeinem Zauber jenseits seiner Vorstellungskraft arbeiteten. Doch nun erkannte er, daß es keinen Zauber gab, sondern nur Kreativität und Kunstfertigkeit.

Er beobachtete die Menschen mit offenen Augen und erkannte diejenigen, die ›persönliche Ratgeber‹ trugen. Er konnte erkennen, wer einen Tutor trug und nichts weiter als ein Sklave oder Diener war. Manche von ihnen unterwarfen sich der Demütigung des Tutors nur in der Hoffnung, größere Reichtümer anzuhäufen.

Diejenigen, die jene geflochtenen Perücken aus Metall trugen, die man als ›Mantel‹ bezeichnete, waren reicher, als Gallen sich vorstellen konnte. Ihr Mantel diente ihnen mit weit größeren Fähigkeiten, als die kleinen Tutoren sie besaßen. Die Kaufleute waren Freie, die sich nützlich gemacht hatten, doch die meisten Menschen in dieser Gesellschaft waren nutzlos. Solange sie freie Verpflegung hatten und sich fortpflanzen konnten, und solange sie unterhalten wurden, schienen sie zufrieden zu sein.

Hier auf Fale hatte man keinen Bedarf für einen Mann mit kräftigem Körper und schneller Auffassungsgabe. Es gab keine Arbeit für einen Menschen, die ein Androide nicht schneller oder besser erledigen konnte.

Wer nicht auf irgendeine Weise in Kontakt mit einem persönlichen Ratgeber stand – sei es als Besitzer oder als Sklave eines Tutors –, wurde als Abfall und menschlicher Ausschuß betrachtet. Während Gallen die Tagelöhner von Fale beobachtete, lernte er hinter ihre wohlgenährten Gesichter zu blicken. Sie besaßen einen verkrampften, gehetzten Ausdruck.

In der Nacht wanderte Gallen zu seinem Lager zurück. Er legte sich auf den Rücken und betrachtete die Sterne, roch den Wind. Trotz all seiner Fähigkeiten würden ihn die Menschen auf dieser Welt als wertlos betrachten. Es war ein Gefühl, das er noch nie verspürt hatte. Er überlegte, was Karthenor getan hatte. Vielleicht hatte er Maggie nach seiner Sicht der Dinge – indem er sie einem Tutor anvertraut hatte – einen Wert in dieser Gesellschaft verschafft und sie ein wenig aus der Masse erhoben. Doch dieses Geschenk hatte einen schrecklichen Preis.

Am Morgen des dritten Tages beendete Maggies Tutor seine Arbeit an dem künstlichen neuronalen Netzwerk, das er in ihr Nervensystem eingepflanzt hatte. Der Tutor besaß jetzt ein vollständiges Nervensystem unter seinem Kommando.
Es erstreckte sich durch Maggies ganzen Körper bis in ihre Extremitäten. Der Tutor kontrollierte Maggies Puls und Atmung, fühlte mit ihren Fingern und Zehen, sah durch ihre Augen und hörte mit ihren Ohren.

Als er fertig war, erstattete er Maggie Bericht. Er projizierte eine dreidimensionale Abbildung seiner Arbeit vor ihr inneres Auge. Ein Gefühl von Panik stieg in Maggie auf, als sie sah, was er getan hatte. Doch der Tutor streichelte sie nicht, schickte ihr keine beruhigenden Impulse. Statt dessen überließ er sie ihrer Angst.

Nun, da der Tutor die Kontrolle über Maggie vervollständigt hatte, konnte er mit der größeren Aufgabe beginnen. Er erklärte Maggie den komplizierten Vorgang genetischer Manipulation. Er betraute sie mit Routineaufgaben, die während der Arbeitszeit zu erledigen waren. Während ihres zwanzigstündigen Arbeitstages extrahierte Maggie mehr als einhundert Eizellen von einer einzigen Frau, sortierte sie und versah sie mit den genetischen Verbesserungen.

Anschließend führte sie diese Arbeit an mehreren hunderttausend männlichen Spermien durch. Bevor sie die Arbeit für den Tag beendete, brachte sie Spermien und Eier in einen Inkubator. Der Tutor berichtete ihre täglichen Fortschritte Karthenor. Karthenor richtete ein Kreditkonto für Maggie ein, auf das die künftigen Zahlungen der genmanipulierten Nachkommen eingehen würden, die sie erzeugt hatte. In absehbarer Zeit würden Hunderte von Kindern ihr ganzes Leben lang ein Prozent ihrer Einkünfte an sie zahlen. Binnen eines einzigen Tages hatte Maggie eine Saat ausgebracht, die ihr mit der Zeit unermeßlichen Reichtum bescheren würde. Der Tutor sorgte dafür, daß sie das richtige Gefühl von Dankbarkeit für ihre neue Beschäftigung empfand.

Bei ihrer Arbeit gab es nur wenig Ablenkung. Am späten Nachmittag erklang in einem Vorratslager in der Nähe eine

Explosion. Augenblicke später heulten Sirenen auf. Drononische Bezwinger stürmten durch die raucherfüllten Gänge und sicherten den Bereich. Maggie konnte die Schreie einer verwundeten Frau hören. Ihr Tutor informierte sie lediglich, daß Terroristen eine kleine Bombe gezündet hatten. Eine von Maggies Kolleginnen war verletzt. Der Tutor befahl Maggie, mit ihrer Arbeit fortzufahren.

Maggie war zu erschöpft, um auch nur an Ungehorsam zu denken. Den ganzen Morgen hatte der Tutor sie mit Informationen vollgestopft. Er hatte ihr die Daten aller genetischen Experimente der letzten achtzehntausend Jahre von Hunderttausenden von Welten eingeflößt.

Tausende verschiedener Unterrassen von Menschen waren in dieser Zeit geformt und Milliarden geringfügiger Veränderungen erprobt worden. Maggie lernte, wie man Menschen so umwandelte, daß sie unter Wasser leben konnten. Oder auf Welten mit geringer Schwerkraft. Oder wie sie chemisch fremdartig zusammengesetzte Atmosphären atmen konnten.

Doch der Tutor erzählte Maggie auch von den gewaltigen Plänen, die man mit ihren Artgenossen hatte. Während er ihr die drononischen Pläne erklärte, wurde sie vom Tutor so beeinflußt, daß sie sich wie in einem Meer der Ekstase fühlte. Die Gene, die Maggie an diesem Tag in die Kinder eingesetzt hatte, waren speziell darauf abgestimmt, die Kindersterblichkeit bei den austragenden Frauen zu reduzieren. Gleichzeitig waren die Zygoten darauf ausgerichtet, eines Tages eine neue Unterart zu bilden, die reine Brutmaschinen waren. Sie würden zehn oder mehr Kinder in einem Wurf gebären. Die Frauen würden groß und träge sein, mit sehr breiten Becken. Sie würden den größten Teil ihrer Zeit mit Essen verbringen, nur geringe geistige Aktivität zeigen und keinerlei schulische oder körperliche Ausbildung erfahren: Gebärmaschinen.

Nach wenigen Tagen begann Maggie, an einer weiteren Unterart zu arbeiten: unfruchtbare Frauen, ausgestattet mit einer unglaublichen nervösen Energie, die sie bei der freudvollen Erledigung ihrer Aufgaben verbrauchen würden: Arbeiterinnen.

Andere Kollegen Maggies waren mit der Entwicklung männlicher Exemplare beschäftigt, die zu Kunsthandwerkern und kreativen Geschöpfen mit verträumten Augen heranwachsen würden. Eine weitere Unterart wurde zu riesigen Kriegern mit außergewöhnlichen Reflexen und großer Kraft herangezüchtet. Sie würden einen ausgeprägten Tötungsinstinkt besitzen, und sie würden sich ihren Weg durch die Galaxis brennen und die Menschheit unter ihrem gemeinsamen Banner vereinigen.

Die menschliche Gesellschaft würde in jeder Hinsicht nach der vollkommeneren drononischen Gesellschaft umgeformt werden. Die Welten würden einer neuen, höheren Ordnung unterworfen.

An diesem Abend aß Maggie eine Kleinigkeit und warf sich dann in ihrem Quartier aufs Bett. Sie dachte an den Reichtum, den sie bereits erworben hatte. Der Tutor beeinflußte sie so stark, daß ihr Blut bei diesen Gedanken in Wallung geriet.

Einige Minuten später kündigte er Maggie einen Besucher an, der unmittelbar darauf das Zimmer betrat.

Es war ein großer Mann, vielleicht fünfundzwanzig Jahre alt, mit hellblondem Haar und strahlend blauen Augen. Er stellte das menschliche Gegenstück zu einem drononischen Techniker dar. Maggie erkannte es dank der Erfahrungen, die sie während ihrer Arbeit gemacht hatte, an seiner ausgeprägten Muskulatur.

Der Mann betrat das kleine Schlafzimmer und setzte sich auf den einzigen Stuhl. Er betrachtete Maggie sehr intensiv, als ob sie seine Beute wäre; eine typische Eigenart von Individuen, die unter den Dranonen aufgewachsen waren.

»Mein Name ist Avik«, sagte er. »Lord Karthenor bat mich, mit dir zu sprechen. Er hat den Eindruck, daß du Schwierigkeiten mit der Anpassung an deine neue Arbeit hast. Du bist stark gestreßt. Dein Tutor verschwendet einen beträchtlichen Teil seiner Ressourcen, um dich zufrieden und glücklich zu machen. Kann ich vielleicht etwas tun, das dir hilft?«

Maggie starrte ihn an und spürte, wie ihr Tutor sich plötzlich von ihr zurückzog. Die falsche Euphorie fiel plötzlich von ihr ab, und sie fühlte sich mißbraucht und hilflos. Sie war körperlich und geistig am Ende. Ihr schwindelte unter dem Eindruck von Erinnerungen an die Kinder, die sie geschaffen hatte und noch schaffen würde. Die Mütter mit ihren aufgedunsenen Leibern, und die Armeen geschlechtsloser Arbeiterinnen. Die tödlichen Krieger mit ihren blitzschnellen Reflexen und den Killeraugen.

Maggie bemerkte, daß sie stotterte. Sie wollte in einem einzigen schnellen Augenblick all ihre Wut und Angst herausschreien, die ihr Tutor seit bereits zwei Tagen in ihr unterdrückt hatte. »Ich ... ich kann nicht«, schluchzte sie hilflos. Sie wollte sich auf Avik stürzen, ihm die Augen auskratzen, doch der Tutor machte sie sofort bewegungslos.

Avik nahm ihre Hände. »Was du brauchst«, sagte er sanft, »ist ein anderer Mensch, der dir hilft, mit all diesen Änderungen fertig zu werden.«

Maggie starrte ihn voller Feindseligkeit an und dachte bei sich: *Wenn ein anderer Mensch im Raum wäre, würde es mir vielleicht helfen*. Doch sie erkannte schmerzlich, daß Avik genetisch so weit verändert war, daß er nicht mehr menschlich auf sie wirkte. Er hatte einen verträumten Blick, besaß eine sanfte Natur, bewegte die Hände beim Sprechen. Er war in allem, was er tat, wie ein dronischer Techniker. So verschieden von einem normalen Mann wie ein Bluthund von einem Mischling. Doch Maggie haßte ihn nicht dafür; es war nicht seine Schuld.

»Laßt mich gehen«, sagte sie. »Ich kann nicht so leben, wie ihr es von mir erwartet.«

»Sicher kannst du«, antwortete Avik. »Es braucht seine Zeit. Aber du kannst dich daran gewöhnen, wie ein Dronone zu leben. Ehrlich gesagt, hast du gar keine andere Wahl. Glaub mir, du wirst deinen Seelenfrieden schon wiederfinden.«

»Ich kann nicht«, sagte Maggie. »Siehst du denn nicht, wie anders als wir die Drononen sind? Wir sind nicht geschaffen, so zu leben wie sie.«

»Die Unterschiede zwischen uns und den Drononen sind künstlich herbeigeführt«, sagte Avik. »Sicher, sie haben Chitin, und wir haben nur eine dünne Haut. Aber unsere beiden Rassen sind Eroberer. Beide Rassen waren gezwungen, sich gegen die Natur durchzusetzen. Beide dehnten ihr Reich zu den Sternen aus. Weißt du eigentlich, daß nur ganz wenige lebende Intelligenzen das getan haben?«

»Wir sind nicht wie sie!« schrie Maggie. »Wenn wir so wären, müßten sie uns nicht in ihr Kastensystem zwängen ...«

Avik lächelte und lehnte sich selbstgefällig zurück. »Sie zwängen uns nicht in Kasten. Siehst du nicht, was sie tun? Sie vergrößern lediglich die Unterschiede, die bei uns schon vorhanden sind. Selbst ohne künstliche Eingriffe gibt es bei uns Männer, die zu Kriegern geboren sind. Der Drang zum Wettstreit ist bei ihnen so ausgeprägt, daß sie ihn kaum zügeln können.« Plötzlich dachte Maggie an Gallen. »Und andere wiederum sind so wie ich, Träumer und Künstler. Einige aus eurem Volk werden als Arbeiter geboren. Sie können niemals aufhören, können nichts anderes in ihrem Leben genießen außer ihrer Arbeit. Und wieder andere von euch sind Gebärmaschinen. Frauen, die darin aufgehen, ihre ständig wachsende Schar von Kindern großzuziehen und ihre Familien zu behüten. Und manche von euch werden zu Führern geboren. In jedem nur erdenklichen Stadium der Menschheit ist es so gewesen. Der Gedanke der Spezialisierung und Aufgabenteilung ist in unseren Köpfen. Und genauso ist es bei den Stöcken der Drononen. Glaub mir, wenn dein Volk erst die Umwandlung zu unserer Ordnung vollzogen hat, werden eure Kinder zu mehr Frieden und Reichtum gelangen, als sie sich je haben träumen lassen.«

Es war auf seltsame Art beunruhigend, den so menschlich aussehenden Avik über die Menschen sprechen zu hören, als wären sie Aliens. Doch Maggie bemerkte das Fremde in seinen Augen, die sie gierig betrachteten.

»Aber ihr seid nicht frei. Eure Kinder können ihre Entscheidungen nicht selbst treffen«, begehrte Maggie auf. Die Wut übermannte sie fast. Ihre Muskeln zuckten unkontrolliert.

»Mag sein, daß wir ein wenig einbüßen«, entgegnete Avik ungerührt. »Aber im Gegenzug gewinnen wir sehr viel mehr. Auf den Drononenwelten gibt es keine Verbrechen, weil die Tutoren es nicht zulassen. Wir haben keine Probleme, Entscheidungen zu treffen, und mögen sie noch so komplex sein. Wir verschwenden nicht einen großen Teil unserer Jugend mit sinnlosen Überlegungen, was einmal aus uns werden soll. Jedes Kind weiß, welche Aufgabe es eines Tages als Erwachsener in seinem Stock zu erfüllen hat. Wir werden für unsere Aufgaben gezüchtet, und wir *sind* zufrieden. Unsere Zufriedenheit ist viel größer und tiefgründiger, als du dir vorstellen kannst. Es mag dir vielleicht wie ein Widerspruch erscheinen, aber gerade weil unsere Regeln und Gesetze so restriktiv sind, erlauben sie uns, diesen Frieden zu empfinden.« Aviks Stimme war ruhig, doch auf seiner Stirn war ein dünner Schweißfilm zu sehen. Maggie blickte in seine fremdartigen Augen, wollte ihn anschreien, zu schweigen, da er so offensichtlich an die drononische Ordnung glaubte, aber sie erkannte, daß jede Bemühung vergeblich wäre.

Dennoch konnte sie der Versuchung nicht widerstehen und sagte: »Avik, siehst du nicht, daß eure Ordnung euch nicht wirklich frei macht? Daß sie euch einschränkt? Du könntest mehr sein als nur ein Architekt. Du könntest alles werden, was du willst: ein Anführer, ein Vater, ein Krieger. Die Drononen haben dir keine Freiheit gegeben. Sie haben dich nur zufrieden gemacht. Ihr seid nicht mehr als zufriedene Sklaven, und ihr könntet wie Götter sein.«

Aviks Nasenflügel blähten sich. Maggie konnte sehen, daß sie seine empfindliche Stelle getroffen hatte. Er stützte sich auf die Lehnen seines Stuhls und betrachtete sie abschätzend. »Du wirst nie wieder etwas gegen diese Ordnung sagen!«

Maggie versuchte, ihm zu antworten, doch der Tutor lähmte ihre Zunge. Er ließ sie so stumm, daß Aviks Worte das Gewicht einer Prophezeiung bekamen.

Avik erhob sich aus seinem Stuhl. Er legte Maggie die Hände auf die Schultern, blickte ihr in die Augen und sagte: »Ich werde deinen Tutor anweisen, mit dem Unterricht fortzufahren. Er wird dich über das Leben der Drononen und deine Arbeit unterrichten. Jedesmal, wenn du an diese Ordnung denkst, wird er dir ein Wohlgefühl vermitteln. Vielleicht wirst du mit der Zeit auf diese Weise lernen, die Ordnung zu lieben. Morgen wirst du mit der Arbeit am Anbetungsprojekt beginnen. So, wie du im Lauf der Zeit die neue Ordnung zu lieben lernen wirst, wirst du andere lehren, sie zu lieben. Maggie, kämpfe nicht gegen uns. Du kannst nicht gewinnen. Du wirst dir am Ende nur selbst schaden.«

Er nahm ihr Kinn in die Hand, und der Tutor überschwemmte Maggie mit einer Woge der Wollust. Ihr Magen verkrampfte sich, und ihr Gesicht brannte. Sie versuchte, dagegen anzukämpfen, doch sie erkannte, daß Avik ihren Tutor kontrollierte und ihr diese Gefühle aufzwang. »Du bist ein so hübsches Ding. Ich mag rotes Haar. Lord Karthenor hat mich gebeten, dir physischen Beistand zu geben. Du wirst die Erfahrung machen, daß Sex mit einem aktiven Tutor viel schöner ist, als du dir je erträumt hast.«

Maggie verschränkte die Schenkel und rollte sich auf dem Bett zusammen. Doch sie wußte, daß sie nicht dagegen ankämpfen konnte. Ihr Tutor konnte in jedem Augenblick die Kontrolle über ihre Muskeln übernehmen. Er konnte sie zwingen, die Beine zu öffnen und sich Avik hinzugeben. Aber sie mußte sich wehren, auch wenn es nur eine Geste des Widerstands war.

Avik grinste. »Du willst nicht? Na gut, ich werde dich mit deiner Lust allein lassen. Sie wird dich die ganze Nacht begleiten. Morgen komme ich wieder, und wenn ich dir erneut das Angebot mache, wirst du dankbar sein.«

Avik verließ das Zimmer. Als er die Tür hinter sich schloß, ging das Licht aus. Maggie war mit ihrem Schmerz allein. Sie weinte innerlich und sehnte sich nach Gallen.

Am Morgen suchte Gallen wieder die Universalbibliothek auf. Er zog die Lernkappe über und dachte: »Erzähl mir von der Menschheit.« Der Lehrer begann mit den genetischen Grundlagen. Er zeigte Gallen den Weg der Evolution und schloß sogar Dinosaurier und ausgestorbene Säugetierarten mit ein. Ihre DNA war rekonstruiert worden, und man hatte sie auf vielen Welten wieder zum Leben erweckt. Der Lehrer erklärte Gallen die Genstruktur des Menschen. Er zeigte ihm, wie der Mensch von Geningenieuren in mehr als tausend Unterrassen weiterentwickelt worden war, die jede für sich einem bestimmten

Zweck folgten und für das Leben in einer speziellen Umwelt angepaßt worden waren.

Er lernte, mit welchen Methoden das Leben von Menschen verlängert werden konnte. Abertausende von Medikamenten und Verfahren waren entwickelt worden, um den Tod zu betrügen. Wer starb, transferierte sein Bewußtsein in künstliche Himmel, die in speziellen Computern existierten. Manche ließen ihr Bewußtsein auch in Geräte wie die Artefs strömen, die Irrlichter aus dem Coille Sidhe auf Tihrglas: selbstreproduzierende Apparate, die mit Nanotechnologie vollgestopft waren.

Die ehrgeizigsten Methoden, dem Tod zu entrinnen, bestanden in der Übertragung des Bewußtseins in geklonte Körper. Diese Methode führte zu scheinbarer Unsterblichkeit und war einst für die verdientesten Mitglieder der Gesellschaft reserviert gewesen. Heute war sie den Reichen vorbehalten.

Als letztes zeigte der Lehrer Gallen die Krönung aller genetischen Experimente, die Tharrin. Sie waren eine Rasse, die geschaffen worden war, um sich vollständig in gigantische persönliche Ratgeber zu integrieren, ohne dabei seelischen Schaden zu nehmen. Sie vereinigte Edelmut und Tugendhaftigkeit. Die Tharrin waren geschaffen worden, um die Menschheit zu führen und Gericht über sie zu halten. Sie sollten die Raumflotten und die Polizeikräfte kontrollieren und die Gerichtshöfe von Myriaden von Welten leiten.

Die Tharrin waren physisch stark und von perfektem Aussehen. Bestimmte Drüsen schieden ständig Pheromone aus, die auf andere Menschen anziehend wirkten. Tharrin standen stets im Mittelpunkt der Aufmerksamkeit und wurden von allen geliebt. Doch sie waren nicht eingebildet. Sie betrachteten sich selbst nicht als Führer oder Richter, sondern als Diener der Menschheit.

Gallen war nicht überrascht, als sich vor seinem geistigen Auge das Bild eines Tharrin zu formen begann. Er erkannte Lady Everynne in allen Einzelheiten.

Doch die Tharrin waren nur die eine Hälfte aus einer Symbiose zwischen Mensch und Maschine. Die Maschinenhälfte bestand aus planetengroßen Überwesen, sogenannten Omni-

Intelligenzen, die Informationen über die menschlichen Gesellschaftsformen, Moral und Sitte der Gesellschaften und politische Gepflogenheiten von Zehntausenden von Welten gespeichert hatten. Alle diese Informationen wurden benutzt, wenn man über Kriminelle zu Gericht saß oder Zivilklagen verhandelte. Doch die Entscheidungen wurden nicht nur aufgrund von Daten gefällt. Wenn ein Tharrin zu Gericht saß, stützte er sich natürlich auf die von der Omni-Intelligenz zur Verfügung gestellten Informationen, doch für sein Urteil gaben menschliches Mitgefühl und Verständnis stets den Ausschlag. Mit einem Wort, die weisen und mitfühlenden Tharrin regierten das Weltall mit ihrem Herzen.

In seinen Lektionen erfuhr Gallen auch von der kurzwährenden Geschichte Fales: Die Tharrin Semaritte war an der Regierung gewesen, als die Drononen den Planeten eroberten.

Die Drononen bildeten schon seit Jahrzehnten eine ständige Bedrohung für die Menschheit. Semaritte und ihre Tharrin-Ratgeber weigerten sich jedoch, den Drononen den Krieg zu erklären. Sie ließen mehr Wächter konstruieren, um ihr Reich zu schützen. Wächter waren Wesen, die zur Hälfte aus Nanotechnologie, zur anderen Hälfte aus lebendem Gewebe bestanden. Sie wurden allein durch die Omni-Intelligenz Semarittes kontrolliert. Semaritte und ihre Ratgeber hofften immer noch, daß Menschen und Drononen eines Tages in Frieden zusammenleben würden. Sie konnten sich nicht mit den Greueln abfinden, den ein interstellarer Krieg zwischen zwei fremden Rassen mit sich bringen würde.

Doch die Drononen starteten eine Überraschungsangriff und gewannen die Kontrolle über Semarittes Omni-Intelligenz. Damit beherrschten sie die Raumflotten und die Wächter – und diese sandten sie aus, um gegen ihre menschlichen Erbauer zu kämpfen. Sie ermordeten Semaritte und jeden Tharrin, der ihnen in die Hände fiel.

Gallen mußte erneut eine Pause einlegen. Er mußte essen und schlafen, doch spät in der Nacht kam er zu seinem Lehrer zurück, um die Gesetze zu lernen. Seine Hoffnung war, eine legale Möglichkeit zu finden, Maggie zu befreien. Das alte Gesetz der Tharrin verbot die Sklaverei. Doch unter der Herrschaft der Drononen konnte Lord Karthenor jeden kaufen oder versklaven, der nicht von anderen, mächtigeren Lords beschützt wurde. Da seine Arbeit für die Drononen von enormer Bedeutung war, konnte Karthenor seine Sklaven ungehindert aus mehr als neunzig Prozent der Bevölkerung rekrutieren.

Gallen sah ein, daß er keine rechtlichen Möglichkeiten hatte, etwas zu Maggies Befreiung zu unternehmen. Also suchte er nach Informationen über Kampf- und Kriegstechniken. Doch der Lehrer unterrichtete ihn nur in einfachen Selbstverteidigungsmethoden. Offensichtlich unterstand die Lernmaschine bis zu einem gewissen Grad der drononischen Kontrolle. Sie ließen nicht zu, daß man das aus der Universalbibliothek bezogene Wissen dazu verwendete, gegen sie zu kämpfen.

In seiner letzten Lektion an diesem Tag lernte Gallen einen Stadtplan von Toohkansay auswendig. Dann schleppte er sich müde in sein Lager vor der Stadt. Orick war zurückgekehrt.

»Ich habe die Gegend, aus der wir herausgekommen sind, gründlich abgesucht«, sagte Orick. »Nicht die kleinste Spur von Veriasse und Everynne. Ich habe auch keine andere Stadt in der Umgebung gefunden.«

Gallen seufzte. »Ich weiß. Toohkansay ist die einzige Stadt im Umkreis von ...«, er rechnete in Gedanken Kilometer in Meilen um, »achtzig Meilen.«

»Ich verstehe das nicht«, sagte Orick. »Wir sind alle durch das gleiche Tor gegangen, aber wir sind nicht am gleichen Ort herausgekommen.«

»Diese Tore sind sehr kompliziert«, erwiderte Gallen. »Wir haben unseren Schlüssel von jemandem gestohlen, der möglicherweise eine schlechte Kopie hatte. Offensichtlich sind wir an einer falschen Stelle herausgekommen. Jedes Tor führt nur zu einem einzigen Planeten. Deshalb bin ich sicher, daß wir auf der richtigen Welt gelandet sind. Aber Fale ist groß. Wir können ebensogut zwei Meilen wie zehntausend Meilen von Everynne entfernt sein. Es gibt keine Möglichkeit, das abzuschätzen.«

Nachdenklich betrachtete Orick Gallen. »Du bist dir deiner Sache sicher, oder?«

»Ja, ganz sicher«, gab Gallen zurück.

»Was hast du noch in der Stadt erfahren?«

Gallen wußte nicht, wo er beginnen sollte. Zu Hause auf Tihrglas hatte er aus handgeschriebenen Bücher gelernt. Hier auf Fale hatte er in nur wenigen Stunden mehr als tausendmal soviel Wissen aufgenommen. Wie sollte er es Orick erklären?

»Ich war in einer Bibliothek«, sagte Gallen. »Ich erfuhr einiges von einer Lernmaschine, etwas ähnliches wie der Tutor, den Maggie jetzt trägt. Aber diese Maschine kontrolliert einen nicht. Ich habe so viel gelernt, daß ich nicht weiß, womit ich anfangen soll. Morgen kann ich dich mitnehmen, wenn du selbst etwas lernen willst.«

»Ich werde unter keinen Umständen eins von ihren Geräten an mein Gehirn lassen«, knurrte Orick. »Ich habe gesehen, was sie mit Maggie angestellt haben.«

»Es ist nicht dasselbe«, erwiderte Gallen. »Es ist eine ganz andere Maschine. Sie tut dir nichts.«

»Sie tut mir nichts, was?« rief Orick. »Was haben sie mit dir gemacht? Da ist ein fremder Ausdruck in deinen Augen, Gallen O'Day. Du bist nicht der gleiche Mann, den ich vor zwei Tagen zurückgelassen habe. Du kannst mir nicht erzählen, daß du dich nicht verändert hast!«

»Stimmt«, sagte Gallen. »Ich bin nicht mehr derselbe.« Er überlegte einen Augenblick. Nur wenige Tage zuvor hatte Everynne ihm erzählt, daß sie die Unwissenheit seiner Welt genoß. Sie hatte sich gewünscht, daß alle Welten so unschuldig wären. Und jetzt lebte Gallen in einem Universum, das auf einmal riesig groß geworden war. Es war ein Universum, wo es keine scharfe Grenze mehr zwischen Mensch und Maschine gab, wo Unsterbliche gewaltige Macht über ganze Welten besaßen, wo außerirdische Rassen die Menschheit in drei verschiedenen Galaxien angriffen und um die Vorherrschaft kämpften.

Gallen hätte Orick die Situation beschreiben können. Doch er wußte, daß Orick Priester werden wollte. Er wollte den Menschen in Tihrglas den Frieden predigen und an der Erhaltung des *status quo* mitwirken. Gallen erkannte, daß dieses Streben wertvoll war. Wenigstens in einem kleinen Winkel der Galaxis gab es sanfte, gesegnete Unwissenheit. In einer winzigen Ecke der Galaxis würden Erwachsene weiter Kinder sein. Wissen hatte seinen Preis.

»Ich habe einiges von den Sidhe gelernt«, sagte Gallen schließlich. »Nicht viel, aber vielleicht reicht es. Ich werde versuchen, Maggie zurückzustehlen.«

In einem verdunkelten Raum in der Stadt Toohkansay saßen neun Lords von Fale in ihren schwarzen Gewändern und Stiefeln an einem runden Tisch. Ihre maskierten Gesichter leuchteten in der Farbe des blutroten Abendhimmels. Everynne und Veriasse waren unter ihnen, als Lords verkleidet. Everynne trug eine blaßblaue Maske, während die von Veriasse in der Farbe des Aquamarins erstrahlte.

Sie waren seit weniger als einer Stunde auf dem Planeten, doch Veriasse hatte das Treffen bereits vor fünf Jahren vereinbart. Als Everynne zu ihrem Beschützer schaute, erkannte sie, daß seine Nerven bis zum Zerreißen gespannt waren. Sein Rücken war kerzengerade, und seine Maske offenbarte ihr seine tiefe Besorgnis.

Die vielen Jahre des Planens und Vorbereitens gipfelten in diesem einen Tag. Wenn nur ein einziger in der langen Reihe von Freiheitskämpfern sie verraten hatte, würde man sie jetzt gefangennehmen. Jeder im Raum erwartete dies. Einer von ihnen war nicht zu dem Treffen erschienen, und man hatte in den letzten beiden Tagen keine Spur von ihm entdeckt. Die Versammelten waren sicher, daß er den Drononen in die Hände gefallen war, und sie hatten wahrscheinlich all ihre Geheimnisse aus ihm herausgepreßt. Aus diesem Grund waren die Lords gezwungen gewesen, im allerletzten Moment den Ort ihrer Zusammenkunft nach hier zu verlegen.

Eine purpurne Dame – eine Frau, deren Name selbst Lady Everynne unbekannt war –, zog eine kleine Kristallkugel aus den Tiefen ihrer Gewänder. Es war eine gelbe Sphäre, die bequem in Lady Everynnes Hand oder in eine Tasche paßte. »Als Lord der Techniker von Fale überreiche ich Euch dies im

Namen meines Volkes«, sagte die Frau. »Nutzt es weise, falls Ihr es einsetzen müßt.«

Everynne nahm die Kugel und wog sie in der Hand. Sie war durchsichtig und so schwer wie Blei. Innen befanden sich nanotechnische Bestandteile und eine kleine Sprengladung, die die Kugel zum Platzen bringen und ihre mikroskopischen Bewohner entlassen würde. Vor langer Zeit hatte man einige dieser Waffen zum Einsatz gebracht. Die Menschen nannten sie einfach den ›Terror‹. Es erschien Everynne nur folgerichtig, daß ein Gerät, das eine ganze Welt zerstören konnte, so schwer war.

»Wie schnell wird es gehen?« fragte Everynne.

Die Maske der purpurnen Lady blickte traurig. »Der Terror vermehrt sich explosiv. Wir haben die Nanos so konstruiert, daß sie Kohlenstoffverbindungen zerlegen und Graphit daraus herstellen. Auf einem normalen Planeten wird jeder Mensch, jedes Tier, jede Pflanze und selbst die Atmosphäre zerstört. Nur der Terror selbst wird länger als den ersten Tag überleben. Er wird zuerst als blauschimmernde Wolke erscheinen, die sich mit einer Geschwindigkeit von mehr als zweitausend Stundenkilometern ausbreiten. Am Boden und unter Wasser ist die Geschwindigkeit noch höher. Die meisten Welten werden in weniger als achtzehn Stunden von den Terrors zerstört.«

Everynne beobachtete das Gesicht der Frau. Die Purpurlady war sehr alt – Jahrhunderte, in denen sie gelernt hatte, ihre Gefühle hervorragend unter Kontrolle zu halten. Doch als sie von den Fähigkeiten der Maschine, vom Genozid sprach, versagte ihr die Stimme.

»Und wie schnell wird es auf Dronon wirken?« fragte Veriasse. »Werden die Terrors stark gebremst, wenn sie sich auf einer so trockenen, lebensfeindlichen Welt entwickeln müssen?«

Als Veriasse die Frage stellte, zuckte Everynne zusammen. Allein der Gedanke, daß die Waffe eingesetzt werden könnte, mißfiel ihr. Immer und immer wieder hatte sie Veriasse gebeten, keine solche Waffe erbauen zu lassen und nur einen simulierten Terror einzusetzen. Wenn das Glas bräche, würde ein ganzer Planet sterben. Doch Veriasse hörte nicht auf ihre Argumente.

Er hatte die Absicht, den Terror höchstpersönlich nach Dronon zu bringen. Er wollte, daß die Goldene Königin ihn fürchtete, und dies war nur möglich, wenn die Drononen erfuhren, daß eine solche Waffe auf ihrer Welt versteckt war.

Manchmal, in der Nacht, hatte Everynne wachgelegen und sich gefragt, ob Veriasse einen geheimen Plan hatte. Sie fragte sich, ob Veriasse zögern würde, den Terror zu aktivieren, wenn die Goldene Königin nicht auf seine Forderungen einging. Würde er zögern, den Planeten in Schutt und Asche zu legen?

»In Dronons Atmosphäre gibt es mehr Kohlendioxid als auf den meisten anderen Welten. Es wird den Terrors recht sein.«

Ein anderer der maskierten Lords lächelte grausam und sagte: »Ich habe die Waffe speziell auf Dronons Verhältnisse abgestimmt. Der Planet wird binnen sechs Stunden und vierzehn Minuten vollkommen zerstört. Vergewissert Euch nur, daß Ihr in der Nähe der imperialen Bruthöhle seid, wenn Ihr den Terror zündet.«

Everynne war durch die grausamen Gedanken des Mannes verstört. Es schmerzte sie, daß ihr Volk zu solchem Haß angestachelt wurde. Obwohl die Drononen Everynnes Mutter getötet hatten, haßte sie dieses Volk nicht. Sie konnte sie sogar recht gut verstehen. Sie verstand ihre Sehnsucht nach Ordnung um jeden Preis, und sie verstand ihr instinktives Bedürfnis, sich auszubreiten und ihre Umgebung zu kontrollieren. »Laßt uns nicht mehr von Völkermord sprechen«, sagte Everynne. »Wenn wir versuchen, die Drononen mit solchen Mitteln zu bekämpfen, würden sie auf die gleiche Weise zurückschlagen. Es würde in einem solchen Krieg keine Sieger geben, nur Verlierer.«

»Selbstverständlich, ehrenwerte Lady«, pflichteten die maskierten Lords ihr bei. Die Erleichterung war ihnen deutlich anzusehen. Sie hatten verräterische Worte gesprochen, doch man hatte sie nicht verhaftet. Everynne spürte, wie sich die Wolken des Zweifels und der Furcht langsam verflüchtigten. Eine Zeitlang saßen sie schweigend am Tisch und blickten sich an. Fünf lange Jahre hatten die Lords auf diesen Augenblick hingearbeitet, und jetzt war es vollbracht. Everynne sah, wie die Spannung langsam von ihnen wich. Sie wünschte, sie könnte sich zusammen mit ihnen zurücklehnen und ausruhen, eine lange Rast einlegen, bevor ihr Teil am großen Werk begann.

»Wir müssen aufbrechen«, sagte Veriasse. Everynne wußte, daß er recht hatte. Sie hatten Tihrglas erst vor einer Stunde verlassen, doch die Bezwinger konnten die Nachricht von ihrem Entkommen über Tachyonensender verbreiten. Binnen weniger Stunden würde die Nachricht von ihrer Flucht auf Fale eintreffen, und die Bezwinger würden versuchen, alle Fluchtmöglichkeiten Everynnes zu unterbinden.

»Bitte, wartet noch einen Augenblick«, sagte die purpurne Lady. »Ich möchte Euch um einen letzten Gefallen bitten, bevor Ihr geht.«

»Und der wäre?« fragte Everynne.

»Ich möchte Euer Gesicht sehen«, sagte die alte Lady. »Ein einziges Mal, bevor Ihr geht, möcht ich Euer Gesicht erblicken.«

Auf Fale begaben sich die Lords nie ohne ihre Masken an die Öffentlichkeit. Es war eine Tradition, die schon Jahrtausende alt war. Die Lady hätte niemals gewagt, eine solche Gunst von einem ihrer Nachbarn zu erbitten. Everynne war in Zeitdruck. Aber diese Leute hier hatten ihr Leben für sie aufs Spiel gesetzt, und sie konnte ihnen den Wunsch nicht abschlagen.

Sie zog ihre fahlblaue Maske ab. Die Lords betrachteten sie für einen Augenblick ehrfürchtig. »Ihr seid wahrhaftig die Königin der Tharrin«, sagte die purpurne Lady. Bei diesen Worten fühlte Everynne sich krank und schwach. Was war eine Tharrin-Königin schon mehr als ein bestimmter Satz genetischer Kodierungen, der denen mitgegeben wurde, die als Führer geboren wurden? Es war nichts, was sie selbst vollbracht, selbst geleistet hatte. Ihr genetisches Make-up verlieh ihr die Schönheit und ihre majestätische Ausstrahlung. Ihr Charisma und ihre Geistesgegenwart waren in der Natur sehr wahrscheinlich kein zweites Mal vorhanden, doch Everynne war dadurch nur noch mehr beschämt. Es war ihr Schicksal, in das sie hineingeboren worden war. Ihr Fleisch war die Kleidung, die sie trug.

Die purpurne Lady zog ihr Maske ab. Sie offenbarte sich als gutaussehende, ältere Frau mit durchdringendem Blick. »Mein

Name ist Atheremis. Es war mir eine Ehre, Euch dienen zu dürfen«, sagte sie.

Einer nach dem anderen zogen die übrigen Lords ihre Masken ab, stellten sich mit Namen vor und beteuerten ihre Dankbarkeit. In diesem Augenblick wurde Everynne klar, daß sie sich nach dem Treffen das Leben nehmen würden: Niemals hätten sie ihre Masken abgezogen, wenn sie nicht ihren gemeinsamen Selbstmord geplant hätten. Einer von ihnen fehlte; deshalb hatten sie beschlossen, lieber von eigener Hand zu sterben, als den Drononen in die Hände zu fallen und ihre Geheimnisse preiszugeben.

Die alte Lady weinte. Tränen liefen ihr über die Wangen. Everynne wäre gern noch bei ihnen geblieben, hätte sogar versucht, sie zum Weiterleben zu überreden. Doch Veriasse nahm ihren Arm und flüsterte: »Komm, wir müssen uns beeilen.«

Zusammen verließen sie den dunklen Raum und schritten durch einen langen, grünen Gang, vorbei an den Läden und Wohnhäusern von Toohkansay. Nur ihre Maske verbarg, daß auch Everynne weinte.

Sie waren kaum hundert Meter weit gekommen, als hinter ihnen ein blendender Blitz aufzuckte. Die Gewalt der Explosion zerrte wie ein Sturm an ihren Gewändern. Sirenen begannen laut zu heulen, und die Bewohner der Stadt stürzten zur Unglücksstelle, um nach Opfern zu suchen. Die lebenden Mauern der Stadt fingen kein Feuer, doch der Geruch von gegartem Gemüse erfüllte die rauchigen Wege.

Sie eilten zu einem wartenden Fahrzeug. Es war ein verbeultes, altes Magcar, das keine übermäßige Aufmerksamkeit erregen würde.

Sie stiegen ein, und Veriasse entfaltete einen dünnen Plan. Er berührte einen Sensor, bis *Fale* auf der Weltkarte erschien. Die Karte gab ihre Position am Stadtrand von Toohkansay wieder. Eine dreidimensionale Darstellung zeigte das Land im Umkreis von Hunderten von Kilometern. Innerhalb dieses Gebietes gab es drei Tore. Veriasse war weit genug durch das Labyrinth der Welten gekommen, um zu wissen, zu welchen Planeten die Tore führten. Er deutete auf das Tor, das am weitesten entfernt lag, und sagte: »Dieses hier führt nach Cyanesse. Dort sind wir in Sicherheit.«

Everynne nahm den Steuerknüppel und gab Gas. Das Magcar erhob sich auf seinem Magnetfeld einige Zentimeter in die Luft. Zuerst steuerte Everynne das Gefährt langsam.

Sie befürchtete, daß so nah an Toohkansay noch Fußgänger unterwegs waren. Zehn Minuten fuhren sie an ausgedehnten Farmen entlang, die sich an dem ruhigen Fluß erstreckten. Riesige, spinnenähnliche Erntemaschinen waren bei der Arbeit und bestellten die Felder. Dann fuhren sie durch eine langgezogene Kurve. Everynne wollte schon den Windschutz hochfahren, um die Fahrt zu beschleunigen, als sie einen Bären erblickte. Er sprang von der Straße in den Wald.

»Das war Orick!« sagte sie und bremste.

»Völlig unmöglich«, gab Veriasse zur Antwort. »Es ist ein einfacher Bär.«

»Ich bin mir ganz sicher.« Das Magcar wurde langsamer und kam am Straßenrand zum Stehen. Everynne spähte in den Wald und sah eine leichte Erhebung, auf der weiße Felsbrocken lagen. Keine Spur von Orick. Nur die Fußabdrücke waren zu sehen, die der Bär auf dem weichen Boden zurückgelassen hatte, als er in den Wald geflüchtet war. Everynne ließ das Magcar wieder in die Höhe schweben. Auf dem Hügel kam die Nase eines Bären vorsichtig hinter ein paar Büschen hervor, um sie zu beobachten.

»Du hattest recht«, sagte Everynne enttäuscht. Sie hatte Orick vor weniger als einer Stunde zum letztenmal gesehen. Es war auf einem Planeten gewesen, der mehr als sechshundert Lichtjahre von hier entfernt war. Irgendwie mußte sich dieses Bild in ihr Unterbewußtsein eingebrannt haben. Sie hatte sich vorgestellt, daß dieser Bär hier genauso wie Orick aussah.

Das Magcar setzte sich langsam in Bewegung. Everynne blickte noch einmal zurück. Der Bär hatte sich auf die Hinterpfoten gestellt und schnüffelte in die Luft. Plötzlich rief er: »Everynne? Seid Ihr das?« Sie trat voll auf die Bremsen.

»Orick?« fragte Veriasse. Der Bär ließ sich auf alle viere nieder und rannte mit erstaunlicher Geschwindigkeit auf sie zu.

»Sie sind es!« rief er. »Wo habt Ihr bloß gesteckt? Ich habe Euch überall gesucht. Schon seit Tagen!«

Veriasse und Everynne sahen sich an. »Wie meint Ihr das – schon seit Tagen?« fragte Everynne. »Wir sind erst seit einigen Stunden aus Tihrglas weg. Wie seid Ihr hierher gekommen?«

»Gallen hat den Drononen den Schlüssel gestohlen. Er hatte Angst, daß man Euch erwischen würde. Als wir hier ankamen, konnten wir keine Spur von Euch entdecken. Maggie wurde entführt, und wir können sie nicht zurückholen. Gallen und ich sind jetzt schon seit vier Tagen hier!«

»Die Drononen haben versucht, einen Schlüssel herzustellen?« fragte Veriasse ungläubig. »Nur ein Idiot – oder jemand, der völlig verzweifelt ist – würde versuchen, sich einen eigenen Schlüssel zum Labyrinth der Welten zu fertigen. Das erklärt, wieso Ihr vor uns angekommen seid. Der Schlüssel ist fehlerhaft.«

»Ihr wollt mir erzählen, daß wir wegen eines fehlerhaften Schlüssels vier Tage zu früh hier angekommen sind?«

»Genau«, sagte Everynne. Sie erkannte, was vorgefallen sein mußte. »Die Tore transportieren uns von einem Planeten zum anderen, und wir reisen schneller als das Licht. Jede Methode, die Reisen mit Überlichtgeschwindigkeit erlaubt, kann theoretisch mißbraucht werden, um damit in die Vergangenheit oder die Zukunft zu reisen.«

»Trotzdem«, sagte Veriasse. »Es ist ein Wunder, daß sie überhaupt unseren Zugangscode geknackt haben. Wir müssen alle Torcodes ändern.«

Er blickte auf das Chronometer des Magcars. »Wir müssen los, Everynne.«

»Warte einen Moment«, sagte Everynne. »Sie brauchen unsere Hilfe.«

Zorn flackerte in Veriasses Augen auf. »Viele Menschen brauchen deine Hilfe. Du kannst nicht riskieren, wegen *denen* da im Feindesgebiet zu bleiben!«

Everynne schaute Orick an. Der Bär war schmutzig und hatte abgenommen. Das Weiß seiner Augen war geweitet. »Ich wurde als ›Dienern aller‹ geboren«, sagte sie. »Ich werde mich um diese drei hier kümmern, weil sie jetzt meine Hilfe brauchen.«

»Gerade eben haben dir in der Stadt neun Menschen ihr Leben geopfert!« rief Veriasse. »Du kannst nicht hierbleiben und riskieren, daß dieses Opfer umsonst gewesen ist. Laß diese drei hier gehen. Was macht es schon für einen Unterschied? Es ist ein Verlust, mit dem wir fertig werden können.«

»Du vielleicht, aber ich nicht. Diese drei hier wollen leben. Sie haben uns mit unschuldigen Herzen gedient. Wir müssen ihnen helfen.« Sie wandte sich an Orick. »Wo ist Gallen?«

»Er versteckt sich in den Wäldern«, gab Orick zur Antwort. »Ich gehe ihn holen.« Er drehte sich um und rannte den Hügel hinauf.

»Wir haben keine Zeit dafür!« sagte Veriasse vorwurfsvoll zu Everynne, nachdem Orick im Gebüsch verschwunden war. »Jede weitere Sekunde Verzögerung bringt dich in noch größere Gefahr. Kannst du nicht spüren, wie die Welten dir langsam entgleiten?«

»Gute und richtige Gedanken. Richtige Worte. Richtige Handlungen. Ist das nicht das Credo von allem, was du mich gelehrt hast?« erwiderte Everynne. »Richtig handeln. Tue immer das Richtige. Genau das versuche ich im Augenblick!«

»Ich weiß«, sagte Veriasse leise. »Wenn wir dein Erbe zurückgewinnen können, wirst du den Titel ›Dienerin aller‹ wahrhaftig verdienen. Aber denk nach! Jetzt, in diesem Augenblick, mußt du zwischen zwei Gütern abwägen. Die richtige Tat besteht in der Wahl des wertvolleren Gutes.«

Everynne schloß die Augen. »Nein! Du wirst mich niemals überzeugen können, daß fünfzehn Minuten etwas ausmachen. Ich werde meinen Freunden hier helfen, so gut ich kann. Und dann helfe ich der ganzen Menschheit! – Veriasse, was wäre geschehen, wenn Gallen nicht diesen Schlüssel gestohlen hätte? Wir wären hier angekommen und hätten den ganzen Planeten gegen uns gehabt. Wir *müssen* ihnen helfen! *Du* mußt ihnen helfen. Sieh, da kommt Gallen schon.«

Gallen und Orick rannten durch den Wald. Der junge Mann war in das wirbelnde Grün und Blau eines Kaufmannes von

Fale gekleidet, doch seine Schuhe waren verschmutzt, und sein Haar ungekämmt. Er atmete schwer, als er die Böschung zum Magcar hinaufkam.

Everynne begann ohne Umschweife: »Orick hat mir erzählt, daß Maggie entführt worden ist. Wißt Ihr, wer sie gefangen hat?«

»Ein Mann namens Karthenor hat sie mitgenommen. Er ist der Lord der Aberlainen«, keuchte Gallen, während er nach Luft schnappte. »Ich habe die Stadt ausgekundschaftet. Ich werde Maggie befreien!«

Everynne staunte, daß ein so einfacher Mann so unendlich viel Selbstvertrauen haben konnte.

Veriasse sagte: »Wenn Karthenor Maggie entführt hat, befindet sie sich in den Händen eines skrupellosen Mannes. Er würde sie Euch vielleicht gegen ein hohes Lösegeld zurückgeben. Oder er würde neugierig werden und Euch seinen Verhörspezialisten überlassen, um herauszufinden, warum Ihr Maggie befreien wollt. Wenn Ihr die richtige Ausrüstung besitzt, könnt Ihr sie von ihrem Tutor befreien und zurückholen, doch der Versuch ist sehr gefährlich und voller Risiken. Ich bin der Meinung, daß die Wahrscheinlichkeit eines Fehlschlags zu hoch ist.«

Everynne zögerte, ihnen die logischste Vorgehensweise zu unterbreiten. Sie befeuchtete die Lippen mit der Zunge. »Gallen, Orick«, begann sie langsam. »Würdet Ihr Maggie zurücklassen und mit uns durch das Labyrinth der Welten gehen?«

»Was!?« fragte Gallen ungläubig.

Everynne versuchte, ihre Argumente in knappen Worten auszudrücken. »Ich werde versuchen, die Dronen zurückzuwerfen. Wenn ich Erfolg habe, können wir Maggie retten. Wenn wir scheitern, wird sie zu einem wertvollen Mitglied der drononischen Gesellschaft, und das wird unter diesen Umständen auf lange Sicht besser für sie sein. Deshalb frage ich Euch noch einmal: Wollt Ihr mit mir kommen?«

Gallen und Orick sahen sich an. »Nein«, sagte Gallen. »Das geht nicht. Das können wir nicht. Wir werden hierbleiben und versuchen, Maggie zu befreien.«

Everynne nickte. »Ich verstehe«, sagte sie leise. »Dann werden wir tun, was wir tun müssen, auch wenn sich unsere Wege trennen.« Sie drehte sich nach Veriasse um. »Hast du noch Verbündete hier, die ihm behilflich sein könnten?«

»Ich hatte nur wenige«, sagte Veriasse. »Sie sind alle tot. Gallen muß ohne Helfer auskommen. Zuerst sollte er alles lernen, was er über unsere Welt in Erfahrung bringen kann.«

»Ich war schon in der Universalbibliothek«, sagte Gallen.

Everynne blickte ihm in die Augen und erkannte, daß er die Wahrheit gesagt hatte. Er trug eine Last mit sich herum – wie jemand, der zuviel wußte.

»Die Zentralbibliothek kann Euch sehr vieles lehren, doch Ihr solltet nicht vergessen, daß diese Einrichtung sich unter drononischer Kontrolle befindet«, sagte Veriasse. »Sehr viele Technologien, die wir besitzen, sind geheim. Gallen, wenn Ihr Maggie befreien wollt, müßt Ihr es ohne ihr Wissen tun. Ihr Tutor kann durch ihre Augen sehen und mit ihren Augen hören. Er kann mit anderen Tutoren Nachrichten austauschen. Er wird Euer größter Feind sein, und da er Maggie beherrscht, wird sie gegen Euch kämpfen, falls Ihr versucht, sie aus Karthenors Händen zu befreien. Ihr braucht die Hilfe eines Mannes, der Tutoren herstellt. Von ihm werdet Ihr erfahren, wie man das Ding unschädlich macht. Aber das ist noch nicht alles. Die Sicherheitsmaßnahmen sind gerade bei den Aberlainen besonders streng. Überall auf den Gängen sind Mikrokameras versteckt. Bewegungsmelder sichern die Fenster und Türen. Ich bezweifle, daß Ihr unentdeckt in das Gebäude eindringen könnt. Wahrscheinlich werden es drononische Bezwinger höchstpersönlich bewachen. Ihr wißt ja, wie gefährlich sie sind. Ihr werdet Waffen und einen Fluchtplan benötigen. Gallen, überstürzt Maggies Befreiung nicht! Sie erfordert sorgfältige Planung und Vorbereitung.«

Veriasse blickte auf das Chronometer des Magcars. »Everynne, mein Kind, wir müssen nun wirklich aufbrechen, wenn die Drononen nicht den Ausgang blockieren sollen.«

Everynne biß die Zähne zusammen. Veriasse hatte eben eine unmögliche Aufgabe vor Gallen ausgebreitet. Eine Aufgabe, die nur Veriasse selbst vielleicht bewältigen könnte. Sie blickte Gallen an und schämte sich dafür, daß sie ihn im Stich ließ. Sie sagte: »Viel Glück!«

»Welche Welt werdet Ihr jetzt besuchen?« fragte Gallen. »Vielleicht können wir Euch folgen, wenn wir hier fertig sind.«

Everynne überlegte, ob sie ihn belügen sollte. Sie mußte sich vor möglichen Gefahren schützen. Andererseits wußte sie, daß Gallen sich einsam und verlassen fühlte. Als Tharrin verlieh ihre Anwesenheit ihm ein Gefühl von Geborgenheit, das er anderswo nicht finden würde. Die Welt, zu der sie als nächstes gehen würde, war hinter den feindlichen Linien.

»Sie nennt sich Cyanesse«, sagte sie. »Das Tor liegt fast dreihundert Meilen nördlich von hier. Es ist ungefähr eine viertel Meile auf der rechten Seite der Straße. Wenn Ihr Euren Schlüssel benutzt, um das Tor zu aktivieren, wird es golden glühen. Dies ist das Zeichen, daß das Tor bereit ist.«

Gallen blickte ihr sehnsüchtig in die Augen. Everynne ertrug es nicht länger, ihn so dastehen zu sehen. »Paßt gut auf Euch auf«, sagte sie. Dann beschleunigte sie, und das Magcar schoß davon.

9

Gallen beobachtete, wie Everynne und Veriasse in ihrem Magcar auf der Straße durch den Wald davonrasten. Orick brummte und durchwühlte mit den Pfoten den Boden. Wütend fegte er die Blätter zur Seite. »Was nun?« fragte er. »Hast du vielleicht schon einen Plan, wie wir Maggie retten können?«

Gallen dachte nach. Er hatte nur wenige Mittel zur Verfügung. Ein paar Messer und einen Schlüssel, um das Weltentor zu aktivieren. Wenige Tage zuvor hatte er Everynne noch stolz erklärt, daß ein Mann nach seiner Phantasie beurteilt werden müßte. Mittlerweile fragte er sich, ob dem wirklich so war.

»Du hast gehört, was Veriasse gesagt hat«, sagt Gallen. »Wenn wir versuchen, Maggie zu retten, wird dieser Tutor Karthenor warnen. Unsere einzige Chance besteht darin, sie mitzunehmen, ohne daß sie oder der Tutor etwas davon mitkriegen.«

»Können wir diesen Tutor nicht irgendwie überlisten?«

»Das bezweifle ich«, sagte Gallen. »Wahrscheinlich ist er viel schlauer als wir. Aber vielleicht kann ich herausfinden, wie wir Maggie auf Karthenors Geheiß hin aus der Stadt locken können. Dann hören die anderen Tutoren nichts, wenn der von Maggie versucht, sie zu alarmieren.«

»O ja. Das klingt wie ein großartiger Plan«, war Orick zu vernehmen. »Weißt du, was das ist? Das ist kein Plan, das ist gar nichts!«

Zumindest für den Augenblick hatte der Bär recht. »Wir müssen einen Weg erkunden, den Tutor auszuschalten«, sagte Gallen. »Ich muß jemanden finden, der sich mit dem Bau von Tutoren auskennt.«

»Und wie willst du das anstellen?« fragte Orick. »Gehst du einfach in einen Laden und fragst den Verkäufer: ›Entschuldigung, könnt Ihr mir sagen, wie ich so ein Ding knacken kann?‹ Und hoffst, daß er dir rundheraus antwortet?«

»Nein«, sagte Gallen. Doch er war sicher, daß es eine Möglichkeit gab. *Wenn du der einfallsreichste Leibwächter auf der ganzen Welt wärst, Gallen O'Day, was würdest du jetzt tun?* fragte er sich. Plötzlich durchströmte ihn ein bekannte Gefühl. Er wußte die Antwort. »Ich werde jetzt losgehen und jemanden suchen, der für diese verdammte Firma Tutoren gebaut hat. Um genau zu sein, jemanden, der schon tot ist.«

»Was?« rief Orick.

»Als wir das erstemal in der Stadt waren und ich allein herumgeschlendert bin, habe ich einen Händler getroffen, der besondere Mützen zum Kauf angeboten hat. Es waren Geräte, mit deren Hilfe man zu den Toten sprechen kann, vorausgesetzt, sie sind einbalsamiert und noch nicht im Stadium der Verwesung.«

»Und was ist, wenn du keinen toten Angestellten der Firma finden kannst?« fragte Orick.

»Dann werde ich mein Messer in einen lebenden Angestellten stecken, bis er tot ist«, brüllte Gallen den Bären an.

Er war wütend über Oricks verzweifelte Stimmung.

»Fein!« Oricks Miene hellte sich ein wenig auf. »Das ist fein! Das hört sich schon besser an.«

Es war früher Morgen. Küß-Mich-Schnell-Vögel sangen in den Bäumen. Während sie von Ast zu Ast sprangen, blitzten ihre grünen Flügel auf.

»Tja, ich werde mich jetzt auf den Weg machen und alle notwendigen Informationen besorgen«, sagte Gallen.

»Was wird aus mir?« fragte Orick. »Du kannst mich nicht schon wieder hier zurücklassen!«

»Aber ich kann dich auch nicht mitnehmen. Orick, es gibt einige Sachen, die wir benötigen werden. Einen Unterschlupf, in dem wir uns verstecken können, etwas zu essen, Kleidung, Waffen. Es wird deine Aufgabe sein, alles zusammenzusuchen und ein Lager zu errichten. Möglicherweise müssen wir uns eine Weile verstecken.«

»Das ist wahr«, sagte Orick.

Gallen zog die Schultern hoch und streckte sich. Seine Muskulatur war vor Anspannung verkrampft. Plötzlich spürte er Sehnsucht nach Tihrglas, nach seiner Arbeit als Leibwächter irgendeines Kaufmanns, der mit seinem Wagen auf der Straße unterwegs war. Zur Hölle, er würde es an jedem Tag einhändig mit zehn Wegelagerern aufnehmen! Ah, die guten alten Zeiten!

Er schlenderte nach Toohkansay zurück und ging ins Händlerviertel. Dort verkaufte er die Schillinge, die er in seiner Geldbörse trug, sowie eine kleine Perlenkette als exotische Artefakte von einer abgelegenen Welt. Dann suchte er den Händler auf, der die Trauerkappen anbot. Sie dienten dazu, mit den kürzlich Verstorbenen ›die letzten kostbaren Augenblicke zu teilen‹. Gallen feilschte mit dem Händler. Er besaß nicht genug Geld, um eine Kappe zu kaufen. Er zog eine Schau ab und erzählte von seiner geliebten Schwester, die gestorben sei. Schließlich hatte er den Händler soweit, daß der ihm eine Kappe vermieten wollte.

»Aber Ihr müßt Euch darüber im klaren sein«, sagte der Händler, »daß Eure Schwester tot ist. Sie weiß, wer Ihr seid, und sie kann sich mit Euch durch die Kappe unterhalten, aber sie wird keine neuen Erinnerungen erwerben können. Nachdem Ihr sie besucht habt, wird sie sich nicht mehr daran erinnern, selbst wenn Ihr fünf Minuten später wieder bei ihr seid.«

Gallen fragte verdutzt: »Was wollen Sie mir eigentlich damit sagen?«

»Nun«, erwiderte der Händler zögernd. »Es ist so, daß die Toten jedesmal aufs neue überrascht und glücklich sind, wenn sie Besuch aus dem Diesseits erhalten. Sie erzählen Euch immer wieder die gleichen Geschichten. Sie wiederholen sich ... andauernd.«

»Also werden die Geschichten schnell langweilig«, vermutete Gallen.

»Die meisten ja«, gab der Händler zu.

Nachdem Gallen fertig war, begab er sich zur Universalbibliothek und griff auf die öffentlichen Aufzeichnungen zurück. Er wollte herausfinden, wer in Toohkansay Tutoren herstellte. Er bekam die Information, daß sie unter der Schirmherrschaft eines gewissen Lord Pallatine gebaut wurden. Gallen öffnete Pallatines Dateien und stieß auf eine Liste seiner Angestellten in den letzten zehn Jahren.

Indem er die Krankenblätter jedes einzelnen Mitarbeiters durchging, fand er heraus, daß ein gewisser Brevin Mackalrey noch bis vor drei Monaten unter den Lebenden geweilt hatte. Seither wurde er in den Katakomben unter der Stadt aufbewahrt. Sein Körper wurde gut gekühlt und konserviert, so daß seine arme Witwe von Zeit zu Zeit mit ihm sprechen konnte.

Gallen eilte durch endlose unterirdische Gänge, um dem armen alten Brevin einen Besuch abzustatten. Die Krypta war ein dunkler, trostloser Ort. Es waren nur wenige Besucher anwesend. Leichen waren in langen Regalen aufgebahrt. Sie schliefen in gläsernen Särgen, die man hervorziehen konnte, damit man den geliebten Verstorbenen sah. Die Temperatur in der Krypta war nahe dem Gefrierpunkt. Vielleicht waren die Besuche der Trauernden deswegen so kurz. Die Leichen wurden ein Jahr lang hier gelagert, bevor man sie endgültig bestattete. Trotzdem war Gallen ziemlich überrascht, Hunderte von Särgen, aber nur fünf Besucher zu erblicken. Er ging alphabetisch vor, bis er Brevin Mackalrey gefunden hatte, und zog den Sarg des Toten hervor.

Der Glassarg war bereits ein wenig trübe, da sich an seiner Innenseite winzige Eiskristalle unter dem Deckel niedergeschlagen hatten. Gallen hob den Deckel an. Mister Mackalrey sah nicht mehr besonders gut aus. Sein Gesicht war rot und geschwollen. Er trug nur eine kurze weiße Hose. Er besaß dunkles Haar und einen Bart, der am Hals ins Brusthaar überging. Seine Beine waren krumm und verbeult. Gallen dachte, daß dieser Bursche wahrscheinlich selbst zu seinen Lebzeiten keinen besonders schönen Anblick geboten hatte.

Er hob den Kopf der fast gefrorenen Leiche und zog ihr die Trauerkappe über. Sie war aus einer Art metallischem Gewebe angefertigt. Elektromagnetische Wellen wurden in der Kappe erzeugt und stimulierten die Hirntätigkeit der Leiche. Wenn der Tote dann zu sprechen versuchte, registrierte die Kappe die Stimulierung des cerebralen Cortex durch minimale Hirnströme und übersetzte die Gedanken des Verschiedenen in Worte, die monoton aus einem winzigen Lautsprecher erklangen.

Gallen schaltete die Kappe ein. Er wartete einige Augenblicke und sagte dann: »Brevin, Brevin? Könnt Ihr mich hören, Mann?«

»Ich kann Euch hören, aber ich kann Euch nicht sehen«, kam es aus dem Lautsprecher. »Wer seid Ihr?«

»Mein Name ist Gallen O'Day. Ich bin hier, um eine kleine Auskunft von Euch zu erbitten. Meine Schwester trägt einen Tutor, und sie kann ihn nicht mehr abnehmen. Könnt Ihr mir vielleicht sagen, was ich tun muß, um das verflixte Ding von ihrem Kopf zu holen?«

»Sie trägt einen Tutor?« fragte Brevin. Ein Trauernder schritt an Gallen vorbei. Er ging an der endlosen Reihe von Särgen entlang.

»Genau das«, flüsterte Gallen, indem er sich tief über den Sarg beugte. »Gibt es eine Möglichkeit, das Ding zu entfernen?«

»Ist es ein Sklavenführer?« fragte Brevin.

»Natürlich ist es ein Sklavenführer«, zischte Gallen. »Sonst könnten wir ihn ja abnehmen.«

»Wenn sie eine Sklavin ist, darf ich Euch nicht helfen. Es wäre nicht recht. Ich könnte in Schwierigkeiten kommen.«

»Ach?« sagte Gallen gedehnt. »Wie groß könnten diese Schwierigkeiten schon werden? Ihr seid bereits tot!«

»Tot? Wie bin ich denn gestorben?«

»Ich glaube, Ihr seid von einem Pferd gefallen«, sagte Gallen. »Oder an einem Hühnchenknochen erstickt.«

»Oh«, sagte Brevin. Und nach einer Pause: »Ich kann Euch nicht helfen. Man würde mich bestrafen.«

»Wer sollte dahinterkommen, daß Ihr mir den Tip gegeben habt?« fragte Gallen.

»Verschwindet, oder ich rufe die Behörden!« kam es aus Brevins Mikrophon.

»Wie wollt Ihr das denn anstellen?« fragte Gallen. »Ich sagte Euch doch schon, daß Ihr tot seid.«

Brevin verfiel einige Minuten in Schweigen. Dann sagte Gallen: »Los, gebt Euch einen Ruck, Mann! Antworte schon, du verdammte Leiche. Wie kriege ich den Tutor runter?«

Brevin gab keine Antwort. Gallen überlegte, welche Druckmittel man gegen Tote anwenden konnte. Er flüsterte: »Ihr seid tot, wollt Ihr da nicht endlich kapieren? Mausetot! Ihr habt nie mehr Sorgen, nie wieder Angst. Wenn es noch irgend etwas auf der Welt gibt, das ich für Euch tun könnte, was würdet Ihr Euch wünschen?«

»Mir ist kalt. Verschwindet!« entgegnete Brevin.

»Das will ich gern tun«, sagte Gallen. »Ich werde verschwinden. Aber zuerst möchte ich, daß Ihr mir erzählt, wie ich jemandem den Tutor abnehmen kann, ohne Alarm auszulösen.«

Brevin gab keine Antwort. Gallen nahm die rosa Finger des Toten und begann, sie umzubiegen, bis er glaubte, daß der Schmerz unerträglich sein müsse. »Na?« sagte er. »Wie fühlt sich das an?«

»Wie fühlt sich was an?« fragte Brevin.

Gallen sah ein, daß Folter nichts brachte. Der Tote war außerstande, irgend etwas zu fühlen. Gallen kratzte sich am Kopf und beschloß, eine andere Taktik auszuprobieren. »In Ordnung. Ich wollte es Euch eigentlich nicht sagen, aber Ihr friert, weil Ihr vollkommen nackt seid. Ihr liegt völlig nackt in einem Sarg. Habt Ihr das gewußt?«

»Nackt?« fragte Brevin bestürzt.

»Nackt«, versicherte Gallen. »Splitternackt. Ich kann euren Penis sehen. Ich muß schon sagen, ein schöner Anblick ist das nicht. Ihr wart vermutlich nie besonders gut an dieser Stelle ausgestattet, aber jetzt? Er ist auf Stecknadelkopfgröße zusammengeschrumpft. Wußtet Ihr das?«

Von Brevin kam ein dumpfes Stöhnen. »Und nicht nur, daß Ihr splitternackt seid«, fuhr Gallen fort. »Ich sage Euch jetzt, was ich tun werde. Ich werde Euren nackten Kadaver die Treppen hochschaffen und ihn heute Abend auf einer belebten Straße ablegen. Jeder Passant kann dann sehen, was für ein verschämtes, winziges Organ Ihr hattet. Es wird für Eure Familie ziemlich peinlich werden, das kann ich Euch sagen. Jedermann in Toohkansay wird Euren verschrumpelten kleinen Pullermann sehen. Wenn die Leute dann weitergehen, werden sie Eure Frau treffen und sie wissend anlächeln. Sie werden sich fragen: ›Wie konnte sie so viele Jahre mit diesem Burschen zusammenbleiben? Wie muß er sich mit diesem Mangel gefühlt haben?‹ So, und jetzt sagt mir, mein Freund, was haltet Ihr davon?«

»Nicht!« stöhnte Brevin. »Bitte!«

»Ihr wißt, was Ihr tun müßt«, sagte Gallen. »Nur ein paar Worte, das ist alles, was ich will. Sagt mir diese Worte, und ich werde Euch Eure Hose anziehen und Euch mit intakter Würde zurücklassen. Ihr tut mir einen Gefallen, und ich tue Euch einen Gefallen.«

Brevin schien für einen Augenblick nachzudenken. »Es gibt ein spezielles Werkzeug. Einen Universalextraktor. Damit kann man den Tutor entfernen. Man zeigt einfach mit dem Stab auf den betreffenden Sklaven und betätigt den blauen Knopf. Lord Pallatine hat drei Stück davon. Sie sind im Sicherheitsgewölbe eingeschlossen.«

»Erzählt mir von diesem Gewölbe«, sagte Gallen. »Wie kann ich hineinkommen?«

»Das ist unmöglich! Lord Pallatine besitzt einen elektronischen Schlüssel. Aber das Gewölbe ist mit einer künstlichen Intelligenz ausgestattet und öffnet die Türen nur, wenn es erkennt, daß Lord Pallatine allein gekommen ist, um das Gewölbe zu betreten.«

»Also habe ich keinen Zugriff auf dieses phantastische Werkzeug«, sagte Gallen. »Wißt Ihr, ich will lediglich meine Schwester befreien, schnell und einfach. Ich will nicht dabei geschnappt werden. Ihr wißt bestimmt, wie ich das anstellen kann.«

Brevins Bauchmuskeln spannten sich.

Einen Moment fürchtete Gallen, daß er sich aufrichten würde, obwohl er bereits steif wie ein Brett war. Aber der Tote sagte schnell: »Zuerst müßt Ihr Eure Schwester ablenken. Ihr solltet sie holen, während sie schläft. Falls Ihr Eure Schwester nicht schlafend abholen könnt, müßt Ihr sie bewegungsunfähig machen, damit der Tutor Euch nicht angreifen kann. Beim ersten Anzeichen von Gefahr übernimmt er die Kontrolle über ihren Körper. Am besten, Ihr nehmt den Tutor in einem abgeschirmten Raum mit Wänden aus Metall ab. Das blockiert alle seine Versuche, Hilfe herbeizurufen oder Alarm zu schlagen. Dann nehmt ein Messer und schneidet an der Basis des Tutors, dicht am Schädel, die beiden kleinen Drähte durch. Das schränkt die neurale Verbindung des Geräts mit seinem Träger soweit ein, daß Ihr es entfernen könnt. Anschließend müßt Ihr es zerstören.«

»Was meint Ihr mit zerstören?«

»Werft es in Säure, zermahlt es, schmelzt es ein. Es muß sorgfältig auf atomarer Ebene pulverisiert oder aufgelöst werden.«

»Und wenn nicht?« fragte Gallen. Halb war er sich der Antwort bereits sicher.

»Wenn der Tutor wiedergefunden wird, kann sein Gedächtnis Euch identifizieren.«

»Danke, Brevin. Mögt Ihr in ewigem Frieden ruhen. Ich habe Euch die Hose bereits wieder angezogen, und Eure Geheimnisse sind bei mir sicher«, sagte Gallen. Er lehnte sich zurück und dachte nach. Er wußte, wo Karthenors Aberlainen schliefen. Es waren Wohnungen in der Nähe einer Kantine. Sie hatten

Fenster, die über dem Fluß lagen. Er würde schnell sein müssen: Rein durchs Fenster und den Tutor entfernen, bevor die Bezwinger auf den Alarm der Bewegungsmelder am Fenster reagieren konnten. Dann würde er den Tutor einfach in die schlammigen Tiefen des Flusses werfen. Es würde die Bezwinger einige Zeit kosten, das Ding aus dem Wasser zu bergen. Gallen hoffte, bis dahin genug Zeit gehabt zu haben, um weit von Toohkansay weg zu sein. Auf dem Weg zu einem anderen Tor, zu einer neuen Welt.

Er entfernte die Trauerkappe und schloß Brevins Sarg. Dann schob er ihn in das Regal zurück. Er wußte, daß er die arme kleine Maggie keine Minute länger als nötig in ihrem Gefängnis lassen konnte. Er starrte auf die schwarze Trauerkappe. Ihr metallisches Gewebe war ziemlich dicht. Vielleicht nicht so dick wie die Mauern eines abgeschirmten Zimmers, aber es konnte die Sendeversuche von Maggies Tutor vielleicht blockieren. Gallen hoffte es jedenfalls.

Die Straße von Toohkansay nach Cyanesse war menschenleer. Everynne fuhr mit schwerem Herzen und einem erdrückenden Schuldgefühl.

Sie hatte neun leidenschaftliche Anhänger tot zurückgelassen. Sie hatte Gallen, Orick und Maggie einem ungewissen Schicksal voller Gefahren jenseits ihrer Vorstellungskraft überlassen.

Doch sie fuhr weiter. Im Lauf der nächsten Stunde umfuhr sie zwei kleiner Städte, ohne das Magcar zu verlangsamen. Vierhundertundeinundachtzig Kilometer nördlich von Toohkansay verwandelte das Land sich in eine Wüste. Es war eine sandige Ebene, durchsetzt mit einigen vulkanischen Verwerfungen.

Dieses Tor war, im Unterschied zu allen anderen, offen von der Straße einzusehen. Wahrscheinlich hatte die Landschaft vor zehntausend Jahren, als man das Tor errichtet hatte, noch ganz anders ausgesehen. Vielleicht war das Tor in einem Wald oder einem Sumpf versteckt gewesen; aber heute war es schon von weitem zu sehen. Obwohl auf der Straße fast kein Verkehr herrschte, konnte Everynne sich nicht mit dem Gedanken anfreunden, das Tor aus einer Richtung zu betreten, in der sich mögliche Zuschauer aufhielten.

Sie verlangsamte das Magcar, doch Veriasse machte eine schnelle Handbewegung und flüsterte ihr zu: »Fahr weiter! Fahr weiter! Nicht anhalten! Nicht langsamer werden!«

Sie schaltete die Rückstoßantriebe wieder hoch. Im Rückdisplay erblickte sie sechs riesige, menschenähnliche Kreaturen, die sich aus einem getarnten Loch in der Nähe des Tores erhoben. Die Bezwinger hatten einen Hinterhalt gelegt, und nun kamen sie aus ihren Verstecken.

Vielleicht überlegten die Bestien, ob sie Alarm schlagen und die Jagd auf das Magcar eröffnen sollten. Wenn sich sechs von ihnen hier versteckt hielten, waren mit Sicherheit noch mehr in der Nähe.

»Wie hast du sie bemerkt?« fragte Everynne, als sie das Tor schon wieder hinter sich gelassen hatten.

»Ich habe nichts bemerkt«, sagte Veriasse. »Es war nur so ein Gefühl. Wenn sie Maggie vor ein paar Tagen geschnappt haben, waren die Behörden vielleicht auf uns vorbereitet. Sie hatten genügend Zeit, die Tore abzuriegeln und uns an der Flucht zu hindern. Jetzt werden sie sehr schnell erfahren, daß wir von Tihrglas entkommen sind. Das wird die Situation weiter verschlechtern.«

»Was sollen wir machen?« fragte Everynne und blickte zu Veriasse hinüber. Er war für sechstausend Jahre der Beschützer ihre Mutter gewesen und an Intrigen und Gefahr gewöhnt, und seine Erfahrungen waren unvorstellbar.

»Ich glaube, wir sollten uns nach ein paar neuen Verbündeten umschauen. Ohne fremde Hilfe werden wir nicht durch das Tor kommen. Es wird sicher einen Kampf geben.« Er seufzte. »Ich würde sagen, daß wir in die Stadt Guianne gehen. Dort sind unsere Chancen am größten. Sie liegt ungefähr fünfhundert Kilometer südlich und neunzig Kilometer östlich von hier.«

»Wo Mutter getötet worden ist?« fragte Everynne.

Veriasse nickte unmerklich. »Es gibt dort einen Schrein zu ihrem Andenken. Wir sollten hingehen und sehen, ob irgend jemand sich darum kümmert. Vielleicht stellen sich unsere Verbündeten von selbst vor.«

Everynne schluckte hart. Sie versuchte, die Tränen zurückzuhalten. Sie war noch nie am Grab ihrer Mutter gewesen. Während ihrer Reisen von einer Welt zur nächsten hatte Everynne immer nur einen geheimen Wunsch gehabt: das Grab ihrer Mutter zu besuchen. Wenn sie dieses Grab gesehen hatte und auf der Reise den Tod finden sollte, hatte sie zumindest ein wichtiges Ziel erreicht.

»Ich weiß, wo wir drei Verbündete finden«, sagte Everynne. »Es liegt genau auf unserem Weg. Im Augenblick benötigen sie unsere Hilfe.«

Veriasse seufzte tief. »Natürlich, du hast recht. Wir werden halten und sie mitnehmen. Aber ich werde nicht zulassen, daß du dich in Gefahr begibst. Wenn sie in Schwierigkeiten stecken, werde ich versuchen, ihnen zu helfen. Aber wenn ich versagen sollte, mußt du mir versprechen, daß du ohne mich weitermachst.«

»Ich verspreche es«, sagte Everynne. Ihr Herz machte einen freudigen Sprung, denn sie hatte es als schändlich betrachtet, Maggie in Gefangenschaft zurückzulassen. Sie wendete das Magcar. Als Everynne über die Straße nach Toohkansay zurückraste, fühlte sie sich erleichtert und zufrieden.

Zwei Stunden später schlich Veriasse über den Hügel zu Gallens Camp. Die frühe Nachmittagssonne schien zwischen den Bäumen und tauchte die Blätter in Purpur und Scharlach. Veriasse hatte das Magcar von der Straße weg in ein Gebüsch gesteuert und versteckt. Er war darin geübt, sich lautlos zu bewegen. In seinen Tarnmantel war ein Spezialgerät vom Planeten Jowlait eingebaut, das seinen Körpergeruch neutralisierte. Veriasse konnte sich durch den Wald schleichen, ohne ein einziges Tier aufzuscheuchen.

Deshalb war Orick vollkommen überrascht, als Veriasse aus dem Schatten trat. Der Bär hatte sich zu einer Lichtung zurückgezogen und einen kleinen Unterschlupf errichtet, hatte abgebrochene Äste gesammelt und an einen Baumstamm gelehnt. Die Arbeit war beendet, und nun saß der Bär neben der Hütte und betete inbrünstig.

»Heiliger Vater«, sagte Orick und schüttelte sich wie ein Junges. »Verschone Maggie und Gallen. Bring sie gesund und wohlbehalten zurück aus dem Reich dieser verdammten Sidhe. Sie sind unschuldig an allem, was geschehen ist. Sie haben keine sündigen Gedanken. Sie sind nur deshalb hier, weil ich sie durchs Tor gestoßen habe. Es gab keine andere Möglichkeit, ihnen das Leben zu retten. Ich wollte mich nicht in deine göttliche Fügung einmischen. Falls wir gesündigt haben, bitte ich dich, alle Sünden mir anzulasten und Maggie und Gallen freizusprechen ...«

»Ich bin sicher, daß man Euren Freunden keine Schuld geben wird«, sagte Veriasse zu dem völlig verblüfften Orick. Der Bär sprang auf und drehte sich in seiner Panik so schnell um, daß er hinfiel.

»Ihr!« brüllte er anklagend. »Was macht Ihr hier?«

»Das Tor, nach dem wir gesucht haben, war von Bezwingern bewacht«, sagte Veriasse. »Wir mußten unsere Pläne ändern. Ich kam vorbei, um nachzusehen, ob ich Euch und Euren Freunden irgendwie behilflich sein kann.«

Der Bär starrte von links nach rechts in den Wald hinter Veriasse. »Wir brauchen Eure Hilfe nicht. Gallen kommt schon zurecht.«

»Ihr braucht keine Hilfe von einem ›verdammten Sidhe‹, nicht wahr?« Veriasse lächelte. Euer Freund Gallen mag ein tapferer Mann sein, aber er ist fremd in dieser Welt. Ich bezweifle, daß er es allein schaffen wird, Maggie zu retten.«

»Ah, behaltet Eure Zweifel für Euch«, knurrte Orick. »Gallen hat sich mit den Büchern beschäftigt. Er hat eine ganze Menge gelernt.«

»Aber ich kann seine Pläne zumindest ein wenig beschleunigen«, erwiderte Veriasse. »Was hat er vor?«

»Ich bin sicher, daß er keinen Plan hat«, sagte Orick. »Gallen arbeitet nicht auf diese Weise.«

Veriasse überlegte. »Ich werde Everynne hier zurücklassen.

Ihr paßt auf sie auf. Sie ist im Augenblick unten an der Straße. Ich möchte, daß Ihr Euch mit ihr tiefer in den Wald zurückzieht. Dann, wenn es dunkel geworden ist, kommt Ihr hierher zurück. Ich will nicht, daß Ihr hier auf Gallen wartet, bis er zurückkommt.«

»Warum nicht?«

»Wenn er von den Bezwingern gefangen wird, wissen sie, wo euer Versteck ist.«

»Gallen würde es nie verraten!«

»Wenn sie ihm einen Tutor aufsetzen, wird er keine Wahl haben«, konterte Veriasse. »Bitte. Nehmt Everynne mit. Ich werde sehen, was ich für Gallen und Maggie tun kann.«

Veriasse beobachtete, wie Orick zur Straße hinuntermarschierte. Dann machte er sich auf den Weg und marschierte in Richtung Toohkansay. Da er bereits wie ein Lord von Fale maskiert und gekleidet war, hielt niemand ihn auf. Selbst wenn er kontrolliert worden wäre, hätte man nur herausgefunden, daß ein gewisser Veriasse, Lord der Informationsmanager, als Bürger dieser Welt registriert war.

Seine gefälschten Akten enthielten Unterlagen, die ausführliche Einzelheiten über seinen Lebenslauf verrieten, bis hin zu seinen regelmäßigen Badbesuchen und den Mahlzeiten, die er in den letzten siebzig Jahren bevorzugt hatte.

Veriasse erreichte den nordwestlichen Bereich der Stadt, wo die Aberlainen arbeiteten. Die Gegend war schwer bewacht. Grünhäutige Bezwinger patrouillierten auf den Straßen. Es war ein sicheres Anzeichen, daß drinnen drononische Wachen aufgestellt waren. Er bemerkte, daß die lebenden Mauern der Stadt an einigen Stellen von Feuern geschwärzt waren. Offensichtlich war die Widerstandsbewegung in den letzten Wochen ziemlich aktiv gewesen und hatte Bomben gelegt. Plötzlich war Veriasse ziemlich besorgt um Maggie.

Zuvor hatte er sich nur Gedanken über ihre Behandlung durch die Drononen und deren Lord gemacht. Er hatte nicht daran gedacht, daß die größte Bedrohung nicht von Maggies Entführung, sondern von den örtlichen Freiheitskämpfern ausging. Als Veriasse von Maggies Gefangennahme erfuhr, hatte er sich nur gewundert, daß Karthenors Auswahl so schlecht war, was seine Arbeitskräfte betraf. Jetzt sah er ein, daß Maggie wahrscheinlich genau das war, was Karthenor brauchte. Jemand, der in der Stadt allein war und keine Freunde besaß. Jemand, den man nicht vermissen würde. Wenn Karthenor Sklaven nahm, die in der Stadt gute Freunde hatten, würde der Widerstand nur noch stärker werden. Veriasse verfluchte sich selbst. Er fragte sich, ob es ihm gelingen könnte, mit den Widerstandskämpfern in Kontakt zu treten. Doch zuerst mußte er Gallen finden.

Wie Veriasse erwartet hatte, war die Umgebung des Gebäudes gut gesichert. An gefährdeten Stellen hatten die Drononen schwere Türen installiert, die sogar Bombenanschlägen widerstehen konnten.

Veriasse beendete seine Erkundung und ging zur Universalbibliothek. Dort verlangte er alle Dokumente, die Gallen studiert hatte.

Der Lehrer gab ihm die gewünschten Informationen. Veriasse war beeindruckt. Gallen hatte versucht, Informationen über Maggies Aufenthaltsort zu bekommen, doch der Computer hatte ihm die geheimen Daten verweigert. Er hatte ihm auch keinen Plan vom Innern des Gebäudes gegeben. Daher hatte Gallen Informationen über die gesamte Umgebung des Aberlainengebäudes angefordert und auf diese Weise ein Negativ des Bauwerks erhalten. Indem er Karten der Sanitärinstallation eingesehen hatte, war er in der Lage gewesen, die Wohnquartiere der Aberlainenarbeiter zu lokalisieren. Veriasse studierte die Karte und sah, daß die meisten Räume Öffnungen ins Freie aufwiesen. Doch Gallen war noch einen Schritt weiter gegangen. Er hatte statistische Daten über den Stromverbrauch jedes Apartments angefordert. Eines der Zimmer hatte drei Tage keinen Strom verbraucht. Dann hatte es plötzlich einen Bewohner bekommen. Jeden Abend vor dem Schlafengehen wurde das Licht für einige Minuten eingeschaltet.

Gallen war in seiner Informationssuche noch einen letzten Schritt weiter gegangen. Der Raum hatte eine Öffnung nach Süden. Gallen hatte vom Computer verlangt, die Temperaturaufzeichnungen für das Zimmer aufzulisten. Auf diese Weise hatte er herausfinden wollen, ob der Bewohner bei offenem Fenster schlief. In den letzten beiden Nächten hatte das Fenster offen gestanden, doch der Computer hatte es geschlossen, als die Temperaturen unter einen kritischen Punkt gefallen waren.

Veriasse lächelte. Er war ziemlich beeindruckt, daß dieser Landbursche sich so einfach durch das städtische Informationssystem geschlichen hatte. Doch gleichzeitig entdeckte er einige klaffende Lücken in Gallens Ausbildung. Zumindest hatte der Junge übersehen, daß er eine deutliche Datenspur hinterlassen hatte, die ihn verraten konnte. Veriasse forderte den Computer auf, Gallens Ausgaben zu überprüfen. Der Junge hatte versucht, Kleidung, Seile, Unterwasseratmer und andere Dinge zu kaufen, die er für sein Unternehmen benötigen würde. Doch Gallen war pleite. Veriasse benutzte seine Referenzen als Lord der Informationsmanager, um eine Überweisung von seinem auf Gallens Kreditkonto vorzunehmen. Dann führte er eine Sicherheitslöschung durch und vernichtete fast alle Daten, die auf Gallen hinweisen konnten.

Er setzte sich einen Augenblick und dachte nach. Gallen würde die Bewegungsmelder an Maggies Fenster neutralisieren müssen, bevor er einen Versuch unternahm, in das offene Fenster zu steigen. Man konnte einen einfachen Störsender bauen, der jede Warnung der Bewegungsmelder unterdrückte.

Wenn er den Störsender fertig haben wollte, bevor Gallen mit seiner Operation begann, mußte Veriasse sehr schnell arbeiten.

Maggie versuchte, Schlaf zu finden, doch ihre Lust hinderte sie daran. Kurz vor Anbruch der Morgendämmerung stellte der Tutor die Stimulierung ihres Sexualtriebs ein. Maggie war frei; sie schlief und träumte von Tlitkani, der Goldenen Königin der Drononen. In ihrem Traum war ihr Herz voller Hingabe. Die Königin spazierte über einen Platz aus weißen Steinen. Ihr Chitinpanzer glitzerte golden in der Sonne. Sie war in jeder Hinsicht vollkommen, ohne eine einzige Narbe oder einen Kratzer. Keine noch so winzige Schramme auf ihrem Exoskelett. Um sie herum fand eine Feier statt. Drononische Krieger knieten zu ihren Füßen nieder und hielten ihre schweren Kampfarme als Zeichen der Verehrung über Kreuz. Dunkle drononische Techniker mit dünnen, segmentierten Händen standen zusammen mit den farblosen kleinen Arbeiterinnen herum und bezeugten ihren Respekt. Unter den Massen von Insekten waren viele Menschen zu erblicken. Sie waren nach verschiedenen Moden in allen Farben des Spektrums gekleidet. Mit tiefer Bewunderung starrten sie die Goldene Königin an. Kleine Menschenkinder hatten Blumengirlanden angefertigt und streuten sie zu ihren Füßen aus. Menschen und Drononen begannen gleichzeitig zu singen. Ihre Stimmen klangen leidenschaftlich, während sie ihre Goldene Königin priesen.

In ihrem Traum hegte Maggie tiefe Bewunderung für die Goldene Königin. Tränen liefen ihr über die Wangen. Allein der Anblick der Goldenen Königin rief ein religiöses Gefühl in Maggie hervor, wie sie es noch nie erlebt hatte.

Maggie erwachte. Ihre Augen waren noch immer tränennaß, als ihr Tutor sich bei ihr meldete: »Dies war eine Vision von unserer Zukunft, an deren Verwirklichung du mithelfen wirst. Wenn ein Dronone seine Goldene Königin erblickt, spürt er jedesmal dieses unbeschreibliche Gefühl von Verehrung und Bewunderung, das ich mit dir im Traum geteilt habe. Wir werden die Gene, die dafür verantwortlich sind, in die Föten der Menschen einsetzen. Dann werden die Menschen uns Drononen nicht mehr als Aliens, sondern als Brüder betrachten. Heute wird deine Arbeit in den heiligen inneren Bereichen unseres Gebäudes beginnen. Du wirst großen Anteil an der Arbeit haben, die den Menschen die Verehrung unserer Königin bringen wird.«

Nachdem er die Worte gesprochen hatte, ließ der Tutor Maggie aufstehen. Er leitete sie unter die Dusche und zum Frühstücksraum. Sie war todmüde. Nach dem Frühstück lenkte der Tutor sie in einen Bereich der Anlage, den sie vorher noch nie betreten hatte. In den Tagen zuvor hatte Maggie nur in den Reproduktionslabors gearbeitet. Im Forschungsbereich gab es jedoch sehr viel mehr Labors.

Es war der heilige innere Bereich des Gebäudes, das Zentrum des Lagers der Aberlainen.

Maggie wurde Aviks Forschungsteam zugeteilt. Es unterstand unmittelbar Lord Karthenor, der hier seine Forschungen zur Entschlüsselung des genetischen Codes der Dronenen betrieb. Er versuchte, die Gene zu entdecken, die die Verehrung der Königin auslösten. Es war eine große Auszeichnung, hier zu arbeiten. Der Tutor stimulierte Maggies Empfindungen so, daß sie mit einem angemessenen Gefühl der Ehrfurcht an die Arbeit ging.

In der Forschungsabteilung war es warm und dunkel. Das Licht leuchtete schwach rötlich, um die Bedingungen des Planeten Dronon zu simulieren. Drononische Wachen mit schwarzen Rückenpanzern patrouillierten in den Gängen. Drononische Techniker arbeiteten Seite an Seite mit Menschen in sterilen weißen Kitteln.

Maggie wurde zu einem Genscanner geführt. Ihre Aufgabe bestand darin, DNA-Proben anzufärben und zu untersuchen. Tausende gesunder Dronenen hatten in den letzten sechs Jahren Gewebeproben spenden müssen. Sie alle waren katalogisiert worden. Jetzt studierten Maggie und die Aberlainen das Gewebe kranker Dronenen.

Maggie verbrachte den ganzen Tag damit, DNA-Proben von Dronenen mit defekten Lungen zu untersuchen. Genetische Veränderungen, die Schwächung zur Folge hatten, wurden in der drononischen Gesellschaft nicht toleriert. Die von Geburt an geistig oder körperlich Unterentwickelten und Deformierten wurden sofort getötet, wenn man ihre Abnormalität feststellte. So kam es, daß Maggie mit dem Gewebe drononischer Larven und frisch geschlüpfter Kinder experimentierte. Die Arbeiterinnen auf Dronon waren beim Verpacken der Fracht nicht besonders sorgfältig vorgegangen. Sie hatten die Kisten mit Leichenteilen gefüllt und verschickt. Die peitschenartigen Fühler am Mund der drononischen Kinder waren abgerissen worden, und man hatte sie je nach Art der Abnormalität in Kühlboxen zusammengepackt.

Maggies Arbeit bestand darin, die Fühler vorsichtig auszurollen und Gewebeproben zu entnehmen. Sie wurden etikettiert und numeriert und in einen Gendecoder eingebracht. Computer speicherten die Informationen über die mutierte DNA und verglichen Proben mit ähnlichen Eigenschaften, aber von anderen Mutanten miteinander. Auf diese Weise wurden die abweichenden Strukturen entdeckt, und man konnte herausfinden, welches Gen für welche Entwicklung verantwortlich war.

Den ganzen Morgen war Maggie mit ihrer grausigen Arbeit beschäftigt. Seit Tagen kämpfte sie gegen ihren Tutor, der ständig versuchte, ihre Gefühle zu manipulieren. Wenn sie sich ärgerte oder verängstigt war, versuchte er sofort, sie zu beruhigen und sandte Glücksgefühle durch ihren Körper. Maggie hatte versucht, ihren Zorn aufrecht zu erhalten, um den Tutor auf diese Weise zu überwältigen. Jetzt war sie bereits dermaßen erschöpft, daß sie keinen Widerstand mehr leisten konnte. Ohne den Tutor wäre sie längst vor Erschöpfung zusammengebrochen. Doch er hielt sie auf den Beinen.

Er führte sie durch das Labor und fütterte sie mit Informationen und Gefühlen. Sie wußte, daß ihre Arbeit wichtig war. Sie wünschte sich, mehr dazu beitragen zu können. Sie hoffte, diejenige zu sein, die das Anbetungsgen entdeckte.

Doch die wichtigste Arbeit machten die anderen Aberlainen. Sie hatten die größeren Fähigkeiten. Sie arbeiteten mit den Gewebeproben von Kriminellen und entschlüsselten die Gene der wenigen Individuen, die der Goldenen Königin ihre Verehrung versagten.

In der dronischen Geschichte hatte es nur sehr wenige solcher Individuen gegeben. Sie waren mit der Zeit vollständig vernichtet worden. Da die Drononen ihre Felder mit ihren eigenen Toten düngten, waren Gewebeproben von diesen Verrückten kaum erhältlich. Doch eine große Suchaktion, die sich über sämtliche von Drononen bewohnten Welten erstreckte, würde in Kürze zur Anlieferung einiger neuer Individuen führen. Maggie konnte nur hoffen, daß die Proben hier nach Fale geschickt würden, so daß ihr die Ehre zufiel, sie zu entschlüsseln.

Die Gewebeproben, mit denen Maggie arbeitete, stammten von Drononen, die mit einem seltenen Defekt geboren worden waren: Er ließ ihren Chitinpanzer um die Atemöffnungen herum in faltigen Klumpen wuchern, und die Wucherungen verursachten Atembeschwerden. Die Nasenöffnungen eines Drononen bestanden aus neun Löchern, die sich auf der hinteren Oberseite ihrer Hüften befanden. Sie führten zu kleinen Lungensäcken zwischen der Innenseite des Chitinpanzers und den Hüften und wurden von den Gesäßmuskeln umschlossen. Drononen besaßen genaugenommen kein Herz. Statt dessen pumpte die rhythmische Bewegung ihrer Gesäßmuskulatur die Luft durch die Lungen und reicherte das Blut mit Sauerstoff an, das anschließend durch den Körper strömte. Aus diesem Grund wurde ein Dronone besser mit Sauerstoff versorgt, wenn er sich bewegte. Wenn er saß oder lag, war er gezwungen, sich hin und wieder niederzukauern oder auf und ab zu springen, um seinen Kreislauf in Gang zu halten.

Am Abend gelang es Maggie, ein defektes Gen zu isolieren. Sie konnte die Aufgabe des Gens im komplizierten Entwicklungsprozeß eines Drononen entschlüsseln.

Die drononischen Techniker kamen herbei und gratulierten ihr. Zur Belohnung durfte sie noch etwas länger arbeiten. Der Tutor fütterte Maggie mit einem Gefühl der Verzückung. Sie war fasziniert, an einem so gewaltigen und edlen Projekt mitzuarbeiten. Mit diesem Gefühl stolperte sie schließlich, halb ohnmächtig vor Erschöpfung, in ihre winzige Kammer.

Sie öffnete das Fenster und roch den frischen Geruch des Abends. Sie lauschte dem Geräusch des Flusses, dessen Wellen an die Ufer plätscherten. Hunderttausende von Sternen erfüllten den Nachthimmel wie weißer Sand. Sie blickte hinauf zu einer wirbelnden Galaxis und staunte über deren Schönheit.

Maggie stellte die Temperatur ihres Bettes ein wenig höher und ging rasch unter die Dusche. Dann zog sie ein dünnes Nachthemd über und legte sich ins Bett. Draußen in der Halle vernahm sie das beruhigende Geräusch eines drononischen Wachtpostens, der in den Gängen der Schlafquartiere patrouillierte.

Mitten in der Nacht erwachte Maggie von einer brennenden Woge der Lust. Sie wußte, daß Avik kommen würde, und sie fühlte sich zu schwach, um den Befehlen ihres Tutors weiterhin Widerstand zu leisten.

Sie lag auf dem Bauch. Die Luft hinter ihr bewegte sich. Sie erkannte, daß Avik ihre Kammer bereits betreten haben mußte. Das Licht hatte sich nicht eingeschaltet. Maggie spürte das Gewicht seines Körpers, als er auf ihr Bett stieg. Er bewegte sich sehr schnell. Sie konnte seinen schweren Atem hören, als er sich auf ihren Rücken setzte. Sie wimmerte leise.

Avik zog an dem Tutor auf Maggies Kopf und preßte irgend etwas in ihren Nacken, das sich wie ein Meißel anfühlte. Ein sengender Schmerz, und heißes Blut strömte an Maggies Hals herab. Plötzlich spürte sie, daß sie vom Tutor befreit war.

Maggies einziger Gedanke war, daß Avik beschlossen hatte, sie umzubringen. Sie schrie auf und drehte sich auf die Seite, um ihm das Messer zu entwenden.

Gallen saß auf ihr und hielt das Messer in der Hand. Seine Silhouette war nur vom Licht der Sterne erleuchtet, die durch das offene Fenster funkelten. Er stieß den Tutor in einen Sack und schleuderte ihn kräftig gegen die Wand. Es gab ein trockenes, splitterndes Geräusch, als würden Knochen zerbrechen.

In Maggies Kopf drehte sich alles vor Erschöpfung und überwältigender Traurigkeit. Sie begriff nicht, was geschehen war. »Verschwinde!« flüsterte sie. »Avik kommt jeden Augenblick.«

»Wer ist Avik?« wollte Gallen wissen.

»Ein Vergewaltiger«, sagte Maggie.

Hinter Gallen öffnete sich leise die Tür. Licht fiel aus dem Gang ins Zimmer. Gallen schoß so schnell vom Bett hoch, daß Maggie die Bewegung kaum verfolgen konnte. Er schien quer durch das Zimmer zu fliegen.

Ein schwarzer Schatten in schwarzer Kleidung, ein blitzendes silbernes Messer in der schwarzen Faust.

Gallens Messer stieß in dem Augenblick zu, als Avik schreien wollte. Der leblose Körper fiel mit einem dumpfen Geräusch zu Boden. Auf dem Korridor begann der dronomische Wächter zu rufen. Er bewegte sich scharrend in Richtung der Tür, um Maggie zu Hilfe zu kommen, doch Gallen schlug die Tür zu und verriegelte sie.

Dann sagte er: »Schnell! Raus aus dem Fenster! Spring ins Wasser!«

Maggie stolperte aus dem Bett. Panik stieg in ihr auf – nicht nur wegen des Drononen, der an die Tür hämmerte. Die Erinnerung an alles, was sie durchgemacht hatte, lief wie ein Film vor ihren Augen ab.

Binnen eines Augenblicks erkannte sie, in welche Art von Arbeit man sie eingespannt hatte. Vor ihrem geistigen Auge entstand das Bild von unförmigen, aufgedunsenen Frauen, an deren Erschaffung sie beteiligt war. Sie erinnerte sich an den Geruch der drononischen Leichen, deren Gerippe sich in Mülleimern stapelten.

Maggie fühlte sich, als wären ihre Hände beschmutzt, ihr ganzer Körper besudelt. Sie sackte auf die Knie und weinte aus den tiefsten Tiefen ihrer Seele, während sie gleichzeitig versuchte, ihr Abendessen bei sich zu behalten.

Mit dem kreischen berstender Metalls entstand ein Riß in der Tür, als der Dronone seine Kampfarme einsetzte. Seine schweren Chitinkrallen rissen die Tür halb aus den Angeln, als er versuchte, die Arme zurückzuziehen. Er hin fest. Er zog den schwarzen Stab seines Flammrohrs vom Rücken und wollte ihn durch den Spalt schieben, und Maggie konnte undeutlich die sägezahnähnlichen Kanten an seinen vorderen Kampfarmen erkennen. Gallen und das Monster waren nur tanzende Schatten in dem spärlichen Licht, das aus dem Korridor hereinfiel. Gallen stürzte zur Tür, und die großen Flügel des Drononen begannen in dumpfer Vorahnung wild zu schwirren. Gallen entwand das Flammrohr aus den Händen des Drononen und feuerte durch den Riß in der Tür. Er war viel zu nah, um die Waffe zu benutzen. Maggie konnte nur hoffen, daß das dünne Metall der Tür ihnen ausreichenden Schutz gegen die heißen Flammen bieten würde. Das schwarze Fleisch und das Chitin des Wächters begannen zu zischen, als seine Körpertemperatur über den Siedepunkt hochschnellte. Rauch entwich aus seinem Rückenpanzer und waberte zur Decke. Dann verschwand der Dronone in einer Wand weißer Flammen. Gluthitze breitete sich im Zimmer aus.

Die geborstene Tür fing Feuer. Gallen hob die Arme vors Gesicht und kämpfte sich zu Maggie zurück.

Irgendwo im Gebäude schrillte der Alarm los. Gallen legte seinen Umhang über Maggies Gesicht. Sie kam stolpernd auf die Beine. Sie glaubte, jeden Augenblick sterben zu müssen, doch Gallen nahm sie auf die Arme und trug sie zum Fenster.

Maggie schrie auf: »Ich kann nicht . . .!«

Gallen schleuderte sie durch die Fensteröffnung. Für einen Augenblick fühlte Maggie, wie sie durch die angenehm kalte Luft fiel; dann schlug sie auf dem dunklen Wasser auf und schoß in die Tiefe. Es war viel kälter, als sie gedacht hatte. Sie zappelte und strampelte wild, kam zurück an die Oberfläche und schrie um Hilfe. Sie blickte auf. Gallen klammerte sich wie eine Spinne am Fenstersims fest. Er hing gefährlich weit über. Plötzlich sprang er und kam zehn Fuß von ihr im Wasser auf. Maggie tauchte wieder unter und strampelte mit den Beinen. Einen Augenblick später packte Gallen sie im Genick.

Er zog sie an die Wasseroberfläche und hielt ihren Kopf von hinten. Sie zappelte, versuchte sich umzudrehen, sich an ihn zu klammern. »Hilfe! Ich kann nicht schwimmen!«

»*Was?*« stieß Gallen hervor. »Dein Vater und deine Brüder sind alle ertrunken! Ich dachte, du hättest schwimmen gelernt!«

Maggie schnappte nach Luft, teils wegen der Kälte, teils vor Angst, erneut unterzugehen. Gallen streckte die Hand aus und drückte ihr etwas in den Mund. Es war so ähnlich wie das Mundstück einer Flöte, aber es war mit Schläuchen an zwei kleine Behälter angeschlossen.

»Atme durch das Ding ein und aus«, keuchte Gallen. »Es ist ein Sauerstoff-Austauscher. Er erneuert die Atemluft. Solange du durch den Austauscher atmest, macht es nichts aus, wenn dein Kopf unter Wasser ist. Ich werde dich jetzt zum Ufer ziehen. Wir werden die ganze Zeit unter Wasser bleiben. Hör auf, dich zu wehren!« Maggie versuchte, durch den Apparat zu atmen. Sie mußte sich beim Einatmen ein wenig anstrengen. Es war, als ob man versuchte, durch einen Fetzen dicken Stoff Luft zu holen. Gallen stellte seinen eigenen Austauscher ein. Dann tauchte er und zog Maggie zum Ufer. Er hatte keine Eile und schwamm langsam und entspannt. Als sie ans andere Ufer gelangten, waren sie weit flußabwärts getrieben worden. Toohkansay war hinter einer Flußbiegung verschwunden. Nur noch die Lichter der Stadt schimmerten im Wasser. Ein beleuchtetes Frachtschiff fuhr an ihnen vorbei flußabwärts. Gallen schwamm bis zur Mündung eines kleinen Bachs. Sie wateten durch sein Bett, bis sie eine Brücke erreichten, die sich über ihnen wölbte und das Licht der Sterne verdeckte.

Unter der Brücke verließ Gallen das Bachbett. Er zog Maggie mit sich. Dann beugte er sich zu einem Kleidersack hinunter, der versteckt im hohen Gras lag. Er zog eine große Decke hervor. Maggie zitterte wie Espenlaub, doch es lag nicht nur an der Kälte der Nacht. Was in den letzten Tagen mit ihr geschehen war, traf sie wie die Faust eines Riesen in den Magen.

Wieder brach sie in Tränen aus. »Es tut mir leid«, schluchzte sie. »Sie fühlte sich sterbenskrank. »Es tut mir so leid.« Sie fror entsetzlich und spürte vor Kälte ihre Finger nicht mehr. Gallen legte ihr die Decke um. Maggie. Zitterte immer noch. Sie schlang die Arme um ihn, so daß sie die Decke mit ihm teilte.

»Du ... du hast das alles geplant?« fragte sie mit klappernden Zähnen. Gallens blondes Haar schimmerte im Licht der Sterne. Sie konnte ihn kaum sehen. Der brackige Geruch des Flusses haftete an ihnen.

»Ja«, sagte Gallen. »Ich habe etwas zu essen dabei. Und trockene Sachen. Ich habe einen Weg gefunden, der an diesem Bach entlang verläuft und bis in die Hügel führt. Dann kehren wir in einem großen Bogen zurück in den Norden der Stadt. Dort haben Orick und ich ein Lager errichtet. Ich glaube, wir sollten abseits der Straße bleiben.«

Die bleierne Schwärze hing noch immer über Maggies Gedanken. Immer wieder blitzten die Bilder der letzten Tage in ihr auf. Das versteckte Glitzern in Aviks Augen. Das Sortieren der abgerissenen Fühler der toten Drononenjungen. Die verunstalteten Menschen, die sie genetisch manipuliert hatte.

Das Entsetzen, die Kälte, die Angst und die Dunkelheit waren zuviel für Maggie. Sie sank auf die Knie. Gallen kniete sich zu ihr und umarmte sie, um sie warmzuhalten.

»Everynne?« stammelte Maggie. Sie hatte das Gefühl, als wären ihre Gedanken plötzlich unnatürlich hell und klar. Wie das chemische Feuer eines Flammrohrs.

»Wir haben sie heute morgen gefunden«, sagte Gallen. »Sie war auf dem Weg nach Norden, zu einem anderen Tor. Die Dronenen waren auf ihrer Fährte. Everynne will sie bekämpfen. Sie hat uns gefragt, ob wir mit ihr kommen, aber ...«

Maggie blickte auf und studiere Gallens Gesicht. Es war in der Dunkelheit des Nachthimmels kaum zu erkennen. Sie konnte seine Augen nicht sehen. Doch eins war Maggie klar: Er hätte mit Everynne gehen können, hatte sich aber entschieden, hier zu bleiben und sie zu retten.

Sie lehne ihren zitternden Körper an Gallens Brust, spürte seine starken Muskeln unter dem nassen Hemd. Sein Atem war warm in ihrem Nacken. Sie erkannte, daß er ihre Flucht bis ins kleinste Detail geplant hatte: zwei Bündel warmer Bekleidung. Zwei Sauerstoffmasken. Aber nur eine Decke. Er hatte geplant, diesen Augenblick mit ihr zu teilen.

Die vom Tutor ausgelösten Gefühle waren noch nicht ganz abgeklungen. In der letzten Nacht hatte Maggie Aviks Annäherungsversuche abgewehrt, indem sie an Gallen gedacht hatte. Jetzt spürte sie, daß immer noch Lust in ihr nachklang.

Maggies Brustwarzen wurden fest, drückten sich gegen die Haare auf Gallens Brust. Sie erschauerte, schlang die Hände um seinen Nacken und küßte ihn lange und leidenschaftlich. Gallen wich leicht zurück und schnappte nach Luft, als wäre er überrascht.

»Was ist?« fragte sie. Gallen zitterte leichte. Maggie erkannte, daß es nicht die Kälte war. Es war Verlangen. »Willst du nicht?«

»Du bist zu jung«, sagte Gallen mit belegter Stimme.

Sie wurde so wütend, daß sie ihn am liebsten geschlagen hätte. »Wir altern nicht alle gleich schnell. Es gibt Dinge, die machen einen schon vorzeitig alt«, sagte sie. »Zuzusehen, wie deine Familie stirbt, das macht dich alt! Arbeiten, Tag und Nacht arbeiten, nur um am Leben zu bleiben, das macht dich älter. Einen Tutor zu tragen – zur Hölle, Gallen. Ich ... ich kann dir gar nicht erzählen, was dieses Ding mit mir gemacht hat. Es ist wie ein Schraubstock, der dich auspreßt. Es lehrt dich und vergewaltigt dich gleichzeitig. Und das, was es dich lehrt, zerstört die letzten Hoffnungen, die dir verblieben sind. Würde dieses Ding nicht seine Spielchen mit dir spielen und dir ein Gefühl aufzwingen, als wärst du im Himmel, würdest du dir ohne zu zögern selbst den Kopf abschneiden, nur um es loszuwerden!«

Maggie bebte schluchzend. Sie dachte daran, wie sie die schwarzen Peitschenfühler des Drononen auf den Armen gespürt hatte, kalt und rauh wie Getreidestiele. »Gallen, du hast nicht die leiseste Ahnung, an was für einem Ort wir hier sind ...«

»Doch, ich weiß einiges«, unterbrach Gallen. »Ich war in der Stadt bei einer Art ... Lernmaschine.«

»Hast du auch etwas über die Drononen und ihre Pläne erfahren?«

»Nein«, gab Gallen zu. »Der Lehrer hat mir nur gezeigt, wie die Drononen diese Welt erobert haben.«

»Mit anderen Worten, dein Lehrer hat dich nur das gelehrt, was die Drononen wollten!« sagte Maggie und erschauderte. Sie war wütend. Gallen legte den Arm um sie. Sie sehnte sich verzweifelt danach, geliebt zu werden. Sie sehnte sich nach Geborgenheit.

Im Augenblick hatte sie das Gefühl, daß Liebe das einzige war, das als Gegengewicht zu all dem Schmerz und der Verzweiflung dienen konnte, die sie zu überwältigen drohten. Aber sie wußte nicht einmal, ob es reichen würde.

In diesem Moment spürte sie einen harten langen Gegenstand im Rücken. Gallen hielt das Flammrohr in den Händen. Maggie drehte sich zu ihm um und berührte die Waffe. Erstaunlich. Er hatte es tatsächlich geschafft, nicht nur sie, sondern auch die schwere Waffe über das Wasser zu retten. Plötzlich erkannte Maggie, was ihr noch über ihren Schmerz hinweghelfen würde. *Rache.*

»Du hast erzählt, daß Everynne die Drononen zurückschlagen will«, flüsterte Maggie. »Hast du eine Ahnung, was sie vorhat?«

»Nein«, gab Gallen zu. »Aber ich weiß, zu welchem Tor sie und Veriasse unterwegs sind.«

Maggie nickte leicht und flüsterte: »Worauf wartest du noch? Laß uns aufbrechen!«

In diesem Augenblick tauchte das grelle Licht eines starken Scheinwerfers die Brücke über ihnen in grelles Licht. Die Brücke bebte und wankte. Schmutz regnete auf sie herab.

Voller Schreck legte Gallen Maggie die Hand auf den Mund. Sie konnte nur einen klaren Gedanken fassen: *Sie haben uns gefunden*!

Von oben dröhnte eine Stimme aus der Luft: »He, ihr da! Nehmt die Hände hoch!«

10

Das Licht war überall. Es tauchte jeden Grashalm in grelles Weiß. Gravitationswellen schüttelten die Brücke und brachten sie zum Schwanken und Dröhnen. Schmutz und Dreck rieselten ununterbrochen auf sie herab. Maggie umklammerte Gallen. Über sich hörte Gallen jemanden rufen: »Ich bin unbewaffnet! Ich bin unbewaffnet!«

Jemand war oben auf der Brücke.

»Ich war nur unterwegs, um einen Waldlauf zu machen«, rief die Stimme. »Das ist doch nicht verboten, oder?« Gallen erkannte die Stimme. Veriasse.

Der Flieger schwebte tiefer. »Bürger, habt Ihr jemanden auf der Straße gesehen?«

»Ja«, sagte Veriasse. »Ein Magcar ist vor weniger als fünf Minuten an mir vorbei.«

»Könnt Ihr seine Insassen beschreiben?«

»Es waren nur zwei. Einer der Insassen war eine Frau. Ich weiß nicht, ob der Fahrer ein Mann oder eine Frau war.«

Ohne ein weiteres Wort jagte der Flieger nach Süden. Gallen spähte vorsichtig aus und erblickte einen zweiten untertassenförmigen Flieger, der am anderen Flußufer unterwegs gewesen war und jetzt ebenfalls nach Süden jagte.

Veriasse flüsterte: »Gallen? Maggie?«

»Hier unten.« Gallen kletterte zur Brücke hinauf. »Was macht Ihr denn hier? Ich dachte, Ihr wärt schon längst fort!«

»Pssst ... Sprecht leise! Das Tor, durch das wir gehen wollten, war schwer bewacht. Everynne und ich waren gezwungen, zurückzukehren. Nein, kommt nicht zu mir herauf! Die Nachtsichtgeräte auf dem Flieger des Bezwingers können einen Menschen auf vierzig Meilen Entfernung ausmachen. Man beobachtet mich wahrscheinlich. Bleibt unten, und sprecht leise. Die Flieger können auch laute Gespräche verfolgen, aber leise Geräusche werden von den Schwingungen der Luftmoleküle verschluckt, die der Gravantrieb erzeugt. Ich werde Euch bei Morgengrauen in Eurem Lager treffen. Vorerst folgt dem Bach und bleibt in Deckung. Dann kommt im Bogen durch die Wälder zurück. Als Informationsmanager von Fale habe ich mir die Freiheit genommen, Euch mit falschen Identitäten auszustatten. Wenn man Euch schnappt, dann tut erstaunt. Man wird Euch wieder gehenlassen.«

»Ich habe mich schon gefragt, wie das viele Geld auf mein Konto gekommen ist«, flüsterte Gallen. »Ich wußte, daß ich einen geheimen Verbündeten hatte.«

»Viel Glück«, flüsterte Veriasse. Dann eilte er davon.

Gallen führte Maggie durch die Schlucht in die Hügel. Sie bewegten sich kriechend im Sternenlicht vorwärts und waren mehr um ihre Deckung als um schnelles Vorankommen besorgt. Sie erreichten das Lager, bevor der Tag anbrach, schlüpften in Oricks behelfsmäßige Hütte und schliefen sofort.

Als es dämmerte, wurden sie von Veriasses Pfeifen geweckt. Er stand auf einer kleinen Erhebung und hielt drei verschnürte Pakete in der Hand.

Er blickte nach Norden. Es dauerte einen Moment, bis Gallen erkannte, daß er Everynne und Orick rief. Gallen stand auf und streckte sich. In der Ferne konnte er Everynne und Orick erkennen, die durch den Wald herbeieilten. Er wunderte sich über die unheimliche Fähigkeit des alten Mannes, sich so lautlos auf dem überwucherten Boden zu bewegen und sie zu finden, egal, wie gut sie versteckt waren.

Gallen schüttelte Maggie wach und stieg auf den Hügel zu Veriasse. »Vielen Dank für Eure Hilfe letzte Nacht, Veriasse. Woher habt Ihr gewußt, daß wir unter der Brücke waren?«

»Ich habe Euch aus der Ferne beobachtet«, antwortete Veriasse. »Ich sah, wie Ihr Maggies Zimmer betreten und ihr zur Flucht verholfen habt. Ich war überrascht, als Ihr zum Schluß das Fenster geschlossen habt, bevor Ihr ins Wasser gesprungen seid. Das war klug! Ich bin sicher, es hat die Wachen verwirrt. Sie werden zuerst im Gebäude nach Euch gesucht haben. Wahrscheinlich sind ihre Hauptanstrengungen immer noch auf den Aberlainenkomplex gerichtet. Nun, jedenfalls habe ich beobachtet, wie Ihr in den Fluß gesprungen seid. Ich habe die Strömung abgeschätzt und konnte erraten, wo Ihr ankommen würdet. Ihr habt die Flucht ziemlich gut geplant, obwohl Eure Unerfahrenheit beinahe alles zunichte gemacht hätte.«

»In welcher Hinsicht?« fragte Gallen überrascht.

»Ihr hattet keine Ahnung von den Fähigkeiten moderner Verfolgungsfahrzeuge. Es war mein Fehler, Euch nicht zu warnen. Aber Ihr habt auch versucht, die Bewegungsmelder zu überlisten. Damit hatte ich allerdings gerechnet. Also ging ich zu Maggies Fenster und setzte Störsender ein, bevor Ihr aufgetaucht seid.«

»Wollt Ihr damit sagen, Ihr wart dort?«

»Nur für einen Augenblick.«

»Und warum habt Ihr Maggie nicht gleich selbst befreit?«

»Und mich unnötigen Gefahren ausgesetzt? Solange Ihr bereit wart, das größere Risiko auf euch zu nehmen, erschien es mir vernünftig, Euch gewähren zu lassen. Außerdem – hättet Ihr versagt, hätte ich Euch beide befreien müssen.«

Gallen starrte verärgert zu Boden. Veriasse hatte recht. Noch vor einer Stunde war Gallen sich noch wie ein Held vorgekommen. Nun fühlte er sich wie ein kleiner Junge, den man bei einer Dummheit überrascht hatte. Veriasse mußte seine Gedanken erraten haben. »Ihr seid ein sehr begabter und mutiger junger Mann. Ich würde gern glauben, daß ich so gut war wie Ihr, als ich in Eurem Alter gewesen bin, aber ich war es nicht. Ich habe in meinem Leben viele Kämpfer ausgebildet. Wärt Ihr gern einer von ihnen?«

Gallen nickte.

Veriasse begann, die Bündel aufzuschnüren. Er hatte Gallen einen schwarzen Umhang, schwarze Schuhe und Handschuhe und eine fahle lavendelfarbene Maske mitgebracht. Zu seiner Ausrüstung gehörten zwei Köcher. Einer war für ein Schwert, der andere für ein Flammrohr. Gallen blickte ehrfürchtig auf die Bekleidungsstücke. Es war keine fünf Nächte her, daß er einen Mann mit genau dieser Ausrüstung gesehen hatte. Er hatte den Mann für einen Sidhe gehalten.

»Das ist die Kleidung eines Lords von Fale, aber wer trägt diese Farben?« fragte Gallen und deutete auf die Maske.

»Ich trug sie, als ich jünger war«, antwortete Veriasse. »Es waren meine Farben als Lord Protektor. Lord Oboforron hat sie vor ein paar Jahren von mir erworben, aber er ist kürzlich von den Drononen exekutiert worden. Deshalb habe ich den Titel letzte Nacht zurückgekauft. Ich habe Euch ja schon gesagt, daß ich Euch eine neue Identität verschafft habe. Nun braucht Ihr die entsprechende Kleidung, um Eure Rolle zu spielen. Zieht die Sachen an.«

Gallen zog sich um. Die Stiefel schrumpften an seinen Füßen zu einer perfekten Paßform, kaum daß er hineingeschlüpft war. Der Umhang schien sehr fest zu sein, und dick genug, um einen Dolchstoß abzuwehren, doch er war leicht und saß bequem. In den Handschuhen waren Metalleinlagen über den Knöcheln und an den Handkanten. Ein Schlag mit diesen Handschuhen mußte für seinen Gegner verheerend sein. Gallen schnallte die Waffenköcher um.

Zu seiner Ausrüstung gehörte ein ›Mantel‹, ein persönlicher Ratgeber. Es war ein feingesponnenes Netz mit vielen silbernen Dreiecken. Gallen zögerte, es überzuziehen. Er hatte noch nie einen solchen ›Mantel‹ getragen, und er hatte genug über persönliche Ratgeber erfahren, daß er sich diesem hier nicht ohne weiteres anvertrauen wollte. Veriasse aber drängte: »Nun macht schon! Der Mantel wird Euch alles erklären, was Ihr als

Protektor wissen müßt. Er kann Euch viele wertvolle Informationen liefern.«

Gallen zog den silbernen Mantel über. Er fühlte das wohlbekannte Kribbeln, als die künstliche Intelligenz die Kommunikation mit ihm aufnahm. Doch sein Verstand wurde nicht mit Informationen und Bildern überflutet, wie es beim Lehrer in der Universalbibliothek der Fall gewesen war. Statt dessen strafften sich seine Muskeln unwillkürlich, ohne zu verspannen, und seine Sinne waren geschärft. Gallen fühlte sich fast, als ... Er lauschte. In einer Entfernung von vielleicht zwanzig Meilen konnte er einen Flieger hören. Der Bezwingerpilot erstattete über Com eine Meldung und berichtete seinen Aufsehern, daß er in seinem Suchbereich nichts gefunden hatte.

»Was macht das Ding mit mir?« fragte Gallen.

»Dieser Mantel hat eine ganze Reihe von eingebauten Sensoren«, gab Veriasse zur Antwort. »Er kann hören, sehen, riechen. Er entdeckt Bewegungen und Waffen besser, als ein normaler Mensch es jemals könnte. Wenn Ihr etwas in der Ferne beobachten wollt, schließt einfach die Augen und denkt an das, was Ihr sehen wollt. Solange es sich in gerader Sichtlinie befindet, wird das Bild stark vergrößert vor Eurem geistigen Auge erscheinen. Mit der Zeit werdet Ihr lernen, die Wahrnehmungsfähigkeiten des Mantels ganz unbewußt einzusetzen.«

»Und wie kann ich von diesem Ding lernen?« fragte Gallen.

»Wenn Ihr Euch in Sicherheit befindet, weit von jeder Gefahr, wird er Euch mit seinem Lernprogramm ausbilden. Doch im Moment besteht Gefahr. Der Mantel wird von allein immer auf das vorbereitet sein, was gerade vor Euch liegt. In den frühen Jahrzehnten Eurer Ausbildung tut Ihr nur das, was Euer Instinkt Euch sagt, wenn Ihr in Gefahr geratet. Das Wissen wird immer dann kommen, wenn Ihr es benötigt.«

Gallen setzte die Maske auf. Sie sah wie eine dünne Gelschicht aus. Nachdem er sie aufgesetzt hatte, paßte sie sich, wie zuvor die Stiefel, perfekt an sein Gesicht an. Sie saß, als wäre sie festgeklebt.

Veriasse hatte für Maggie einen ockerfarbenen Umhang mit einer fahlgrünen Maske besorgt. Ihr Mantel war sehr groß. Er besaß Dutzende von silbernen Ikonen, die über ihre Schultern bis tief in den Rücken hingen. »Ich habe beschlossen, Euch zu einer Lady der Techniker zu machen«, sagte Veriasse. »Ihr werdet feststellen, daß Eure künstliche Intelligenz sehr viel mehr kann als dieser dumme kleine Tutor, und der Mantel ist ein freundlicher Diener, kein grausamer Herr. Ihr könnt ihn jederzeit ablegen, wenn Ihr wünscht.«

»Das verstehe ich nicht. Diese Mäntel müssen unglaublich teuer sein!« sagte Maggie, als sie die Kleidung über ihr dünnes Nachthemd zog.

»Das stimmt«, antwortete Veriasse. »Aber ich bin sehr wohlhabend. Ich kann es mir leisten, Euch diese Geschenke zu machen.«

»Ihr wart Semarittes Gatte, bevor die Drononen diese Welt erobert haben?« fragte Gallen.

»Gatte?« sagte Veriasse. »Ein seltsames Wort. Und ein sehr altes zudem. Nein, ich war nicht ihr Gatte. Nicht auf die Art und Weise, wie Ihr denkt, obwohl ich sie begattet habe. Ich erzog und beschützte sie so gut, wie ein Mann es nur kann. Es wurde meine Berufung. Ich war Euch einst sehr ähnlich, Gallen. Ein Leibwächter, ein Beschützer. Aber ich glaube, die Drononen besitzen eine klarere Vorstellung von dem, was ich bin.

Ich war Semarittes Lord-Begleiter. Der Wegbereiter. Unter den Drononen kämpfen die Begleiter untereinander um das Recht, Leibwächter der Goldenen Königin zu werden. Der Sieger erhält den Titel des Lord-Begleiters. Die Lord-Begleiter aus den verschiedenen Stöcken treffen sich anschließend und tragen rituelle Kämpfe aus. Die Goldene Königin des Siegers besteigt den Hohen Thron und wird damit zum Lord des Schwarms. Daher wird ihr Lord-Begleiter auch Wegbereiter genannt – derjenige, der den Weg zum Thron bereitet.

Es war meine Aufgabe, Semarittes Schlachten zu schlagen und sie vor anderen mächtigen Lords zu schützen. Aber ich hätte nie auf eine Weise ihr Mann sein können, wie Ihr es versteht. Nur ihr Verwalter. Ihr Haus- und Hofmeister. Jetzt bin ich der Wegbereiter ihrer Tochter Everynne.«

»Dann ist Everynne Eure Tochter?« fragte Maggie erstaunt.

»Nicht meine biologische Tochter« antwortete Veriasse. »Sie ist eine Tharrin, Mitglied einer Rasse, die zum Regieren gezüchtet wurde. Ich bin von weniger vornehmer Herkunft. Manchmal nennt sie mich gefühlsmäßig Vater, und ich nenne sie Tochter, weil ich sie wie mein eigenes Kind großgezogen habe. Aber sie ist eine Doppelgängerin Semarittes und aus ihren Zellen geklont.«

Orick erreichte den Hügel. Nachdem er Maggie und Gallen überschwenglich begrüßt hatte, wandte Veriasse sich an ihn: »Das Magcar kann uns alle fünf tragen, aber ich befürchte, daß Ihr, Orick, zuviel Aufmerksamkeit auf uns ziehen werdet. Wir dürfen unser Glück nicht herausfordern und müssen Euch deshalb verstecken. Ich habe einen Umhang für Euch besorgt, unter dem Ihr Euch auf der Fahrt in die Stadt Guianne verbergen könnt.«

Veriasse zog einen Umhang in den braunen Farben des Waldes aus seinem Bündel. Er legte ihn Orick um den Hals, doch der Verschluß war nicht weit genug. Orick mußte einige Minuten auf den Hinterbeinen stehen und stillhalten. Er brummte widerwillig wegen dieser unbequemen Körperhaltung.

Veriasse gelang es schließlich, den Umhang zu verschließen. Sie stiegen ins Magcar und fuhren eine Stunde lang über einen stürmischen Bergpaß in Richtung Süden. Während der Fahrt wurden sie zweimal an Kontrollstationen angehalten und von grünhäutigen Riesen befragt. Doch nachdem sie die falschen Ausweise von Maggie und Gallen einer Überprüfung unterzogen hatten, konnten sie unbehelligt weiterfahren.

Während das Magcar über den letzten Berg kletterte, konnte Orick den Geruch des Meeres wittern, noch bevor die See sich unter ihnen ausbreitete. Die Stadt Guianne kam in Sicht. Es war eine Ansammlung exotischer Kuppeln, die wie gigantische Eier im Nest eines Riesenvogels auf dem sandigen Küstenabschnitt lagen. Über der Stadt waren Wesen zu sehen, die träge in den Luftströmungen trieben. Sie trugen durchsichtige Flügel auf dem Rücken und sahen wie riesige Libellen aus.

Erst, als Veriasse den Berg hinunterfuhr und sie der Stadt näherkamen, bemerkte Orick, wie riesig sie sein mußte. Nach mehr als fünf Minuten Fahrt waren die Gebäude zwar größer geworden, schienen aber noch immer sehr weit entfernt zu sein.

Orick begann gerade, sich an die Vorstellung dieser Riesenbauwerke zu gewöhnen, als die Flügelmenschen sich aus einem bestimmten Bereich der Stadt zurückzogen. Eines der runden Gebäude erhob sich in die Luft, als gäbe es keine Schwerkraft. Es stieg immer schneller kerzengerade nach oben in die klare Morgenluft, bis es hinter einer Wolkendecke verschwand.

»Beim wedelnden Bart des heiligen Jermaine! Niemand wird mich in so ein Gebäude kriegen!« rief Orick.

Maggie sagte: »Das ist kein Gebäude. Es ist ein Sternenschiff. Alle diese Kuppeln sind Sternenschiffe.«

Orick schaute sich zu Maggie um. Ihr Gesichtsausdruck war eigenartig, eine Mischung aus ehrfürchtigem Staunen und Verlangen. Sie war auf wundersame Weise verwandelt. »Und ich weiß, wie sie funktionieren!«

Orick bekreuzigte sich, um Unglück abzuwenden. Er murmelte leise vor sich hin: »Ich weiß nicht, warum ich hierher gekommen bin. Von hier kann nichts Gutes kommen. Aber das sage ich ja schon die ganze Zeit. Du hättest bleiben sollen, wo du hingehörst, Orick. Bären brauchen den Wald wie Vögel den Himmel.«

Der Wagen schwebte über die Straße und bog in einen der vielen verzweigten Boulevards ein. Je näher sie der Stadt kamen, desto höher ragten die eiförmigen Schiffe über ihnen auf. Unter den Schiffen erstreckte sich eine Ansammlung von Tunnels und Durchgängen, verzweigt wie die Adern eines Blattes. Veriasse steuerte den Wagen zu einer weiten, tunnelähnlichen Öffnung und fuhr durch einen Torbogen. Die Drononen waren hier viel zahlreicher als in Toohkansay. Ein Dutzend Bezwinger bemannte eine Art Wachturm am Tor. Sie schwenkten riesige Flammrohre. Veriasse hielt an und zeigte die Papiere vor.

Die Bezwinger ließen den Wagen durch. Veriasse fuhr eine breite Straße unter der von Raumschiffen bedeckten Stadt entlang. Es war ein weitläufiger Tunnel, dessen Decke mindestens dreihundert Fuß über ihnen war. Zu beiden Seiten der Straße lagen Geschäfte, in denen exotische Waren angeboten wurden. Der Duft unbekannter Speisen drang durch den Tunnel in Oricks Nase. Kleine Seitengassen führten zu Wohnquartieren und Parks, die nicht von Raumschiffen bedeckt waren. Es herrschte starker Verkehr. Viele Fahrzeuge und Fußgänger waren unterwegs; deshalb fuhr Veriasse langsam. Der alte Mann fuhr noch fast eine Stunde die leicht geneigte Straße zum Zentrum hinab.

Es wurde dunkler. Orick blickte hinauf zu den riesigen Fenstern und bemerkte, daß sie sich bereits unter dem Meer befanden. Fischschwärme bewegten sich über ihnen durch das grüne Wasser.

Tief im Innern der Stadt hielt Veriasse das Magcar vor einem Gebäude an, dessen seltsame Fassade Oricks Aufmerksamkeit erregte. Es gab nirgendwo Hinweisschilder, die Vorübergehenden den Zweck des Bauwerks verrieten. Vor dem Eingang befanden ich Laternen an hohen Masten, doch die gedämpfte Beleuchtung verlieh dem Ort eine düstere Atmosphäre. Der Eindruck verstärkte sich noch dadurch, daß es im Umkreis von mehreren hundert Metern keine Geschäfte gab. Es war still. Einige wenige Leute eilten ins Gebäude, andere kamen heraus. Sie hielten die Köpfe gesenkt, als ob sie nicht erkannt werden wollten.

Ein Basrelief aus der Fassade zeigte das Abbild einer Frau, die mit ausgestreckten Armen dastand. Hinter ihr funkelte ein Feld voller goldener Sterne.

Das Kunstwerk war wunderschön.

»He, das ist ja ein Bild von Everynne!« rief Orick.

»Pssst«, flüsterte Veriasse. »Es ist nicht Everynne. Das ist ein Bildnis von Semaritte, Everynnes Mutter, die einst unsere große Richterin war. Dies ist ihr Grab.«

Plötzlich begriff Orick, weshalb es hier so leise und feierlich zuging.

»Warum ist das Licht so gedämpft?« fragte Everynne. »Es sieht aus, als wäre das Gebäude geschlossen.« In der Nähe des

Eingangs standen zwei kräftige Bezwinger mit finsteren Mienen auf Posten.

»Die Drononen würden das Grab sperren, aber sie wagen es nicht«, sagte Veriasse. »Sie wollten, daß die Erinnerung an Semaritte mit ihr stirbt, aber es gibt zu viele, die ihr nachtrauern, die sie noch immer verehren, und das verwirrt die Drononen. Verehrung für die Besiegten können sie nicht verstehen.«

Orick sagte nichts. Doch er bezweifelte, daß man eine Frau *so* verehren konnte, wie Veriasse behauptet hatte. Semaritte war schließlich nur ein Mensch. Veriasse aber sprach mit einer Hingabe von ihr, die Orick nur Gott und seinen Dienern entgegenbrachte.

Sie stiegen aus dem Magcar. Everynne und Veriasse weigerten sich, das Grab so still und leise zu betreten wie die anderen Besucher. Sie marschierten stolz und hoch aufgerichtet die breite Treppe zur verzierten Tür hinauf. Die grünhäutigen Riesen schauten regungslos zu, bis sie Gallen erblickten. Einer von ihnen packte Gallen bei der Schulter und hielt ihn fest. »Vor langer Zeit habe ich einem Herren gedient, der diese Farben getragen hat«, sagte der Wächter.

Gallen drehte sich um und blickte unter seiner schwarzen Kapuze auf. Seine Lavendelmaske verzog sich. Er war wütend, daß man es gewagt hatte, ihn anzuhalten – als wäre der Riese irgendein Ungeziefer, das er zertreten könnte. Gallen sagte: »Viele Dinge ändern sich. Ich hoffe, daß du ihm genauso gut gedient hast, wie du deinem neuen Herrn dienst.«

Der Riese zog die Hand von Gallens Schulter zurück. Die Gruppe trat durch das Tor in eine Art Kathedrale. Der Raum war still und mit vielen Teppichen verhangen, so daß kein Geräusch von Wänden und Decke reflektiert wurde. Durch ein Seitenschiff schritten sie durch lange Reihen von Bänken, auf denen schweigende Besucher saßen. Die meisten waren Lords und trugen dunkle Roben und schimmernde Masken. Orick wunderte sich. Vielleicht war es den einfachen Leuten nicht gestattet, das Innere des Raumes zu betreten. Oder sie fürchteten sich, hier zu beten.

Vor ihnen ragte ein großer Steinsockel auf. Er zeigte ein Bild, das wie der gekreuzigte Christus aussah. Oben auf dem Sockel befand sich eine geisterhafte Erscheinung. Es war Semaritte. Sie sprach leise zu der Menge. Die klare Stimme aus ihrem Mund sagte: »Die rechtmäßige Pflicht des einen, der euch führen wird, besteht darin, der Diener aller zu sein. Wir Tharrin glauben, daß ein Diener in Wort und Tat helfen und frei von aller Selbstsucht sein muß. Wer als Führer anders handelt, ist weder seiner Stellung noch der Ehre würdig ...«

Orick lauschte verzückte. Die Worte Semarittes waren anders als alles, was er bisher von irgend einem aufgeblasenen Bürgermeister oder Clanhäuptling zu Hause im Bezirk Morgan gehört hatte. Er, Orick, war im Reich der Sidhe, und hier war ihre Kirche, und Semaritte war ihr Gott gewesen!

Orick trat näher an den Sockel heran. Er erkannte, daß es nicht Christus war, dessen Bildnis man eingemeißelt hatte. Es war ein schwarzes Skelett, das halb mit dem Stein verschmolzen war. Es waren die sterblichen Überreste von Everynnes Mutter. Das Fleisch war von den Knochen gebrannt und hatte sich in eine schwarze, ölig glänzende Substanz verwandelt. Das Skelett jedoch war erhalten. Die Arme waren schützend erhoben, als ob die Frau einen Schlag abwehren wollte, die Beine waren gespreizt. Stücke ihrer Haare und das Netzgeflecht der künstlichen Intelligenz, des Mantels, waren zusammen mit einer Halskette und anderen Metallgegenständen mit dem Stein verschmolzen. So sah jemand aus, der von einem Flammrohr getroffen worden war, erkannte Orick. Er hatte gesehen, wie Vater Heany in Clere im Feuer starb, doch er hatte bis jetzt keine Vorstellung von der Vernichtungskraft der Waffe gehabt.

Die fünf verweilten vor den Überresten Semarittes. Veriasse ließ sich auf ein Knie herab. Auch Everynne kniete vor dem entstellten Körper ihrer Mutter wieder und berührte die Überreste. Über ihnen fuhr die Abbildung der toten Königin noch einige Zeit mit ihrer Ansprache fort. Sie erzählte von den Pflichten des Obersten Richters und schwor, ihre Aufgabe so lange zu erfüllen, wie das Volk es wollte. Als sie geendet hatte, verblaßte das Bild. Eine Stimme verkündete, daß die Ansprache der Toten in fünf Minuten wiederholt würde.

Veriasse berührte Everynnes Schulter und sagte: »Es ist Zeit, meine Tochter, meine Herrin.« Dann erhob er sich und ging leise zum Ausgang. Er schloß die Türen der inneren Kapelle, während Everynne zum Podium schritt. Als sie oben angelangt war, zog sie ihre Kapuze und die fahle blaue Maske ab, um ihr Gesicht zu zeigen.

Sie begann zu sprechen. Sie zitierte Worte, die nach Oricks fester Überzeugung der Beginn von Semarittes Rede sein mußte. »In allen Himmeln, zu allen Zeiten und unter allen Völkern war der größte Schatz einer Nation stets die Größe und Anzahl ihrer guten Führer. Kein Reichtum der Welt kann die Habgier eines Tyrannen stillen. Keine Nation kann sich glücklich nennen, die unter dem eisernen Fuß des Krieges steht. Kein Volk darf eine korrupte Regierung tolerieren, egal, ob sie frei gewählt wurde oder durch üble Machenschaften in diese Position gelangte.«

Orick sträubten sich die Haare.

Er staunte, daß Everynne es wagte, trotz der Bezwinger draußen vor dem Eingang der Kathedrale in diesem Ton zu sprechen. Doch Everynne ließ sich von den Drononen nicht einschüchtern. Sie nahm ihren Umhang ab, unter dem eine hellblaue Robe zum Vorschein kam. Das Licht, das auf die Überreste ihrer toten Mutter geleuchtet hatte, schien jetzt voll auf sie. Es war wie ein Blitzstrahl aus dem Dunkel.

Orick dreht sich nach den Sitzreihen um. Die wenigen Menschen, die gekommen waren, um der toten Semaritte ihre Verehrung zu erweisen, hatten sich erhoben. Einige standen mit offenem Mund da; andere gaben erstaunte Ausrufe von sich.

Everynne fuhr fort: »Und so habt ihr uns Tharrin gemacht, um den Frieden unter euch zu wahren und die Ordnung aufrecht zu erhalten, auf daß jedem das Recht gewährt wird, in Freiheit zu leben und auf seine Art glücklich zu sein.

Die rechtmäßige Pflicht des einen, der euer Führer sein wird, besteht darin, der Diener aller zu sein. Wir Tharrin glauben, daß ein Diener in Wort und Tat helfen und frei von aller Selbstsucht sein muß. Wer als Führer anders handelt, ist weder seiner Stellung noch der Ehre würdig ...« An diesem Punkt verkürzte sie die Rede und sagte: »Ich stehe vor euch und biete euch an, der Führer zu werden, den ihr sucht. Mein Name ist Everynne, Tochter der Semaritte, und ich bin eine Tharrin. Ich will die Dronenen aus unserem Reich vertreiben, aber ich kann es nicht allein. Wer von euch will mir zu Hilfe kommen?«

Aus jeder Ecke des Raumes erklangen die Rufe der Anwesenden: »Ich! Ich! Ich werde Euch helfen!« Die stolzen Lords in ihren leuchtenden Masken stürzten nach vorn. Sie weinten vor Freude, als sie sich Everynne zu Füßen warfen. Sie knieten vor ihr nieder und streckten die Hände aus, daß Everynne sie ergreifen konnte. Everynne drückt jedem fest die Hand und dankte ihm.

Und irgendwie fand sich auch Orick der Bär, der immer von sich geglaubt hatte, daß er eines Tages ein Diener Gottes werden würde, unter der kleinen voreilenden Menge wieder. Er setzte sich auf die Hinterpfoten und hob eine Tatze. Everynne lächelte ihn überrascht an, und Tränen füllten ihre blauen Augen. »Orick!« Sie lächelte. »Selbst du?«

»Ich werde Euch helfen, Lady, obwohl ich nur der einfachste Eurer Diener bin«, sagte er fest.

»Ich zweifle keinen Augenblick daran, daß du zu den Tapfersten gehören wirst«, sagte Everynne, als sie vor ihm niederkniete und seine Tatze küßte. Und Orick war es, als würde er soeben seine priesterlichen Gelübde der Reinheit und Keuschheit vor ihr ablegen.

11

In dieser Nacht fand Gallen keinen Schlaf. Stundenlang wälzte er sich wie im Fieber, lag in seinem eigenen Schweiß. Eine Zeitlang machte er sich über seinen Gesundheitszustand Gedanken, beruhigte sich aber, als er bemerkte, daß der Mantel mit seinem Unterricht begonnen hatte. Gallen hatte geträumt, doch die Träume waren Erinnerungen an Geschehnisse, die Veriasse erlebt hatte. Zuerst träumte er von Fale. Er hatte Semaritte auf diese Welt begleitet, als die Drononenschiffe wie schwarze Wolken aus dem Himmel gefallen waren. Die Drononen kamen mit einer riesigen Übermacht und riegelten Guianne von der Außenwelt ab. Die Bewohner waren in ihren Tunnels und Gängen unter dem Meer gefangen. Die Wächter versuchten, die Angreifer zurückzuschlagen, doch die Drononen waren übermächtig. Wie dunkle Wellen von Sand überschwemmten sie das Land.

Veriasse und Semaritte waren in der Gerichtshalle von Guianne gefangen. Hunderttausende von Drononen belagerten das Bauwerk, eine schwarze Woge von Kriegern, die über die Leichen ihrer Gefallenen voranstürmten. Schließlich hatten sie eine Gasse geschaffen, und ihre Goldene Königin konnte zusammen mit ihrem Lord-Begleiter eintreten. In Gallens Traum kämpfte Veriasse verbissen mit dem Lord-Begleiter. Er traf den Chitinkörper des Wesens, schlug ihm einen der Fühler ab, zerschmetterte seine Augen mit mächtigen Hieben. Doch nach einiger Zeit wurde er müde. Der Lord-Begleiter erwischte ihn mit einem Flügel. Es war ein unerwarteter Schlag, denn er hätte der Kreatur im Kampf mit einem Artgenossen nichts genützt. Doch der Flügel des Drononen durchtrennte Veriasses Bauchdecke wie ein Säbel, und seine Eingeweide quollen hervor. Veriasse schwankte und fiel.

Der Lord-Begleiter rasselte mit den Flügeln; es klang wie ein lautes Donner. Dann erhob er sich in die Luft. Mit einem einzigen Schlag schlitzte er Semaritte auf, während Veriasse hilflos zusehen mußte. Die drononischen Bezwinger erhoben sich unter flügelrasselndem Beifall. Der Lord-Begleiter nahm Semarittes Kommandomantel und legte ihn seiner Königin über. Dann rief er seinen Kriegern zu, daß Tlitkani nun die neue Führerin des Schwarms sei, Königin aller Drononen und Menschen.

Dann stürmte ein drononischer Bezwinger vor und hob sein Flammrohr. Er schoß auf Semarittes Leichnam. Rauch und der Geruch des chemischen Feuers zogen durch die Halle. Veriasse wurde schwarz vor Augen, als er versuchte, die Eingeweide wieder in seinen Leib zu drücken. Er hielt die Bauchdecke zusammengepreßt. Er war nicht sicher, ob die Nanodocs in seinem Körper mit so einer großen Wunde fertig werden konnten.

In seinem Traum konnte Gallen Veriasses Schmerzen nicht spüren. Er konnte zwar seine Gedanken wahrnehmen und seinen Handlungen folgen, doch der Traum vermittelte keine Gefühle.

Gallen erwachte. Lange Zeit dachte er über den Traum nach und überlegte, ob es eine Möglichkeit für Veriasse gegeben hatte, die Drononen zu besiegen. Plötzlich waren vor seinen Augen Bilder des Planeten Dronon. Gallen sah eine braune Welt mit eigenartiger Vegetation. Die Insekten hatten Lungen entwickelt, die es ihnen erlaubten, weit größer zu werden als alle Lebewesen, die auf erdähnlichen Planeten existierten. Dronon war eine riesige Welt. Sie umkreiste ihre Sonne nur einmal alle vier Erdjahre. Der Neigungswinkel des Planeten betrug zweiundvierzig Grad, was zur Folge hatte, daß die Polkappen einmal pro Drononjahr völlig schmolzen. Ein halbes Jahr war die eine Hälfte des Planeten in tiefe Dunkelheit getaucht, während die andere in der Sonne lag, so daß die Drononen gezwungen waren, mit den Jahreszeiten über die Kontinente zu wandern. Sie ernährten sich von strauchähnlichen Pilzen. Jeder Stock befand sich in permanentem Kampf mit seinen Nachbarn. Man kämpfte um Lebensraum und Nahrung, um die besten Brutplätze und um Wasser, das in der heißen Jahreszeit knapp war. Die Devise lautete: Erweitere dein Territorium oder stirb.

In jedem Stock brach ein wilder Kampf unter den ersten Weibchen aus, die schlüpften. Sie versuchten, sich gegenseitig die externen Ovarien abzureißen. Das Weibchen, das als letztes Eierstöcke besaß, übernahm die Anwartschaft als zukünftige Königin. Bald wurde es von den anderen anerkannt und wartete, bis ein Lord-Begleiter von einem anderen Stock erschien und den herrschenden Lord-Begleiter tötete. Dann machte er die Prinzessin zur neuen Königin des Stocks. Die anderen Weibchen entwickelten nie die sekundären Geschlechtsmerkmale von Königinnen. Sie blieben in ihrem Wachstum zurück, und ihre Farbe blieb weiß wie die von Larven. Ihre unglaublichen Energien wurden durch Arbeit statt durch Vermehrung abgebaut, nachdem sie die niedrigsten Diener im Stock geworden waren.

Unter den Männchen fand ein ähnlicher Kampf statt, unmittelbar, nachdem sie als Erwachsene aus ihren Puppen geschlüpft waren. Die männlichen Bezwinger fochten mit ihren riesigen Flügeln und ihren mächtigen Kampfarmen einen rituellen Kampf aus, bei dem sie versuchten, sich gegenseitig ihre Geschlechtsorgane abzureißen. Zum Schluß blieben nur jeweils sechs Männchen übrig. Diese sechs brachen in der Hoffnung zu anderen Stöcken auf, dort neue Königreiche zu gewinnen. Die besiegten Bezwinger blieben in ihren alten Stöcken zurück.

Oft schlüpfte ein drittes Geschlecht ohne funktionstüchtige Fortpflanzungsorgane.

Es hatte deformierte Flügel und viel weniger Energie als Arbeiterinnen. Doch seine Angehörigen waren meist sehr intelligent und zur Lösung komplexer Probleme fähig. Diese Individuen wurden die Techniker des Stocks, die Architekten, Ratgeber und Künstler.

In vielen Jahrtausenden hatten sich die Königinnen verändert. Sie wurden immer maskuliner, legten immer mehr Eier und lebten länger. Nur die Stärksten hatten eine Überlebenschance. Es war im Interesse der Königinnen, die Schwachen auszurotten und konkurrierende Stöcke zu zerstören.

Unter den Königinnen gab es stets eine Regentin, die den gesamten Schwarm mit allen seinen Stöcken beherrschte. Ihre Zeit begann üblicherweise erst, wenn sie mindestens einhundertfünfzig drononische Jahre alt war; dann wechselte ihr Exoskelett seine Farbe und bekam einen wunderschönen Goldton. Wenn die Königin es geschafft hatte, dieses Alter ohne Narben zu erreichen, ohne gebrochene Glieder oder ein angeknackstes Exoskelett, versammelten ihre Nachkommen sich verzückt vor Ekstase, um der neuen Goldenen Königin zuzujubeln.

Der Lord-Begleiter des Stocks zog dann mit seiner Goldenen über das Land, um die regierende Goldene Königin zu suchen.

Die Lord-Begleiter jeder Goldenen kämpften anschließend gegeneinander um das Recht, den Schwarm für tausend Jahre zu beherrschen. Wenn einer der Begleiter getötet wurde, griff sein Kontrahent die gegnerische Goldene an und verstümmelte sie so, daß sie die Verehrung der Stämme verlor. Häufig wurde einer solchen Königin erlaubt, zu ihrem eigenen Stock zurückzukehren und eierlegend bis zu ihrem natürlichen Tod dort zu bleiben.

Der siegreiche Begleiter und seine Königin wurden die Herren des gesamten Schwarms. Sie koordinierten die Arbeit der einzelnen Stöcke – die Wanderungen über die weiten Ebenen Dronons bis hin zur Eroberung des Weltraums und den Schlachten der Bezwinger, mit deren Hilfe sie ihr Territorium zu vergrößern suchten.

Gallen lag in einer Art Halbschlaf. Der Mantel zeigte ihm Aufnahmen von rituellen Schlachten zwischen Lord-Begleitern, die man gefilmt hatte. Veriasse hatte diese Kämpfe äußerst sorgfältig studiert. Er hatte die verschiedenen Kampfstellungen und Angriffsformen, die Benutzung der peitschenähnlichen Fühler, der Mundwerkzeuge, der gezackten Kampfarme und der klauenbewehrten Beine in allen Einzelheiten beobachtet. Er hatte Autopsien an toten drononischen Bezwingern vorgenommen und Untersuchungen angestellt, wieviel Kraft erforderlich war, um beispielsweise ein Facettenauge zu zerstören, die gekrümmte Klaue eines Vorderarms oder einen Fühler auszureißen, oder einen Kopf abzuschlagen. Er hatte auf der Suche nach den Schwachstellen der Drononen die Widerstandsfähigkeit ihres Exoskeletts erforscht und seine Dicke vermessen.

Die Drononen besaßen nur wenige verwundbare Stellen. Ihre Exoskelette boten ihnen einen hervorragenden Schutz für Kopf, Bauch und Rücken. Am leichtesten waren sie noch an den Hinterbeinen verwundbar, wo ihre Atemöffnungen saßen. Aber es war so gut wie unmöglich, in einem Kampf an diese Stelle zu gelangen. Die Drononen konnten sich hervorragend gegen Angriffe von vorn verteidigen, und ihrer Sprungkraft und ihren Flugfähigkeiten wegen war es beinahe ausgeschlossen, daß ein Mensch sie von hinten angreifen konnte.

Gallen lag lange Zeit auf seinem Bett und dachte darüber nach, wie man gegen einen Drononen Mann gegen Mann kämpfen müßte, um eine Siegchance zu haben. Hin und wieder döste er ein und fand sich beim Erwachen schlafwandelnd mit geheimnisvollen Übungen beschäftigt. Er dehnte Muskeln, von deren Existenz er bis zu diesem Zeitpunkt noch nicht einmal etwas gewußt hatte; er trat und hieb nach imaginären Feinden, die sich in den stillen Hallen des Tempels aufhielten.

Während einer dieser Übungen erschien Maggie, selbst noch halb im Schlaf. »Was machst du eigentlich um diese Zeit noch?«

»Ich kann nicht schlafen«, sagte Gallen. »Veriasse hat mir gesagt, daß dieser verdammte Mantel mich unterrichten würde, wenn es ruhig ist. Aber er läßt mich überhaupt nicht schlafen!«

Maggie blickte ihn an und erwiderte: »Hast du schon mal versucht, mit ihm zu reden? Sag ihm einfach, daß du für den Rest der Nacht schlafen möchtest.«

Gallen gab das Kommando, und der Mantel stellte seine Lektionen unverzüglich ein. Er ging zurück zu seinem Bett, auf das Maggie sich niedergelegt hatte. Der Mantel flüsterte Gallen zu, sich zu ihr zu legen. »Warum?« fragte er, und die Antwort entstand in seinen Gedanken: »Du bist jetzt Lord Protektor. Du mußt jemanden haben, den du beschützen kannst.«

In den nächsten Tagen folgte Orick Lady Everynne auf Schritt und Tritt. Sie hatte nichts gegen seine Gegenwart einzuwenden. Es gab nur wenige, die einen Bezwinger in einem Zweikampf besiegen konnten. Everynne vergaß nicht, daß der Bär ihr schon einmal das Leben gerettet hatte; außerdem war seine Anwesenheit eine große moralische Stütze für sie. Everynne war sich bewußt, daß sie als Herrscherin gezüchtet worden war, und daß man ihre Pheromone und ihr gesamtes Erscheinungsbild genetisch verändert hatte, um sie für andere Menschen attraktiv zu machen. Sie hatte immer schon bemerkt, wie leicht sie die Menschen durch scheinbar unbedeutende Kleinigkeiten beeinflussen konnte.

Wenn sie einen Mann um etwas bat, konnte sie im Sitzen kleiner und hilfloser wirken. Hoch aufgerichtet und mit geraden Schultern wirkte sie majestätisch, als habe sie jede Situation unter Kontrolle. Augenkontakt und sanfte Worte konnten ihr helfen, einen zögernden Gesprächspartner auf ihre Seite zu ziehen. Durch ihre Kleidung und ihr Aussehen konnte sie den Männern begehrenswert erscheinen. Durch Betonung von Gemeinsamkeiten konnte sie Frauen gegenüber als Schwester, nicht als Konkurrentin erscheinen. Die Liste war endlos. Everynne wußte, daß die Begabung zur Manipulation genetisch in ihr verankert worden war. Milliarden von Menschen besaßen keins ihrer Talente und waren demzufolge verdammt, unbeholfen zu wirken.

Doch Orick war kein Mensch. Er hätte Everynne gegenüber unempfänglich sein müssen. Doch aus unerfindlichen Gründen wich er nicht von ihrer Seite. Everynne rätselte über Oricks Beweggründe. Vielleicht war es nur sein Herdentrieb. In den letzten Tagen war jeder Lord von Fale bei ihr erschienen und hatte von irgendwelchen schreienden Ungerechtigkeiten und Verbrechen seitens des drononischen Herrn berichtet. Ein Kaufmann erzählte von großangelegten Enteignungen, die die Drononen ihrer Kriegsanstrengungen wegen vorgenommen hatten. Jetzt war er verarmt. Eine Mutter berichtete von ihrem spurlos verschwundenen Sohn. Ein Bauherr erzählte von einem Massengrab, das er entdeckt hatte, voll von Leichen behinderter Kinder – ›Defekte‹, wie die Drononen sie nannten.

Die Schreckensgeschichten nahmen kein Ende, und Orick lauschte in betroffenem Schweigen. Als die Lords von Everynnes Mutter Semaritte erzählten und davon, wie sehr sie ihre Rückkehr ersehnten, hörte er noch aufmerksamer zu. Obwohl Everynne wußte, daß ihre Mutter niemals eine vollkommene Herrscherin gewesen war, hatte sie doch stets versucht, eine gute ›Dienerin aller‹ zu sein. Das Land hatte in Frieden gelebt. Die Gerechtigkeit hatte für alle gleich gegolten. Die Drononen jedoch legten keinen Wert auf Gerechtigkeit oder Frieden. Ihr biologischer Imperativ befahl ihnen, alles zu bekämpfen, was ihnen im Weg stand, und anschließend die Beute unter sich aufzuteilen. Für sie waren Menschenleben nicht mehr als Handelsware, die man aufsammeln und mitnehmen konnte.

Am ersten Tag in Guianne hatte Everynne ihre Vertrauten um sich versammelt. Gemeinsam hatte man einen Plan für ihre

Flucht von Fale entwickelt. Die Drononen hatten begonnen, den Planeten systematisch abzuriegeln. Jedes der Weltentore wurde schwer bewacht. Kriegsschiffe patrouillierten am Himmel.

Doch zur Zeit gab es noch zu wenige Bezwinger auf dieser Welt. Sie konnten Everynne zwar an der Flucht hindern, aber sie waren nicht zahlreich genug, um eine systematische Suche nach ihr zu beginnen. Doch wenn erst ihre Verstärkungen in den Kriegsschiffen eingetroffen wären, würde sich die Situation zu Everynnes Ungunsten verändern. Die Drononen würden Fale gründlich absuchen. Everynne mußte jetzt fliehen, solange es noch möglich war.

Veriasse hatte ein System aus Scheinangriffen und raschen Rückzügen entwickelt, um ihre Flucht zu verschleiern. Es schloß drei Attacken ein: Zuerst würde man ein falsches Tor angreifen und die Drononen dort zwingen, Verstärkung anzufordern. Dann würden Everynnes Verbündete versuchen, ein Sternenschiff in ihre Gewalt zu bringen. Wenn das Schiff es bis in den Hyperraum schaffte, würden die Drononen vermuten, daß Everynne die Flucht gelungen war. Wurde es zerstört, würden sie annehmen, Everynne wäre bei dem Angriff ums Leben gekommen. In jedem Fall würden sie in ihrer Wachsamkeit nachlassen. Wenn die Drononen schließlich ihre Wachen vom entscheidenden Tor nach Cyanesse abgezogen hätten und sich dem Raumschiff zuwandten, auf dem sie Everynne vermuteten, würden die Streitkräfte der Lords einen Luftangriff auf das Tor beginnen. War dieser Angriff erfolgreich, konnte Everynne durch das Tor fliehen.

Jetzt, am Morgen des entscheidenden Tages, fuhr Veriasse in einem Hoverbus über die Straße. Es war ein sehr altes Modell aus Aluminium, ein ehemaliges Taxi, das zehn Personen befördern konnte.

Die Straße verlief in sanft geschwungenen Kurven. Everynne und Veriasse sahen wie normale Touristen aus, die einen Ausflug machten. Everynne blickte auf ihr Chronometer. Es war neun Uhr. Dreihundert Kilometer weiter südlich würden die Lords von Fale ihre Leute bei einem Bodenangriff auf das Tor nach Bilung führen. Das Tor war hervorragend für ein Ablenkungsmanöver geeignet, weil es nah an Guianne und am Tor nach Cyanesse lag.

Everynne schloß die Augen und trat über ihren Mantel mit dem Lord Shunns in Verbindung. Sie beobachtete, wie der Angriff voranschritt. Silberne Flieger schwärmten in Keilformation über den Himmel. In niedrigerer Höhe schossen sie über den Baumwipfeln auf das Tor zu und warfen explodierendes Sperrfeuer und Kanister mit Chlorgas, das auf die Dronosen besonders giftig wirkte. Sobald die Feuerbälle der Explosionen über den Bäumen aufstiegen, rückten dic Bodentruppen zum Angriff auf das Tor vor.

Unter dem Schutz der Bäume waren weitreichende Laserwaffen nutzlos. Shunns Streitkräfte waren nur mit Flammrohren ausgerüstet. Kein Mensch konnte das Gewicht des Panzers schleppen, der nötig war, um dem Treffer aus einem Flammrohr standzuhalten. Deshalb waren Shunns Leute nur mit Gasmasken und leichten hitzfesten Kampfanzügen ausgerüstet. Die Männer stürmten in loser Formation vor. Vorsichtig nutzten sie jede Deckung. Da die Schlacht nur als Ablenkungsmanöver gedacht war, hatten sie es nicht eilig, die Bezwinger anzugreifen. Lord Shunn flog hinter den Angreifern in seinem Hovercar und beobachtete unter herabgesenkter Kapuze den Verlauf der Schlacht. Er glitt zwischen den Bäumen hindurch. Nur der schwache Geruch von Rauch verriet, daß ein Kampf entbrannt war. Die nächsten fünfzehn Minuten beobachtete Everynne das Voranschreiten der Schlacht. Lord Shunns Männer stießen auf einige Dutzend Bezwinger, und plötzlich flackerten Brände in den Wäldern auf, als Flammrohre zu feuern begannen. Lodernde weiße Geschosse rasten mit unglaublicher Geschwindigkeit durch die Luft.

Everynne beobachtete, wie ein Mann in Zivilkleidung hinter einem Baum Deckung suchte, um einem Geschoß zu entkommen, das auf ihn zuraste. Die chemische Ladung spritzte über den Baum und den Arm des Mannes und ging in Flammen auf, die heißer waren als die Sonne. Der Mann schrie auf und hielt den Arm hoch; dann drehte er sich um die eigene Achse und wirbelte dabei den Waldboden auf. Binnen einer Sekunde war der Mann in den Flammen verschwunden, und seine Leiche fiel brennend zu Boden.

Der Anblick erschütterte Everynne zutiefst. Tharrin waren äußerst sensibel und haßten jede Gewalt. Everynne wußte, daß Lord Shunn und seine Leute an diesem Tag freiwillig in den Wäldern waren und ihr Leben für sie opfern würden. Everynne fühlte sich schwach und beschämt. Sie wollte nur noch, daß das Töten aufhörte, sofort und überall. Doch sie war in diesen Kampf verwickelt und konnte sich ihm nicht entziehen.

Auf der Straße vor Everynne heulten Sirenen auf. Hoverlaster der drononischen Armee näherten sich. Veriasse zog den alten Hoverbus zur Seite, um sie vorbeizulassen. Everynne schaltete die Verbindung zu Lord Shunn ab und blickte auf. Drei vollbesetzte Laster mit Bezwingern – etwa sechzig der grünhäutigen Riesen – rasten nach Süden. Im Sitz vor Everynne entspannte sich Veriasse für einen Augenblick. Die Soldaten konnten nur vom Tor nach Cyanesse gekommen sein. Ihr Plan schien aufzugehen.

Veriasse wartete, bis die Soldaten vorbei waren; dann fuhr er wieder an. Everynne nahm erneut Verbindung zu Lord Shunn auf und beobachtete den weiteren Verlauf der Schlacht. Vier Minuten ging der Kampf weiter, bis am Horizont ein Raumschiff aufstieg, ein weit entfernter weißer Schemen, der immer mehr an Höhe gewann. Lady Frebane begann, dringende Nachrichten über Com an Shunn und seine Truppen zu senden. »Mylord, das Schiff der Lady Everynne ist gestartet. Ich wiederhole, die Mission war erfolgreich, das Schiff der Lady ist gestartet. Brecht den Angriff ab.«

Lady Frebane wiederholte die Nachricht zwei Minuten lang. Die Drononen schickten Maschinen los, um das Raumschiff abzufangen, kamen aber nicht mehr rechtzeitig. Lady Frebane verschwand im Hyperraum, bevor die Flieger auf Schußweite heran waren.

Everynne war voller Bedauern. Wäre sie jetzt an Bord des Schiffes gewesen, wäre ihre Flucht bereits geglückt. Doch Veriasse hatte darauf beharrt, daß die Flucht mit dem Schiff zu gefährlich sei; es stellte ein zu großes Ziel dar. Er wollte sein doppeltes Täuschungsmanöver durchführen, und die entscheidende Schlacht lag noch vor ihnen.

»Wir sind nur noch sechzig Sekunden von unserem Tor entfernt«, sagte Veriasse warnend. »Gallen«, wollte er fortfahren, doch der junge Mann handelte bereits. Er zog das Flammrohr hervor, entsicherte die Waffe. Der Indikator glühte rot. Als Gallens Umhang flatterte, sah Everynne für einen Augenblick das Glitzern seines Mantels und den Lavendelton seiner Maske, und er erinnerte sie an Veriasse. Dann drehte er den Kopf. Sie erblickte sein Profil, und der Eindruck verschwand. Everynne starrte in die Wüste. Drei Kilometer nördlich des Tores befand sich eine Kette niedriger gelber Hügel. Jeden Augenblick mußte ein Verband von Fliegern mit viertausend Stundenkilometern über diese Hügel jagen. Die Bezwinger würden weniger als drei Sekunden Zeit haben, um in Deckung zu gehen.

Veriasse konzentrierte sich auf das Tor.

Der Hoverbus summte und hüpfte, als er über kleine heiße Steine schwebte. Am Horizont konnte Everynne eine Spiegelung erkennen, die vom Windschutz eines Fliegers herrühren mußte. Sie begann zu zählen: Eins, zwei ... drei. Die untertassenförmigen Flieger schossen in einer engen V-Formation heran. Es waren fünfzehn Maschinen. Plötzlich spaltete die Formation sich auf; der Verband teilte sich. Die eine Hälfte drehte nach Osten, die andere nach Westen ab. Abwehrfeuer vom Wachtposten am Tor flackerte auf. Everynne sah, wie Gravkugeln aus den Fliegern strömten – Bojen, die intelligente Raketen ablenken sollten.

Dann schlugen die Flammbomben ein. Sie waren so klein, daß Everynne ihre Flugbahn nicht gesehen hatte. Der Boden in der Umgebung des Tores verwandelte sich in eine Flammenhölle. Die Feuerwand war dreißig Meter hoch. Everynne konnte sich nicht vorstellen, daß irgendein Lebewesen imstande war, dieses Inferno zu überleben. Doch Veriasse hatte bei der Planung darauf bestanden, daß die Flieger einen zweiten und dritten Angriff unternahmen.

Der Hoverbus war jetzt an der Kurve angelangt, wo die Straße nach Westen abbog. Veriasse fuhr einfach geradeaus weiter. Die Geschwindigkeit des Fahrzeugs verringerte sich drastisch, als der Bus die Straße verließ.

Die Maschinen heulten überlastet auf, und Veriasse fuhr durch eine schmale Schlucht. Staubwolken wirbelten hinter ihnen auf. Die zweite Angriffswelle kam über die Hügel, viel schneller, als Everynne erwartet hatte. Die Maschinen warfen eine Wand aus konventionellen Sprengbomben ab. Staub und brennende Körper flogen durch die Luft, als der Explosionsdruck sie erfaßte. Rauch und Feuer verdeckten das fast unzerstörbare Tor, doch Everynne zog ihren Schlüssel hervor und betätigte die Aktivierungssequenz. Durch den Rauch war das Schimmern unter dem Torbogen zu erkennen.

Die Flammen aus den Brandbomben begannen langsam zu verlöschen. Die Phalanx der Flieger näherte sich zum dritten und letztenmal über die Hügel und warf ihre Ladung ab.

Es war eine ölige, schwarze Substanz, die von Zivilisten ›schwarzer Nebel‹ genannt wurde. Der Nebel war nicht giftig, absorbierte aber jede Form sichtbaren Lichts, so daß der Himmel binnen weniger Sekunden stockfinster wurde.

Die schwarze Wolke dehnte sich aus und bewegte sich auf sie zu. Veriasse blickte konzentriert auf das Tor, um sich die Richtung und die Entfernung einzuprägen; dann wurden sie von der Mauer aus Dunkelheit verschluckt. Everynne hatte das Gefühl, als wären ihre Augen übermalt worden. Im ersten Moment konnte sie überhaupt nichts erkennen. Trotzdem fuhr Veriasse weiter auf das Tor zu. Everynne fürchtete, daß er über einen gegnerischen Posten stolpern könnte.

Einige Bezwinger mußten das Herannahen des Busses gehört haben. Zwei weiße Feuerkugeln rasten über Everynnes Kopf hinweg. Sie schrie auf und duckte sich. Gallen feuerte blind in die Richtung zurück, aus der die Geschosse gekommen waren. Veriasse rief: »Ich kann das Tor nicht sehen!«

Gallen feuerte erneut mit dem Flammrohr. Ein Ball grellen Lichts zerplatzte über einer der Säulen des Tores, keine zwanzig Meter vor ihnen. Veriasse gab Gegenschub und brüllte: »Los, raus!«

Everynne sprang aus dem Hoverbus. Es war so dunkel, daß

sie nur das feurige Licht von Gallens Schuß am Tor sehen konnte. Orick versuchte, aus dem Wagen zu springen, doch er rutschte aus und schrie auf: »Verdammt!«

Everynne drehte sich nach ihm um, konnte den Bären aber nicht sehen. Maggie, Gallen und Veriasse waren nur durch das schwache Schimmern ihrer Masken zu erkennen. Sie schienen über dem Boden zu schweben wie Gespenster. Maggie griff nach Everynnes Hand und drängte sie voran, doch sie stolperten über den Körper eines Riesen. Everynne kämpfte sich gerade wieder auf die Füße, als die Kreatur nach ihrem Knöchel griff. Everynne schrie auf. Gleichzeitig rief das Wesen schwach: »Bezwinger zu mir!«

Maggie schrie: »Gallen! Hilfe!«

Everynne versuchte, sich freizustrampeln, doch der Riese ließ nicht locker. Orick kam aus der tintigen Dunkelheit hervorgeschossen und stürzte sich brüllend auf die Kreatur. Der Bezwinger ließ Everynne los. Sie hörte den entbrennenden Kampf mehr, als daß sie ihn sah.

Plötzlich waren sie von Bezwingern umzingelt – viel zu nah, um die Flammrohre zu benutzen. Es waren nur undeutliche Schemen im Licht des Bogens. Gallen und Veriasse zogen ihre Schwerter und stürmten auf die Gegner los. Doch die Bezwinger trugen Panzer. Für jeden, den Gallen oder Veriasse niederstreckten, standen drei neue vor ihnen.

Everynne hatte keine andere Wahl. »Halt!« Sie griff in die Tasche und zog eine schimmernde Kugel hervor, hielt sie hoch und stand stolz aufgereckt, obwohl sie sich schwach und erschöpft fühlte.

»Bezwinger, könnt ihr das hier sehen?«

»Ein Terror!« stieß einer von ihnen hervor, ein Unteroffizier in schwerem Panzer.

»Wenn ihr euch nicht sofort ergebt«, sagte Everynne, »werde ich diese Welt zerstören. Mein Mantel ist mit vierundachtzig anderen Terrors verbunden, die über die ganze Galaxis auf drononischen Welten verteilt sind, sogar auf Dronon selbst. Ich habe sie bereits scharfgemacht. Sie werden in drei Minuten zünden, wenn ihr euch nicht sofort ergebt. Euch wird keine Zeit bleiben, eine Warnung abzuschicken! Ihr werdet alle sterben!« Everynne schnappte nach Luft. Sie hatte keine Ahnung, ob die Bezwinger auf ihren Trick hereinfallen würden. Sie war eine Tharrin, für den Frieden bestimmt. Jede Faser ihres Körpers, alle genetischen Veränderungen, die ihre Vorfahren an ihr vorgenommen hatten, schrien auf. Selbst die bloße Drohung, eine Welt zu zerstören, war falsch. Sie hoffte, daß die Gegner ihre Drohung ernst nehmen würden.

Aus der Dunkelheit hinkte ein Dronone vor. Das Feuer hatte seine Flügel verstümmelt, und er zog einen Fuß hinter sich her. Das gewohnte Klicken ertönte, als er mit seinen Mundwerkzeugen zu trommeln begann. »Ich werde deine Forderungen an Lord Annitkit weiterleiten. Er ist der Herr dieser Welt. Er wird sich mit der Goldenen Königin Tlitkani in Verbindung setzen und ihren Wunsch in dieser Angelegenheit in Erfahrung bringen. Es wird einige Stunden dauern, bis ihre Antwort eintrifft.«

»Soviel Zeit habt ihr nicht«, sagte Everynne. »Wir werden jetzt gehen.« Sie drehte sich zu den anderen um. »Geht jetzt durch das Tor. Beeilung!« Langsam setzte sie sich rückwärts durch die Gruppe von Bezwingern in Bewegung. Vielleicht würde Lord Annitkit ihnen den Befehl geben, sie zu töten. Vielleicht würde er riskieren, daß die Drononen mehr als achtzig Welten verlören, um Tausende zu behalten, die sie bereits erobert hatten. Die Drononen waren so unberechenbar, wie sie gewalttätig waren, und sie liebten ihre Königin.

Der drononische Bezwinger machte einen Schritt auf sie zu. Eine segmentierte Hand kam aus einer versteckten Aussparung in seinem Kampfarm hervorgeschossen und packte Everynne. Sie konnte nicht weiter.

»Ich glaube nicht, daß du den Terror zünden wirst«, sagte der Dronone. »Eine Tharrin würde niemals eine ganze Welt zerstören.«

»Woher willst du das wissen?« rief Veriasse von hinten. »Andere von uns haben bereits Terrors auf einigen eurer Welten gezündet. Mein Mantel ist ebenfalls mit dem Zugriffscode der Terrors verbunden, und ich bin kein Tharrin. Glaub mir, wenn du uns nicht gehen läßt, wird deine kostbare Königin sterben.«

Der Dronone zögerte noch immer. Er schien zu erstarren, während er auf neue Befehle wartete. »Wenn ihr einen Terror auf Dronon habt, wieso benutzt ihr ihn dann nicht? Ich glaube euch nicht!«

Veriasse machte einen Schritt nach vorn. Er brachte sein Gesicht dicht an das des Bezwingers heran und blickte in sein Facettenauge. »Vielleicht empfangen wir nur Befehle von einer anderen Stelle«, flüsterte er drohend. »Vielleicht verstehen wir selbst nicht alle Pläne, die man mit eurer Königin hat. Ich weiß nur, daß ich an meine Befehle gebunden bin. Laß jetzt die Frau los! Wenn sie den Terror fallenläßt, könnte er zerbrechen. Wir wollen keinen Unfall ...«

Der Dronone hielt Everynne immer noch fest. Er trug ein winziges Gerät aus Metall an einem seiner Fühler, das jetzt summte. Dann sprach er zu Everynne und Veriasse gleichzeitig.

»Lord Annitkit verlangt euer Ehrenwort, daß ihr den Angriff auf Dronon einstellt, wenn wir euch gehen lassen!«

»Sobald ich durch das Tor gegangen bin, werde ich die Entschärfungssequenz senden. Ich werde eure Königin vorerst verschonen«, sagte Veriasse.

Der Dronone setzte sich in Bewegung und drängte Everynne auf das Tor zu. Maggie und Orick sprangen als erste hindurch. Gallen und Veriasse standen an den Seiten des Tores. Mit ihren schwarzen Gewändern, den maskierten Gesichtern und gezogenen Waffen sahen sie aus, als würden sie den Eingang zur Hölle bewachen. Beide nahmen Everynne bei den Händen. Dann sprangen sie in das Licht.

12

Gallen stand bis zu den Knien im warmen Wasser einer fremden Welt. Er hielt noch immer Everynnes Hand und schnappte nach Luft. Dann blickte er sich rasch in alle Richtungen um. Eine weiße Doppelsonne stand am Himmel, und ein flaches

Meer erstreckte sich ringsum bis zum Horizont. Es spiegelte den gelben Himmel. Finger aus Dampf waberten über dem Wasser. Die See war ruhig, und es gab nur winzige Wellen. Als Gallen zu den Sonnen emporschaute, leuchteten die Wellen durch einen seltsamen prismatischen Effekt in allen Farben des Regenbogens. Maggie und Orick blickten sich suchend um, doch sie konnten nirgends Land entdecken.

»Wo, zur Hölle, sind wir?« fragte Gallen ärgerlich. Er zitterte. Sie waren zu dicht daran gewesen, von den Bezwingern auf Fale abgeschlachtet zu werden. Und was noch schlimmer war – er hatte nicht damit gerechnet, daß Everynne geheime Pläne schmiedete und gewisse Dinge vor ihm verbarg – zum Beispiel, daß sie eine Waffe bei sich trug, die eine ganze Welt zerstören konnte. Everynne steckte den Terror wieder in ihre Tasche zurück. Veriasse schlug seine Karte auf.

»Wir sind auf Cyanesse, soviel ist sicher«, sagte er. Auf der Karte war ein kleiner, leuchtend roter Punkt zu sehen, der ihren Standort markierte. Weltentore waren nicht zu erkennen. Veriasse drückte auf einen Sensor am Rand der Karte, und der Maßstab vergrößerte sich. Ein Kontinent wurde erkennbar – sofern man es so nennen konnte. Cyanesse bestand größtenteils aus Meeren. Das Land, das auf der Karte sichtbar wurde, sah nur wie ein riesiger Archipel aus. »Ah, hier haben wir das Tor«, sagte Veriasse und zeigte auf einen blauen Bogen. »Höchstens tausend Kilometer. Wir sind nicht weit von einer Stadt.« Er zeigte nach Südosten, auf einige Klippen. »Laßt uns gehen.«

»Ich verstehe das nicht«, sagte Orick. »Wieso können wir das Tor nicht von dieser Seite aus sehen? Wieso sind wir im Wasser gelandet?«

»Man kann von hier aus kein Tor sehen, weil es keines gibt«, erklärte Veriasse. »Es hat keine zwei Seiten. Jedes Weltentor ist so etwas Ähnliches wie ein Bogen, der auf ein bestimmtes Ziel weist. Du bist der Pfeil. Du landest dort, wo man dich hinschießt, innerhalb gewisser Grenzen. Das Tor prüft kontinuierlich die Position des angepeilten Planeten. Auf dem Planeten ist nur eine Art Boje, die dem Tor mitteilt, wie tief der Boden am Ziel ist. Damit wird verhindert, daß man in einem Berg oder unter Wasser landet. Als dieses Tor errichtet wurde, war hier noch Land. Die Meere sind seither gestiegen. Ich war erst vor kurzem hier. Diese Stelle ist nur bei Springflut unter Wasser, und wir kommen ganz leicht zum Festland.« Veriasse machte Anstalten, loszumarschieren.

»Moment!« sagte Gallen. Er blickte zu Veriasse, dann zu Everynne. Er hatte sein Schwert noch immer in der Hand. Blut tropfte von der Klinge ins klare warme Wasser. »Niemand geht irgendwo hin, bevor ich nicht einige Antworten erhalten habe!«

»Was?« fragte Veriasse ungläubig. »Ihr tragt seit zwei Tagen den Mantel eines Lord Protektors und glaubt im Ernst, Ihr könntet mich im Kampf besiegen?«

Gallen steckte das Schwert in den Sand unter der Wasseroberfläche und nahm mit einer fließenden Bewegung sein Flammrohr hoch. Er zielte auf Veriasse. »Ich kenne Euch seit weniger als einer Woche. Aber ich habe jetzt bereits zwei verschiedene Geschichten über Eure Pläne gehört. Zuerst habt Ihr mir erzählt, daß Ihr einen Krieg plant, um Euer Reich zurückzugewinnen. Aber vor einer Minute sagtet Ihr, daß Ihr fast hundert Welten vernichten wollt. Mag sein, daß ich nur ein Hinterweltler für Euch bin, aber ich habe in der letzten Woche einiges dazugelernt. Wenn dieser Terror hier losbricht, dann wird dieser Planet sterben. Ihr gefährdet jede Welt, auf die Ihr Euren Fuß setzt. Niemand hat das Recht dazu! Ihr seid durch das Labyrinth der Welten gereist, und Ihr habt selbst zugegeben, daß Ihr eine Welt nach der anderen sabotiert habt! Everynne, obwohl Ihr vielleicht eine Tharrin seid, ich will jetzt Beweise für Euer angebliches Mitgefühl sehen, von dem Ihr behauptet, daß es Euch angeboren ist!«

Maggie und Orick standen regungslos. Sie wagten nicht, Gallen zu unterbrechen. Veriasse wich einen Schritt zurück. Everynne schaute Gallen an und fuhr sich mit der Zunge über die Lippen.

»Ihr habt natürlich recht«, sagte sie. »Ich bin nicht das, als was ich Euch erscheine. Auf Fale warteten die Menschen sehnsüchtig auf eine Wiedergeburt ihrer höchsten Richterin, daß sie mir bereitwillig geglaubt haben, ohne Beweise sehen zu wollen. Aber ich bin mir selbst nicht sicher, ob ich Semarittes Tochter bin.«

»Sag das nicht!« wurde sie von Veriasse unterbrochen. Er wandte sich an Gallen. »Wie könnt Ihr es wagen! Wie könnt Ihr es wagen, über sie zu urteilen, Ihr erbärmliches kleines Stück Dreck!«

»Und Ihr? Wie könnt Ihr es wagen, einen Gott zu erfinden und mich ohne meine Anhörung zu richten?« brüllte Gallen Veriasse an. »Ich werde Euch keinen Schritt mehr weiter helfen. Wenn Ihr mir nicht endlich Antworten gebt, werde ich Euch beide auf der Stelle töten!«

»Gallen, nicht!« brummte Orick.

»Wenn er die Wahrheit wissen muß«, wandte Everynne sich an Veriasse, »möchte ich seine Fragen beantworten.« Sie hielt den Kopf hoch erhoben und blickte Gallen gleichmütig in die Augen. Er konnte keinerlei Falschheit, keinerlei Täuschung darin erkennen.

»Ihr habt recht in Eurem Urteil über mich. Ich verdiene es nicht, der Lord Richter über Eure oder irgendeine andere Welt zu sein. Ich habe mir dieses Recht nicht verdient, und ich bezweifle, das ich es überhaupt wert bin. Mein Volk wäre sicher nicht mit mir einverstanden. Die Tharrin setzen nicht einfach jemanden als Herrscher ein. Sie ziehen Zehntausende von Kandidaten für jede Position groß, die auszufüllen ist. Sie trainieren und überprüfen jeden einzelnen, und sie wären entsetzt über mich. Jawohl, ich trage ein Gerät in meiner Tasche, mit dem ich diese Welt zerstören könnte. Jawohl, ich habe zugelassen, daß Hunderte von Menschen ihr Leben weggeworfen haben, damit ich den Thron meiner Mutter zurückgewinnen kann. Ich ... ich will ihn noch nicht einmal! Maggie ...«, sie blickte das Mädchen an. »Ihr habt mir erzählt, wie sehr Ihr Eure Arbeit in diesem schmutzigen kleinen Gasthof gehaßt habt. Den ganzen Tag den Dreck aufwischen, waschen, putzen, sich wie ein Sklave fühlen. Könnt Ihr Euch vorstellen, wie es ist, den Dreck von zehntausend Welten aufzuwischen? Könnt Ihr Euch vorstellen, wie es ist, die letzte Instanz in mehr als hunderttausend Streitfällen an jedem Tag Eures Lebens zu sein? Tausende in jeder Stunde zum Tode zu verurteilen? Ich ... ich kann mir keinen Beruf vorstellen, der mich mehr anekeln würde!«

Tränen schossen ihr in die Augen, und sie begann hustend zu schluchzen. Sie sank ins Wasser auf die Knie und hielt die Arme vor den Magen. »Habt Ihr gesehen, wie viele Menschen heute für mich ihr Leben geopfert haben? Wenn ich an all die Dinge denke, die ich getan habe ...«

»Pssst ...«, sagte Veriasse und ging zu ihr, um sie zu trösten. »Ganz ruhig, Kleines. Du mußt nur noch eine kleine Weile durchhalten. So lange, bis die Tharrin einen Ersatz geschickt haben.«

Gallen beobachtete die beiden. Man sagte, daß die Tharrin zum Mitleid geboren wurden. Jetzt konnte er sehen, wie sehr Everynne litt. Sie trug Waffen bei sich, mit denen sie Welten zerstören konnte, und deren bloße Existenz sie an den Rand ihrer seelischen Belastbarkeit brachte. Als er nun sah, wie sehr sie schluchzte, wie groß die Vorwürfe waren, die sie sich selbst machte, erkannte ein Teil von ihm, daß er sich wünschte, sie möge der göttliche Richter sein, vor dem er eines Tages stehen würde.

Veriasse hielt Everynne, doch er starrte voller Wut auf Gallen. Seine Augen waren verschleiert.

»Was habt Ihr jetzt weiter vor?« fragte Gallen ungerührt. »Ich will Einzelheiten hören!«

»Wir werden Krieg mit den Drononen führen«, antwortete Veriasse. »Die Terrors sind auf ihrem am dichtesten bewohnten Welten versteckt. Wir werden sie nur zünden, wenn man uns dazu zwingt.«

»Vater, nicht!« sagte Everynne. »Keine weiteren Lügen! Sie haben sich das Recht verdient, die Wahrheit zu erfahren!«

»Du kannst doch nicht ...«, drängte Veriasse, doch Everynne fuhr fort: »Veriasse und ich werden nach Dronon gehen, um gegen die Lords des Schwarms in unbewaffnetem Zweikampf zu kämpfen. Falls Veriasse sie besiegen kann, werden wir nach dem Gesetz der Drononen ihre Lords. Dann kann ich den Drononen befehlen, sich aus unserem Reich zurückzuziehen. Es ist die einzige Möglichkeit, unsere Welten zu retten. Das ist es, was meine Mutter wollte. Alles, was wir bisher getan haben – die Terrors, das Gerede vom Krieg – es war alles nur Täuschung.«

Gallen überlegte. In seinem Mantel waren umfassende Informationen über Kriege und Schlachten gespeichert. Er erinnerte sich an die Träume, die der Mantel ihm geschickt hatte. Veriasse hatte detaillierte Studien angestellt, wie man unbewaffnet gegen Drononen kämpfte. Gallen dachte über die Möglichkeit nach. Die Natur hatte die Bezwinger mit einem Panzer ausgestattet. Sie waren größer, stärker und beweglicher als Menschen, und sie hatten ein schreckliches Arsenal an natürlichen Waffen. Ein Mensch konnte kaum hoffen, einen unbewaffneten Zweikampf zu überleben.

»Warum kein richtiger Krieg?« fragte Gallen. »Ein Krieg, wie Ihr ihn auf Fale geschildert habt, könnte gewonnen werden. Zerstört Dronon und die besetzten Welten. Ein paar kleine Flotten könnten den Rest besorgen.«

»Wir könnten einen Krieg nur vorläufig gewinnen«, sagte Veriasse. »Aber wir würden dadurch den gesamten Arm der Galaxis schwächen. Die Drononen verachten Schwäche. Sie würden versuchen, sie auszunutzen. Wir würden uns ständigen Überfällen durch andere Schwärme ausgesetzt sehen. Mit der Zeit würden wir untergehen. Der einzige Weg, sie zu besiegen und unsere Territorien dauerhaft zurückzugewinnen, besteht darin, sie entscheidend zu schlagen und dabei nicht die Flotte zu dezimieren. Es bedeutet, daß wir nicht das Risiko eingehen dürfen, unsere alten Wächter zu verlieren – die, die Ihr ›grünhäutige Riesen‹ nennt. Die Wächter nehmen ihre Befehle nur durch die Omni-Intelligenz entgegen. Wir müssen Everynnes Omni-Intelligenz und damit die Kontrolle über unsere Wächter zurückgewinnen. Wir müssen dafür sorgen, daß die Drononen unsere Rasse noch mehr fürchten, als sie es jetzt schon tun.«

»Was meint Ihr mit ›noch mehr, als jetzt schon'? Ich habe keine Anzeichen bemerkt, daß die Drononen auch nur die geringste Furcht vor uns haben.«

»Sie leben in einer strengen Hierarchie«, sagte Veriasse. »Wenn eine Goldene Königin einen Schwarm übernimmt, wird sie von den übrigen Lords, ihren vorherigen Gegnern, als rechtmäßige Führerin akzeptiert. Sie erweisen ihr alle Ehrerbietung. Vor sechs Jahren haben die Drononen uns überfallen und unser Reich erobert. Aber nur wenige unserer Lords haben sich den drononischen Autoritäten unterworfen. Unser Widerstand kämpft ungebrochen gegen die Drononen, und die Lords entschuldigen sich offiziell bei den Eroberern für die ›Verrückten‹ in unserer Mitte, die ihre neue Königin nicht akzeptieren wollen. Aber die Drononen sind nicht dumm. Sie erkennen ein Muster dahinter. Obwohl es gegen ihre Natur ist, einen besiegten Stock vollständig auszulöschen, haben sie auf Dutzenden unserer Welten keinen anderen Ausweg mehr gewußt. Sie befürchten, daß unsere gesamte Rasse verrückt ist.«

»Warum haltet Ihr Euren Plan dann so geheim?« fragte Gallen. »Wenn Ihr vorhabt, die Lords des Schwarms zu einem Zweikampf herauszufordern, warum gebt Ihr es nicht bekannt?«

»Einige Gruppierungen würden versuchen, uns aufzuhalten«, sagte Everynne. »Die Aberlainen beispielsweise raffen gierig Profit an sich. Sie leben unter den Drononen wie die Maden im Speck. Sie würden unsere Anstrengungen sabotieren. Aber es gibt noch einen wichtigeren Grund, unseren Plan geheimzuhalten: Nach drononischem Gesetz muß jeder, der gegen die Lords des Schwarms antreten will, erst ›Charn‹ – das Recht, die Territorien fremder Stöcke zu durchqueren – erwerben, indem er jede Königin und jeden Lord-Begleiter auf seinem Weg besiegt.«

»Wir müßten auf unserem Weg an vierzehn besetzten Welten vorbei«, sagte Veriasse. »Wenn wir drononisches Recht einhalten würden, müßte ich auf jedem einzelnen Planeten den regierenden Lord-Begleiter herausfordern. Ihr tragt meinen Mantel, Gallen. Ihr wißt, wie schwierig es für einen unbewaffneten Menschen ist, unbewaffnet gegen einen Bezwinger anzutreten. Ich kann es nicht riskieren, gegen zu viele Lord-Begleiter anzutreten. Wenn ich nur in einer einzigen Auseinandersetzung unterliege, würde der Lord-Begleiter Everynne verstümmeln und verletzen. Und dann würde ihr Recht verfallen, die Nachfolge der Goldenen Königin anzutreten.«

»Was bedeutet das?« fragte Maggie.

»Die Goldene Königin der Drononen muß makellos sein«, sagte Veriasse. »Obwohl schon seit mehr als sechzig Jahren Menschen im drononischen Imperium integriert sind, können wir nicht einmal sicher sein, daß die Drononen einen Menschen als Lord des Schwarms akzeptieren werden. Aber wenn sie es auch nur in Erwägung ziehen, darf Everynne keine einzige sichtbare Schramme, keine Narbe besitzen. Ich kann nur hoffen, daß die Drononen Everynne als unser Gegenstück zu ihrer Goldenen Königin akzeptieren, wenn sie makellos ist. Eine, die zum Regieren geboren wurde. Seit sie lebt, ist es uns gelungen, Everynne vor jeder Verletzung zu bewahren, die eine Narbe hinterlassen würde. Nur aus diesem einen Grund riskiere ich alles, sie von jeder Gefahr fernzuhalten.«

»Ich habe noch eine Frage«, sagte Gallen. »Ihr tragt einen Terror bei Euch. Wenn Ihr nur einen Zweikampf vorhabt, wozu benötigt Ihr dann diese Waffe?«

»Für den Fall, daß wir versagen«, antwortete Veriasse. »Everynne und ich werden nach Dronon selbst gehen. Wenn die Drononen es ablehnen, uns das Recht zum rituellen Zweikampf zu gewähren, kann es sein, daß sie uns einfach töten wollen. Unter diesen Umständen haben wir keine andere Wahl, als diesen furchtbaren Krieg zu beginnen, den zu verhindern wir alle diese Anstrengungen unternommen haben. Wir hoffen, daß die Drohung durch den Terror ausreicht, daß die Königin die Herausforderung annimmt. Aber falls es erforderlich ist, wird Everynnes Mantel den Terror sprengen. Wenn die Goldene Königin stirbt, werden die Drononen die Verbindung mit unserer Omni-Intelligenz verlieren. Ihre automatischen Verteidigungsanlagen werden herunterfahren, und unsere Widerstandskämpfer werden angreifen.«

Gallen brauchte nicht zu fragen, was als nächstes geschehen würde. Sein Mantel flüsterte ihm die Antwort zu. Wenn Dronon zerstört war, würden vierzig Prozent der Stöcke mit ihm sterben. Geringere Königinnen würden kleinere Reiche auf weit entfernten Welten gründen. Ein langer und blutiger Bürgerkrieg würde ausbrechen, um einen neuen Lord des Schwarms zu finden. Andere drononische Schwärme von überall in der Galaxis wären versucht, in dieser Zeit anzugreifen. Selbst wenn sich neue Lords finden ließen, wären die unerfahrenen Führer schwach. Die Führerschaft könnte in kürzester Zeit mehrmals wechseln. In diesen Wirren hätten die Menschen genügend Zeit, ihre verlorenen Territorien zurückzugewinnen und ihre Stützpunkte zu verstärken. Aber wie Veriasse es bereits gesagt hatte – es wäre auf längere Zeit ein sehr großes Risiko.

»Es gibt eine Möglichkeit, die Ihr noch nicht bedacht habt«, sagte Gallen. »Ich befürchte allerdings, daß sie die wahrscheinlichste ist. Was geschieht, wenn die Drononen Eure Herausforderung annehmen und Ihr den Kampf verliert?«

»Dann werden wir zumindest einen Präzedenzfall geschaffen haben, der Menschen das Recht gibt, die drononischen Herrscher herauszufordern«, antwortete Veriasse. »Ich habe auf vielen Welten Verbündete, die Gewebeproben von Everynne besitzen. Tausende von Klonen würden hergestellt. Im Lauf der Zeit würde einer ihrer Begleiter seinen Kampf gewinnen.«

»Würdet Ihr den Terror auf Dronon zünden?«

Everynne schüttelte den Kopf. »Wir könnten es nicht. Unsere einzige Hoffnung in diesem Kampf ist, daß wir die Drononen mit den Mitteln ihrer eigenen Gesetze schlagen. Meine Mutter und die Tharrin haben viele Jahre an diesem Plan gearbeitet. Es ist der einzige Weg, unsere Welten zu befreien. Sonst würden auf beiden Seiten Milliarden den Tod finden. Ihr seht doch ein, daß ich recht habe?«

»Aber wenn Ihr verliert«, sagte Maggie, »würdet Ihr Eure Bevölkerung den Drononen für viele Jahre ausliefern. Das darf nicht geschehen! Die Aberlainen arbeiten an so weitreichenden genetischen Manipulationen, daß unsere Kinder in wenigen Generationen keine Menschen mehr sein werden. Ihr dürft das nicht zulassen!« Maggies Augen wurden groß. Obwohl sie in den letzten beiden Tagen eher ruhig erschienen war, konnte Gallen jetzt erkennen, wie sehr die Erfahrungen bei den Aberlainen sie erschüttert hatten.

Veriasse seufzte. Everynne versuchte, Maggie zu trösten. »Es wird ein sehr trauriger Tag, selbst wenn wir siegen«, gab Everynne zu. »Unter dem Gesetz der Tharrin werden genetische Veränderungen an Menschen ebenfalls nicht gänzlich verboten. Aber nur in den Grenzen, mit denen die Eltern sich einverstanden erklärten. Wir wollten, daß die Menschen frei und anständig sind. Sie konnten sich alle die Unsterblichkeit verdienen. Manchmal ließen wir sogar zu, daß eine ganze Zivilisation verändert wurde, um sie besser an ihre Welt anzupassen. Aber diese unseligen Kreaturen, die die Drononen entwerfen – mein Herz blutet, wenn ich an sie denke. Ich fürchte, daß sie in unserer Gesellschaft nur unglücklich sein werden. Man wird ihnen die Möglichkeit einräumen, nach Dronon zu gehen, wenn sie es wünschen, und sich dort eine Nische zwischen den anderen Stöcken zu suchen. Wenn sie bei uns bleiben möchten könnte man ihre Nachkommen genetisch zurückentwickeln. Und eines verspreche ich Euch: Die Aberlainen werden bestraft.«

Gallen sah, daß Everynne die Zukunft ihres Volkes nicht leichtnahm. Sie würde siegen und leben, oder sie würde sterben und ihrem Volk wenigstens neue Hoffnung geben.

Gallen spürte plötzlich den Wunsch, mit ihr nach Dronon zu gehen, selbst auf die Gefahr hin, im Nanotech-Feuer eines weltenverbrennenden Terrors zu sterben.

Gallen stieß das Flammrohr in den Köcher zurück. Er zog sein Schwert aus dem Sand und begann, die nasse Klinge zu trocknen, indem er das Schwert in verwirrenden Mustern über seinem Kopf kreisen ließ.

»Veriasse«, begann Maggie, »ich frage mich schon die ganze Zeit, warum die Wächter nicht besser konstruiert wurden. Ich war nur für einige Tage unter den Aberlainen, aber ich weiß, daß man sie mit besseren Schutzmechanismen hätte ausstatten können, so daß sie fast unbesiegbar wären. Sie waren Semarittes einzige Ordnungskräfte. Da ist es doch seltsam, daß sie so unvollkommen sind. Orick hat einen mit den bloßen Zähen erledigt!«

»Semaritte hat nicht mit eiserner Faust regiert«, erwiderte Veriasse. »Die Tharrin herrschen nur durch den Willen des Volkes. Ja, die Wächter sind unvollkommen. Zum Teil liegt es daran, daß sie auf sehr alten Modellen basieren. Aber wir haben die ganze Zeit gewußt, daß eines Tages eine andere Rasse die Kontrolle über eine Omni-Intelligenz erlangen könnte. Die Wächter tragen Tutoren und werden unmittelbar von den Omni-Intelligenzen gesteuert. Jeder Usurpator, der die Omni-Intelligenz beherrscht, würde gleichzeitig die Flotten und Milliarden von Wächtern auf den zehntausend Welten in seine Gewalt bringen. Ist es da nicht tröstlich, wenn man weiß, daß die Wächter von Menschen besiegt werden können?«

Gallen stieß das Schwert in die Scheide. »Laßt uns aufbrechen«, sagte er. Dann drehte er sich um und begann, in Richtung auf die ferne Küste zu marschieren.

Während der nächsten drei Stunden wateten sie durch das flache Wasser. Sie machten nur einmal kurz Rast. Der Salzgehalt des Wassers war sehr gering, und es war herrlich klar. Sie marschierten über Untiefen und waren die meiste Zeit nicht weiter als bis zu den Hüften im Wasser. Trotzdem sahen sie häufig dunkle, tiefere Becken. An manchen Stellen kamen Felsformationen bis dicht unter die Oberfläche und bildeten eine Art versunkener Inseln. Fische schossen in großen, silberglitzernden Schwärmen zwischen den Untiefen hindurch in die tieferen Gräben und wieder zurück in den Schutz der flachen Gewässer. Zweimal sahen sie große Tiere in den dunklen Becken, die Fische jagten. Veriasse warnte Gallen vor diesen Kreaturen. »Sie heißen Puas«, sagte er. »Sie ernähren sich von Fischen und allem, was sie herunterschlucken können.«

Endlich erreichten sie das Festland. Ein Sandstrand erstreckte sich kilometerlang vor ihnen. Er war von einigen Sandfliegen und von Wesen bewohnt, die Gallen an einen Tannenzapfen mit acht Beinen erinnerten. Kleine schwarz-rote Spinnen marschierten furchtlos über den Strand. Sie trugen winzige Steine mit sich herum. Wenn sich ein anderes Tier den Spinnen zu weit näherte, schleuderten sie die Steine mit den Hinterbeinen über ihren Rücken hinweg auf den Feind. Es waren furchtlose Tiere, Lords des Strandes. Gallen entdeckte nirgendwo Vögel.

Ein steifer Wind erhob sich von See her und peitschte bald darauf das Wasser über den Strand. Die Gefährten erreichten einen steinigen Grat. Dahinter befand sich eine metallischgrüne Fläche aus erodierten, oben abgeflachten Kalksteinen mit zylindrischen Formen. Der Untergrund war felsig und von Wasserpfützen übersät, die die Flut zurückgelassen hatte.

Gallen und Orick kletterten auf einen Kalksteinfelsen und sahen sich um. Im Südwesten erblickten sie eine Stadt, die auf einem einzigen großen Felssockel erbaut zu sein schien, und davor eine Gruppe von vier Kindern, die in den Pfützen spielten. Die Kinder hatten rote Haut und so lange Beine, daß sie wie Kraniche aussahen, die durch die Pfützen stapften. Ihr Haar war mit bunten Bändern geschmückt, und sie trugen helle Tuniken. Sie hatten ein Tier bei sich, das mit goldbraunen Schuppen bedeckt war. Es besaß die großen Zähne eines Fleischfressers und benutzte seinen langen Schwanz, um auf den Hinterbeinen zu balancieren. Seine Vorderpfoten waren klein und mit starken Klauen bewehrt. Gallen erkannte, daß es ein Dinosaurier war, irgendeine Raptoren-Art. Das Tier trug einen verzierten Ledersattel auf dem Rücken. Gallen beobachtete die Kinder und ihren Dinosaurier beim Jagen. Die Echse rannte platschend durch die Pfützen und benutzte ihren horngepanzerten Schädel, um schwere Felsen zur Seite zu stoßen. Mit kurzen Speeren bewaffnet, sprangen die Kinder hinzu und spießten große, gelbe Krebse auf. Einige steckten sie in einen Sack, der im Wasser lag, andere gaben sie ihrem Haustier zu fressen. Bald bemerkte eines der Kinder Gallens Schatten und blickte auf. Es lächelte und winkte. Dann zeigte es mit den Fingern auf Gallen. Die anderen Kinder blickten kurz zu ihm und beschäftigten sich wieder mit ihrer Krebsjagd.

Gallen und Orick kletterten von ihrem Aussichtspunkt herunter. Dann marschierte die Gruppe um den Grat herum in Richtung Stadt. Die Kinder waren gerade dabei, ihren Hummersack aus dem Wasser zu ziehen. Ein älterer Junge von vielleicht zehn Jahren grüßte sie und fragte nach ihrem Ziel. Veriasse gab zur Antwort, daß sie in die Stadt wollten. Die Kinder schienen erfreut, daß Besuch gekommen war.

Die beiden Jüngsten waren begierig, die Nachricht von der Ankunft der Fremden zu verbreiten. Sie stiegen auf den Dinosaurier und ritten voraus in die Stadt. Der Saurier bewegte sich mit langen, gestreckten Sprüngen davon, und sie wurden rasch kleiner.

Die Stadt war vielleicht noch sechs Meilen entfernt. Sie erhob sich auf dem Felsen wie ein riesiger Pilz über den Boden.

Gallen und die anderen marschierten bald durch ein wahres Labyrinth von Wassertümpeln. Ein Sturm zog auf, als sie die Stadt erreichten. Sie kletterten einen gewundenen, weiten Pfad hinauf. Als sie oben angekommen waren, befanden sie sich auf einem unebenen, hügeligen Terrain. Flache Felsenhäuser ohne Glas in den Fenstern und mit offenen Türen bildeten die Behausungen der Bewohner. Offensichtlich war es hier das ganze Jahr über warm, und es gab keine lästigen Insekten. Die Häuser standen um einen ausgedehnten Platz herum, auf dem die Bewohner an großen Gemeinschaftsfeuern kochten und der Musik lauschten. Auf den Dächern der Felsenhäuser befanden sich weitläufige Gärten.

Everynne zog ihre Maske ab und schlug die Kapuze zurück, die ihr Gesicht verborgen hatte. Sie näherte sich unverkleidet der Stadt. Die Menschen traten auf ihre Veranden und begrüßten ihr Eintreffen mit lautem Pfeifen. Gallen blickte Veriasse an. Er wunderte sich, daß Everynne hier so stolz und frei auftrat. Veriasse erklärte: »Hier auf Cyanesse sind die Drononen nur eine ferne Bedrohung. Wir sind mehr als vierzigtausend Lichtjahre von Fale entfernt, weit weg von den Kampfgebieten und dem drononischen Imperium. Die Kriegsschiffe der Drononen werden erst in vielen Jahren hier erscheinen. Trotzdem haben die Menschen von unserem Krieg gehört, und sie wissen, wer Everynne ist.«

Und so kam es, daß Gallen sich am frühen Nachmittag in der alten Stadt Dinchee am Meer der ungestörten Meditation auf dem Planeten Cyanesse befand und zum erstenmal den Frieden verspürte, der einst unter Everynnes Völkern geherrscht hatte.

Am Abend wurde auf der obersten Terrasse der Stadt Dinchee gefeiert und getanzt. Die Sonnen gingen in einem goldenen Feuerwerk unter, und ein kühler Wind trieb Gewitterwolken über dem Meer vor sich her. Die Kinder rösteten Krebse über den Kochsteinen und brachten sie auf hoch gehäuften Tabletts zusammen mit Melonen, gerösteten Nüssen und Knollen zu den Gästen. Die meisten Dinge, die Gallen verspeiste, konnte er noch nicht einmal identifizieren. Doch er aß riesige Portionen und legte sich anschließend mit offenem Mund ins Gras. Der Wind strich ihm über die Stirn.

Draußen in den Gärten spielten drei Jugendliche auf Mandolinen, während eine junge Frau Lieder sang. Everynne saß bei ihnen und lauschte. Veriasse hatte sich neben einer alten Tharrin niedergelassen, die darauf bestand, daß man sie schlicht ›Großmutter‹ nannte. Sie war eine silberhaarige Matriarchin von zierlichem Körperbau, deren Schönheit trotz ihres Alters ungetrübt war. Sie saß auf den Steinen und hatte die Füße zur Seite ausgestreckt. Ihr ›persönlicher Ratgeber‹ – ein alter ›Mantel‹ aus messingfarbenen Plättchen – war mit den Ornamenten der Weisheit verziert. Die jungen Leute der Stadt begegneten ihr mit großer Hochachtung.

Gallen bemerkte, daß die Menschen hier keine Reichtümer besaßen. Sie hatten keine Vorratskammern und lebten von dem, was das Meer ihnen gab, und vom Ertrag ihrer Gärten. Nirgendwo waren Läden zu sehen, wie auf Fale, und alle trugen die gleichen braunen Tuniken. Auch wenn diese Menschen nach weltlichen Maßstäben nicht reich zu sein schienen, so hatten sie doch von allem genug. Und sie hatten Frieden. Ihre Kinder waren gesund und glücklich.

Veriasse sprach leise mit Großmutter. Er bat sie um Airbikes – Gleiter – und Vorräte. Die alte Frau lächelte und nickte zustimmend. Sie hatten nur wenige Airbikes, doch sie würde alle seine Wünsche erfüllen. Veriasse unterbrach seine Unterhaltung für einen Augenblick und blickte Gallen, Maggie und Orick an. »Unsere drei Freunde würden gerne hier ausruhen und bei Euren Leuten Unterschlupf suchen, bis sie nach Hause zurückkehren können«, erzählte er Großmutter.

»Sie werden uns willkommen sein«, gab sie zurück. »Alle Freunde der Großen Lady sind uns herzlich willkommen. Wir werden für sie sorgen.«

»Hört nicht darauf, was dieser alte Hahn Euch erzählt«, mischte Gallen sich ein. Er nickte Veriasse zu. »Ich werde überall hingehen, wo Everynne hingeht.«

Veriasse schüttelte den Kopf. »Ich habe darüber nachgedacht und entschieden, daß Ihr nicht mitkommt. Die Dronen kontrollieren die beiden nächsten Planeten, auf die wir uns begeben werden. Ich bin sicher, daß Everynne und ich ohne Euch weniger verdächtig sein werden.«

»Habt Ihr Everynne darüber informiert?« fragte Gallen.

»Nein. Ich glaube nicht, daß ich ihre Erlaubnis benötige«, sagte Veriasse leise.

»Dann werde ich es tun«, sagte Gallen. Er blickte zu den Musikanten. Everynne hatte die ganze Zeit bei ihnen gesessen, doch jetzt war sie verschwunden. Er bemerkte ein kurzes Aufblitzen von Blau im Zwielicht und sah sie unter den Bäumen spazieren. Er stand auf und schritt durch die Menge, bis er den Pfad gefunden hatte, auf dem sie davongegangen war. Er führte durch eine schmale Rinne hinunter in einen winzigen Wald, wo Grillen ihr Abendkonzert veranstalteten. Die Grillen waren das erste auf dieser Welt, das Gallen an seine ferne Heimat Tihrglas erinnerte. Der Pfad war breit und in gutem Zustand.

Er konnte Everynne nicht sehen, deshalb benutzte er den Mantel, um sein Gehör und seine Augen zu schärfen. Er bewegte sich leise wie der Nebel auf dem Weg nach unten und kam an einem nackten Liebespaar vorbei, das sich in einem Farngebüsch vergnügte.

Nach hundert Metern gelangte er an eine Art Balkon an der Grenze der Stadt, der mit einem Geländer gesichert war. Everynne lehnte an der Brüstung am Rand des Wäldchens und beobachtete den Sonnenuntergang. Die Flut wanderte den Strand hinauf, der wenige Stunden zuvor noch im Trocknen gelegen hatte. Das Meer war jetzt von kupfernem Rot. Hohe Brecher mit Kronen aus weißem Schaum donnerten gegen die Kalksteinfelsen. In der wilden Brandung konnte Gallen grüne Lichter erkennen.

Everynne stand regungslos. Obwohl ihre Körperhaltung aufrecht und stolz wirkte, war sie so klein und zierlich, daß er sie mit einer Hand hätte hochheben können. Sie drehte ihm den Rücken zu. Er sah Tränen auf ihren Wangen. Sie schüttelte sich leicht, als ob sie versuchte, einen tiefen Seufzer zurückzuhalten. »Seid Ihr gekommen, um die Lampenträger zu beobachten?« fragte sie und deutete mit dem Kinn auf die Wellen und die grünen Lichter darin. »Sie sind wunderschön. Jeder Fisch hat sein eigenes Licht, mit dem er nach Beute jagt.«

Gallen trat hinter sie und legte ihr die Hände auf die Schultern. Sie zuckte leicht zusammen, als hätte sie seine Berührung nicht erwartet. Unter seinen Händen konnte er ihre verspannten Muskeln spüren. Er begann, sie leicht zu massieren.

Er wollte sie um Erlaubnis bitten, ihr folgen zu dürfen. Deshalb war er gekommen. Doch sie schien so in Sorgen vertieft, daß er es nicht fertigbrachte. »Ich will nicht über Fische reden. Sie sind nicht von Bedeutung. Weshalb weint Ihr?« Gallen wartete schweigend auf ihre Antwort.

Nach einiger Zeit schüttelte Everynne den Kopf. »Nichts. Ich bin nur ...« Sie schluckte und schwieg.

»Ihr seid traurig«, sagte er flüsternd. »Warum?«

Everynne blickt zur Seite, auf das Meer. »Wißt Ihr, wie alt meine Mutter war?« Ihre Stimme war so leise, daß Gallen sie über dem Rauschen der Brandung kaum verstehen konnte.

»Ein paar tausend Jahre«, riet Gallen. Immerhin war sie eine Unsterbliche gewesen, und Veriasse hatte behauptet, ihr mehr als sechstausend Jahre gedient zu haben.

»Und wißt Ihr auch, wie alt ich bin?«

»Vielleicht achtzehn, zwanzig?«

»Drei. Fast«, sagte Everynne. Gallen glaubte sich verhört zu haben. »Veriasse hat mich aus meiner Mutter geklont, nachdem sie tot war. Er zog mich in einem Schnellbrüter auf Shintol groß, damit es schneller ging. Er konnte nicht riskieren, mir eine normale Kindheit zu geben. Mir durfte nichts geschehen, kein Kratzer, kein Unfall, kein Knochenbruch. Während ich noch im Schnellbrüter lag, benutzte er verschiedene persönliche Ratgeber, künstliche Intelligenzen, um mich auszubilden. In Geschichte, Ethik, Psychologie. Ich glaube, ich weiß alles über das Leben. Nur Erfahrungen besitze ich nicht. Überhaupt keine.«

»Und Ihr fürchtet, daß Euer Leben in wenigen Tagen zu Ende ist?«

»Nein. Ich *weiß*, daß es enden wird«, gab Everynne zurück. »Meine Mutter war so viel älter und weiser als ich. Die Drononen lauerten schon seit Tausenden von Jahren an unseren Grenzen. Semaritte hatte Millenien, um sich auf den Kampf vorzubereiten, trotzdem starb sie. Ich glaube, meine Siegeschancen sind nahezu Null. Doch selbst wenn ich siegen sollte, werde ich ausgewechselt. Ihr wißt ja, was es bedeutet, mit einer künstlichen Intelligenz zu verschmelzen, all die Fragen und der Schmerz des Wissens, der binnen eines einzigen Augenblicks über einen hereinbricht. Aber eine Omni-Intelligenz ist so groß wie ein ganzer Planet. Sie enthält mehr Informationen als eine Milliarde Mäntel zusammen. Im Vergleich dazu bin ich weniger als ... weniger als ein Insekt. Meine Mutter ist mit der Omni-Intelligenz verschmolzen. Als ihr Körper starb, hat die Omni-Intelligenz ihr Bewußtsein gespeichert, um es später in einen Klon zu laden – alles, was meine Mutter ausmachte: ihre Gedanken, ihre Träume, ihre Erinnerungen. Wenn ich erst mit der Omni-Intelligenz verschmelze, höre ich auf gewisse Weise zu existieren auf. Ihre Erfahrungen werden mich überwältigen, und es wird so sein, als hätte ich nie gelebt.«

»Ihr werdet immer noch Ihr selbst sein«, sagte Gallen in der Hoffnung, sie zu trösten. »Ihr werdet weiterleben, fortbestehen.« Doch er wußte, daß er Unrecht hatte. Für die Omni-Intelligenz war Everynne nicht mehr als eine Hülle für die Große Richterin Semaritte – eine Hülle, die darauf wartete, gefüllt zu werden.

In einem einzigen Augenblick würde Everynne wachsen und mehr wissen, als er und eine Milliarde anderer Menschen je zu wissen hoffen konnten. Doch ihre Persönlichkeit, ihr Ich, würde fortgespült. Es war unbedeutend.

Sie drehte sich zu ihm um und blickte ihm in die Augen. Sie lächelte traurig. »Wahrscheinlich habt Ihr recht«, sagte sie, als ob sie ihm seine Hoffnung lassen wollte. Der Wind fuhr durch ihr dunkles Haar, und Gallen blickte in ihre tiefblauen Augen.

»Vielleicht«, erwiderte er, »kann jemand anders Euren Platz

einnehmen. Es gibt noch mehr Tharrin. Vielleicht würde Großmutter in Eurem Namen regieren.«

Everynne schüttelte den Kopf. »Sie ist eine großartige Frau, aber sie würde niemals an meine Stelle treten. Ein Lord Richter muß seine Position verdienen, und Großmutter könnte diesen Titel nicht tragen. Alle Tharrin wußten von Semarittes Plan, als Klon zurückzukehren. Manchmal frage ich mich, ob ich würdig genug bin, eine Dienerin aller zu werden. Die Tharrin behandeln mich wie eine bloße ... Erweiterung Semarittes. Sie glauben, wenn ich erst mit der Omni-Intelligenz verschmelze, wird mein eigenes kurzes Leben bedeutungslos. Ich werde zu Semaritte.« Sie machte eine Pause und nahm einen tiefen Atemzug. »Ich möchte euch danken für das, was Ihr heute für mich getan habt.«

»Was meint Ihr?«

»Als Ihr mit dem Flammrohr auf uns gezielt haben. Ich bin sehr froh, daß Ihr nicht zu den Menschen gehört, die mir blind gehorchen. Viel zu wenige stellen meine Handlungen und Motive in Frage.«

»Habt Ihr das Gefühl, man müßte Eure Motive in Frage stellen?«

»Natürlich!« Everynne schwieg einen Augenblick. Gallen vernahm ein Lachen von irgendwo weiter oben. Es wurde dunkel, und er hatte das Gefühl, gehen zu müssen. Doch Everynne stand dicht vor ihm und blickte ihm in die Augen. Plötzlich schlang sie die Arme um ihn, beugte sich vor und küßte ihn.

Heftig flüsterte sie: »Los, stell meine Motive in Frage!« Ihre Lippen waren warm und einladend.

Gallen nahm ihre Aufforderung wörtlich. »Du hast Angst, daß du bald sterben wirst«, flüsterte er und erwiderte ihren Kuß. Sie dränge sich an ihn, und er konnte ihre festen Brüste spüren.

»Ich glaube, ich bin dabei, mich in dich zu verlieben«, flüsterte sie. »Ich will wissen, wie es ist, wenn ich mich verliebe.«

Gallen überlegte, was sie damit gemeint haben könnte, und wich zurück. »Veriasse war der Beschützer deiner Mutter. War er auch ihr Liebhaber?«

Everynne nickte, und plötzlich verstand Gallen. Wenn die Omni-Intelligenz erst ihre Erinnerungen in Everynne geladen hatte, würde Everynne auf jede erdenkliche Weise zu Semaritte werden. Veriasse versuchte nicht nur, den Menschen die geliebte Große Richterin zurückzugeben, er erweckte seine Frau wieder zum Leben. »Er hat mich niemals berührt, nie versucht, mich zu lieben«, sage Everynne. »Aber ich kann sehen, wie es ihn quält. Ich bin wie ein eigenes Kind für ihn – und nur ein Schatten der Frau, die er liebt. Manchmal spüre ich, wie er mich beobachtet, und ich kann sein Verlangen spüren!«

Everynne drückte sich fest an Gallen. Er merkte, wie ihr Herz an seiner Brust hämmerte. »Schenke mir diese Nacht«, bat sie. »Was auch immer danach kommen mag, schenke mir diese Nacht. Ich möchte bei dir sein!«

Gallen blickte in ihre großen Augen. Er spürte die Hitze ihres Körpers. »Ich weiß, daß du mich willst«, sagte sie. »Ich weiß es seit dem Augenblick, als wir uns das erste Mal begegnet sind. Ich habe es in deinen Blicken gespürt. Ich will dich auch!«

Gallen war gefangen, verzaubert. Sie war die schönste und vollkommenste Frau, die er je gesehen hatte. Es tat weh, daß sie niemals zusammen sein konnten. Er konnte seine Gefühle nicht verbergen. Wenn Everynne ihn fragen würde, ob er ihr Lord-Begleiter werden wollte, für sie gegen die Drononen kämpfen wollte – er würde keinen Augenblick zögern. Jeden Tag, jede Stunde würde er sein Leben für sie riskieren.

Doch sie konnte ihm nur diese eine Nacht versprechen. Everynne zog ihren Umhang und ihre Unterkleidung aus. Sie stand im Dunst vor Gallen, und er hielt sie in den Armen. Ihre Brüste waren klein, aber fest, ihre Lippen voll und weich. Sie begann, heftig zu atmen und entkleidete Gallen. Dann zog sie ihn zu sich auf das weiche, süße Gras herab. Sie liebten sich lange und zärtlich.

Später lagen sie nackt nebeneinander.

Unten am Strand schlugen die schweren Wogen gegen den Kalkstein. Die Lampenträger tauchten den Ozean in ein blasses Grün. Wolken zogen vorüber und gaben den Blick auf den sternenübersäten Nachthimmel frei. Der Wind wehte warm durch den Wald, und Gallen spürte einen tiefen inneren Frieden. Everynne kuschelte sich an ihn, und sie fielen in Schlaf. Als Gallen erwachte, war es kühl geworden. Der Schwarm der Lampenträgerfische war weitergezogen, und die Schwärze der Nacht hatte sich wie ein Zelt über ihnen ausgebreitet. Beschützend hielt Gallen Everynne in den Armen. Er mußte ständig daran denken, daß dies der Beginn und gleichzeitig das Ende ihrer Liebe war. Sie hatten es mit einem kleinen, fast unbedeutenden Akt besiegelt. Jetzt lag die Zukunft vor ihnen. Egal was passierte, morgen würde alles zu Ende sein. Sie würden wie zwei Blätter im Wind verstreut werden. Der Himmel über ihnen war unendlich weit, und Gallen hatte das Gefühl, als würde die Unendlichkeit sich bereit machen, zu ihnen herabzusteigen, während sie nackt beieinander lagen.

In dieser schwermütigen Stimmung blickte er den Weg entlang und sah Veriasse, der in den Schatten der Bäume stand. Gallen erschrak. Er setzte sich auf und versuchte hastig, sich anzuziehen. Doch Veriasse legte nur einen Finger auf die Lippen. »Weckt sie nicht auf!« sagte er mit belegter Stimme. »Legt ihr den Umhang um, damit ihr nicht kalt wird!«

Gallen befolgte Veriasses Anweisungen. Während er sich ankleidete und schließlich den Umhang anlegte, beobachtete er Veriasse aus den Augenwinkeln. Er befürchtete, der andere könnte ihn angreifen, doch Veriasse schien mehr verletzt als wütend. Er verschränkte die Arme vor der Brust, drehte sich um und ging langsam den Weg hinauf, den sie gekommen waren.

Als Gallen fertig angezogen war, eilte er Veriasse hinterher. Der Alte bewegte sich steif, mit gespanntem Rücken. Gallen sagte leise: »Es tut mir leid, ich ...«

Veriasse wirbelte herum und blickte hart in Gallens Augen. »Entschuldigungen sind unnötig«, sagte er schließlich. Schmerz klang in seiner Stimme. »Everynne hat Euch offensichtlich mir vorgezogen. Ich vermute, es ist nur natürlich. Sie ist eine junge Frau, und Ihr seid ein attraktiver Mann. Ich ... äh ...« Er hob betroffen die Hände und ließ sie wieder sinken.

»Es tut mir leid«, sagte Gallen.

Veriasse machte einen Schritt auf ihn zu und streckte den Finger aus. »Haltet den Mund! Ihr wißt doch überhaupt nichts! Ich liebe sie seit mehr als sechstausend Jahren. Ich liebe sie mehr, als Ihr es Euch je träumen lassen würdet!«

»Nein«, erwiderte Gallen. Plötzlich stieg Wut in ihm auf. »Ihr habt ihre Mutter geliebt, elender Bastard! Aber Everynne ist nicht Semaritte! Möglicherweise gehorcht sie Euch und legt die Omni-Intelligenz um ihres Volkes willen an. Doch wenn sie es tut, habt Ihr sie vernichtet. Ihr tötet die eigene Tochter, um die Frau zurückzugewinnen, die Ihr liebt!«

Veriasses Augen blitzten, und seine Nasenflügel blähten sich. Gallen bemerkte, daß Veriasses Mantel sich aktivierte und seine Sinne schärfte. Seine Muskeln strafften sich. Als Veriasse zuschlug, duckte Gallen sich unter dem Angriff hindurch und hieb nach Veriasses Magen, doch der alte Mann wich aus und trat nach Gallens Brust.

Plötzlich waren beide in Bewegung. Sie umkreisten sich, während sie mit Händen und Füßen versuchten, sich gegenseitig in der Dunkelheit zu treffen. Veriasse war wie ein Geist. Es war unmöglich, ihn auch nur zu berühren. Gallen ließ sich von seinem Mantel des Protektors führen und schoß ein Sperrfeuer aus Tritten und Schlägen ab, das Dutzende von Raufbolden daheim auf Tihrglas überwältigt hätte, doch er traf Veriasse kein einziges Mal wirkungsvoll. Manchmal erwischte er ihn leicht, und jedesmal schöpfte er für einen kurzen Moment Hoffnung. Doch nach drei Minuten wurde er allmählich müde. Er wußte, daß Veriasse jetzt bald angreifen würde.

Er wich zurück und nahm eine defensive Haltung ein. Veriasse war kein bißchen außer Atem. Er sagte: »Ich habe diesen Mantel sechstausend Jahre getragen. Ich würde ihn auch jetzt noch tragen, aber ich fürchte, daß er mein Recht auf den Rituellen Kampf mit dem Lord des Schwarms gefährdet. Alles, was er weiß, hat er von mir!«

Dann begann er seinen Angriff. Gallen konnte den ersten Schlägen und Tritten noch ausweichen; dann zielte Veriasse nach seinem Kopf. Gallen riß die Arme hoch, um den Schlag abzublocken. Der alte Mann war viel stärker, als Gallen je gedacht hätte. Der Schlag traf seinen Arm, und Gallen hatte das Gefühl, als sei er gebrochen. Der nächste Schlag streifte sein Kinn, und plötzlich tanzten Sterne vor Gallens Augen.

Er wich ein paar Schritte zurück und ließ sich von Veriasses Mantel leiten. Veriasse startete einen Angriff nach dem anderen. Es war wie ein tödlicher Tanz. Tritte und Schläge in wilden Kombinationen prasselten auf Gallen ein, so heftig, daß sie jeden anderen Gegner längst kampfunfähig gemacht hätten. Der Mantel flüsterte ihm zu: »Das ist eine Kombination aus vierzehn Tritten.« Bilder des nächsten Angriffs blitzten in schneller Folge vor Gallens innerem Auge auf. Trotzdem konnte er den Schlägen und Tritten Veriasses nur mit Mühe ausweichen. Nach vierzig Sekunden trat Veriasse einen Schritt zurück. Er schien außer Atem zu geraten und betrachtete Gallen für eine Sekunde anerkennend. Dann schoß er wieder vor. Seine Serien und Kombinationen kamen jetzt so schnell, daß selbst der Mantel keine Chance mehr hatte, Gallen rechtzeitig zu warnen. Gallen verteidigte sich nur noch instinktiv und zog sich immer weiter unter die Bäume zurück. Veriasse drang unablässig auf ihn ein. Plötzlich sprang er in die Höhe, um einen Tritt auf Gallens Brust zu landen. Gallen riß seine Deckung hoch, und der alte Mann änderte im Flug sein Ziel. Er traf Gallens Arme voll an beiden Ellbogen.

Es gab ein knackendes Geräusch, und plötzlich hingen Gallens Arme taub herab. Ein weiterer Tritt in die Rippen trieb ihm die Luft aus den Lungen. Veriasse drehte sich im Sprung, und sein nächster Treffer fegte den Mantel von Gallens Kopf.

Gallen stürzte zu Boden und schnappte nach Luft. Er starrte Veriasse wütend an. Er war dem alten Mann nicht gewachsen, nicht einmal mit Hilfe des Mantels.

Veriasse stand schweratmend über ihm. Schweiß lief Gallen über das Gesicht. Ohne die Hilfe des Mantels war er in der Dunkelheit so gut wie blind, dennoch konnte er die flammenden Augen Veriasses erkennen. Gallen hielt sich die tauben Arme. Er konnte die Finger nur mit Mühe bewegen.

»Ich brauche Euch nicht mehr«, sagte Veriasse. »Ihr werdet nicht mit uns kommen.«

»Ich bin sicher, daß Everynne auch etwas dazu zu sagen hat«, erwiderte Gallen trotzig.

»Und *ich* bin sicher, daß ich nicht auf sie hören werde.«

»Also genau wie immer! Habt Ihr je auf sie gehört?« fragte Gallen. »Ihr glaubt, Ihr könnt sie in den Tod schicken? Wie könnt Ihr Euch das Recht dazu nehmen?«

»Das findet Ihr wohl entsetzlich?« erwiderte Veriasse grob. Seine Stimme klang plötzlich erstickt.

»Genau!« sagte Gallen. »Ich finde *Euch* entsetzlich!«

Der alte Mann nickte schwach. Er stand neben einem Baum. Plötzlich mußte er sich daran festhalten. Er blickte abwesend zu Boden, als habe er etwas verloren. »Ja, ja. Es wird wohl so sein. Ich selbst finde mich scheußlich. Bei meinem Volk gibt es ein passendes Sprichwort für mich: ›Von allen Menschen sind die alten Politiker die ärmsten. Sie müssen den Rest ihrer Tage in einer Welt verbringen, die sie sich selbst geschaffen haben.'«

Gallen war überrascht, daß Veriasse nicht versuchte, seine Handlungsweise zu rechtfertigen, sich zu verteidigen. »Ist es so einfach, sich selbst scheußlich zu finden?«

Veriasse straffte sich. »Was ich tun muß, ist auch für mich nicht einfach ... aber ich weiß keinen anderen Weg. Gallen, es dauert Jahrtausende, eine Omni-Intelligenz zu erbauen. Und wenn sie fertiggestellt ist, kann nur eine einzige Person sie richtig benutzen. Jeder andere Mensch kann nur unvollständig mit ihr arbeiten. Wir *müssen* diese Omni-Intelligenz zurückgewinnen! Glaubt mir, ich wünschte, es wäre anders. Aber jeder, der sich entschließt, diese Intelligenz zu benutzen, wird von ihr aufgesogen! Das wußte ich bereits, als ich Semaritte das erste Mal klonte und Everynne erschuf. Ich wußte, daß sie zerstört wurde. Damals erschien es mir leichter als heute.« Veriasse wandte sich ab. Sein Atem ging schwer und rasselnd. »Gallen, Gallen ... wie konnte ich nur so tief in Schwierigkeiten kommen?«

Veriasse suchte nach einem Ausweg aus seinem Dilemma. Er stand reglos da, den Rücken Gallen zugewandt.

»Was ist, wenn Ihr im Kampf gegen den Dronenenlord unterliegt? Was wird dann mit Everynne geschehen?«

»Man wird sie wahrscheinlich ebenfalls töten.«

»Aber wenn ich mich recht erinnere, habt Ihr gesagt, daß die Dronanen ihre besiegten Königinnen verschonen. Sie werden verstümmelt und können nie wieder am Kampf um den Thron teilnehmen.«

»Zugegeben«, sagte Veriasse. »Manchmal. Aber die Entscheidung, ob die besiegte Königin am Leben bleibt, trifft der Sieger. Ich fürchte, daß sie Everynne nicht verschonen werden. Nach der Invasion haben die Dronanen alle Tharrin ermordet, derer sie habhaft werden konnten. Sie haben alles genetische Material vernichtet.«

»Ich werde dich nach Dronon begleiten«, sagte Gallen nach einer Weile. »Wenn du unterliegst, kann ich die Dronanen vielleicht dazu bringen, Everynne nicht zu töten. Es ist ihre einzige Chance, frei zu sein, ihr eigenes Leben zu leben.«

Veriasse blickte auf Gallen herab und hob die Augenbrauen. »Du würdest tatsächlich dein Leben riskieren, um ihr diese Chance zu verschaffen? Das ist sehr ritterlich«, gab er zu. Er machte eine Pause, bis er wieder zu Atem gekommen war. Plötzlich straffte er sich, als wäre eine Last von seinen Schultern genommen. »Ich bin froh, daß du mitkommst. Sollte ich sterben, hoffe ich zutiefst, daß du Erfolg hast und Everynne retten kannst. Sie ist ein unbezahlbarer Schatz, die letzte ihrer Art in diesem Teil der Galaxis.«

Veriasse half Gallen auf die Füße. Gallens Arme und Rippen schmerzten. Veriasse sagte schwer: »Ich würde dich gern um einen sehr wichtigen Gefallen bitten. Als ich dir meinen Mantel geschenkt habe, hatte ich Hintergedanken. Gallen, ich habe Aufzeichnungen der Kämpfe des herrschenden Lord-Begleiters gesehen. Sein Name ist Xim. Er ist der beste Krieger seit vielen Generationen. Ich glaube nicht, daß ich ein große Chance habe, diesen Kampf lebend zu überstehen. Ich möchte, daß du mein Nachfolger wirst, falls ich unterliege. Würdest du der nächste Lord-Begleiter werden?«

»Ich?« fragte Gallen. Er bemerkte, daß Veriasse sein Verhalten plötzlich völlig geändert hatte. »Aber ich bin ein Niemand. Du hast bestimmt viel bessere Kämpfer als mich!«

»Wir haben die Wächter konstruiert, um sie für uns kämpfen zu lassen«, sagte Veriasse. »Wir hatten gar keinen Bedarf an menschlichen Kriegern. Du trägst meinen Mantel. In wenigen Jahren wird er dich alles lehren. Du könntest der größte Krieger werden, der je gelebt hat!«

Gallen dachte über Veriasses Bitte nach. Die Versuchung, ja zu sagen, war groß. Wenn Everynne starb, würde eine neue Tochter Semarittes geklont werden. Ihre Probleme würden ebenso groß sein. Wenn Gallen versprach, was Veriasse von ihm verlangte, war er vielleicht für viele Jahre an eine Arbeit gebunden, die ihm außer einem wahrscheinlich schmachvollen Tod nichts einbrächte. Dann kam ihm der Eid in den Sinn, den er Vater Heany nach seiner Begegnung mit dem Sidhe gegeben hatte. Er würde nie wieder zögern.

»Wie du wünschst«, sagte Gallen.

13

Als es Nacht wurde, saßen Maggie und Orick bei Großmutter und unterhielten sich mit ihr. Die alte Dame erlaubte den Kindern, im nahen Wald nach trockenen Ästen und Zweigen zu suchen und ein Freudenfeuer zu entzünden. Großmutter stellte Maggie viele Fragen über ihre Heimatstadt Clere.

Maggie erzählte von ihrer Arbeit in John Mahoneys Gasthaus, wo sie tagein, tagaus den Boden gewischt und für die Gäste gekocht hatte. Sie erzählte vom Tod ihrer Mutter gleich nach ihrer Geburt, und von ihrem Vater und ihren Brüdern, die ertrunken waren, als ihr kleines Fischerboot kenterte. In Maggies Erinnerung schien es, als wäre Tihrglas ein kalter und bitterer Ort, an dem sie eingeengt und in eine Ecke gedrängt worden war. Während Maggie erzählte, erkannte sie, daß sie nie wieder zurück wollte. Das Leben hier auf Cyanesse, ja, sogar das Leben in Freiheit auf Fale war besser.

Doch als Maggie mit ihrer Erzählung über Tihrglas geendet

hatte, nickte Großmutter lächelnd und sagte weise: »Wir sind wie du, denn wir haben keine Androidendiener. Deshalb helfen wir uns gegenseitig und sind stolz auf unsere Arbeit. Ein einfaches Leben ist das beste.« Ihrer Stimme nach war sie der festen Überzeugung, daß Tihrglas ein stiller und friedlicher Ort sein müsse.

Maggie wollte auffahren und der alten Frau ins Gesicht schreien, doch Orick mischte sich ein: »Orick ja, gut gesprochen! Darauf trinke ich!« Er nahm einen Kelch Wein in seine großen Tatzen und goß ihn in einem Zug in seine Kehle.

Der Wind raschelte in den Bäumen. Das Geräusch klang wie daheim auf Tihrglas, wenn es dort Sommer war. Der Abend war warm und angenehm, und der Geruch des Meeres wehte herüber. Es war die gleiche Art von Wind, die Maggie als kleines Kind in den Schlaf gewiegt hatte. Plötzlich hatte sie Sehnsucht. Nicht nach diesem verdammten Tihrglas, sondern nach ihrer Kindheit, nach die gesegnete Unwissenheit, in der sie gelebt hatte, bevor sie von den Drononen erfuhr. Maggie erkannte, daß sie ihre Heimat niemals verlassen hätte, wären die Drononen nicht gekommen. Wahrscheinlich wäre sie auf Tihrglas alt geworden und gestorben. Schließlich stimmte sie Orick und Großmutter zu. »Ja. Es geht nichts über ein einfaches Leben.«

Vor einer Weile war Veriasse losgezogen, um nach Gallen und Everynne zu sehen. Maggie machte sich allmählich Sorgen. Veriasse hatte gesagt, daß es unter den Menschen Gruppierungen gab, die gegen Everynne kämpfen würden, und sie fragte sich, ob es auch hier auf Cyanesse unter der scheinbar friedlichen Bevölkerung solche Leute gab.

»Ich glaube, ich sehe mal nach, wo Gallen steckt«, sagte Maggie und erhob sich. Sie ging an den Musikanten vorbei, die an einem kleinen Feuer versammelt waren.

Die Sterne waren hinter den Wolken hervorgekommen, und ein großer roter Mond war aufgegangen. Die Flut hatte den Strand überspült. Der Wind war angenehm kühl. Maggie strengte ihre Sinne an, als sie den Wald erreichte. Sie sah Dutzende von Wegen und hatte keine Ahnung, welchen sie einschlagen sollte. Doch bald fand sie einen Pfad, der hinunter zur

Brüstung über dem Wasser führte. Von dort hatte man einen schönen Ausblick auf das nächtliche Meer. Am Geländer waren ein paar Sitzbänke aufgestellt. Der Weg führte um den ganzen Felsen herum und wieder zurück in die Stadt. Maggie vermutete, daß sie nur dem Weg folgen mußte, um Gallen und die anderen auf einer Bank zu finden, wo sie sich leise miteinander unterhielten.

Sie packte das eiserne Geländer und tastete sich daran entlang durch den Wald. An der dritten Kreuzung mit einem anderen Weg hatte sie Gallen und Veriasse noch immer nicht gefunden. Gerade in dem Augenblick, als sie weitergehen wollte, erblickte sie im schwachen Mondschein Everynne. Sie war tot. Sie lag im Gras, und ihr Umhang war über ihren Körper ausgebreitet, als wollte man sie verbergen.

Maggie stieß einen entsetzten Schrei aus und stürzte zu Everynne, zog den Umhang weg. Everynne war nackt. Sie schlug die Augen auf und blickte schlaftrunken zu Maggie hoch.

»Was ist . . .?« sagte sie und setzte sich auf. Verschlafen blickte sie sich um und fragte: »Wo ist Gallen?«

Maggie wußte nicht, was sie sagen sollte. In ihrem Innern breitete sich Leere aus. Ihr Herz hämmerte, als wollte es jeden Augenblick zerspringen. In ihr drehte sich alles. »Du hast mit Gallen geschlafen, gib's zu!«

Everynne kroch durch das Gras, sammelte ihre Kleider auf und zog sich an. Sie sah Maggie an, ohne ein Wort zu sagen. Schließlich zog sie ihren Umhang über.

»Du hast ihn dir einfach genommen. Du konntest mit ihm machen, was du wolltest!« sagte Maggie.

»Männer und Frauen schlafen auf vielen Welten miteinander, wann immer sie es wollen«, sagte Everynne. »Es bedeutet nichts.«

»Ja«, sagte Maggie. »Aber da, wo ich herkomme, bedeutet es etwas, und das hast du gewußt!«

»Ich wollte dir nicht weh tun!« sagte Everynne.

Mir weh tun? dachte Maggie. *Du hast mich zerstört.* Ihr Herz bebte. Sie wußte nicht, wer von beiden ihr mehr Schmerz zugefügt hatte, Gallen oder Everynne. Aber sie wußte, daß beide

Schuld hatten. »Vielleicht wolltest du mir nicht weh tun«, sagte Maggie. »Aber du hast gewußt, daß es mir weh tun würde, und du hast es trotzdem getan! Du hast dich voller Selbstsucht vergnügt, indem du mich verletzt hast! Denk darüber nach, du Dienerin aller!«

Maggie drehte sich um und rannte davon. Everynne rief ihr nach, bat sie, zurückzukommen, doch Maggie hörte nicht auf sie.

In der Nacht fand Maggie keinen Schlaf. Sie kehrte zum Lagerfeuer zurück und blieb lange wach. Sie lauschte der fremdartigen Musik dieser Welt und wartete auf Gallen, doch er kam nicht zurück. Später schlenderte Veriasse aus dem Wald. Maggie fragte ihn, ob er Gallen gesehen hätte. Er nickte und sagte nur: »Gallen und Everynne reden miteinander. Sie möchte allein sein.«

Als die Musik zu spielen aufhörte und die Leute nach und nach zu Bett gingen, führte Großmutter Maggie in einen großen, bescheiden eingerichteten Raum, wo sie ihr ein warmes Bad eingelassen hatte. Dann zeigte sie ihr ein weiches Bett, auf dem Maggie sich zum Schlafen niederlegte. Orick streckte sich auf dem Boden zu ihren Füßen aus.

Je länger Gallen und Everynne wegblieben, desto größer wurde die Verzweiflung Maggies.

Sie wußte, daß sie kein Recht auf Gallen hatte. Er hatte ihr nie etwas versprochen. Dennoch fühlte sie sich zutiefst getroffen und verletzt. Damals, als ihr Vater und ihre Brüder ertranken, hatte sie ein schreckliches Gefühl des Verlusts überkommen. Sie hatte gedacht, daß es das Schlimmste sei, das ihr hätte passieren können, und daß nie wieder etwas sie so tief treffen könnte. Aber es war nicht so schlimm gewesen wie das, was sie jetzt durchlitt.

Doch nicht nur der Verlust Gallens betrügte Maggie. Die Vorstellung, daß sie es niemals mit Everynne würde aufnehmen können, betäubte sie geradezu. Sie könnte Gallen lieben, ihm dienen, ihm alles bieten, was sie hatte, ihm jeden Wunsch von den Augen ablesen. Doch egal, was sie tun würde – sie war nicht gut genug.

Ein Teil von ihr war wütend auf Everynne, wollte die Frau hassen, weil sie ihr Gallen gestohlen hatte. Doch je länger sie darüber nachdachte, desto weniger konnte sie es. Everynne war wunderschön und freundlich, doch sie war auf ihre Weise einsam und verloren. Es fiel Maggie schwer, jemanden zu hassen, der selbst in so großer Not war. Und was Gallen betraf – er hatte ihr nichts versprochen. Er konnte tun und lassen, was er wollte. Irgendwie schien es unausweichlich, daß es schließlich so gekommen war.

Am Morgen blieb Maggie sehr lange liegen. Sie hoffte, endlich ein wenig Schlaf zu finden. Orick verschwand leise, um zu frühstücken, dann kam er zurück.

»Großmutter und Everynne möchten mit dir reden«, sagte er. »Sie haben Geschenke. Everynne und Veriasse wollen bald aufbrechen. Sie möchten sich von dir verabschieden.«

Maggie lag auf ihrem Bett. Ihre Augen brannten vom Schlafmangel. Sie konnte noch immer nicht klar denken. »Nein. Ich komme nicht!«

»Bist du sicher?« frage Orick. »Sie haben schöne Geschenke!« Maggies Neugier erwachte, doch sie wollte es Orick nicht zeigen. »Und da ist noch etwas. Ich glaube, ich sag's dir besser jetzt schon. Gallen geht mit Everynne und Veriasse. Was ist mit dir? Wirst du sie auch begleiten?«

»Nein. Ich gehe nicht mit. Ich kann nicht«, sagte Maggie.

»Das ist schade.« Orick drehte sich um. »Gallen wird verletzt sein, wenn du ihm nicht auf Wiedersehen sagst.«

»Er weiß überhaupt nicht, was es heißt, verletzt zu sein!« erwiderte Maggie heftig.

»Hmmm . . .«, brummte Orick. »Ich vermute, du sprichst über das, was letzte Nacht passiert ist? Draußen stehen einige Leute, die ziemlich betreten aus der Wäsche gucken und verlegen mit den Füßen scharren. Sogar ein dummer Bär kann sich denken, was da passiert sein muß.« Maggie gab keine Antwort. »Oh Himmel! Was denkst du dir eigentlich, Frau? Gallen liebt dich! Wie kannst du nur glauben, daß es anders wäre?«

»Er liebt Everynne!« sagte Maggie.

»Ihr Menschen seid so engstirnig!« gab Orick zurück. »Er liebt euch beide. Wenn du eine Bärin wärst, würdest du nicht so ein Aufhebens wegen einer so dummen Geschichte machen! Du wirst heiß und ziehst los, um dir einen netten jungen Burschen zu suchen. Und wenn keiner da ist, nimmst du halt einen häßlichen alten Opa mit nach Hause und forderst ihn auf, seine schönste Pflicht im Leben zu erfüllen. Und damit ist die Sache erledigt. Kein Stöhnen und Jammern und keine Fragen, ob dich jemand liebt!«

»Und wenn dir jemand anders deine Liebhaberin ausspannt?« fragte Maggie.

»Das ist doch nicht schwer!« erwiderte Orick. »Du wartest, bis er fertig ist, und dann machst du weiter. Wenn ein Bär heute Interesse an einer Frau hat, kann er sich morgen schon für eine andere erwärmen.«

Maggie stellte fest, daß sie über ein neues Konzept des Zusammenlebens und über die Evolution nachdachte. Der Tutor auf Fale hatte ihr viel darüber erzählt. Doch menschliche Mütter hatten andere Bedürfnisse als Bärenmütter. Eine Bärin mußte keine zwanzig Jahre auf ihre Kinder aufpassen wie eine Menschenmutter. Und es gab noch so viele andere grundlegende Unterschiede.

»Selbstverständlich kannst du einfach losziehen«, fuhr Orick fort, »wenn du es eilig hast, einen Liebhaber zu bekommen, die Konkurrenz in den Hintern beißen und sie davonjagen . . .«

»*Das* kann ich leider nicht«, sagte Maggie und mußte wider willen kichern. »So einfach ist es bei den Menschen nicht.«

»Im Grunde genommen schon«, entgegnete Orick. »Wenn du Gallen wirklich liebst, dann kämpfe um ihn! Ach, zur Hölle, was erzähle ich dir eigentlich? Hast du immer noch nicht kapiert, daß Gallen seine Wahl längst getroffen hat? Als er dich auf Fale befreit und vor Lord Karthenor gerettet hat?«

Maggie beobachtete, wie der Bär sich umdrehte und davonstapfte. Sein Bauch schwankte von einer Seite zur anderen. »Blöde Menschen«, brummte er vor sich hin. »Manchmal frage ich mich, warum ich mich überhaupt mit ihnen abgebe. Was hat meine Mutter immer gesagt? ›Friß die Schafe und rede mit den Menschen.‹ Oder war es: ›Rede mit den Schafen und friß die Menschen‹?« Er schloß die Tür hinter sich.

Maggie warf sich im Bett herum. Sie war wütend über sich selbst. Everynne, Veriasse und Gallen würden bald aufbrechen, und es war damit zu rechnen, daß sie ihr Leben ließen. Und sie, Maggie, lag schmollend in ihrem Bett! Sie gab sich einen Ruck und schob die Bettdecke zurück.

Draußen ging die Sonne hinter einem bernsteinfarbenen Vorhang aus Dunst auf. Das Wasser war über Nacht gefallen, und die Ebbe hatte einen weiten, glänzend weißen Strand zurückgelassen. Die Kinder rannten wieder zu den Felsentümpeln, um Krebse zu fischen.

Maggie fand Gallen und die anderen direkt vor ihrer Tür. Sie hatten auf Steinbänken Platz genommen. Großmutter hatte drei einsitzige Airbikes aufgetrieben, die im Freien abgestellt waren. Die Maschinen sahen aus, als bestünden sie nur aus dem Motor und einem verchromten Rahmen, der vorn und hinten einen Satz Stabilisierungsflügel trug. Zu Großmutters Füßen lagen einige Pakete, die in Silberfolie eingeschlagen waren.

»Ah, Maggie. Ich bin froh, daß du doch noch gekommen bist«, sage Großmutter und klatschte freudig in ihre verschrumpelten Hände. »Du kommst gerade rechtzeitig für die Geschenke!« Die alte Dame lächelte sie liebenswürdig an. Maggie konnte das Gefühl nicht loswerden, daß Großmutter ihre Gesellschaft sehr genossen hatte.

Sie hatten sich gestern abend sehr lange unterhalten, doch Maggie war später so abgelenkt gewesen, daß sie den angenehmen Abend völlig vergessen hatte.

Großmutter sah ihre Pakete durch. »Zuerst möchte ich Lady Everynne ein Geschenk machen«, begann sie. »Sie ist bereits so reich, daß ich ihr nichts Neues mehr geben kann. Aber gestern Nacht fiel mir ein, daß sie ja nach Dronon geht, um dort die Goldene Königin herauszufordern, die von ihrem Volk über alles verehrt wird.« Maggie starrte die alte Frau erstaunt an; aber dann fiel ihr ein, daß sie als Tharrin natürlich über Semarittes Pläne informiert war. »Da du unsere Goldene Königin bist, mußt du auch entsprechend aussehen. Ich habe ein paar goldene Kleider und einen goldenen Mantel für dich.« Sie reichte Everynne zwei Pakete.

Zur Garderobe gehörten lange Handschuhe, hohe Stiefel und Strümpfe und ein Umhang. Alles leuchtete in Gold. Der Mantel bestand aus geflochtenen goldenen Ringen, die Everynnes Haar vollkommen überdeckten. »Du wirst bemerken, daß die Kleidung eine ganze Menge aushält«, sagte Großmutter. »Fast wie ein symbiotischer Panzer. Manchmal verteidigt sich eine drononische Königin, wenn der siegreiche Lord sie verstümmeln oder töten will. Wenn du gezwungen bist, dich zu verteidigen, wird diese Kleidung dich schützen. Außerdem haben wir Selenium in die Knöchel der Handschuhe und in die Schuhspitzen eingearbeitet. Mit einem einzigen kräftigen Schlag kannst du den Körperpanzer eines Drononen durchdringen.«

Everynne bedankte sich bei Großmutter, und die alte Dame wandte sich an Veriasse. »Ich bezweifle, daß wir auf dieser Welt eine Waffe finden könnten, die denen gleichkommt, die unser Lord Protektor bereits trägt. Deswegen haben wir uns entschlossen, dir ein besonderes Geschenk zu machen. Es heißt *Hoffnung* und ist nur ein kleines Ding; aber es wird dich vielleicht durch eine dunkle Zeit geleiten.« Sie reichte ihm ein kleines Päckchen, und er öffnete es. Eine kleine kristallene Ampulle kam zum Vorschein. Veriasse öffnete den Stopfen aus geschliffenem Glas. Sofort strömte ein himmlischer Duft über den Hof. Maggie wurde plötzlich von einer solchen Begeisterung und einem so grenzenlosen Selbstvertrauen erfüllt, daß sie beinahe mit einem Schlachtruf auf den Lippen aufgesprungen wäre. Veriasse sah plötzlich viel jünger aus. All seine Sorgen und Ängste schienen dahinzuschmelzen. Er warf den Kopf zurück und lachte aus vollem Herzen. Maggie hatte keine Zweifel, daß er den Lord des Schwarms besiegen würde. Er war voller Kraft; er konnte einfach nicht unterliegen.

Veriasse setzte den Stopfen zurück auf die Ampulle. Maggies Hochgefühl schwand nach und nach, bis es verflogen war. Aufgrund ihrer Arbeit bei den Aberlainen wußte Maggie, daß in der Ampulle ein paar einfache Proteine sein mußten – jene chemischen Komponenten, die den Hypothalamus zur Erzeugung euphorischer Gefühle anregten. Sie waren mit einer Trägersubstanz vermischt, die die *Hoffnung* zu den Schleimhäuten transportierte.

Doch obwohl Maggie eine Vorstellung davon besaß, wie das Geschenk der *Hoffnung* funktionierte, mußte sie das handwerkliche Können bewundern, das sich dahinter verbarg. Der Künstler hatte die *Hoffnung* mit ein paar exotischen Düften vermischt. Er mußte Qualen auf sich genommen haben, um die richtige Mischung der Proteine an sich selbst zu erproben.

Großmutter schaute die kleine Gruppe an. »Lady Everynne hat mir von einem besonderen Wunsch Gallens erzählt. Vor einiger Zeit hat er ewiges Leben als Gegenleistung für seine Dienste gefordert. Und obwohl er später seine Forderung widerrufen hat, hat er diese Belohnung mehr als verdient. Lady Everynne würde jetzt gern mit der Bezahlung beginnen.« Sie hob ein winziges Päckchen vom Boden auf und reichte es Gallen. »Du wirst in seinem Innern sechs Kapseln finden. Sie enthalten einen vollständigen Satz von Nanodocs, die dich von allen Krankheiten heilen. Die Nanodocs werden deine Wunden versorgen und dein Altern verlangsamen. Du mußt nur die Kapseln schlucken. Selbstverständlich bist du damit nicht unsterblich. Du kannst immer noch getötet werden. Doch bevor du nachher abreist, werden wir Genproben von dir nehmen und dein Bewußtsein aufzeichnen. Wenn du stirbst, wirst du hier wieder erwachen.«

Maggie hatte eine vage Vorstellung davon, wie unglaublich kostbar dieses Geschenk war. Selbst in Everynnes Welt war es nur für die Allerbesten und Verdientesten reserviert. Doch Gallen nahm das Päckchen, wog es in der Hand und blickte Maggie in die Augen. Dann warf er es in ihren Schoß. »Ich möchte, daß du es nimmst. Ich wollte es immer nur für dich.«

Maggie saß da, das Päckchen auf dem Schoß, zu überrascht, um auch nur einen Ton hervorzubringen.

»Ah! Ein Geschenk, wie es nur wahre Liebe macht«, sagte Großmutter.

Maggie erkannte, daß sie die Wahrheit sagte. Gallen würde

einen solchen Schatz nur jemandem geben, den er mehr liebte als sein eigenes Leben.

»Ich ... ich weiß nicht, was ich sagen soll«, brachte Maggie hervor. »Danke.«

Großmutter tätschelte Maggies Knie. »Ich habe auch etwas für dich, aber es ist erst morgen fertig.«

Maggie dankte ihr, und Großmutter wandte sich an Orick den Bären. »Und nun zu Meister Petz. Ich habe hin und her überlegt. Als ich gestern abend mit dir gesprochen habe, erkannte ich, daß du das genügsamste und zufriedenste Wesen bist, dem ich jemals begegnet bin. Du selbst hast gesagt, daß du nichts begehrst oder benötigst, obwohl du lauter murrst als jeder andere. Also stelle ich dir die Frage: Welchen Wunsch hast du, den ich dir erfüllen könnte?«

Orick trat einen Schritt vor und leckte sich über das Maul. »Nun, du hast hier eine ganze Menge schöner Sachen. Das Essen ist hervorragend, und die Musik und die Gesellschaft sind sogar noch besser. Aber ich bin nur ein einfacher Bär aus den Wäldern. Das Land selbst versorgt mich mit allem, was ich brauche. Ich glaube, den einzigen Wunsch, den ich wirklich habe, kannst du mir nicht erfüllen.« Er blickte Veriasse und Everynne an. »Ihr wißt, daß ich diese Reise nicht aus freien Stücken angetreten habe. Aber jetzt bin ich hier, und ich möchte euch folgen, bis ich weiß, wie alles zu Ende gegangen ist. Das ist mein Wunsch.«

Gallen und Veriasse blickten Everynne an und überließen ihr die Entscheidung. Maggie hatte den Verdacht, daß selbst Everynne keine Ahnung hatte, wieviel dieser Wunsch für den Bären bedeutete. Seit Tagen hatte er Everynne gegenüber eine ganz besondere Verehrung gezeigt. Maggie vermutete – so unwahrscheinlich es auch klingen mochte –, daß Orick sich unsterblich in die Frau verliebt hatte.

»Du warst mir ein guter Freund, Orick«, sagte Everynne. »Aber wenn ich dir ebenfalls eine Freundin sein will, muß ich deine Bitte abschlagen. Der letzte Teil unserer Reise wird sehr gefährlich, und ich möchte nicht, daß dir etwas passiert.«

»Gallen und ich waren schon häufiger in ersten Schwierigkeiten«, entgegnete Orick. »Er hat es immer zu schätzen gewußt, daß ich im rechten Moment bei ihm war.«

»Bitte, verlang das nicht von mir.« Everynnes Augen verschleierten sich. »Orick, ich liebe dich. Ich könnte den Gedanken nicht ertragen, daß dir etwas geschieht, und ich trage die Verantwortung dafür.«

Orick blickte sie sehnsüchtig mit seinen treuen braunen Augen an. »Also gut«, sagte er dann. »Wenn du mich nicht willst, bin ich wahrscheinlich nur im Weg.« Er machte kehrt und tapste in Richtung Maggies Zimmer davon.

»Warte!« Everynne eilte ihm nach, kniete sich vor ihm nieder und kraulte das dicke Fell hinter seinen Ohren. Dann blickte sie ihm in die Augen und sagte frivol: »Wenn du ein Mensch wärst, oder wenn ich eine Bärin wäre, hätten wir dann nicht eine *tolle* Zeit?«

Sie küßte ihn auf die Schnauze. Oricks rote Zunge schnellte hervor und leckte über ihre Stirn. Er gab einen seltsamen traurigen Laut von sich und trollte sich auf Maggies Zimmer.

Everynne stand einen Augenblick da und schaute ihm hinterher. Veriasse sagte: »Er wird es schon verkraften. Bären sind es gewohnt, von Frauen weggeschickt zu werden.« Seine Worte waren nicht unfreundlich gemeint, sondern schilderten nur die Tatsachen. Ein junger Bär verließ seine Mutter niemals freiwillig. Wenn er alt genug war, jagte sie ihn davon. Und wenn er sich später paarte, blieb er anschließend bei seinem Weibchen, bis er wieder davongejagt wurde.

Everynne nickte wehmütig, während sie immer noch dem davontapsenden Bären hinterherblickte.

Großmutter sah Everynne an. »Du hast keinen Grund, dich schlecht zu fühlen, Kind. Du hast ihm gegeben, was er sich am meisten gewünscht hat: deine Liebe. Das hätte ich ihm nicht geben können, und er wird es nie vergessen.«

»Kannst du ihm noch etwas anderes geben?« fragte Everynne. »Kannst du ihm ein Medaillon mit meinem Bild machen? Etwas, das ihn an mich erinnert?«

»Natürlich«, antwortete Großmutter.

Everynne und die anderen bereiteten sich zum Aufbruch vor.

Veriasse erklärte Gallen, wie man ein Airbike steuerte. Maggie fand es seltsam, daß Gallen nicht wußte, wie man so ein Ding fuhr. Dann wurde ihr klar, daß der Mantel, den sie trug, ihr im Schlaf Unterricht erteilt hatte: Sie kannte das kleinste Detail des Gleiters. Als Gallen Schub gab, hörte Maggie die Maschine aufheulen. Es klang, als wäre mit der Schmierung etwas nicht in Ordnung. Sie überlegte, ob sie den Werkzeugkasten unter dem Sitz hervorziehen und das Triebwerk überprüfen sollte.

Everynne ging ihr Gepäck holen. Maggie marschierte ebenfalls los; sie wollte Gallens Packsack holen. Orick lag am Fuß des Bettes. Maggie wühlte in Gallens Gepäck herum, bis sie seinen nachgebauten Schlüssel zum Labyrinth der Welten gefunden hatte. Er steckte in seiner alten, abgewetzten Lederbörse. Der Beutel war fest mit einer Schnur verschlossen.

Maggie nahm den Schlüssel heraus und schaute sich im Zimmer um. Sie suchte einen Gegenstand von ähnlicher Größe, den sie anstelle des Schlüssels in den Beutel zurücklegen konnte. In einer Ecke stand eine Topfpflanze mit roten Blüten. Maggie nahm einen flachen Kiesel aus dem Topf und legte ihn in die Börse. Dann verschnürte sie den Beutel wieder und legte ihn in Gallens Gepäck zurück.

Orick hatte sich alles schweigend angesehen. »Was machst du da?« fragte er schließlich.

»Du willst mit Everynne gehen. Ich will zu Gallen. Alles, was wir brauchen, um ihnen zu folgen, ist dieser Schlüssel.«

»Hast du denn eine Ahnung, wohin sie wollen?«

»Veriasse hat letzte Nacht am Lagerfeuer in seine Reisekarte geschaut. Ich habe ihm über die Schulter gesehen. Mein Mantel hat die Koordinaten aller Tore gespeichert, mit Ausnahme des letzten. Wir sollten in der Lage sein, sie ganz leicht zu finden.«

»Aber Veriasse hat doch gesagt, daß es riskant wäre, einen defekten Schlüssel zu benutzen«, warnte Orick kopfschüttelnd.

»Alles, was wir bis jetzt unternommen haben, war riskant«, gab Maggie angriffslustig zurück. »Du glaubst doch nicht im Ernst, daß ich mich jetzt noch davon abbringen lasse?« Der Mantel konnte ihr zwar nicht in allen Einzelheiten erklären, wie ein solcher Schlüssel funktionierte, doch er gab offensichtlich ein elektronisches Signal ab, welches das Tor entriegelte. Dann sendete er die kodierte Information, mit der der Sprung erfolgte. Sicher, der Schlüssel war nicht in Ordnung, doch bei ihrem ersten Sprung war ihnen auch nichts geschehen. Maggie war überzeugt, daß nur die Zeit-Raum-Koordinaten, die der Schlüssel dem Tor eingab, mit dem Dekoder des Tores nicht mehr synchron waren. Der Schlüssel würde genauso arbeiten wie schon zuvor. Er würde sie während ihrer Reise auch in der Zeit zurückschicken.

Sie blickte Orick scharf an. »Wir wissen beide, daß Gallen und Veriasse glauben, wir wären auf dieser Reise ungefähr so nützlich wie taube Nüsse gewesen. Aber sie könnten uns irgendwann brauchen! Kommst du jetzt mit, oder bleibst du ruhig auf deinem dicken Hintern sitzen, während die Frau, die du so liebst, für immer aus deinem Leben spaziert?«

»Ich bin dabei«, sagte Orick.

»Gut«, sagte Maggie. »Und jetzt tu mir einen Gefallen und verschwinde. Gallen kommt jeden Augenblick, um seinen Packsack zu holen, und ich möchte ein paar Minuten mit ihm allein sein.«

»Dauernd wird man von den Frauen verjagt.« Murrend rumpelte Orick aus dem Zimmer. »Spielt überhaupt keine Rolle, ob es Menschenfrauen oder Bärinnen sind. Sie sind alle gleich.«

Maggie stand am Fuß des Bettes und wartete darauf, daß Gallen kam. Wieder klopfte ihr das Herz bis zum Hals. Sie versuchte, sich zurechtzulegen, was sie ihm sagen wollte; aber ihr fiel nichts ein. Viel zu schnell erschien Gallen in der Tür. Das Morgenlicht ließ ihn wie eine Silhouette erscheinen. Irgendwie sah er mit seinem schwarzen Gewand, den schweren Waffen und mit der bleichen Maske des Lord Protektors fremd aus. Er wirkte größer, mächtiger. Sein Gang war noch katzenhafter. Diese Reise veränderte ihn genauso wie sie und würde für immer Spuren bei ihnen hinterlassen.

»Ich bin überrascht, daß du nicht auch darum gebeten hast, daß wir dich mitnehmen«, sagte Gallen nach einem langen Augenblick des Schweigens.

»Du hättest mich nicht gelassen«, gab Maggie zurück.

»Woher willst du das wissen?«

»Du beschützt Menschen. Davon lebst du. Du mußt immer auf andere achten. Du weißt, daß die beste Methode, mich zu beschützen, darin besteht, mich erst gar keiner Gefahr auszusetzen.«

Gallen lächelte schwach. »Ich bin froh, daß du mich verstehst.« Er trat zu ihr und nahm sie bei den Schultern. Dann küßte er sie fest und leidenschaftlich.

»Everynne hat mir erzählt, daß du weißt, was letzte Nacht geschehen ist. Kannst du mir jemals verzeihen?«

Maggie war vollkommen durcheinander. Sie wußte nicht, was sie antworten sollte. Sie glaubte – oder wünschte sich zumindest zu glauben – daß er sie wirklich liebte. Einiges deutete darauf hin. Sein Beschützerinstinkt, seine Zärtlichkeit. Doch Maggie wollte nicht akzeptieren, daß er in der einen Nacht mit Everynne schlief und dann am Morgen zu ihr kam und versuche, so zu tun, als wäre nichts gewesen. Sie gab ihm eine kräftige Ohrfeige. »Mach das nie wieder mit mir!« zischte sie. »Hast du verstanden? Nie wieder wirst du mich auf den zweiten Platz hinter einer anderen stellen!«

Gallen nickte. Harte Linien waren in sein Gesicht gemeißelt. Maggie konnte nicht erkennen, was er dachte. »Ich weiß, daß jede Erklärung wie eine Entschuldigung aussehen muß. Aber aller Wahrscheinlichkeit nach wird Everynne morgen abend entweder tot ein oder sie ... sie ist so verändert, daß sie für mich genausogut tot sein *könnte.* Sie wollte in der letzten Nacht etwas, das nur ich ihr geben konnte. Ich kann mich nicht entschuldigen für das, was wir getan haben. Aber es tut mir schrecklich weh, daß du so sehr darunter leidest. Was Everynne und ich letzte Nacht getan haben – das war nur unser Lebewohl.« Er überlegte einen Augenblick; dann fügte er hinzu: »Ich werde dich nie wieder hinter einer anderen Frau auf den zweiten Platz stellen.«

Maggie betrachtete sein Gesicht. Wenn Gallen O'Day einen Eid ablegte, dann hielt er ihn – egal, was geschah. So gut kannte Maggie ihn.

»Versprich nur, daß du zu mir zurückkommst«, sagte sie.

Gallen streichelte mit seiner behandschuhten Hand ihre Wange. Er machte keine weiteren Versprechungen. Maggie lehnte sich an seine Brust und begann leise zu weinen. Gallen nahm sie in die Arme und hielt sie tröstend, bis es Zeit zum Aufbruch wurde.

Den größten Teil des Tages verbrachte Orick schlafend. Er machte sich Sorgen um Everynne. Am liebsten wäre er sofort aufgebrochen, doch Maggie bestand darauf, daß sie bis zum Einbruch der Dunkelheit warten und sich davonschleichen würden. Sowohl Maggie als auch Orick waren erschöpft; deshalb versuchten beide, sich auszuruhen und Kräfte zu sammeln. Trotz seiner Nervosität genoß Orick die Gastfreundschaft der Menschen von Cyanesse. Wieder einmal endete der Tag klar und schön.

Er und Maggie saßen bei einem reichhaltigen Abendessen, und Großmutter verkündete, daß später ein Schauspieler ihnen zu Ehren ein Stück aufführen wollte, das er eigens dafür geschrieben hatte.

Und so saßen sie auf dem Dorfplatz und schauten sich im Schein der langsam niederbrennenden Lagerfeuer das Stück an, das der Schauspieler gab. Er erzählte die Geschichte eines alten Mannes, der sich in einem Wald voller kluger magischer Tiere verlaufen hatte.

Der alte Mann suchte lange nach einem Weg, der ihn wieder nach Hause führen würde. Als die Tiere ihm endlich den richtigen Weg zeigten, hatte er sich längst entschlossen, für immer im Wald zu bleiben.

Orick genoß die Darbietung, aber noch weit mehr beeindruckte ihn das Bühnenbild. Es war wie ein offenes Amphitheater gestaltet. Wenn eine Szene wechselte, wuchs ein ganzer Wald in die Höhe, oder der Mond ging auf und schien auf eine Lichtung. Wasser plätscherte in einem Teich an einer Stelle, wo noch Augenblicke zuvor fester Boden gewesen war. Auch die Tiere – ein schwatzhafter Hirsch, ein herrischer Dachs – erschienen und verschwanden wie durch Zauberei.

Als das Stück geendet hatte, war Orick in sehnsüchtige Gedanken an die Wälder von Tihrglas, an das süße Gras in den Bergen und die Flüsse voller Forellen versunken. Auf dem Weg zu ihrem Zimmer fragte Maggie: »Hat es dir gefallen?«

»Oh, es war großartig«, erwiderte Orick offen. »Meine Lieblingsfigur war der Fuchs. Schlau und lustig.«

»Und was hältst du von der Botschaft des Stückes? Was hast du dabei empfunden?«

Orick fragte verdutzt: »Es gab eine Botschaft?«

»Natürlich! Der Schauspieler hat uns gefragt, ob wir bleiben möchten. Wir sind die Leute, die sich in den magischen Wäldern verlaufen haben!«

»Oh«, sagte Orick. »Bist du sicher? Ich habe nur Heimweh gekriegt. Ich habe an die Wälder von Tihrglas gedacht.«

Später saß Maggie auf ihrem Bett und blickte die Schachtel mit den Kapseln an, in denen sich die Nanodocs befanden. Gallen hatte sie ihr geschenkt. Sie überlegte, ob sie die Kapseln einnehmen sollte. Orick fragte: »Schluckst du diese Dinger?«

»Jetzt noch nicht«, sagte sie entschlossen.

»Warum nicht?«

»Vielleicht kann Gallen sie gebrauchen.«

Orick betrachtete sie nachdenklich. Sie schien tief in Gedanken. »Würdest du sie nehmen, wenn er stirbt?«

»Nein, ich glaube nicht.« Sie schob die Kapseln in ihren Packsack. »Du solltest dich jetzt ein wenig hinlegen, Orick. Wenn alle anderen schlafen, werden wir uns ein Airbike ausleihen. Irgendwo in der Stadt müssen noch ein paar Gleiter sein.«

»Das wäre Diebstahl«, sagte Orick.

»Wir werden es zurückbringen ... falls es für uns einen Weg zurück gibt.«

Orick grunzte, beschnüffelte den Boden und legte sich hin. Er war eifersüchtig auf Gallen. Nicht jede Frau würde sterben wollen, wenn ihr Geliebter tot war. Keine Bärin würde jemals so etwas tun. Seufzend drehte Orick sich auf die Seite und versuchte zu ruhen. Eine halbe Stunde später griff Maggie nach dem Packsack und flüsterte: »Es ist Zeit. Wir müssen los.« Sie führte Orick nach draußen ins Licht des roten Mondes.

Vor der Tür saß Großmutter. Sie war in einen warmen Umhang gehüllt, der die Kühle der Nacht abhielt. »Also geht ihr doch schon so früh?«

»Ich . . .«, stotterte Maggie. »Bitte, versuch nicht, uns aufzuhalten.«

Großmutter lächelte. Ihr Gesicht legte sich im schwachen Licht des Mondes in tausend Falten. »Auch ich war einst jung und voll tiefer Liebe«, sagte sie. »Und ich hätte den Mann unter solchen Umständen niemals gehen lassen können. Gallen hat mir das hier gegeben, bevor er aufbrach.« Sie reichte Maggie die schwarze lederne Geldbörse. »Er hat gesagt, daß ein Schlüssel für das Labyrinth der Welten darin ist, mit dem ihr nach Hause gehen könnt. Ich habe sie aufgemacht und nur einen Kieselstein gefunden. Es war nicht schwer, darauf zu kommen, wer den Schlüssel genommen hat.«

»Und was unternimmst du jetzt in dieser Sache?«

»Veriasse hat eine Karte angefertigt, auf der euer Weg nach Hause eingetragen ist. Aber ich bin nur eine Tharrin. Ich kann euch nicht daran hindern, zu gehen, wohin ihr wollt. Deshalb gebe ich euch jetzt eure Geschenke.« Großmutter zeigte auf die Schatten eines nahen Gebäudes. Ein Airbike war an seiner Hauswand geparkt. Großmutter begleitete sie über den Dorfplatz.

Schließlich umarmte sie Maggie und gab ihr ein Stück gebogenes Metall. »Ich habe nicht viel, das als Waffe zu gebrauchen ist«, sagte sie. »Du begibst dich in große Gefahr, mein Kind. Ich verabscheue Gewalt, aber diese Pistole mag dir in der Not helfen. Trage sie versteckt. Ich habe euch ein wenig Proviant für unterwegs zurechtgemacht. Er ist im Container unter dem Sitz.«

Maggie unterdrückte ihre Tränen und dankte Großmutter herzlich.

Die alte Frau griff unter ihrem Umhang in eine Tasche und zog eine große goldene Scheibe hervor, die einen Durchmesser von fast einem Fuß besaß. »Und das hier ist für dich, Orick«, sagte sie. Sie drückte auf einen Knopf. Die Scheibe öffnete sich, und Orick hatte das Gefühl, in eine andere Welt zu blicken.

Everynne sah ihn an. Sie lächelte und sagte: »Und vergiß nicht, ich werde dich immer lieben.« Hinter ihr wogten die Meere von Cyanesse im gelben Morgenlicht. Orick konnte Everynne in allen Einzelheiten erkennen, er konnte sie sogar riechen. Er griff mit seiner Tatze nach ihr, doch sanfter Widerstand hinderte ihn daran, sie zu berühren.

»Everynne hat uns dies unmittelbar vor ihrer Abreise aufzeichnen lassen«, sagte Großmutter. »Dieses Memento hat ihre Stimme, ihr Bild und ihren Geruch eingefangen. Es wird sich für viele Jahrhunderte halten. Ich hoffe, daß du dich nicht nur an Everynne erinnern wirst, wenn du es betrachtest, sondern an uns alle hier auf Cyanesse.«

Großmutter schloß das Medaillon und reichte es Orick. Es war schlüpfrig in seinen Tatzen, doch er wollte es zumindest für eine Weile halten. Großmutter umarmte Orick und sagte ihm und Maggie Lebewohl.

Maggie schwang sich auf den Gleiter und zeigte Orick, wie man sich rittlings in den Sattel setzte. Das Airbike war offensichtlich nicht für einen Bären konstruiert worden. Seine Hinterpfoten waren zu kurz, um die Pedale zu erreichen, und sein Stummelschwanz war in einer sehr unbequemen Stellung eingeklemmt. Trotzdem schaffte er es irgendwie, sich auf den Sattel zu schwingen.

Er stützte sich mit seinen riesigen Vorderpfoten auf Maggies Schultern, doch er mußte ihr zu seinem Bedauern das Medaillon geben, damit sie es in ihrem Packsack verstauen konnte.

Maggie drückte auf einige Knöpfe, und unter Oricks Füßen erwachten die Triebwerke zum Leben. Er konnte die Hitze der Maschinen spüren und hatte ein wenig Angst, daß sein Pelz Feuer fangen könnte. Dann erhöhte Maggie den Schub. Das Airbike bockte unter ihrer gemeinsamen Last; dann erhob es sich mit einem Ruck vom Boden.

Orick blickte ein letztes Mal zu Großmutter zurück. Sie stand aufrecht in der Dunkelheit und winkte zum Abschied. Maggie beschleunigte mit voller Kraft. Der Gleiter schoß förmlich in die Nacht. Sie rasten über die Straßen von Dinchee, bis sie zu dem gewundenen Pfad gelangten, der hinunter zum Strand führte.

Maggie verlangsamte die Fahrt, doch das Bike bewegte sich immer noch sehr schnell abwärts. Als sie unten anlangten, sackte der Gleiter einmal kurz auf den Boden durch; dann hatten sie es geschafft und waren auf dem Strand.

Maggie gab wieder Schub, und sie fuhren hinaus in den nächtlichen Nebel auf das Meer. Laternenfischer erleuchteten von unten das Wasser. Manchmal waren es so viele, daß Maggie und Orick das Gefühl hatten, als bewegten sie sich über eine Straße aus grünem Licht. Hin und wieder sprangen winzige silberne Fische aus dem Wasser in den Lichtkegel des Gleiters.

Nach einer Weile entspannte Maggie sich. Das Airbike trug sie immer weiter. Gegen Morgen erreichten sie wieder Land. Maggie hielt an, und sie machten eine kurze Rast, aßen etwas, streckten ihre verspannten Glieder und saßen wieder auf. Sie fuhren über eine große Insel, die stellenweise mit Gebüschen bewachsen war.

Bald näherten sie sich einem Weltentor. Es schimmerte golden in der Morgensonne. Maggie zog den Schlüssel hervor und betätigte einige Knöpfe. Orick war erstaunt, daß sie gelernt hatte, mit dem Schlüssel umzugehen. Vor ihnen glühte das Tor plötzlich weiß zwischen seinen Pfeilern.

»Wohin gehen wir?« fragte der Bär.

»Zum Planeten Bregnel«, rief Maggie zurück. Sie verlangsamte die Fahrt, während sie auf die weißglühende Wand zusteuerte. Sie wurden von den Nebeln erfaßt; dann waren sie hindurch.

Das Airbike glitt durch tiefe Dunkelheit. Die Luft verbrannte Oricks Lungen beim bloßen Atmen; sie lag wie ein Klumpen in der Lunge. Der Boden war hoch mit Asche bedeckt. Tote Bäume reckten ihre kalen schwarzen Äste in den Himmel. Auf allen Seiten befanden sich hohe Gebäude, dahingeduckt wie Riesen. Auch sie waren geschwärzt.

Maggie keuchte und gab Schub. Der Gleiter machte einen Satz nach vorn und peitschte durch die Nacht. Hinter ihm wirbelten Aschewolken durch die verlassenen Straßen. Vereinzelt lagen schwarze menschliche Gerippe herum. Sie sahen wie die Überreste von Gnomen aus. Orick sah, daß manche immer noch ihre metallenen Mäntel, ihre ›persönlichen Ratgeber‹ trugen. Manche waren bewaffnet. Es sah aus, als hätte es die Opfer mitten in einer großen Schlacht erwischt. Kein bißchen Fleisch war mehr an den geschwärzten Knochen zu sehen.

Die Fenster waren dunkel; keine Fußspuren waren in der Asche zu sehen. Die Welt war tot, unbewohnt. Dem Geruch in der Luft nach zu urteilen, war sie auch nicht mehr bewohnbar.

Während sie über den toten Planeten schossen, entdeckte Orick einen weiteren Leichnam. Seine Arme waren vor den Körper geschlungen, als hätte er irgend etwas Wertvolles schützen wollen. Beinahe hätte Orick Maggie zugerufen, sie solle anhalten, doch da war der Gleiter schon über den Körper hinweg. Asche wirbelte hoch. Orick drehte sich rasch um: Die Hände des Gerippes schützten die Knochen eines Kindes.

»Was ist hier geschehen?« rief Orick. Die Luft brannte in seinen Lungen. Maggie brüllte zurück, Entsetzen in der Stimme: »Irgend jemand hat hier einen Terror gezündet.«

»Wußtest du etwas davon?«

»Veriasse hat mir erzählt, daß die Bewohner dieses Planeten gegen die Dronονen gekämpft haben.«

»Du meinst, die Dronονen haben sie alle umgebracht?«

Maggie zuckte mit den Achseln.

Die Scheinwerfer des Airbikes schnitten einen Weg durch die Dunkelheit. Maggie fuhr über sich windende Straßen durch ein Labyrinth steinerner Gebäude. Plötzlich erfaßten die Scheinwerfer Fußabdrücke in der alles überdeckenden Asche.

Irgend jemand hatte die Katastrophe überlebt. Maggie bog von der Straße ab und folgte den Spuren. Zwei Blocks weiter endete der Weg in einer Sackgasse.

Auf einem Müllhaufen lag der mumifizierte Körper eines kleinen Mannes.

Sein Mund stand weit offen. Über sich hatte er einige Worte in die verrußte Wand gekratzt: ›Wir haben die Freiheit gewonnen. Nicht für uns, aber für die, die nach uns kommen.‹

Maggie starrte die Botschaft für einen Augenblick an. Dann gab sie Schub und jagte wieder auf den Weg zurück. Der Gleiter schoß durch eine schier endlose Trümmerlandschaft. Außerhalb der Stadt wurde es nicht besser. Die Äcker und Wiesen waren zu schwarzer Asche verbrannt.

In den Außenbezirken der Stadt sahen sie ein rotes Licht vor sich auf der Straße. Vielleicht hatte ja doch jemand die Katastrophe überlebt! Aber es war nur eine riesige Maschine. Sie sah wie eine Stadt aus, die sich auf acht gigantischen Beinen kriechend über das Land bewegte. Hunderte von automatischen Waffen starrten aus Öffnungen hervor, die sich über den gesamten Rumpf verteilten. In einem einzelnen Waffenturm am Kopfende brannte ein rotes Licht. Orick fühlte sich an eine gigantische Fliege erinnert, als er den Koloß betrachtete. Er wußte instinktiv, daß das Ding von den Drononen stammte. Kein Mensch hätte je etwas so Monströses gebaut.

»Was ist das?« brüllte Orick, um das Donnern der Treibwerke zu übertönen. Er hoffte, daß Maggies Mantel ihnen einen Hinweis geben konnte.

»Eine drononische Marschfestung. Sie haben sie auf ihrer Heimatwelt gebaut, um ihre Jungen während der großen Wanderungen zu transportieren.«

»Wie lange müssen wir das alles noch ertragen?« fragte Orick. »Ich kriege fast keine Luft mehr!«

»Wir sind bald durch«, gab Maggie zurück.

»Kann der Terror uns noch etwas anhaben?«

»Dann wären wir jetzt schon tot«, sagte Maggie.

Danach sprachen sie nicht mehr. Maggie ließ die Triebwerke mit höchster Leistung laufen. Sie rasten dahin. Es wurde immer anstrengender, Atem zu holen. Orick begann zu keuchen. Seine Lungen schrien nach frischer Luft. Ihm wurde unerträglich heiß, und die Welt um ihn herum begann zu verschwimmen. Er hatte Angst, daß er vom Gleiter fallen könnte, und klammerte sich an Maggie fest. Sie tätschelte seine Pfote und versuchte, ihn zu beruhigen. Orick schloß die Augen und konzentrierte sich nur noch darauf, Luft zu holen. Er versuchte, den Atem anzuhalten, um seine Lungen vor der brennenden Atmosphäre zu bewahren, doch ihm wurde schwindlig, und er hechelte nur noch schlimmer.

Es wurde immer mehr zu einer Tortur. Orick wünschte sich,

ohnmächtig zu werden und vom Gleiter zu fallen. Er wollte in der Asche sterben.

Sie überquerten eine lange Brücke, die über einen See führte. Schlammige Asche trieb auf dem Wasser und bildete eine dicke, ölige Schicht. Das Wasser spuckte faulige Blasen. Schwarze Wolken verdeckten wabernd einen fahlen, silbernen Mond. Weit voraus befand sich eine Wand aus schwarzem Regen. Orick hoffte, daß die Luft dort im Regen kühler und frischer wäre. Er stellte sich vor, wie das kühle Wasser auf seiner Zunge schmeckte. Doch als sie die Regenwand erreichten, entpuppte sie sich als Regen aus Asche.

Eine Stunde später gelangten sie ans Tor. Maggie zog den Schlüssel hervor, drückte auf die Knöpfe, und das Tor wurde aktiviert. Ohne ihre Fahrt zu verlangsamen, raste sie in den weißen Nebel hinein, der die Welten verband.

Zuerst fragte sich Orick, ob es nun für immer weiß bleiben würde, so dicht war der kühle Nebel, der sie umgab. Doch plötzlich waren sie durch die Wolkendecke hindurch und befanden sich auf einer Straße, die zwischen großen schwarzen Felsformationen einen verschneiten Berg hinabführte.

Als Maggie sah, daß sie sich einigermaßen in Sicherheit befanden, bremste sie die Fahrt ab und schaltete die Triebwerke schließlich ganz ab.

Das Airbike kam schlitternd zum Stehen. Maggie kletterte herunter und ließ sich keuchend und nach Atem ringend zu Boden sinken. Sie versuchte, das faulige Aroma der Luft Bregnels aus ihren Lungen zu vertreiben. Orick stieg ab und fiel neben ihr zu Boden. Er fühlte sich, als müsse er sein Innerstes nach außen stülpen.

Dann lag er im Schnee und erbrach sich. Es war beißend kalt, aber er hatte nicht die Kraft, sich zu bewegen. Erst nach zwanzig Minuten regte sich Maggie, stand auf und reckte sich.

»Alles in Ordnung mit dir?« fragte Orick gequält.

Maggie schüttelte den Kopf. »Die Luft war zu verpestet. Nur ein paar Minuten länger, und ich wäre vom Bike gefallen. Und ich glaube nicht, daß ich es geschafft hätte, wieder aufzusitzen.«

Orick verstand. Er war dankbar, mit dem Leben davongekommen zu sein und schickte ein leises Gebet zum Himmel. Als er geendet hatte, fragte er Maggie: »wo sind wir jetzt?«

»Auf einem Planeten namens Wechaus«, antwortete Maggie. »Ich hatte keine Gelegenheit, Veriasse darüber auszufragen. Er sagte, daß es hier nicht ganz ungefährlich wäre. Aber das einzige Tor nach Dronon steht irgendwo hier auf Wechaus.«

»Ist in der Nähe eine Stadt oder so etwas? Ein Ort, an dem wir etwas zu essen und vielleicht ein Bier kriegen können?« Orick blickte sich im Nebel um. Außer Felsen war nichts zu sehen. Keine Bäume, und nur vereinzelt einige Büsche.

Maggie schüttelte den Kopf. »Ich weiß es nicht. Wir haben noch etwas Proviant. Wenn ich richtig liege, sollten wir vier oder fünf Tage Vorsprung vor Gallen und den anderen haben. Wir könnten uns ein Versteck suchen und auf die anderen warten. Dann könnten wir ihnen zu dem Tor nach Dronon folgen.«

Orick blickte sich erneut um. Es wurde dunkler, und er konnte nicht weit sehen. Er dachte über die seltsamen Zeitwunder nach. Jetzt, genau um diese Zeit, hätten er und Gallen daheim auf Tihrglas sehr wahrscheinlich in John Mahoneys Wirtshaus in Clere gesessen, ein Bier getrunken und vom nächsten Tag geträumt, als sie noch nichts über das Labyrinth der Welten und Everynne wußten. Genau jetzt, zur gleichen Zeit, waren er und Gallen auf dem Planeten Fale und versuchten, Maggie aus Karthenors Klauen zu befreien. In einigen Tagen würden sie Cyanesse erreichen. Er wußte nicht, zu welcher Zeit er auf Bregnel gewesen war – sein würde? Der Gedanke, daß er gleichzeitig auf mehreren Orten auf mindestens drei Welten war, erschreckte ihn. Falls sie weiter mit dem defekten Schlüssel durch das Labyrinth der Welten reisten, wurden die Dinge noch unübersichtlicher.

Orick kam das alles wie Sünde vor, wie eine Gotteslästerung. Sie spielten mit Kräften, die nicht geschaffen waren, um von Menschen oder Bären verstanden zu werden. Orick erinnerte sich an ein Erlebnis aus seiner Kindheit. Er und seine Mutter waren unterwegs, um Nüsse zu suchen. Sie waren auf den Barley Mountain geklettert. Unter den Immergrüns hatten sie sich hingesetzt, aßen Pinienkerne und genossen die Aussicht über die Berge, die sich endlos dahinzogen und in der Ferne im Dunst verschwanden. Für das kleine Junge war es ein Anblick, als würde es in die Ewigkeit schauen. Orick fragte seine Mutter: »Glaubst du, daß ich jemals so weit gehen kann, daß ich sehe, was auf der anderen Seite von all diesen Bergen ist?«

»Nein«, sagte seine Mutter.

»Warum nicht?« fragte Orick.

»Weil Gott es nicht erlauben wird«, antwortete seine Mutter. »Egal, wie viele Berge du überqueren magst, Gott hat mehr erschaffen.«

»Warum hat er das getan?«

Oricks Mutter verdrehte die Augen und seufzte. »Weil er Gott ist. Er allein weiß, was auf der anderen Seite eines jeden Berges ist. Aber er erzählt seine Geheimnisse nicht jedem.«

»Warum nicht?« fragte Orick.

»Wenn jeder die Antwort wüßte, wäre jeder Gott, selbst Leute, die böse sind. Weil Gott die bösen Leute daran hindern möchte, mächtig zu werden, verbirgt er die Antworten auf die wichtigsten Fragen.«

Orick hatte auf die Berge gestarrt und ein überwältigendes Gefühl von Ehrfurcht verspürt. Gott hatte gewollt, daß er unwissend war, und dafür war Orick ihm zutiefst dankbar.

Und trotzdem half er jetzt Everynne, die Kräfte der Götter zu stehlen. Da wäre es nur gerecht, wenn er von Gott gestraft wurde.

Maggie nahm eine Decke aus dem Sack und wickelte sich darin ein. Der Wind war eisig kalt.

Orick schnüffelte in die Luft. »Maggie«, sagte er. »Ich glaube, wir sollten lieber auf den fliegenden Schrotthaufen zurückkehren und sehen, ob wir irgendwo Schutz finden können. Irgend etwas in mir sagt, daß es heute Nacht kälter als im Herzen eines Anwalts wird. Du solltest bei so einem Wetter nicht draußen sein.«

Sie nickte müde und stapfte zurück zum Airbike. Orick stieg hinter ihr auf. Langsam fuhren sie den Hang zwischen dem Nebel und den Felsen hinunter. Nach einigen hundert Metern klärte der Nebel sich langsam, und sie bekamen einen ersten sichtbaren Eindruck von Wechaus. Es war eine felsige, unfruchtbare Welt, soweit das Auge blickte. In einigen Meilen Entfernung konnte Orick eine von diesen seltsamen Sidhe-Straßen erkennen.

Maggie lenkte das Bike durch einen tiefen Einschnitt nach unten und dann durch eine Schlucht, bis sie die Straße erreichten. Der Gleiter schien den Weg von allein zu finden, nachdem er wieder auf der Straße war. Maggie ließ das Steuer los. Die Kälte und der Wind waren ihr schon in die Knochen gefahren. Sie zog den Kopf ein, so daß der Windschirm des Bikes sie ein wenig mehr beschützte, und zog die Decke straffer. Dennoch wurde es immer kälter. Binnen weniger Minuten schüttelte Maggie sich vor Frost und stöhnte vor Schmerz. Orick wußte nicht, was er tun sollte: Es war jetzt bereits so kalt, daß er fürchtete, sie würden nie mehr weiterfahren können, wenn sie anhielten.

In diesem Zustand erreichten sie einen Bergkamm und überblickten die vor ihnen liegende Straße. Sie zog sich in der Ferne durch ein Tal, in dem ein kleines Dorf lag. Es war nicht viel mehr als ein Vorposten – eine Ansammlung von steinernen Hütten und kleinen Kuppeln, die von grünem Licht erleuchtet waren. Orick konnte einige Teiche erkennen, die wie Smaragde leuchteten. Nebel steig aus ihnen auf und erfüllte die Nachtluft.

Maggie verdoppelte die Geschwindigkeit. Nach fünf Minuten waren sie da. Orick erkannte, daß es Dampf war, der aus den kleinen Teichen stieg. Die Gebäude gruppierten sich entlang einer natürlichen heißen Quelle, und er konnte die dunklen Schatten von Menschen sehen, die im Wasser herumplanschten und in den tiefen grünen Teichen schwammen. Als sie sich näherten, entfuhr Orick ein freudiger Aufschrei. Unter den Schwimmern hatte er Dutzende von Bären erblickt.

14

Everynne führte die anderen auf dem Weg nach Dronon durch das Weltenlabyrinth. Ihr schien, als wäre nun alles verloren, nachdem sie und Gallen sich in der letzten Nacht geliebt hatten. Sowohl Veriasse als auch Maggie hatten von ihrem Stelldichein erfahren.

Irgendwie war alles zu einem Fiasko geworden. Während Everynne den Gleiter steuerte, dachte sie, daß nun sowieso bald alles enden würde. Wahrscheinlich würde sie heute sterben und ihre Schuld mit ins Grab nehmen. Ihre Nerven waren bis zum Zerreißen gespannt. Sie bemerkte, daß ihre Zähne klapperten, obwohl es warm war.

Die tausend Kilometer durch Cyanesse legten sie mit Höchstgeschwindigkeit zurück. Sie passierten das Tor und erreichten am frühen Nachmittag Bregnel. Als Veriasse die Zerstörungen sah, schrie er vor Schmerz und Entsetzen auf.

Im Tageslicht war alles grau und noch abscheulicher als im Dunkel der Nacht. Geschwärzte menschliche Knochen lagen auf den Straßen und verrotteten. Drononische Kriegsstädte waren wie tote Käfer über das ganze Land verstreut. Everynne konnte mehr als zwanzig von ihnen zählen.

Die Luft roch so übel, daß Gallen neben einem blasenwerfenden toten See anhielt und die beiden Sauerstoff-Austauscher hervorzog. Einen davon reichte er Everynne.

Veriasse starrte auf die Landschaft. Seine Augen waren feucht von Tränen. »Seht euch diese Marschfestungen an! Die Dronónen haben versucht, hier einen starken militärischen Stützpunkt zu errichten.«

»Es sieht so aus, als hätten die Einwohner von Bregnel versucht, sie um jeden Preis zu vernichten«, sagte Everynne.

Veriasse nickte traurig. »Ich habe befürchtet, daß es so kommt. Die Befreiungsschlacht um Bregnel ist für unsere Seite nicht gut verlaufen. Sie haben den Terror vor höchstens drei oder vier Tagen gezündet. Hätten sie doch nur noch ein wenig länger gewartet! Vielleicht hätten wir es verhindern können!«

»Laßt uns weiterfahren«, sagte Everynne. »Laßt uns heute noch bis nach Dronon reisen.« Sie gab Schub und schoß davon.

Sie veranlaßte ihren Mantel, durch alle offenen Frequenzen zu gehen, um einen Hinweis darauf zu finden, was sich zugetragen hatte. Sie entdeckte nur einen einzigen schwachen Kanal, weit entfernt. Wahrscheinlich eine Satellitensendung. Er sandte ununterbrochen seine Warnung aus: »Die Widerstandskämpfer haben einen Terror gezündet. Bitte, ergreift die entsprechenden Maßnahmen.«

Die einzige ›entsprechende Maßnahme‹ war, sofort ein Schiff zu besteigen und den Planeten zu verlassen. Voller Entsetzen sah Everynne die verfaulenden Überreste der Zivilisation. Ihre Gedanken rasten. *Wenn wir gegen die Drononen in den Krieg ziehen, wird es überall so sein.* Terrors, die auf Hunderten von Welten gezündet würden. Flotten von Raumschiffen, die ganze Planeten mit virologischen Waffen auslöschten.

Veriasse und Gallen fuhren Seite an Seite und teilten sich den Sauerstoff-Austauscher. Am Nachmittag kam Wind auf und wirbelte schwarze Wolken von Asche über die toten Ebenen. Everynne raste vor ihnen über die Straße. Sie kamen an drei Gerippen vorbei, die halb standen, halb knieten; sie klammerten sich aneinander, als hätten sie sich in diesem letzten Augenblick, als die brennende Feuerwand im Begriff stand, über sie hinwegzurasen und sich in ihre Knochen zu fressen, noch gegenseitig Trost spenden wollten.

Everynne wußte, daß die Bilder von Bregnel sie für den Rest ihres Lebens verfolgen würden.

Sie jagten durch das nächste Tor und erreichten Wechaus. Über eine verschneite Straße fuhren sie die Berge hinunter. Es war früher Morgen. Sie waren noch keine hundert Meter weit gekommen, als sie um eine Ecke bogen und blutige Spuren im Schnee entdeckten. Es waren die Abdrücke von Bärentatzen. Gallen rief: »Halt!« und hob den Arm.

Er brachte sein Airbike zum Stehen und sprang ab, um das Gelände zu untersuchen. Ein Bär hatte sich auf dem Boden gewälzt und Spuren von Schmutz und Blut hinterlassen. Er hatte den Schnee niedergewälzt – mit Ausnahme eines kleinen

Kreises. In diesem Kreis befand sich ein fester roter Tatzenabdruck, daneben zwei Kerben.

»Bärenspuren!« sagte Gallen. »Orick ist hier! Er hat eine Botschaft hinterlassen.«

»Orick?« fragte Veriasse. »Aber ... aber ich habe ihm und Maggie gar nicht gezeigt, wie sie hierher nach Wechaus kommen konnten!«

»Maggie ist eine sehr kluge Frau«, antwortete Gallen. »Du hast genug Zeit damit verbracht, die Karten zu studieren, und sie hat dich lange genug beobachtet, um es herauszufinden!« Er zeigte auf den Pfotenabdruck. »Das ist ein geheimes Zeichen. Zu Hause auf Tihrglas, als ich Kunden beschützte, wanderte Orick immer voraus. Niemand kümmert sich je um einen Bären. Und er kann einen Hinterhalt besser wittern als jeder Mensch. Wenn die Straße voraus frei war, hinterließ er einen einzelnen Pfotenabdruck am Wegesrand. Aber wenn etwas nicht gestimmt hat, fügte er Kerben hinzu, um mich zu warnen. Eine Kerbe bedeutet, daß ihm irgend etwas nicht geheuer ist. Zwei Kerben heißen, daß vor uns jemand in einem Hinterhalt lauert.«

Everynne betrachtete die blutigen Abdrücke und machte sich Sorgen um Orick. Der arme Bär mußte schreckliche Wunden haben. »Aber wer sollte uns hier einen Hinterhalt legen? Die Drononen?« fragte sie.

»Vielleicht«, sagte Veriasse. »Als ich das letzte Mal hier war, waren erst wenige Drononen eingetroffen. Wahrscheinlich sind sie nach unseren Aktionen auf Fale aufmerksamer geworden. Wir müssen vorsichtig sein.« Er zog das Flammrohr hervor, und Gallen tat es ihm gleich.

Sie folgten Oricks Fußspuren bis hinunter in ein kleines Tal. Zwischen den schneebedeckten Felsen fanden sie die Zeichen eines schweren Kampfes. Verkohlte Schneisen, welche die Geschosse von Flammrohren hinterlassen hatten, und blutige Abdrücke im Schnee.

Die zerrissene Leiche eines Bezwingers lag im Schnee. Sein nacktes grünes Fleisch trug die Spuren von starken Kiefern und Klauen. Sein Flammrohr lag neben ihm. Everynne suchte den

Boden mit wachsendem Unbehagen ab. Die Spuren deuteten darauf hin, daß hier mehr als nur ein Bezwinger gekämpft hatte. Everynne fand Hinweise auf mindestens drei Riesen. Aber wenn es nur einen Toten gegeben hatte, war Oricks Kampf wahrscheinlich vergebens gewesen.

Veriasse blickte Everynne an. Sein Gesichtsausdruck war hart und grimmig. Gallen schien ebenfalls wütend und tief besorgt zugleich.

Veriasse stellte den Gleiter aus und stieg ab. Er untersuchte die Spuren gründlich. Nach einer Weile wandte er sich zu Gallen und Everynne um und sagte: »Der tote Bezwinger hatte hier gelauert. Orick erwischte ihn an der Kehle. Der Bezwinger zog sein Flammrohr und versuchte, es als Keule gegen Orick einzusetzen. Vielleicht hat er auch geschossen, um seine Kameraden zu alarmieren. Dann zog der Bezwinger ein Messer und verletzte Orick, aber für ihn selbst war es bereits zu spät.« Everynne blickte auf den gefrorenen Leichnam. Die Kreatur hatte einen Ausdruck ungläubigen Erstaunens auf ihrem häßlichen erstarrten Gesicht. In den gebrochenen gelben Augen war nur Leere. Veriasse nahm das blutige Messer und schlitzte der Kreatur den Bauch auf. Dann zog er den Handschuh aus und steckte seine Hand in den Leib. »Er ist noch warm. Er kann noch nicht länger als einige Stunden hier liegen.«

»Und die Spuren haben noch scharfe Ränder«, sagte Gallen und zeigte in den Schnee. »Sie müssen in der letzten Nacht entstanden sein.« Er stieg ebenfalls von seinem Bike und betrachtete die Fährten.

»Es sieht so aus, als hätten die Bezwinger hier einen Hinterhalt gelegt. Sie warteten mehrere Stunden, und Orick kam von hinten. Er hat diesen hier getötet. Die beiden anderen sind in diese Richtung gerannt.« Er zeigte nach Norden und schüttelte den Kopf. »Aber ich kann mir nicht vorstellen, warum sie vor einem unbewaffneten Bären davongelaufen sein sollten.«

»Sind sie auch nicht«, sagte Veriasse. »Diese Spuren sind viel zu gleichmäßig. Da sind nicht die Spuren, die man hinterläßt, wenn man Hals über Kopf flieht. Ich vermute, die Bezwinger sind schon gegangen, bevor der Kampf stattgefunden hat. Entweder hat man sie abgezogen, oder sie wurden woanders benötigt. Jedenfalls haben sie ihren Kameraden allein zurückgelassen, und Orick hat den Bezwinger von hinten angegriffen.«

Everynne suchte die kleinen Erhebungen in einiger Entfernung nach weiteren Spuren von Feinden ab. Hoher Schnee bedeckte die Felsen. Die Bezwinger konnten nicht durch dieses Gelände marschieren, ohne deutliche Spuren zu hinterlassen. Doch Everynne fand keine weiteren Fußabdrücke. Nur die Spuren von der Straße herauf, und die Spuren der Bezwinger, die sich von hier aus parallel zur Straße nach Norden bewegt hatten.

Gallen sagte: »Nach dem Kampf hat Orick nicht versucht, den beiden anderen zu folgen. Statt dessen hat er uns eine Nachricht hinterlassen und ist auf dem gleichen Weg zurückgekehrt, auf dem er gekommen war.«

»Du hast recht«, sagte Veriasse. »Orick wußte, daß er gegen zwei Bezwinger gleichzeitig keine Chance haben würde. Aber er spürte, daß er uns eine Warnung hinterlassen mußte.«

»Was suchen diese Bezwinger überhaupt hier? Woher wußten sie, daß wir kommen?« fragte Gallen.

Für Everynne war es keine große Überraschung, daß die Bezwinger in Alarmzustand versetzt worden waren. Sie und Veriasse hatten mit Hilfe des Schlüssels in den letzten sechs Monaten mehr als zwanzig Welten besucht. Viele davon waren bereits unter der Kontrolle der Drononen. Es war eigentlich nur eine Frage der Zeit, wann die Bezwinger sie stellen würden.

Veriasse murmelte leise vor sich hin, als würde er zu sich selbst reden: »Maggie hat Gallens Schlüssel genommen und auf ihren Tordurchgängen erneut eine temporale Regression erfahren. Wenn man diesen Zeitsprung mit einbezieht, können die Bezwinger, die uns auf Tihrglas aufgelauert haben, nur aus unserer eigenen Zukunft gekommen sein! Was auch erklärt, wieso sie so offensichtlich nach Everynne und mir gesucht haben. Irgendwie haben die Drononen herausgefunden, wer wir sind und was wir planen. Wir müssen von jetzt an doppelt vorsichtig sein!«

Veriasse reinigte seine blutige Hand im Schnee und zog den

Handschuh wieder an. »Wir müssen deine Tarnung verändern«, sagte er zu Everynne. »Die Lords von Wechaus tragen keine Masken, was die Sache erschwert. Pack am besten deinen blauen Umhang aus, und zieh dir die Kapuze tief in die Stirn!«

Everynne nahm gehorsam die Kleidung aus ihrem Packsack und tat, was Veriasse ihr gesagt hatte, obwohl ihr in der Morgensonne gar nicht kalt war. Dann stiegen die Gefährten wieder auf die Airbikes und folgten Oricks blutiger Spur entlang der Straße nach Norden.

Sie hatten erst ein kurzes Stück zurückgelegt, als die Bärenspuren von der Straße nach Osten abbogen. Andere Fährten zeigten, daß Orick von Bezwingern aus Westen überrascht und verfolgt worden war.

Gallen schrie auf, als er erkannte, was geschehen war. Er sprang von seinem Bike und folgte Oricks Fußstapfen, Everynne dicht auf den Fersen. Fünfzig Meter von der Straße entfernt entdeckten sie die Stelle, an der der letzte Kampf stattgefunden hatte. Everynne schrie vor Entsetzen auf.

Ein Haufen schwarzer Knochen war alles, was das Feuer aus den Flammrohren von Orick übriggelassen hatte.

15

Maggie und Orick stiegen von ihrem Gleiter. Maggies Beine waren so eisig, daß sie kaum gehen konnte. Einige Sekunden stand sie zitternd, in ihre Decke gewickelt, vor den heißen Thermalquellen. Der Ort war offensichtlich eine Art Gasthof. Bären und Menschen tummelten sich zusammen im Wasser, hüpften und spritzten sich gegenseitig naß. Androiden waren damit beschäftigt, in einem großen Gemeinschaftsraum die Tische zu decken. Aber irgendwie kam Maggie der Ort seltsam altertümlich vor.

Das Wirtshaus war nicht natürlich gewachsen, wie die Bäume auf ihrer Heimatwelt, oder wie die Gebäude der Stadt

Toohkansay auf Fale. Es war aus einem eigenartigen Material hergestellt, das aussah, als hätte man es in Formen gegossen. Maggie sah die Oberflächenstrukturen von organischem Gewebe auf dem Baustoff.

Das Wirtshaus war wie die meisten Gebäude seiner Art auf anderen Welten. Hätte Maggie nicht den Mantel getragen, wäre ihr noch nicht einmal aufgefallen, daß sie auf einer Hinterwelt gelandet waren. Bei genauerem Hinsehen jedoch entpuppten sich die Androiden an den Tischen als uralte Modelle, einige tausend Jahre alt. Nur wenige menschliche Besucher trugen persönliche Ratgeber. Aber selbst die Mäntel, die Maggie sah, schienen einfache, alte Modelle zu sein.

In keinem der Gebäude gab es Anzeichen von Drononen oder ihren Bezwingerkreaturen. Maggie betrachtete es gutes Omen.

Sie öffnete die Tür des Haupteingangs und trat mit Orick zusammen ein. Ein goldener Androide eilte mit einem quietschenden Geräusch herbei und sagte mit piepsiger Stimme: »Willkommen in Flaming Springs! Wir sind sehr glücklich, Euch bei uns zu haben!« Er betrachtete aufmerksam Maggies Mantel und sagte: »Darf ich für unsere verehrten Gäste ein Konto einrichten? Wie war doch gleich Euer Name?«

»Maggie Flynn«, gab Maggie zur Antwort. Irgendwie war sie überrascht, daß diese Leute Geld für ihre Dienste haben wollten. Das war neu. Sofort überlegte sie, wieviel Geld sie benötigen würden. Aber dann fiel ihr ein, daß Veriasse sicher die Rechnung begleichen würde, wenn er mit Everynne und Gallen eingetroffen war. Und im Notfall konnte sie ja auch noch Wissen von ihrem Mantel verkaufen. Jeder der kleinen Metallringe speicherte Tausende von Bänden an Wissen. Er würde für jeden Mantelträger äußerst wertvoll sein.

»Selbstverständlich, Maggie Flynn«, sagte der Androide in einem Tonfall, als erkenne er sie wieder. »Ich werde Euch jetzt die Zimmer zeigen. Ihr könnt jederzeit essen. Die Bäder sind rund um die Uhr geöffnet.«

Er führte sie durch einen Komplex aus winzigen Hütten, die sich wie kleine Hügel erhoben. Maggie vermutete, daß Dampfrohre das Gelände frei von Schnee hielten. Überall wuchsen fremdartige baumähnliche Pflanzen in großen Behältern. Sie trugen purpurfarbene Blüten.

Der Androide öffnete eine Tür, und Maggie konnte erkennen, warum die Hütten von draußen so klein wirkten. Der winzige Raum hinter der Tür war nur das Treppenhaus zu einem luxuriösen Apartment unter der Erde.

»Gefällt es Euch?« fragte der Androide.

»Ja. Vielen Dank«, gab Maggie zurück. »Würdet Ihr mir bitte das Datum und die Zeit sagen? Galaktischer Standard?«

Der Androide gab ihr die gewünschte Auskunft. Sie waren gegenüber ihrer Abreise von Cyanesse nur um einen Tag und sechzehn Stunden in der Zeit zurückversetzt worden. Maggie stellte einige Überschlagsrechnungen an und erkannte, daß die Temporalregression umgekehrt proportional zur zurückgelegten Entfernung zwischen den Weltentoren war. Je kürzer der Sprung, desto weiter wurden sie zurückversetzt.

Der Androide verließ das Zimmer. Orick ging zu den heißen Bädern, um eine Runde zu schwimmen, doch Maggie hatte genug von der Kälte und Dunkelheit draußen. In einem Nebenzimmer fand sie ihr eigenes kleines Bad. Heißes Mineralwasser sprudelte über eine kleine Kaskade in die Wanne. Das Zimmer war wie ein Wald mit großen Farnen und Moosen dekoriert. Maggie legte sich in die Wanne und entspannte sich für eine ganze Weile. Sie genoß die Wärme, die langsam Besitz von ihr ergriff. Ein bestürzender Gedanke schoß ihr durch den Kopf: Sie hatte ihr Gepäck auf dem Rücksitz des Airbikes vergessen, wo es gestohlen werden konnte!

Sie kletterte aus der Wanne, trocknete sich ab und zog sich hastig an. Dann rannte sie nach draußen zu ihrem Airbike. Es stand unberührt dort, und der Packsack war in der Kälte beinahe am Sitz festgefroren. Sie zog ihn herunter und ging zurück in den Gemeinschaftsraum des Gasthofs. Sie hatte erst eine Stunde zuvor einen kleinen Imbiß zu sich genommen, aber die Gerüche waren so verlockend, daß sie wieder Platz nahm. Sie bestellte bei einem der Androiden ein Steak mit Pilzen, dazu ein Glas Wein.

Während sie auf das Essen wartete, nahm sie eine Bürste aus

ihrem Gepäck und frisierte ihr Haar. Sie konnte der Versuchung nicht widerstehen und durchwühlte den Packsack, um sicherzugehen, daß niemand etwas Wertvolles gestohlen hatte. Der Schlüssel war noch da. Dann suchte sie nach den Geschenken, die Großmutter Gallen und Orick gegeben hatte. Es war noch alles da.

Bald darauf kam das Essen. Maggie genoß die Speisen, blickte sich aber verstohlen um. Sie spürte, daß sie beobachtet wurde.

Die meisten Gäste des Wirtshauses waren Pärchen – junge Männer und Frauen, die zusammen feierten, und einige Bärenpaare. Aber nicht alle sahen so unverdächtig aus. An einem der Nachbartische saß ein dünner Mann mit einer Hakennase und langen dunklen Haaren. Er trug einen Spitzbart und hatte die Hände unter dem Kinn verschränkt. Und er machte keine Anstalten zu verhehlen, daß er Maggie beobachtete.

Doch er hielt auch die Türen im Auge, sowohl den Haupteingang als auch die Türen an den Seiten, die zu den Bädern und den Gästezimmern führten. Plötzlich hatte Maggie keinen Hunger mehr.

Sie erhob sich und wollte gehen, doch der dunkle Fremde kam zu ihr und hielt sie diskret am Arm fest. Er zwang sie, sich wieder zu setzen, und nahm neben ihr Platz. Dann fragte er: »Kann es sein, daß Ihr kürzlich auf Fale gewesen seid?«

»Ja«, sagte Maggie. Aber dann fiel ihr ein, daß sie aufgrund der temporalen Regression in *diesem* Augenblick auf Fale war und von den Aberlainen gefangengehalten wurde. »Das heißt, eigentlich nicht.«

»Das dachte ich mir.« Der Fremde lächelte. »Eßt mit mir.«

»Nein. Ich muß jetzt gehen«, sagte Maggie und erhob sich.

Doch der Mann ergriff wieder ihren Arm und hielt sie fest. Er zog sie zurück auf ihren Stuhl. »Ihr habt Euer Essen ja kaum angerührt«, sagte er. In seinen Augen war ein aufgeregtes Schimmern. »Außerdem hattet Ihr erst das Hauptgericht. Ihr müßt unbedingt den Nachtisch probieren!«

»Nein!« sagte Maggie erneut. Sie versuchte, sich aus seinem Griff zu befreien. »Ich muß jetzt wirklich gehen!« Sie kam frei.

»Ihr werdet nicht weit kommen«, warnte der Fremde sie flüsternd. »Nicht bis zum nächsten Tor.«

»Was?« Maggies Herz begann zu hämmern.

»Kommt mit, wir gehen auf Euer Zimmer. Wir müssen unter vier Augen reden, bevor es zu spät ist«, sagte der Fremde. Er erhob sich und schlenderte zu einer Hintertür hinaus. Maggie wußte nicht warum, aber der Fremde machte ihr Angst. In seinen Bewegungen war etwas Berechnendes, eine versteckte Kraft, und er wirkte unglaublich zäh. Maggie wußte, daß sie sich nicht gegen ihn zur Wehr setzen könnte, wenn sie mit ihm allein wäre. Sie versuchte, ihren Atem wieder unter Kontrolle zu bringen und blickte sich im Raum nach Hilfe um. Der Mann wartete auf sie, doch Maggie hatte nicht den Mut, ihm allein in die Dunkelheit zu folgen.

Sie blieb für eine weitere Stunde an ihrem Tisch sitzen und gab vor, zu essen. Sie wollte zu den Pools gehen und Orick suchen, aber das war zu nah an ihrem Apartment. Also blieb sie einfach sitzen und hoffte, daß der Fremde von allein verschwinden würde. Auf ihrer Stirn bildeten sich Schweißperlen, und sie hatte das Gefühl, daß alle Gäste sie heimlich beobachteten. Endlich tauchte Orick auf.

»He, Maggie!« rief er quer durch den Raum. »Du solltest diese Bäder ausprobieren. Sie sind großartig!« Er stapfte zu ihrem Tisch. Sein Fell war noch ganz naß. Außer sich vor Begeisterung sagte er: »Maggie, die Hälfte der Bärinnen ist in Hitze! Ich sage dir, ich kann mein Glück noch gar nicht fassen! Ich habe eine Bärin kennengelernt. Sie heißt Panta. Und sie ist scharf auf mich, die süße Kleine, das kannst du mir glauben! Sie hat mich für heute Nacht zu sich in ihr Haus eingeladen . . .«

»Gut, gut«, sagte Maggie ohne Begeisterung. Sie wußte nicht, wie sie ihm beibringen sollte, daß hier irgend etwas schiefgelaufen war. Erst recht nicht wollte sie hier darüber reden, wo jeder mithören konnte. Sie wollte im Augenblick nur, daß Orick aus der Gefahrenzone verschwand. »Und warum gehst du nicht mit ihr?«

»Oh, ich weiß nicht«, sage Orick. »Meinst du, ich sollte? Stimmt etwas nicht? Fühlst du dich nicht gut?«

»Hör zu, Orick«, flüsterte sie. »Möglicherweise ist es auf dieser Welt gefährlicher, als wir geglaubt haben!«

»Ach, Unsinn!« brummte Orick laut. »Dieser Ort ist einfach großartig!«

»Ja, natürlich, du hast recht«, gab sie seufzend zurück. »Bitte, geh jetzt. Ich komme schon klar.«

Eine Bärin erschien in der Seitentür und erhob sich auf die Hinterpfoten. Sie schnüffelte in die Luft. Dann erkannte sie Orick und ließ sich wieder auf alle viere nieder. Sie stapfte zu ihnen an den Tisch und betrachtete Orick sittsam mit großen braunen Augen, die ihr Verlangen kaum verbergen konnten.

»Freut mich, dich kennenzulernen, Panta«, sagte Maggie. »Aber ich fürchte, ich bin todmüde. Warum setzt ihr beiden euch nicht an diesen Tisch hier? Wir sehen uns morgen, Orick.« Sie mußte die Sache allein durchstehen. Sie erhob sich und wandte zum Ausgang, durch den der Fremde eine Stunde zuvor verschwunden war. Wenn er noch draußen in der Dunkelheit wartete, um mit ihr zu sprechen, würde sie ihm gegenübertreten müssen. Aber sie wollte Orick aus der Gefahr heraushalten.

Sie stapfte durch die Nacht zu ihrem Apartment. Über den heißen Pools waren dampfende Schwaden aufgestiegen, die jetzt zwischen den Gebäuden waberten und alles unter dichtem Nebel verbargen. Die schwache grüne Beleuchtung an den Seiten der Wege und unter den Bäumen gab nur spärliche Sicht, die Maggie auf dem Weg durch das Labyrinth von Apartments völlig unzureichend erschien.

Aber der Fremde wartete nicht in der Dunkelheit auf sie. Sie erreichte ihr Zimmer und blickte dankbar zum Himmel, bevor sie eintrat. Ein Streifen aus Feuer zog sich von Horizont zu Horizont. Maggie konnte ihn sogar durch den Nebel erkennen. Ihr Mantel flüsterte ihr zu, daß der Planet einen Ring besaß.

Maggie öffnete, ging in das winzige Vorzimmer und blickte die breite Treppe zum großen Wohnraum hinunter. Keine Spur von dem Fremden. Sie schloß die Tür hinter sich und schlich die Treppe hinunter. Ihr Apartment war leer.

Sie fühlte sich schon in Sicherheit, als die Türglocke ging.

Maggie öffnete. Ein kleiner, kahlköpfiger dicker Mann stand vor ihr. Seine Hände steckten tief in den Taschen eines Lederumhangs. Der Umhang sah aus, als hätte der Mann ihn jahrelang ohne Unterbrechung getragen, ebenso wie seinen besorgten Gesichtsausdruck. Tiefe Falten furchten seine Stirn.

»Ich bitte um Entschuldigung«, sagte er. »Maggie Flynn, nicht wahr? Mein Name ist Bavin. Ich bin der Besitzer dieses Etablissements. Darf ich einen Augenblick mit Euch sprechen?« Er schaute sie mit traurigen Augen an. Seine Lider hingen schlaff herab. Maggie nickte. Bavin blickte sich nervös um und schloß die Tür hinter sich. »Es geht um ... äh ...«, begann er. »Ich möchte, daß Ihr Eure Rechnung bezahlt und im Morgengrauen auszieht. Ich möchte in meinem Gasthaus keine Schwierigkeiten wegen Euch.«

»Ich verstehe nicht«, sagte Maggie. »Wovon redet Ihr?«

»Ich rede von diesem ... *Ding,* das Ihr in Eurem Gepäck herumschleppt«, sagte Bavin händeringend. »Ich gehöre nicht zu den Leuten, die Euch für eine Belohnung verraten würde, aber es gibt andere, die zögern nicht! Ich möchte nicht, daß Ihr uns arme Leute in Schwierigkeiten bringt!«

»Was redet Ihr da von einer ›Belohnung‹?«

Bavin schaute sich vorsichtig um, als könnte jemand im Zimmer zuhören. »Die Drononen«, sagte er, »suchen nach einer schönen Frau, die durch das Labyrinth der Welten reist. Man erzählt, daß sie einige Protektoren bei sich hat. Als Ihr mein Lokal betreten habt, war ich mir nicht sicher, ob Ihr die Gesuchte seid, weil Ihr nur mit dem Bären hier ankamt. Deshalb hatte ich meine Zweifel. Aber Ihr seid mit einem Airbike unterwegs, und niemand würde hier unten im Süden bei dieser Kälte mit einem offenen Gleiter herumfahren. Das erschien mir seltsam. Und am Tisch habt Ihr diesen seltsamen Schlüssel aus Eurem Gepäck genommen, und die planetare Polizei hat Erkundigungen über Euch eingezogen ...«

»Ich verstehe immer noch nicht«, sagte Maggie stotternd. »Seid Ihr sicher, daß man *mich* sucht?«

»Die Drononen haben erst vor einigen Tagen viele neue Bezwinger hierher gebracht. Sie haben die Tore benutzt, genau wie Ihr«, sagte Bavin. »Oh, und sie haben die Menschen fürchterlich erschreckt. Gute Leute, die nie auch nur daran gedacht haben, mit den Drononen Geschäfte zu machen, tun sich jetzt mit ihnen zusammen. Sie würden Euch augenblicklich ausliefern, um ihre Lage zu verbessern. Aber ich nicht. Ich nicht!« Bavin schüttelte den Kopf. Maggie erkannte, daß er selbst versucht war, sie auszuliefern, und es deshalb so energisch abstritt. »Wie ich bereits gesagt habe, ich wünsche, daß Ihr schnellstens Eure Rechnung begleicht und von hier verschwindet!«

»Aber wo soll ich denn hin?« fragte Maggie. »Was soll ich tun?«

»Egal. Geht auf keinen Fall zu den Toren. Sie sind schwer bewacht. Ansonsten kann ich Euch nicht weiterhelfen. Es ist mir gleichgültig, was Ihr macht. Zahlt die Rechnung und geht!«

»Aber ... ich habe kein Geld!« sagte Maggie.

Der kleine Mann starrte sie an, und ein gefährliches Glitzern war in seinen Augen. »Was wollt Ihr damit sagen – kein Geld? Womit wolltet Ihr denn hierfür bezahlen?« Er fuhr mit den Armen durch die Luft und schloß das luxuriöse Apartment ein.

»Ich hatte vor, zu arbeiten und Geld zu verdienen«, sagte Maggie. Dann griff sie nach ihrem Mantel und zog eine kleine Silberscheibe ab. Das Androidensymbol war darauf eingraviert. Mit einem Ausdruck des Bedauerns hielt sie dem kleinen Mann die Scheibe hin. Sie würde ihr gesamtes Wissen über Androiden verlieren.

»Ich ... ich kann das nicht annehmen«, sagte Bavin. Offensichtlich plagten ihn Gewissensbisse. »Es ist viel zuviel!« Der kleine Mann murmelte vor sich hin und sah sich im Zimmer um. »Verschwindet. Nehmt Eure Sachen und geht! Rasch!«

Maggie trug immer noch den Packsack, den sie vom Airbike geholt hatte. Sie ging ins Schlafzimmer und holte ihre Decke und den Umhang. Der Schmutz der tagelangen Reise war noch auf den Sachen, und Maggie wollte sie nur ungern überziehen, aber sie hatte keine Wahl. Sie warf sich in die Kleider und schlang sich die Decke um die Schultern. Als sie fertig zur Abreise war, ging sie zurück ins Wohnzimmer. Bavin war verschwunden. Er hatte die Eingangstür offen gelassen.

Durch die Dampfschwaden, die von den heißen Pools aufsteigen, folgte Maggie dem schmalen Fußweg zum Gemeinschaftsraum, um Orick Bescheid zu sagen. Als sie an die Abzweigung zu den Pools gelangte, konnte sie die Vorderseite des Gasthofs übersehen.

Drei grünhäutige Bezwinger beugten sich über ihr Airbike. Zwei waren Riesen, ehemalige Wächter und typische Militärs; der dritte war ein Fährtensucher. Der Fährtensucher beugte sich herab und beschnüffelte das Airbike. Seine orangefarbenen Augen bewegten sich hin und her wie bei einem Fisch. »Auf diesem Bike haben eine Frau und ein Bär gesessen. Sie sind binnen weniger Stunden durch zwei Welten gereist.«

»Dann haben wir sie gefunden?« fragte einer der Soldaten.

»Ja«, antwortete der Fährtenleser. Vorsichtig bewegte sich Maggie zurück in den Schatten. Sie blickte sich nach einem Fluchtweg um. Sie wollte um den Gasthof herumschleichen und sich ihrem Airbike von der anderen Seite nähern. Orick war noch im Aufenthaltsraum und aß dort. Sie mußte ihn warnen, aber sie traute sich nicht, das Wirtshaus noch einmal zu betreten. Sie glaubte, daß die Bezwinger jeden Augenblick in den Speiseraum gehen und nach ihr suchen würden. Wenn sie es bis auf die andere Seite des Wirtshauses schaffen konnte, ohne daß man sie entdeckte, könnte sie sich auf das Bike schwingen und mit heulenden Triebwerken losjagen. Es würde für genug Ablenkung sorgen, daß auch Orick verschwinden konnte.

Sie rannten den Weg zurück und wandte sich zur Rückseite des Gasthofes. Hier brannten keine Lichter. Sie huschte von einem Schatten zum anderen, und im nächsten Augenblick sprang sie etwas an und drückte sie in den Schnee.

Maggie schrie auf und versuchte, auf die Beine zu kommen und zu fliehen. Doch ihr Gegner hielt sie fest und zischte: »Still!« Dann half er ihr hastig auf. Maggie stand in der Dunkelheit und erkannte den kleinen Fremden, der sie schon vorher beim Essen angesprochen hatte.

»Beeilung! Sie sind hinter uns her!« sagte er und zog Maggie am Arm. Sie hörte Rufe auf der Vorderseite des Gasthofs und brauchte nicht länger überredet werden. Gemeinsam rannten sie und der Mann über den festgefrorenen Schnee auf einen Platz zu, auf dem Dutzende von Aircars in der Kälte geparkt waren.

Maggie blickte zurück und sah, wie die Bezwinger hinter ihnen über den grün beleuchteten Fußweg rannten. Einer zog sein Flammrohr und feuerte auf sie.

Das aktinische Licht der chemischen Ladung schoß in einem sich ausdehnenden Ball auf sie zu, und der kleine Fremde zerrte Maggie nach rechts in Deckung. Der Feuerball zischte über ihre Köpfe hinweg und versengte im Vorbeifliegen Maggies Gesicht. Dann zerplatzte er an einem Aircar.

Maggie und ihr Retter schlängelten sich zwischen den geparkten Wagen hindurch. Maggie erspähte einen Gleiter, dessen Tür offen stand. Eine schwarzgekleidete Wache mit einem Flammrohr stand davor.

Maggie blickte den Mann an und versuchte, wieder zu Atem zu kommen. Er mußte ein Zwillingsbruder des Fremden sein. Sie erstarrte bei seinem Anblick, doch ihr Retter drängte sie weiter. Während Maggie das Aircar bestieg und sich auf den Rücksitz warf, verschwand der Wächter in den Schatten. Der dünne Mann startete das Triebwerk und gab Schub.

Maggie blickte aus dem Fenster. Der Zwillingsbruder des Mannes war hinter einem anderen Aircar in Deckung gegangen und feuerte mit seinem Flammrohr auf die Bezwinger. Der Fährtensucher zerplatzte brennend. Er stand noch einen Augenblick wie eine flammende Säule in der Nacht, den spinnenartigen Körper vor Schmerz verdreht, dann brach er zusammen.

Zwei Männer tauchten auf der Vorderseite des Gasthofes auf und stürmten vorwärts. Auf der Rückseite der Gebäude erschienen drei weitere dünne Männer und stürzten sich auf die Bezwinger. Die Riesen suchten hinter Pflanzkübeln Deckung und begannen mit einem Sperrfeuer, während sie um Verstärkung schrien.

Das Aircar erhob sich und glitt in die Dunkelheit. Maggie rief: »Wartet! Da drin ist noch ein Freund von mir!«

»Weiß ich!« antwortete der dünne Mann, ohne seine Fahrt zu

verlangsamen. »Ich habe versucht, ihn zu warnen, als die Bezwinger gekommen sind. Sie werden bald Verstärkung erhalten. Wir müssen uns beeilen. Wir haben ihren Fährtensucher erledigt und hoffen, daß es eurem Freund die Gelegenheit zur Flucht ermöglicht.«

»Wir?« fragte Maggie.

»Meine Doppelgänger«, sagte der dünne Mann.

Maggie hatte das Wort Doppelgänger noch nie gehört, doch ihr Mantel gab ihr die fehlenden Informationen. Manche Leute klonten sich und luden ihr Bewußtsein in die Körper dieser Klone. Auf diese Weise wurden sie unsterblich. Einige dieser Unsterblichen hatten gleichzeitig viele aktive Kopien, wodurch es ihnen möglich wurde, mehrere Aufgaben auf einmal zu erledigen. Ihr Anführer wurde Primarius genannt, und die Kopien waren die Doppelgänger.

Das Aircar stieg sanft in den Nachthimmel. Die heißen Quellen und Pools sahen aus dieser Höhe wie kleine grüne Edelsteine aus, die hinter Watte versteckt schimmerten. Maggie beobachtete, wie ein weiterer Bezwinger sich in einer lebenden Fackel verwandelte. Dann wurde ein Doppelgänger an der Seite getroffen und schwankte. Er schaffte es, noch einen letzten Schuß abzugeben, bevor er aufflammend zu Boden stürzte. Der Schuß ging weit daneben und setzte eines von Bavins Apartments in Brand.

Maggie blickte auf den sterbenden Mann hinunter und fühlte sich seltsam unberührt. Obwohl er wie ein Mensch ausgesehen hatte, war er doch nur die Kopie von jemand anderem und deshalb nicht wirklich. Aber sie wußte, daß der Mann Schmerzen und Sehnsüchte hatte wie jede andere Person auch; er hatte Träume und Hoffnungen, und er hatte soeben sein Leben für sie gegeben.

Maggie blickte auf den dünnen Mann vor sich, der den Wagen steuerte. Irgendwie war es ein tröstlicher Gedanke zu wissen, daß er zu jener Sorte Männer zählte, die für sie sterben würden.

16

Maggie lehnte sich in dem gepolsterten Sitz zurück. Das Aircar donnerte über verschneite Felder, und in der Kabine begann sich Druck aufzubauen. Maggies Ohren knackten. Sie hoffte inständig, daß Orick die Flucht gelingen möge.

Wenn ich das alles lebend überstehe, setze ich nie wieder einen Fuß in ein Gasthaus, dachte sie. Sie drehte eine Locke auf ihren Finger und kaute nervös auf den Haarspitzen.

Der dünne Mann blickte sie an. »Eurem Bärenfreund wird nichts geschehen. Meine Leute haben soeben den letzten Bezwinger ausgeschaltet. Wie zu erwarten, haben alle Gäste das Wirtshaus verlassen.«

Der dünne Mann war etwa fünfunddreißig Jahre alt, obwohl das Aussehen in dieser Zivilisation nichts mehr besagte. Er hatte keinen Mantel oder Tutor, und seine Kleidung bestand aus einem einteiligen Overall von unbestimmbarer brauner Farbe. Er war nicht besonders gutaussehend. »Woher wißt Ihr, daß Eure Männer alle Bezwinger ausgeschaltet haben?«

»Implantate.« Er zeigte auf sein Ohr. Dann seufzte er und lehnte sich zurück. Das Aircar fuhr jetzt mit automatischer Steuerung. Er blickte Maggie prüfend in die Augen. »Ich muß gestehen, daß ich enttäuscht bin. Man hat mich informiert, daß eine Tharrin durch die Tore reist, eine Wiedergeburt Semarittes. Der Mann, der sie begleiten sollte, war nach der Beschreibung ihr Lord Protektor. Und jetzt habe ich mein Leben und das meiner Doppelgänger für einen Bären und für ...?«

Maggie zuckte die Achseln. In der Frage hatte nicht nur Neugierde gelegen, sondern auch eine Forderung.

Sein Gesicht blieb regungslos, während er auf ihre Antwort wartete. »Mein Name ist Maggie Flynn.«

»Mein Name ist Primarius Jagget«, stellte er sich vor und strich über seinen Spitzbart. »Was sucht Ihr auf Wechaus, und wo steckt Semarittes Klon?«

Maggie wußte nicht, ob sie Jagget vertrauen sollte. Ihr erster Impuls war, ihm eine Lüge zu erzählen. Doch sie hatte den Verdacht, daß einige seiner Leute nach Orick suchen würden, und Jagget könnte genausogut ihn fragen. Also mußte ihre Lüge plausibel sein. Sie ergriff die Initiative.

»Ihr Name war Everynne«, begann Maggie. »Sie kam vor zwei Wochen zusammen mit einem Beschützer auf meine Heimatwelt Tihrglas. Der Beschützer war ein alter Mann, der seinen Namen nie nannte. Sie haben mich und meinen Freund, den Bären, bezahlt, damit ich sie zu einem alten Tor in den Wäldern führte. Aber die Dronönen und ihre Bezwinger waren hinter ihnen her. Der alte Mann blieb zurück, um sie aufzuhalten, und schickte uns allein zum Tor voraus. Als wir dort anlangten, hörten wir seinen Todesschrei. Everynne gab mir diesen Schlüssel und zeigte mir, wie man ihn benutzt. Dann eilte sie auf eine Lichtung zurück, um dem alten Mann zu helfen. In diesem Augenblick kamen die Bezwinger auf der anderen Seite der Lichtung hervor und erschossen sie. Der Bär und ich sahen unsere einzige Fluchtmöglichkeit darin, durch dieses Tor zu springen. Seitdem sind wir ständig unterwegs und versuchen, durch die Tore wieder nach Hause zu finden.«

»Was ist mit Eurem Mantel? Den habt Ihr doch bestimmt nicht von Tihrglas mitgebracht?« fragte Primarius Jagget.

»Die Frau – Everynne – hatte ihn in ihrem Gepäck. Sie hat mir ihren Packsack gegeben, bevor sie getötet wurde.«

Primarius Jagget erforschte mit seinen dunklen Augen ihr Gesicht, das nur von den Reflexen der Scheinwerfer des Aircars beleuchtet wurde.

Er seufzte tief und schloß die Augen. »So, Semarittes Klon ist also tot«, sagte er. »Was für ein Verlust. Was für ein gewaltiger Verlust!«

»War sie eine Freundin von Euch?« fragte Maggie.

Primarius Jagget schüttelte den Kopf. »Um die Wahrheit zu sagen, ich bin ihr nie begegnet. Aber ja, sie war eine Freundin.«

Er schwieg lange Zeit. »Was sollen wir mit Euch machen? Die Dronönen haben eine Belohnung auf die Frau ausgesetzt, die durch das Labyrinth der Welten reist.«

»Aber ich habe doch gar nichts getan«, sagte Maggie. Plötzlich bemerkte sie, daß ihre Geschichte ein Loch hatte. Wenn

Everynne bereits tot war, warum suchten die Drononen dann noch nach ihr? »Warum sollten sie mich denn suchen?«

»Ist das nicht offensichtlich? Sie wollen Euren Schlüssel!«

Maggie atmete erleichtert auf. »Ja, natürlich.« Sie blickte aus dem Fenster. Der Planet hatte keine Monde, nur diesen leuchtenden Ring, der jetzt zum Teil im Schatten lag. Das Aircar fuhr über einen gefrorenen Ozean.

»Also, Euer Freund und Ihr wollt nach Hause zurück«, sagte Primarius Jagget. »Ich kann Euch helfen. Als Gegenleistung verlange ich den Schlüssel.«

Maggie überlegte, was sie antworten sollte. Sie wollte nicht wirklich, daß dieser Fremde versuchte, sie zurück nach Tihrglas zu eskortieren. »Natürlich könnte ich den Handel ein wenig versüßen, falls Ihr meint, daß der Preis zu hoch ist.«

Maggie fiel ein seltsamer Unterton in Jaggets Stimme auf. Sie überlegte, ob sie soeben eine Charaktereigenschaft der Bewohner von Wechaus entdeckt hatte. Sie schienen alle auf die eine oder andere Weise gierig zu sein. »Ich werde darüber nachdenken«, sagte Maggie. »Wenn Eure Männer meinen Freund Orick gefunden haben, werden wir über Euer Angebot beraten.«

»Fein«, sagte Primarius Jagget. »Ich werde Euch zu meiner Villa bringen. Dort seid Ihr in Sicherheit. Ich verbürge mich persönlich für jeden Angestellten, der dort tätig ist. Das Gelände ist hermetisch abgeschlossen und schwer bewacht. Die Drononen werden Euch nicht finden.«

»Ich danke Euch sehr«, sagte Maggie. Sie lehnte sich in die weichen Polster ihres Sitzes zurück und beobachtete die vorbeihuschende Landschaft. Sie waren sehr schnell unterwegs. Das Aircar war ein Chughat XI, ein teures Modell, das sonst nur Diplomaten benutzten. Maggies Mantel flüsterte ihr zu, daß der Wagen bis zu Mach 12 erreichen konnte. Im Augenblick näherten sie sich Mach 10; dann aber verlangsamte der Wagen und sank einer steinernen Stadt entgegen. Helle Lichter erleuchteten ein großes Gebäude. Maggie konnte Dutzende von Leuten sehen, die geschäftig durcheinander liefen, Straßen entlang gingen oder an Kreuzungen standen. Sie alle bewegten sich in einem seltsam gleichen Schritt, standen mit der gleichen Körperhaltung, besaßen die gleiche Gestik. Sie waren allesamt Klone von Primarius Jagget.

»Wie viele Kopien von Euch gibt es?« fragte Maggie.

»Alle zusammen müßten es im Augenblick so etwa neunhunderttausend sein«, antwortete Primarius Jagget.

»Warum so viele?«

»Ich bin ein Mann mit großen Plänen, aber ich habe zu wenig Zeit. Meine Doppelgänger und ich teilen uns die Arbeit.«

»Und was sind das für große Pläne?« fragte Maggie, als der Wagen landete. Primarius Jagget antwortete, ohne zu zögern: »Ich will Freiheit für meine Heimat. Das ist alles, was ich will.«

Der Wagen kam schlitternd zum Stehen. Primarius Jagget stieg auf seiner Seite aus. Zwei Doppelgänger eilten herbei und öffneten Maggie den Wagenschlag. Einer bot ihr seine Hand, um ihr aus dem Wagen zu helfen. Sie griff danach und stieg auf den Gehsteig hinunter.

Primarius Jagget sagte: »Es tut mir leid, daß ich Euch nicht selbst zu Eurem Zimmer führen kann, aber ich habe einige dringende Geschäfte zu erledigen.« Maggie hörte ein eigenartiges Surren, wie von einem Bienenschwarm. Sie drehte sich um und sah, daß Primarius Jagget sich plötzlich in lauter cremefarbene Schmetterlinge verwandelt hatte, die in einer Wolke davonschwirrten. Die Schmetterlinge verschwanden in der Dunkelheit über den Straßenlaternen. Maggie starrte ihnen erstaunt nach. Plötzlich spürte sie, wie sie etwas in den Hintern piekste. Ihre Muskeln zuckten unwillkürlich; dann wurden ihre Beine taub. Sie sah Sterne vor den Augen und taumelte schwankend herum, griff nach dem Hemd eines Doppelgängers, um nicht hinzufallen. Die Welt drehte sich vor ihren Augen. Ihr Gleichgewichtssinn arbeitete nicht mehr. Als sie nach unten blickte, sah sie in den Händen des Doppelgängers ein kleines Gerät, an dessen Oberseite ein blauer Lichtbogen flackerte.

Sie roch verbrannte Kleidung und Ozon.

Maggie blinzelte und blickte auf den blauen Lichtbogen. Der Mantel flüsterte in ihrem Verstand, daß es eine elektrische Betäubungspistole sei. Der Doppelgänger stieß Maggie das Gerät in den Magen, und dann wurde die Welt weiß.

Orick hatte mit Panta im Speisesaal von Flaming Springs gesessen und sich mit einer riesigen Portion Lachs den Bauch vollgeschlagen, als er aus dem Fenster blickte und draußen drei grünhäutige Bezwinger beim Vordereingang stehen sah. Ihr Atem dampfte in der Kälte, während sie Maggies Bike untersuchten.

»Ich glaube, es ist besser, wenn wir unsere Schwänze hier rausziehen«, sagte Orick zu Panta. Die junge Bärin schaute aus dem Fenster.

»Ich glaube, du hast recht«, sagte sie, und wischte ihre fettige Pfote an der Tischdecke sauber.

Orick wollte möglichst unauffällig verschwinden, doch Panta schien eine noch größere Abneigung gegen Bezwinger zu haben als er. Sie sprang auf und setzte sich in Richtung der Seitentür in Bewegung, die zu den Zimmern führte. Dann begann sie zu rennen. Die Vordertür zum Wirtshaus wurde hinter ihnen aufgestoßen, und ein Bezwinger rief: »Halt!«

Orick blieb stehen, doch Panta konnte nicht mehr reagieren. Sie krachte voll gegen die Tür und brach durch das dünne Material. Orick sah durch ein Fenster Maggie draußen bei den Pools. Sie rannte neben einem der beleuchteten Bäume auf ein Gebäude zu und verschwand dahinter. Zwei Bezwinger stürzten in den Speisesaal. Sie zogen die Köpfe ein, um nicht gegen die Decke zu stoßen, und rannten die Tische und Stühle einfach um, die ihnen im Weg standen.

Sie versuchten, an Orick vorbeizurennen, und er drehte sich zur Seite, als wollte er ihnen ausweichen. Plötzlich schwenkte er aus und rempelte sie um. Sie stürzten übereinander, und Orick murmelte eine Entschuldigung, während er sich weiter an die Wand zurückzog.

Die Bezwinger rappelten sich auf und rannten nach draußen in die Nacht. Panta war bereits im Nebel jenseits der Gebäude verschwunden. Die Bezwinger drehten sich um und setzten der fliehenden Maggie hinterher. Offensichtlich jagten sie jeden, der vor ihnen davonrannte. Orick blickte durch die Reihe von Fenstern hinter sich und bemerkte, wie der dritte Bezwinger, ein Fährtensucher, um das Gebäude herum in die andere Richtung rannte. Er wollte Maggie den Weg abschneiden.

Orick wußte nicht, wie er Maggie am besten helfen konnte, deshalb brüllte er herausfordernd und stürzte zu Tür hinaus. Er folgte den beiden Riesen in der Hoffnung, daß er sie von hinten angreifen und das Überraschungsmoment ausnutzen konnte, falls es nötig wurde.

Er hatte eben die Ecke des Apartmentgebäudes bei den heißen Pools erreicht, als drei völlig gleich aussehende Männer mit Flammrohren in den Fäusten an ihm vorbeistürzten. Orick sprang zur Seite, um ihnen Platz zu machen und fragte sich, wer sie sein mochten.

Mit dem charakteristischen Zischen und Knallen bei einem Aufprall, wenn die chemischen Kugeln entflammten, brach hinter der Wohnanlage ein Feuergefecht mit Flammrohren aus. Orick kam an den letzten Apartments vorbei und erblickte den Kampfplatz. Einige Leute lieferten sich eine wilde Schießerei mit einem der Bezwinger. Die Spuren der weißglühenden Geschosse fuhren durch den Himmel. Die beiden anderen Monster brannten bereits.

Mehrere Gravcars waren auf einem Feld abgestellt, und eins jagte gerade davon.

Panta hatte sich hinter einem Gleiter zusammengekauert. Sie duckte sich tief auf den Boden. Als sie Orick erblickte, brüllte sie ihm zu, in Deckung zu gehen.

Orick sah, wie erst einer, dann ein zweiter menschlicher Verteidiger von Brandgeschossen getroffen wurden, doch der Bezwinger war umzingelt. Binnen weniger Sekunden ging auch er in Flammen auf.

Eine Zeitlang rannten die Leute noch wild zwischen den Fahrzeugen hin und her und riefen laut. Dann verschwanden sie nach Norden in die Dunkelheit und den Nebel. Der Parkplatz war von den brennenden Gleitern und Leichen hell erleuchtet.

Panta stürmte durch den Rauch auf Orick zu. »Laß uns hier abhauen!« rief sie ihm zu und rannte in Richtung eines großen Magcars.

»Ich kann nicht!« brüllte Orick über das Tosen der Flammen. »Ich muß Maggie finden!«

»Sie ist in dem Aircar weggeflogen«, sagte Panta. »Komm jetzt!«

Orick blieb einen Moment erstaunt stehen. Es war noch nie vorgekommen, daß Maggie ohne ihn verschwunden war. Aber es ergab einen Sinn. Wenn er nicht so scharf auf Panta gewesen wäre, hätte er Maggies Warnung mehr Beachtung geschenkt. Er war froh, daß sie entkommen war.

»Hast du die Männer gesehen?« rief Orick Panta von hinten zu, während er versuchte, sie einzuholen. »Sind das alles Zwillingsbrüder?«

»Nein«, sagte Panta. »Das waren Jaggets. Wenn es auf der Welt etwas gibt, dem ich weniger traue als einem Drononen, dann ist es ein Jagget. Und deine Freundin ist mit ihnen unterwegs.«

Panta sprang in das übergroße Magcar. Orick kletterte auf den Sitz neben ihr. »Wagen, das Dach herunter! Bring mich nach Hause. Schnell!« befahl Panta dem Autopiloten. Ein gläsernes Dach senkte sich von hinten über ihre Köpfe, und die Triebwerke des Wagens heulten auf. »Was stimmt denn nicht mit einem Jagget?« fragte Orick, während der Wagen sich erhob und an den flammenden Wracks vorbeiglitt.

»Das kann man kaum mit Worten beschreiben«, sagte Panta. »Sie waren früher die Protektoren dieses Planeten, aber seit die Drononen ihn besetzt haben, sind alle Jaggets verrückt geworden. Wahrscheinlich sind sie zu viele Generationen lang geklont worden. Jetzt zerfällt ihre DNA nach und nach. Jede neue Generation ist genetisch instabiler als die vorhergegangene.«

Orick hatte keine Ahnung, wovon Panta sprach, und es war ihm auch egal. Im Augenblick war er völlig ausgelassen. Er saß mit einer netten jungen Bärin in einem geschlossenen Wagen, und sie war in Hitze. Ihr Geruch ließ ihn schwindlig werden. Wenn man noch die ganze Aufregung der letzten Tage und die Müdigkeit dazunahm, dann war es kein Wunder, daß der arme Orick keinen klaren Gedanken mehr fassen konnte. Pantas Wagen rauschte über die Straße nach Süden, auf der Orick vor ein paar Stunden angekommen war. Orick fühlte sich trotz seiner Erregung nervös und verwundbar. Am liebsten hätte er sich irgendwo versteckt. Nach einer ewig dauernden Fahrt bog das Magcar plötzlich von der Straße ab und fuhr durch die Berge, bis es vor einem kleinen Steinhaus auf einer Erhebung hielt. Aus den Fenstern des Gebäudes schien warmes Licht. Orick konnte von draußen einen schönen steinernen Kamin in einem Eßzimmer mit einem großen einladenden Tisch erblicken. Vor den Fenstern hingen von innen Töpfe mit leuchtenden kleinen Blumen. Er war sehr beeindruckt. Auf ganz Tihrglas hatte noch nie ein Bär ein so wunderschönes Heim besessen.

Orick war noch immer nervös. Der Motor verstummte, und das Glasdach schob sich zurück. Er blieb einen Augenblick sitzen, und als ihn die kalte Luft traf, nahm er einen tiefen Atemzug. Dampf stand vor seinem Maul. Panta sah ihn an und gab ein sanft quengelndes Geräusch von sich. »Kommst du jetzt mit mir rein?«

Aus ihm unerklärlichen Gründen lief Orick das Wasser im Maul zusammen. Er wußte, daß er seine Unschuld verlieren würde, wenn er mit Panta das Haus betrat. Erst vor wenigen Tagen hätte er beinahe sein Keuschheitsgelübde abgelegt, und jetzt saß die reine Versuchung neben ihm, zwinkerte mit ihren großen braunen Augen und erfüllte den Wagen mit dem Duft ihres Verlangens.

In den letzten paar Tagen hatte Orick eine Menge erlebt. Er hatte den Frieden auf Cyanesse genossen, und er hatte gedacht, er sei im Himmel. Er hatte die Gerippe der toten Kinder in der Hölle von Bregnel gesehen und die vergiftete Luft geatmet. Er hatte Everynnes Macht gesehen, als sie auf Fale beinahe den Terror losgelassen hätte, und das alles hatte ihn tief beeindruckt. Ließ Gott ihn hinter die Berge sehen, wo noch nie ein anderer Bär gewesen war? War dies hier seine Belohnung dafür, daß er versuchte, Gott zu dienen? Oder hatte Gott ganz andere Pläne im Sinn? Konnte es sein, daß Gott ihm nur die große Vielfalt zeigen wollte? Und wie paßte Panta in diese Pläne?

Einige Priester auf Tihrglas waren davon überzeugt, daß Gottes Worte zu Adam und Eva, »wachset und mehret euch«, für alle galt.

Doch Orick hatte immer gedacht, daß er sich Gott nur dann

vollkommen hingeben konnte, wenn er vorher sein Keuschheitsgelübde ablegen würde.

O Gott, flüsterte Orick betend, du hast mich hierhergeführt. Ich hätte ihren Versuchungen widerstanden, aber du hast mich hierhergeführt. Ich schwöre, daß ich nach dieser einen Nacht auf den Knien zu dir zurückkriechen werde, und dann werde ich auch mein Keuschheitsgelübde ablegen.

Panta wartete noch immer auf Oricks Antwort und fragte heiser: »Orick, haben diese Bezwinger nach dir gesucht?«

»Ich glaube ja«, gab er zu.

Ihre Augen wurden noch größer. Sie leckte sich über die Lippen und flüsterte: »Ich finde das sooo aufregend!«

Als sie ihn in ihr Haus führte, bebte Orick innerlich in Erwartung dessen, was bald geschehen würde.

Maggie erwachte in einem gelben Dunstschleier. Sie hörte eine Stimme reden und bemerkte, daß es ihre eigene war. Fragen, die jemand anders stellte, gingen ihr durch den Kopf. Wo ist Semarittes Klon? Warum habt Ihr Primarius Jagget angelogen? Wo wolltet Ihr Semarittes Klon treffen? Wie viele Terrors führt Semarittes Klon bei sich? Ihr habt erzählt, daß Veriasse und der Klon verschiedene, sich widersprechende Geschichten über ihre Pläne erzählt haben – woher wollt Ihr wissen, daß sie nicht auf allen Welten, die sie besucht haben, Terrors zurückließen?

Die Fragen dröhnten in Maggies Kopf. Sie zwang sich, nicht weiter zu antworten. Ihre Stimme verstummte. Maggies Schädel fühlte sich an, als würde er jeden Augenblick zerspringen. Eine Art Schraubstock zerquetschte ihre Schläfen. Sie versuchte, die Arme zu bewegen und zu strampeln, doch sie schaffte es nicht.

In der Nähe sagte Jagget oder einer seiner Klone: »Schnell, sie muß wieder sediert werden!«

Maggie schrie auf: »Nein!« Dann wurde sie erneut von der Kälte verschluckt.

Als sie wieder erwachte, hatte sie immer noch Kopfschmerzen. Sie wußte nicht, wieviel Zeit vergangen war. Sie befand sich in einem kleinen kalten Zimmer, das aus Stein erbaut war. Es gab kein Tageslicht, keine Fenster, keine Möbel. Die weißen Wände waren so rissig wie rauhe Haut. Maggie betastete ihren Kopf. Man hatte ihr den Mantel weggenommen. Kälte ergriff von ihr Besitz, und sie merkte, daß ihre Kleider und ihre Stiefel ebenfalls verschwunden waren. Sie besaß nur noch den blassen grünen Umhang, den sie nun schon einige Tage trug. Das Zimmer war völlig leer, sah man von dem Dreck auf dem Boden ab.

Ihre Zelle besaß nur eine Tür.

Maggie erhob sich vom Fußboden und näherte sich ihr. Die Tür glitt auf. Zwei Jaggets standen auf der gegenüberliegenden Seite des Korridors und grinsten sie an. Sie waren in saubere, gleichfarbige militärische Arbeitsanzüge gekleidet.

»Ist einer von Euch Primarius Jagget?«

Die beiden Jaggets schüttelten gleichzeitig die Köpfe. Einer von ihnen antwortete: »Er läßt Euch fragen, ob Ihr mit ihm zu Mittag essen wollt.«

»Mittagessen? War ich die ganze Nacht weggetreten?« fragte Maggie.

»Ja«, antwortete der Jagget. »Wir betrachteten es als erforderlich, Euch einer Sedierung zu unterziehen. Wir mögen es nicht, wenn Fremde in unserem Gebäude herumspazieren.« Maggie blickte dem Jagget tief in die dunklen Augen und sah ein Glitzern, das ihr irgendwie wahnsinnig erschien. In der letzten Nacht hatte sie eine instinktive Ablehnung dagegen verspürt.

»Ich habe es bemerkt«, sagte sie leise.

»Sollen wir Euch hinführen?« bot der andere Jagget an.

»Bitte.« Maggie nickte und wartete, daß einer der beiden vorangehen würde, um ihr den Weg zu zeigen.

»Wir mögen es nicht, vorauszugehen«, sagte ein Jagget. »Bitte, Ihr zuerst.«

»Aber ich kenne den Weg doch gar nicht!«

»Geht nur«, erwiderte der Jagget. »Wir sagen Bescheid, wenn Ihr abbiegen müßt.«

Maggie zuckte die Schultern und setzte sich in Bewegung. Sie kamen durch eine schmutzige Halle, die offensichtlich nicht mehr benutzt wurde. An einer Abzweigung sagte ein Jagget:

»Nach rechts.« Er führte sie durch eine unterirdische Fabrik. Überall waren Jaggets, die in braunen Overalls Container hin und herschoben, Kontrollstationen bedienten oder andere Jaggets beaufsichtigten. Die Bauteile waren seltsam, und Maggie konnte ihren Zweck nicht erkennen. Sie schienen für eine Art neuen Personenflieger bestimmt zu sein.

Sie stiegen einige Treppen hinauf und erreichten die Oberfläche. Es war ein kalter Tag. Der Himmel war blau, und überall lag frischer Schnee. Als Maggie die Gebäude im Tageslicht betrachten konnte, stellte sie fest, daß sie sich in irgendeiner militärischen Einrichtung zu befinden schien. Verschiedene Türme waren mit Waffenschächten ausgerüstet. Am Stadtrand erkannte sie schwere Generatoren, die starke Energieschilde versorgten. Jetzt bemerkte sie auch das schwache Schimmern am Himmel über ihr, wo das Sonnenlicht sich an den Schilden brach.

Sie stiegen eine breite Treppe empor, die zu einem prächtigen Haus mit großen Marmorsäulen führte. Primarius Jagget saß unter dem Säulengang an einem weißgedeckten Tisch in der Sonne. Der Tag kam Maggie nicht besonders warm vor. Fast überall bedeckte Schnee die Landschaft, doch Jagget räkelte sich in der Sonne, als wäre es mitten im Sommer an einem schönen milden Tag. Das Essen wartete. Auf dem Tisch standen gefüllte Weinkrüge und silberne Platten voll dampfender Speisen. Zwei Jaggets waren damit beschäftigt, Gemüse auf den Tellern auszuteilen.

Primarius Jagget erhob sich, als Maggie die letzten Stufen hinter sich gebracht hatte. »Seid gegrüßt, Maggie! Gut, gut! Habt Ihr nach Eurer kleinen Kletterpartie Durst?« Sie wunderte sich, warum er nicht fragte, ob sie nach ihrem Verhör durstig sei.

Sie *war* durstig, und sie mußte dringend pinkeln, doch sie wollte es Jagget gegenüber nicht zugeben. Sie war wütend, aber sie behielt ihren Ärger unter Kontrolle. Jagget ergriff einen Weinkrug und reichte ihn Maggie.

Ein kühler Wind wehte über die Felder von Wechaus. Maggie zog ihren Umhang fest zusammen. Primarius Jagget erhob sein

Glas zu einem Trinkspruch und sagte: »Auf mein Königreich!« Er machte eine weit ausholende Geste auf das Land ringsherum.

Maggie hatte nicht die Absicht, mit ihm anzustoßen und fragte sich, ob er beleidigt reagieren würde. Primarius Jagget bemerkte ihr Zögern und sagte: »Ihr braucht nicht so zu tun, als würdet Ihr mich mögen. Ich versichere Euch, daß es für eine Frau sogar ziemlich ungewöhnlich wäre, wenn sie ein romantisches Interesse an einem Jagget entwickeln würde. Als ich noch allein war, schien es Frauen zu geben, die bereit waren, mir ihr Herz zu schenken. Aber heute bin ich ein Organismus mit Hunderttausenden von Individuen, die meine Zellen bilden. Die Menschen ... sie zögern, mich zu akzeptieren. Ja, als ich noch ein junger Mann war, da jubelten sie mir zu und hielten mich für einen Idealisten. Und jetzt, wo ich ein alter Mann bin, verspotten sie mich als einen irren Fanatiker. Obwohl sich meine guten Absichten niemals geändert haben. Ich versichere Euch, daß ich an Verachtung gewöhnt bin.«

»Ich ... ich verachte Euch nicht«, sagte Maggie.

»Ah, Ihr habt Mitleid«, sagte Jagget. »Ein viel edleres Gefühl. Oder ist es Furcht? Ein viel vernünftigeres Gefühl.«

Ja, beides, dachte Maggie. Aber sie wollte nicht darüber reden. Sie wollte das Thema wechseln. Sie blickte über das Tal und sah einen Minenschacht, der zu ihrer linken Seite aus dem Berg kam. Vier Jaggets fuhren mit einem Wagen auf den Eingang zu. Der Wagen hatte einen Anhänger, auf dem ein großer weißer Ballon lag. Als sie bei der Mine ankamen, hielt der Wagen, und die Jaggets stiegen aus. Einer kletterte auf den Anhänger und öffnete ein paar Verschlüsse an dem weißen Ballon. Ein Deckel sprang auf und enthüllte das hohle Innere wie bei einem Ei. Die Jaggets standen beieinander und unterhielten sich für einen Augenblick. Einer von ihnen lachte und klopfte den anderen auf die Schultern. Offensichtlich verabschiedete er sich von ihnen. Dann kletterte er in das Ei und schloß es von innen. Die anderen überprüften, ob das Ei richtig geschlossen war. Dann fuhren sie den Wagen in den Minenstollen.

»Was machen diese Männer da?« fragte Maggie.

»Ach, die. Sie lagern einige Leute von unserem Personal ein«, antwortete Primarius Jagget.

»Was meint Ihr mit ›einlagern‹?« fragte Maggie. Sie wünschte sich ihren Mantel zurück.

»In Stasiskammern. Wir sind ein besiegter Planet, wie Ihr wißt. Wir könnten versuchen, in Raumschiffen vor den Drononen zu fliehen, aber die Kosten würde selbst ich nicht tragen können. Deshalb lagere ich einige meiner Klone ein. Ich werde sie wieder aufwecken, wenn das politische Klima angenehmer geworden ist.«

Maggie schüttelte den Kopf und wunderte sich über den Mann. Sie stürzte ihren Wein in einem Zug herunter. Vielleicht war es angebracht, bei dieser Begegnung betrunken zu sein.

»Ich möchte mich entschuldigen, daß ich Euch gefangengenommen und unter Drogen gesetzt habe«, sagte Jagget. »Ich mußte Euch nach Waffen durchsuchen. Ich konnte Euch bei dieser Untersuchung nicht bei Bewußtsein lassen. Wollt Ihr eigentlich nicht erfahren, woher ich wußte, daß Ihr in meiner Zukunft auf Fale sein würdet?« Das Grinsen auf Jaggets Gesicht verriet ihr, daß sie es früher oder später sowieso herausfinden würde.

»Woher?« fragte Maggie.

»Von den Drononen«, gab Jagget zur Antwort. »In der letzten Woche ist sehr viel Verstärkung durch ein Tor auf dem Planeten angekommen. Sie hatten Holotapes bei sich, die zeigten, wie Ihr und Eure Freunde die Drononen bei Eurer Flucht von Fale erpreßt haben. Ich fand es faszinierend, eine Nachrichtensendung aus unserer eigenen Zukunft zu verfolgen. Aber die Drononen mußten noch einige andere Informationen besitzen, denn sie vermuteten, daß Everynne und Veriasse allein hier ankommen würden. Jedenfalls waren die Aufnahmen von Euch und Eurem Freund, dem Bären, nicht ganz scharf. Ich habe sie nachbearbeitet. Die Drononen besitzen einen Torschlüssel, mit dem sie in die Vergangenheit reisen können. Sie haben ihn benutzt und auf allen ihren Welten verzweifelt nach den Terrors gesucht. Und weil Wechaus ein von ihnen eroberter Planet ist und weil es Gerüchte gibt, daß dieser Planet ein Tor besitzt, das direkt nach Dronon führt, haben die Lords des Schwarms sehr viel Aufmerksamkeit geschenkt.« Primarius Jagget stand hoch aufgerichtet da, den Weinkrug in der Hand. Er war offensichtlich zufrieden mit sich.

»Und was werdet Ihr jetzt mit mir tun?« fragte Maggie.

Primarius Jagget zuckte mit den Schultern. »In wenigen Augenblicken werden wir eine Live-Sendung Eurer Heldentaten auf Fale empfangen. Die Drononen suchen schon die ganze Nacht nach Euch. Sie versuchen, die Öffentlichkeit gegen Euch aufzuwiegeln. Wenn die Leute erst glauben, daß Everynne hier einen Terror zurücklassen will, dann wird man ihr einen typischen Wechaus-Empfang bereiten, fürchte ich. Einen äußerst kühlen Empfang.«

»Aber Ihr wißt, daß das nicht stimmt!« sagte Maggie. »Everynne würde niemals einen Planeten zerstören!«

»Ich weiß überhaupt nichts!« erwiderte Jagget scharf. »Everynne hat auf mindestens drei verschiedenen Welten sich widersprechende Geschichten erzählt. Sie ist eine talentierte Lügnerin; mehr weiß ich nicht über sie. Und sie läßt keine Gelegenheit aus, ihre Kunst zu üben!«

»Was werdet Ihr mit ihr machen?« fragte Maggie.

Primarius Jagget lächelte und strich sich über den Spitzbart. »Das werde ich erst entscheiden, wenn ich sie in meiner Hand habe.«

17

Orick erwachte in Pantas Haus. Das Feuer im Kamin war niedergebrannt, und die beiden Bären lagen erschöpft auf dem Boden, ausgestreckt wie Kaminvorleger. Die Nacht hatte sich zu einer himmlischen Tortur entwickelt. Panta hatte Orick nach drei Stunden völlig erschöpft, seine Dienste aber noch zwei Stunden länger in Anspruch genommen. Orick erkannte jetzt, daß die Rangordnungskämpfe zwischen den männlichen Bären zu Hause auf Tihrglas einem wichtigen Zweck gedient hatten.

Die Sieger bei diesen Kämpfen hatten in der Regel die größte Ausdauer. Pantas Wünsche hatten Oricks Ausdauer bis an die Grenzen gefordert. Jetzt lag er neben Panta und betrachtete sie. Sie war wunderschön. Sie besaß einen weichen, dicken Pelz und eine schön geformte Schnauze. Ihre Krallen waren poliert und besaßen einen hellen Glanz.

Orick erhob sich leise und ging in die Küche. Auf dem Tisch stand eine Schale mit frischem Obst. Während er sich bediente, machte er sich Gedanken um Maggie. Er fühlte sich schuldig, weil er ihr nicht gefolgt war, nicht versucht hatte, ihr zu helfen. Er hatte in der letzten Nacht nur an Panta gedacht.

Die Bärin rührte sich im anderen Zimmer, und Orick rief ihr zu: »Diese schamlosen Burschen, mit denen Maggie verschwunden ist . . .«

»Die Jaggets?«

»Ja, die«, sagte Orick. »Wo haben sie Maggie wohl hingebracht?«

»Irgendwohin«, sagte Panta und tapste in die Küche. Sie blieb auf allen vieren im Eingang stehen und streckte die Vorderpfoten aus, um sich ausgiebig zu recken. Ihr Hinterteil ragte in die Höhe. »Überall auf dem Land finde man Jaggets. Aber vielleicht sollte ich dich zuerst fragen, warum sie Maggie geschnappt haben, bevor ich dir sage, wohin man sie gebracht haben könnte?«

Panta wußte bereits, daß Orick von Tihrglas stammte. Jetzt berichtete er ihr von seinen Abenteuern mit Maggie und Gallen. Er erzählte die ganze Geschichte, ohne irgend etwas zu verschweigen. Einem Menschen gegenüber wäre er niemals so offen gewesen. Obwohl viele Bären mit der Zeit grantig und reizbar wurden, hatte es noch nie einen geldgierigen oder habsüchtigen Bären gegeben. Und gerade die Habsucht führte viele Menschen auf Abwege.

»Wenn die Jaggets Maggie mitgenommen haben, um sie vor den Drononen in Sicherheit zu bringen, dann steckt sie in einer ihrer Festungen«, sagte Panta. »Es ist unmöglich für einen Bären, da hinein zu gelangen. Ich würde es nicht einmal versuchen, wenn ich du wäre.«

»Das arme Kind«, sagte Orick. »Sie hatte ein so hartes Leben. Und jetzt habe ich noch mehr zu ihrem Kummer beigetragen!«

»Vielleicht können deine Freunde ihr helfen, wenn sie ankommen«, sagte Panta. Orick grunzte dankbar für ihr Verständnis, und sie leckte ihm das Gesicht.

Die Türglocke läutete. Panta ging ans Fenster und sah hinaus. »Bezwinger!« flüsterte sie. »Versteck dich!«

Sie eilte in den Flur und öffnete die Tür. Eine tiefe Stimme erklang: »Bürgerin, aus den Akten geht hervor, daß Ihr gestern abend in Flaming Springs gewesen seid.«

»Das stimmt«, sagte Panta. »Ich habe mit einem Freund dort zu Abend gegessen, und wir waren schwimmen.«

»Wart Ihr dort, als die Schießerei stattfand?«

»Ach, es gab eine Schießerei?« fragte Panta in gespielter Unschuld. »Das wußte ich ja gar nicht. Ich bin ziemlich früh gegangen, wißt Ihr.«

»Es ist seltsam, wie viele Leute gestern ziemlich früh gegangen sind«, sagte der Bezwinger.

»Ich war wirklich nur kurze Zeit da«, sagte Panta. »Ich ging nur hin, um mir einen Partner zu suchen. Es ist die Jahreszeit.«

»Wart Ihr erfolgreich?«

»Ja, ein alter Freund namens Footh. Es ist noch keine Stunde her, daß er gegangen ist. Er wird Euch alles bestätigen!«

»Wir werden mit ihm sprechen, Bürgerin«, knurrte der Bezwinger.

Panta schloß die Tür und kam schnell zu Orick zurück. Dann sprach sie mit einem Gitter in der Wand. Sie redete mehrere Minuten, bevor Orick erkannte, daß sie sich mit Footh unterhielt. Sie benutzte kurze verschlüsselte Redewendungen, um sicherzugehen, daß er ihre Geschichte bestätigen würde.

»Bleib zu Hause«, sagte Footh. »Die Bezwinger sind überall auf den Straßen. Die Holovid-Sender haben berichtet, daß jemand mit einem Terror von Fale entkommen ist. Die Bezwinger haben letzte Nacht versucht, die Leute hier einzufangen.«

Panta bedankte sich bei ihm und sagte: »Aus.« Das Gitter knackte hörbar und war stumm. In den letzten paar Tagen hatte Orick so viele Wunder gesehen, daß es ihm nur logisch erschien, wenn Leute, die zwischen Welten hin- und herwanderten, auch miteinander reden konnten, obwohl sie meilenweit voneinander entfernt waren.

»Tja, du hast ihn gehört«, sagte Panta. »Wir müssen heute im Haus bleiben. Wir könnten versuchen, die Jaggets anzurufen und fragen, ob wir mit deiner Freundin reden dürfen, aber die Drononen werden alle Gespräche überwachen. Ich glaube nicht, daß wir irgend etwas tun können, bevor deine Freunde eingetroffen sind.«

Orick blickte sich verzweifelt im Haus um. Er fragte sich, was er als einfacher Bär unternehmen konnte.

»Der Dummkopf stürzt in blinder Eile den felsigen Pfad herab, während der überlegene Bär sieht, wohin er tritt«, sagte Orick und erinnerte sich an die einzige Weisheit, die er ausgraben konnte. »Ich hätte niemals hierher kommen dürfen. Wenn ich könnte, würde ich sofort aufbrechen. Ich fürchte, ich habe alles verpfuscht.«

»Du hast gar nichts verpfuscht«, sagte Panta. »Schau nur, deine Freunde sind in allen Nachrichten. Sie werden ohne dich wahrscheinlich genauso schnell gefangen, als wenn du bei ihnen wärst.«

»Das ist nicht wahr. Maggie und ich haben in ein Hornissennest gestochen. Und jetzt kommt Gallen durch das Tor und wird geschnappt! Ich muß etwas dagegen unternehmen, Panta. Sobald es dunkel wird, werde ich losziehen und Gallen warnen.«

Panta schaute ihn lange an. »Glaubst du wirklich, daß diese Everynne ein guter Mensch ist?«

»Oh, wie wir auf Tihrglas so schön sagen: Die Frau ist reinste Sahne«, versicherte Orick ihr. »Ich würde ihr mein Leben anvertrauen.«

»Du vertraust ihr das Leben aller Menschen auf dieser Welt an«, sagte Panta.

»Auch das, ohne Frage.«

»Dann komme ich mit dir«, erbot sich Panta. »Du brauchst eine gute Ausrede. Und zwei Bären, die einen Ausflug machen, sind nichts Ungewöhnliches.«

Orick lächelte sie an. Sie verbrachten den Tag im Haus. Sie aßen alles, was sie fanden, und tobten ausgelassen herum, wenn ihnen danach war. Panta arbeitete in einer Textilfabrik und entwarf Stoffmuster. Sie zeigte Orick ein paar Proben. Orick gefiel ihre Kunst über alle Maßen. Die Stoffe waren in den Farben des Waldes, lauter Grün- und Grautöne. Panta zeichnete Kieselsteine unter rauschenden Bächen, und Sonnenlicht, das durch Blätter hindurch schien, und die Schatten des Himmels. Viele ihrer Muster zeigten Bären. Junge, die über dunkle Wiesen tollten, ein alter Bär, der den Mond betrachtete.

Orick betrachtete die Stoffe, und in seiner Phantasie hörte er Worte und Geräusche. Bärenstimmen unterhielten sich; eine Sau grunzte, als sie die Erde nach Knollen durchwühlte. Die Bilder weckten sein Unterbewußtsein. Während des Betrachtens machte er eine Reise zurück in die Zeit der Ursprünge der Bären und begann zu träumen.

Obwohl Pantas Volk die Wildnis verlassen hatte, war die Wildnis bei ihm geblieben. Er würde Panta vermissen, und er würde Wechaus vermissen, wenn er abreiste.

Abends, als die Dunkelheit hereinbrach, fand Orick keinen Schlaf. Gallen und die anderen würden erst kurz vor Anbruch der Morgendämmerung durch das Tor kommen, doch Orick war begierig darauf, in die Berge zu gehen und eine Nachricht vorzubereiten, die Gallen warnte.

Nervös ging er auf allen vieren durchs Haus. Seine Klauen schleiften über den Hartholzboden. Endlich war es Mitternacht. Panta sagte: »Laß uns gehen«, und sie begaben sich zum Magcar.

Dann fuhren sie über die dunklen Straßen.

Einmal kamen sie an einem Konvoi von Maglastern vorbei, voll besetzt mit Bezwingern, die große Truppenbewegungen durchzuführen schienen. Ein anderes Mal begegnete ihnen eine umherstreifende Patrouille, und Orick wurde nervös. Er spähte auf die verschneiten Berge, bis er den Pfad entdeckte, den Maggie und er vom Tor herabgekommen waren. Er veranlaßte Panta, langsamer zu fahren und das Glasdach einzuziehen. Sobald es sich öffnete, witterte er Bezwinger.

»Setz mich hier ab, und dann verschwinde«, brummte Orick. Er konnte nicht riskieren, daß Panta sich angesichts der überall patrouillierenden Bezwinger in der Nähe aufhielt.

»Ich werde dich wieder abholen«, sagte sie.

Orick betrachtete ihr Profil in der Dunkelheit und spürte das Verlangen, für immer mit ihr zusammenzuleben. »Ja, tu das«, sagte er und sprang aus dem Sitz des fahrenden Wagens. Panta fuhr weiter.

Orick beschnüffelte den Boden. Die Bezwinger waren hier vorbeigekommen und den Weg hinauf marschiert. Ein kalter Wind wehte von den Bergen herab und trug ihre Witterung zu ihm. Mit gesenktem Kopf stapfte Orick los.

Er benötigte fast eine Stunde, um eine kleine Erhebung zu erreichen. Der feurige Ring des Planeten, der von Horizont zu Horizont über den Himmel verlief, spendete fast soviel Licht wie ein Mond. Orick blickte auf eine flache Ebene und roch die Nähe der Bezwinger schon lange Zeit, bevor er sie schließlich entdeckte.

Sie waren zu dritt und saßen unbeweglich wie Statuen im Schnee. Sie hatten sich unter einem weißen Tuch verborgen und hielten Wache. Orick war überrascht, daß sie nur zu dritt und so weit weg vom Tor waren. Offensichtlich waren sie den Spuren gefolgt und hatten gesehen, wo das Airbike aus der Luft materialisiert war. Aber vielleicht konnten sie ihr Glück nicht fassen, oder sie hatten nicht erkannt, daß der zertrampelte Schnee die rückseitige Öffnung eines Weltentors war.

Orick beobachtete die Bezwinger eine Zeitlang. Dann studierte er die Umgebung. Er konnte die düsteren schneebedeckten Spitzen der Berge und die steilen Hänge an den Seiten sehen. Das Problem war, daß er nicht um die Wachen herum zur Toröffnung gelangen konnte, ohne daß sie ihn erspähen. Die Bezwinger hatten ihren Wachtposten aus dem Grund hier aufgestellt, weil sie von hier aus das Gelände nach allen Seiten überblicken konnten.

Orick wartete. Unter den gegebenen Umständen blieb ihm nichts anderes übrig, als die ganze Nacht zu warten. Wenn Gallen und Everynne den Berg herunterkamen, würde er brüllen oder sie sonstwie vor dem Hinterhalt warnen, bevor er sich in den Kampf stürzte. Bis dahin konnte er nichts tun.

Nach etwa einer Stunde erhoben sich zwei der riesigen Bezwinger und setzten sich entlang eines Geländerückens in Marsch. Es schien, als wären sie abkommandiert worden. Orick entschied sich zum Angriff.

Er kroch von seiner Erhebung hinunter. Seine Pfoten tapsten durch den Schnee.

Als er bis auf ein paar Dutzend Meter herangekommen war, drehte sich der einsame Bezwinger um und starrte für einen Augenblick in Oricks Richtung. Der Bär huschte in die Deckung von Felsbrocken. Er erstarrte, spähte aus den Schatten hervor und wagte nicht, sich zu rühren, bis der Bezwinger sich wieder umdrehte.

Dann stürmte Orick vor und sprang den Bezwinger von hinten an, umklammerte die Schulter des Gegners und versuchte, mit dem Maul an seine Kehle zu kommen. Der Bezwinger stürzte nicht. Er packte sein Flammrohr am Lauf und schlug Orick den Kolben ins Gesicht, doch Orick legte nur die Arme um den Riesen und riß mit den Krallen an seiner Haut.

Der Bezwinger feuerte das Flammrohr ab; dann warf er sich zu Boden. Orick rollte von ihm weg, drehte sich herum und sprang den Bezwinger erneut an. Diesmal bekam er ihn am Adamsapfel zu packen. Der Bezwinger zog ein schweres Messer aus der Scheide und stieß es Orick in die Schulter, wobei er einige Sehnen durchtrennte. Mit einer Tatze schlug Orick dem Bezwinger quer über das Gesicht. Der Bezwinger fiel zu Boden, und Orick riß ihm die Kehle aus dem Hals.

Als der Bezwinger tot im Schnee lag, drehte Orick sich um und rannte den Pfad entlang, auf dem er mit Maggie materialisiert war.

Er hatte mit Gallen schon vor langer Zeit ein geheimes System von Zeichen vereinbart, mit dem sie sich gegenseitig vor Gefahren auf der Straße warnen konnten. Orick hinterließ seinen Pfotenabdruck im Schnee und kratzte zwei Kerben dazu. Er war nicht sicher, ob Gallen noch in der Dunkelheit oder erst nach Tagesanbruch eintreffen würde, deshalb wälzte er sich rings um die Markierung im Schnee und trampelte ihn platt. Seine Nachricht würde auf diese Weise eher auffallen.

Anschließend wandte er sich bergab und marschierte zur Straße zurück.

Auf halbem Weg nach unten bemerkte er, daß seine Schulter schmerzte. Er begann zu hinken. Blut strömte aus seiner Wunde. Er hatte es in der Hitze des Kampfes gar nicht bemerkt.

Er leckte an seiner Wunde und eilte weiter den Berg hinab. Panta war nirgendwo zu sehen. Orick stöhnte leise und humpelte auf drei Beinen die Straße entlang. Er beobachtete aufmerksam seine Umgebung und hoffte inbrünstig, daß er keiner Patrouille in die Arme lief.

Die Kälte der Nacht kroch ihm in die Glieder, und er verlor ständig Blut. Er fühlte sich klein und hilflos hier draußen in der Wildnis, so weit weg von zu Hause. Einmal hörte er Stimmen und hob ängstlich den Kopf. Er glaubte nicht, daß er noch in der Lage war, sich rechtzeitig in Sicherheit zu bringen; dann aber stellte er fest, daß er phantasiert hatte. Er fühlte sich immer schwächer und setzte sich für einige Zeit an den Straßenrand. Ein vorbeikommendes Fahrzeug schreckte ihn auf, und er kroch in die Schatten. Schließlich machte er sich wieder auf den Weg nach Norden. Er fragte sich ängstlich, was aus Panta geworden war.

Plötzlich hörte er in einiger Entfernung rechts vor sich die tiefen Stimmen von Bezwingern. In Oricks Kopf begann sich alles zu drehen. Er war so schwach, daß er nicht mehr von der Straße wegspringen konnte.

Gallen blickte auf die Überreste des Bären. Viele Knochen waren vollkommen verbrannt. Es sah aus, als hätte der Bär versucht, sein Gesicht mit den Pfoten vor den Flammen zu schützen, als er starb. Gallens Schmerz war so tief, so bitter, daß er nicht einmal weinen konnte. Er fühlte eine heftige und kalte Wut, die nach Rache verlangte. Veriasse schüttelte traurig den Kopf. »Wir müssen weiter. Unser Freund hat sein Leben geopfert, um uns zu warnen. Laßt uns seine Warnung beachten.«

Veriasse schaltete das Triebwerk seines Airbikes ein, wendete und fuhr auf dem Pfad zur Straße zurück. Everynne zog ihr Bike neben Gallen und legte ihm die Hand auf die Schulter. »Ich weiß nicht, was du jetzt denkst. Ich weiß nicht, was du vorhast. Aber wir können nichts mehr für Orick tun.«

»Ich weiß«, sagte Gallen. Er blinzelte kurz in die Morgensonne und zog seinen Umhang straffer, um sich vor der Kälte zu schützen. Sie fuhren mit ihren Bikes zur Straße zurück und dann nach Norden.

Zwanzig Minuten lang fuhren sie schweigend nebeneinander. Nach und nach beschlich Gallen ein eigenartiges Gefühl, als ob sie überwacht würden. Als sie durch ein Tal kamen, wurde dieses Gefühl so übermächtig, daß Gallen anhielt und forschend über die weißen, leeren Hügel blickte. Hier wuchsen keine Bäume; keine Vögel sangen in den Sträuchern. Nichts bewegte sich. Sogar der Wind schwieg. Trotzdem spürte Gallen, daß man sie beobachtete.

Veriasse hielt neben ihm. »Du spürst es also auch?« fragte er.

»Ja. Aber ich kann nichts entdecken«, erwiderte Gallen. »Nichts rührt sich.«

Veriasse blickte sich sorgsam um. Nur seine feurigen blauen Augen bewegten sich. »Und genau das macht mir Sorgen. Gallen, benutze deinen Mantel. Versuch, ob du irgendwelche Funksprüche auffangen kannst. Laß den Mantel insbesondere die Militärkanäle überwachen.«

Veriasse zog seine Handschuhe aus und hob die Hände in die Höhe, als wollte er sich einem unsichtbaren Feind ergeben.

Gallen schloß die Augen und machte seine Sinne frei. Plötzlich klangen die Triebwerke der Bikes überlaut. Gallen horchte auf Geräusche, die sich darunter verbergen konnten. Dann begann der Mantel, die Funkfrequenzen durchzugehen. Bilder von kommerziellen Holosendungen jagten durch Gallens Kopf. Musik von Radiosendern erklang. Er fing das Gespräch einiger Piloten auf, die in einer fernen Stadt um Landeerlaubnis baten.

Schließlich sagte Gallen: »Nichts!«

Veriasse nahm die Hände herunter und schüttelte den Kopf. »Das gleiche bei mir. Ich rieche überhaupt nichts. Als ich das letzte Mal hier war, hatten die Drononen eine ziemlich große Garnison auf Wechaus. Findest du es nicht seltsam, daß wir überhaupt keine militärischen Nachrichten empfangen können?«

Gallen war der gleichen Meinung. Doch sie konnten nichts tun. Gallen gab Schub. Sein Bike erhob sich und glitt brummend über die Straße. Schließlich erblickte er in einiger Entfernung Rauch, der sich über einer Gruppe von Gebäuden erhob.

Veriasse zog sein Airbike neben Gallens.

»Dort vorn ist ein gutes Lokal. Laß uns anhalten. Vielleicht können wir dort irgend etwas erfahren.«

Als sie sich dem Lokal näherten, erblickte Gallen Gebäude aus weißem Kalkstein, die um grüne Pools voll dampfendem Wasser errichtet waren. Bei den Pools standen einige Badegäste, die vor Kälte zitterten und sich beeilten, ins heiße Wasser zu kommen.

Gallen hatte seit einigen Tagen kein Bad mehr genommen. Er fühlte sich müde und schmutzig, und es hatte den Anschein, als wäre hier ein guter Platz zum Rasten.

Sie zogen ihre Bikes herum und fuhren auf das Gasthaus zu. Vor dem Eingang hielten sie an und blickten durch die Fenster. Der Speisesaal war fast voll. Dutzende junger Pärchen saßen beim Frühstück. Sie lächelten, scherzten und lachten.

Angesichts dieser Fröhlichkeit spürte Gallen wieder Zorn und Bitterkeit in sich aufsteigen. Er konnte nicht mit ansehen, wie diese Leute lachten, während er einen so abgrundtiefen Schmerz in sich trug.

Orick war tot.

Everynne und Veriasse stiegen von ihren Bikes, doch Gallen blieb noch einen Augenblick sitzen. In der Luft lag ein seltsamer Geruch nach erkaltetem Rauch. Ganz in der Nähe mußte erst vor kurzem irgend etwas gebrannt haben.

Veriasse schritt zur Tür. Bei seiner Annäherung glitt sie auf, und ein veralteter goldener Serviceroboter stürzte quietschend herbei, um die Neuankömmlinge zu begrüßen. Veriasse blickte sich fragend nach Gallen um. »Kommst du?« rief er.

Gallen schüttelte den Kopf. »Eßt nur. Ich bin nicht hungrig.

Ich bleibe hier draußen und halte die Augen offen.« Er bog den Rücken durch, um die von der langen Fahrt verkrampften Muskeln zu entspannen.

Everynne fragte: »Bist du sicher? Du wirst dich bestimmt besser fühlen, wenn du zu uns ins Warme kommst. Bitte, komm mit mir!«

»Ich möchte allein sein«, sagte Gallen.

Everynne drückte seine Hand und ging hinein. Er beobachtete Everynne und Veriasse durch die Fenster und sah, wie sie Platz nahmen.

Ein schwacher Wind kam auf. Gallen benutzte seinen Mantel, um den Schwimmern an den Pools zu lauschen. Irgend etwas war eigenartig. Ein flüsterndes Geräusch auf dem Parkplatz hinter dem Haus? Gallen war sich nicht sicher. Es konnte auch Schilf gewesen sein, das im Wind geraschelt hatte. Dennoch stieg er von seinem Gleiter und ging an der linken Seite des Gasthofs entlang bis hinter das Gebüsch.

Auf dem rückwärtigen Parkplatz standen mehrere Dutzend Aircars und Magcars. Gallen betrachtete sie einen Augenblick verwundert und dachte nach. Hier standen viel mehr Fahrzeuge, als im Wirtshaus Gäste Platz hatten.

Gallens Mantel schnappte geflüsterte Worte auf, die rechts vor ihm an der Gebäuderückseite erklangen. Gallen schlich leise zu einem kleinen Baum, der in einem Pflanzcontainer stand, und spähte auf die Rückseite des Gasthauses. Keine fünfzig Fuß vor ihm waren drei Männer über einen Kasten mit einer riesigen Übertragungsantenne gebeugt. Sie trugen gepanzerte weiße Kampfanzüge. Einer erblickte Gallen und sprang auf.

Gallen zog das Flammrohr hervor und schoß sofort. Auf diese Entfernung war ein Treffer verheerend. Die chemische Ladung traf zwei Männer gleichzeitig. Sie gingen in weißlodernde Flammen auf. Gallen drehte sich um und rannte zum Eingang des Gasthofs zurück.

Als er um die Gebäudeecke kam, traf er auf vier weitere Männer in Kampfanzügen. Mit einer fließenden Bewegung stieß er das Flammrohr in sein Holster und riß das Schwert heraus. Er schwang es hoch und schlug dem Mann, der ihm am nächsten stand, den Kopf ab. Dann sprang er in die Luft, trat dem zweiten ins Gesicht und schlitzte die beiden letzten auf. Er brüllte laut, als er die Tür zum Lokal erreichte.

Drinnen konnte er Veriasse mit dem Schwert in der Hand sehen. Es wirbelte wahnsinnig schnell durch die Luft. Ein Dutzend ›Gäste‹ hatte ihn eingekreist. Sie waren mit kleinen Betäubungspistolen bewaffnet und versuchten, ihn zu überwältigen. Doch ihre Waffen schienen keine Wirkung auf Veriasse zu haben. Everynne lag bewußtlos über einem Tisch. Blut lief ihr aus der Nase. Ein weiteres Dutzend Kämpfer mit schweren Waffen eilte aus Richtung der Zimmer bei den Bädern herbei.

Gallen schwang sich durch ein geschlossenes Fenster und landete inmitten der Glassplitter auf einem Tisch. Er zog das Flammrohr und schoß auf die Seitentür, traf einen Androiden, der dort in Deckung springen wollte. Das Feuer, das nach Gallens Schuß aufloderte, versiegelte die Tür. Gallen stürmte vor und trat im Flug einem von Veriasses Gegner in den Hinterkopf.

Innerhalb von Sekunden hatte Veriasses Schwert die am nächsten stehenden Angreifer niedergemäht. Er griff in Everynnes Packsack, zog den Terror hervor und warf ihn Gallen zu.

»Das ist es, was sie suchen!« rief Veriasse. »Gallen, mach das Ding scharf!«

Gallen hob den Terror hoch, als wäre es eine Ikone.

Alle Augen im Raum richteten sich auf ihn. Die Leute an den Tischen erstarrten. Niemand wagte zu atmen.

»Zurück. Alle!« rief Gallen. »Mein Mantel wird die Waffe zünden, wenn ihr den Weg nicht freigebt!« Er hoffte, daß seine List funktionierte.

»Wir haben Störsender!« brüllte ein Soldat.

»Ihr meint die Störsender, die auf dem Hof gestanden haben?« fragte Gallen. »Die sind geröstet.«

»Wir haben Reservegeräte!« rief der Soldat, um seine Leute zu ermutigen.

»Wollt Ihr das Leben aller Bewohner dieses Planeten aufs Spiel setzen? Seid Ihr sicher, daß Eure Störsender funktionieren?« fragte Veriasse.

Es schien zu wirken. Die Soldaten zögerten. Niemand wagte, sie anzugreifen.

Veriasse zog Everynne am Arm und drehte sie auf den Bauch. Er hob sie hoch und warf sie sich wie ein kleines Kind über die Schulter. Dann wandte er sich zur Tür. Gallen stapfte hinter ihm her und hielt den Terror drohend in die Höhe.

Draußen ging Gallen zu seinem Bike. Dutzende von Infanteristen in weißen Kampfanzügen kamen aus den hinteren Apartments gestürmt. Es mußten mehr als zweihundert Soldaten sein. Gallen blickte auf die Gäste im Speisesaal. Keine Angst lag auf ihren Gesichtern, keine Spur von Schreck oder Entsetzen. Nur Zorn und Enttäuschung. Gallen ging plötzlich auf, daß sie wahrscheinlich alle zum Militär gehörten.

Veriasse legte Everynne auf ihr Airbike, als einer der Infanteristen auf ihn zukam. Er bewegte sich ruhig und würdevoll und strahlte Selbstsicherheit aus. Offenbar war er für diese Operation verantwortlich.

Es war ein älterer Mann mit langen dunklen Haaren und Augen wie Obsidian. Er trug einen kleinen Spitzbart. »Gut gemacht, Veriasse«, sagte der Fremde. »Aber wir sehen uns wieder.«

Veriasse nickte dem Mann zu. »Hallo, Jagget.«

»Jawohl. Commander Jagget von den Planetarischen Verteidigungskräften. Um die Wahrheit zu sagen, Veriasse, ich war nicht sicher, ob ich es schaffen würde, dir den Terror wegzunehmen. Aber ich mußte es versuchen. Nimm's nicht persönlich.«

»Nein, bestimmt nicht. Aber ich bin neugierig. Wieso nennt ihr euch ›Planetarische Verteidigungskräfte‹? Die Welt ist doch von den Drononen besetzt?«

»Ich stehe unter ihrem Kommando«, erwiderte Jagget. »Die Drononen schätzen Kompetenz, auch wenn alte ehemalige Feinde sie besitzen. Ich konnte sie davon überzeugen, daß wir für die Aufgabe hier besser geeignet sind als ihre grünhäutigen Ungeheuer. Wegen des Überraschungsmoments, weißt du?«

»Ich finde deine schwankende Loyalität beunruhigend«, sagte Veriasse. »Ehrlich gesagt, kann ich es gar nicht glauben! Jagget würde niemals einem fremden Eroberer gegenüber loyal sein! Selbst von einem seiner verrückten Klons würde ich mehr erwarten!«

Jagget zuckte die Schultern. »Glaub, was du willst. Ich habe gesehen, was ihr auf Fale gemacht habt, Veriasse. Der Zwischenfall wird in die ganze Galaxis ausgestrahlt.« Er blickte auf den Terror und leckte sich über die Lippen. Dann schaute er zu seinen Leuten, als ob er eine Entscheidung treffen wollte.

Er blickte Gallen tief in die Augen. »Junger Mann, wenn Ihr wirklich mit Terrors auf vierundachtzig drononischen Welten verbunden seid, dann jagt sie hoch! Jetzt sofort! Und wenn Ihr glaubt, daß es notwendig ist, zerstört auch diese Welt hier!«

Jagget machte einen bedrohlichen Schritt auf Gallen zu, dann noch einen. Jaggets Augen weiteten sich. Gallen erkannte die Absicht des anderen: Jagget versuchte, ihn zum Zünden der Terrors zu zwingen. Er wollte den Krieg.

»Bleib stehen!« rief Veriasse und zog sein Flammrohr. Jagget hob mit einer befehlenden Geste die Hand. Drei Männer unter den Infanteristen legte auf Veriasse an. Jagget-Klone.

»Junger Mann«, sagte Primarius Jagget und schritt langsam auf Gallen zu. Wieder blickte er ihm tief in die Augen. »Zündet die Waffe! Los! Andere Welten haben sich selbst verbrannt, um den Drononen nicht in die Hände zu fallen. Es ist die einzige Möglichkeit! Laßt den Terror los, und eines Tages wird dieser Teil der Galaxis sich ehrenvoll an Euren Namen erinnern!«

Gallen hielt den Terror über dem Kopf und blickte die Infanteristen an. Es waren Menschen, deren Gene noch nicht von den Drononen manipuliert worden waren. Sie konnten noch nicht lange genug unter drononischer Herrschaft stehen, um ihnen gegenüber auch nur ein Mindestmaß an Loyalität zu empfinden. Dennoch hatten sie sich bereits auf die Seite der Drononen geschlagen; sie hätten Everynne gefangengenommen und sie den Drononen übergeben. Und sie hatten Orick getötet.

Selbst jetzt hielt nur ihre Furcht vor Gallen die Eingeborenen in Schach.

Mit Ausnahme von Jagget. Er allein war ein echter Patriot, und er bat Gallen, dem Ganzen ein Ende zu machen. Lieber diese Welt zerstören, als sie in den Händen der Drononen zu lassen. Vielleicht kannte Jagget den Charakter seiner Mitmenschen zu gut.

In diesem Augenblick hätte Gallen den Terror losgelassen, hätte er es gekonnt. Jagget kam auf ihn zu und griff nach seiner Hand. Er schüttelte den Arm so heftig, daß die Kugel zu Boden fiel. Er starrte Gallen in die Augen.

»Ihr könnt es nicht, stimmt's?« flüsterte Jagget grimmig, als hätte Gallen ihn soeben zutiefst enttäuscht. »Ihr habt nur diesen einen Terror, und Ihr versucht, damit nach Dronon zu kommen – wie Maggie gesagt hat.«

Jagget drehte sich zu den Soldaten um. »Ich werde diese Leute an ihren Bestimmungsort begleiten.«

»Sir!« warf eine junge Frau ein. »Sollten wir ihre Gefangennahme nicht Lord Kintal melden?«

»Wenn Ihr es wünscht, meldet es den drononischen Bastarden«, erwiderte Jagget mit einem leicht drohenden Unterton in der Stimme. »Aber unsere Befehle, diese Leute gefangenzunehmen, basierten auf der Annahme, daß sie im Besitz zahlreicher Terrors seien. Da diese Annahme offensichtlich jeder Grundlage entbehrt, haben wir keinen Anlaß, sie zu verhaften.«

Die Frau blickte ihn mißtrauisch an und trat einen Schritt zurück. »Ich werde berichten, daß während meiner Schicht alles ruhig gewesen ist«, sagte sie. »Darf ich nachher einen Wagen nehmen und meinen Urlaub antreten?«

»Ja«, antwortete Jagget. »Ich glaube, das ist eine kluge Entscheidung.«

»Du hast Maggie erwähnt«, sagte Veriasse zu Jagget. »Wo ist sie?«

Veriasse hielt Everynne auf dem Bike fest. Seine Arme waren um ihren Körper geschlungen. Ihre Augenlider flatterten, und sie versuchte, den Kopf zu heben und das Bewußtsein wiederzuerlangen; dann aber fiel sie kraftlos zurück.

»Maggie wird in Kürze zu uns stoßen.« Jagget hakte einen kleinen Comlink von seinem Gürtel los und sprach kurz in einem persönlichen Code hinein.

»Wir brauchen für ein paar Minuten ein Zimmer und etwas Warmes zu essen«, sagte Veriasse.

»Kein Problem«, gab Jagget zurück.

Veriasse hob Everynne vom Gleiter und trug sie zur Rückseite des Grundstücks und hinunter in ein kleines Apartment. Dort legte er sie auf ein Bett und schlug ihr leicht auf die Wangen, als sie versuchte, zu sich zu kommen. Ein Dutzend Soldaten folgte ihnen ins Apartment. Veriasse drehte sich zu ihnen um und brüllte sie an, daß sie verschwinden sollten.

Nur Gallen, Jagget und Veriasse blieben zurück, um sich um Everynne zu kümmern. Veriasse nahm ihr den Umhang ab und drehte sie auf den Bauch. Sie hatte zwei Brandwunden von den Betäubungspistolen. Eine leichte am Hinterteil, und eine ernste Wunde im Nacken.

Veriasse hielt den Atem an und zeigte auf Everynnes Nacken. »Diese Wunde hier könnte eine Narbe hinterlassen.« Jagget ging zu einem Waschbecken, ließ Wasser in die hohle Hand laufen und kam zum Bett zurück. Er ließ das Wasser über Everynnes Rücken laufen und träufelte es auf ihren Nacken. In der Zwischenzeit nahm Veriasse sein Schwert und schnitt sich in die Hand. Dann ließ er sein Blut auf ihre Wunden tröpfeln.

»Was tust du da?« fragte Gallen.

»Die Nanodocs in meinem Blut werden helfen, ihre Wunden zu heilen«, sagte Veriasse. »Unglücklicherweise hat die Verbrennung ihre Blutgefäße unter der Haut verletzt. Ihre eigenen Nanodocs können die Wunde nicht besonders wirkungsvoll bekämpfen. Ich hoffe, daß ich mit meinen Nanodocs die Bildung einer Narbe verhindern kann.«

Gallen setzte sich, und sie beobachteten gemeinsam Everynnes Wunde. Innerhalb der nächsten fünfzehn Minuten löste sich der größte Teil der schwarzen, verbrannten Haut auf. Die roten Schwellungen gingen zurück. Everynne kam endlich zu sich und wimmerte leise vor Schmerz. Veriasse bat sie, still liegenzubleiben.

Als die fünfzehn Minuten verstrichen waren, begann neue Haut über die Wunden zu wachsen.

Doch an Everynnes Nacken blieb ein deutlicher roter Fleck zurück, der die Form eines großen I besaß.

Veriasse stützte den Kopf in die Hände und saß lange Zeit

schweigend da. Schließlich sagte er schwer: »Ich fürchte, das könnte das Ende sein. All die Jahre der Vorbereitung sind gefährdet. Die Nanodocs sind fertig, und wir können nichts mehr tun, um den Heilungsprozeß zu beschleunigen. Die Verletzung dürfte in einigen Tagen verschwinden, aber ... Wir müssen unsere Pläne aufschieben. Die Blessur Everynnes macht sie unwürdig, die Lords des Schwarms herauszufordern.«

Jagget fragte: »Wie viel Verzögerung bedeutet das?«

Veriasse schüttelte den Kopf. »Nur ein paar Tage.«

»Veriasse«, sagte Jagget, »die Drononen schicken schon die ganze Woche Verstärkungen hierher. Sie wissen, daß ihr hier seid. Ich könnte versuchen, euch zu verstecken, aber ich glaube nicht, daß ich sie so lange aufhalten kann. In diesem Augenblick umzingeln die Bezwinger das gesamte Gebiet. Je früher ihr von hier verschwindet, desto größer sind die Chancen, ihnen zu entkommen.«

»Es ist nur eine kleine Narbe«, sagte Gallen. »Vielleicht kann man sie unter ihrer Kleidung verbergen.«

»Die Drononen tragen keine Kleidung«, antwortete Veriasse. »Sie werden verlangen, daß sie Everynne unbekleidet untersuchen können.«

»Kosmetika«, sagte Jagget. »Körperfarbe?«

Veriasse blickte skeptisch auf. »Wenn die Drononen die Täuschung durchschauen, haben sie das Recht, uns auf der Stelle zu töten.«

»Es ist einen Versuch wert«, sagte Jagget. »Ihr könnt nicht warten, bis die Wunde verheilt ist. Die Drononen haben bereits einen Torschlüssel gebaut. Sie könnten einen weiteren herstellen. In einer Woche ist vielleicht keine Welt mehr vor ihnen sicher.«

Gallen betrachtete die beiden Männer. Ihre Unfähigkeit, sich zu entscheiden, widerte ihn an. Er wünschte, die Narbe würde bleiben. Everynne hatte dieses Unternehmen nicht gewollt. Sie wurde als Opfer ausgewählt, und nur ihre Großherzigkeit ließ sie nicht aufgeben.

Der einzige Weg für Everynne, diese Geschichte zu überleben, bestand darin, fortzugehen. Dann konnte sie wenigstens ihr eigenes Leben leben. Und die Narbe in ihrem Nacken war das Ticket in die Freiheit.

»Es muß eine Art Make-up sein, das keinem merklichen Geruch hinterläßt«, sagte Veriasse soeben. »Zumindest keinen, den die Drononen riechen können. Und es muß genau die Farbe ihrer Haut besitzen.«

»Ich weiß nicht«, murmelte Jagget. »Das ist in so kurzer Zeit kaum zu schaffen.«

Everynne drehte sich um und blickte Gallen an. Sie dachte über ihre Möglichkeiten nach. Schließlich wandte sie sich an Jagget. »Bitte, tut, was Ihr könnt. Ich muß die Lords so schnell wie möglich herausfordern.«

»Seid Ihr sicher?« fragte Jagget.

»Ja«, antwortete Everynne.

Jagget nickte. »Ich bin in einer Viertelstunde zurück.«

Gallen legte sich auf den Boden. Er war todmüde und für ein paar Minuten Ruhe dankbar.

Einen Augenblick später öffnete die Tür sich erneut. Gallen machte sich nicht die Mühe, aufzublicken. Er glaubte, einer der Jaggets hätte das Zimmer betreten. Plötzlich war Orick neben Gallen und leckte ihm das Gesicht. »Einen wunderschönen guten Morgen! Wie ich sehe, habt ihr meine Warnung ignoriert und seid schnurstracks in die Falle gelaufen.«

»Orick!« rief Everynne und richtete sich im Bett auf. Gallen umarmte den Bären. Um Oricks Schulter lag ein weißer Verband, und in seinen Augen war ein Ausdruck von Schmerz.

»Wir dachten, du seist tot«, sagte Gallen. »Wir haben den Leichnam eines Bären an der Straße gefunden.«

»Eine Freundin«, seufzte Orick traurig. »Ich habe dir mein Zeichen hinterlassen und war auf dem Weg nach Hause. Immer wieder mußte ich Bezwinger-Patrouillen ausweichen. Meine Freundin Panta kam, um mich abzuholen, und dann haben die Bezwinger uns angehalten. Panta wußte nicht mehr weiter und rannte in die Büsche. Ich war zu schwach, um ihr zu folgen. Später haben die Bezwinger mich hierher zum Verhör gebracht und den Jaggets überlassen.«

Gallen bemerkte, daß es mehr als nur eine Freundschaft gewesen sein mußte, die Orick mit dieser Bärin verbunden hatte. Er konnte die tiefe Trauer in Oricks Stimme hören. »Es tut mir leid, mein alter Freund«, brachte Gallen tröstend hervor. Orick humpelte zu Everynne und umarmte sie. Sie setzten sich und redeten leise miteinander. Zwei Soldaten brachten ein paar Tabletts mit Essen. Gallen und Everynne setzten sich aufs Bett und aßen.

Veriasse ging im Zimmer auf und ab. Er blickte auf die Wanduhr und wartete ungeduldig auf Jagget.

Minuten später kamen zwei Jaggets und führten Maggie ins Zimmer. Sie sah müde und erschöpft aus, doch sie lächelte erleichtert, als sie Gallen erblickte. Sie umarmte ihn und flüsterte: »Ich bin so froh, daß es dir gutgeht.«

Einer der Jaggets war ein ältere Mann, der besser gekleidet war als die anderen.

Commander Jagget stellte ihn überschwenglich als Primarius Jagget vor.

Veriasse verneigte sich tief und sagte: »Primarius Jagget, ich dachte, du seist tot.« Gallen vernahm deutlich den respektvollen Ton in Veriasses Stimme. Veriasse wandte sich zu Gallen und erklärte: »Primarius Jagget ist einer der größten Lord Protektoren unserer Zeit. Er war schon seit dreitausend Jahren Lord Protektor, als ich geboren wurde.«

Primarius Jagget sagte leise: »Ich *war* ein Lord Protektor, Veriasse. Heute ist meine Welt von den Drononen erobert. Sie haben mir meinen Titel und mein Amt genommen. Ich mußte meinen Körper verlassen und war gezwungen, mich in einen künstlichen Leib hinüberzuretten. Die Drononen hätten noch nicht einmal das gestattet, wenn nicht meine Klone gewesen wären. Wir besitzen noch genügend Macht, um einen Waffenstillstand zu erzwingen.«

Primarius Jagget klopfte Veriasse auf die Schulter. »Ich bedaure, daß ich dich und deine Freunde festgehalten habe. Und es tut mir leid, daß ich hier so viel Schaden verursacht habe. Aber was ich getan habe, geschah nur, um meine Welt und mein Volk zu beschützen. Ich mußte mich von euren wirklichen Plänen überzeugen.«

Veriasse zögerte kurz. »Ich glaube, in deiner Situation hätte ich das gleiche getan.«

Gallen spürte, daß zwischen den beiden Männern viel ungesagt blieb, und er fragte sich, was für eine Beziehung sie zueinander hatten. Beide waren Lord Protektoren, und obwohl ihre Interessen sich zuwiderliefen, war der gegenseitige Respekt unverkennbar.

Primarius Jagget sagte Everynne, sie solle versuchen, sich zu entspannen. Dann beugte er sich über sie und rieb ihren Nacken mit einer fleischfarbenen Salbe ein. Er massierte die Creme ein, bis Gallen die Narbe kaum noch erkennen konnte. Als Jagget fertig war, trat er einen Schritt zurück und schaute Everynne bewundernd an. Dann verbeugte er sich vor ihr. »Ihr seid das genaue Ebenbild Eurer Mutter Semaritte. Ich mußte kommen und es mit meinen eigenen Augen sehen. Mögen Eure Macht, Gnade und Schönheit stets gedeihen. Ich wünschte, Ihr könntet bleiben und Euch an meiner Gastfreundschaft erfreuen, doch ich fürchte, daß ich soeben in Eurem Namen einen Krieg begonnen habe. Es wird hier nicht mehr lange sicher genug für Euch sein.«

»Ein Krieg?« fragte Veriasse.

»Die Bezwinger haben irgendwie herausgefunden, daß ihr hier seid. Vor einigen Minuten haben sie begonnen, sich hier zusammenzuziehen. Ich habe meine Leute angewiesen, jeden Bezwinger im Umkreis von dreihundert Kilometern zu töten«, gab Primarius Jagget zurück. »Es gibt schon seit langem Gerüchte, daß du hier ein Tor nach Dronon errichtet hast. Ich kenne jedes Tor auf diesem Planeten. Sag mir, wohin ihr müßt, und ich mache euch den Weg frei.«

»Nach Norden. Sechzig Kilometer«, erwiderte Veriasse.

Primarius Jagget hob eine Augenbraue. »In dieser Gegend gibt es aber kein Tor.«

»Ich habe es getarnt. Es sieht nicht wie ein gewöhnliches Tor aus«, sagte Veriasse. Er blickte zu Everynne. »Wir müssen jetzt aufbrechen.«

»Wartet noch einen Augenblick«, sagte Primarius Jagget. Er griff in eine Falte seiner weiten braunen Jacke und zog eine künstliche Intelligenz hervor. »Das ist der Mantel, den ich als Lord Protektor getragen habe«, sagte er. »Er soll dem Feind nicht in die Hände fallen. Ich möchte, daß du ihn nimmst. Auch du warst lange Zeit Lord Protektor, und ich bezweifle, daß ich dich noch etwas lehren kann. Doch wenn du gegen den Lord des Schwarms kämpfst, möchte ich dich trotzdem bitten, den Mantel zu tragen. Vielleicht kann er dir nutzen.«

Veriasse nahm das Geschenk. Es war ein uralter Gegenstand aus schwarzem Metall, nicht halb so schön wie der Mantel, den Veriasse Gallen geschenkt hatte. Doch Veriasse nahm ihn als das, was er war: ein Symbol der Hoffnung.

18

Primarius Jagget blickte noch einmal prüfend durchs Zimmer, als wollte er sich vergewissern, daß er nichts vergessen hatte, wenn er ging. Er sagte: »Wir müssen uns beeilen. Seid ihr soweit?«

Veriasse antwortet: »Noch fünf Minuten. Wenn wir durch das Tor gehen, sind wir auf Dronon. Everynne sollte entsprechend gekleidet sein.«

»Dann laßt euch noch ein paar Minuten Zeit. Aber beeilt euch! Die Zeit ist von entscheidender Bedeutung!«

Außer Everynne und Veriasse verließen alle das Zimmer.

Veriasse öffnete seinen Packsack und entfaltete Everynnes goldenes Kleid.

Der metallische Umhang war aus einem fließenden Material gefertigt. Als er ihn berührte, fühlte er sich kühl, beinahe wie die Nässe von Wasser an. Er besaß einen seltsamen Glanz und war tiefschwarz. Er schien aus mikroskopisch kleinen goldenen Ringen gewebt zu sein.

Veriasse ließ seine Finger über den Umhang gleiten. Es war irgendwie passend, daß Everynne ihn an diesem Tag tragen würde. Sie war das menschliche Gegenstück der großen drononischen Königin. Er hatte es Tausende und Abertausende Male in den Augen der Menschen sehen können, wenn sie Everynne erblickten und mit Verehrung reagierten. Es gab zwar physiologische Gründe für die Ergebenheit der Menschen, doch irgend etwas in seinem Innern flüsterte Veriasse zu, daß die Wissenschaft Everynnes Macht über ihn nicht hinreichend erklären konnte. Everynne war vollkommen.

Manche sagten, sie habe einen perfekten Körper. Alle Knochen waren so geformt, daß sie einem unterbewußten rassischen Ideal entsprach, einem Bild der Vollkommenheit, das alle Menschen gemeinsam hatten. Andere sagten, daß es nur die Kombination der Düfte und Pheromone war, die sie ausschied – sorgfältig zusammengestellt, um Männern den Verstand zu rauben und sich zu ihren Füßen zu opfern.

Everynnes Schönheit erschien Veriasse mehr als vollkommen. Wenn sie ihn berührte, erschauerte er vor Ekstase. Wenn sie sprach, forderte etwas in ihrer Stimme seine Aufmerksamkeit so sehr, daß selbst die leisesten Worte, in einem lauten Zimmer gesprochen, ihn fesselten. Everynne überstieg in jeder Hinsicht die Erwartungen der Wissenschaftler, die sie geschaffen hatten. Beinahe war Veriasse davon überzeugt, daß sie übernatürlich war. Die Art, wie er von ihr berührt war, hatte etwas Mystisches, etwas Heiliges. Sie verwandelte einen Mann vollkommen.

Und heute würde sie Gold tragen. Es war eine angemessene Farbe für die letzte lebende Tharrin auf den eroberten Welten, das einzige Kind einer Rasse, welche die Drononen in diesem Teil der Galaxis ausgerottet hatten.

Als Everynne bereit war, verließ Veriasse das Zimmer. Everynne zog schnell die goldenen Kleider an, die Stiefel und Handschuhe, und zog sich schließlich den goldenen Mantel über den Kopf. Sie war so wunderschön wie alle früheren Inkarnationen Semarittes – mit einem Unterschied: ihre Jugend. Sie sah aus wie Zwanzig, aber sie war noch keine drei Jahre alt. Vielleicht lag es daran. Sie war so unschuldig, so frisch. Das hatte den früheren Generationen gefehlt.

Nachdem Everynne umgezogen war, setzte sie sich auf ihr

Bett und lächelte Veriasse an, der wieder ins Zimmer gekommen war. Sie fühlte sich schwach, und ihr Gesicht war blaß vor Furcht. Dennoch sah sie durch und durch wie eine Königin aus. Veriasse sagte: »Du bist unglaublich schön. Du strahlst wie ein Stern. Fürchtest du dich?«

Everynne nickte. Selbst Veriasse waren Zweifel an der Durchführbarkeit seines Plans gekommen. »Du wirst heute das Richtige tun, meine Geliebte«, versicherte er ihr. »Noch nie hat es eine Frau gegeben, die würdiger gewesen wäre, die gesamte menschliche Rasse in einem solchen Kampf zu vertreten. Ich kann nur hoffen, daß ich ebenso würdig bin.«

Everynne nahm seine Hand und sah ihm in die Augen. Sie sagte: »Ich vertraue dir. Wenn deine Verehrung für mich dir Kraft verleiht, dann weiß ich, daß du heute unbesiegbar sein wirst.«

Veriasse küßte ihre Hand. Dann gingen sie nach draußen, um die anderen zu treffen. Gallen, Orick, Maggie und Jagget saßen vor dem Gasthof auf ihren Airbikes. Weit im Süden spürte Veriasse leichte Erschütterungen. Das Geräusch schwerer Artillerie drang an seine Ohren.

»Beeilung«, sagte Jagget. »Jede Minute kostet viele meiner Leute das Leben.«

Veriasse und Everynne schwangen sich auf ihre Airbikes. Everynne zitterte. Veriasse wollte sie beruhigen, doch sie gab bereits Schub auf die Triebwerke. Die anderen mußten sich beeilen, sie einzuholen.

Sie schossen über die Straße hinweg, auf der beunruhigend wenig Verkehr herrschte. Nach zehn Kilometern kamen sie an den Trümmern eines explodierten Maglasters vorbei. Überall waren die Leichen toter Bezwinger verstreut. Weitere zwei Kilometer, und sie erblickten eine Gruppe toter Jaggets am Straßenrand.

Primarius Jagget nahm sein Comlink an den Mund und gab in seinem persönlichen Code Befehle. Die Worte waren voller Nasal- und Grunzlaute; niemand außer den Jaggets kannte diese Sprache.

Vierzig Kilometer hinter dem Gasthof erblickten sie zur Rechten eine Mauer aus schillernden Lichtern. Es waren tragbare Energieschilde. Direkt hinter den Schilden erhob sich ein Vorhang aus Flammen und Rauch.

Drononische Flieger, untertassenförmige Gebilde, jagten mit Mach 15 durch die Luft und warfen Bomben auf unsichtbare Ziele. Der Untergrund schüttelte sich und bebte unter der Gewalt des Ansturms. Veriasse hoffte, daß die Flieger sich nicht auf ihre Gruppe stürzen würden. Jagget brüllte in sein Comlink. Im Norden erschien eine Schwadron langsamerer, V-förmiger Flugzeuge, die von Menschen gesteuert wurden. Es waren vielleicht vierzig an der Zahl; sie würden keine Chancen gegen die Drononen haben. Sie dienten nur zur Ablenkung.

Veriasse und die anderen fuhren weiter nach Norden auf die Front zu. Sie waren fünf Kilometer weit gekommen, als vor ihnen plötzlich dichter schwarzer Rauch schwebte, wie ein Sargtuch. Es wurde fast so dunkel wie in der Nacht, doch Veriasse ließ die Scheinwerfer seines Airbikes ausgeschaltet.

Sie waren noch nicht tief in die Wolke eingedrungen, als Primarius Jagget ihnen zurief: »Vor uns bricht die Front zusammen. Meine Männer sind nicht mehr imstande, Widerstand zu leisten. Können wir von der Straße herunter?«

Veriasse rief zurück: »Ja. Auf der rechten Seite gibt es einen Fluß. Wir können ihm nach Norden folgen.«

Nur Veriasse wußte, wo das Tor nach Dronon war. Er überlegte, ob er den anderen verraten sollte, wo es stand. Er hatte das Tor erst vor zweihundert Jahren von seinen Leuten errichten lassen. Bei dem Versuch, die Zielfinder auf Dronon auszurichten, waren drei komplette technische Mannschaften getötet worden. Daraufhin hatte Semaritte ihm untersagt, weitere Tore nach Dronon zu errichten, und sie hatte ihm verboten, ein Tor zu ihrer Omni-Intelligenz zu errichten. Sie sagte, daß einige Risiken zu hoch wären, um von Menschen getragen zu werden.

Doch dieses Tor nach Dronon war nicht wie die alten Tore, die in ruhigeren Zeiten erbaut worden waren. Dieses Tor war getarnt. Es war in den Bogen einer kleinen Brücke über den Fluß eingebaut.

Veriasse stellte sich den Ort vor und erteilte seinem Mantel den Befehl, sein Wissen an Gallen zu übertragen. Gallen drehte sich plötzlich um, blickte Veriasse an und nickte.

Zwei Kilometer weiter wurden die schwarzen Wolken dünner. Weit hinter ihnen blitzte plötzlich ein Lichtschein auf, heller als die Sonne. Unmittelbar darauf folgte ein zweiter. Das Licht wurde rasch zu einem roten Glühen am rußigen Himmel.

»Sie benutzen Atomwaffen!« rief Jagget. Veriasse blickte zurück. Eine pilzförmige Wolke bildete sich an der Stelle, wo der Gasthof gestanden hatte; eine weitere war einige Kilometer dahinter zu sehen. »Schneller!«

Veriasses Puls begann zu rasen. Sie waren immer noch zehn Kilometer vom Tor entfernt. Die Atomwaffen würden eine Mauer von Trümmern, Schmutz und Staub aufwirbeln, die sich durch die ionisierten Gase der Atmosphäre mit rasender Geschwindigkeit vom Explosionsort weg bewegten. Der Sturm würde mit mehreren hundert Kilometern in der Stunde auf sie zurasen – eine Geschwindigkeit, die sie in diesem rauhen Gelände nicht erreichen konnten. Wenn es ihnen nicht gelang, der radioaktiven Wolke rechtzeitig zu entkommen, würden sie alle sterben.

»Bezwinger voraus!« brüllte Jagget. Zwei Kilometer vor ihnen erschien ein Konvoi von Bezwingern auf der Straße. Er kam auf einem Hügel zum Stehen. Veriasse bog von der Straße in eine verschneite Schlucht ein; die anderen folgten ihm. Die Airbikes wirbelten den Schnee unter sich zu Wolken auf. Aufgrund der atomaren Feuer hinter ihnen glitzerten sie wie dünne Schleier aus winzigen Rubinen.

Veriasse begann, die Sekunden zu zählen und wartete auf den Donner, um festzustellen, wie weit sie von den Explosionsorten entfernt waren. Nach fünfzig Sekunden wurde die Luft von einem schrillen Kreischen erfüllt. Die Schilde der Jaggets waren zusammengebrochen. Dann folgte ein tiefes Donnern. Der Boden bebte. Im Nordosten brach ein Vulkan aus und spuckte rotglühende Lava, die an seinen Flanken herabfloß. Die Airbikes rasten über eine Erhebung und durch eine felsenübersäte Rinne. Dann waren sie auf dem Fluß. Sie glitten über flache Steine und bleigraues Wasser, das den winterlichen Himmel reflektierte – wie auch die beiden riesigen Pilze, die den Himmel hinter ihnen auszufüllen begannen wie die Elemente des Feuers selbst.

Veriasse blickte auf den Geschwindigkeitsmesser. Sie bewegten sich mit nur siebzig Stundenkilometern voran. Es war nicht schnell genug! Er gab Schub und rief: »Schneller!«

Sie kamen durch eine Schlucht; die Felswände wuchsen steil an den Seiten empor. Veriasses Geschwindigkeitsmesser zeigte einhundertzwanzig Stundenkilometer. Everynne überholt ihn. Sie hatte den Kopf gesenkt, um den Luftwiderstand zu verringern, und ihr Gefährt zog einen Schweif eisigen Wassers hinter sich her, der Veriasses Gesicht traf. Er hoffte, daß ihr nichts geschehen würde, als sie nun die Führung übernahm. Immer wieder riskierte sie Kopf und Kragen, als sie durch die felsige Schlucht raste. Sie fuhr so schnell um Ecken und Hindernisse, daß sie jedesmal nur um Haaresbreite davonkam. Acht weitere Minuten vergingen. An jedem geraden Flußabschnitt blickte Veriasse sich nach den anderen um, in der Hoffnung, daß alle die letzte Kurve heil überstanden hatten. Maggies Bike war durch das Gewicht des Bären auf dem Rücksitz sowohl langsam, als auch gefährlich instabil. Jagget fuhr ganz am Schluß und bildete die Nachhut.

Irgendwo am Ende einer weiten Flußbiegung wartete das Tor nach Dronon auf sie.

Jagget übermittelte eine Botschaft an Veriasses Mantel: »Hinter mir sind Verfolger aufgetaucht!« Veriasse blickte zurück und erwartete drononische Flieger, die über sie hinwegschossen. Doch es waren keine Flieger zu sehen – nur eine hohe schwarze Wand aus Staub und Dreck, die auf sie zuraste. Die Front des atomaren Sturms.

Veriasse bog um eine Kurve. Vor ihm verlief der Fluß auf einer Länge von einem Kilometer gerade; sein Wasser wurde ruhiger und schimmerte in der Sonne. Am Ende erhob sich der Bogen einer Brücke. Es war eine einfache, häßliche Konstruktion aus grauem Plastikstahl, die sich über den Fluß spannte. Veriasse betrachtete sie, und sein Mut sank noch weiter. Das Tor war in eine Brücke gebaut worden, doch er konnte sich nicht erinnern, diese Brücke dort je zuvor gesehen zu haben. War es die Richtige?

Er rief Everynne zu: »Mach den Schlüssel fertig!«

Everynne griff hinter sich in ihr Gepäck und wühlte einen Augenblick darin herum. Sie wurde langsamer. Schließlich fand sie den Schlüssel.

Veriasse zog sein Airbike neben sie und verlangsamte ebenfalls seine Fahrt. Er blickte zurück. Gallen schoß an ihnen vorbei; dann kamen Maggie und Orick. Die Augen des Bären waren weiß vor Angst, und seine Zunge hing schlaff aus dem Maul. Jagget kam als letzter um die Biegung. Erstaunt blickte er Everynne und Veriasse an; dann verringerte er seine Geschwindigkeit und fuhr durch die enge Kurve. Er zog sein Flammrohr hervor und hob es salutierend zu Veriasse.

Everynne hielt den Schlüssel fest in der Hand und beschleunigte wieder. Veriasse folgte dicht hinter ihr. Er war in einen Nebel aus gefrierendem Wasser gehüllt, den Everynnes Bike aufwirbelte.

Everynne löste die Aktivierungssequenz aus. Vor ihnen schimmerte plötzlich silbernes Licht unter der Brücke. Hinter ihnen vernahm Veriasse die erfreuten Aufschreie von Bezwingern. Er blickte zurück und sah sie um die Biegung kommen.

Drei Bezwinger in Aircars! Primarius Jagget feuerte sein Flammrohr ab, und das reine weiße Licht raste über den Fluß. Ein Bezwinger ging in Flammen auf. Sein Aircar schoß kreischend auf Jagget zu. Ein anderer Bezwinger versuchte, der Explosion mit einem waghalsigen Manöver auszuweichen. Sein Wagen verging in einem Feuerball, als er gegen die Felswände der Schlucht krachte. Der letzte Verfolger machte eine Vollbremsung, und sein Aircar sank im Wasser ein. Jagget hatte keine Zeit, dem brennenden Aircar auszuweichen, das auf ihn zuschoß. Blitzartig löste er sich in einen Scharm von Schmetterlingen auf, die sich in die Höhe schwangen und den Ort des Aufpralls unter sich zurückließen.

Die atomare Druckwelle raste auf sie zu. Sie war wie eine massive schwarze Wand. Veriasse wandte sich wieder nach vorn. Maggie und Orick fuhren soeben durch das Tor, gefolgt von Gallen. Everynne hatte ihre Fahrt verlangsamt und wartete auf Veriasse. Als er zum Tor raste, warf er einen letzten Blick zurück. Der dritte Bezwinger hatte sein Aircar wieder unter Kontrolle gebracht, doch das Triebwerk war ausgefallen.

Er versuchte verzweifelt, es wieder in Gang zu bringen, als die schwarze Wand ihn unter sich begrub.

Dann war alles weiß, und er fiel durch das Nichts. Veriasse spürte die Berührung des kalten Windes, der hier, in dem Riß zwischen Raum und Zeit, wehte. Er konnte spüren, wie der Sturm am Gewebe seiner Kleidung riß. Doch hier gab es kein Sehen und kein Hören, nur ein Gefühl, als würde man stürzen. Die Hand eines Gottes packte ihn und setzte ihn an einem weit entfernten Ort ab.

Als Veriasse wieder klar sehen konnte, erblickte er eine weite gelbbraune Ebene, die sich vor ihnen erstreckte. Sie war übersät von Pockennarben und Felsbrocken. Dünne Wolken trieben über einen düsteren rotgrauen Himmel. Die Luft war heiß und stickig. Er konnte keine Straßen oder Gebäude entdecken. Es gab keine Anzeichen von Zivilisation, nur Ödnis und Leere.

Ein sanfter Wind strich über den Boden. Veriasse dämmerte allmählich, daß ringsherum Pflanzen wuchsen. Es war eine Art Pilze, tief graubraun gefärbt, die in dichten Knoten wie Rosenknospen wuchsen.

Und was er zunächst als Felsen betrachtet hatte, waren fette, fächerartige blaßblauen Pflanzen. Die Pockennarben auf dem Boden waren so zahlreich, daß sie von keiner ihm bekannten natürlichen Erscheinung herrühren konnten. Sie konnten nur auf eine einzige Art und Weise entstanden sein: Es waren die Fußabdrücke drononischer Wanderfestungen.

Maggie fragte: »Und wohin gehen wir jetzt?«

Veriasse wandte sich an Gallen. »Wo ist der magnetische Nordpol?«

Gallen schaltete die Sensoren seines Mantels ein und wies mit dem Kopf nach rechts. Die Sonne stand im Nordosten. Offensichtlich würde in dieser Gegend des Planeten bald der Winter Einzug halten. Die Marschfestungen würden mit ihrer Wanderung beginnen.

»Nach Norden«, sagte Veriasse. »Haltet nach frischen Spuren Ausschau! Vielleicht können wir eine Marschfestung finden.«

Sie gaben Schub und ließen sich von den Airbikes über das düstere Gelände tragen. Unterwegs begegneten sie nur wenigen spinnenartigen Tieren, die allesamt aussahen wie ein wirres Durcheinander von kleinen Stöcken und Stäben. Die Kreaturen sonnten sich oder schleppten irgendwelche Pflanzenteile in ihren Bau.

Einmal erblickten sie eine Ansammlung von runden, fast durchsichtigen Blättern, die langsam in einer Wolke über die Landschaft trieben. Erst als einige der Blätter gegen den Windschutz des Airbikes klatschten, bemerkte Veriasse, daß es eine Art geflügelter Insekten war. Sie hatten winzige rote Köpfe und nur einen einzigen Flügel. Er konnte nicht begreifen, auf welche Weise diese Wesen flogen.

Nach zwei Stunden neigte sich Dronons Sonne langsam zum Horizont. Sie sank immer schneller. Bald war sie nur noch eine trübe Scheibe, die sich vor dem Ansturm der Dunkelheit rettete. In einiger Entfernung vor sich entdeckten sie ein riesiges schwarzes Gebilde. Es hatte die Form einer Untertasse, aus der acht massive Beine ragten, die wie Türme aussahen.

Sie fuhren auf das Gebilde zu und stellten fest, daß es sich um eine verlassene Wanderfestung handelte, in der große rostige Löcher klafften. Die Panzerung war voller Vertiefungen und Narben von Flammrohrfeuer. Die rostige Festung war der beste Unterschlupf, den sie während des gesamten Tages gesehen hatten, und so beschlossen sie, hier zu rasten. Sie breiteten neben dem Fuß eines der riesigen Beine einige Decken aus und entfachten ein kleines Feuer, auf dem sie Nahrungsmittelkonserven erwärmten.

Später lauschten sie den nächtlichen Geräuschen einer fremden Welt. Am Horizont gab irgend etwas fortwährend einen Laut von sich, der wie ein knallender Luftsack klang. Eine andere Kreatur gab ein hohes, pfeifendes Zischen von sich.

Veriasse war enttäuscht, daß sie noch keinen Drononenstock entdeckt hatten. Er betrachtete Everynnes Wunde im Nacken. Sie heilte gut. Everynne legte sich auf ihrer Decke zurück und blickte gedankenverloren in den Himmel. Orick murrte über die Ungerechtigkeit, daß man immer dann auf Drononen traf, wenn man sie am wenigsten gebrauchen konnte. Doch wenn man zu ihnen wollte, fand man sie noch nicht einmal auf ihrem eigenen Heimatplaneten. Dann legte er sich schützend neben Everynne. Der Bär war den ganzen Tag schon lustlos gewesen. Seine Messerwunde hatte ihn viel Kraft gekostet. Binnen weniger Minuten fiel er in tiefen Schlaf.

Veriasse sagte zu den anderen: »Macht euch keine Sorgen. Die Chancen stehen gut, daß unser Feuer in der Nacht einige Aufmerksamkeit auf sich ziehen wird. Vielleicht treffen wir die Drononen schon morgen früh. Und dann werden wir herausfinden, wie sie über unser Vordringen in ihre Welt denken.« Er lehnte sich zurück und dachte nach. Everynnes Verletzung heilte sehr gut. Trotzdem hatte er irgendwie gehofft, daß sie noch ein paar Tage länger Zeit gehabt hätten.

Gallen und Maggie waren unruhig. Maggie trug ihren Mantel. Sie war aufgeregt und lief neugierig um das riesige Bein der alten Festung herum. Während sie alles genau studierte, redete sie von den meisterhaften Ingenieurleistungen der Drononen, die ein so gewaltiges Ding erbaut hatten. Schließlich ergriff sie eine Lampe und kletterte mit Gallen hinauf in den Leib der toten Stadt. Dort standen sie vor dem schwarzen Metall eines Waffenturms und starrten in die tiefen Schatten des Innern.

Für Veriasse sah es so aus, als würden die beiden in den Panzer einer gigantischen Schildkröte spähen. Maggie rief und pfiff und lauschte ihrem eigenen Echo. Dann kletterten die beiden in die Festung, um sie zu erkunden.

Veriasse sah, wie das Licht ihrer Lampe langsam schwächer wurde, als sie tiefer in die Innereien der Stadt vordrangen. Bald war er mit Orick und Everynne allein. Er fühlte sich müde und zerschlagen und legte sich neben Everynne nieder. Orick schnarchte laut. Dann brach die Nacht herein; es wurde sehr dunkel. Veriasse hatte angenommen, daß Everynne schlafen würde, doch sie sagte leise: »Jetzt sind wir da.«

»Endlich«, gab Veriasse zurück. Er versuchte, hoffnungsvoll zu klingen.

Everynne lachte. Es war nicht der gewohnt angenehme Klang ihres fröhlichen Lachens, sondern ein leiser, spöttischer Ton: »endlich, ja.«

Veriasse fragte: »Tut es dir leid, daß wir hierher gekommen sind?«

Er wußte, daß es eine unfaire Frage war, doch Everynne antwortete: »Dies ist der Planet, wo ich auf die eine oder andere Weise sterben werde. Ich glaube, ich bin nur ein wenig enttäuscht, daß es noch so lange dauert. Ich hatte mich bereits darauf eingestellt, daß der Kampf heute stattfinden würde.«

»Ich weiß, daß du damit rechnest, in jedem Fall zu unterliegen, auch wenn ich den Kampf gewinnen sollte«, sagte Veriasse. »Aber ich verspreche dir – wenn dein Bewußtsein mit dem Semarittes verschmolzen sein wird, bist du nicht tot. Im Gegenteil, es wird wie ein wundervolles Erwachen für dich sein. Ich habe es schon früher bei anderen Klonen gesehen. Es wird eine so mächtige Erfahrung für dich, daß es dich überwältigt. Du wirst für einige Minuten bewußtlos. Aber wenn du erwachst, wirst du weiser und machtvoller sein als je zuvor. Vertrau mir, mein Kind. Vertrau mir.« Veriasse schaute in Everynnes Gesicht. Es war nur vom Schein des kleinen Lagerfeuers erhellt. Veriasse erkannte, daß sie sich mehr ängstigte, als er es je zuvor bei ihr gesehen hatte. Sie zitterte stark, und Schweiß bedeckte ihre Stirn.

Veriasse nahm ihre Hand und streichelte sie, doch Everynne wandte sich nicht zu ihm um. Sie lachte kalt und sagte: »Vater, wenn ich mich jetzt umdrehe und davongehe, wirst du mich dann hassen?«

Veriasse hatte gehofft, dieses Thema vermeiden zu können. Er hatte gehofft, daß sie nicht mehr über andere Möglichkeiten und Pläne für den Sieg über die Dronenen diskutieren würden. Er hatte bereits alle Möglichkeiten erwogen und sie in allen Einzelheiten mit Everynne und zuvor mit Semaritte besprochen. Einer nach dem anderen war verworfen worden. Everynne konnte jetzt nicht einfach von hier fortgehen. Veriasse durfte nicht zulassen, daß sie jetzt schwach wurde. Er hatte den Wunsch, sie zu warnen, nicht den einfachen Weg zu wählen, sie an die Milliarden von Menschen zu erinnern, die leiden würden und unter drononischer Herrschaft sterben würden, wenn sie jetzt ging. Doch er beschloß, nur die Wahrheit zu sagen. »Ich würde dich lieben, auch wenn du jetzt gehst. Du bist für mich die einzige Tochter, die ich je hatte. Ich habe dich beobachtet, wie du in den vergangenen drei Jahren gewachsen bist und wie du gelernt hast. Es hat mir viel Freude bereitet, und ich bin sehr stolz auf dich.«

»Aber du wirst mich noch mehr lieben, wenn Semaritte erst in mir ist, nicht wahr?« Everynnes Stimme klang bitter. »Ich wette, du kannst es kaum erwarten, daß sie mich übernimmt. Was meinst du, wie lange es dauert, bis ihr miteinander im Bett liegt?«

Veriasse hatte Everynne noch nie wütend gesehen. Sie hatte noch nie ein unhöfliches Wort gesprochen. Er mußte daran denken, daß sie emotional noch ein Kind war, und er mußte Zugeständnisse machen. »Everynne, hör auf, dich mit solchen Gedanken zu quälen. Das führt zu nichts.«

Sie sagte: »Ich quäle mich nicht. Du quälst mich. Du *tötest* mich!« Sie wandte sich ab und begann leise zu schluchzen.

Veriasse wollte etwas sagen, sie trösten, doch es gab nichts, das er ihr noch hätte sagen können. Schließlich flüsterte er: »Wenn du von hier fort willst, dann sag es mir. Ich schwöre dir, daß ich alles in meiner Macht stehende tun werde, um dich sicher nach Hause zurückzubringen. Wenn du willst, greifen wir zu den Waffen. Wir stellen Armeen auf und öffnen mit unseren Schlüsseln die Tore. Alle Menschen lieben und verehren dich. Wenn du es verlangst, werden sie für dich kämpfen. Ich schwöre dir, innerhalb weniger Tage hätten wir Milliardenheere, die den Feind in deinem Namen vertreiben würden. Sie würden über die Welten stürmen und Blut und Tod verbreiten. Auf Tausenden von Welten würden Terrors entfesselt. Wenn du es willst.«

Er mußte ihr nicht erklären, daß die Verluste in einem solchen Krieg unermeßlich wären. Die Drononen würden damit beginnen, die Welten zu zerstören, die sie erobert hatten. Die Bilder der Atompilze am Nachmittag auf Wechaus waren noch frisch in seinem Gedächtnis, ebenso die Bilder von der terrorverbrannten Welt Bregnel. Doch dieser Krieg würde alles in den Schatten stellen. Die Toten würden sich zu Bergen stapeln – so viele, daß niemand sie mehr zählen konnte.

Everynne wußte das alles. Und sie konnte sich nicht von den Menschen abwenden, die in Not waren. Sie lag da und weinte, und schließlich sagte sie leise: »Vater, bitte, halte mich. Bitte.«

Veriasse legte ihr den Arm um die Schulter und kuschelte sich an ihren Rücken. Sie ergriff seine Hand und hielt sie fest. Er blieb so liegen, bis sie zu weinen aufhörte – fast eine Stunde. Dann flüsterte er: »Geht es dir besser?«

»Ja«, antwortete sie fest. »Ich wünschte nur, es wäre endlich vorbei.«

»Du bist meine tapfere Tochter«, sagte Veriasse. Er schmiegte sich mit dem Körper an sie und roch den süßen Duft ihres Haares. Nach einer Weile begann sie, tief zu atmen, als wäre sie eingeschlafen.

Veriasse begann sich wegen Gallen und Maggie Gedanken zu machen. Sie waren schon ziemlich lange in der verlassenen Festung. Aber dann sagte er sich, daß es ein sehr großes Gebilde war. Sie waren vielleicht noch Stunden mit seiner Erkundung beschäftigt. Er schlief ein und wurde von einem unruhigen Traum geplagt.

Maggie streifte durch die tote dronische Stadt, und sie fühlte sich wild und frei. Sie zitterte vor Erregung. Gallen folgte ihr. Bald würden sie den Drononen gegenüberstehen, und Maggie war sich ziemlich sicher, daß sie alle den Tod finden würden. Doch im Augenblick trieb ihr Mantel sie auf der Suche nach immer neuen Erkenntnissen über die verlassene Stadt voran. Er trieb sie durch das Riesengebilde, klaubte überall neue Informationen zusammen. Sie gelangten in eine Art Maschinenraum, wo riesige Hydraulikanlagen gearbeitet und einst die Beine der Festung angetrieben hatten. Maggie studierte die Energieversorgung und die Pumpstationen. Obwohl die Stadt tot und verlassen war, und obwohl die meisten Ausrüstungsteile entfernt worden waren, hatten die Drononen die Reste mit großer Sorgfalt behandelt. Die aufgegebene Maschinerie war sogar von einem dünnen Ölfilm geschützt.

Der schwere Geruch von rostendem Stahl und Staub erfüllte die Stadt. Die Gänge waren dunkel. Durch die weiten Hallen pfiff der Wind.

Maggie und Gallen erforschten eine Stunde lang die Maschinenräume. Dann fanden sie eine Krankenstation und entdeckten etwas, das nur ein Brutofen gewesen sein konnte. Maggies Mantel trieb sie immer weiter. Seine Neugier war grenzenlos. Ständig teilte er ihr seine neuen Erkenntnisse mit, und bald hatte Maggie das Gefühl, ihr müßte vor lauter neuem Wissen der Kopf platzen.

Sie rannte aufgeregt in die Katakomben der Festung, Gallen mit der Lampe an ihrer Seite. Manchmal berührte er sie scheu.

Schließlich erreichten sie einen Lagerraum und schlenderten durch einen großen Korridor. Viele unbekannte Apparate waren an den Wänden aufgestapelt, Maschinen eines vergessenen Zeitalters. Riesige Speicherspulen, mehr als zehn Meter hoch, die wie gewaltige Fingerhüte aus dem Boden ragten. Ersatzteile für die Beine der Festung hingen an den Decken. Stücke von runden, antiken Nachrichtenscheiben lagen auf einem Haufen in einer Ecke, und Maggies Mantel veranlaßte sie, sich die Taschen damit vollzustopfen, um sie später auseinanderzunehmen und zu studieren.

Gegenstände, die wie gläserne drononische Köpfe mit drei Facettenaugen aussahen, lagen auf einem Stapel, als hätten die Drononen vor langer Zeit versucht, Androiden zu konstruieren. Vielleicht laufen noch heute drononische Androiden durch das Schiff, dachte Maggie. Doch ihr Mantel flüsterte ihr zu, daß dies unwahrscheinlich sei, denn man hatte noch nie auf irgendeiner Welt etwas von drononischen Androiden gehört.

Vieles von dem, was Maggie sah, konnte ihr Mantel enträtseln. Teile von Kabeln, Servomotoren, ein Regal mit mechanischen Gehirnen, veraltete Brutöfen. Maggie erklärte Gallen alles. Doch andere Dinge blieben mysteriös. Der größte Teil der drononischen Ausrüstung war fünfmal so schwer wie jeder

Gegenstand, den ein Mensch benutzen würde. Die Dronönen schienen es vorzuziehen, ihre Maschinen dauerhaft zu konstruieren, statt bequem in der Handhabung.

In einer großen Halle entdeckten sie ein Gebilde, das einst ein Raumschiff gewesen sein mußte. Es war ein relativ kleines Schiff von achtzig Fuß Länge und vierzig Fuß Breite und hatte die Form eines großen Y. Maggie war neugierig, ob sie es fliegen könnte.

Sie öffnete die Schleuse und kletterte hinein. Der Mantel flüsterte ihr zu, die Maschinen zu untersuchen. Schließlich erzählte sie Gallen: »Das Schiff hat einen Gravitationswellenantrieb. Man konnte damit zwar nicht aus dem Sonnensystem heraus, aber es dürfte trotzdem ziemlich schnell gewesen sein.« Sie ging zum Steuerstand. Die Sitze vor dem Stand waren wie Sättel geformt: sie waren für die dronönische Anatomie geschaffen. Auf dem Boden befanden sich verschiedene Hebel, deren Bedienung für jedes Lebewesen mit weniger als vier Beinen unmöglich war. Die Handkontrollen waren fast fünf Fuß von den Sitzen entfernt und konnte nur von Wesen mit sehr langen Armen betätigt werden. Maggie grinste vor sich hin, als sie erkannte, daß es sich um ein dronönisches Kriegsschiff handeln mußte. Nur die Bezwinger mit ihren langen Kampfarmen konnten solche Kontrollen bedienen.

Ihr wurde vor Begeisterung schwindlig. Sie kam aus dem Staunen nicht heraus. Lachend setzte sie sich auf einen der sattelförmigen Sitze und streckte sich. Gallen klemmte die Lampe in einer Nische auf dem Kontrollpult fest und drehte sich verblüfft zu ihr um. »Ich habe dich noch niemals in einer solchen Stimmung erlebt.«

»Was für eine Stimmung?«

»So glücklich. So frei.«

Maggie lachte. »Das liegt daran, daß ich vorher noch niemals so glücklich oder frei gewesen *bin.*« Als sie die Worte ausgesprochen hatte, erkannte sie, daß darin mehr Wahrheit lag, als sie sich selbst je eingestanden hätte.

»Dein Lächeln steht dir sehr gut.« Gallen schwang sich zu Maggie in den Sattel. Er saß mit dem Gesicht zu ihr, und seine

Beine umschlossen die ihren. Er lehnte sich zurück und verschränkte die Arme hinter dem Kopf. Seine halb geschlossenen Augen wirkten müde. Die Lampe flackerte und warf tanzende Schatten auf sein Gesicht. Maggie fühlte sich wie elektrisiert, wollte ihn auf der Stelle küssen, ihn lieben, doch Gallen blickte sie nur an und rührte sich nicht.

Maggies Mantel flüsterte ihr zu, daß sie aufstehen und weiter ins Schiff vordringen sollte. Sie nahm den Mantel ab und hielt ihn in der Hand. Sie wollte nicht, daß er sie jetzt mit seiner ständigen Neugier ablenkte.

Gallen beugte sich vor und streichelte zärtlich Maggies Wangen. Dann küßte er sie. Es war ein eigenartiger Kuß. Er war nicht voller Verlangen, noch war es eines dieser kleinen schuldbewußten Küßchen, die Gallen Maggie zu Haus auf Tihrglas gegeben hatte. Es war ein Kuß, der so langsam wie tropfender Honig war, und er schmeckte genauso süß. Der Kuß sprach zu ihr. Er sagte: »Ich liebe dich so wie du bist, und ich bin im Augenblick sehr zufrieden damit.«

Sie hielten sich einige Minuten in den Armen und küßten sich; dann lehnte Gallen sich wieder zurück und verschränkte die Arme hinter dem Kopf.

»Verdammt noch mal, Gallen O'Day«, sagte Maggie. »Du hast ja ganz schön lange gebraucht!«

»Vermutlich hast du recht.« Gallen lächelte zufrieden. »Willst du meine Frau werden, wenn wir wieder auf Tihrglas sind?«

Natürlich werde ich deine Frau, dachte Maggie. Dann aber verflog ihre gute Laune. »Ich werde nicht nach Tihrglas zurückkehren!«

»Nicht nach Tihrglas zurück?« fragte Gallen.

»Warum sollte ich? Was gibt es dort schon für mich? Du selbst hast vor einigen Minuten gesagt, daß du mich noch nie so glücklich gesehen hast. Wie soll ich nur anfangen, dir das alles zu erklären? Im Augenblick interessiert mich nur diese Festung. Ich möchte ganz genau wissen, wie alles funktioniert hat.« Sie zeigte mit einer ausholenden Bewegung auf das kleine Schiff und die alte Marschfestung der Drononen um sie herum. »Nimm zum Beispiel diese kleinen drononischen Nachrichtenscheiben. Bis vor zweihundert Jahren war es die einzige Kommunikationsform, die die Dronen kannten. Sie hatten noch nicht einmal die Radiowellen entdeckt! Wir haben es ihnen gezeigt. Die Scheiben besitzen miniaturisierte Gravitationsantriebe, und ich habe noch nie gehört, daß einer unserer Techniker eins von diesen kleinen Scheißdingern auseinandergenommen und untersucht hätte. Gallen, ich habe die Taschen voll mit drononischer Technologie, und ich bin im Augenblick wunschlos glücklich. Es ist Entdeckungsfieber und Neugier! Hier bin ich frei und kann alles lernen, was ich will. Das ist auf Tihrglas nicht möglich! Such dir irgend eine andere Welt aus, die wir besucht haben – ganz egal, welche. Ich könnte hingehen und glücklich sein, aber du wirst mich auf Tihrglas nie wieder lächelnd erleben.«

Gallen verschluckte sich beinahe bei seinen Worten: »Maggie, ich ... wir gehören nicht hierher! Ich kann dich hier nicht beschützen!«

»Ich will deinen Schutz nicht! Du hast mich gefragt, ob ich dich als Ehemann will, nicht als Leibwächter!«

Ihre leichtfertig dahingesagten Worte waren keine Antwort auf seine wirklichen Sorgen. Sie erkannte, daß er mit Leib und Seele Beschützer war. Es war sein Instinkt; er war angeboren. Ein Teil von ihm wollte die Menschen, die um ihn waren, unter allen Umständen vor Gefahren schützen. In den letzten paar Tagen waren sie durch so viele Welten gestolpert, daß Gallen völlig überfordert und verwirrt war. Er hatte nicht genügend Zeit gehabt, die zugrundeliegende Ordnung auf den einzelnen Welten zu verstehen, weil die menschlichen Gesellschaften, die sie getroffen hatten, sich allesamt in einem Stadium der steten Weiterentwicklung und des Wachstums befunden hatten. Weil sie dabei gewesen waren, sich aus ihren vorgesehenen Bahnen zu entfernen.

Maggie sagte zu ihm: »Du besitzt einen Mantel. Er wird dir vieles beibringen, Gallen. Mit der Zeit wirst du ein Lord Protektor, wie Veriasse.« *Oder ein frustrierter Fanatiker wie Primarius Jagget,* dachte sie. Denn als Jaggets Welt sich so weit verändert hatte, daß er sie nicht mehr verstand, hatte Jagget sich nicht mehr anpassen können. Er hatte Wechaus zwar immer noch ›meine Welt‹ genannt, aber sie war von Menschen bewohnt, die ihm in den Jahrtausenden fremd geworden waren.

Und plötzlich verstand Maggie. Auf seine Art *war* Gallen bereits ein Lord Protektor. Daheim auf Tihrglas hatte er für das Amt des Bezirkssheriffs von Morgan kandidieren wollen. In wenigen Jahren wäre er Lord Sheriff aller Bezirke gewesen. Er war dazu bestimmt, Lord Protektor von Tihrglas zu werden.

Gallens Augen verschleierten sich. Nach einer Weile sagte er leise: »Vielleicht. Vielleicht kann ich eine Welt finden, auf der wir beide leben können.«

Maggie nahm seine Hand in die ihre. »Vielleicht können *wir* diese Welt *gemeinsam* finden.«

Im Traum glitt Veriasse mit seinem Airbike über die eintönige Landschaft von Dronon. Everynne fuhr neben ihm. Voraus waren dunkle Wolken, so grau wie Schiefer. Veriasse konnte das schwache Grollen des Donners hören. Sie schossen mit hoher Geschwindigkeit auf die Sonne zu, die langsam hinter den Wolken verschwand. Sie fuhren zwischen den mächtigen Beinen einer drononischen Marschfestung hindurch, und unter dem riesigen Leib wurde es so dunkel, daß Veriasse zweifelte, ob sie es jemals bis zum Horizont schaffen würden.

Die Sonne versank langsam hinter einigen Bergen. Veriasse keuchte. Trauer überkam ihn, als es Nacht wurde. Plötzlich kam die Sonne wieder hinter dem Horizont hervor, als hätte sie ihre Bahn gewechselt, und tauchte das Land in ihr strahlendes Licht. Veriasses Herz füllte sich wieder mit Hoffnung.

Der Traum war so wirklich, daß Veriasse erwachte. Er hörte ein schwaches Rumpeln in der Ferne und glaubte, daß sich ein Gewitter zusammenbraute. Er wäre wieder eingeschlafen, doch Gallen rief: »Los, hierher! Kommt her!«

Everynne drehte sich aus Veriasses Armen.

Veriasse setzte sich auf. Gallen hatte sein Flammrohr in die Luft abgefeuert. Die weiße feurige Kugel tauchte den Himmel in ein glänzendes Licht und fiel zurück auf die Erde. Gallen und

Maggie waren aus der Marschfestung hervorgekrochen und standen auf einem Geschützturm. Sei schrien und winkten, und Veriasse blickte sich um. In der Ferne bewegte sich etwas Gewaltiges, Schwarzes durch die dunkle Nacht. Es kroch über die Ebenen und bewegte sich schwerfällig wie eine gigantische, vollgefressene Zecke. Veriasse konnte es nur durch die Beleuchtung seiner Kampfstationen erkennen. Es waren gewaltige rote Augen, die durch die Nacht wanderten.

Der Boden bebte und zitterte. In seinen Träumen hatte Veriasse keinen Donner gehört, sondern das Geräusch der dronischen Marschfestung, die sich stöhnend über die gequälte Erde schleppte.

Gallen johlte und gab einen weiteren Schuß mit dem Flammrohr ab. Mit übertriebenen irischem Akzent rief er: »Kommt her, ihr lausigen Bastarde! Schleppt euren dicken Arsch hierher! Wir sind es satt, hinter euch herzurennen!«

Die drononische Stadt änderte ihre Richtung und bewegte sich jetzt auf sie zu. Die Geschütztürme drehten sich hin und her, während die Dronen nach Anzeichen von Feinden suchten. Veriasses Herz klopfte heftig, und sein Atem begann zu rasseln. Sie hatten den Feind gefunden.

19

Veriasse konnte es fast nicht glauben. Von allen Situationen, die er sich ausgemalt hatte, war dies die wahrscheinlich günstigste: Eine weit entfernte drononische Festung in der Nacht zu entdecken. Er ging zu seinem Packsack und kramte seine vielen Utensilien hervor. Es hatte Jahre gedauert, einige davon zu erwerben. Er befestigte einen Translator an seinem Mantel, der mit einem Mikrophon und Lautsprechern ausgerüstet war, die seine Stimme übertragen würden, und einem winzigen Empfänger in seinem Ohr. Mit Hilfe des Translators konnte er leise sein eigenes Englisch sprechen; es wurde ins Drononische übersetzt und mit einem befehlenden Brüllen über die Lautsprecher verbreitet. Gleichzeitig übersetzte das Gerät die drononischen Klickgeräusche in Veriasses Sprache und flüsterte ihm die Übersetzung ins Ohr. Veriasse stöpselte den Ohrhörer ein und schaltete den Translator an. Er bemerkte, daß Everynne mit ihrem Gerät das gleiche getan hatte. Er zog eine Brille hervor, die seine Augen für den Fall schützen sollte, daß er von einem Drononen angespuckt wurde.

Nach drononischen Gesetzen war es den Teilnehmern an einem rituellen Kampf nicht gestattet, irgendwelche Waffen zu benutzen. Dennoch hatte Veriasse einen Holoprojektor dabei, den er zur Tarnung benutzen wollte. Er zog ihn hervor und stellte das Gerät vor Everynne auf den Boden. Dann schaltete er den Apparat ein. Die Luft um ihn herum flimmerte kurz, und das Bild einer Goldenen Königin erschien, einer Stockmutter mit großem, aufgeblähtem Unterleib. Die kleinen nutzlosen Flügel waren fest über dem Rücken gefaltet. Sie stand in majestätischer Haltung mit kampfbereit erhobenen Vorderarmen und erhobenem Kopf da, so daß sie mit ihrem obersten Facettenauge hinter sich blicken und mit den vorderen gleichzeitig die Gegend vor sich in einem Winkel von einhundertzwanzig Grad kontrollieren konnte.

Die peitschenartigen Sensoren neben den Mundwerkzeugen fuhren wild durch die Luft, als wollten sie einem flüchtigen Geruch nachspüren.

Draußen verlagerte die Festung ihr Gewicht auf vier ihrer Beine und ruhte einen Augenblick, indem sie die anderen vier Beine nach vorn setzte. Dann zog sie sich zitternd und schaukelnd voran, bis ihr mächtiger Leib erneut für einen Augenblick auf den soeben vorgesetzten Beinen zur Ruhe kam. Es war die schwerfällige Bewegung einer Königin, die mühsam ihren Eiersack hinter sich herschleppte. Die Erde bebte protestierend unter dem Gewicht der gigantischen Wabenstadt. Eine Wolke von Staub und heißen Abgasen strömte hinten aus ihrem Leib hervor. Lichter glommen in den Kasematten der vorderen Geschütztürme.

Veriasse warf einen Blick auf Everynne. Sie war verkrampft,

hatte die Arme vor der Brust verschränkt, und ihr Gesicht war bleich. Orick stand auf allen vieren neben ihr. Seine Nackenhaare waren gesträubt. Er fletschte die Zähne, während er das Schauspiel beobachtete.

Gallen und Maggie riefen laut und kletterten an den gewaltigen Beinen der Ruine über eingelassene Sprossen hinunter. In weniger als vier Minuten waren sie unten. Gallen sagte aufgeregt: »Veriasse, paß auf! Aus dem Ding kommt ein ganzes Heer von drononischen Kriegern!«

»Ich weiß«, antwortete Veriasse ruhig. »Sie kommen, um uns zu überprüfen und sich davon zu überzeugen, daß ihre Königin nicht in Gefahr ist. Danach werde ich mit ihrem Lord um das ›Charn‹ kämpfen. Wenn wir dieses Recht erst gewonnen haben, werden sie uns auf direktem Weg zu den Lords des Schwarms führen, wo ich dann ein letztes Mal kämpfen werde. Ich kann nur hoffen, daß ihre Königin uns gestattet, um das Charn zu kämpfen.«

»Und wenn nicht?« fragte Maggie. Sie trat von hinten zu ihnen.

»Dann werden wir vermutlich umgebracht«, antwortete Veriasse ruhig. Er blickte sich um und sah im Schein des Holoprojektors den bestürzten Ausdruck auf Maggies Gesicht. »Ich habe immer wieder versucht, euch zu warnen«, sagte er. »Die Drononen sind extrem territorial. Wenn wir nur bei einem Schritt versagen, nur einen einzigen Fehler machen, können sie uns nach ihrem Recht töten.« Veriasse hatte es den anderen nicht erzählen wollen, aber er spürte, daß er die Pflicht dazu hatte. Und er mußte ihnen sagen, wie sie sich vielleicht retten konnten, falls er den Kampf verlor. »Wenn ich getötet werde, fallt auf die Knie. Streckt die Arme vor und kreuzt die Hände, und legt euer Gesicht auf den Boden. Dies ist die drononische Geste der Unterwerfung. Ein Dronone, der diese Haltung einnimmt, ist wehrlos und nicht mehr imstande, die Anführer vor sich im Auge zu behalten. Die drononischen Bezwinger werden euch vielleicht nicht töten, wenn ihr diese Haltung einnehmt und beibehaltet. Sie werden euch nur leicht mit ihren Kampfarmen streifen, um euch zu verwunden. Unserer dünnen Haut wegen kann der Schlag trotzdem tödlich sein, aber es ist eure einzige Chance.«

»Bist du sicher, daß die Drononen so reagieren?« fragte Maggie.

»Es ist ein Teil ihrer Ordnung, ein Teil des Rituals«, antwortete Veriasse. »Die Drononen sehnen sich nach Ordnung. Ja, ich glaube, es wird funktionieren.«

Die Marschfestung war mittlerweile bis auf etwa zwei Kilometer herangekommen. Im Schein ihrer Lichter erkannte Veriasse die schwarzschimmernden Rückenpanzer unzähliger Bezwinger, die sich vor der großen Festung aufgestellt hatten. Immer wieder richteten sich einige von ihnen auf ihre Hinterbeine und wirbelten mit ihren peitschenartigen Sensoren durch die Luft. Sie witterten den Geruch, während der Rest des Trosses sich näherte. Unter den dumpfen Rumpeln und Quietschen der sich bewegenden Festung war jetzt ein gleichförmiges Getöse zu hören, das Klacken von gepanzerten Armen und Beinen, die heranmarschierten, und das Trommeln der Mundfinger der Drononen, die sich untereinander verständigten. Die Festung und ihre Krieger bewegten sich viel schneller vorwärts, als Veriasse zuerst geglaubt hatte.

Er nahm sein Flammrohr hervor und feuerte zweimal in den Boden, um die Umgebung zu erleuchten. Im Lichtschein der hellweißen Säulen des chemischen Feuers legte Veriasse seinen Umhang ab und trat einen Schritt vor. Er hob die Arme über den Kopf und kreuzte die Hände. Es war das Zeichen, daß er einen rituellen Kampf auszutragen wünschte. Er war ganz in Schwarz gekleidet, mit glänzenden Stiefeln und geschmeidigen Handschuhen, und er trug eine schwarze Panzerweste. Sogar sein Mantel war von glänzendem Schwarz. Er hoffte, daß er die Drononen in diesem Licht ausreichend beeindruckte, und daß sie ihn als einen Lord-Begleiter anerkannten.

Die drononische Festung schleppte sich noch ein paar Schritte näher; dann ließ sie sich nieder. Der runde Leib dieser riesigen Wabenstadt maß etwa siebenhundert Meter im Durchmesser und war zwölf Stockwerke hoch. Jedes ihrer acht Beine erhob sich allein bis zum ersten Gelenk hundert Meter vom

Boden, und es gab noch zwei weitere. Die Lichter in der Festung zeigten Bezwinger, die die Waffentürme und Kasematten besetzt hatten. Kleinere weiße Arbeiterinnen huschten zwischen ihnen umher und verteilten Nahrung und Getränke. Veriasse fragte sich, ob die Drononen während ihrer Schlachten regelmäßig gefüttert wurden, oder ob sie damit nur ihre Tapferkeit und Gleichgültigkeit gegenüber dem Feind zur Schau stellen wollten.

Eine schwarze Woge von Bezwingern schwärmte aus und umringte Veriasses kleine Gruppe in einer Entfernung von etwa hundert Metern. Sie kletterten übereinander und bildeten eine Mauer aus Körpern, die vor Flammrohren starrte. Das trommelnde Geräusch ihrer Unterhaltungen wurde immer lauter. Es klang wie das Rattern eines ausgedehnten Schilfmeeres im Wind.

Der Translator war durch die vielen spöttischen Rufe und Drohungen vollkommen überfordert. Der kleine Lautsprecher in Veriasses Ohr gab nur selten ein paar Worte oder Sätze von sich. Veriasse verfluchte sein Pech. Er fürchtete, daß er vor diesem lärmenden Hintergrund nichts hören würde, was ein einzelner Dronone zu ihm sagte.

Veriasse brüllte die rituellen Worte der Herausforderung und betete, daß der Translator sie wenigstens korrekt übersetzte: »Dieses Land gehört uns! Alles Land gehört uns! Eine Große Königin kommt zu euch. Werft euch ihr zu Füßen und erweist eure Verehrung, oder bereitet euch auf den Kampf vor!« Er wartete einen Augenblick. Dann begann der Translator laut zu trommeln und zu klicken.

Plötzlich wurden alle Drononen still. Ganz oben auf der lebenden Mauer aus Leibern erhob sich ein einzelner Dronone auf die Hinterbeine und kreuzte seine Kampfarme über dem Kopf. Er schrie: »Ihr entehrt uns! Dies ist keine wahre Goldene Königin, sondern nur eine Projektion. Seid ihr so dumm, daß ihr glaubt, uns täuschen zu können?«

Veriasse konnte in der Dunkelheit nicht erkennen, ob der Dronone die Gesichtstätowierung eines Lord-Begleiters trug. Doch die Kreatur spuckte Säure aus, als wollte sie sagen: »Ihr seid nichts als Futter!« Veriasse war sicher, daß nur ein Lord-Begleiter es wagen würde, eine derartige Beleidigung auszustoßen. Doch es war offensichtlich, daß diese Begegnung nicht so glatt verlaufen würde, wie Veriasse es sich erhofft hatte. Sein Magen krampfte sich zusammen. »Dieses Hologramm ist nichts weiter als ein Banner«, rief er. »Unsere Goldene steht hinter mir! Sie ist nicht drononisch wie ihr, aber unter uns Menschen wird ihre Rasse von allen angebetet! Sie ist von makelloser Reinheit und eurer Anbetung würdig! Eine Große Königin kommt zu euch. Werft euch ihr zu Füßen und erweist eure Verehrung, oder bereitet euch auf den Kampf vor!« Veriasse streckte die Arme kampfbereit nach vorn und spuckte auf den Boden.

Die Drononen zuckten bei dieser Beleidigung zusammen.

Schweigend blickte Veriasse sich nach Everynne um. Sie hatte die Hände ineinander verschränkt. Zwischen den goldenen Handschuhen erkannte er ein schwaches Schimmern. Everynne hielt den Terror in ihren Händen. Wenn die Drononen angriffen, hatte sie nur Bruchteile von Sekunden, um den Terror zu aktivieren und die Zerstörung dieser Welt in Gang zu setzen. Beinahe hoffte Veriasse, sie würde es schon jetzt tun.

Der Lord-Begleiter rief: »Ich werde das Ritual der Untersuchung durchführen und diese Goldene inspizieren!« Er entfaltete die Flügel, erhob sich von der Mauer und landete nur eine Armeslänge vor Everynne. Veriasse konnte die goldenen Tätowierungen auf seinem Gesicht erkennen – Linien, die wie Blitze von den Augen ausgingen. Die Sensoren des Lord-Begleiters strichen über Everynnes Kopf und über ihr Gesicht. Er zögerte einen langen Augenblick. Veriasse betete, daß er nicht darauf bestehen würde, daß Everynne ihre Kleidung ablegte, um nach Narben an ihrem Körper zu suchen.

Der Lord-Begleiter zerrte an Everynnes Gewändern, zog sie aber nicht aus. Er schien von der goldenen Farbe und Struktur der Textilien mehr angetan zu sein als von Everynnes blasser Haut. Schließlich klickte der Dronone: »Ich finde diese hier nicht würdig, daß man sie anbetet.«

Veriasse erwiderte: »Sie ist würdig. Sie ist eine Goldene unter den Menschen, von vollkommenem Äußeren, ohne Makel.«

»Sie ist weich wie eine Larve. Sie ist ekelerregend und unwürdig.«

»Alle Menschen sind wie sie«, sagte Veriasse. »Und für uns sind eure Körper ebenso ekelerregend und unwürdig. Dennoch ehren wir eure Goldene Königin. Wir verlangen, daß ihr ebenso handelt. Ich versichere dir, daß du unter den Menschen niemals eine vollkommenere Frau als diese Goldene Königin finden wirst. Ich fordere dich zum Kampf um das Charn heraus.«

Veriasse spürte, daß er es seinem Gegenüber leichter machen würde, wenn er nur um das Recht des Charn kämpfen wollte. Falls Veriasse siegte, gäbe es eine zweite Untersuchung durch die Goldene Königin des Schwarms und ihren Lord-Begleiter. Veriasse bat im Grunde genommen nur um eine Kleinigkeit. Doch der Dronone sagte: »Ich weise dein Recht zurück. Dies ist keine Goldene.«

»Wenn du uns das Recht der Herausforderung nicht gewährst, entehrst du die Goldene Königin der Menschheit. Wenn ihr unsere Goldene nicht ehrt, werden alle Menschen auf allen Welten euch das Recht absprechen, uns zu beherrschen. Ein Krieg wird ausbrechen, der mit nichts vergleichbar ist, das ihr je gesehen habt.«

»Du drohst uns?« fragte der Lord-Begleiter. Er blickte auf Everynne und sah den Terror in ihrer Hand.

»Ich wünsche nicht, dazu gezwungen zu sein«, sagte Veriasse. »Aber du hast gesehen, daß wir den Terror bei uns tragen. Ihr habt uns über alle Welten gejagt. Wenn ihr den Menschen nicht das Recht gewährt, um die Thronfolge zu kämpfen, gibt es keine andere Möglichkeit, als die Waffe zu zünden.«

Der Dronone zögerte. Veriasse rief: »Ich sage die Wahrheit! Laß uns um das Charn kämpfen!«

Der Dronone betrachtete Everynne noch einmal sorgfältig. Dann wich er zwei Schritte zurück.

»Ich werde gehen und mich mit der Königin unseres Stocks beraten.« Er drehte sich um und flog in Richtung der Wabenstadt davon.

Der flackernde Schein der Flammrohrmunition wurde allmählich dunkler.

Im Licht der chemischen Feuer schien es, als würde die lebende Mauer aus dronischen Bezwingern wanken.

Weder Gallen noch Orick oder Maggie bewegten sich. Niemand sprach ein Wort. Veriasse war im stillen dankbar für ihr Einfühlungsvermögen. Die Verhandlungen waren an einem kritischen Punkt angelangt. Wenn die Königin dieses Stocks entschied, daß sie nicht um das Charn kämpfen dürfte, würden die Drononen geschlossen angreifen. Wenn sie entschied, die Herausforderung anzunehmen und den Kampf um das Charn zu gewähren, würde sie wahrscheinlich zusammen mit ihrem Lord-Begleiter hervorkommen und den Kampf beobachten.

Zehn Minuten vergingen, dann zwölf. Schließlich erschien der Lord-Begleiter auf einer der Brüstungen der Wabenstadt und flog zu seinen Kriegern hinab. Er erhob sich auf die Hinterbeine und kreuzte die Kampfarme über dem Kopf. »Wir haben uns mit unserer Königin beraten. Sie hat befohlen, euch zu achten und euch den Kampf um das Charn zu gewähren. Ich bin Dinnid vom Stock der Endlosen Felsen. Wir regieren diese Ebenen seit zehntausend Jahren. Unsere Larven werden eure Kadaver fressen. Unsere Bezwinger werden euer Land nehmen. Euer Stock wird sich uns unterwerfen!«

Tausende drononischer Bezwinger hoben gleichzeitig die Kampfarme und schlugen sie mit tosendem Krachen gegeneinander.

Veriasse zuckte mit den Schultern und versuchte, sich seine Sorgen nicht anmerken zu lassen. Bis jetzt hatte er nicht gewußt, wo sie auf Dronon durchs Tor gekommen waren. Doch der Name des Stocks der Endlosen Felsen war bis zu den Menschen vorgedrungen. Dinnid war relativ jung und sehr stark, ein Sohn der Goldenen Königin des Schwarms und ihres Lord-Begleiters. Unter den Drononen hatte er sich den Beinamen ›Der Gerissene‹ erworben. Er war seiner Tapferkeit wegen berühmt. Viele Drononen waren davon überzeugt, daß er und seine Königin eines Tages die Nachfolger der regierenden Goldenen werden würden. Man sagte, daß Dinnid nur die Zeit abwartete, bis seine rechtmäßigen Herrscher älter und schwächer geworden waren.

Dinnids Flügel blitzten auf. Er schoß in die Höhe und flog in den Bauch der Festung. Die Drononen rings um Veriasse begannen zu klicken und zu trommeln. Sie wichen zur Seite, um eine Öffnung in der lebenden Wand zu schaffen. Veriasse schaute sich nach Everynne um und bedeutete ihr mit den Augen, ihm zu folgen. Gallen, Maggie und Orick schlossen sich ihnen an, und sie marschierten durch einen Tunnel, der aus den Körpern schwarzer drononischer Bezwinger gebildet wurde.

Als sie den untertassenförmigen Leib der Festung erreicht hatten, ließen die Drononen eine Leiter herab, die auch ein Mensch benutzen konnte. Der einzige Unterschied waren die unbequem weit auseinander liegenden Stufen. Veriasse kletterte hinauf und sah das graue Pulver drononischer Magensäure, das auf den Sprossen klebte. Aber er wußte, daß seine Handschuhe ihm ausreichenden Schutz dagegen boten. Der einzige in der Gruppe, der keine Handschuhe trug, war der arme Orick. Veriasse hoffte, daß die Hornschicht auf seinen Tatzen ihn vor den ätzenden Säuren schützen würde.

Sie erreichten die unterste Ebene der Festung. Fremdartig leuchtende dreiäugige Kameras nahmen sie auf. Nachrichtenscheiben flitzten wie winzige Bälle durch die Luft und verschwanden in den Eingängen zu den anderen Ebenen. Kleine, weiße drononische Arbeiterinnen huschten schnell wie Asseln durch die Gänge und steckten Veriasse mit ihrer unerschöpflichen Energie an. Sie schienen außerstande, sich langsamer als mit halsbrecherischer Geschwindigkeit zu bewegen.

Die Gruppe erstieg weitere Leitern. Überall waren dunkle drononische Techniker zu sehen. Sie trugen grüne Tätowierungen, und sie hatten lange schlanke Finger, die aus verkümmerten Kampfarmen wuchsen. Bezwinger säumten den Weg. Sie erreichten die mittlere Ebene des Stocks.

Veriasse konnte durch einen Korridor nach unten blicken und sah eine weitläufige Brutkammer. Tausende weißer Arbeiterinnen huschten zwischen den Eiern hindurch, regelten die Brutwärme, halfen den madenartigen Neugeborenen beim Schlüpfen und fütterten sie, indem sie aus ihren eigenen Mägen vorverdaute angesäuerte Nahrung hochwürgten und in die gierigen Schlünde der Maden spien.

Endlich erreichten sie das oberste Stockwerk der gewaltigen Stadt. Veriasse blieb stehen, um zu verschnaufen. Drononische Bezwinger säumten die Seiten der Korridore. Er blickte sich in der düster beleuchteten Halle um und wartete darauf, daß die anderen zu ihm aufschlossen.

Die Luft war erfüllt vom sauren Geruch der Drononen, und es war stickig und heiß von der Wärme Hunderttausender von Körpern. Everynne atmete schwer, doch sie versuchte, ihre majestätisch aufgerichtete Haltung zu bewahren. Orick war von der Kletterei völlig außer Atem, und auch Maggie war schweißgebadet, als sie auf der oberen Ebene anlangte. Veriasse wartete, bis sie wieder zu Atem gekommen waren. Dann schritt er durch einen langen Gang voran, der schwach von goldenen Kugeln erleuchtet wurde. Einige der drononischen Bezwinger erhoben ihre Arme und kreuzten sie als Zeichen der Hochachtung vor Everynne und ihrem Gefolge, doch die meisten verweigerten diese Ehrerbietung.

Die Luft war heiß, und es stank um so mehr, je weiter sie in das Innere der Festung vordrangen. Dann erreichten sie eine riesige kreisförmige Halle mit einem Durchmesser von mindestens zweihundert Metern. Entlang der Wände hatten sich Tausende von Drononen versammelt. Schwarze Lord-Bezwinger mit ihren vergrößerten Kampfarmen und blitzenden Flügeln schienen den größten Teil des Publikums zu bilden, doch als Veriasses Augen sich an die Dunkelheit gewöhnt hatten, bemerkte er, daß noch mehr kleine weiße Arbeiterinnen unter den Füßen der Krieger hindurchwieselten. Auch von den großen dunklen Technikern waren Dutzende erschienen.

Am anderen Ende der Arena erkannte Veriasse im Schein der Lampen den Lord-Begleiter Dinnid neben einer gewaltigen jungen Königin. Sie war noch cremefarben, doch goldene Strähnen an ihren Oberschenkeln und Kampfarmen zeigten, daß sie sich bald zu einer Goldenen entwickeln würde.

Die Königin war vielleicht sechs Meter lang und drei Meter

groß. Ihr langer schwerer Eiersack sah aus, als würde er jeden Augenblick platzen, und während Veriasse hinschaute, fiel ein durchsichtiges Ei von etwa zwanzig Zentimetern Länge aus dem Sack. Eine weiße Arbeiterin stürzte herbei und trug es davon.

Dinnid erhob seine Kampfarme und kreuzte sie zum Zeichen des vorläufigen Waffenstillstands über dem Kopf. Veriasse hielt auf seiner Seite der Halle an und ahmte Dinnids Geste nach, indem er die Handgelenke übereinander legte.

»Ihr bleibt hier«, flüsterte er Everynne und den anderen zu und zeigte auf ein rotes Rechteck, das auf den Boden gemalt war. Veriasse und Dinnid setzten sich gleichzeitig zur Mitte der Halle in Bewegung. Veriasse betrachtete den Boden, auf dem der Kampf stattfinden würde. Das Licht war wie überall in der Festung dunkel und stammte von gelben Leuchtkugeln, die in die Wände ringsherum eingelassen waren. Der metallene Boden schien aus dickem Stahl zu bestehen. Er war uneben und leicht gewölbt, wie eine flache Schale, und hatte seine tiefste Stelle im Zentrum der Arena. Die Decke war vielleicht fünfzehn Meter über ihm. Es war hoch genug, daß Veriasse, wäre er der Lord-Begleiter eines anderen Stocks, mit Dinnid im Raum umherfliegen und sie sich in der Luft bekämpfen konnten – die unter den Drononen übliche Art des Zweikampfs. Die Männchen flogen mit rasender Geschwindigkeit aufeinander zu und bekämpften sich mit den Armen, traten mit ihren Hinterbeinen aus, umschlangen sich mit ihren peitschenartigen Fühlern. Die Kämpfe waren stets wild und schnell und endeten in der Regel nach kurzer Zeit.

Dinnid marschierte voran. Veriasse studierte ihn gründlich. Das Männchen war im Gehen etwa zwei Meter hoch, und es trug zahlreiche Narben aus einem Kampf, der erst kurz zuvor stattgefunden haben mußte. Sein rechter Peitschenfühler war dicht oberhalb der Mundwerkzeuge abgerissen und noch nicht wieder nachgewachsen. Das vordere rechte Auge war verletzt, und von den sieben größeren Facetten waren zwei zerbrochen. Häßlicher weißer Schleim tropfte von einem der Mundwerkzeuge.

Dennoch – der drononische Lord hatte beeindruckende Kampfarme. Die sägezahnartigen Zacken ihren Unterseiten waren besonders stark ausgeprägt. Sie sahen aus wie dreieckige Äxte, die an den Armen befestigt waren. Ein einziger Schlag mit einem solchen Arm konnte das Exoskelett eines jeden Dorononen zerschmettern. Veriasse gab sich keinen Illusionen hin. Der Schlag mit einem dieser Arme würde seinen Tod bedeuten.

Die Drononen um ihn herum stimmten einen langsamen Klagegesang an. Ihre Mundfinger klopften rhythmisch auf den Sprechtrommeln neben ihren Mündern. Veriasse blickte zur Königin und bemerkte, daß die weißen Wesen, die er beim ersten Blick als Arbeiterinnen eingestuft hatte, in Wirklichkeit königliche Larven waren, häßliche Gestalten mit sechs winzigen Beinen und unterentwickelten Augen.

Als die beiden Kämpfer noch vierzig Fuß voneinander entfernt waren, entfaltete Dinnid seine Kampfarme und begann, sie bedrohlich durch die Luft zu schwingen. Veriasse wußte, daß der Kampf beginnen würde, sobald er ebenfalls die Hände auseinandernahm. In den Augen der Drononen war der Überraschungsangriff immer eine gute Strategie. Veriasse vermutete, daß der Lord-Begleiter in die Luft steigen und versuchen würde, im Vorbeiflug zuzuschlagen. Die überlegenen drononischen Flugarmeen hatten den menschlichen Truppen, die sich zu sehr auf ihre bodengestützten Operationspläne verlassen hatten, stets schwerste Verluste zugefügt.

Veriasse atmete noch einmal tief durch und nahm die Hände herunter. Fast im gleichen Augenblick erhob sich Dinnid mit brummenden Flügeln in die Luft. Es ging rasend schnell.

Veriasse wich nach rechts aus. Der Dronone drehte seinen Unterleib und versuchte, den Gegner mit einem Hinterbein zu treffen. Veriasse war versucht, danach zu greifen und den Drononen festzuhalten, entschloß sich aber, diesem ersten Angriff einfach nur auszuweichen.

Dinnid flog vorüber und kreiste wie eine fette schwarze Fliege. Er benötigte einige Sekunden, um die ARENA zu durchqueren und zurückzukommen.

Dinnid flog dicht unter der Decke entlang und stürzte sich im letztmöglichen Augenblick herab. Veriasse wich erneut nach rechts aus, aber der Dronone hatte seine Bewegung vorausgesehen. Er drehte den Kopf und spie seinen Mageninhalt in Veriasses Gesicht. Die Säure schoß in hohem Bogen hervor, und Veriasse merkte, daß es zum Ausweichen zu spät war. Verzweifelt sprang er auf und landete einen Fußtritt gegen die Vorderkante von Dinnids rechtem unterem Flügel. Er vernahm ein lautes Knacken.

Der Dronone taumelte in der Luft; dann krachte er auf den metallenen Boden, rollte sich auf die Füße, breitete die Flügel aus und begann, wie verrückt damit zu schlagen. Offensichtlich geriet er bei der Vorstellung, sich nicht mehr in die Luft erheben zu können, in panisches Entsetzen. Er kam zwar wieder vom Boden hoch, bewegte sich aber nur langsam und mußte sich gewaltig anstrengen, um überhaupt in der Luft zu bleiben.

Veriasse nahm seinen Umhang und wischte sich die Säure aus dem Gesicht. Seine Schutzbrille war durch den halbverdauten Mageninhalt des Bezwingers stark verschmutzt, und Veriasse verschmierte die Gläser bei dem vergeblichen Versuch, sie zu reinigen, noch mehr. Zornig riß er die Brille herunter. Er spekulierte darauf, daß Dinnid seinen Magen bereits völlig geleert hatte und nicht mehr in der Lage sein würde, im Verlauf des Kampfes weitere Säure zu speien.

Dinnid kreiste in der weiten Arena und versuchte, an Geschwindigkeit zu gewinnen. Veriasse ballte die Fäuste. Der metallene Schlagring, der in seine Handschuhe eingewebt war, fühlte sich schwer und beruhigend an.

Er beobachtete, wie der Bezwinger kreiste. Dinnid atmete schwer. Seine hinteren Oberschenkel beugten und streckten sich in rascher Folge und pumpten Luft in seine Lungensäcke. Plötzlich scherte Dinnid aus und stürzte sich geradewegs, mit weit vorgestreckten Kampfarmen, auf Veriasse. Sein Kopf war weit zurückgelegt, und seine Mundwerkzeuge waren ausgefahren. Es war die perfekte Körperhaltung, um einen Gegner zu rammen. Veriasse wich frühzeitig nach rechts aus, und der Dronone warf sich herum, um ihn abzufangen. Veriasse hatte jedoch nur darauf gewartet. In letzter Sekunde warf er sich wieder nach links und packte den noch unverletzten Peitschenfühler des Drononen. Dinnid reagierte, indem er mit dem linken Kampfarm zuschlug, doch Veriasse hatte sich bereits zu Boden geworfen und rollte sich unter dem Schlag hindurch. Er spürte den festen Fühler in seiner Hand und riß mit aller Kraft daran, in der Hoffnung, den Fühler abzureißen.

Doch er drehte den Drononen nur auf den Rücken. Das zusätzliche Gewicht Veriasses war zuviel für die Kreatur. In diesem Augenblick sprang Veriasse in die Höhe und traf mit einem gewaltigen Tritt das rechte vordere Facettenauge. Es gab ein knackendes Geräusch, als das Auge zerbrach. Veriasse tänzelte aus der Reichweite des Gegners, während der Dronone stolpernd auf die Beine kam.

Veriasse hatte erwartet, daß der Lord sich jetzt zurückziehen und für einen Augenblick seine Kräfte sammeln würde. Doch Dinnid wurde rasend. Er sprang vor und schlug mit seinen Kampfarmen blindlings durch die Luft, um Veriasse in zwei Teile zu hacken. Veriasse wich zurück und ließ den Angriff ins Leere gehen, doch der Bezwinger folgte ihm.

Veriasse wich in Richtung des erblindeten Auges seines Gegners aus und traf den Drononen mit voller Wucht am Oberschenkel des rechten Hinterbeines.

Er zerschmetterte das Exoskelett seines Gegners an dieser Stelle, und abgebrochene Stücke des Rückenpanzers wurden in Dinnids Atemöffnungen gesaugt.

Dinnid drehte sich zu Veriasse um, doch dieser sprang in der Deckung des blinden rechten Auges zurück und zerschmetterte mit einem raschen Schlag auch noch das linke Facettenauge des Gegners. Dann wich er einen Schritt zurück.

Orick rief: »Schnapp ihn dir! Mach ihn fertig!« Plötzlich wurde Veriasse der Lärm bewußt, der sich ringsherum erhoben hatte. Die Drononen hatten sich auf ihre Hinterbeine erhoben und klickten und trommelten, doch Veriasse war so auf den Kampf konzentriert gewesen, daß er das stumpfsinnige Geräusch nicht wahrgenommen hatte. Dinnid war auf den beiden vorderen Facettenaugen blind, doch noch gab er sich nicht geschlagen. Er stürzte vor, und seine Kampfarme wirbelten durch die Luft wie Dreschflegel, während er den Kopf nach rechts und links drehte, um Veriasse mit seinem hinteren Auge zu erspähen. Nach einigen Sekunden breitete er die Flügel aus und erhob sich vom Boden.

Durch den Säureangriff brannte Veriasses Gesicht vor Schmerz. Er schwitzte stark, und der salzige Schweiß verstärkte die Wirkung der Säure. Er konnte spüren, wie die Säure sich feurigen Ameisen gleich in seine Wangen und seinen Hals fraß. Er schnappte nach Luft. In seinem Kopf begann sich alles zu drehen. Dinnid landet auf der anderen Seite der Arena und dreht Veriasse den Rücken zu, so daß er ihn beobachten konnte. Plötzlich begann er zu husten. Sein rechter Oberschenkel zuckte konvulsivisch, und Bruchstücke seines Exoskeletts schossen aus den Atemlöchern.

Veriasse überlegte, ob er zum Angriff übergehen sollte. Dann aber erkannte er, daß Dinnid wahrscheinlich nur darauf wartete. Der Donone würde immer wieder davonfliegen und darauf hoffen, daß Veriasse ermüdete.

Veriasse ging auf den Gegner zu. Er sagte: »Gib auf. Ich möchte dich nicht töten!«

»Ich werde mich keiner Kreatur wie dir ergeben!« antwortete der Dronone. »Du hast bisher nur Glück gehabt, und ich war unvorsichtig.«

Die drononischen Bezwinger, die an den Wänden der Arena standen, sangen noch immer. Ihre Mundfinger klickten leise. Dinnid befahl Ruhe, und sie verstummten.

Der Dronone drehte sich um und richtete sich auf die Hinterbeine. Sein Peitschenfühler war hoch erhoben. In dieser Stellung konnte er nicht vom Boden auffliegen, doch erhielt seine gewaltigen Kampfarme wie tödliche Keulen emporgereckt. So blieb er stehen und wartete, daß Veriasse sich näherte.

Veriasse beobachtete den Drononen wachsam. Seine Peitschensensoren konnten die Umgebung auf drei verschiedene Arten wahrnehmen: sie trugen chemische Rezeptoren, mit deren Hilfe die Drononen riechen konnten, sie tasteten Vibrationen, und sie dienten als hochempfindliche Ohren.

Immer wieder hatte sich herausgestellt, daß die Drononen

viel besser hören konnten als Menschen. Veriasse nahm sich vor, sich nicht von der offensichtlichen Verwundbarkeit seines Gegners täuschen zu lassen.

Sein Gesicht fühlte sich an, als würde es lichterloh brennen. Er näherte sich Dinnid. Gallen und Maggie mußten die Gefahr gespürt haben, denn sie begannen laut zu schreien: »Mach ihn fertig! Töte ihn!« Sie verursachten so viel Lärm, wie sie nur konnten, um Veriasses Annäherung zu übertönen.

Zornig drehte Dinnid den Kopf und fixierte Veriasse mit seinem hinteren Auge. Dann setzte er sich in Bewegung.

Veriasse wartete. Die Luft in der Halle war zum Ersticken. Er mußte sich voll auf seinen Gegner konzentrieren und zwang sich, seinen brennenden Atem und den wilden Schmerz im Gesicht zu vergessen.

Dinnid begann erneut zu husten. Er hielt inne, um seine Luftwege freizumachen, und Veriasse versuchte, eine Schwäche des Gegners zu entdecken. Es gab nur wenige Stellen, die überhaupt verwundbar waren. Das Exoskelett war so dick, daß selbst ein schwerer Tritt gegen den Kopf nichts ausrichten würde. Veriasse betrachtete die Mundfinger neben den Mandibeln. Vielleicht konnte er die Stimmtrommel des Gegners zerstören. Es würde die gleiche Wirkung haben, als würde er ein Loch in die Lunge Dinnids bohren. Doch die schweren Kauwerkzeuge waren gefährlich nah.

Es gab nur ein paar Ziele, die Veriasse wirkungsvoll treffen konnte. Die Luftlöcher an den Oberschenkeln, zum Beispiel, die Flügel, oder die Peitschensensoren. Doch als er jetzt auf den riesigen Drononen blickte, diesen perfekten Krieger, zweifelte er, ob er den Kampf gewinnen konnte.

Veriasse trat einen Schritt zurück und versuchte, seinen Atem unter Kontrolle zu bringen. Plötzlich roch er den süßen Duft von Blumen. Er lachte, als er erkannte, daß Everynne die kristallene Ampulle der *Hoffnung* geöffnet hatte, das Geschenk Großmutters auf Cyanesse. Ein Adrenalinstoß durchfuhr seinen Körper. Veriasse spürte Hoffnung und Selbstvertrauen in sich wachsen, und plötzlich erkannte er eine Möglichkeit, wie er die Kraft des Drononen gegen ihn selbst richten konnte.

Dinnid stapfte heran. Mit einem Schrei auf den Lippen schoß Veriasse vor und brachte den Bezwinger dazu, seine beiden Kampfarme zu schwingen. Sie krachten mit voller Gewalt in den Boden. Veriasse sprang hoch und zertrat Dinnids Mundtrommel. Es gab ein scharfes Knirschen, und Dinnid riß die Arme schützend hoch. Sie trafen Veriasse mit der stumpfen Seite in der Luft und schleuderten ihn weg.

Selbst dieser leichte Treffer war zuviel.

Veriasse prallte mit dem Rücken auf den Boden. Er vernahm beim Aufprall ein knackendes Geräusch. Einen Augenblick war er vor Schmerz bewegungsunfähig. Dinnid drehte seinen Kopf von Seite zu Seite und fuhr seine Mundwerkzeuge aus, für den Fall, daß Veriasse erneut seine Stimmtrommel angreifen würde.

Veriasse lag reglos da.

Er zwang sich, keinen Muskel zu bewegen und ruhig zu atmen. Dinnid hatte geringschätzig über den weichen Körper der Menschen gespottet. Veriasse beschloß, ihm eine ernste Verletzung vorzutäuschen.

Dinnid rief: »Mensch? Mensch?« Seine Stimme klang verstümmelt. Die Hälfte seiner Mundfinger unter den schützend ausgestreckten Mandibeln war zertrümmert. Veriasse antwortete nicht. Der Dronone beschloß, anzugreifen. Er sprang mit wirbelndem Peitschenfühler vor und versuchte, mit dem rechten Kampfarm zuzuschlagen. In diesem Augenblick kam Veriasse hoch, ergriff den Fühler und riß ihn unter den zuschlagenden Arm. Die messerscharfen Chitinzähne an der Unterseite des Arms schnitten durch den Fühler. Dinnid schrie schmerzvoll auf und drehte sich vom Gegner weg. Er sah ihn mit seinem rückwärtigen Auge an und erhob sich mit wild schwirrenden Flügeln in die Luft.

Veriasse hob den Fühler auf. Er war über zwei Meter lang und ziemlich schwer. Er schwang ihn über seinem Kopf und ließ ihn wie eine Bullenpeitsche knallen.

Unter den drononischen Zuschauern erhob sich ein mißbilligendes Brummen. Veriasse stellte sich vor, was er empfinden würde, wenn ein Dronone ein menschliches Bein als Waffe schwingen würde. Er stellte sich vor, wie wütend es ihn machen würde und hoffte, daß Dinnid genauso dachte. Vielleicht würde der Dronone die Konzentration verlieren.

Dinnid jagte durch die Luft. Er prallte auf der anderen Seite gegen die Wand, fiel herunter, drehte sich um und flog wieder auf Veriasse zu. Veriasse knallte mit seiner Peitsche. Dinnid stürzte sich auf ihn. Veriasse duckte sich, und der Gegner schoß von oben herab. Veriasse wich aus und schwang die Peitsche mit brutaler Gewalt. Er wollte den anderen Oberschenkel treffen, doch die Peitsche traf den Stumpf von Dinnids verletztem Fühler. Der Dronone gab das Äquivalent eines schmerzerfüllten Aufschreis von sich, und seine Flügel schlugen wie rasend. Er schoß davon und krachte mit voller Wucht gegen die Wand. Dinnid fiel herunter und versuchte, wieder auf die Beine zu kommen, doch seine Muskeln schienen ihm nicht mehr zu gehorchen.

Er drehte sich benommen im Kreis, und Veriasse bemerkte voller Entsetzen, daß der Panzer an Dinnids Schädel gebrochen war. Weißer Schleim troff aus der Wunde.

Obwohl Veriasse sich von Anfang an um einen klaren Sieg bemüht hatte, scheute er jetzt vor dem Ende zurück.

Er rannte zu Dinnid. Der drononische Bezwinger versuchte zitternd, davonzukriechen. Er stützte sich auf seine massigen Arme. Dinnid dachte jetzt nicht mehr daran, zu kämpfen. Er wollte nur noch in Sicherheit kriechen.

Veriasse sprang in die Höhe und zielte mit dem Fuß auf den Riß in Dinnids Schädel. Er traf voll, und der Riß verbreiterte sich. Dinnid zitterte noch stärker und schwankte. Veriasse war gezwungen, noch einmal zuzutreten. Er sprang, und sein Fuß drang tief in den Schädel ein. Er zog ihn bestürzt wieder hervor.

Dinnid durchlief ein letztes gewaltiges Zittern, dann fiel er. Für einen Augenblick herrschte Totenstille. Veriasse kroch auf allen vieren einen Schritt zurück und setzte sich auf den Boden. Er versuchte verzweifelt, wieder zu Atem zu kommen. Abscheu über das, was er soeben getan hatte, schüttelte ihn.

Rundum erhob sich ein ohrenbetäubender Lärm, als die Drononen mit ihren Fingern zu trommeln begannen.

Veriasse drehte sich um und blickte auf die junge Königin des

Stocks. Sie war nicht viel mehr als ein aufgeblähter eierlegender Sack. Ihre Kampfarme waren klein und unförmig. Wegen ihres aufgeblähten Unterleibs konnte sie nicht fliegen, nicht einmal richtig gehen. Doch sie konnte sich nach drononischem Recht gegen seinen Angriff verteidigen.

Veriasse ging auf die Königin zu. Er war völlig erschöpft und stand kurz vor einer Ohnmacht. Er konnte die heiße stickige Luft keinen Augenblick länger ertragen. »Ich wünsche nicht deinen Tod, große Königin«, sagte er mühsam. »Wir kamen hierher, um uns das Recht des Charn zu erwerben. Wir wünschen lediglich, euer Land zu durchqueren, so daß wir uns der Goldenen Königin des Schwarms zum Kampf stellen können.«

»Ihr habt Charn erworben«, antwortete die Königin. »Wenn du versprichst, daß du mich nicht tötest, werde ich dir keinen Widerstand leisten. Du darfst mich verwunden.«

Veriasse konnte sich dem Akt der symbolischen Unterwerfung der Königin nicht entziehen. Er mußte sie verletzen. Er trat an ihre Seite und ballte die Faust. Mit aller Kraft schlug er gegen ihren gewaltigen Eiersack. Der Unterleib der Königin sprang nicht, er bekam noch nicht einmal einen Riß. Der Schlagring in Veriasses Handschuh hatte lediglich einen länglichen Abdruck in ihrem Panzer hinterlassen.

Ein lärmendes Zischen erhob sich unter den anwesenden Dronenen. Es war ein Laut des Mißfallens. Ringsum hoben die Krieger ihre Kampfarme über ihre Köpfe und kreuzten sie in einer Geste der Unterwerfung. Aber sie sahen Veriasse nicht an. Sie drehten ihre Gesichter zu Everynne und erwiesen ihr ihre Ehrerbietung. Ihre trommelnden Stimmen schrien über den Translator in Veriasses Ohr. »Seht die Goldene! Seht unsere Königin!«

Veriasse hielt sich die Rippen. Das Atmen bereitete ihm größte Schmerzen. Der Raum begann sich um ihn zu drehen, und er sank auf die Knie.

20

Maggie stürzte zu Veriasse. Die Haut in seinem Gesicht war rot und begann sich abzulösen. Sie blickte sich verzweifelt um und versuchte, die Säure mit ihrem Umhang abzuwischen. Dann rief sie nach Everynne: »Hilf mir, bitte!«

Everynne stand allein da und blickte sich um. Die Drononen klatschten ihre Kampfarme als Zeichen der Unterwerfung zusammen. Everynne ging zu Veriasse, gefolgt von Gallen und Orick. Sie sagte: »Ihr müßt ihm helfen und ihn säubern. Ich bin jetzt ihre Goldene, und die Drononen erlauben nicht, daß ich Arbeit verrichte.« Sie blickte Maggie flehend in die Augen. Sie durfte nicht gefährden, was sie bisher erreicht hatten. Gallen nahm einen Verbandkasten aus seinem Packsack und wusch Veriasses Gesicht.

Veriasse richtete sich schweratmend auf einem Knie auf.

Everynne fragte ihn: »Bist du sehr schwer verletzt?« Sie war von der Heftigkeit des Kampfes erschüttert. Veriasse war durch sein aufgerüstetes Nervensystem unglaublich schnell. Er hatte den drononischen Lord-Begleiter in weniger als zwei Minuten besiegt. Seine Fäuste und Füße waren so schnell gewesen, daß sie ihnen mit den Augen nicht hatte folgen können, doch der Kampf hatte Veriasse auch unglaublich viel gekostet.

Sein Gesicht war schlimm verätzt, und Everynne hatte seine Rippen brechen gehört, als er auf den Boden geprallt war.

Veriasse zog das Mikrophon vom Mund und sagte: »Meine Rippen. Ich glaube, ich habe sie mir gebrochen.«

»Können wir dir irgendwie helfen?« fragte Gallen.

Panik erfaßte Everynne. Sie konnte nicht mehr klar denken. Sie wußte nur, daß sie sterben würde, wenn Veriasse den nächsten Kampf nicht überstand.

»Ich brauche ein bißchen Ruhe. Ich muß für einige Zeit ruhig liegen bleiben. Meine Nanodocs sollten in der Lage sein, die Wunden in ein paar Stunden zu heilen.«

Everynne erfuhr durch ihren Mantel, das Veriasse gelogen hatte. Es würde Tage dauern, bis die Nanodocs die Brüche geheilt hatten. Sie mußte ihn hier wegschaffen, an einen Ort, wo sie ungestört miteinander reden konnten.

Everynne wandte sich an die besiegte Königin und sagte: »Wir haben das Recht des Charn gewonnen. Wir verlangen, daß ihr den Kurs der Marschfestung ändert. Bringt uns zu Königin Tlitkani.«

Die Stockkönigin begann mit ihren Mundfingern zu trommeln. Everynnes Ohrhörer übersetzte: »Sie ist nicht auf dieser Welt. Sie hat ihren Stock auf eine andere Welt verlegt, wo es leichter für sie ist, das mechanische Gehirn der Menschen zu benutzen.«

»Du willst sagen, daß sie jetzt auf der Omni-Intelligenz residiert?«

»Ja«, antwortete die Königin.

»Wohin hat sie die Omni-Intelligenz geschafft?«

»Sie kreist um unsere Sonne.«

Everynne sagte: »Dann bring uns zum nächsten Raumschiff!«

Die Königin sprach mit einem ihrer Lord-Techniker; dann wandte sie sich wieder an Everynne. »Unsere Techniker werden sofort ein Schiff für euch bereitmachen. Wir werden euch eine Schwadron von Lord-Bezwingern als Ehrenwache mitgeben.«

Die drononische Königin blickte Everynne nachdenklich an. »Wir haben Befehle von unserer Regierenden erhalten. Sie verlangt, daß ihr euch des Terrors entledigt, den ihr mit euch führt.«

Widerwillig zog Everynne die Kugel aus ihrer Tasche. Es war ihre Versicherung gewesen, und ein Teil von ihr zögerte, den Terror auszuhändigen. Doch er hatte seinen Zweck erfüllt.

Sie wollte der Königin den Terror reichen, doch ein Trio von Lord-Technikern stürzte vor und nahm das Ding in Empfang, um es fortzubringen. Wahrscheinlich würden sie es tief im Weltraum zerstören. Die drononische Königin drehte sich um und begann, ihren aufgedunsenen Eiersack davonzuschleppen. Plötzlich waren sie allein.

Maggie berührte Everynnes Arm und sagte: »Wir können jetzt nicht aufbrechen. Veriasse braucht Zeit.«

Veriasse meldete sich: »Wir haben keine Zeit.« Er hielt sich an

Gallen fest und kam schwankend auf die Füße. »Wir haben das Charn erlangt. Nach drononischem Gesetz müssen wir sofort weiter!«

Everynne bezweifelte, daß Veriasse in seinem Zustand einen weiteren Kampf überstehen würde. Gallen stand hoch aufgerichtet und hatte die Hände in die Seiten gestemmt. »Veriasse, du bist nicht in der Verfassung, einen weiteren Kampf zu überstehen. Es wäre ein Fehler, auch nur daran zu denken. Du hast keine Chance, in deinem Zustand Everynnes Leben zu verteidigen. Laß mich den nächsten Kampf bestreiten!«

Veriasse blickte auf und preßte die Kiefer zusammen. »Ich habe den Mantel des Lord Protektors für mehr als sechstausend Jahre getragen. Du hast ihn erst seit drei Tagen. Du bist ein guter Mann, Gallen, aber du bist noch lange kein Lord Protektor. Du könntest mich nicht schlagen, nicht einmal jetzt, wo ich verletzt bin! Wie willst du da meinen Platz einnehmen?«

»Ich habe deinen Kampf beobachtet«, sagte Gallen. »Ich weiß, daß ich siegen kann! Veriasse, du bist am Ende!«

»Du kannst nicht einfach meinen Platz einnehmen, Gallen«, widersprach Veriasse. »Ich bin Everynnes Lord-Begleiter. Nach den Regeln der Drononen kann sie erst dann einen neuen Lord-Begleiter wählen, wenn ich tot bin.«

»Wir könnten unsere Kleidung vertauschen«, sagte Gallen. »Die Drononen würden es niemals merken!« Er drehte sich flehend nach Everynne um: »Du entscheidest zwischen uns. Es ist dein Leben.«

»Und eures«, sagte Everynne. Sie sah die beiden Männer an. Gallen hatte wahrscheinlich recht. Die Drononen würden nicht merken, wenn sie ihre Kleidung vertauschten. Veriasse war schwer verwundet, und Gallen war frisch und ausgeruht. Doch Veriasse hatte sich bereits in einem Kampf mit einem Drononen bewiesen.

Everynne wandte sich an Veriasse: »Wirst du dich an meine Wahl halten?«

Er blickte sie an.

Seine nächsten Worte schienen ihn große Mühe zu kosten: »Gallen hat recht. Du solltest entscheiden.« Allein an diesen

Worten erkannte Everynne, wie schwer Veriasse verwundet war. Er hätte niemals zugestimmt, hätte er noch kämpfen können.

Everynne wandte ihnen den Rücken zu und blickte durch die Arena. Orick kam in die Mitte der Halle gerannt und brachte Veriasses Schutzbrille zurück. Einige Meter weiter hatten ein paar Drononen den Leichnam Dinnids umringt und begannen, ihn zu zerlegen. Er wurde an die königlichen Larven verfüttert. Everynne mußte daran denken, daß in wenigen Stunden andere Drononen das gleiche mit ihr tun würden.

Sie überdachte ihre Möglichkeiten. Veriasse war schwer verletzt, doch seine Nanodocs würden sich um sein Wohlergehen kümmern und seine Schmerzen lindern. Er sollte sich in weniger als einer Stunde besser fühlen. Und Veriasse war dreißig Kilo schwerer als Gallen. Everynne konnte kaum glauben, daß ein Mann so stark wie Veriasse sein und den Rückenpanzer eines Drononen an den Atemlöchern zerschmettern konnte. Sie bezweifelte, daß Gallen dazu imstande war.

Trotzdem. Trotz aller Verdienste Veriasses in der Vergangenheit vertraute Everynne Gallen im Augenblick mehr. Er war immer noch gesund. Und obwohl er kein aufgerüstetes Nervensystem wie Veriasse besaß, war Gallen unglaublich schnell. Selbst Veriasse war bei ihrer ersten Begegnung von seiner Kraft und Geschicklichkeit beeindruckt gewesen. Sie hatte sich beinahe schon für Gallen entschieden, als sie sich fragte, ob eine solche Entscheidung klug wäre.

Maggie legte Everynne den Arm um die Schultern. »Du kannst Veriasse nicht noch einmal kämpfen lassen!« Sie flüsterte beinahe. »Es wäre Mord!«

Everynne sah in Maggies Augen. Es waren nicht mehr die Augen des unschuldigen Mädchens, das sie erst vor wenigen Tagen auf Tihrglas getroffen hatten. In ihren Augen war Weisheit zu sehen – jene Art von Wissen, das man nur durch Schmerz erlangt.

»Du liebst Gallen, nicht wahr?« fragte Everynne.

»Sicher!« antwortete Maggie. Everynne hörte in Gedanken die schweren Vorwürfe, die Maggie ihr vor einigen Tagen auf

Cyanesse gemacht hatte: *Du hast ihn dir einfach genommen, nur weil du konntest.*

Everynne nickte. Sie hatte bereits einmal etwas von Maggie gestohlen. Sie beschloß, es nicht erneut zu tun. *Selbst wenn ich sterbe,* dachte Everynne, *werde ich dir nie wieder etwas wegnehmen.* Sie drehte sich zu den beiden Männern um. »Ich wähle Veriasse als meinen Favoriten.«

Gallen starrte sie verblüfft und verletzt an. Veriasse atmete tief durch. Tränen der Dankbarkeit glitzerten in seinen Augen. »Ich werde dich nicht enttäuschen. Laß mich nur kurze Zeit ruhen. Ich verspreche, daß ich dich nicht enttäuschen werde.«

Die Reise zur Omni-Intelligenz kam ihnen viel zu kurz vor. Die drononischen Techniker benötigten nur eine Stunde, um ein kleines Schiff im Innern der Marschfestung startklar zu machen. Nach einer weiteren Stunde waren die Unterkünfte soweit hergerichtet, daß sie von Menschen benutzt werden konnten. Die Änderungen beschränkten sich darauf, daß man einige Sitze ausgebaut und eine Pritsche installiert hatte, auf der Veriasse ausruhen konnte.

Der alte Krieger legte sich darauf und versetzte sich in eine meditative Trance. Er verlangsamte seinen Atem, während sie unterwegs waren. Das Schiff war leicht und schnell. Mit den Gravitationswellentriebwerken bewegte es sich elegant zwischen den Welten. Seine gewaltige Beschleunigung war nur feststellbar, wenn man einen Blick aus dem Fenster warf und beobachtete, wie schnell Dronon hinter ihnen zu einem vergleichsweise winzigen schimmernden Ball schrumpfte, der zwischen den Sternen verloren wirkte. Vierzig drononische Kampfschiffe bildeten ihre Eskorte.

Zwei Stunden später schwebten sie bereits über der Omni-Intelligenz. Everynne konnte zum erstenmal in ihrem Leben einen Blick auf die gewaltige Maschine werfen. Sie leuchtete in einem schwachen silbernen Licht. Auf ihrer Oberfläche befanden sich Trilliarden von Computerkristallen. Sie reflektierten das Licht der Sonne wie ein See aus geschmolzenem Glas. An manchen Stellen erhoben sich gewaltige Tachyonenkommunikationstürme über die Ebenen und zeigten wie metallische Dolche in den Himmel. Darüber hinaus gab es keinerlei Hinweise auf den monolithischen Prozessor, der im Innern des Planeten erbaut worden war, keine Anzeichen einer Energieversorgung.

Es war ein wundervoller Anblick. Die drononischen Schiffe flogen in einer weitgestreckten V-Formation zu einer großen Stadt. Sie besaß einen Durchmesser von etwa dreißig Kilometern und war von rotem Licht um-geben. Everynne betrachtete sie durch die Portale. Die Stadt war unter großen durchsichtigen Kuppeln erbaut worden. Unter einigen dieser Kuppeln waren grüne Wiesen und blaue Seen zu erkennen, Hügel und Wälder und klare Flüsse.

Die drononischen Schiffe flogen in geringer Höhe über die Stadt hinweg. Sie benötigten fast eine halbe Stunde für ihren langsamen, feierlichen Anflug. Everynne blickte mit großen Augen auf kleine Landsitze herab, die einst von den Tharrin-Ratgebern ihrer Mutter bewohnt worden waren. Hier konnten Hunderttausende von Menschen bequem leben. Die Prozession wandte sich zum Zentrum der Stadt und umkreiste die große zentrale Kuppel. Unter ihr befand sich ein kleiner Palast inmitten großer alter Bäume. Nichts Exotisches oder besonders Kostbares, nur ein kleines, funktionales Gebäude, in dem ihre Mutter manchmal gearbeitet hatte.

Die drononischen Kampfschiffe umkreisten das Gebäude zweimal und senkten sich durch eine Schleuse auf ein Landedeck am Rand der Kuppel. Sie landeten so weich auf dem Deck, daß Everynne keinerlei Erschütterung spürte. Sie ging zu Veriasse und strich ihm über die Wange. »Vater, komm. Wir sind da.«

Unerklärlicherweise war Veriasse eingeschlafen. Sie alle hatten in den letzten zwanzig Stunden keine Gelegenheit gehabt, sich richtig auszuruhen. Auch Everynne war erschöpft. Ihr war schwindlig, und sie fühlte sich irgendwie von ihrem Körper losgelöst.

Doch mit dem Ende ihrer Reise und dem Ziel so dicht vor den Augen hätte sie niemals schlafen können. Sie rüttelte Veriasse sanft, und er wachte auf, blinzelte ins Licht und sagte: »Ja, ja. Ich komm ja schon.«

Sie half ihm hoch. Er streckte sich, und sie marschierten hoch aufgerichtet aus der Schiffsschleuse. Maggie, Gallen und Orick folgten ihnen durch einen langen gläsernen Gang in die Kuppelstadt.

Die Drononen warteten am Eingang. Unter der durchsichtigen Wölbung hatte sich eine lebende Mauer aus drononischen Bezwingern gebildet. Es kam Everynne eigenartig vor, wie ihre schwarzen Rückenpanzer im normalen, hellen Tageslicht funkelten. Vor Verblüffung über die schiere Zahl der Bezwinger sog sie heftig die Luft ein. Sie schätzte, daß sich mindestens vierzigtausend versammelt hatten, um sie zu empfangen. Ihr ätzender Atem erfüllte die gesamte Kuppel und überdeckte den Geruch der Wiesen, die sie zertrampelten. In einiger Entfernung konnte Everynne den Palast sehen. Er stand hinter einem Gehölz, ein Gebäude aus purpurnen und grauen Steinen mit efeubewachsenen Fassaden.

Oben auf der lebenden Mauer aus Drononen stand ihr Anführer. Der Lord-Begleiter hatte eine Gesichtstätowierung, die aussah wie große weiße Würmer, die sich um seine Facettenaugen gewickelt hatten. Veriasse hatte oft von ihm gesprochen. Es war Xim.

Xim rief ihnen auf Drononisch Beleidigungen zu, und Veriasse gab die rituellen Handzeichen. Er erwiderte Xims Beleidigungen und forderte den Bezwinger zum rituellen Kampf heraus, so daß er und Everynne ihre rechtmäßige Nachfolge als Lords des Schwarms antreten konnten.

Während Everynne beim erstenmal voller Entsetzen gewesen war, fühlte sie nun eine gewisse Ruhe in sich einkehren. Sie kontrollierte ihren Atem. Xim verlangte sein Recht auf Untersuchung der Königlichen. Er flog herab und stapfte um Everynne herum. Im Gegensatz zu Dinnid war er sehr sorgfältig. Er benutzte seine Peitschenfühler, ergriff Everynnes Kleider und riß sie weg, um ihre Haut zu befühlen. Sorgfältig prüfte er ihren Geruch. Auf der Rückseite ihres Halses machte er halt. Sein Fühler glitt über ihre kleine Narbe.

»Was ist das für eine fremde Substanz?« fragte der Bezwinger und strich über die Körperfarbe.

»Es ist eine parfümierte Seife, mit der unsere Goldene ihren Körper reinigt«, sagte Veriasse gleichmütig. »Magst du den Geruch nicht? Wir finden ihn sehr angenehm.«

Xim rubbelte an der Farbe. »Was ist das für eine Markierung?« Hinter sich konnte Everynne hören, wie Maggie scharf die Luft einzog.

»Das ist das Mal einer Tharrin«, erklärte Veriasse geduldig. »Eine Farbnuancierung ähnlich der, die man auf unseren Brustwarzen findet. Sie ist bei einigen unserer Goldenen üblich.« Es überraschte Everynne nicht, daß Veriasse gelogen hatte. Die Verbrennung würde in wenigen Tagen völlig verheilt sein, doch die Wunde jetzt zu erklären, wäre schwierig geworden.

Xim zögerte. Everynne erwartete, daß er sie jetzt alle töten lassen würde, weil sie ihn zu täuschen versucht hatten. Dann erhob er sich auf seine Hinterbeine, kreuzte die Kampfarme und rief: »Ich bin Xim, der Lord des Schwarms. Unsere Larven werden eure Kadaver fressen. Unsere Bezwinger werden euer Land nehmen. Euer Stock wird sich unterwerfen.«

Seine Flügel begannen zu summen, und er erhob sich hoch in die Luft und flog an der Decke entlang. Die Bezwinger ringsum begannen, ihre Kampfarme aufeinander zu schlagen. Ihre Rückenpanzer rasselten, als sie zur Seite wichen und einen lebenden Tunnel bildeten, durch den Everynne und die anderen voranschritten.

Sie marschierten durch die dunkle Höhle aus lebenden Leibern. Die drononischen Bezwinger hatten sich so aufeinandergestellt, daß sie die Prozession beobachten konnten. Myriaden von Drononen blickten hinter ihnen her; die Fühler waren wie Schlangen über den Köpfen ausgestreckt, und mancher Kampfarm drohend erhoben.

Sie mußten nicht weit laufen. Hundert Meter vor ihnen lag eine grasbewachsene Fläche, gesäumt von Drononen. Auf der gegenüberliegenden Seite stand stolz und mächtig die Goldene Königin. Ihre Fühler winkten der Menge zu. Auf dem Haupt trug sie Semarittes Mantel, einen silbernen Kopfschmuck aus langen fließenden Medaillons. Everynne betrachtete den Mantel. Er war die Ikone, die sie über Lichtjahre gesucht hatten. Diesen Mantel zu gewinnen, bedeutete ihren Tod – ihn nicht zu gewinnen, bedeutete ebenfalls das Ende.

Unter Tlitkanis Beinen drängten sich königliche Larven. Xim umkreiste die Goldene in der Luft und landete beschützend vor ihr.

Er hob seine Kampfarme und kreuzte sie. Dann rief er: »Veriasse, Lord-Begleiter der Goldenen Lady Everynne. Ich habe deinen Kampf mit Dinnid beobachtet. Ich komme nun, um einen würdigen Gegner zu besiegen!«

Veriasse hob die Hände und kreuzte sie ebenfalls. Die beiden Kämpfer betraten das Feld. Die Drononen rundum begannen mit dem bekannten Gesang. Ihr Trommeln und Klicken erfüllte die Luft. Der Klang ließ Everynnes Nackenhaare zu Berge stehen.

Als sie noch zehn Meter auseinander waren, blitzten Xims Flügel auf, und er stieg steil in die Höhe. Die Decke war viel höher als in der Marschfestung auf Dronon, und der Bezwinger nutzte diesen Vorteil voll aus. Er jagte viel schneller durch die Luft als zuvor Dinnid. Er flog in Richtung der Sonne und machte kehrt. Mit der Sonne im Rücken stürzte er sich schreiend und mit ausgestreckten Kampfarmen auf Veriasse.

Veriasse stand hoch aufgerichtet in seiner schwarzen Kleidung da. Die schwarzen Kettchen des Mantels flossen über seine Schultern. Er hob die Fäuste, als wollte er zuschlagen, doch Xim ließ seine Kampfarme wie Propeller rotieren und schoß direkt auf Veriasse zu.

Veriasse mußte ausweichen und sich wegrollen.

Xim wiederholte seine Taktik noch viermal, und jedesmal kam er Veriasse näher, jedesmal mußte Veriasse zurückweichen. Nach dem fünften Angriff kam Veriasse auf die Beine und hielt sich schmerzerfüllt die Rippen. Er schnappte nach Luft. Everynne durchschaute plötzlich Xims Plan. Der Dronone wußte von Veriasses Verletzung! Xim versuchte, Veriasse zu ermüden.

Xim kreiste in der Kuppel und fuhr mit seinen Angriffen fort. Beim siebtenmal kam er Veriasse so nah, daß er mit seinem langen Peitschensensor zuschlagen konnte. Er traf Veriasse an der Stirn. Seine Schutzbrille flog davon. Veriasse ließ sich zur Seite fallen und rollte sich ab. Stolpernd kam er wieder auf die Füße, und Jaggets schwarzer Mantel fiel ihm vom Kopf.

Blut strömte Veriasse übers Gesicht und rann ihm in die Augen.

Er versuchte, es abzuwischen, und Xim schwenkte unter dem Dach herum. Er verstärkte seine Angriffe und schoß tief über Veriasses Kopf hinab, spuckte ihm seinen Mageninhalt ins Gesicht. Die Säure traf Veriasse auf die alten Wunden. Er rollte zu Boden, wand sich und versuchte, sein Gesicht mit dem Umhang von den ätzenden Säuren zu befreien.

Ohne sichtbare Anstrengung kreiste Xim durch die große Kuppel. Er wurde schneller und schneller, und seine Oberschenkel pumpten in rascher Folge.

Veriasse kam stolpernd auf die Beine und drehte sich im Kreis. Er blinzelte verzweifelt. Seine Augen waren geschwollen. Es sah schrecklich aus. Wieder versuchte er, die Säure aus seinem Gesicht zu wischen. Er schrie: »Everynne!«

»Ich bin hier!« rief sie zurück, griff in ihre Tasche und zog die Ampulle der *Hoffnung* hervor, die Großmutter Veriasse auf Cyanesse geschenkt hatte. Sie sprengte ein paar Tropfen auf den Boden.

Veriasse blinzelte noch immer. Er versuchte, sich auf Everynnes Stimme zu konzentrieren, aber er konnte sie nicht sehen. Dann begann er plötzlich, leichter zu atmen. Er richtete sich auf, schloß seine schwer gezeichneten Augen und konzentrierte sich auf Xims schlagende Flügel.

Kreischend stürzte der Dronone sich von oben auf Veriasse herab. Veriasse erkannte den drohenden Schatten undeutlich und sprang hoch. Halb blind trat er zu.

Doch der Donone hatte seinen Angriff vorhergesehen. Er war sehr steil heruntergekommen; jetzt zog er wieder hoch und trat mit den Klauen seiner Hinterbeine zu. Sie schnitten wie Messer durch Veriasses Leib. Blut spritzte dunkel auf das Gras.

Ringsum erhob sich der drononische Gesang zu einem Brüllen. Tausende begannen, ihre Arme gegeneinander zu schlagen.

Der Krach war ohrenbetäubend. Einige Bezwinger stürzten ein paar Schritte weit in die Arena, als wollten sie Veriasse bereits jetzt auseinanderreißen und fressen.

Veriasse stolperte erneut auf die Füße. Blut strömte an seinen Beinen herab. Schwach rief er: »Everynne? Everynne?«

»Ich bin hier!« rief sie zurück. Xim hatte schon wieder gewendet. Er nutzte da Tosen des Beifalls unter den Zuschauern, um das warnende Surren seiner Flügel vor Veriasse zu verbergen.

Everynne schrie: »Paß auf!«

Doch es war zu spät. Der drononische Lord schoß auf Veriasse hinunter und schlug mit beiden Armen gleichzeitig zu. Die axtartigen Chitinzähne des einen Kampfarms krachten auf Veriasses Kopf und spalteten seinen Schädel, während der andere in schrägem Winkel tief in seine Hüfte fuhr.

Xim hob den gemarterten Leichnam auf und hielt ihn über den Kopf. Er stolzierte einige Schritte vor seinen Leuten durch die Arena; dann warf er ihn zu Boden. In der großen Arena verstummte jedes Geräusch, als Xim sich zu Everynne umwandte.

21

Everynne wich zurück. Sie fühlte sich einer Ohnmacht nahe. Xim erhob sich in die Luft und landete zehn Fuß vor ihr. Dann schritt er mit weit ausgestreckten Kampfarmen auf sie zu.

Dumpf erinnerte Everynne sich daran, daß ihre Handschuhe mit metallenen Schlagringen bewaffnet waren. Sie riß die Arme hoch und schrie.

Plötzlich sprang Gallen vor sie und kreuzte die Unterarme. Er fiel auf die Knie und rief: »Lord Xim, ich bitte Euch, unserer Goldenen Gnade zu gewähren, so wie Lord Veriasse Eure Königin verschont hat. Tötet sie nicht, verletzt sie nur!«

Everynne wußte nicht, ob der Dronone Gallens Worte verstanden hatte. Gallen trug keinen Translator. Everynne wiederholte seine Worte so laut, daß der Verstärker ihre Bitte in die

Arena brüllte. Lord Xim sprang über Gallen hinweg und rückte weiter auf Everynne vor. Seine Mundfinger tappten auf die Sprechtrommel: »Ich werde keine Tharrin verschonen! Du hast dein Recht zu Leben verloren!«

Für eine Sekunde starrte Everynne in Xims Gesicht und seine funkelnden Facettenaugen. Jede der Facetten spiegelte ein kleines Abbild ihrer Gestalt, die Arme trotzig erhoben.

Xim erhob seine Kampfarme zum tödlichen Schlag. Plötzlich erkannte Everynne, daß der Dronone leichtes Spiel mit ihr zu haben glaubte. Er war offenbar der Ansicht, sie würde sich seinem Schlag ausliefern, als wäre sie eine drononische Königin.

Everynne schrie auf und sprang ihn an. Ihr Faustschlag zerschmetterte sein rechts Facettenauge. Xim drehte sich und packte sie mit einem Peitschenfühler, schmetterte sie zu Boden. In ihren Ohren war lautes Rauschen, und die Welt begann sich zu drehen. Sie konnte Orick hören, der in einiger Entfernung ihren Namen brüllte.

Gallen erhob sich aus seiner knienden Haltung und drehte sich um. Er hatte die Antwort Xims auf seine Bitte um Gnade nicht verstanden, deshalb war er in der demütigen Haltung verblieben.

Jetzt aber hatte Xim Everynne niedergeschlagen. Nun hob er einen Kampfarm und schlug erneut zu. Mit einem entsetzlich dumpfen Geräusch krachte der Arm auf Everynnes Körper. Orick brüllte vor Wut und sprang den Drononen an. Mit dem Maul packte er Xims Hinterbein und versuchte, den Lord von Everynne wegzuzerren.

Der Bezwinger machte einen Satz und versuchte, dem überraschenden Angriff zu entkommen. Orick bekam einen Teil des Rückenpanzers mit dem Maul zu fassen. Plötzlich konnte Gallen Everynnes Körper sehen. Ihr goldenes Kleid war von rotem Blut überströmt, und eine Hand zuckte unkontrolliert.

Orick brüllte und wollte ein zweites Mal angreifen, doch Xim wich ihm aus. Er hob seine Kampfarme und führte einen Streich gegen Orick.

Die Sägezähne fuhren tief in das Fleisch von Oricks rechter Schulter.

Orick schrie schmerzerfüllt auf und warf sich herum. Xim breitete die Flügel aus, erhob sich in die Luft und umkreiste Orick siegessicher, während der Bär, verrückt vor Schmerz, im Kreis umhertaumelte. Blut strömte aufs Gras, und Stücke seines Fells lagen auf dem Boden. Die Absicht des Dronone war klar: Orick war bereits tödlich verwundet. Xim brauchte nicht mehr zu kämpfen. Er brauchte nur zu warten, daß der Bär immer schwächer wurde.

Maggie rief Gallen zu: »Tu doch was! Rette sie!«

Gallen hatte alles gesehen, und er wußte, daß er nach den Gesetzen der Dronone zur Untätigkeit verdammt war. Sollte er versuchen, Everynne zu beschützen, würde er nur ebenfalls getötet. Und er hatte Veriasse versprechen müssen, daß er Everynne klonen würde, um irgendwann in der Zukunft wiederzukommen und die Lords des Schwarms erneut herauszufordern.

Er schüttelte den Kopf in Maggies Richtung und rief: »Es geht nicht. Wir dürfen nicht.« Er sah das Entsetzen in Maggies Augen und erinnerte sich an Primarius Jaggets Worte. Die Dronone hatten jetzt Schlüssel zu den Weltentoren und würden durch das Labyrinth der Welten marschieren. Die Lords des Schwarms würden jedes einzelne Reich erobern. Kein Planet war mehr vor ihnen sicher. Es würde keine Zukunft geben. Gallen mußte jetzt handeln.

Everynne bewegte sich schwach. Sie suchte in ihrer Tasche. Gallen stand fassungslos da. Wie konnte ein Mensch mit einer so schweren Verwundung noch leben? Er beobachtete, wie Everynne die kleine Ampulle der *Hoffnung* hervorzog. Sie rollte aus ihrer Hand.

Wenn ich der größte Kämpfer auf der ganzen Welt wäre, was würde ich jetzt tun? Gallen überlegte. Er stand reglos da, hielt die Augen geschlossen und versuchte, seine Gedanken zu ordnen, doch es gelang ihm nicht.

Maggie schrie ihn an. Sie riß die Hände über ihren Kopf und kreuzte die Unterarme. »Gallen, ich bin eine Goldene!«

Er blickte in ihr Gesicht und dachte über ihre Worte nach.

Konnte sie die Drononen herausfordern? Und selbst wenn sie siegte, was konnte sie tun? Maggie hatte durch den Tutor unglaublichen Schaden erlitten. Das Wissen, daß er ihr so rücksichtslos eingetrichtert hatte, mußte sie bis in die tiefsten Tiefen ihres Wesens erschüttert haben. Doch es wäre nichts im Vergleich zur Weisheit der Omni-Intelligenz. Den Mantel Semarittes zu tragen, wäre Maggies Untergang. Er würde ihre Identität hinwegspülen.

Maggies Hoffnungen und Sehnsüchte, all ihre Träume und Pläne wären nichts als Worte, die jemand auf einen sandigen Strand geschrieben hatte und die darauf warteten, von der Flut hinweggeschwemmt zu werden.

Doch Maggie war die einzige, die unter der Herrschaft der Lords des Schwarms gestanden hatte. Sie allein kannte den Preis, den ganze Welten zahlen würden, wenn sie versagte.

»Bitte!« Maggie schrie es heraus.

Gallen drehte sich um. Lord Xim flog niedrig durch die Arena. Soeben wendete er, um Orick den Rest zu geben.

Gallen hob die Hände und kreuzte sie. »Dies ist unsere Welt! Alle Welten gehören uns! Eine Goldene Königin kommt zu euch! Werft euch nieder und bezeugt eure Verehrung, oder macht euch zum Kampf bereit!«

In der Arena wurde es still. Zehntausende von Bezwingern starrten auf Gallen. Xim flog über Orick hinweg und ließ sich vor Gallen zu Boden sinken. Der Dronone begann, mit seinen Mundfingern zu klicken.

Gallen ging zu Veriasses Leichnam, nahm den Translator und befestigte ihn an seinem eigenen Mantel.

»Du behauptest, daß diese Frau ebenfalls eine Goldene ist?« fragte Xim.

Gallen antwortete: »Ja. Sie ist eine Goldene aus der Welt Tihrglas. Jeder, der sie kennt, verehrt sie. Ich bin Gallen O'Day, Lord Protektor dieser Welt, und ich bin ihr Lord-Begleiter.«

Er schaute Maggie an. Sie stand da, mit wallendem rotem Haar und klaren blauen Augen.

Er hatte die verlangenden Blicke der Männer gesehen, die ihr bei der Arbeit daheim in Mahoneys Wirtshaus zugeschaut hatten. Nichts, was er behauptet hatte, war gelogen. Doch Gallen befürchtete, daß sein Plan nicht aufgehen würde.

Die Drononen lebten nach ihren strengen Regeln und ihrem Ehrenkodex. Er konnte nur hoffen, daß seine Worte und Taten in diese Ordnung paßten. Xim schien durch Gallens Herausforderung beunruhigt. Sein Kopf schwenkte von Seite zu Seite. Er marschierte im Kreis und schleifte sein verwundetes Bein hinter sich her. »Ihr kommt mit zwei Goldenen und zwei Lord-Begleitern hierher?« fragte er verwirrt.

»Ja«, sagte Gallen. »Wir Menschen sind weich. Wir haben damit gerechnet, daß ein Paar allein nicht ausreichen würde.«

Xim blieb stehen. Er hob unsicher den Kopf, und seine Peitschenfühler zuckten durch die Luft. Dann kippte er den Kopf nach hinten und blickte mit seinem dritten Facettenauge auf seine Goldene Königin. »Du mußt entscheiden«, sagte er bittend.

Die Goldene Königin betrachtete Gallen und Maggie. Schließlich sagte sie. »Sie ist keine Tharrin. Deshalb kann sie auch keine Goldene unter den Menschen sein.«

»Nehmt ihr Herausforderungen nur von euren größten und mächtigsten Stöcken an?« fragte Gallen. »Haben nur die Goldenen aus den einflußreichsten Familien das Recht, euch um die Nachfolge herauszufordern? Maggie und ich kommen von einer unbedeutenden, abgelegenen Welt. Einer Hinterwelt. Wir haben keinen bedeutenden Stammbaum. Bis vor einer Woche wußten wir nicht einmal, daß es so etwas wie die Tharrin überhaupt gibt. Aber auf meiner Welt ist Maggie eine wahre Goldene, einer Tharrin gleich!«

Die Fühler der Goldenen Königin, die in der Luft geschwenkt hatten, verharrten plötzlich. Sie dachte über Gallens Worte nach. »Die Omni-Intelligenz enthält keine nützlichen Informationen über eure Welt und eure Kultur«, sage sie nach einer schier endlosen Zeitspanne. »Ich kann eure Forderungen nicht überprüfen. Aber wenn du wünschst, gegen Xim zu kämpfen – gut! Du wirst den Tod finden. Ihr mögt gegeneinander antreten!«

Xim stapfte zu Maggie. Seine Fühler pendelten durch die

Luft. Er zerrte an ihrer Kleidung, untersuchte ihr Haar. Gallen wußte nicht, ob Maggie irgendwelche Narben hatte. Er hatte sie noch nie unbekleidet gesehen. Er hielt den Atem an. Xims Suche förderte ein paar Leberflecke auf Maggies Rücken zutage, sonst nichts. Während Xim sie untersuchte, starrte Maggie ihn ungerührt an.

Schließlich beendete der Dronone seine Untersuchung und schrie unter wütendem Flügelschlagen: »Unsere Nachkommen werden eure Kadaver fressen! Wir werden über eure Länder herrschen! Euer Stock wird sich unterwerfen!«

Gallen konnte sich nicht erinnern, mit welchen Worten Veriasse die Herausforderung erwidert hatte.

Er mußte improvisieren. »Scheißdreck!« Er hob die Fäuste. »Ich werde dir das Gehirn aus dem verdammten Schädel schlagen und ihn als Blumentopf benutzen!«

Xim erstarrte. Gallens Beleidigung wich vom gewohnten Ritus ab. Der Dronone war perplex. Die Bezwinger in der Arena ringsum begannen erneut mit ihrem trommelnden Gesang.

Xim erhob sich in die Luft und kreiste unter der Kuppeldecke. Gallen beobachtete ihn und überlegte verzweifelt, wie er mit der Kreatur fertig werden könnte. Veriasse hatte geglaubt, daß man tief ausweichen und tief zuschlagen mußte. Gallens Mantel ließ Bilder vor seinem inneren Auge aufblitzen. Er zeigte ihm die empfindlichen Stellen des Drononen.

Gallen fragte sich, wie der Gegner reagieren würde, wenn er ihn hoch angriff.

Xim flog einen Bogen und schoß auf Gallen hinunter. Es war ein Frontalangriff. Der Dronone hatte seine Kampfarme vorgestreckt. Er jagte tief über dem Boden auf Gallen zu, als wollte er verhindern, daß der Gegner unter ihm wegtauchte. Gallen stürzte vor und sprang in die Höhe, drehte sich und trat mit aller Kraft nach dem Gesicht des Bezwingers.

Er hoffte, den gezackten Armen rechtzeitig zu entkommen.

Xim raste mit unglaublicher Geschwindigkeit auf Gallen zu, als er von dessen Angriff überrascht wurde. Sein Kopf krachte gegen Gallens stahlverstärkte Fußspitze. Der Aufprall war gewaltiger, als Gallen sich je vorgestellt hatte.

Er spürte, wie einer der Peitschenfühler Xims abriß. Der Dronone knallte kopfüber auf den Boden. Gallen wirbelte durch die Luft und landete auf dem Rücken. Sein Mantel flog davon und fing sich in Xims Hinterbeinen.

Irgendwie hatte einer von Xims Kampfarmen Gallens Bein beim Aufprall gestreift und aufgeschlitzt. Es blutete stark, doch Gallen hatte keine Zeit, sich um die Wunde zu kümmern. Xim stürzte auf ihn zu, und Gallen kam stolpernd auf die Beine. Plötzlich schwirrten die Flügel des Drononen, und er erhob sich in die Luft und schleuderte Gallens Mantel in die Zuschauermenge.

Einige Sekunden zuvor war Gallen noch voller Selbstvertrauen gewesen, hatte sich unter Kontrolle gehabt. Es war ihm nicht nur möglich, sondern sogar leicht erschienen, einen Drononen in unbewaffnetem Kampf zu besiegen. Aber da hatte ihm der Mantel noch ständig Informationen über die schwachen Stellen des drononischen Körpers eingeblendet. Plötzlich war da nur noch Leere, ein gähnendes Loch.

Gallen kam hoch. Er hatte Mühe, sich zu erinnern, wo man einen Drononen wirkungsvoll treffen konnte. Er versuchte, sich an die Filme von Xims früheren Kämpfen zu entsinnen.

Sein Bein fühlte sich von dem Treffer taub an. Er schüttelte es, um seine Beweglichkeit zu erhalten.

Gallen kam der Gedanke, daß Xim wahrscheinlich darauf aus war, ihn zu ermüden. Damals, bei seinem ersten Kampf gegen Veriasse, hatte Xim den alten Mann mehr zufällig mit einem Flügel aufgeschlitzt, was bei einem Kampf gegen einen Artgenossen nicht möglich gewesen wäre. Jetzt focht Xim einen Ermüdungskampf. Er hatte erst Veriasse und nun auch Gallen den Mantel entrissen. Er hatte sie beide geschwächt, und er nutzte ihre Schwächen aus.

Gallen stand ruhig da. Schweiß strömte über sein Gesicht. Er hatte so viele schwache Stellen! *Wenn ich der größte Krieger auf der Welt wäre, was würde ich jetzt tun?* fragte er sich.

Er schüttelte alle störenden Gedanken ab und ließ seinen gewohnten inneren Frieden einkehren. Er war außer Atem, und seine Zunge fühlte sich trocken an. Die drononischen Bezwinger trommelten laut, und Xims Flügel summten über der Menge. *Gott, wie ich einen guten Kampf liebe!* dachte Gallen. All seine Sinne erwachten zum Leben, und er genoß die Energie, die plötzlich in sein Inneres strömte. Er beobachtete, wie Xim lauernd im Raum kreiste. Er erkannte, daß Xim tatsächlich eine Ermüdungsstrategie war, weil es die einzig mögliche Art und Weise war, wie schwer gepanzerte Drononen untereinander kämpfen konnten. Schlag blitzschnell ein Auge ein; beim nächsten Vorbeiflug reißt du einen Flügel weg; beim übernächsten Angriff ...

Xim flog durch die große Halle und wurde schneller. Gallen erkannte, daß der Gegner eine List plante. Der Dronone hatte Gallens blutiges Bein gesehen. Er brauchte nur abzuwarten, bis der Blutverlust den Menschen schwächte.

Gallen konnte sich nicht erlauben, auf diese Strategie einzugehen, sonst hatte er den Kampf jetzt schon verloren.

Er schloß die Augen und konzentrierte sich. Er nahm den Lärm ringsumher gar nicht mehr wahr. Er versuchte, die Taubheit und den Schmerz in seinem Bein zu ignorieren. Plötzlich bemerkte er einen schwachen süßen Duft von Blumen, und Kraft floß in sein Inneres. Maggie hatte die Ampulle der *Hoffnung* genommen und den Glasstopfen entfernt.

Gallen schlug die Augen auf und blickte hoch. Xim schoß aus großer Höhe auf ihn herab. Die Sonne war genau in seinem Rücken.

Und plötzlich wurde Gallen klar, warum Veriasse den Kampf verloren hatte. Er hatte unzählige Tests durchgeführt, um herauszufinden, wieviel Kraft man benötigte, um das drononische Exoskelett zu durchdringen. Doch alle Tests waren an unbeweglichen, stationären Körpern durchgeführt worden. Veriasse hatte nie erforscht, wieviel Wucht ein Dronone einem Schlag hinzufügte, wenn sein Körper mit mehr als einhundertzwanzig Kilometern in der Stunde in eine zuschlagende Faust krachte.

Gallen konnte sich keinen Zermürbungskampf leisten. Er wich nicht aus. Erst im letzten Moment täuschte er ein Ausweichmanöver nach links vor. Xim schwenkte herum, um ihm zuvorzukommen, und hob einen Kampfarm. Gallen sprang nach rechts, während er gleichzeitig ausholte und nach Xims Kopf schlug. Er legte all seine Kraft in den Schlag. Seine Faust traf mit einem berstenden Geräusch, und plötzlich zuckte ein rasender Schmerz durch seinen Arm und seine Schulter. Xims Schwung warf Gallen um, und Mensch und Dronone rollten über den Boden. Gallen hatte sich den Arm ausgekugelt.

Mühsam rappelte er sich auf. Er war blind vor Schmerzen, drehte sich benommen im Kreis und suchte nach Xim. Er entdeckte ihn ein Dutzend Meter entfernt. Der Dronone kroch auf dem Boden von ihm weg.

Gallen stürmte auf den Gegner los. Xim schwang herum, um dem Angriff zu begegnen, doch Gallen sprang in die Höhe und landete einen Tritt in Xims Gesicht, bevor der Lord des Schwarms seine Kampfarme hochnehmen konnte.

Gallen prallte zurück. Er blickte auf, starrte auf den Dron准nen. Xim wankte. Er erhob sich auf die Hinterbeine und warf die Kampfarme hoch. Auf seinem Gesicht und in seinem zerstörten Auge waren Dreck und Gras.

Ein dünner grauer Schleim troff aus einem Riß in seinem Schädel.

Gallen atmete schwer und kroch zurück, um aus Xims Reichweite zu kommen. Der Dronone senkte die Kampfarme. Er setzte nicht nach, sondern ruhte einen Augenblick aus.

Gallen stand auf. Die Knochen in seiner ausgekugelten Schulter gaben ein widerliches Geräusch von sich, als sie aneinanderrieben. Aus seinem Bein strömte Blut.

Xim erhob sich erneut auf die Hinterbeine und erwartete Gallens Angriff. Gallen stapfte nach vorn und blieb knapp außerhalb Xims Reichweite stehen. Er schaute dem Drononen in die Augen. Xim schwenkte seinen letzten verbliebenen Fühler durch die Luft. Aus seinem Kopf rann grauweiße Flüssigkeit; ein Facettenauge war zerstört, und eines seiner Hinterbeine aufgerissen. Gallen hatte mehr als hundert Männer gesehen, die einen Kampf verloren hatten, und er wußte, daß Xim am Ende war. Doch er wollte dem Gegner eine letzte Chance geben.

»Bitte um Gnade«, sagte Gallen, »und ich werde dein Leben verschonen.«

»Kämpf gegen mich!« antwortete der Dronone trotzig.

»Wie du willst!« Gallen sprang vor und fintierte einen Angriff. Xim schwang seine Kampfarme, und Gallen tänzelte zurück. Die Reaktionszeit Xims war immer noch kurz, schrecklich kurz.

Xim hob erneut die Kampfarme. Sie zitterten, und Gallen wich zurück. Er rang nach Atem.

Xim verharrte einen Augenblick auf den Hinterbeinen. Seine Kampfarme bewegten sich schwach – und fielen plötzlich schlaff herab. Der weiße Schleim rann stärker aus seinem Schädel. Gallen erkannte, daß er die Kreatur tödlich getroffen hatte. Sie starb.

Um ihn herum erhoben die Bezwinger ein lautes Trommeln. Der Translator übersetzte in Gallens Ohr: »Töte ihn! Mach Schluß mit ihm!«

Gallen brüllte sie an: »Ihr seid ein blutrünstiger Mob!« Er drehte sich um, wandte sich an die Goldene Königin. Die kleinen königlichen Larven zogen sich unter ihren Beinen zurück.

Sie erhob die Arme und kreuzte sie. Dann legte sie den Kopf auf den Boden, um sich zu ergeben. Hinter sich vernahm Gallen ein schepperndes Geräusch. Er blickte über die Schulter. Xim war zu Boden gestürzt.

Gallen drehte sich wieder zur Königin um. Sie hielt die Arme noch immer in einer Geste der Unterwerfung gekreuzt.

»Nach unseren Regeln der Eroberung hast du das Recht, mich zu verletzen«, sagte die Goldene. »Wenn du dich dazu entschließt, werde ich mich nicht zur Wehr setzen.«

Gallen blieb vor ihr stehen. Sie hob den Kopf und starrte ihn an. »Warum sollte ich dich verschonen?« fragte er. »Damit du weiter brüten kannst? Damit deine Brut mich herausfordern kann?«

Ihre Mundfinger klickten auf die Stimmtrommel. »Ich habe bereits vielen Lord-Begleitern das Leben geschenkt. Meine Kinder werden dich jagen und zur Strecke bringen. Du kannst deinem Schicksal nicht entfliehen.«

Gallen blickte sie fest an. Dann trat er einen Schritt nach vorn und nahm ihr Semarittes Mantel vom Kopf.

Und dann hämmerte er ihr die Faust ins Gesicht.

Und stellte fest, daß seine Kraft viel größer sein mußte als die Veriasses.

Anstatt die Königin nur zu verletzen, hatte sein Schlag ihr den Schädel zertrümmert. Ringsum erhoben die drononischen Bezwinger ihre Kampfarme, schlugen sie aneinander. Ein lautes Trommeln erscholl. »Es lebe die Goldene! Es leben die Lords des Schwarms!«

Gallen hob die Hand, um sie zum Schweigen zu bringen. Er blickte über die Versammlung, und es wurde still. »Du bist an der Reihe, Maggie. Du bist jetzt ihre Königin!«

Maggie blickte zu den Drononen und rief: »Ihr alle! Verschwindet von unseren Welten!«

Gallen wandte sich von dem Blutvergießen ab. Mit dem Handrücken wischte er sich den Schweiß aus der Stirn. Die Panzer der Drononen klapperten und rasselten, als sie die Kuppel räumten.

Maggie beugte sich über Orick. Der Schnitt war tief; der Bär war sehr schwer verwundet. Er atmete nur noch schwach. Sein Fell war von den Leisten bis zum Kinn voller Blut. Maggies Mantel sagte ihr, daß die Nanodocs in ihrem Packsack Orick immer noch retten konnten. Sie zwängte ihm die Kapseln ins Maul und wartete.

Everynne lag in einer großen Lache ihres eigenen Blutes, doch die Nanodocs arbeiteten bereits. Die winzigen Maschinen waren dabei, ihre Wunden zu schließen und hatten die Blutung verlangsamt. Maggie konnte nichts mehr für Everynne tun.

Gallen kam heran und warf Maggie Semarittes Mantel vor die Füße. Dann setzte er sich und streichelte Oricks Schnauze. Maggie nahm den Mantel und klemmte ihn unter ihren Arm. Die Drononen waren noch immer dabei, aus der Kuppel zu strömen, doch nach fünf Minuten waren Maggie, Gallen und die anderen endlich allein. Die Sonne stand schon dicht über dem Horizont, und die Schatten waren länger geworden. Der weite See aus geschmolzenem Glas, der fast die gesamte Oberfläche der Omni-Intelligenz bedeckte, war von hier aus nicht zu sehen, nur die anderen Kuppeln, die ringsherum standen. Über ihnen leuchteten die Sterne heller, als Maggie und Gallen es je gesehen hatten.

Gallen ging zu Veriasses Gepäck und holte Wasser. Er gab zuerst Everynne, dann Orick zu trinken. Dann verband er sein Bein, und Maggie renkte seine Schulter wieder ein. Schließlich saß er neben Maggie und hielt ihre Hand. Lange Zeit sprach keiner von ihnen ein Wort. Nur einmal sagte Gallen: »Oh, sieh dir das an!«

Maggie blickte gerade noch rechtzeitig auf, um eine Sternschnuppe aufglühen zu sehen. Einen Augenblick später begannen die drononischen Schiffe, in einem steten Strom von der Omni-Intelligenz, abzuheben.

Nach einer Stunde schliefen Orick und Everynne; ihr Atem ging tief und regelmäßig. Die Nanodocs hatten ihre Wunden geschlossen. Maggies Mantel sagte ihr, daß es ein gutes Zeichen sei. Beide würden höchstwahrscheinlich überleben.

»Was ist mit dem Mantel?« fragte Gallen schließlich. »Wirst du ihn tragen?«

»Ich weiß es nicht. Ich hatte noch nicht die Zeit, darüber nachzudenken«, erwiderte Maggie. »Um die Wahrheit zu sagen, ich ziehe es vor, langsam zu lernen. Wenn ich den Mantel trage, weiß ich alle Geheimnisse der Welt auf einmal, alles, was es zu wissen gibt. Aber das ist so, als würde man jede schöne Stunde seines ganzen Lebens an einem einzigen Tag verbringen, wenn du verstehst, was ich meine.«

»Ja«, sagte Gallen. »Und das wäre schrecklich.«

»Außerdem«, fuhr Maggie fort, »gehört er Everynne.«

»Da hast du allerdings recht«, sagte Gallen. »Selbst wenn sie ihn nicht haben will.«

Er stand auf und verschwand in der Dunkelheit. Maggie glaubte, er wäre gegangen, um seinen Schlafsack zu holen. Doch einen Augenblick später hörte sie ihn im Boden graben.

Gallen benutzte einen Dolch mit geschwungener Klinge, um ein langes, flaches Loch auszuheben. Dann legte er Veriasse hinein und bedeckte den Leichnam mit Erde und Gras. Maggie erhob sich und stellte sich neben Gallen. Er starrte lange Zeit schweigend auf Veriasses Grab und sagte: »Glaubst du, daß es einen Himmel gibt?«

Maggie seufzte. »Ich weiß es nicht.«

Gallen sagte lächelnd: »Wenn es einen Himmel gibt, wird Veriasse die Pforte bewachen, um den Pöbel draußen zu halten.«

»Ja. Das würde ihm gefallen«, sagte Maggie leise.

Gallen schlenderte zu einem unberührten Flecken Wiese und legte sich auf den Rücken. Er verschränkte die Hände hinter dem Kopf und blickte zu den Sternen empor, die durch die durchsichtige Kuppel schimmerten.

Das letzte drononische Schiff war abgeflogen.

Gallen sah aus wie ein Junge vom Lande, irgendwo auf dem Planeten Tihrglas.

»Gallen«, begann Maggie, »was wirst du tun, wenn du wieder zu Hause bist?« Sie fragte ihn nicht, ob er sie in seine Pläne einschließen wollte. Maggie hatte nicht vor, nach Tihrglas zurückzukehren. Obwohl sie darüber gesprochen hatten, sich gemeinsam eine Welt zu suchen, wußte sie nicht, wie Gallen jetzt darüber dachte. Sie wollte, daß er freiwillig mit ihr kam.

»Ich habe nachgedacht. – Es ist lange her, daß ich das letzte Mal angeln gewesen bin. Ich habe großen Appetit auf frischen Lachs. Ich glaube, als erstes werde ich in Forrest Creek angeln gehen. Und dann werde ich reisen, mir die Welt ansehen.«

»Und dann?«

»Ich weiß noch nicht. Tihrglas ist ein ruhiger Ort. Ich könnte dort in Ruhe alt werden, in meinem Schaukelstuhl sitzen . . .« Er hob die Augen und blickte sie an. »Aber ich glaube, ich würde die Untätigkeit nicht länger als einen oder zwei Tage aushalten. Außerdem gibt es da noch eine junge Frau, die ich kennengelernt habe. Ich glaube, das Leben wäre ganz schön . . . trostlos ohne sie.«

Maggie lächelte und legte sich zu ihm. Sie spürte die Wärme seines Körpers an ihren Brüsten. Er nahm ihr Gesicht in die Hände und küßte sie lange und zärtlich.

Dann löste er sich von ihr und flüsterte: »Du hast keine Familie auf Tihrglas, keinen Menschen. Aber ich habe noch meine alte Mutter, um die ich mich kümmern muß. Ich muß nach Hause zurück. Ich muß ihr wenigstens auf Wiedersehen sagen und jemanden einstellen, der auf sie achtgibt und sie versorgt. Und ich muß hin und wieder nach Tihrglas zurück, um zu sehen, ob es ihr gut geht.«

Gallen nickte und schloß die Augen, und nach einer Weile schlief er vor Erschöpfung ein.

Maggie jedoch fand keinen Schlaf. Sie schaute nach Orick und Everynne. Beide schliefen friedlich. Sie wusch ihnen das Gesicht, setzte sich abseits ins Gras und betrachtete Semarittes silbernen Mantel. Tausende winziger Scheibchen waren in die langen Ketten eingeflochten. Sie waren viel kleiner als alle Scheiben, die Maggie je an einem Mantel gesehen hatte.

Sie erkannte, daß er auf einer höheren technologischen Entwicklungsstufe stand.

Nach einer Weile konnte sie der Versuchung nicht mehr widerstehen. Sie setzte den Mantel auf und spürte das Gewicht der kühlen Ketten, die über ihre Schultern, ihren Rücken und ihre Brüste hingen.

Einen endlosen Augenblick wartete sie darauf, daß der Mantel sie übernahm, sie überwältigte und mit Wissen füllte, wie der Tutor es getan hatte. Ihr Entsetzen und ihre Neugier hielten sich die Waage.

Sie versuchte, ihre Gedanken zu ordnen, die Furcht wegzuwischen, aber das Wissen kam nicht. Nichts geschah.

Als sie schon enttäuscht den Mantel nehmen und ihn achtlos zur Seite werfen wollte, erschien eine Frau. Sie hatte langes dunkles Haar und eine makellose weiche Haut. Ihr Körper war perfekt. Maggie brauchte ihren Namen nicht erst zu erraten.

»Deine Gehirnwellen stimmen nicht mit den meinen überein«, sagte Semaritte. »Ich kann mich zwar mit dir verbinden, und du wirst einigen Nutzen aus der Omni-Intelligenz ziehen, aber deine Kontrolle wird nur unvollständig sein, wie zuvor bei der Drononenkönigin. Aber ich sehe, daß du mich fürchtest. Was willst du von mir?«

»Ich möchte ein Zuhause«, sagte Maggie. »Du weißt alles

über mehr als zehntausend Welten. Ich dachte, vielleicht könnte ich etwas darüber erfahren.«

Semaritte streckte den Arm aus und berührte Maggie mit einem Finger an der Stirn.

Maggie fühlte einen eigenartigen Schwindel, und Semaritte zog den Finger wieder zurück. Ihr Verhalten änderte sich, und sie schaute Maggie mit neuem Verstehen an. »Du wärst nicht zufrieden, würde ich dich alles lehren, was ich über die Welten weiß. Du wirst nur dann glücklich sein, wenn du selbst zu jeder Welt gehen und es herausfinden kannst.«

»Das stimmt«, flüsterte Maggie.

»Und du suchst auch nicht nach einer Welt für dich selbst. Du suchst nach einer Welt, wo du mit deiner großen Liebe Gallen O'Day glücklich sein kannst. Ich bin nicht sicher, ob es eine solche Welt gibt.«

»Aber wo soll ich denn zu suchen anfangen?«

»Tremonthin«, antwortete Semaritte lächelnd. »Dort kannst du viel lernen, und Gallens Fähigkeiten werden dringend gebraucht!«

»Danke schön«, sagte Maggie und nahm den Mantel ab. Fast im gleichen Augenblick kam ihr die Vision unwirklich vor, wie ein Traum, der nach dem Erwachen verblaßt. Sie fragte sich, ob sie das eben wirklich erlebt hatte. Dann ging sie zu Gallen und legte sich neben ihn, um zu schlafen. Er legte beschützend den Arm über sie.

22

Zehn Tage pflegten Maggie und Gallen Orick und Everynne und beobachteten ihre Genesung. In dieser Zeit trafen nach und nach viele Menschen von entfernten Planeten auf der Omni-Intelligenz ein. Es waren Botschafter und mächtige Lords, die das Ende der dronischen Herrschaft feiern wollten. Die ersten, die eintrafen, waren Tharrin, Gesandte aus verschiedenen Teilen der drei Galaxien. Wie aus dem Nichts erschienen sie gleich am ersten Morgen auf der Straße vor dem Palast. Die Tharrin waren durch ihre eigenen Tore gekommen. Sie erschienen zu Dutzenden: Männer und Frauen mit einer seltsamen Ausstrahlung, umgeben von einer Aura des Friedens und der Erleuchtung.

Gallen bat einige von ihnen um Hilfe, als Everynne und Orick gebadet und im Palast zu Bett gebracht wurden. Einige Tharrin trugen die beiden behutsam nach drinnen, und Ärzte kümmerten sich hinter verschlossenen Türen um ihre Wunden. Sie berichteten, daß beide bald wieder auf den Beinen und wohlauf sein würden.

Später kamen die Tharrin zu Gallen und Maggie und baten um eine Audienz. Sie zogen sich in eine stille Kammer des Palastes zurück, und ein mächtiger Mann namens Lord Meron wandte sich an Maggie. Er war ein hochgewachsener Mann mit dickem Bauch. Sein Haar war braun und fiel lang über seine Schultern herab, und seine Augen waren von durchdringendem Grün. Er nahm Maggies Hand und blickte sie an.

»Du weißt«, begann er, »daß es nicht zum Besten unserer Völker ist, wenn du die Omni-Intelligenz für dich beanspruchst.«

»Ich weiß«, antwortete Maggie. »Ich wollte sie nie für mich allein. Gallen und ich haben sie nur durch Zufall gewonnen.«

Meron tätschelte ihre Hand. »Trotzdem, du hast die Omni-Intelligenz gewonnen. Die Drononen werden von dir regiert, und sie werden sich an dich halten.«

»Kann ich die Macht nicht abgeben?« fragte Maggie. »An Everynne?«

»Du kannst Everynne die Omni-Intelligenz geben«, erwiderte Meron. »Aber die Bürde, die Drononen zu regieren, ruht nun auf dir. Sie erkennen dich als ihre Goldene Königin an, und sie werden deinen Rat einholen. Wenn sie keine Führung haben, wird ihr Schwarm von anderen überwältigt.«

Meron erwähnte es nicht, doch Maggie sagte: »Und sie werden versuchen, mich umzubringen, oder?«

Meron nickte leicht. »Wir können Barrieren zwischen ihnen und dir errichten und dich beschützen. Wir haben schon begonnen, die Omni-Intelligenz aus dem Orbit zu schaffen, und wir werden sie gut verbergen. Niemand wird so leicht wieder die Kontrolle darüber gewinnen. Aber du mußt dich ebenfalls verstecken. Du mußt von Welt zu Welt reisen, wie Semaritte es getan hat.«

»Aber wie soll ich die Dronen führen und mich gleichzeitig vor ihnen verstecken?« fragte Maggie.

»Du kannst einen Regenten benennen, jemanden, der sie für dich regiert.«

»Everynne?« fragte Maggie.

Meron nickte. »Sie wird es tun. In gewisser Hinsicht erweist du ihr damit sogar einen großen Gefallen. Die Drononen werden sie nicht als Feind betrachten, und sie kann ohne Furcht regieren.«

Maggie nickte nachdenklich. Gallen erkannte, daß die Sache ihre guten und schlechten Seiten hatte. Er klopfte Maggie auf die Schulter und flüsterte: »Es ist schon in Ordnung. Wir machen das Beste daraus.«

»Oh, sicher«, sagte Maggie. »Ich wollte sowieso andere Welten besuchen. Auf diese Weise habe ich lediglich Feuer unterm Hintern, und es wird mir ein wenig mehr Anreiz geben.«

An diesem Abend konnten Everynne und Orick sich zum erstenmal wieder aufsetzen und einen Bissen Nahrung zu sich nehmen. Everynne begann sofort, den Abzug der drononischen Stöcke von den besetzten Welten zu leiten.

In den nächsten Tagen versammelten sich immer mehr Abgesandte von anderen Welten.

Die Omni-Intelligenz war bald voller fröhlicher Menschen. Es wurde so eng wie in einer Kneipe in Baille Sean auf Tihrglas während des alljährlichen Herbstmarktes.

Nur Everynne ließ sich von der Fröhlichkeit nicht anstecken. Sie trauerte um Veriasse und zog zum erstenmal Semarittes Mantel über.

Es war am vierten Abend nach Sonnenuntergang. Die Drononen waren allesamt verschwunden. Einige hundert Würdenträger waren auf der Omni-Intelligenz eingetroffen, doch Everynne lud sie nicht zu ihrer Throneinsetzung ein. Sie hatte für später eine öffentliche Zeremonie geplant. Jetzt aber traf sie sich mit Orick, Gallen und Maggie allein. »Ihr drei habt mir auf vielen Welten den Weg bereitet. Ihr habt es möglich gemacht, daß ich hier bin und diesen Augenblick erlebe. Ich schulde euch mein Leben. Ich möchte, daß ihr jetzt meine Zeugen seid. Bezeugt den Tod von Everynne und die Wiedergeburt von Semaritte.«

Sie befanden sich im Thronsaal des Palasts. Der Raum besaß keine Decke, und es stand nur ein großer Sessel darin, der mit rotem Stoff ausgeschlagen war. Durch die klare Kuppel konnte man die Sterne betrachten. Orick, Maggie und Gallen saßen in einem Halbkreis zu Everynnes Füßen.

»Mußt du dieses Ding jetzt tragen?« fragte Orick und zeigte auf den Mantel. »Die Drononen haben es zurückgelassen.«

Everynne lächelte ihn an. »Die Tharrin bereiten jemand anderen vor, der meinen Platz einnehmen wird. Aber seine Ausbildung wird noch viele Jahre dauern. In der Zwischenzeit muß ich die zehntausend Welten regieren, und um diese Aufgabe erfüllen zu können, muß ich diesen Mantel tragen. Ich bin sicher, Orick, daß auch du eines Tages Verantwortung tragen mußt. Du wirst nach Hause gehen und ein großer und weiser Herrscher unter den Bären werden.«

Gallen sagte Lebewohl und küßte Everynne ein letztes Mal. Everynne weinte und umarmte ihn und Maggie. Zuletzt drückte sie Orick lange Zeit an sich und schluchzte in seinen Armen.

Als sie bereit war, setzte Everynne sich in ihren Stuhl zurück und zog sich den Mantel über den Kopf. Sie zitterte, und Gallen hielt ihre rechte Hand. Orick nahm ihre Linke.

Zuerst saß sie majestätisch mit dem über die Schultern herabhängenden silbernen Kopfschmuck da. Nichts tat sich. Dann, plötzlich, erschien ein entrückter Ausdruck in ihren Augen. Sie blickte in die Ewigkeit.

»Es ist so wunderschön!« rief sie schluchzend. Tränen liefen ihr über die Wangen. Gallen drückte ihre zitternde Hand und blickte ihr in die Augen. Und in diesem Moment begann Everynnes Verwandlung. Sie lächelte glückselig, atmete tief, stöhnte in rascher Folge und gab eine Reihe begeisterter Schreie von sich. Dann versank sie in tiefer Ohnmacht.

Gallen beobachtete alles, und ein Teil von ihm war eifersüchtig. Everynne hatte ihn zurückgelassen, war an einen so weit entfernten Ort gereist, daß er sie nie wieder erreichen konnte.

Nachdem Everynne das Bewußtsein verloren hatte, warteten die anderen schweigend fast zwei Stunden lang. Orick saß nur da und hielt ihre Hand. Er bewegte sich nicht von Everynnes Seite. Gallen stand auf und wanderte ruhelos umher, blickte zu den Sternen empor. Er dachte nach. Er hatte auf fünf Welten gestanden, die um fünf von diesen Sternen kreisten.

Maggie erhob sich und kam zu ihm. Sie legte ihm die Hand um die Hüften, und gemeinsam betrachteten sie den Himmel.

Nach einiger Zeit sagte Orick: »Sie kommt wieder zu sich!«

Gallen und Maggie gingen zurück zu Everynne. Sie bewegte sich schwach und schlug dann die Augen auf. Sie lächelte den anderen zu, und sie wirkte zufriedener als jemals zuvor. In ihren Augen schimmerte ein wundervolles Licht.

»Semaritte?« fragte Gallen.

Everynne schüttelte den Kopf. »Semaritte ist tot«, sagte sie. »Ihr Bewußtsein war bis zu dem Augenblick in der Omni-Intelligenz gespeichert, als ich den Mantel überzog. Sie wußte, daß ich Angst vor ihr hatte, deshalb begrüßte sie mich nur und starb dann.«

»Woher wußte sie denn, daß du Angst vor ihr hattest?« fragte Orick.

»Maggie hat es ihr verraten«, antwortete Everynne.

Sie beugte sich vor, nahm Maggies Hand und tätschelte sie voller Dankbarkeit, doch sie gab keine weitere Erklärung ab. Gallen starrte die beiden Frauen entgeistert an.

Am Abend fand Everynnes offizielle Krönung und Vereinigung mit der Omni-Intelligenz statt. Eine Heerschar von Botschaftern und Tharrin-Ratgebern aus vielen Welten hatten sich zusammengefunden. In dieser Nacht ernannte Maggie, die neue Goldene Königin der Drononen, Everynne zu ihrer Regentin. In gewisser Weise war es das letzte Mal, daß Gallen Everynne sah.

In den darauffolgenden Tagen versuchte er noch einige Male, mit ihr zu sprechen, doch es war schwierig geworden. In ihren Unterhaltungen ahnte sie Gallens Worte bereits, bevor er sie ausgesprochen hatte. Sie beantwortete Fragen, die er ihr noch gar nicht gestellt hatte. Sie erzählte ihm mehr über ihn, als er wissen wollte. Und immer sah er dieses wundervolle und zugleich schreckliche Leuchten in ihren Augen. Es war so intensiv, daß es ihm Angst einjagte. In diesen Tagen gab er den Wunsch auf, nach Gort Art zu reisen und die Statue zu besichtigen, die der heilige Kelly geschaffen hatte. Denn Gallen brauchte nur Everynne anzuschauen, um das Antlitz Gottes zu erblicken.

Am Morgen des neunten Tages trafen so viele Würdenträger ein, die Everynnes Gehör und ihren Rat suchten, daß sie ohne Unterbrechung von ihnen in Anspruch genommen wurde. In den letzten fünf Tagen hatten die Lords der Welten an jedem Abend Feste veranstaltet. Gallen sah, welche Entwicklung die Dinge nehmen würden. Diese Feste würden noch für viele Jahre an jedem Abend stattfinden. Und obwohl die Würdenträger begierig waren, ihn als den Lord-Begleiter Everynnes mit Ehren zu überhäufen, fühlte Gallen sich von der ganzen Angelegenheit bald auf gewisse Weise in Verlegenheit gebracht. Er wollte nur noch fort.

So wandte er sich an Everynne und sagte: »Ich werde abreisen. Ich ertrage es nicht länger.«

»Du weißt, daß du jederzeit willkommen bist. Du kannst so lange bleiben, wie du möchtest. Und du kannst gehen, wann du willst.«

»Es ist wegen meiner Mutter«, sagte Gallen. »Sie wird alt und kränklich. Ich mache mir Sorgen um sie.«

Everynne nickte und lächelte ihn an. »Und du möchtest etwas von mir. Du hast mehr verdient als jede Belohnung, die ich dir anbieten kann. Bist du deswegen gekommen?«

»Ja«, sagte Gallen. Er erwartete, daß sie ihn fragen würde, welche Belohnung er sich wünschte, daß er ihr Leben gerettet und die Lords des Schwarms besiegt hatte. Everynne konnte ihm viele unermeßliche Schätze anbieten, doch Gallen begehrte nur eins. Und er fürchtete, daß sein Preis zu hoch sein könnte. Er hatte sich gründlich überlegt, wie er seinen Wunsch vorbringen sollte, doch bevor er etwas sagen konnte, erklärte Everynne: »Ja. Du erhältst einen Schlüssel zum Labyrinth der Welten. Aber nur unter einer Bedingung: Du mußt deinen Mantel tragen, so oft es geht. Und wenn ich dich um Hilfe rufe, mußt du kommen!«

»Ich verspreche es«, sagte er, dankbar, daß sie einverstanden war. Doch sie berührte seine Wange und hob sein Gesicht, so daß er ihr in die Augen blicken mußte.

»Gib mir dieses Versprechen nicht leichtfertig«, warnte sie ihn. »Du weißt nicht, was ich vorhabe.«

Und in ihren Augen sah er das entsetzliche Licht, und Furcht fuhr wie ein Blitz in seine Seele. Everynne griff in eine Tasche und zog ein Medaillon hervor, das sie an seinem Mantel befestigte. Es war ein Empfänger, mit dem Gallen ihren Ruf hören konnte. Und zusammen mit dem Empfänger reichte sie ihm den Schlüssel zum Tor der Welten. Es schien, als hätte sie nur darauf gewartet, daß er nach diesen Dingen fragen würde.

Am Abend besuchten sie eine Versammlung unter einer riesigen Kuppel. Viertausend Lords hatten sich dichtgedrängt zusammengefunden, um zu feiern. Gallen hatte selten so viele Menschen auf einem Fleck gesehen, und auch Orick starrte voller Staunen auf die Menge. Sie alle waren in ihre schönsten Roben gekleidet; die Farben leuchteten wie der Regenbogen. Hunderte von Roboterdienern hatten ein reichhaltiges Festessen vorbereitet, und die ganze Nacht hindurch waren Gallen, Orick und Maggie von Menschen umgeben, die ihnen dankten und sie beglückwünschten. Everynne war weit fort auf der anderen Seite der Kuppel.

Als das Fest endete, war Orick völlig erschöpft. Gallen begleitete ihn nach draußen, und Orick sagte: »Ich muß weg von hier, Gallen. Ich fühle mich kräftig genug, um abzureisen. Ich wollte hierbleiben, um auf Everynne aufzupassen, und nicht, um sie die ganze Zeit allein zu lassen. Aber sie hat jetzt viele von diesen Tharrin-Ratgebern um sich. Ich glaube nicht, daß sie mich noch braucht.«

»Warum gehst du nicht zu ihr und fragst sie, was sie möchte?« erwiderte Gallen. »Sicher, sie hat viele Menschen um sich herum, und alle bewundern sie, aber du bist ihr Freund!«

Orick grunzte und wandte sich zurück in die Kuppel. Er schob und drängte sich bis zu Everynne durch. Einen Augenblick später machten sich die beiden auf und verschwanden durch einen Seiteneingang.

Spät in der Nacht kam Orick zu Gallen. Der Bär schien außer sich vor Freude. »Weißt du, daß diese kleinen Kapseln, die Maggie mir gegeben hat, mich für mindestens fünfhundert Jahre am Leben halten werden?«

»Nein, das wußte ich nicht«, log Gallen.

»Und ich habe mit Everynne gesprochen. Sie wird nicht für immer hier bleiben. In zehn Jahren kommt ein anderer Tharrin und übernimmt ihren Thron als Regent. Sie wird nach Tihrglas zurückkommen und eine Zeitlang dort leben! Ich habe ihr versprochen, ihr alles zu zeigen!«

»Gut!« sagte Gallen.

»Also reisen wir jetzt ab?« fragte Orick.

»Ja.«

»Dann gehe ich jetzt und sage Maggie Bescheid. Everynne bringt uns in wenigen Minuten zum Tor.«

Gallen schnürte seine Sachen zusammen: seine Ausrüstung, Kleidung, den Mantel und die Waffen, die Veriasse getragen hatte. Dann machte er sich mit Maggie und Orick auf den Weg, Everynne ein letztes Mal zu sehen.

Everynne hatte ihre blaue Reisekleidung angelegt, als ob sie mit ihnen kommen wollte. Sie sagte: »Wenn wir uns das nächste Mal sehen, werde ich das hier tragen.«

Sie führte sie durch fremde Gänge und Wege in die Tiefen der Omni-Intelligenz, zu unterirdischen Gebäuden, die so versteckt lagen, daß Everynne sagte, die Drononen hätten von ihrer Existenz nicht einmal etwas geahnt. Hinter einer Geheimtür fanden sie ein uraltes Tor in der Farbe von Messing. Es war von Staub bedeckt und wunderschön mit Bildern von Menschen und Tieren von Hunderten von Welten verziert.

Everynne erzählte ihnen: »Dies ist das eine Tor, das zu allen

Welten führt, zu allen Zielen. Tretet ein, und ich werde euch nach Hause schicken.«

Ein blasses grünes Licht glomm unter dem Bogen. Gallen, Orick und Maggie umarmten Everynne ein letztes Mal und sagten Lebewohl. Dann schritten sie zusammen in den kalten Nebel zwischen den Welten.

Sie fanden sich auf einem Waldweg in den Bergen wieder, unter großen Kiefern. Die Morgensonne kam gerade hinter den Bergen hervor – ein strahlender rosa Ball. Küß-Mich-Schnell-Vögel sangen am Wegesrand, und in der Ferne rief eine Eule. Die Luft war für Gallen und Maggie so süß wie Küsse, und sie atmeten in tiefen Zügen.

Die meiste Zeit des Tages wanderten sie die Straße entlang, bis sie in eine kleine Stadt namens Gort Iseal gelangten. Dort erfuhren sie, daß sie sich im Norden des Bezirks Obhiann befanden, noch viele Meilen von zu Hause entfernt.

Am Abend im Wirtshaus betrachteten die Leute sie mit seltsamen Blicken.

Gallen bemerkte, daß er immer noch seine eigenartige Kleidung trug und verstaute den Mantel des Lord Protektors verlegen in seinem Packsack.

Maggie und Gallen saßen neben einem lodernden Feuer an seinem Tisch und genossen ein reichhaltiges Abendessen. Später saßen sie zusammen und unterhielten sich leise. Einige Bären kamen durch die Tür zum Gasthaus herein und bettelten um Reste. Orick ging nach draußen und unterhielt sich mit einer jungen Bärin. Später kam er begeistert zu Gallen und Maggie zurück und erzählte: »Diese junge Bärin hat mich zum Lachsfest eingeladen! Könnt ihr euch das vorstellen? Wir waren so lange weg und sind trotzdem rechtzeitig zurück!«

Gallen nickte und betrachtete Oricks Gesicht. Der Bär freute sich sichtlich auf das Fest. »Und warum gehst du nicht hin? Was hält dich ab?«

»Na ja«, sagte Orick zögernd. »Vor einiger Zeit habe ich einen Eid abgelegt. Ich habe vor Gott geschworen, daß ich mich nur mit einer einzigen Bärin im Leben vergnügen wollte.«

Gallen blickte tief in Oricks braune Augen. Nach einer Weile sagte er: »Orick, es gibt genau so viele Wege, Gott zu dienen, wie es Leute gibt, die Gott dienen. In den letzten paar Tagen hast du mitgeholfen, das Leben jeder einzelnen Person auf dem ganzen verdammten Planeten zu retten, von den zehntausend anderen Welten gar nicht erst zu reden. Und jetzt kommt diese junge Bärin und möchte, daß du ihr hilfst. Und du? Du fühlst dich schuldig, weil du dabei ein bißchen Spaß hast. Warum gehst du nicht mit ihr? Warum tut ihr es nicht einfach?«

»Ja«, warf Maggie ein. »Ich bin sicher, daß du die großartigste Erfahrung ihres Lebens sein wirst.«

Orick runzelte die Stirn. »In Ordnung. Ihr habt mich überredet.« Er druckste noch ein wenig herum und versprach, spätestens zu Maggies und Gallens Hochzeit zurückzusein. Dann verschwand er mit der Bärin.

Am nächsten Morgen verkaufte Gallen einen der Sauerstoff-Austauscher von Fale an einen Seemann und erwarb von dem Geld zwei Pferde. Er und Maggie würden standesgemäß nach Hause reiten.

Doch in der folgenden Nacht – sie waren fast schon an der Grenze zum Bezirk Morgan angekommen – braute sich ein schwerer Sturm zusammen. Maggie und Gallen suchten in einem Gasthaus Zuflucht, ließen sich an einem der Tische nieder und besprachen ihre Hochzeitspläne. Jetzt, wo Vater Heany tot war, würde sich niemand mehr ihrer Hochzeit in den Weg stellen. Gallen würde seinen Vetter aus An Cochan bitten, die Trauung vorzunehmen. Während sie ihre Pläne besprachen, sagte einer der Dorfbewohner an einem Nachbartisch: »Mann, was für ein widerlicher Sturm da draußen! Und wir haben noch nicht einmal Mitte September!«

Maggie wandte sich zu Gallen und flüsterte: »An welchem Tag sind wir eigentlich von hier aufgebrochen?«

»Am fünfzehnten September«, antwortete Gallen.

Maggie sprach den Fremden an: »Entschuldigung, welches Datum schreiben wir heute?«

»Wieso? Den Vierzehnten«, sagte der Mann.

Gallen saß wie betäubt auf seinem Stuhl. Diese Schwindlerin Everynne hatte sie schon wieder in der Zeit zurückgeschickt!

Und dann fiel ihm ein, daß er später in dieser Nacht auf der Straße nach An Cochan eine Bande von neun Wegelagerern und einen Sidhe treffen würde. Es war zwölf Meilen von hier.

»Maggie, meine Liebste«, sagte Gallen. »Würdest du mich für ein paar Stunden entschuldigen? Ich habe etwas zu erledigen. Ich verspreche dir, daß ich am frühen Morgen wieder zurück bin.«

»Geh nur, wenn es etwas Wichtiges ist«, antwortete Maggie.

»Es ist keine große Geschichte«, sagte Gallen. »Aber ich glaube, ich muß einem Mann das Leben retten.«

Er stieg die Treppe zu ihrem Zimmer hinauf, zog sich aus und setzte seinen Mantel auf. Aus seinem Packsack nahm er die lavendelblaue Maske, die er in Fale von Veriasse bekommen hatte; in Veriasses Gepäck fand er den Dolch mit der geschwungenen Klinge, den der Sidhe getragen hatte. Dann zog er die schwarzen Kleider des Lord Protektors an. Schließlich gurtete er sein Schwert und ritt hinaus in den Regen und die Dunkelheit, seiner Bestimmung entgegen.

ENDE

Science Fiction Klassiker von

Robert A. HEINLEIN

Von Robert A. Heinlein sind bei Bastei-Lübbe folgende Titel erschienen:

Band 24001
Sternenkrieger
Band 24118
Das neue Buch Hiob
Band 24124
Die Katze, die durch Wände geht
Band 24163
Die Sternenbestie
Band 24176
Die Tür in den Sommer
Band 24183
Farnhams Oase
Band 24187
Segeln im Sonnenwind
Band 24191
Der Mond ist eine herbe Geliebte
Band 23163
Das geschenkte Leben

Sie erhalten diese Bände im Buchhandel, bei Ihrem Zeitschriftenhändler sowie im Bahnhofsbuchhandel.

BASTEI LÜBBE